A Invasão de Tearling

A Invasão de Tearling

Erika Johansen

Tradução
Regiane Winarski

Grafia atualizada segundo o Acordo Ortográfico da Língua Portuguesa de 1990, que entrou em vigor no Brasil em 2009.

Título original
The Invasion of the Tearling

Capa
Thiago de Barros

Mapa
Nick Springer Cartographics, LLC

Preparação
Carolina Vaz

Revisão
Valquíria Della Pozza
Renata Lopes Del Nero

Dados Internacionais de Catalogação na Publicação (CIP)
(Câmara Brasileira do Livro, SP, Brasil)

Johansen, Erika
A invasão de Tearling / Erika Johansen; tradução Regiane Winarski. – 1ª ed. – Rio de Janeiro: Suma de Letras, 2017.

Título original: The Invasion of the Tearling.
ISBN 978-85-5651-047-1

1. Ficção de fantasia 2. Ficção norte-americana I. Título.

17-06574 CDD-813.5

Índice para catálogo sistemático:
1. Ficção de fantasia: Literatura norte-americana 813.5

[2017]

EDITORA SCHWARCZ S.A.
Praça Floriano, 19, sala 3001 – Cinelândia
20031-050 – Rio de Janeiro – RJ
Telefone: (21) 3993-3501
www.companhiadasletras.com.br
www.blogdacompanhia.com.br
facebook.com/sumadeletrasbr
instagram.com/sumadeletras_br
twitter.com/Suma_BR

Toda criança devia ter alguém como Barty.
Este livro é para meu pai, Curt Johansen.

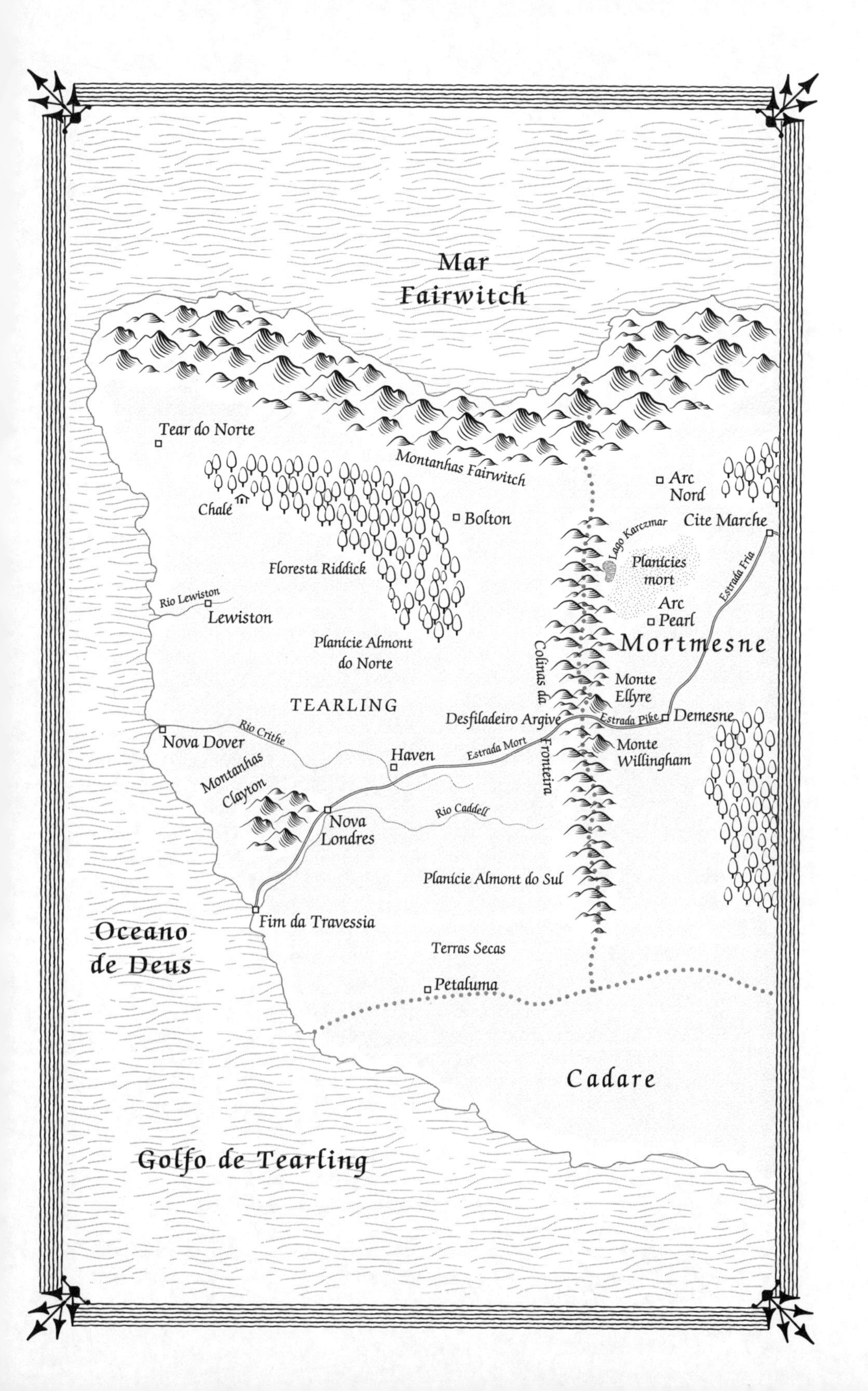
Mar
Fairwitch
Tear do Norte
Montanhas Fairwitch
Arc
Nord
Chalé
Bolton
Cite Marche
Lago Karczmar
Floresta Riddick
Planícies
mort
Estrada Fria
Rio Lewiston
Lewiston
Arc
Pearl
Planície Almont
do Norte
Mortmesne
Colinas da Fronteira
Monte
Ellyre
TEARLING
Desfiladeiro Argive
Estrada Pike
Demesne
Rio Crithe
Nova Dover
Haven
Estrada Mort
Monte
Willingham
Montanhas
Clayton
Rio Caddell
Nova
Londres
Planície Almont do Sul
Fim da Travessia
Oceano
de Deus
Terras Secas
Petaluma
Cadare
Golfo de Tearling

LIVRO I

Hall

A Segunda Invasão Mort tinha tudo para ser um verdadeiro massacre. De um lado estava o superior exército mort, de posse das melhores armas disponíveis no Novo Mundo e comandado por um homem que não hesitava por nada. Do outro estava o exército tear, com uma fração do tamanho e portando armas forjadas com ferro barato que quebrariam com o impacto de bom aço. As chances não eram ruins, e sim catastróficas. A ruína de Tearling era iminente.

— *O Tearling como nação militar*, CALLOW, O MÁRTIR

O alvorecer chegou rapidamente à fronteira mort. Em um minuto, não havia nada além de uma linha azul indistinta no horizonte e, no minuto seguinte, raios claros vindos do leste se projetavam sobre Mortmesne, tomando o céu. O reflexo luminoso se espalhou pelo lago Karczmar até a superfície não ser nada além de um lençol ardente de fogo, efeito quebrado apenas quando uma brisa leve chegava às margens e a superfície lisa se partia em ondas.

A fronteira mort era traiçoeira naquela região. Ninguém sabia precisamente onde ficava a linha divisória. Os mort afirmavam que o lago ficava no território deles, enquanto os tear faziam sua reivindicação pela água, pois Martin Karczmar, um notório explorador tear, foi quem descobriu o lago. Karczmar tinha sido sepultado havia quase três séculos, mas o Tearling nunca abandonou sua frágil reivindicação pelo lago. A água em si era de pouco valor, cheia de peixes predatórios que não serviam para comer, mas o lago era um ponto importante, o único ponto geográfico concreto na fronteira por quilômetros, ao norte e ao sul. Os dois reinos sempre ansiaram por estabelecer propriedade definitiva. Em determinado período, muito tempo antes, houve conversas sobre negociar um tratado específico, mas não deram em nada. As margens leste e sul do lago eram planícies de sal, o terreno se alternando entre sedimento e pântano. A planície seguia para o leste por quilômetros, até chegar a uma floresta de pinheiros mort. Mas no lado oeste do lago Karczmar, a planície de sal seguia por poucas centenas de metros até chegar abruptamente às Colinas da Fronteira, penhascos íngremes cobertos de uma densa floresta de pinheiros. As árvores cobriam as colinas, se estendendo pelo território Tearling e seguindo até a planície Almont, ao norte.

Embora as encostas íngremes na face leste das Colinas da Fronteira fossem tomadas por floresta desabitada, os cumes e as encostas na face oeste eram pontilhados de pequenas aldeias tear. Essas aldeias faziam pequenos saques em Almont, mas basicamente criavam animais — ovelhas e cabras — e negociavam lã, leite e carne, fazendo trocas primárias umas com as outras. De tempos em tempos, uniam seus recursos e enviavam uma remessa protegida por vários homens para Nova Londres, onde as mercadorias, particularmente a lã, alcançavam um preço bem maior, e o pagamento não era em permuta, mas em moedas. As aldeias se espalhavam pelas colinas: Woodend, Idyllwild, Devin's Slope, Griffen... Presas fáceis, os habitantes armados apenas com pedaços de madeira e nada dispostos a deixar seus animais para trás.

O coronel Hall se perguntou como era possível amar tanto uma região e, ao mesmo tempo, agradecer a Deus por tê-lo tirado de lá. Hall era filho de um criador de ovelhas em Idyllwild, e o odor dessas aldeias (lã molhada coberta de uma porção generosa de esterco) era tão intenso em sua memória que ele conseguia sentir o cheiro mesmo agora, apesar de a aldeia mais próxima estar no lado oeste das Colinas da Fronteira, a vários quilômetros de distância e bem longe da sua vista.

O acaso tirou Hall de Idyllwild; não um bom acaso, mas do tipo súbito que dava com uma das mãos enquanto esfaqueava com a outra. Idyllwind ficava ao norte o bastante para não ter sofrido muito com a primeira invasão mort; um grupo de invasores apareceu uma noite e levou algumas ovelhas de um cercado desprotegido, mas foi só. Quando o Tratado Mort foi assinado, Idyllwild e as aldeias vizinhas deram uma festa. Hall e seu irmão gêmeo, Simon, ficaram muito bêbados e acordaram em um chiqueiro em Devin's Slope. O pai deles disse que a aldeia dera sorte de ter escapado sem grandes problemas, e Hall também achava, mas só até oito meses depois, quando o nome de Simon foi sorteado na segunda loteria pública.

Hall e Simon tinham quinze anos, já adultos nos parâmetros da fronteira, mas os pais ignoraram esse fato pelas três semanas seguintes. A mãe fez as comidas favoritas de Simon; e o pai dispensou os dois do trabalho. Perto do fim do mês, eles fizeram a viagem até Nova Londres, assim como muitas famílias desde então, com o pai chorando na parte da frente da carroça, a mãe sombria e silenciosa, e Hall e Simon se esforçando para fingir alegria no caminho.

Os pais não queriam que Hall visse a remessa partir. Eles o deixaram em um bar no Grande Bulevar, com três libras e instruções de ficar lá até eles voltarem. Mas Hall não era criança, e saiu do bar e os seguiu até o Gramado da Fortaleza. O pai desabou pouco antes de a remessa partir, deixando a mãe para tentar reavivá-lo, então, no fim, só Hall viu a remessa partir, só Hall viu Simon desaparecer da cidade e da vida deles para sempre.

A família ficou em Nova Londres naquela noite, em uma das hospedarias mais imundas que o Gut tinha a oferecer. O cheiro horrível fez Hall sair para a rua, e ele vagou pelo bairro, procurando um cavalo para roubar, determinado a seguir as jaulas pela estrada mort e tirar Simon de lá ou morrer tentando. Encontrou um cavalo amarrado do lado de fora de um dos bares e estava trabalhando no nó complicado quando sentiu a mão de alguém pousar no seu ombro.

— O que você pensa que está fazendo, caipira?

O homem era grande, mais alto que seu pai, e estava coberto de armadura e armas. Hall achou que ia morrer em breve, e parte dele ficou feliz.

— Eu preciso de um cavalo.

O homem olhou para ele com atenção.

— Conhece alguém na remessa?

— Não é da sua conta.

— Claro que é da minha conta. O cavalo é meu.

Hall puxou a faca. Era uma faca de tosar ovelhas, mas ele esperava que o estranho não fosse saber disso.

— Eu não tenho tempo para discutir com você. Preciso do cavalo.

— Guarde isso e pare de ser tolo, garoto. A remessa é protegida por oito Caden. Tenho certeza de que você ouviu falar dos Caden, mesmo no fim de mundo de onde deve ter vindo. Eles quebrariam sua faquinha com os dentes.

O homem fez menção de pegar o cabresto do cavalo, mas Hall ergueu mais a faca e bloqueou a mão dele.

— Lamento por roubar, mas é assim que tem que ser. Preciso ir.

O estranho olhou para ele por um longo momento, avaliando-o.

— Você é corajoso, garoto, não dá para negar. Você é fazendeiro?

— Pastor.

O homem o avaliou por mais um momento e disse:

— É o seguinte, garoto: eu vou *emprestar* meu cavalo para você. O nome dele é Favor, o que me parece bem apropriado. Você vai cavalgá-lo pela estrada mort e vai dar uma olhada na remessa. Se for inteligente, vai perceber que não tem como vencer, e aí vai ter duas opções. Você pode ter uma morte sem sentido e não conseguir nada. Ou pode dar meia-volta e seguir até o alojamento do exército, em Wells, para discutirmos sobre seu futuro.

— Que futuro?

— Como soldado, garoto. A não ser que queira passar o resto da vida fedendo a merda de ovelha.

Hall olhou para o homem com dúvida, se perguntando se ele estaria mentindo.

— E se eu for embora com seu cavalo?

— Você não vai fazer isso. Você tem senso de obrigação, senão não estaria metido nessa missão suicida. Além do mais, tenho uma tropa inteira de cavalos se precisar ir atrás de você.

O estranho se virou e voltou para o bar, deixando Hall ali de pé como um poste.

— Quem é você? — gritou Hall para ele.

— Major Bermond, do Fronte Direito. Vá logo, garoto. E se alguma coisa acontecer com meu cavalo, vou me vingar na sua aldeia infeliz e adoradora de ovelhas.

Depois de uma difícil viagem noturna, Hall alcançou a remessa e descobriu que Bermond estava certo: era uma fortaleza. Soldados cercavam cada jaula, a formação pontilhada pelas capas vermelhas dos Caden. Hall não tinha espada, mas não era tolo a ponto de acreditar que uma faria a diferença. Ele nem conseguiu chegar perto o bastante para encontrar Simon; quando tentou se aproximar das jaulas, um Caden disparou uma flecha que não o acertou por menos de trinta centímetros. Foi exatamente como o major dissera.

Ainda assim, ele considerou atacar a remessa e acabar de uma vez por todas com o futuro terrível que já pressentira na viagem até Nova Londres, um futuro no qual os pais olhariam para ele e só veriam que Simon não estava lá. O rosto de Hall não seria um consolo para eles, apenas um lembrete terrível. Ele apertou as rédeas, preparou-se para atacar, e uma coisa que ele jamais conseguiria explicar aconteceu: no meio da multidão de prisioneiros enjaulados, ele viu Simon. As jaulas estavam longe demais para Hall fazer qualquer coisa, mas ele viu mesmo assim: o rosto do irmão. Seu próprio rosto. Se partisse para a morte, não sobraria nada de Simon, nada que comprovasse sua existência. E Hall viu que a questão ali não era o irmão, mas sua própria culpa, sua própria dor. Egoísmo e autodestruição, andando de mãos dadas, como costumavam fazer.

Hall deu meia-volta, cavalgou até Nova Londres e se alistou no exército tear. O major foi seu responsável, e apesar de Bermond jamais admitir, Hall achava que ele devia ter falado alguma coisa com alguém, porque, mesmo durante os anos de Hall como soldado, ele nunca foi designado para trabalhar com as remessas. Ele mandava parte do salário para casa todos os meses, e nas raras visitas a Idyllwild, os pais o surpreendiam sendo carrancudos, porém demonstrando orgulho pelo filho soldado. Ele subiu rapidamente na hierarquia militar e se tornou oficial executivo do general na tenra idade de trinta e um anos. Não era um trabalho recompensador; a vida de um soldado do regente consistia em separar brigas e caçar batedores de carteira. Não havia glória. Mas isso...

— Senhor.

Hall ergueu o olhar e viu o tenente-coronel Blaser, o segundo na linha de comando. O rosto de Blaser estava manchado de fuligem.

— O que foi?

— O sinal do major Caffrey, senhor. Está tudo pronto, às suas ordens.

— Vamos esperar mais alguns minutos.

Os dois se sentaram em um ninho na encosta leste das Colinas da Fronteira. O batalhão de Hall estava lá havia várias semanas, trabalhando sem parar enquanto via uma massa escura avançar pelas planícies mort. O tamanho do exército mort atrapalhava seu progresso, mas ele veio mesmo assim, e agora o acampamento se espalhava pela margem sul do lago Karczmar, uma cidade sombria que se prolongava até metade do horizonte.

Pela luneta, Hall via só quatro sentinelas, bem afastadas umas das outras na extremidade oeste do acampamento mort. Estavam vestidas para se mesclarem com a superfície escura e arenosa das planícies salinas, mas Hall conhecia bem as margens do lago, e qualquer elemento estranho era fácil de ser identificado na luz crescente. Dois não estavam nem patrulhando; estavam cochilando. Os mort estavam tranquilos, como deveriam estar. Os relatórios de Clava diziam que o exército mort tinha mais de vinte mil soldados e que suas espadas e armaduras eram de ferro bom, com aço no fio. E por qualquer avaliação, o exército tear era fraco. Bermond tinha parte da culpa. Hall amava o velho como um pai, mas Bermond se acostumou à paz. Andava pelo Tearling como um fazendeiro inspecionando seus hectares, não como um soldado se preparando para a batalha. O exército tear não estava pronto para a guerra, mas a guerra estava chegando mesmo assim.

Hall voltou sua atenção, como fizera tantas vezes nas últimas semanas, para os canhões, parados em uma área fortificada bem no centro do acampamento mort. Até Hall tê-los visto com os próprios olhos, não acreditou na rainha, embora não duvidasse que ela tivesse tido algum tipo de visão. Mas agora, com o sol surgindo a leste, a luz se refletia nos monstros de ferro, acentuando as formas lisas e cilíndricas, e Hall sentiu uma pontada familiar de raiva nas entranhas. Ele ficava tão à vontade com espadas quanto qualquer um, mas uma espada era uma arma limitada. Os mort estavam tentando alterar as regras da guerra da forma que Hall as conhecera a vida toda.

— Tudo bem — murmurou ele, guardando a luneta, sem se dar conta de que tinha falado em voz alta. — Faremos o mesmo.

Ele desceu do ninho pela escada com Blaser logo atrás, os dois pulando os últimos três metros até o chão antes de começar a subir a colina. Nas últimas doze horas, Hall dispôs estrategicamente mais de setecentos homens, arqueiros e soldados, nas encostas do lado leste. Mas, após semanas de trabalho árduo, seus homens tinham dificuldade de ficar parados esperando, principalmente quando a noite caía. Um sinal de atividade na colina deixaria os mort em alerta, por isso Hall passou boa parte da noite indo de posto em posto, cuidando para que os soldados não fizessem besteira.

A encosta ficou mais íngreme, até Hall e Blaser serem forçados a se apoiar nas pedras com as mãos, os pés escorregando em agulhas de pinheiro. Os dois estavam usando luvas grossas de couro e subiam com cautela, pois o terreno era perigoso. As pedras eram cheias de túneis e pequenas cavernas, que cascavéis gostavam de usar como abrigo. As cascavéis da fronteira eram brutais, resultado de milênios de adaptação a um local inóspito. A pele grossa e encouraçada as deixava quase inatingíveis pelo fogo, e suas presas soltavam uma dose cuidadosamente controlada de veneno. Um passo em falso naquela encosta e sua vida estaria em perigo. Quando Hall e Simon tinham dez anos, Simon capturou uma cascavel com uma armadilha e tentou transformá-la em bicho de estimação, mas a vontade durou menos de uma semana. Por mais que Simon alimentasse bem a cobra, ela não podia ser domada e atacava tudo o que se movia. Por fim, Hall e Simon soltaram a cascavel, abrindo a jaula e saindo correndo encosta acima. Ninguém sabia por quanto tempo as cascavéis da fronteira viviam; a cobra de Simon podia até estar por ali, deslizando em meio às pedras com outros de sua espécie.

Simon.

Hall fechou os olhos, mas voltou a abri-los. Ele era inteligente e treinou sua imaginação para não se arriscar longe demais pela estrada mort, mas nas últimas semanas, com toda a parte ocidental de Mortmesne à sua frente, Hall se viu pensando no irmão gêmeo com mais frequência que o habitual: onde Simon poderia estar, quem era seu dono agora, como foi usado. Provavelmente para trabalho; Simon era um dos melhores tosadores da encosta oeste. Seria desperdício usar um homem assim para qualquer outra coisa que não fosse trabalho pesado; Hall disse isso para si mesmo repetidas vezes, mas não tinha como ter certeza. Sua mente voltava com regularidade para o pior cenário: a chance de Simon ter sido vendido para outra coisa.

— Merda.

O palavrão baixo de Blaser fez Hall voltar a si, e ele olhou para trás para ter certeza de que seu tenente não tinha sido mordido. Mas Blaser só tinha escorregado de leve, para logo recuperar o apoio. Hall continuou escalando, balançando a cabeça para afastar os pensamentos indesejados. A remessa era um ferimento que não cicatrizou com a passagem do tempo.

Hall chegou ao alto da subida e se deparou com uma clareira, onde encontrou seus homens esperando, com expressão de ansiedade. No último mês, eles trabalharam rápido, sem nenhuma das reclamações que costumavam marcar um projeto de construção militar, e terminaram com tanta antecedência que Hall pôde testar a operação várias vezes antes de o exército mort sequer chegar às planícies. O cuidador dos falcões, Jasper, também estava esperando, as doze aves encapuzadas e empoleiradas em uma vara comprida no topo da colina. Os falcões custaram caro, mas a rainha ouviu com atenção e aprovou o gasto sem nem pestanejar.

Hall andou até uma das catapultas e colocou a mão no braço, sentindo uma pontada intensa de orgulho ao tocar na madeira lisa. Hall era apaixonado por mecanismos, por dispositivos. Procurava constantemente formas de fazer tudo de maneira mais rápida e melhor. No início da carreira, inventou um arco mais resistente e também mais flexível, que agora era o preferido dos arqueiros tear. Ao ser emprestado para trabalhar em um projeto de construção civil, ele testou e aprovou um sistema de irrigação baseado em bombas que agora levava água do rio Caddell até uma porção de terra vasta e seca ao sul da planície Almont. Mas essas eram seus maiores feitos: cinco catapultas, cada uma com dezoito metros de comprimento, com braços grossos feitos de carvalho tear e concha mais leve, de pinho. Cada catapulta podia lançar pelo menos noventa quilos, com alcance de quase quatrocentos metros a favor do vento. Os braços estavam presos à base com cordas, e de cada lado do braço havia um soldado portando um machado.

Ao espiar a concha da primeira catapulta, Hall viu quinze pacotes grandes e volumosos de lona, cada um enrolado em uma camada fina de tecido azul cor do céu. Hall planejou originalmente lançar pedras, como as catapultas de cerco de antigamente, e esmagar uma porção significativa do acampamento mort. Mas esses pacotes, que foram ideia de Blaser, eram bem melhores e valiam as várias semanas de trabalho desagradável. O pacotinho de cima se moveu de leve ao vento, e as laterais de lona ondularam. Hall recuou e levantou a mão fechada no silêncio da manhã. Os homens com machados ergueram as armas.

Blaser tinha começado a cantarolar. Ele sempre cantarolava baixinho em situações tensas: um tique irritante. Hall, ouvindo parcialmente, identificou a melodia: "A Rainha de Tearling", as notas bem desafinadas, mas reconhecíveis mesmo assim. A música virou mania entre os homens; Hall ouviu-a mais de uma vez nas últimas semanas, enquanto eles lixavam madeira ou afiavam lâminas.

Meu presente para você, rainha Kelsea, pensou ele, e baixou a mão na direção do chão.

Machados sibilaram pelo ar, e a imobilidade da manhã foi interrompida, a colina ecoando os estalos e ruídos dos braços das catapultas percebendo que estavam livres. Um a um, os pacotes subiram, ganhando velocidade ao rumarem para o céu, e Hall sentiu seu coração inflar com uma alegria pura que nunca o deixou, uma alegria que ele sentiu mesmo quando pequeno, testando sua primeira armadilha para coelhos.

Minha criação funciona!

Os braços das catapultas chegaram ao limite e pararam com um estrondo que ecoou por toda a encosta. Isso despertaria os mort, mas já seria tarde demais.

Hall abriu a luneta e seguiu o progresso dos pacotes azuis voando na direção do acampamento mort. Chegaram ao ápice e começaram a descer, setenta e cinco no total, os paraquedas azuis se abrindo ao serem pegos pelo vento, os embrulhos de lona balançando inocuamente na brisa.

Os mort estavam se movimentando agora. Hall viu focos de atividade: soldados saindo de barracas com armas, sentinelas voltando ao acampamento, preparando-se para o ataque.

— Jasper! — gritou ele. — Dois minutos!

Jasper assentiu e começou a tirar os capuzes dos falcões, dando a cada ave um pedacinho de carne. Major Caffrey, com seu dom inexplicável de reconhecer um mercenário confiável, encontrou Jasper em uma cidade na fronteira mort três semanas antes. Hall não gostava mais dos falcões mort agora do que quando era criança, quando as aves voavam pelas encostas das colinas procurando presas fáceis, mas tinha que admirar a habilidade de Jasper com as aves. Os falcões observaram seu cuidador com atenção, as cabeças inclinadas, como cachorros esperando o dono jogar uma vareta.

Um grito de aviso veio do acampamento mort. Eles viram os paraquedas, que estavam caindo mais rápido agora que a resistência do vento tinha diminuído. Hall observou pela luneta, contando baixinho, o primeiro pacote desaparecer atrás de uma das barracas. Doze segundos depois, os primeiros gritos começaram a ecoar pela planície.

Mais paraquedas desceram no acampamento. Um caiu em uma carroça de artilharia, e Hall observou com fascinação, apesar de tudo, as cordas afrouxarem. O pacote tremeu por um momento antes de se abrir, revelando cinco cascavéis furiosas se descobrindo livres. As peles sarapintadas se dobraram e deslizaram por cima de piques e flechas, caíram da carroça e sumiram do campo de visão.

Gritos ecoaram perto da encosta, e em menos de um minuto, o acampamento virou puro caos. Soldados trombavam uns contra os outros; homens seminus enfiavam as espadas cegamente ao redor dos próprios pés. Alguns tentavam subir em lugares mais altos, em carroças e barracas, até nas costas uns dos outros. Mas a maioria saiu correndo para as extremidades do acampamento, desesperados para se afastarem. Oficiais gritavam ordens, mas de nada adiantava; o pânico tinha se instaurado, e agora os soldados do exército mort abandonavam o acampamento por todos os lados, fugindo para o oeste na direção das Colinas da Fronteira ou para o leste e sul, pelas planícies. Alguns até correram para o norte e entraram na parte rasa do lago Karczmar. Não tinham armadura nem armas; muitos estavam nus. Vários ainda estavam com as bochechas cobertas de creme de barbear.

— Jasper! — gritou Hall. — Está na hora!

Um a um, Jasper chamou os falcões para a luva grossa de couro que cobria seu braço do polegar ao ombro e os lançou no ar. Os homens de Hall observaram os pássaros com inquietação enquanto ganhavam altitude, mas os falcões eram bem treinados; eles ignoraram completamente os soldados tear e desceram pela encosta na direção do acampamento mort. Mergulharam diretamente no êxodo de homens que saíam pelas extremidades sul e leste do acampamento, abrindo as garras ao descer, e Hall viu o primeiro retalhar o pescoço de um soldado em fuga, usando só uma calça parcialmente abotoada. O falcão arrancou a jugular do sujeito e manchou a luz da manhã com uma névoa fina de sangue.

No lado oeste do acampamento, onda após onda de soldados mort corria em desatino na direção da floresta no pé da colina. Mas cinquenta arqueiros tear estavam espalhados nas copas das árvores, e agora os mort caíam aos montes, os corpos cobertos de flechas e afundando na lama das planícies. Novos gritos vieram do lago; os homens que foram buscar abrigo lá descobriram seu erro, e agora se debatiam para chegar à margem, urrando de dor. O sorriso de Hall tinha um toque de nostalgia. Entrar no lago era um rito de passagem entre as crianças de Idyllwild, e ele ainda tinha as cicatrizes nas pernas para provar.

Àquela altura, grande parte do exército mort já tinha abandonado o acampamento. Hall lançou um olhar de lamento para os dez canhões, agora totalmente abandonados. Mas não tinham como chegar lá; para todo lado que olhava, cascavéis deslizavam entre as barracas, procurando um bom lugar para fazer seu ninho. Ele se perguntou onde o general Genot estava — se tinha fugido com seus homens, se era um entre as centenas de cadáveres empilhados no pé da encosta. Hall desenvolvera um respeito saudável por Genot, mas conhecia as limitações do homem, muitas delas também sofridas por Bermond. Genot queria que sua guerra fosse silenciosa e racional. Não abria espaço para bravatas extraordinárias nem para a incompetência esmagadora. Mas Hall sabia que qualquer exército era tomado dessas anomalias.

— Jasper! — gritou ele. — Suas aves trabalharam bem. Traga todas de volta.

Jasper deu um assovio alto e agudo e esperou, apertando as tiras que prendiam a luva de couro no antebraço. Em segundos, os falcões começaram a voltar, circulando a colina. Jasper assoviou de forma intermitente, uma nota diferente de cada vez, e um a um, os pássaros desceram e pousaram no braço dele, onde foram recompensados com vários pedaços de carne de coelho antes de serem encapuzados e colocados de volta no poleiro.

— Mande os arqueiros baterem em retirada — ordenou Hall a Blaser. — E encontre Emmett. Peça a ele para enviar uma mensagem para o general e para a rainha.

— Que mensagem, senhor?

— Diga que ganhei tempo para nós. Vai demorar pelo menos duas semanas até os mort conseguirem se reorganizar.

Blaser partiu, e Hall se virou para olhar para a superfície do lago Karczmar, uma lâmina ofuscante de fogo vermelho no sol nascente. Essa visão, que costumava enchê-lo de anseio quando ele era criança, agora parecia um aviso terrível. Os mort estavam espalhados, era verdade, mas não por muito tempo, e se os homens de Hall perdessem a encosta, não havia nada que impedisse o exército invasor de destruir as linhas defensivas cuidadosamente organizadas de Bermond. Depois da colina ficava a planície Almont: milhares de quilômetros quadrados de terra plana com pouco espaço para manobras, as fazendas e aldeias isoladas e indefesas. Os mort tinham quatro vezes mais soldados e armas de qualidade superior, portanto, se chegassem à Almont, só havia um resultado possível: carnificina.

Ewen era carcereiro da Fortaleza havia vários anos — desde que o pai se aposentara do serviço — e, em todo esse tempo, nunca teve um prisioneiro que considerasse verdadeiramente perigoso. A maioria foi de homens que discordaram do regente, e esses costumavam entrar no calabouço famintos e maltratados demais para fazer mais do que cambalear para dentro da cela e desabar. Vários morreram aos cuidados de Ewen, apesar de o pai ter dito que não era culpa dele. Ewen não gostava de entrar e encontrar os corpos frios nos catres, mas o regente não parecia se importar. Uma noite, o próprio regente desceu a escada do calabouço arrastando uma de suas mulheres, uma moça ruiva tão linda que parecia saída dos contos de fadas do pai. Mas ela tinha uma corda ao redor do pescoço. O regente a arrastou até uma cela, xingando-a durante todo o caminho, e rosnou para Ewen:

— Nada de comida ou água! Ela não sai até eu mandar!

Ewen não gostou de ter uma prisioneira. Ela não falou nem chorou, só ficava olhando para a parede da cela. Ignorando as ordens do regente, Ewen deu comida e água para ela, sempre olhando atentamente para o relógio. Dava para perceber que a corda ao redor do pescoço estava machucando a mulher ruiva, e por fim, incapaz de suportar aquilo, ele entrou na cela e afrouxou o nó. Queria ser curandeiro e poder melhorar a linha em carne viva no pescoço dela, mas o pai só ensinou a ele o básico de primeiros socorros, para cortes e pequenos ferimentos. O pai sempre foi paciente com a lerdeza de Ewen, mesmo quando isso lhe causava problemas. Mas não era preciso ser inteligente para manter uma mulher viva durante uma noite, e o pai ficaria decepcionado se Ewen tivesse fracassado. Quando o regente foi buscar a mulher no dia seguinte, Ewen sentiu um grande alívio. O regente disse que sentia muito, mas a mulher saiu do calabouço sem lhe dirigir o olhar.

Desde que a nova rainha assumiu o trono, não houve muito para Ewen fazer. A rainha libertou todos os prisioneiros do regente, o que deixou Ewen confuso, mas seu pai tinha explicado que o regente gostava de colocar homens no calabouço por dizerem coisas que não lhe agradavam, e a rainha só colocava homens no calabouço se eles fizessem coisas ruins. O pai dizia que isso era sensato, e depois de pensar por um tempo, Ewen concluiu que concordava com ele.

Vinte e sete dias antes (Ewen anotou no livro), três homens da Guarda da Rainha entraram no calabouço levando um prisioneiro amarrado, um homem grisalho que parecia exausto, mas, Ewen reparou com gratidão, não parecia estar ferido. Os três guardas não pediram a sua permissão para jogar o prisioneiro pela porta aberta da cela três, mas Ewen não se importou. Ele nunca estivera tão próximo dos guardas da rainha, mas já tinha ouvido o pai falar deles: protegiam a rainha de qualquer perigo. Para Ewen, parecia o trabalho mais maravilhoso e importante do mundo. Ele era grato por ser carcereiro-chefe, mas, se tivesse nascido mais inteligente, ia querer mais do que tudo ser um desses homens altos e fortes de capa cinza.

— Trate-o bem — ordenou o líder, um homem com a cabeça cheia de cabelo ruivo e chamejante. — Ordens da rainha.

Embora o cabelo do guarda o fascinasse, tentou não ficar encarando, pois o próprio Ewen não gostava que ficassem olhando para ele. Trancou a cela e reparou que o prisioneiro já tinha se deitado no catre e fechado os olhos.

— Qual é o nome e o crime dele, senhor? Tenho que escrever no livro.

— Javel. O crime dele é traição.

O homem ruivo olhou pelas barras da cela por um momento e balançou a cabeça. Ewen viu os homens seguirem na direção da escada, as vozes se espalhando pelo corredor atrás deles.

— Eu mandaria cortar a garganta dele.

— Acha que ele vai ficar em segurança com aquele pateta?

— Isso é entre a rainha e Clava.

— Ele deve saber o que faz. Ninguém nunca escapou.

— Mesmo assim, ela não pode ter um idiota como carcereiro para sempre.

Ewen se encolheu ao ouvir a palavra. Pessoas más o chamavam assim antes de ele ficar tão grande, e ele aprendeu a permitir que a palavra entrasse por um ouvido e saísse pelo outro, mas doía mais vinda de um guarda da rainha. E, agora, Ewen tinha uma coisa nova e terrível em que pensar: a possibilidade de ser substituído. Quando o pai se aposentou, foi falar diretamente com o regente, para ter certeza de que o filho poderia ficar. Mas ele não achava que o pai tivesse conversado com a rainha.

O novo prisioneiro, Javel, era um dos mais fáceis que Ewen já teve. Quase não falava, só algumas palavras para dizer para Ewen quando tinha terminado as refeições, ou ficado sem água, ou quando precisava que o balde fosse esvaziado. Por longas horas, Ewen só conseguia pensar se seria dispensado do posto ou não. O que faria se acontecesse? Ele nem conseguia contar para o pai de que o guarda da rainha o chamou. Não queria que soubesse.

Cinco dias depois de Javel chegar ao calabouço, mais três homens da Guarda da Rainha desceram a escada. Um deles era Lazarus, o Clava, uma figura reconhecível até para Ewen, que raramente saía do calabouço. Ewen tinha ouvido muitas histórias sobre Clava, contadas pelo pai, que alegava que ele era do povo das fadas, que nenhuma cela o seguraria. ("Um pesadelo para qualquer carcereiro, Ew", o pai dizia, rindo enquanto tomava chá.) Se os outros guardas da rainha foram impressionantes, Clava era dez vezes mais, e Ewen o observou com o máximo de atenção que ousou. O capitão da Guarda estava no seu calabouço! Ele mal podia esperar para contar ao pai.

Os outros guardas estavam carregando um prisioneiro entre eles como um saco de grãos, e, depois que Ewen destrancou a cela um, os dois jogaram o homem no catre. Clava ficou olhando para o prisioneiro pelo que pareceu a Ewen um tempo muito longo. Por fim, ele se empertigou, pigarreou e cuspiu uma bola de gosma amarela, que caiu bem na bochecha do prisioneiro.

Ewen achou isso grosseiro; fosse qual fosse o crime do homem, estava claro que ele já tinha sofrido bastante. O prisioneiro era uma criatura infeliz e murcha, faminta e desidratada. Tinha lama grudada nos vergões grossos que havia nas pernas e no tronco. Mais vergões, marcas vermelhas e fundas, cobriam os pulsos. Grandes tufos de cabelo tinham sido arrancados da cabeça, deixando áreas em carne viva. Ewen não conseguia imaginar o que havia acontecido com ele.

Clava se virou para Ewen e estalou os dedos.

— Carcereiro!

Ewen se adiantou, tentando se empertigar o máximo possível. O pai o escolhera como aprendiz, mesmo seus irmãos sendo mais inteligentes, exatamente por esse motivo: Ewen era grande e forte. Mas ainda chegava só até o nariz de Clava. Ele se perguntou se Clava sabia que ele era lento.

— Fique de olho nesse aqui, carcereiro. Nada de visitas. Nenhum passeio para exercícios. Nada.

— Sim, senhor — respondeu Ewen, de olhos arregalados, e observou o grupo de guardas sair do calabouço. Ninguém o chamou de nada dessa vez, mas só depois que eles saíram foi que Ewen percebeu que tinha se esquecido de perguntar o nome do homem e o crime, para o livro. Burro! Clava com certeza repararia em uma coisa dessas.

No dia seguinte, o pai foi visitá-lo. Ewen estava cuidando do novo prisioneiro da melhor forma que podia, embora os ferimentos do homem estivessem além do poder de qualquer coisa que não fosse tempo ou magia. Mas o pai deu uma olhada no homem no catre e cuspiu, como Clava.

— Não perca seu tempo tentando curar esse filho da mãe, Ew.

— Quem é ele?

— Um carpinteiro. — A careca do pai cintilava, mesmo na luz fraca das tochas, e Ewen notou com certo desconforto que a pele da testa do pai estava ficando fina, como linho. Até ele acabaria morrendo. Ewen sabia disso, em um lugar distante e escuro da mente. — Um construtor.

— O que ele construía, pai?

— Jaulas. Tome muito cuidado, Ew.

Ewen olhou ao redor, confuso. O calabouço estava cheio de jaulas. Mas o pai não parecia querer falar sobre o assunto, e assim Ewen guardou os fatos na mente junto com o resto das coisas que não entendia. De vez em quando, normalmente quando não estava nem tentando, ele resolvia um mistério, e isso provocava uma sensação intensa e extraordinária, da forma como ele imaginava que os pássaros deviam se sentir quando voavam pelo céu. Mas, por mais que olhasse para o homem na cela, nenhuma resposta aparecia.

Depois disso, Ewen achou que estava preparado para qualquer um que entrasse em seu calabouço, mas se enganara. Dois dias antes, dois homens com o uniforme preto do exército tear entraram arrastando uma mulher. Não era uma mulher elegante como a ruiva do regente; essa cuspia e chutava, gritando palavrões para os dois homens que a arrastavam pelos braços. Ewen nunca tinha visto nada como ela. Parecia toda branca, da cabeça aos pés, como se a pele tivesse perdido toda a cor. O cabelo também era sem cor, como feno que ficou tempo demais ao sol. Até o vestido era branco, embora Ewen achasse que já tinha sido azul-claro. Ela parecia um fantasma. Os soldados tentaram forçá-la a passar pela porta aberta da cela dois, mas ela se agarrou nas barras e resistiu.

— Não torne isso mais difícil do que precisa ser — disse o soldado mais alto, ofegando.

— Foda-se, seu camarão manco!

O soldado manteve uma pressão paciente nas mãos dela, tentando soltar os dedos firmes, enquanto o outro tentava empurrá-la para dentro da cela. Ewen ficou observando de longe, sem saber se devia se envolver. Os olhos da mulher encontraram os dele, e Ewen ficou gelado por dentro. As íris tinham um círculo rosado, mas no centro eram de um azul tão claro que cintilavam como gelo. Ewen viu uma coisa terrível lá, animal e doente. A mulher abriu a boca, e Ewen soube o que viria antes mesmo de ela falar.

— Eu sei tudo sobre você, garoto. Você é o pateta.

— Nos ajude, pelo amor de Cristo! — rosnou um dos soldados.

Ewen deu um pulo. Não queria tocar na mulher fantasma, então segurou o vestido dela e começou a puxá-la para trás. Com os dois soldados livres para trabalhar nos dedos dela, eles finalmente conseguiram fazer com que largasse as barras e a jogaram na cela, onde esbarrou no catre e caiu no chão. Ewen mal tinha conseguido fechar a porta quando a mulher se jogou contra as barras, cuspindo mais xingamentos.

— Cristo, que trabalho! — murmurou um dos soldados. Ele secou a testa, onde havia uma verruga que parecia um pequeno cogumelo. — Mas trancada aí dentro ela não deve dar muito problema. É cega como um rato.

— Só fique de olho quando a coruja sair para caçar — comentou o outro, e eles riram juntos.

— Qual é o nome e o crime dela?

— Brenna. O crime... — O soldado com a verruga olhou para o amigo. — É difícil dizer. Traição, provavelmente.

Ewen anotou o crime no livro, e os soldados foram embora do calabouço, alegres agora que o trabalho estava feito. Os soldados tinham dito que a mulher fantasma era cega, mas Ewen logo descobriu que não era bem assim. Quando ele se movia, ela virava a cabeça, e os olhos azuis e cor-de-rosa o seguiam pelo calabouço. Quando ele levantava o rosto, encontrava o olhar dela grudado nele, um sorriso horrível na boca. Ewen costumava entrar nas celas para levar a comida dos prisioneiros, pois era grande demais para ser dominado por um homem desarmado. Mas agora estava feliz pela portinha na porta da cela que permitia que ele enfiasse a bandeja de comida da mulher por ali. Ele queria o conforto das barras entre os dois. A cela dois era a melhor para os prisioneiros perigosos, pois ficava bem de frente para o pequeno aposento de Ewen; ele tinha o sono leve. Mas agora, quando era hora de dormir, ele percebeu que não conseguia pegar no sono com aquele olhar horrível grudado nele, e finalmente moveu sua cama para um canto, para que o portal bloqueasse sua visão. Mesmo assim, conseguia sentir a presença da mulher, insone e malevolente, mesmo no escuro, e nos últimos dias seu sono foi inquieto, frequentemente interrompido.

Naquela noite, depois que Ewen terminou o jantar e inspecionou as celas vazias em busca de ratos ou sujeira (não havia nenhuma das duas coisas; ele limpava sua prisão com cuidado dia sim, dia não), ele se sentou com suas pinturas. Vivia tentando pintar as coisas que via, mas sempre falhava. Parecia tão fácil com o papel certo e tintas e pincéis bons (o pai tinha dado para ele no último aniversário), mas as imagens sempre fugiam em algum momento entre seus pensamentos e o papel. Ewen não entendia por que tinha que ser assim, mas era. Estava tentando pintar Javel, o prisioneiro na cela três, quando a porta no alto da escada se abriu com força.

Por um instante, Ewen levou um susto e teve medo de uma fuga. O pai o tinha alertado sobre fugas, a pior vergonha que um carcereiro podia ter. Dois soldados estavam posicionados do lado de fora da porta no alto da escada, mas Ewen ficava sozinho no calabouço. Não sabia o que faria se alguém tentasse entrar à força. Ele pegou a faca que havia na mesa.

Mas a batida da porta foi seguida de muitas vozes e passos, sons tão inesperados que Ewen só pôde ficar sentado à mesa esperando para ver o que apareceria no corredor. Após alguns momentos, uma mulher entrou no calabouço, uma mulher alta com cabelo castanho cortado curto e uma coroa prateada na cabeça. Duas grandes pedras azuis estavam penduradas em cordões delicados e brilhantes no pescoço, e ela estava cercada de cinco guardas da rainha. Ewen considerou essas coisas por alguns segundos e se apressou a ficar de pé: a rainha!

Ela foi primeiro olhar pelas barras da cela três.

— Como está, Javel?

O homem no catre a encarou com olhar vazio.

— Bem, Majestade.

— Não tem mais nada a dizer?

— Não.

A rainha colocou as mãos nos quadris e bufou, um som de decepção que Ewen reconheceu do pai, depois foi para a cela um olhar para o homem ferido deitado lá.

— Que criatura infeliz.

Clava riu.

— Ele passou por maus bocados, Lady. Até piores do que eu poderia ter planejado. Os aldeões o pegaram em Devin's Slope quando ele tentou trocar carpintaria por comida. Eles o amarraram em uma carroça para a viagem até Nova Londres, e quando finalmente desabou, o arrastaram pelo resto do caminho.

— Você pagou esses aldeões?

— Todos os duzentos, Majestade. Foi um golpe de sorte; nós precisamos da lealdade das aldeias da fronteira, e o dinheiro provavelmente vai sustentar Devin's Slope por um ano. Eles não veem muito dinheiro por lá.

A rainha assentiu. Ela não parecia as rainhas das histórias de seu pai, que eram sempre mulheres delicadas e bonitas como a ruiva do regente. Essa mulher parecia... forte. Talvez fosse o cabelo curto, curto como o de um homem, ou talvez fosse o porte, de pé com os pés separados e uma das mãos batendo com impaciência no quadril. Uma das frases favoritas do pai surgiu na cabeça de Ewen: ela parecia uma pessoa com quem ninguém devia se meter.

— Você! Bannaker! — A rainha estalou os dedos para o homem no catre.

O prisioneiro grunhiu e levou as mãos à cabeça. Os vergões nos braços tinham começado a formar casca e cicatrizar, mas ele ainda parecia muito fraco, e, apesar das palavras do pai, Ewen sentiu pena.

— Desista, Lady — comentou Clava. — Não vai arrancar nada dele por um tempo. A mente dos homens pode falhar depois de uma viagem dessas. Costuma ser esse o objetivo.

A rainha olhou ao redor, e seus olhos verdes encontraram Ewen, que ficou atento.

— Você é meu carcereiro?

— Sim, Majestade. Ewen.

— Abra esta cela.

Ewen deu um passo à frente enquanto procurava a chave no cinto, feliz de o pai ter colocado etiquetas nelas, então foi fácil achar a chave com o 1 grande. Ele não queria deixar aquela mulher esperando. Uma vez por mês, ele lubrificava as fechaduras, como o pai aconselhava, e ficou agradecido ao sentir a chave girar com facilidade, sem gemido e sem prender. Ele deu um passo para trás quando a rainha entrou na cela com vários guardas. Ela se virou para um deles, um homem grande com dentes feios e irregulares.

— Coloque-o de pé.

O guarda grande puxou o prisioneiro do catre e o segurou pelo pescoço, deixando-o pendurado acima do chão.

A rainha deu um tapa na cara do prisioneiro.

— Você é Liam Bannaker?

— Sou — gorgolejou o prisioneiro em uma voz baixa e rouca. O nariz tinha começado a verter um filete de sangue, e a imagem fez Ewen se encolher. Por que estavam sendo tão indelicados?

— Onde está Arlen Thorne?

— Não sei.

A rainha soltou um palavrão, um que já tinha feito o pai dar uma surra em Ewen, e Clava interrompeu:

— Quem ajudou você a construir as jaulas?

— Ninguém.

Clava se virou para a rainha, e Ewen observou com fascinação eles trocarem um olhar por um longo momento. Eles estavam falando um com o outro... falando sem nem abrir a boca!

— Não — murmurou a rainha, por fim. — Não vamos começar isso agora.

— Lady...

— Eu não disse nunca, Lazarus. Mas não por algo tão pouco promissor.

Ela saiu da cela e fez sinal para os guardas a seguirem. O guarda grande largou o prisioneiro de volta no catre, onde ele respirou em grandes chiados, como um acordeão. Ewen, sentindo os olhos de Clava nele, avaliando-o, trancou a cela logo depois que todos saíram.

— E você — comentou a rainha, movendo-se para olhar para a mulher na cela dois. — Você é um prêmio e tanto, não é?

A mulher fantasma riu, um som como metal em vidro. Ewen teve vontade de tapar os ouvidos. A mulher sorriu para a rainha e mostrou os dentes inferiores podres.

— Quando meu mestre chegar, ele vai punir você por nos separar.

— Por que ele é seu mestre? — perguntou a rainha. — O que ele já fez por você?

— Ele me salvou.

— Você é uma tola. Ele a abandonou para salvar a própria pele. Não passa de um bem para um mercador de escravos.

A mulher voou na direção das barras, os braços se balançando como as asas de uma ave enlouquecida na gaiola. Até Clava deu um passo para trás. Mas a rainha seguiu em frente até estar a poucos centímetros das barras, tão perto que Ewen teve vontade de gritar para que tivesse cuidado.

— Olhe para mim, Brenna.

A mulher fantasma ergueu os olhos e sua testa se franziu, como se ela quisesse afastar o olhar, mas não conseguisse.

— Você está certa — murmurou a rainha. — Seu mestre virá. E, quando vier, eu vou pegá-lo.

— Minha magia vai protegê-lo do mal.

— Eu tenho minha própria magia, querida. Não consegue sentir?

O rosto de Brenna se contorceu em dor repentina.

— Vou pendurar o cadáver do seu mestre nos muros da Fortaleza. Consegue imaginar?

— Você não pode fazer isso! — uivou a mulher fantasma. — Não pode!

— Vai virar comida para os abutres — continuou a rainha suavemente. — Você não pode protegê-lo. Não passa de isca.

A mulher fantasma gritou de fúria, um som agudo e insuportável, como o berro de uma ave de rapina. Ewen cobriu os ouvidos e viu vários dos guardas da rainha fazerem a mesma coisa.

— Quieta! — ordenou a rainha, e os gritos da mulher foram interrompidos tão repentinamente quanto começaram. Ela olhou para a rainha, os olhos cor-de-rosa arregalados e assustados enquanto ela se encolhia no catre.

A rainha se virou para Ewen.

— Quero que trate todos os três prisioneiros humanamente.

Ewen mordeu o lábio.

— Não sei o que significa essa palavra, Majestade.

— Humanamente — repetiu a rainha com impaciência. — Comida, água e roupas suficientes, sem agressões. Garanta que consigam dormir.

— Bom, Majestade, é difícil garantir que alguém consiga dormir.

A rainha olhou fixamente para ele, franzindo a testa, e Ewen percebeu que tinha dito alguma coisa errada. Era mais fácil quando o pai era o carcereiro, e Ewen, apenas o aprendiz. O pai sempre ajudava quando Ewen não entendia alguma coisa. Ele estava prestes a pedir desculpas, pois era sempre melhor fazer isso antes que ficassem com raiva, quando a testa da rainha ficou lisa de repente.

— Você fica aqui embaixo sozinho, Ewen?

— Sim, Majestade, desde que meu pai se aposentou. A artrite ficou muito ruim.

— Seu calabouço é muito limpo.

— Obrigado, Majestade — respondeu ele, sorrindo, pois ela era a primeira pessoa além do pai que tinha reparado. — Eu limpo dia sim, dia não.

— Você sente falta do seu pai?

Ewen piscou, imaginando se aquilo era um teste. O regente gostava de fazer isso, e os guardas dele gostavam ainda mais. Ewen tinha aprendido a perceber os sinais no rosto deles: uma crueldade sorrateira que podia se esconder, mas nunca sumia. O rosto da rainha estava rígido, mas não com crueldade, então Ewen respondeu com sinceridade.

— Sim. Tem muitas coisas que não entendo, e meu pai sempre explicava para mim.

— Mas você gosta do seu trabalho.

Ewen olhou para o chão e pensou no outro guarda, o que o chamou de idiota.

— Gosto.

A rainha fez sinal para ele parar na frente da cela dois.

— Essa mulher pode não parecer perigosa, mas é. Ela também é muito valiosa. Pode ficar de olho nela todos os dias e não deixar que engane você?

Ewen olhou para a mulher fantasma. Prisioneiros maiores e mais violentos já tinham ficado no calabouço. Vários tentaram enganar Ewen, desde fingindo que estavam doentes a oferecendo dinheiro e implorando pela espada emprestada. A mulher fantasma encarou a rainha, os olhos brilhando de ódio, e Ewen soube que a rainha estava certa: aquela mulher seria uma prisioneira difícil, esperta e rápida.

Mas eu também posso ser esperto.

— Tenho certeza de que pode — respondeu a rainha, e Ewen se sobressaltou, pois não tinha dito nada. Ele se virou e viu uma coisa que fez seu queixo cair de surpresa: as pedras azuis nos colares da rainha estavam brilhando, cintilando sob a luz das tochas. Ela continuou: — Uma vez por semana, você vai subir e fazer um relatório de todos os seus três prisioneiros. Se precisar, faça anotações.

Ewen assentiu, satisfeito de ela supor que ele sabia ler e escrever. A maioria das pessoas achava que ele não sabia, mas o pai o ensinou, para ele poder cuidar do livro.

— Você sabe o que é sofrimento, Ewen?

— Sim, Majestade.

— Por trás dos seus três prisioneiros há outro homem, um homem alto e esquelético com olhos azuis brilhantes. Esse homem é um agente do sofrimento, e eu o quero vivo. Se você o vir, mande avisar Lazarus imediatamente. Entendeu?

Ewen assentiu de novo, e sua mente foi tomada pela imagem que ela colocou lá. Ele conseguia ver o homem: um espantalho alto com olhos como lâmpadas azuis. Desejou tentar pintá-lo.

A rainha esticou a mão, e depois de um momento Ewen percebeu que ela queria apertar a sua. Os guardas ficaram tensos e vários colocaram a mão no cabo da espada, então Ewen ofereceu a mão com cuidado e permitiu que ela a apertasse. A rainha não usava anéis, e Ewen ficou curioso quanto a isso. Perguntou-se o que o pai diria quando lhe contasse que conheceu a rainha, que ela não era nada do que Ewen achava que seria. Ficou junto às celas, de olho nos prisioneiros, mas também espiando a rainha quando os cinco guardas a cercaram e pareceram carregá-la em uma onda pelo corredor e escada acima, para fora do calabouço.

Kelsea Glynn tinha um gênio e tanto.

Não sentia orgulho disso. Kelsea se odiava quando ficava com raiva, pois, mesmo com o coração disparado e um véu denso de fúria obscurecendo sua visão, ela ainda conseguia ver claramente que o caminho da raiva desenfreada terminava na autodestruição. A raiva atrapalhava o julgamento e precipitava decisões ruins. A raiva era algo para crianças, não para uma rainha. Carlin repetiu essas mesmas palavras para ela muitas vezes, e Kelsea prestou atenção. Mas nem as lições de Carlin tinham peso quando a fúria tomava conta de Kelsea; era uma maré que levava todos os obstáculos. E Kelsea sabia que, apesar de a raiva ser destrutiva, também era pura, o mais perto que ela chegaria da garota que realmente era, lá no fundo, por baixo de todas as regras que foram incutidas nela desde o nascimento. Nasceu com raiva, e costumava se perguntar como seria soltar sua fúria, deixar todo o fingimento de lado e permitir que seu verdadeiro eu se libertasse.

Kelsea estava se esforçando muito para conter a raiva naquele momento, mas cada palavra do homem do outro lado da mesa fazia a onda escura atrás da represa subir um pouco mais. Clava e Pen estavam ao lado dela, Arliss e o padre Tyler em cadeiras mais afastadas da mesa. Mas Kelsea não via nada além do general Bermond, sentado na outra ponta. Na mesa, à sua frente, estava um elmo de ferro ornado com uma pluma azul ridícula. Bermond portava armadura completa, pois tinha acabado de voltar das linhas de frente.

— Não é bom sobrecarregar o exército, Majestade. Esse plano é um péssimo uso dos nossos recursos.

— Tudo precisa ser uma batalha com você, general?

Ele balançou a cabeça e se agarrou obstinadamente ao que disse.

— Vossa Majestade pode defender seu reino ou pode defender seu povo. Mas o Tearling não tem soldados suficientes para fazer as duas coisas ao mesmo tempo.

— As pessoas são mais importantes do que o território.

— Uma declaração admirável, Majestade, mas péssima em relação à estratégia militar.

— Você sabe o que esse povo sofreu na última invasão.

— Melhor do que Vossa Majestade, pois nem tinha nascido ainda. As águas do Caddell ficaram vermelhas. Foi uma carnificina.

— E estupro em massa.

— Estupro é uma arma de guerra. As mulheres superaram.

— Ah, Cristo — sussurrou Clava, e colocou uma mão restritiva no braço de Kelsea.

Ela foi tomada pela culpa, pois Clava a pegara no flagra. O general Bermond podia ser velho e antiquado, mas ainda assim ela considerou a ideia de arrastá-lo da cadeira e dar vários chutes fortes nele. Kelsea respirou fundo e falou com cuidado.

— Homens também foram estuprados, general.

Bermond franziu a testa, irritado.

— Não passam de boatos, Majestade.

Kelsea olhou nos olhos do padre Tyler, viu-o balançar a cabeça de leve. Ninguém queria falar sobre essa faceta da última invasão, nem mesmo vinte anos depois, mas o Arvath recebeu muitos relatos consistentes de padres de paróquias locais, os únicos a realmente registrar o que tinha acontecido durante a invasão. Estupro era uma arma de guerra, e os mort não discriminavam por gênero.

Kelsea teve um desejo repentino de que o coronel Hall tivesse ido àquela reunião. Ele nem sempre concordava com ela, mas estava pelo menos disposto a olhar todos os ângulos de uma situação, diferentemente do general, cuja mente tinha endurecido muito tempo antes. Mas o exército mort tinha chegado à fronteira vários dias antes, e Hall era indispensável no front.

— Estamos fugindo do assunto, Majestade — comentou Arliss.

— Concordo. — Kelsea se virou para Bermond. — Nós temos que proteger essas pessoas.

— Sem dúvida, Majestade, construa um campo de refugiados e aceite todos os errantes. Mas não tire meus soldados de assuntos mais importantes. Aqueles que desejam proteção podem encontrar um jeito de chegar à cidade sozinhos.

— É uma viagem perigosa para fazer sozinho, principalmente com crianças pequenas. A primeira onda de refugiados mal saiu das colinas, e já tivemos relatos de assédio e violência no caminho. Se essa for a única opção que oferecermos, muitos vão preferir ficar nas aldeias, mesmo quando o exército mort se aproximar.

— É a escolha deles, Majestade.

A represa na mente de Kelsea estremeceu, as fundações enfraquecidas.

— Você realmente não sabe a coisa certa a fazer, general, ou só finge não saber porque é a opção mais fácil?

As bochechas de Bermond ficaram vermelhas.

— Há mais de uma resposta certa aqui.

— Não, acho que não. Aqui nós temos homens, mulheres e crianças que nunca fizeram nada além de cuidar de fazendas. As armas deles são de madeira, isso se tiverem armas. A invasão vai ser um banho de sangue.

— Precisamente, e a melhor forma de protegê-los é cuidando para que os mort nunca invadam este reino.

— Você realmente acredita que o exército tear vai conseguir proteger a fronteira?

— Claro que sim, Majestade. Acreditar em qualquer outra coisa seria desleal.

Kelsea trincou os dentes, sem conseguir acreditar na dissonância cognitiva sugerida em uma declaração dessas. Os relatos de Hall vinham da fronteira, regulares como um relógio e sombrios como o fim do mundo, mas Kelsea não precisava que Hall dissesse para ela a verdadeira situação. O exército tear nunca seguraria o que estava a caminho. Na semana anterior, uma visão começou a incomodar Kelsea: a planície Almont a oeste coberta por um mar de barracas pretas e soldados. A garota que foi criada por Carlin Glynn jamais confiaria em visões, mas o mundo de Kelsea se ampliou bem além do espaço da biblioteca de Carlin. Os mort viriam, e o exército tear não conseguiria impedi-los. Eles só podiam torcer para atrapalhar e atrasar a invasão.

Arliss falou de novo.

— A infantaria tear é mal treinada, Majestade. Já temos relatos de armas de latão quebrando no impacto devido a armazenamento impróprio. E temos um problema sério de moral.

Bermond se virou para ele, furioso.

— Você tem espiões no meu exército?

— Não preciso de espiões — respondeu Arliss friamente. — Esses problemas são do conhecimento de todos.

Bermond engoliu a raiva com pouca graça.

— Mais motivo ainda, Majestade, para gastarmos o tempo limitado que temos em treinamento e suprimentos.

— Não, general. — Kelsea tomou uma decisão de repente, como costumava fazer, porque parecia a única coisa que a permitiria dormir à noite. — Vamos usar os recursos onde vão ser mais benéficos: na evacuação.

— Eu me recuso, Majestade.

— Ah, é mesmo? — A raiva de Kelsea aumentou e quebrou como uma onda. Era um sentimento maravilhoso, mas, como sempre, a maldita razão atrapalhou. Ela não podia perder Bermond; muitos soldados do exército dela tinham uma fé deturpada na liderança daquele homem. Ela forçou um sorriso agradável. — Então vou removê-lo do comando.

— Você não pode fazer isso!

— Claro que posso. Você tem um coronel pronto para liderar. É mais capaz e certamente mais realista do que você.

— Meu exército não vai seguir Hall. Ainda não.

— Mas vai me seguir.

— Isso é loucura.

Mas os olhos de Bermond se desviaram dos dela. Ele também tinha ouvido os boatos, então. Menos de um mês havia se passado desde que Kelsea e sua Guarda voltaram do desfiladeiro Argive, mas o que se dizia agora era que Kelsea tinha provocado uma inundação titânica sobre os traidores de Arlen Thorne. Era uma das histórias favoritas do povo, pedida com frequência a contadores de histórias nos bares e mercados de Nova Londres, e fez maravilhas pela segurança. Ninguém mais havia tentado entrar na Fortaleza, Clava informara a Kelsea, com um tom quase desgostoso. O incidente em Argive alterou drasticamente a balança política, e Bermond sabia bem disso. Kelsea se inclinou para a frente, sentindo cheiro de sangue.

— Você acredita mesmo que seu exército vai *me* desafiar, Bermond? Por você?

— Claro que vai. Meus homens são leais.

— Seria uma pena testar essa lealdade e se decepcionar. Não seria mais fácil ajudar na minha evacuação?

O olhar de Bermond era de fúria, mas Kelsea ficou satisfeita de ver que também estava enfraquecendo, e, pela primeira vez dede que a reunião começou, ela sentiu a própria raiva começar a diminuir.

— O acampamento é uma coisa, Majestade, mas o que você vai fazer quando os mort chegarem? Esta cidade já está lotada. Não há espaço para mais meio milhão de pessoas.

Kelsea queria ter uma resposta na ponta da língua, mas esse problema não tinha solução simples. Nova Londres já estava superpovoada, o que criava problemas de encanamento e saneamento. Historicamente, quando doenças se espalharam nas seções mais lotadas da cidade, foi quase impossível controlar. Dobrando a população, esses problemas se multiplicariam exponencialmente. Kelsea planejava abrir a Fortaleza para famílias, mas mesmo com seu enorme tamanho, o local absorveria apenas um quarto do fluxo, se tanto. Onde ela colocaria o resto?

— Nova Londres não é da sua conta, general. Lazarus e Arliss estão encarregados de preparar tudo para o cerco. Você se preocupe com o resto do reino.

— Eu me preocupo, Majestade. Você abriu a caixa de Pandora.

O rosto de Kelsea permaneceu impassível, mas a satisfação na expressão de Bermond deixou claro que ele sabia que tinha acertado o alvo. Kelsea abriu as portas para o caos, e embora dissesse para si mesma que não houvera alternativa, suas noites eram atormentadas pela certeza de que houvera, sim, outra opção, um caminho que poderia ter impedido a remessa ao mesmo tempo que impedia o banho de sangue subsequente, e se Kelsea tivesse sido só um pouco mais inteligente, poderia ter encontrado. Ela suspirou.

— Independentemente da culpa, general, o que está feito está feito. Seu trabalho é me ajudar a minimizar os danos.

— É como tentar represar o Oceano de Deus, hein, Majestade?

— Exatamente, general. — Ela sorriu para ele, um sorriso tão feroz que Bermond se encolheu na cadeira. — A primeira onda de refugiados vai chegar à planície Almont amanhã. Ceda alguns soldados a eles e comece a realocar o restante do exército. Quero aquelas aldeias vazias.

— E o que vai acontecer se meu exército for tão fraco como você parece pensar, Majestade? Os mort vão marchar direto para Nova Londres, como fizeram na época da sua mãe. Os soldados mort recebem salário, mas é uma miséria; eles constroem sua riqueza com base em pilhagens, e a pilhagem boa está em Nova Londres. Se não consigo impedi-los de atravessar a fronteira, acha mesmo que você, Lady, pode impedir que saqueiem a cidade?

Tinha alguma coisa errada com os olhos de Kelsea. Uma nuvem parecia obscurecer sua visão, fina nas beiradas e densa no centro. Eram suas safiras? Não, elas estavam quietas havia semanas, e agora permaneciam penduradas, escuras e inertes, contra o peito. Kelsea piscou rapidamente, tentando clarear a mente; não ajudaria em nada mostrar fraqueza na frente de Bermond agora.

— Estou torcendo para ter ajuda — disse ela. — Abri negociações com Cadare.

— E em que isso vai ajudar?

— Talvez o rei nos empreste algumas de suas tropas.

— É tolice, Lady. Os cadarese são isolacionistas, sempre foram.

— Sim, mas estou explorando todas as opções.

— Lady? — disse Pen em voz baixa. — Está tudo bem?

— Sim — murmurou Kelsea, mas agora havia pontos flutuando em seu campo de visão. Ia desmaiar, ela percebeu, e não podia deixar isso acontecer na frente de Bermond. Ela se levantou e se apoiou na mesa para se equilibrar.

— Lady?

— Estou bem — disse ela, balançando a cabeça e tentando clarear os pensamentos.

— O que está acontecendo com ela? — perguntou Bermond, mas a voz dele já estava ficando distante. O mundo de repente ficou com cheiro de chuva. Kelsea apertou a mesa e sentiu a madeira polida e lisa escorregando entre os dedos.

— Segure-a, homem! — gritou Clava. — Ela vai cair!

Ela sentiu o braço de Pen na sua cintura, mas o toque não foi bem-vindo, e ela o afastou. Sua visão ficou totalmente embaçada, e Kelsea viu um local desconhecido: um pequeno compartimento e um céu cinza e ameaçador. Em pânico, fechou bem os olhos e os abriu de novo, procurando a câmara de audiências, os guardas, qualquer coisa familiar. Mas não viu nada disso. Clava, Pen, Bermond... todos tinham sumido.

Lily

"É uma pequena viagem", disse o sr. Micawber, brincando com seu monóculo, "uma pequena viagem. A distância é puramente imaginária."

— *David Copperfield*, CHARLES DICKENS (*pré-Travessia*)

Seus olhos se abriram em um mundo cinzento, nuvens carregadas prometendo chuva. Ao longe, pelo para-brisa, ela podia ver um céu deprimente dominado por uma linha de silhuetas cinza-escuras.

Manhattan.

O carro passou por um calombo ao atravessar a ponte, e Lily olhou pela janela, irritada. Greg estava encarregado das finanças da casa dos dois, mas Lily o ouviu dizendo para Jim Henderson que pagava uma boa grana todo mês para usar aquela ponte. Em troca, eles tinham que preservar o asfalto. Mas nunca faziam um trabalho tão bom quanto deveriam, e ultimamente Lily passou a reparar em calombos e buracos que levavam mais e mais tempo para ser consertados. Mesmo assim, a viagem era melhor do que pegar a ponte pública; o Lexus deles seria roubado na hora em uma rodovia pública. Havia seguranças patrulhando regularmente essa ponte e suas saídas, e policiais apareceriam em segundos se Jonathan apertasse o botão do pânico. Alguns buracos eram um preço baixo a pagar por segurança.

A ponte terminou, e Lily olhou com ansiedade pela janela conforme os muros altos da cidade foram se transformando em barreiras baixas. Ela ia à cidade com menos frequência agora, e, a cada vez, parecia que as coisas estavam piores, mas ela ainda gostava de visitá-la. Sua casa em Nova Canaã era bonita, uma casa colonial com colunas brancas, como as de todos os seus amigos. Mas mesmo uma cidade inteira podia ficar chata quando tudo era igual. Lily se vestia com mais cuidado para as raras saídas além dos muros do que para seus próprios jantares; perigosa ou não, essa excursão sempre parecia um evento.

Olhando pela beirada da barreira na estrada, ela teve um vislumbre das favelas, cobertas com sacos de lixo para criar abrigos para a chuva iminente. Pessoas indistintas e sem recursos se encolhiam junto às paredes e embaixo de passarelas. Na primeira vez que Greg levou Lily a Nova York, logo depois que eles se casaram, a maioria dos prédios já estava vazia, as janelas cobertas de placas de aluguel. Agora, os invasores já tinham arrancado até as placas, e tantos prédios foram abandonados que a Segurança não se dava mais ao trabalho de circular no centro. As janelas vazias faziam os prédios parecerem desabitados, mas não estavam; Lily se encolheu ao imaginar o que acontecia lá dentro. Drogas, crime, prostituição... e ela até leu na internet que as pessoas pegas dormindo costumavam ser mortas para tirarem seus órgãos. Não havia regras fora do muro. Nada era seguro.

Greg dizia que as pessoas fora das barreiras eram preguiçosas, mas Lily nunca as viu dessa forma. Eram só azaradas; seus pais não eram ricos, como os dela e os de Greg. Greg não era tão rígido quando estava em Princeton; às vezes, nos fins de semana, ele até ajudava os sem-teto. Foi assim que se conheceram — os dois eram voluntários em Trenton, no último abrigo de sem-teto que sobrou em Nova Jersey —, embora atualmente Lily se perguntasse mais e mais se Greg fez aquilo apenas para o currículo; ele foi fazer um estágio do governo no mês seguinte. Lily foi para Swarthmore estudar literatura inglesa, porque era a única coisa de que gostava. Os livros já estavam todos censurados naquela época, sem sexo, palavrões ou qualquer outra coisa que a administração de Frewell considerasse antiamericana, mas Lily ainda conseguia apreciá-los, ainda conseguia mergulhar fundo na superfície estéril e encontrar uma boa história. Ela amava estar na faculdade, e a ideia do futuro a enchia de pânico e ansiedade. Greg era o ambicioso, o que trabalhou em Washington nas férias de verão, que viajou a Nova York em incontáveis fins de semana para bajular os amigos dos pais. Lily gostou disso, gostou de Greg parecer ter um controle tão grande do rumo que sua vida estava tomando. Quando conseguiu um bom emprego, ajudando o representante de um contratista de defesa, e pediu Lily em casamento depois da formatura, parecia um presente divino. Ela não precisaria trabalhar; seu trabalho seria cuidar da casa e ser simpática com outras pessoas como ela. E, claro, cuidar dos filhos quando viessem. Nada parecia trabalho de verdade. Lily teria tempo para fazer compras, ler, pensar. O carro passou por outro calombo, fazendo-a pular no banco, e Lily sentiu algo que lembrava um sorriso se abrir nos lábios. Ela tirou a sorte grande, com certeza.

A chuva começou de repente, batendo na janela em gotas grandes que obscureceram sua visão. O céu estava escurecendo o dia todo, e muitas das pessoas fora da barreira haviam se prevenido colocando um tipo de saco plástico em cima da roupa. Lily se perguntou se eles precisavam de sacos novos a cada tempestade ou se reutilizavam os mesmos.

— Desvio à frente, sra. M. — disse Jonathan por cima do ombro.

— Por quê?

— Explosão.

Ele apontou pelo para-brisa, e Lily viu uma camada oleosa de fogo no ar, pouco mais de um quilômetro à frente. Ela também tinha lido sobre isso; às vezes, criminosos escalavam para esconder explosivos nas rodovias particulares, tentando bloqueá-las, para obrigar os motoristas a pegarem as rotas públicas. Era só um dos muitos perigos de se aventurar fora do muro, mas, enquanto Jonathan não estivesse preocupado, Lily também não ficaria. Greg contratou Jonathan três anos antes, na semana anterior ao casamento. Jonathan era um bom guarda-costas e um excelente motorista; durante seu tempo servindo nas Guerras do Petróleo, ele fora encarregado da segurança das caravanas de suprimentos e parecia conhecer as estradas costeiras da região leste como a palma da mão. Ele guiou o carro pelas ruas altas, que agora estavam tão perto dos prédios que Lily só conseguia vislumbrar uma linha fina de sombras na beirada. Ela imaginou as pessoas abaixo, imaginou-as como ratos correndo na escuridão. Embeth, uma amiga de Lily do ensino médio, tinha ido para Nova York depois da formatura para ser babá, mas alguns anos antes Lily podia jurar ter visto Embeth em uma esquina na Baixa Manhattan, usando trapos, a pele suja e o cabelo parecendo não ter sido lavado em anos. Só um vislumbre rápido pela janela do carro antes de desaparecer.

Quando eles passaram pelas ruínas do Rockefeller Center, Lily viu que alguém tinha pintado palavras azuis a laser no asfalto onde ficava o chafariz, uma pichação tão grande que era visível da estrada acima.

O MUNDO MELHOR

Era o slogan do Blue Horizon, o grupo separatista, mas ninguém parecia saber exatamente o que queria dizer. A maioria das atividades do Blue Horizon parecia envolver explodir coisas ou invadir vários sistemas do governo para provocar o caos. No ano anterior, quando os separatistas apresentaram ao Congresso um pedido de separação, Lily foi a favor, mas Greg disse que não; havia muito dinheiro em jogo, clientes e dívidas demais a perder. Lily, que só pensava na redução dos crimes violentos, considerava uma boa troca, mas deixou isso de lado. Foi uma época estressante para Greg no trabalho; ele vivia tenso, bebia demais. Não relaxou até a petição fracassar.

Jonathan virou para a esquerda no porão do Plymouth Center e parou em uma barreira de segurança. Dois homens armados se aproximaram do carro, e Jonathan lhes mostrou o passe.

— A sra. Mayhew tem uma consulta com o dr. Davis, no quinquagésimo andar.

O guarda olhou para o banco de trás do carro.

— Abra a janela.

Jonathan abriu a janela de Lily, e ela se inclinou para a frente, evidenciando o ombro esquerdo. O guarda tinha um leitor portátil barato; foram necessárias várias tentativas até que a identificação dela fosse registrada com um bipe.

— Obrigado, sra. Mayhew — disse o guarda, e deu um sorriso frio.

Ele foi passar o leitor em Jonathan, e Lily se acomodou no banco de couro enquanto o carro seguia tranquilamente para a garagem.

O detector de metais ao lado do elevador apitou alto quando Lily passou; ela tinha se esquecido de tirar o relógio. Era uma coisa grande e volumosa, quase de prata maciça com mostrador de diamantes, e as amigas sempre olhavam com cobiça quando ela ia para o clube. Um relógio era um relógio, mas, como tantas coisas que Greg comprou para ela, Lily usava porque era esperado que o fizesse. Assim que passou pelo portão, ela colocou o relógio na bolsa.

O elevador apitou quando leu o implante no ombro dela. A identificação mostraria a localização dela se Greg verificasse, mas e daí? Para todo mundo, o dr. Davis era um médico perfeitamente respeitável, e muitas mulheres ricas se consultavam com ele devido a problemas de fertilidade. Mesmo assim, Lily sentiu um rubor de culpa se espalhar nas bochechas. Ela sempre era pega quando mentia, e nunca havia conseguido guardar um segredo. Só esse, o maior segredo de todos, e quanto mais ela o guardava, mais assustada ficava. Se Greg descobrisse...

Mas não deixou os pensamentos seguirem por esse caminho. Se deixasse, acabaria dando meia-volta e saindo correndo do prédio, e não podia fazer isso. Ela respirou fundo uma vez, mais uma, e continuou até a pulsação desacelerar e a coragem voltar. Quando as portas do elevador se abriram, ela seguiu para o corredor da esquerda com carpete verde-escuro. Passou por muitas portas que anunciavam vários especialistas: dermatologistas, ortodontistas, cirurgiões cosméticos. A porta do dr. Davis era a última à direita, uma superfície densa de nogueira que tinha a aparência que devia com uma placa de metal que anunciava "Anthony Davis, Especialista em Fertilidade". Lily colocou o polegar no leitor e esperou alguns segundos, olhando para a pequena câmera grudada na lateral da porta, até que a luzinha vermelha ficou verde e a porta fez um clique.

A sala de espera estava lotada de mulheres. A maioria era como Lily — brancas e bem-vestidas, segurando bolsas caras. Mas algumas eram claramente das ruas, traídas pelo cabelo e pelas roupas, e Lily se perguntou como passaram pela segurança. Uma delas, uma hispânica, com talvez cinco ou seis meses de gravidez, tinha se espremido em uma cadeira ao lado da porta. Estava com dificuldade para respirar, segurando os braços da cadeira com força, o rosto pálido e assustado. Quando Lily olhou para baixo, viu que a calça jeans da mulher estava encharcada de sangue.

Duas enfermeiras saíram rapidamente do consultório dos fundos com uma cadeira de rodas e ajudaram a mulher a se sentar nela. Ela segurou a barriga grande com as duas mãos, como se tentando manter alguma coisa lá dentro. Lily viu lágrimas escorrendo dos olhos dela, e as enfermeiras a levaram pela porta para as salas de exame.

— Posso ajudar?

Lily se virou para a recepcionista, uma morena jovem com sorriso impessoal.

— Lily Mayhew. Eu tenho uma consulta marcada.

— Espere, por favor, até que você seja chamada.

Não havia nenhuma cadeira além da que tinha sido esvaziada havia pouco, a almofada verde-clara encharcada de sangue. Lily não conseguiu sentar lá, então se encostou na parede, lançando olhares discretos para as pessoas ao redor. Uma mulher e uma adolescente, mãe e filha, estavam sentadas lado a lado. A garota estava ansiosa, e a mãe, não, e Lily leu a dinâmica delas com facilidade. Sentiu a mesma coisa na primeira vez que a mãe dela a levou até aquele consultório, sabendo que era um rito de passagem, mas também que tinha que ficar em segredo, que o que acontecia ali era um crime. Lily odiava essa consulta, odiava esse consultório, a necessidade dele, mas ao mesmo tempo sentia gratidão pelo lugar, por haver pessoas que não temiam Greg. Todos os Gregs daquele mundo.

Mas foi um erro pensar em Greg agora; Lily sentiu como se ele estivesse olhando por cima do ombro dela, e a ideia fez sua testa ficar coberta de suor. Cada ano que ela ia lá tornava mais provável que fosse descoberta, se não pela Segurança, então pelo próprio Greg. Greg queria filhos da mesma forma que queria uma BMW nova, da mesma forma que queria que Lily usasse o relógio cravejado de diamantes. Greg queria filhos para exibi-los para o mundo. Todos os amigos já tinham pelo menos dois filhos, alguns até três ou quatro, e as esposas olhavam para Lily com pena no clube, nas festas. Esses olhares não doíam nada, mas Lily tinha que fingir que doíam. Algumas vezes, ela até conseguiu produzir algumas lágrimas, pequenos chiliques para a alegria de Greg, evidência sólida da dor de seu fracasso como esposa. Houve uma época em que Lily quis filhos, mas isso parecia muito distante agora, uma vida inteira que tinha acontecido com outra pessoa. Tinha sido Greg quem sugerira que Lily procurasse uma clínica de fertilidade, sem saber que ela ia ao dr. Davis havia anos, sem saber que ele havia facilitado, e muito, para que ela se escondesse a olhos vistos.

Depois de uma eternidade, a dra. Anna se inclinou pela porta de vidro e chamou o nome de Lily. Levou-a até um consultório e puxou a cortina, deixando-a com a inevitável camisola de papel. A dra. Anna era a esposa do dr. Davis, uma mulher de cinquenta e tantos anos. Era uma das poucas mulheres médicas que Lily conhecia. Lily era jovem demais para entender as Leis Frewell na época; o mandato do presidente Frewell começou quando ela tinha oito anos e terminou aos dezesseis. Mas as leis dele deixaram um legado, e as escolas de medicina raramente aceitavam mulheres agora. Lily, que não gostaria de ter um homem estranho olhando entre suas pernas tanto quanto não gostaria de sair nua na rua, agradecia a existência da dra. Anna, mas ela tinha o rosto constantemente irritado de professora antiga, e sempre parecia irritada com Lily por estar lá, por tirá-la de uma coisa mais importante. Ela fez as perguntas de rotina e tomou notas no prontuário enquanto Lily tentava ajustar a camisola de papel melhor ao corpo, tentando cobrir o máximo de pele possível.

— Precisa de mais comprimidos?

— Sim, por favor.

— Para um ano inteiro?

— Sim.

— Como vai pagar?

Lily enfiou a mão na bolsa e pegou dois mil dólares em dinheiro. Greg deu para ela fazer compras no fim de semana anterior, e Lily enfiou o dinheiro num buraco no forro da bolsa, depois mentiu e disse que comprou um par de sapatos. O buraco na bolsa foi útil várias vezes no ano anterior, quando Greg passou a fazer inspeções de surpresa nas coisas dela. Ela não fazia ideia do que ele estava procurando; quando não encontrava nada, ele olhava para Lily com uma expressão estranha e ferida, a expressão do funcionário da loja que não conseguiu pegar uma pessoa furtando. As inspeções eram perturbadoras, mas aquele olhar preocupava Lily ainda mais.

A dra. Anna pegou o dinheiro e o colocou no bolso, depois foi tratar da questão desagradável do exame em si, que Lily aguentou trincando os dentes, olhando para as placas baratas de gesso no teto e pensando no quarto do bebê. Ela e Greg não tinham filhos, mas Lily mobiliou o quartinho logo depois do casamento, quando as coisas eram diferentes. O quartinho era o único lugar da casa que pertencia totalmente a Lily, onde ela podia realmente ficar sozinha. Greg precisava ter gente ao redor, precisava que alguém reagisse a ele. Nenhum lugar da casa era seguro; ele podia entrar de repente em qualquer aposento a qualquer momento sem bater, procurando atenção. Mas ele nunca entrava no quartinho do bebê.

Quando a dra. Anna terminou com todos os instrumentos e algodões, ela disse para Lily:

— A recepcionista vai estar com os resultados do seu exame e com os seus comprimidos. É só dar seu nome a ela.

— Obrigada.

A dra. Anna foi na direção da porta, mas parou pouco antes de abrir e se virou, o rosto de professora com sua expressão habitual de reprovação tensa.

— Sabe, não vai melhorar se não fizer nada.

— O quê?

— Ele. — A dra. Anna baixou o olhar para o anel no dedo de Lily. — Seu marido.

Lily segurou a barra da camisola de papel com mais força.

— Não sei o que você quer dizer.

— Acho que sabe, sim. Vejo mais de quinhentas mulheres por mês aqui. Os hematomas não mentem.

— Eu não...

— Além do mais — continuou a dra. Anna, interrompendo Lily —, você claramente é uma mulher rica. Não há motivo para não conseguir anticoncepcionais mais perto de casa. Com os preços do mercado negro como estão atualmente, você consegue até que um vendedor leve os comprimidos à sua casa. A não ser, é claro, que você tenha medo que seu marido descubra.

Lily balançou a cabeça, sem querer ouvir nada daquilo. Às vezes, ela achava que tudo estava quase bem, desde que não fosse dito abertamente.

— Seu marido não é seu dono.

Lily levantou o rosto, furiosa de repente, porque a dra. Anna não sabia o que estava dizendo. Era isso que o casamento significava: propriedade. Lily se vendeu para uma pessoa cuidar dela, pagar as contas e dizer a ela o que fazer. Certamente, houve remorso no meio do caminho, mas era o famoso tiro no escuro, como a mãe de Lily teria dito. Seus pais não quiseram que ela se casasse com Greg, mas na época Lily tinha tanta certeza de que aquilo era a melhor decisão. Ao pensar nos pais, Lily sentiu uma saudade repentina e inútil do antigo quarto na Pensilvânia, da cama de solteiro e da mesa de carvalho. A mobília era simples, não tão bonita quanto as coisas que tinha agora. Mas o quarto era dela. Até os pais batiam antes de entrar.

Os olhos de Lily ficaram marejados; ela passou a mão rapidamente por eles, borrando a maquiagem.

— Você não sabe nada sobre mim.

A dra. Anna deu uma risadinha irônica.

— Essa dinâmica nunca muda, sra. Mayhew. Pode acreditar, eu sei.

— Foram poucas vezes — murmurou Lily, mesmo sabendo que era um erro responder. Ela tinha se ressentido da maneira clínica e impessoal da dra.

Anna? Queria isso de volta agora. — Ele está sob muita pressão no trabalho este ano.

— Seu marido é um homem poderoso?

— É — respondeu Lily automaticamente. Era sempre a primeira coisa que surgia na cabeça dela sobre Greg: que ele era um homem poderoso. Ele trabalhava para o Departamento de Defesa, como contato civil entre os militares e os vendedores de armas. A divisão dele supervisionava o fornecimento para todas as bases militares na Costa Leste. Ele tinha um metro e oitenta e oito e jogou futebol americano na faculdade. Conheceu o presidente. Não havia para onde Lily fugir.

— Mesmo assim, há lugares para onde você pode ir, sabe? Lugares onde pode se esconder.

Lily balançou a cabeça, mas não havia como explicar para a dra. Anna. As mulheres fugiam às vezes, até mesmo em Nova Canaã; no ano anterior, Cath Alcott sumiu uma noite, pegou os três filhos, botou na Mercedes da família e desapareceu. A Segurança encontrou o carro abandonado em Massachusetts, mas, até onde Lily sabia, nunca encontraram Cath. John Alcott, um homem grande e quieto que sempre deixava Lily um pouco nervosa, contratou uma firma particular para encontrar a esposa, mas também não deu certo. Não conseguiram nem rastrear a identificação dela. Cath fez o impossível: pegou os filhos e escapou sem deixar rastros.

Mas Lily jamais conseguiria escapar, mesmo sem filhos a tiracolo. Onde moraria? O que comeria? Todo o dinheiro estava no nome de Greg; os grandes bancos não abriam contas individuais para mulheres casadas. Mesmo se Lily conhecesse gente que pudesse criar uma nova identidade para ela, e não conhecia, ela não tinha habilidades. Tinha se formado em literatura inglesa. Ninguém a contrataria, nem para limpar casas. Lily fechou os olhos e viu os sem-teto de Manhattan usando os sacos de lixo, vivendo amontoados embaixo de viadutos, brigando por restos. Mesmo que chegasse tão longe, ela não duraria um dia nesse mundo.

— Pense um pouco — disse a dra. Anna, o rosto severo novamente. — Nunca é tarde demais.

Ela enfiou a mão no bolso, pegou um cartão e, com um olhar questionador, colocou-o na bolsa de Lily em cima da cadeira. Em seguida, saiu e fechou a porta.

Lily desceu da mesa de exames coberta de papel e tirou com cuidado a camisola para que não rasgasse; as lições dos pais sobre desperdício ainda a guiavam às vezes, mesmo em coisas bobas como uma camisola de papel descartável. Ao olhar para si mesma, viu hematomas roxos na forma de dedo nos braços, nos locais onde Greg a agarrara na terça-feira. O resto dos cortes e hematomas da noite ruim quase um mês antes tinham finalmente cicatrizado, mas essas novas marcas queriam dizer que ela não poderia usar nada sem mangas por um tempo, e Greg gostava que ela usasse blusas sem mangas.

Ela começou a colocar o resto das roupas, tentando não olhar para o próprio corpo. Greg estava *mesmo* muito estressado; isso, pelo menos, não era mentira, e ele pedira desculpas depois. Mas "poucas vezes" era um exagero. Foram seis vezes ao todo, e Lily conseguia se lembrar de cada uma em detalhe. Ela podia mentir para a dra. Anna, mas não adiantava enfeitar a verdade na própria cabeça. Greg estava piorando.

Quando Lily saiu do elevador, encontrou vários membros da Segurança amontoados em volta de um homem bem-vestido no leitor. O homem parecia respeitável aos olhos de Lily, com cabelo grisalho e terno azul-marinho elegante. Mas os guardas o levaram para trás da mesa, por uma porta branca com "Segurança" pintado em letras pretas. Os sons cessaram quando a porta se fechou.

Sob os olhos vigilantes dos dois guardas que restaram, Lily foi até o Lexus. Aquela visão havia despertado uma lembrança terrível: as marias-chiquinhas louras de Maddy desaparecendo pela porta. Às vezes, ela passava meses inteiros conseguindo não pensar em Maddy, mas aí via alguma coisa: uma mulher sendo retirada de um carro, a Segurança batendo na porta de alguém ou até o mais leve vislumbre de um dos centros de detenção ao longo da I-80, ao longe. Maddy não estava mais lá, mas a menor coisa podia trazê-la de volta. Lily abriu a porta do carro com raiva, afastando a imagem. Essa pequena expedição já era bem difícil; ela não precisava de Maddy no caminho.

— Para casa, sra. M.? — perguntou Jonathan.

— Sim, por favor — respondeu Lily, sentindo as mesmas emoções estranhas e embaralhadas que a palavra sempre gerava nela: em parte alívio, em parte repulsa. — Para casa.

Depois que Jonathan a deixou em casa, Lily foi direto para o quarto do bebê. Greg ainda não tinha chegado do trabalho e a casa estava vazia, silenciosa, exceto pelos circuitos zumbindo nas paredes. Jonathan tinha que ficar com Lily o tempo todo, mesmo quando estava em casa, mas ela ouviu o ronco do motor lá fora e soube que ele tinha saído de novo. Ele costumava ter compromissos no horário de trabalho, muitas vezes em horários estranhos, mas Lily nunca mencionara isso para Greg. Ela nunca se sentia insegura sozinha, não em Nova Canaã. Os muros ao redor da cidade tinham seis metros de altura, com cerca elétrica em cima. Nunca havia crimes... ou, pelo menos, Lily se corrigiu, nenhum crime violento. A cidade estava cheia de ladrões que seguiam a lei.

O quarto do bebê era um aposento espaçoso e arejado no térreo. Lily escolhera aquele quarto porque era ao lado da cozinha, mas ainda mais porque dava para um pequeno pátio de tijolos com vista para o quintal. Lily gostou da ideia de poder levar um bebê lá para fora e amamentar na sombra dos elmos. Três anos antes que mais pareciam cem, e agora o bebê de Greg era uma coisa a ser evitada a todo custo.

Quando nenhum filho veio, o quarto se tornou automaticamente de Lily. Greg não era o tipo de homem que entraria em um quartinho de bebê; o pai dele, que Lily abominava, criou Greg com ideias muito claras do que era masculino e o que não era, e um quarto cheio de bichos de pelúcia não estava incluído no pacote. O fato de Lily não engravidar só tornava o quartinho menos convidativo, e, apesar dos brinquedos espalhados por todo o ambiente, o aposento tinha mais ou menos assumido o ar de sala de uma dama vitoriana; um espaço silencioso e tranquilo onde homens não entravam. Às vezes, quando Lily recebia as amigas, elas tomavam café ali, mas eram sempre as mulheres, nunca os homens.

Claro que o sistema de vigilância da casa estava configurado para que Greg pudesse observá-la no quarto do bebê, mesmo quando ele estava no trabalho. Mas Lily cuidou desse problema bem rápido, gravando dias de imagens inócuas: Lily tricotando, cochilando e até olhando com anseio para o berço, assim como muitas imagens do quarto vazio, depois colocando em looping na transmissão. Greg não era muito bom com computadores — na casa dos pais, tudo era feito para ele pela babá, pelos professores e pelos guarda-costas. Agora, no trabalho, ele tinha uma secretária que cuidava de toda a vida dele. Mas Lily sabia um pouco de computadores, ao menos o bastante para alterar o sistema de segurança. Maddy era meio hacker; nos dois anos antes de ela desaparecer — *ser levada*, a mente de Lily consertou; esse era um fato que ela nunca tinha permissão de esquecer dentro da própria cabeça —, Maddy praticamente viveu no quarto de porta fechada, passando horas no computador. Mas, às vezes, durante as semanas em que Lily e Maddy se davam bem, Maddy mostrava a ela coisas interessantes, e essa era uma delas: como alterar imagens de câmeras de segurança. Se a Segurança decidisse monitorar o sistema de vigilância deles, Lily precisaria de um novo truque, mas felizmente o trabalho de Greg com os militares queria dizer que ele e Lily eram cidadãos respeitáveis, e por isso as imagens da casa deles eram supostamente privadas. Lily tinha uma desconfiança, confirmada quanto mais ela conseguia se safar, de que Greg não gostava de olhar o quartinho, nem mesmo pelo monitor. Se ele a vigiava naquele quarto, devia ser apenas um breve vislumbre, nunca longo o bastante para ligar qualquer coisa que ele visse com imagens anteriores. Até o momento, estava funcionando. O tempo dela no quartinho pertencia a ela e a mais ninguém. Mesmo no ano anterior, conforme Greg foi ficando cada vez mais intrometido na pouca privacidade que restava a Lily, o lugar ainda era seguro.

Ela fechou a porta e colocou os comprimidos no lugar secreto embaixo do piso num dos cantos. Mesmo se Greg um dia decidisse entrar ali, Lily não achava que ele fosse conseguir encontrar o piso solto, que ficava perfeitamente alinhado à parede. Ao longo dos anos, escondeu vários objetos ali: dinheiro, analgésicos, livros velhos. Mas nada tão importante quanto os comprimidos, que arrumou em pilhas cuidadosas de três caixas. Ela olhou para as caixas, perguntando-se pela centésima vez por que era diferente de todas as amigas, por que não queria ser mãe. Não ter filhos era um fracasso; ela ouvia essa mensagem constantemente, das amigas, do pastor, dos boletins do governo on-line (cujo tom foi ficando cada vez mais aterrorizante nos últimos dez anos, conforme a proporção de pobres para ricos quase quadruplicou). Havia até incentivos fiscais agora, deduções para as pessoas acima de certo nível de renda que tivessem vários filhos. Para todo mundo, Lily fracassou na tarefa mais importante, mas ela fingia a vergonha que as amigas sentiriam. Por dentro, agradecia a Deus pelos comprimidos. Não estava pronta para ter filhos, e certamente não com Greg, não com ele piorando a olhos vistos. A noite da semana anterior... Lily tentou não pensar nela, mas agora a bolha na mente estourou, e de repente, pela primeira vez, Lily se viu considerando seriamente uma nova vida.

Considerando fugir.

Até Lily sabia que o mundo era cheio de lugares escuros para se esconder. Pensou de novo em Cath Alcott, que colocou os filhos no carro e simplesmente desapareceu. Cath tinha um plano? Juntou-se aos separatistas? Ou se restabeleceu em outro lugar como uma cidadã comum, com um novo nome e um novo rosto? Havia falsificadores e cirurgiões por aí que podiam fazer um trabalho assim.

Mas eu não tenho dinheiro.

Esse era mesmo o maior obstáculo. Dinheiro comprava opções, a chance de desaparecer. Lily podia pedir ajuda à mãe, mas a mãe também não tinha dinheiro; quando o pai morreu, a empresa alegou que ele rompeu o contrato de trabalho e não pagou a pensão. A mãe mal tinha o suficiente para pagar os impostos da casa. Mas, mesmo que sua mãe fosse rica, ela não queria saber dos problemas de Lily com Greg. No que dizia respeito a ela, Lily fez a própria cama. Ela tinha amigas em Nova Canaã, mas nenhuma de verdade. Não havia ninguém em quem pudesse confiar, ninguém que a ajudaria com uma coisa assim, e ela de repente se viu odiando a dra. Anna, odiando-a integralmente por tentar perturbar o statu quo. Lily não precisava ver um mundo diferente e melhor que estava fora de seu alcance. Aquele era o melhor resultado possível: tomar seus comprimidos todos os anos e não precisar levar uma criança para aquela casa.

— Lil!

Ela levou um susto, cheia de culpa. Greg estava em casa. O painel da porta da frente na parede estava piscando, mas ela não tinha reparado.

— Lil! Onde você está?

Ela colocou o piso no lugar e se levantou, ajeitou a saia rapidamente nos quadris. Ao sair, tocou no painel na parede e foi recompensada com o zumbido baixo e um tanto reconfortante da casa começando a fazer o jantar.

Greg tinha ido direto para o bar. Era outra coisa que Lily tinha notado ultimamente; Greg só bebia quando uma coisa boa tinha acontecido no trabalho, mas agora parecia ser todas as noites, e a quantidade ingerida estava aumentando. Nem todas as noites terminavam mal para Lily, mas ela não conseguia deixar de reparar na correlação, no jeito como Greg ia direto para a bebida todas as noites agora, o jeito como bebia como se estivesse tentando fugir de alguma coisa.

— Como foi a consulta?

— Boa. O sr. Davis disse que parece melhor.

— O que parece melhor? — Ele andou na direção dela, o copo na mão, e passou um braço ao redor da cintura dela.

— Ele acha que meu corpo vai responder bem a uma coisa chamada Demiprene. Estimula os ovários.

— A liberar óvulos?

— É. — As mentiras fluíam com naturalidade, bem ensaiadas, da boca de Lily. Ela pesquisou dois anos antes, sabendo que chegaria a hora em que Greg pediria informações verdadeiras sobre qual era o problema com seu aparelho reprodutor. Mas as perguntas dele foram ficando mais objetivas com o tempo, e Lily tinha começado a ter a sensação desconfortável de que ele também estava pesquisando agora.

— Tive boas notícias hoje — comentou Greg, e ela relaxou um pouco; não haveria interrogatório de verdade naquele dia.

— É mesmo?

— Ted disse, ou melhor, indicou que vai abrir uma vaga de contato sênior no ano que vem. Sam Ellis vai se aposentar. Ted diz que estou cotado para ela.

— Que bom.

Greg assentiu, mas as mãos já estavam servindo outro copo de uísque. Lily viu que alguma coisa o estava incomodando muito.

— O que houve?

— Ted disse que eu estava cotado para a vaga, mas fez um comentário quando eu estava saindo. Acho que era uma piada, mas...

— O que foi? — perguntou Lily, mas era mera rotina, a rotina de consolar o marido ao final do dia. Ela já sabia.

As bochechas de Greg ficaram de um tom vermelho intenso.

— Ele disse que, se não fosse pelo meu probleminha, eu teria me tornado sênior no ano passado.

— Ele estava brincando.

— Nas primeiras duas vezes, talvez. Agora, acho que não.

Lily segurou a mão dele e tentou projetar mais solidariedade do que realmente sentia. Greg estava sofrendo uma pressão enorme, sem dúvida, mas era uma pressão com a qual Lily não conseguia se identificar. Ela nunca foi ambiciosa. Não ligava se Greg era alguma coisa sênior, desde que eles tivessem um teto sobre a cabeça e uma vida decente. Outras esposas no clube tinham muito orgulho das promoções dos maridos, como se eles ainda estivessem todos no ensino médio, onde namorar o quarterback queria dizer que você era superior a todas as outras garotas da turma. Mas não Lily. Greg tinha um ótimo emprego e os chefes gostavam dele. Não corria perigo de ser demitido. Quem ligava se ele ia se tornar o contato sênior mais jovem da história do Pentágono?

Greg liga, ela lembrou a si mesma. Mas esse fato já não carregava mais o peso que tinha no passado. Seria bem mais fácil alegrar Greg se ele tivesse mostrado uma preocupação recíproca por ela. No início do casamento, as coisas eram melhores; Greg já a tratou como um ser independente. Mas o tom mudou, e agora todas as ações de Lily eram avaliadas como uma grande chance de crescimento pessoal, como se ela fosse apenas um motor auxiliar no foguete de Greg. Essas historinhas do escritório eram sempre iguais, e apesar de Greg estar querendo ser tranquilizado, ele também queria dar uma alfinetada. A mensagem era clara: o útero murcho de Lily estava atrapalhando sua carreira. A possibilidade de que os testículos de Greg pudessem ser o problema nunca foi discutida. Lily sentiu raiva subindo pelo fundo da garganta, mas Greg se inclinou para a frente, os cotovelos no bar, e segurou a cabeça entre as mãos. Ele não estava chorando, não Greg; seu pai odioso arrancou isso dele muito antes de Lily surgir na cena. Mas isso era o mais perto que chegava de choro.

— Greg. — Ela mordeu o lábio e tentou reunir coragem. Tinha tocado no assunto duas vezes no primeiro ano de casamento, e Greg a cortou nas duas, mas agora parecia ser um momento em que ele talvez conseguisse ouvir. Lily esticou a mão e segurou a dele. — Greg, talvez não seja um problema.

Ele levantou a cabeça e olhou para ela como se nunca a tivesse visto na vida.

— O quê?

— Muita gente não tem filhos. Talvez não seja o fim do mundo.

— De que você está falando? Você sempre quis ter filhos.

Não quis, não! Ela engoliu as palavras, mas elas continuaram como uma espécie de grito no fundo da sua mente. *Você supôs que eu queria! Nós nunca falamos no assunto! Você nunca perguntou!*

Lily engoliu em seco para tentar controlar a raiva. Ele era o marido dela, e houve uma época em que eles conseguiram conversar sinceramente, às vezes até por horas sem fim. Ela esticou a mão e tocou no cabelo de Greg, respirou fundo e continuou.

— Greg, se nós nunca tivermos filhos, eu vou aceitar bem.

Ele passou os braços pela cintura dela com uma risada incrédula.

— Você só está falando da boca pra fora.

— Não, não estou. — Ela se afastou e olhou nos olhos dele. — Greg, nós ficaríamos bem.

Ele recuou, e seus olhos se encheram de mágoa.

— Você acha que eu sou infértil, não acha?

— Não, claro que não...

Ele segurou os ombros dela, os dedos afundando na pele macia acima das omoplatas. Lily quase conseguia sentir os hematomas se formando.

— Eu não sou.

— Eu sei — sussurrou Lily, e desviou o olhar. Já conseguia se sentir se encolhendo para dentro, a personalidade mergulhando atrás de qualquer proteção que pudesse encontrar. Que sentido havia em insistir se aquilo só deixava Greg pior?

Ele a sacudiu, e Lily sentiu os dentes baterem.

— Sabe o quê?

— Eu sei que você não é estéril. Você está certo. É importante.

Ele a observou com atenção por mais um momento e sorriu, o bom humor voltando ao rosto.

— Sem dúvida, Lil. E tive uma ideia sobre o que podemos fazer.

— O quê?

Ele balançou a cabeça e sorriu, o sorriso quase aberto de um garoto que sabe que foi levado.

— Vou ter que me informar primeiro, ter certeza de que é viável.

Lily não fazia ideia do que ele estava falando, mas não gostou daquele sorriso. Lembrou a ela uma época da faculdade em que a fraternidade de Greg foi investigada por agredir um calouro. Apesar dos esforços de Princeton, a notícia se espalhou por todos os campi próximos. Quando Lily perguntou a Greg sobre o assunto, ele alegou que não teve nada a ver com a história, mas o mesmo brilho surgiu nos olhos dele na época. A Lily mais jovem não foi inteligente o bastante para ler nas entrelinhas.

— O dr. Davis diz que as chances ainda são muito boas...

— O dr. Davis está demorando demais.

Lily ficou parada, quase paralisada, enquanto ele passava os braços ao redor dela de novo.

— Pense no quanto seria maravilhoso se nós tivéssemos um bebê, Lil. Você seria uma mãe tão boa.

Lily assentiu, embora estivesse com a sensação de que uma bola de tênis estava descendo pela garganta. Ela pensou em ficar grávida, em ter o bebê de Greg dentro dela, e uma onda de repulsa se espalhou por baixo da pele, fazendo-a tremer, fazendo Greg a segurar com mais força.

— Lil? Diga que me ama.

— Eu amo você — respondeu Lily, e ele beijou o pescoço dela, a mão se deslocando até seu seio. Lily teve que se obrigar a ficar parada e a não reagir. Não entendia como palavras que soavam tão automáticas aos ouvidos dela podiam ser tão satisfatórias para Greg. Talvez ele só precisasse da estrutura das coisas. Talvez qualidade fosse uma consideração diferente, algo que não importava muito para ele.

Eu já gostei desse homem, pensou Lily. E gostou mesmo, quando eles eram jovens e estavam na faculdade e Lily não conseguia diferenciar nada de nada, quando Greg lhe comprava coisas bonitas e Lily confundia isso com amor. Greg dizia que a amava, mas a definição de Greg daquela palavra se transformou em uma coisa sombria e invasiva. Sarah, amiga de Lily, dizia que o amor era diferente em cada casamento, mas Sarah estava com o próprio olho roxo nesse dia, e não acreditava nas próprias besteiras tanto quanto Lily.

Ele não sabe, a mente dela sussurrou. *Ele ainda não sabe sobre os comprimidos.*

Mas isso não era mais um consolo. Lily sabia que não conseguiria esconder os comprimidos para sempre, mas por muito tempo eles pareceram oferecer uma proteção quase mágica, a mesma qualidade de talismã que ela sentia no quarto do bebê. Até as noites ruins foram mais fáceis de encarar sabendo que parte dela estava em segurança, que Greg não poderia ter o que queria em tudo. Mas ela conhecia aquele sorriso, conhecia bem. Greg se safou de quase tudo na vida, normalmente com a aprovação entusiasmada do pai, e agora estava novamente tramando alguma coisa. O que quer que ele estivesse planejando, parecia certo que o statu quo não permaneceria. Greg estava passando a mão embaixo do vestido dela agora, e Lily lutou para não se mexer, para não empurrá-lo. Pensou em dizer não, vinha pensando havia meses, mas esse *não* levaria a uma conversa que ela ainda não estava pronta para ter... o que ela diria quando ele perguntasse por quê? Ela fechou os olhos e imaginou o quartinho, aquele espaço silencioso onde não havia intrusões, onde não havia violações nem...

Kelsea piscou e se viu no espaço abençoadamente familiar da biblioteca. Estava de pé em frente às estantes com Pen ao seu lado, a poucos centímetros dela. Por um momento, o mundo oscilou, mas ela viu todos os livros, os livros de Carlin, e sentiu a realidade se solidificar ao redor, a Ala da Rainha se acomodando com um baque sólido na mente dela.

— Lady? Está tudo bem?

Ela esfregou os olhos com a base da mão. Um chiado veio da lareira no canto, fazendo-a pular de susto, mas era só o fogo, esmaecendo nas primeiras horas da manhã.

— Eu estava sonhando — sussurrou Kelsea. — Eu era outra pessoa.

Mas *sonhando* era a palavra errada. Kelsea ainda conseguia sentir as mãos do homem afundando em seus ombros, marcando a pele com hematomas. Conseguia se lembrar de cada pensamento que passou na cabeça da mulher.

— Como nós chegamos aqui? — perguntou a Pen.

— Você está vagando pela ala há quase três horas, Lady.

Três horas! Kelsea oscilou de leve e firmou o aperto na beirada da estante.

— Por que não me acordou?

— Seus olhos estavam abertos, Lady, mas você não conseguia nos ver nem nos ouvir. Andalie mandou não tocar em você, disse que dá azar tocar um sonâmbulo. Mas eu fiquei por perto para me certificar de que você não se machucasse.

Kelsea começou a protestar que não era sonâmbula, mas fechou a boca. Alguma memória surgia em sua mente, algo que traria luz ao acontecimento. A mulher em Almont! Kelsea nunca soube o nome dela, mas seis semanas antes viu, pelos olhos da mulher, Thorne pegar os dois filhos dela. Isso também não foi um sonho; foi bem claro e preciso. Mas o que Kelsea vivenciou agora foi ainda mais claro. Ela conhecia essa mulher, conhecia o que se passava na cabeça dela tão bem quanto na sua própria. O nome dela era Lily Mayhew, ela morava nos Estados Unidos pré-Travessia, era casada com um babaca. Lily não era produto da imaginação de Kelsea. Mesmo agora, Kelsea conseguia visualizar uma série de imagens que nunca tinha visto, maravilhas perdidas séculos antes na Travessia: carros, arranha-céus, armas, computadores, rodovias. E conseguia ver agora a cronologia, o momento dos desenvolvimentos políticos que sempre confundiram os historiadores da pré-Travessia como Carlin, que não tinham registros escritos do que acontecera na época. Carlin sabia que um dos maiores fatores que precipitaram a Travessia foi a disparidade socioeconômica, mas, graças a Lily, Kelsea agora via que o problema era muito pior. Os Estados Unidos decaíram a uma verdadeira plutocracia. O vão entre ricos e pobres começou a aumentar de forma regular desde o final do século XX, e quando Lily nasceu — *2058*, a mente de Kelsea produziu o ano sem a menor dificuldade — mais da metade da população dos Estados Unidos estava desempregada. Corporações tinham começado a esconder os poucos suprimentos de comida para venderem no mercado negro. Com a maior parte da população sem-teto ou com dívidas irrecuperáveis, o desespero e a apatia se misturaram e permitiram a eleição de um homem chamado Arthur Frewell... e esse era um nome que Kelsea *tinha* ouvido antes, muitas vezes, de Carlin, que falava do presidente Frewell e de seu Ato de Poderes Emergenciais com o mesmo tom que usava para falar de Hiroshima e do Holocausto.

— Lady, está tudo bem?

— Estou bem, Pen. Preciso pensar. — Lembranças invadiram a cabeça de Kelsea de repente: sentada na biblioteca cinco ou seis anos antes, enquanto a voz de Carlin ecoava com irritação nas paredes.

"O Ato de Poderes Emergenciais! O nome é uma aula de criatividade! Uma legislação honesta o teria chamado simplesmente de lei marcial e fim da história. Lembre-se disso, Kelsea: o dia em que você declarar lei marcial é o dia em que você perdeu o jogo do governo. Dá no mesmo tirar a coroa e fugir escondida durante a noite."

De acordo com Carlin, o Ato de Poderes Emergenciais foi criado para lidar com uma ameaça crescente e muito real de terrorismo doméstico. Conforme a desigualdade econômica aumentava, movimentos separatistas se proliferaram pelos Estados Unidos. O mundo melhor... Kelsea viu isso na visão, em letras azuis com mais de nove metros de altura. Mas o que queria dizer? Ela queria tanto saber. *Ver*. Olhou para seus dois colares, esperando ver as pedras brilhando intensamente, como aconteceu quando ela acordou daquela visão terrível em Almont. Mas elas estavam escuras. A última vez que ela se lembrava de tê-las visto iluminadas foi na noite no desfiladeiro Argive, quando criou a enchente. Pela primeira vez, Kelsea se perguntou se era possível que as pedras tivessem se extinguido. Elas fizeram um milagre grande e extraordinário em Argive, mas parecia ter esgotado toda a sua magia. Talvez não passassem de joias comuns agora. A ideia trouxe alívio, seguido rapidamente de medo. Os mort estavam se reunindo na fronteira, e qualquer arma ajudaria, mesmo uma tão inconsistente e imprevisível quanto suas duas joias. Elas não podiam se extinguir.

— Você devia ir para cama, Lady.

Kelsea assentiu lentamente, ainda examinando a visão extraordinária na mente. Por hábito, passou a mão pelos livros, tirando conforto da solidez. Sonâmbula ou não, ela não estava surpresa de ter ido parar ali. Sempre que tinha um problema para analisar, acabava indo parar na biblioteca, pois era mais fácil pensar quando estava cercada de livros. As fileiras limpas em ordem alfabética ofereciam algo para onde olhar e refletir enquanto a mente vagava. Carlin também usava a biblioteca como consolo e refúgio, e Kelsea achava que Carlin ficaria satisfeita de ela encontrar o mesmo consolo ali. Lágrimas arderam em seus olhos, mas ela deu as costas para a estante e seguiu na frente de Pen para fora da biblioteca.

Andalie estava esperando Kelsea no quarto dela, embora o relógio mostrasse que passava bem das três da manhã. A filha mais nova, Glee, estava dormindo nos braços dela.

— Andalie, está tarde. Você devia ter ido para a cama.

— Eu já estava acordada, Lady. Minha Glee está com ataques de sonambulismo de novo.

— Ah. — Kelsea tirou os sapatos. — Uma sonâmbula astuta, pelo que soube. Clava disse que a encontrou andando nos aposentos da Guarda semana passada.

— Clava diz muitas coisas, Lady.

Kelsea ergueu as sobrancelhas. O tom foi de crítica, mas ela não conseguiu interpretar o comentário.

— Bom, não preciso de ajuda hoje. Você devia ir para a cama.

Andalie assentiu e saiu, carregando a filha. Quando foi embora, Pen fez uma reverência e disse:

— Boa noite, Lady.

— Você não precisa se curvar para mim, Pen.

Os olhos de Pen brilharam com humor, mas ele não disse nada, só se curvou de novo antes de sair para a antessala e puxar a cortina.

Kelsea tirou o vestido e jogou as roupas no cesto. Estava feliz de Andalie ter ido embora com tanta facilidade. Às vezes, parecia sentir que era seu dever ajudar Kelsea a se despir. Mas Kelsea achava que nunca ficaria à vontade nua na frente de outras pessoas. Andalie tinha pendurado um espelho de corpo inteiro na parede ao lado da cômoda de Kelsea, mas, se estava tentando curá-la aos poucos da timidez física, tinha escolhido a abordagem errada. Até esse objeto simples criava uma miríade de desafios: Kelsea queria olhar no espelho, mas não queria, e sempre acabava olhando e depois se odiando. Seu reflexo não lhe agradava, principalmente desde que ela se mudou para a Ala da Rainha, onde estava sempre cercada de mulheres bonitas. Mas mais forte ainda era seu desprezo pela mãe, a rainha Elyssa, que supostamente passou metade da vida se olhando no espelho. Assim, Kelsea fez uma promessa: sempre que passasse pelo espelho, ela se olharia rapidamente, por tempo suficiente de determinar se o cabelo estava penteado e se não esfregou tinta no rosto durante o dia. Qualquer coisa mais do que uma espiada seria excesso de vaidade.

Agora, ao se observar no espelho, Kelsea ficou paralisada.

Ela havia perdido peso.

Parecia impossível, pois nos últimos tempos Kelsea estava bem menos ativa do que quando chegou à Fortaleza. Havia muito que fazer todos os dias, e a maioria das coisas envolvia ficar sentada no trono ou a uma mesa na biblioteca. Ela não se exercitava havia semanas, e todos os seus planos de comer menos, que pareciam tão simples de manhã, estavam inevitavelmente destruídos até o anoitecer. Mas não podia negar o que estava vendo agora. As pernas grossas estavam mais finas, e os ossos da bacia, mais pronunciados. A barriga, que sempre fora sua maior fonte de constrangimento por causa das dobrinhas que apareciam acima do abdome, recuaram e viraram só uma protuberância arredondada. Kelsea se aproximou do espelho e espiou os braços. Também pareciam mais finos. A carne densa desapareceu dos bíceps, e agora eles se afinavam levemente até os antebraços. Quando isso tudo aconteceu? Fazia menos de uma semana, com certeza, pois ela se olhara no espelho antes da última reunião com Hall e não vira nenhuma dessas mudanças. Ao olhar para o rosto, Kelsea teve um sobressalto, pois também parecia que havia algo de diferente ali... mas, um momento depois, percebeu que foi só um truque da luz da lareira.

O que tem de errado comigo?

Devia pedir a Clava para chamar o médico? Kelsea desistiu da ideia. Clava achava que ninguém precisava de um médico a não ser que estivesse sangrando e morrendo, e o médico mort preferido de Coryn era muito caro. Kelsea precisava mesmo chamá-lo agora, só porque tinha perdido peso? Não estava ferida nem sangrando. Sentia-se bem. Podia observar e esperar, e, se qualquer outra coisa acontecesse, contaria a Clava ou a Pen. Ela andava muito estressada ultimamente, afinal.

O fogo estalou atrás dela, e Kelsea se virou. Por um momento, teve certeza de que alguém estava de pé na frente da lareira, observando-a. Mas não havia nada, apenas sombras. Apesar do calor do fogo, o quarto pareceu frio de repente; depois de uma olhada final e inquieta para o espelho, Kelsea vestiu a camisola e subiu na cama. Soprou a vela e enfiou os pés na pilha quente de cobertores, puxando-os até a cabeça para cobrir o nariz frio. Tentou relaxar, mas por trás das pálpebras fechadas, espontaneamente, veio a mesma imagem que a atormentava havia semanas: o exército mort, uma maré negra venenosa que se espalhava pelas Colinas da Fronteira até a planície Almont, deixando destruição para trás. Os mort não invadiram a terra dos tear, ainda não, mas era uma questão de tempo. Clava e Arliss estavam estocando coisas para o cerco e reforçando as defesas da cidade, mas, diferentemente de Bermond, Kelsea não se enganava; quando os mort realmente chegassem à cidade e dedicassem todos os seus esforços a derrubar os muros, nenhum esforço de fortificação de último minuto os manteria longe. Sua mente voltou novamente para Lily Mayhew, que vivia em uma cidade cercada de muros. Devia haver alguma lição na vida de Lily, alguma informação útil... mas nada veio.

Kelsea se deitou de costas e ficou observando a escuridão. A mãe encarou a mesma situação desfavorável e acabou vendendo o Tearling. Kelsea a odiava por isso, sim, mas o que podia fazer de diferente? Ela segurou as safiras, desejando que lhe oferecessem respostas, mas estavam silenciosas, passando apenas um sentimento horrível de certeza: Kelsea julgou a mãe duramente, e aquela era sua punição: ter que decidir se tomava a mesma decisão.

Não tenho uma solução, pensou Kelsea, encolhendo-se na cama. *E, se não conseguir pensar em nada, não sou melhor do que ela era.*

Os mineiros eram uns broncos. Tinham se banhado antes de ir à Fortaleza, mas a sujeira parecia ter se entranhado na pele mesmo assim, deixando-os com aparência suja. Eram mineiros independentes, e isso por si só já era uma raridade; a maioria dos mineiros de Tearling pertencia às guildas, pois a união era a única forma de eles conseguirem competir com os mort. Um dos mineiros era uma mulher, alta e loura, embora estivesse suja como o resto e usasse um chapéu verde surrado que parecia ter passado por um furacão. Kelsea, que não sabia que grupos de mineradores aceitavam mulheres, a observou com interesse, mas a mulher lhe lançou um olhar hostil.

— Majestade, nós acabamos de deixar Fairwitch — anunciou Bennett, o representante. — Estamos trabalhando no contraforte há quase um mês.

Kelsea assentiu, desejando não ter colocado um vestido de lã tão grosso. O verão tinha chegado, quente e sonolento, mas alguém acendeu a lareira mesmo assim. Nos últimos tempos, ela passou a odiar dar audiências, pois parecia que o objetivo era tirar a atenção dela dos problemas mais importantes: os mort e os refugiados. A primeira onda de aldeões da fronteira já devia estar atravessando a Almont, mas era apenas uma fração do total: quinhentas mil pessoas, no mínimo... onde Nova Londres colocaria todo mundo?

— Éramos originalmente uma equipe de quinze, Majestade — continuou Bennett, e Kelsea tentou concentrar a atenção nele, sufocando um bocejo.

— Onde está o resto?

— Sumiu, Lady, durante a noite. Mantivemos o acampamento bem pequeno, com todos próximos, mesmo no começo, mas... bom, você sabe, um homem precisa mijar às vezes. Eles saem do acampamento à noite e, às vezes, simplesmente não voltam.

— E por que vocês vieram me contar isso?

Bennett começou a responder, mas a mineradora, que tinha ar de ser o braço direito dele, começou a murmurar freneticamente em seu ouvido. A conversa virou rapidamente uma discussão sussurrada, pontuada por grunhidos e sibilares. Kelsea ficou satisfeita em apenas observar. O padre Tyler estava mais perto dos mineradores do que o resto deles; devia conseguir ouvir o que estava sendo dito. Ela tinha começado a deixar o padre comparecer às audiências em algumas ocasiões, e ele já tinha oferecido várias percepções valiosas. Ele gostava das audiências, dizia que era como ver a história sendo feita. Também sabia ficar de boca fechada, tanto que supostamente foi vítima da fúria do novo Santo Padre, que achava que o padre Tyler não estava lhe dando informações suficientes. Kelsea não entendia o que segurava a língua do padre, mas a presença dele ali parecia uma recompensa justa.

— Majestade. — Bennett continuou, por fim, embora a companheira olhasse para ele de cara feia enquanto ele falava. — Descobrimos uma coisa em Fairwitch.

— O quê?

Bennett cutucou a mulher, que olhou para ele com repugnância, mas tirou uma bolsinha preta do bolso da capa. Os guardas de Kelsea se aproximaram na mesma hora e formaram uma fila na frente de Pen. Ela viu um brilho azul quando Bennett levantou o que quer que fosse à luz das tochas.

— O que é?

— Safira, Majestade, a não ser que meu palpite esteja errado. Encontramos um veio de bom tamanho.

Agora Kelsea entendia a discussão.

— Eu garanto que a sua descoberta é apenas sua. Podemos querer comprar de você por um preço justo, mas você tem a minha palavra que não vai haver confisco.

As palavras tiveram o efeito desejado; todos os mineradores pareceram relaxar. Até o braço direito de Bennett se acalmou, a testa se alisando quando ela tirou o chapéu verde.

— Podemos inspecionar sua descoberta?

Bennett olhou para os mineiros, que deram acenos contrariados de concordância. Ele se aproximou um pouco e entregou a pedra a Kibb, que pegou e a levou até Kelsea.

Ela ergueu uma das próprias safiras para inspecioná-las lado a lado. A pedra de Bennett estava bruta, tinha sido cortada diretamente do veio e não havia sido polida, mas também era enorme, quase do tamanho da palma da mão de Kelsea, e não havia dúvida sobre a qualidade. Ela esperou um momento, tomada por uma esperança ridícula de que a nova safira fosse provocar alguma reação nas pedras dela, acordá-las de alguma forma. Mas nada aconteceu.

— Lazarus?

— Parece a mesma pedra. Mas e daí?

— Você disse que encontraram um monte disso, Bennett?

— Sim, Majestade. Tivemos que cavar fundo para chegar ao veio no contraforte, mas eu diria que está menos profundo em Fairwitch. Só não ousamos ir até lá depois... depois de Tober.

— O que aconteceu com Tober?

— Se foi, Majestade.

— Ele desertou?

— Para onde teria ido? — perguntou com escárnio um minerador velho na retaguarda do grupo. — Nós estávamos com todos os suprimentos.

— O que vocês acham que aconteceu, então?

— Não sei direito. Mas às vezes ouvimos barulhos à noite, parecem ser de um animal grande.

— Só alguns de nós ouviram, Lady — interrompeu Bennett, olhando de cara feia para o velho minerador. — No bosque e na parte mais alta de Fairwitch. Era uma coisa grande, mas se movia de forma sorrateira demais para ser um animal comum. Levou Tober, nós temos certeza.

— Por quê?

— Nós encontramos as roupas dele, Lady, e as botas, alguns dias depois, no fundo da ravina. Estava tudo rasgado e manchado de sangue.

Arliss fez um ruído baixo de descrença.

— Mais três homens desapareceram, Lady, antes de aprendermos a unir mais nosso acampamento à noite e só trabalhar em grupos. Nunca encontramos sinal deles.

Kelsea virou a safira nas mãos. Arliss não tinha como saber, mas essa não era a primeira história desse tipo que ela ouvia ultimamente. Agora que não havia remessa, os funcionários do Censo posicionados nas aldeias estavam ansiosos para provar que ainda eram relevantes, e informações de todos os tipos chegavam a Clava de todos os cantos do reino, inclusive os pequenos vilarejos na base de Fairwitch. Houve três reclamações de crianças desaparecidas no contraforte, assim como vários homens e mulheres que desapareceram nos pântanos. Ninguém tinha visto nada. Fosse qual fosse o predador, ele chegava à noite e simplesmente sumia com a presa.

— Kibb, devolva isto, por favor. — Kelsea entregou a pedra para ele e se recostou no trono para pensar. — Lazarus, sempre houve desaparecimentos em Fairwitch, certo?

— Muitos, Lady. É um lugar perigoso, principalmente para crianças. Inúmeros pequeninos desapareceram antes de as famílias tear pararem de habitar as montanhas. Até os mort evitam a parte deles de Fairwitch.

— Majestade? — O padre Tyler falou com hesitação, levantando a mão no ar, e Kelsea reprimiu um sorriso.

— Sim?

— O antigo Santo Padre acreditava que Fairwitch era amaldiçoada.

Clava revirou os olhos, mas o padre Tyler continuou:

— Eu não acredito em maldições, mas vou dizer uma coisa: no final do primeiro século, o Arvath enviou missionários para Fairwitch, procurando aqueles que tinham vagado para lá depois da Travessia e se estabelecido nas montanhas. Nenhum dos missionários voltou. Não é apenas um boato; o relato faz parte dos registros do Arvath.

— Nunca encontraram os corpos? — perguntou Kelsea.

— Não que eu saiba. É a primeira vez que ouço falar de restos, sangue ou roupas.

Isso deixou Kelsea ainda mais inquieta. Se as pessoas tinham desaparecido, onde estavam os ossos? Ela se virou para os mineradores.

— Bennett, você planeja voltar a Fairwitch?

— Ainda não decidimos, Majestade. A safira é de boa qualidade, mas o risco...

Arliss deu um tapinha no ombro de Kelsea e se inclinou para a frente para murmurar no ouvido dela.

— Os cadarese valorizam muito safiras, Majestade. Seria um bom investimento.

Kelsea assentiu e encarou os mineradores.

— A escolha é sua. Mas, caso decidam voltar, vou comprar sua mercadoria por...

Ela olhou para Arliss.

— Cinquenta libras o quilo.

— Sessenta libras o quilo. Também pago um adicional por informações do que ronda por lá.

— Adicional de quanto?

— Depende da qualidade da informação, não é?

— Nos dê um momento, Majestade.

Bennett levou seu grupo para o outro lado da sala, onde todos se reuniram. O velho minerador, nas cercanias, se preparou para cuspir no chão, mas foi impedido quando Wellmer segurou o ombro dele e balançou a cabeça de forma ameaçadora.

— Sessenta libras o quilo? — gemeu Arliss, baixinho. — Você não vai ganhar dinheiro assim.

— Eu conheço você, Arliss. Seu preço é implacável.

— O preço certo é o que o mercado suportar, infanta. A governante de um reino pobre devia se lembrar disso.

— Só faça seu trabalho e cuide para que os impostos cheguem na hora, velho.

— Velho! Você nunca teve um coletor de impostos melhor. Dez mil libras só este mês.

— Majestade! — Bennett parou na frente do tablado. — É um acordo justo. Vamos partir na sexta-feira.

— Maravilhoso — respondeu Kelsea. — Arliss, dê a cada um cinco libras de bônus como adiantamento.

— Cinco libras para cada, infanta!

— Boa vontade, Arliss.

— Agradecemos, Majestade — disse Bennett. O resto dos mineiros grunhiu em concordância e se reuniu em torno de Arliss com expressões gananciosas. Arliss tirou o livrinho e o saco de moedas, resmungando o tempo todo, mas Kelsea considerava o dinheiro bem gasto. O Tearling não tinha metal suficiente na terra para sustentar mais do que uns poucos grupos de mineradores. Se não houvesse mais mineradores entre os tear, o reino seria obrigado a obter a maior parte de seu metal de Mortmesne... o que queria dizer que não haveria metal algum.

Um bocejo alto veio da esquerda de Kelsea: Pen. Ele parecia muito cansado; os olhos tinham um aspecto escuro e afundado, e ele aparentava ter perdido peso.

— Pen, você está doente?

— Não, Lady.

Por um momento, Kelsea se lembrou de Mhurn, cuja exaustão crônica escondeu seu vício em morphia. Ela piscou e viu sangue escarlate pingando de uma das mãos e balançou a cabeça para afastar a imagem. Pen nunca seria tão burro.

— Você está dormindo o suficiente?

— Certamente. — Pen sorriu, um tipo particular de sorriso que não tinha nada a ver com a conversa, e naquele momento Kelsea teve certeza de uma coisa de que até agora apenas desconfiava: Pen tinha uma mulher em algum lugar. Dois fins de semana por mês, Clava assumia o lugar de Pen na antecâmara; a Guarda da Rainha não costumava ter folga, mas um guarda-costas era uma questão especial, pois não tinha descanso. Clava era boa companhia, mas Kelsea sempre sentia a ausência de Pen. Ela vinha se perguntando ultimamente o que ele fazia no tempo livre, e agora, de alguma forma, sabia.

Uma mulher, pensou Kelsea, com certa desolação. Podia perguntar a Clava sobre isso, sem dúvida ele saberia, mas cortou esse impulso pela raiz. Não era da conta dela, por mais curiosa que estivesse. Não sabia por que se sentia tão infeliz, pois não era em Pen que ela pensava à noite. Mas ele estava sempre lá, e ela tinha passado a depender dele. Não gostava da ideia de ele ir passar tempo com outra pessoa.

Ela ficou tanto tempo encarando Pen que ele se empertigou na cadeira, parecendo alarmado.

— O que foi?

— Nada — murmurou Kelsea, envergonhada. — Durma mais se puder.

— Sim, Lady.

Depois de os mineradores receberem o dinheiro, eles fizeram uma reverência e seguiram Bennett para fora da sala. O dinheiro os animou, pois eles saíram conversando como crianças em direção à porta. Kelsea se recostou no trono e encontrou uma caneca fumegante de chá na mesa ao lado.

— Você é impressionante, Andalie.

— Não sou, Lady. Ainda não vi uma ocasião em que a senhora não quisesse chá.

— Senhor. — Kibb apareceu na frente do trono, segurando um envelope. — O relatório mais recente do coronel Hall chegou da fronteira.

Clava apanhou o envelope e ofereceu para Kelsea, que tinha acabado de pegar o chá.

— Estou com as mãos ocupadas. Leia para mim, Lazarus.

Clava assentiu rigidamente e começou a abrir o envelope. Kelsea reparou em pequenos pontos vermelhos surgindo nas bochechas dele e se perguntou se devia ter dito por favor. Clava olhou para a mensagem por muito tempo.

— O que é?

— Majestade! — O padre Tyler deu um pulo à frente, de forma tão inesperada que vários membros da guarda de Kelsea se adiantaram para interceptá-lo, e ele recuou, as mãos no ar. — Desculpe, eu esqueci completamente. Tenho uma mensagem do Santo Padre.

— Não pode esperar?

— Não, Lady. O Santo Padre deseja jantar com Vossa Majestade.

— Ah. — Kelsea apertou os olhos. — Achei que ele devia ter algumas reclamações.

— Eu não saberia dizer, Lady — respondeu o padre Tyler, mas os olhos se afastaram dos dela. — Sou apenas o mensageiro. Mas me perguntei se Clava e eu podíamos resolver essa questão agora, antes de eu precisar voltar.

Kelsea não estava ansiosa para conhecer o novo Santo Padre, cujos padres já tinham começado a fazer sermões inteiros sobre suas falhas: a falta de fé; as políticas socialistas de impostos; o fracasso de não se casar e providenciar um herdeiro.

— E se eu não quiser jantar com ele?

— Lady. — Clava balançou a cabeça. — O Santo Padre não é alguém para ter como inimigo. Você pode precisar do Arvath se chegarmos a um cerco.

— Por quê?

— Alojamento, Lady. É a segunda maior construção de Nova Londres.

Ele estava certo, Kelsea percebeu, embora a ideia de pedir ajuda à Igreja de Deus fizesse a pele dela ficar toda arrepiada. Ela pousou a xícara de chá na mesa.

— Tudo bem. Me dê essa carta, Lazarus, e resolva tudo com o bom padre. Vamos receber Sua Santidade aqui assim que for possível.

Clava deu o papel para ela e se virou para o padre Tyler, que se acovardou visivelmente e recuou. Kelsea passou os olhos pela carta e levantou o rosto, satisfeita.

— Conseguimos uma vitória tática nas planícies mort. O acampamento mort foi dispersado. O coronel Hall estima o tempo de recuperação deles em duas semanas.

— Boas notícias, Majestade — comentou Elston.

— Mas não só isso — respondeu Kelsea, lendo mais. — A rota de suprimentos mort continua intacta. Os canhões não foram danificados.

— Mesmo assim, você está tentando ganhar tempo — lembrou Pen. — Um atraso é importante.

Tentando ganhar tempo. Kelsea olhou ao redor e viu, ou pensou que viu, a mesma pergunta no rosto de todos: quando o tempo acabasse, o que aconteceria? Não havia ansiedade; sua guarda esperava que ela produzisse outro milagre, como aconteceu em Argive. Kelsea desejava poder se esconder da confiança calma nos olhos deles.

Clava terminou de conversar com o padre Tyler e voltou ao lugar ao lado do trono. O padre levantou a mão em despedida, e Kelsea acenou enquanto ele ia em direção à porta.

— E agora? — perguntou a Clava.

— Um grupo de nobres está esperando lá fora para ver você.

Kelsea fechou os olhos.

— Eu odeio nobres, Lazarus.

— Foi por isso que achei melhor lidar com eles rapidamente, Lady.

Quando os nobres entraram, Kelsea notou primeiro as roupas, exuberantes como sempre. Agora, no verão, não havia luvas nem chapéus, mas todos exibiam uma nova moda que Kelsea já tinha visto: o que parecia ser ouro e prata, derretido e correndo em filetes pelo tecido, para que camisas e vestidos parecessem pingar metal precioso. Ao olhar de Kelsea, o efeito era ruim, mas com certeza eles tinham uma opinião diferente. Carlin teria tanto a dizer sobre essas pessoas; apesar de ter sido nobre, ela odiava o consumo desenfreado. Kelsea não ficou surpresa de ver a figura alta e arrogante de Lady Andrews perto da frente do grupo, envolta em seda vermelha. Ela parecia, se possível, ainda mais esquelética que antes, mas isso podia ser apenas efeito da expressão nos olhos da mulher, um ódio por Kelsea que parecia minimizar todo o resto no rosto dela.

— Majestade. — O homem na frente, uma criaturinha com uma barriga enorme de cerveja, fez uma reverência.

— Lord Williams — murmurou Clava.

— Saudações, Lord Williams. O que posso fazer por vocês?

— Viemos com uma queixa em comum, Majestade. — Lord Williams indicou com o braço o grupo atrás dele. — Todos nós temos propriedades em Almont.

— Sim?

— A evacuação já está sendo incrivelmente destrutiva. Soldados e refugiados marcham pelas nossas terras, esmagando as plantações. Alguns dos refugiados até saqueiam os campos. Os soldados não fazem nada para impedi-los.

Kelsea mordeu a língua ao perceber que devia ter previsto esse problema. Afinal, essas pessoas não tinham nada a fazer além de se sentarem e contarem cada moeda de lucro.

— Você tem alguma reclamação sobre violência, Lord Williams? Roubo armado, agressão aos seus fazendeiros?

Lord Williams arregalou os olhos.

— Não, Lady, claro que não. Mas perdemos dinheiro com as plantações danificadas e roubadas, assim como perdemos mão de obra.

— Entendo. — Kelsea sorriu, apesar de o esforço machucar seu rosto. — E o que os senhores sugerem?

— Majestade, não cabe a mim...

— Fale abertamente.

— Bem, eu...

Outro nobre se adiantou, um homem mais alto com bigode bem aparado. Depois de um momento, Kelsea lembrou quem ele era: Lord Evans, dono de amplos campos de milho ao norte das Terras Secas.

— Tenho relatos, Lady, de que, apesar de seus soldados protegerem os refugiados na viagem, eles não se esforçam para supervisioná-los. Você poderia ordenar a eles que passassem a fazer isso.

— Vou fazê-lo. Mais alguma coisa?

— Meus fazendeiros não podem trabalhar com um exército de andarilhos marchando pelos campos. Por que não conduzir a evacuação à noite? Assim, não vai interromper a produção.

Algo ardeu nas costelas de Kelsea.

— Lord Evans, imagino que você tenha residência em Nova Londres.

— Sim, Majestade. Minha família é dona de duas.

— Portanto, bem antes de os mort chegarem, você vai simplesmente passar a morar na cidade e trazer todos os seus bens de valor.

— Com certeza, Majestade.

— Que conveniente. Mas essas pessoas estão sendo tiradas de casa sem tais facilidades. Algumas nunca tinham saído das aldeias. A maioria está a pé, e muitas estão carregando bebês e crianças pequenas. Você está mesmo sugerindo que eu as obrigue a atravessar território desconhecido *no escuro*?

— Claro... claro que não, Vossa Majestade — respondeu Evans, o bigode tremendo em alarme. — Eu só quis dizer...

— Eu estou sugerindo — anunciou Lady Andrews, dando um passo à frente. — O direito à propriedade privada sempre foi protegido no Tearling.

— Tome cuidado, Lady Andrews. Ninguém está violando seus direitos.

— Eles atravessam nossas terras.

— As remessas também atravessavam, uma vez por mês. Deve ter danificado bastante as estradas. Mas você não reclamava na época.

— Eu lucrava!

— Precisamente. Então, vamos falar sobre o que realmente está em jogo aqui. Não o direito à propriedade privada, mas o direito ao lucro.

— O lucro está onde o encontramos, Majestade.

— Isso é uma ameaça?

— Ninguém está ameaçando Vossa Majestade! — exclamou Lord Williams. Ele olhou para o grupo que estava atrás dele, e várias pessoas assentiram freneticamente. — Lady Andrews não fala por todos nós. Nós só queremos minimizar os danos às nossas terras.

Lady Andrews se virou para ele.

— Se você tivesse coragem, Williams, eu não teria precisado vir a esta farsa!

— Mantenham a calma! — gritou Clava. Mas a repreensão pareceu automática, e Kelsea desconfiava que Clava estava se divertindo.

— Em algum momento, Majestade — continuou Lady Andrews —, os mort vão ter que atravessar minhas terras. Posso tornar a travessia difícil para eles ou posso abrir caminho.

Kelsea ficou olhando para ela.

— Você acabou de dizer que pretende cometer traição? Aqui, na frente de trinta testemunhas?

— Eu não tenho essa intenção, Majestade. A não ser que seja forçada a isso.

— Forçada — repetiu Kelsea, fazendo uma careta. — Sei bem como você se comporta em períodos de guerra, Lady Andrews. Você provavelmente vai cumprimentar o general Genot em pessoa com um copo de uísque e uma trepada de brinde.

— Lady! — exclamou Clava.

— Majestade, eu suplico! — interrompeu Lord Williams. — As palavras de Lady Andrews não são...

— Cale a boca, Williams — interrompeu Kelsea. — Eu entendo o que Lady Andrews está querendo aqui.

Lady Andrews tinha começado a examinar as unhas, como se achasse Kelsea entediante.

— Vocês têm direito à propriedade privada, isso é certo. Mas esse direito não é inviolável, não no meu reino. Essas pessoas precisam ser evacuadas, e a segurança delas é mais importante do que seu lucro. Se vocês tentarem forçar minha mão nesse assunto, vão me ver usar o instituto da desapropriação.

Vários nobres ofegaram, mas Lady Andrews apenas encarou Kelsea, perplexa. Lord Williams segurou o braço de Lady Andrews e começou a sussurrar no ouvido dela. Ela o afastou.

— Vou fazer o melhor que puder para reduzir os furtos — continuou Kelsea. — Mas, se algum de vocês — ela olhou para o grupo de nobres —, *qualquer um* de vocês atrapalhar a evacuação de alguma forma, não vou pensar duas vezes para tomar suas terras para o bem maior. Entenderam?

— Nós entendemos, Majestade! — baliu Lord Williams. — Acredite em mim. Obrigado por fazer o que puder.

Ele puxou Lady Andrews para longe do trono, mas ela se soltou dele de novo e olhou para Kelsea com olhos que perfuravam como adagas.

— Ela está blefando, Williams. Não ousaria. Sem o apoio dos nobres, ela não tem nada.

Kelsea sorriu.

— Por que vou me importar com o seu apoio?

— Se nós abandonarmos a monarquia, Kelsea Raleigh...

— Meu sobrenome é Glynn.

— Se nós abandonarmos você, você não vai ter dinheiro, não vai ter proteção, não vai ter estrutura. Até seu exército é fraco. Sem nós, o que você tem?

— O povo.

— O povo! — repetiu Lady Andrews. — Eles preferem matar qualquer um que seja nobre a olhar para nós. Sem poder, um exército e ouro, você fica tão vulnerável quanto o resto.

— Meu coração treme.

— Você está encarando minha ameaça com leviandade. É um erro.

— Não, sua ameaça é bem verdadeira — admitiu Kelsea depois de pensar por um momento. — Mas quanto você superestima sua importância é impressionante. Eu soube no momento que bati os olhos em você.

Kelsea voltou a atenção para o restante do grupo.

— Lamento pelo impacto inevitável nos seus lucros. Vocês vão ter que se contentar com um pouco menos de ouro nas roupas este ano e torcer para que o sacrifício não seja grande demais. Saiam.

Os nobres se viraram e seguiram para a porta. Alguns rostos traíam raiva, mas a maioria só parecia meio atordoada, como se tivesse perdido o chão. Kelsea deu um grande suspiro de impaciência, e isso pareceu acelerá-los.

— Que exemplo de diplomacia, Lady — murmurou Clava. — Você percebe que só torna meu trabalho mais difícil.

— Sinto muito, Lazarus.

— Você precisa do apoio dos nobres.

— Eu discordo.

— Eles mantêm o público na linha, Lady. As pessoas culpam os nobres e seus capatazes pelos problemas delas. Se você tirar esse escudo, elas podem começar a olhar mais alto.

— E, se os olhares pousarem em mim, vou merecê-los.

Clava balançou a cabeça.

— Você é absolutista demais para jogos de poder, Lady. Quem liga se os nobres são hipócritas? Eles cumprem uma função para você, uma função útil.

— Parasitas — comentou Kelsea, mas o grupo que tinha acabado de se retirar a lembrou novamente de Lily Mayhew. Lily morava em uma cidade murada, muros altos construídos para manter os pobres longe. Mas ela e o marido ainda tinham que ter medo do mundo lá fora. Kelsea era melhor que eles? Clava e Arliss tinham ordenado a construção de um acampamento temporário enorme do lado de fora dos muros de Nova Londres para abrigar os refugiados, mas, se os mort chegassem, esses refugiados teriam que ser levados para dentro da cidade, provavelmente para a Fortaleza, pois Nova Londres já estava superpovoada. Kelsea se importaria de recebê-los? Ela pensou por um momento e percebeu com certo alívio que não.

— Agora, vou ter que ficar de olho em todos aqueles janotas — continuou Clava, parecendo preocupado. — Duvido que qualquer um deles abra negociações diretas com Mortmesne, mas eles podem fazer isso por um intermediário.

— Que intermediário?

— A maioria dos nobres frequenta a igreja, Lady. A tal Andrews é convidada regular do Arvath, e o novo Santo Padre não é admirador seu.

— Você anda espiando a Igreja?

— Eu me mantenho informado, Lady. O novo Santo Padre já mandou várias mensagens para Demesne.

— Com que propósito?

— Ainda não sei.

— Aquela vaca da Andrews não é nem um pouco devota, como eu, Lazarus.

— E quando isso impediu qualquer pessoa de ser um pilar da Igreja?

Kelsea não tinha resposta.

— Aisa?

Marguerite estava ensinando frações, e Aisa estava entediada. As aulas eram mais difíceis de acompanhar nos dias em que ela não tinha dormido o suficiente na noite anterior. A sala de aula sempre parecia quente demais, e deixava Aisa em um estado de torpor, acordada e sonolenta ao mesmo tempo.

— Dois quintos — respondeu Aisa, arrogante. Marguerite estava tentando pegá-la cochilando. Marguerite, que gostava de todas as crianças, não gostava nada de Aisa. A garota parecia criar uma desconfiança instintiva em adultos, como se eles conseguissem sentir que ela os observava, procurando erros e inconsistências. Mas era difícil encontrar erros em Marguerite, difícil a ponto de frustrá-la. Ela era bonita demais, e Aisa descobriu por conversas entreouvidas por aí que a mulher fora concubina do regente, mas até Aisa tinha que admitir que nenhuma dessas coisas era culpa de Marguerite.

Alguma coisa cutucou Aisa nas costelas: Matthew, sentado atrás dela, chutando-a de forma que Marguerite não conseguisse ver. Depois de mais algumas cutucadas, Aisa se virou e mostrou os dentes.

Matthew abriu um sorriso largo e malicioso que dizia muito. Tinha alcançado seu objetivo: tirar a concentração da irmã. Ele era o pior tipo de implicante — um que não conseguia suportar ver as outras pessoas sentadas em silêncio e satisfeitas, um que simplesmente tinha que estragar tudo. A mãe fazia concessões a Matthew, dizia que o pai fora duro demais com ele e que ele não estava preparado para lidar com isso. Aisa achava tudo aquilo besteira. Ela sofreu o pior nas mãos do pai, até Wen admitia, mas isso não a transformou em uma idiota que não conseguia deixar os outros em paz.

O pé de Matthew a cutucou de novo, afundando bem no espaço entre as costelas. Uma coisa acordou dentro dela, uma reverberação rouca, grave como um gongo, e, antes que pudesse pensar, Aisa se virou e se jogou em cima de Matthew, socando e chutando. Ele se soltou dela e correu, e sem pensar Aisa se levantou e correu atrás dele, passando pela porta e seguindo pelo corredor. Matthew era um ano mais velho e muito mais alto, mas Aisa era mais rápida, e assim que Matthew chegou ao final do corredor, ela se jogou nele e o derrubou. Eles caíram no piso de pedra juntos, Matthew gritando e Aisa rosnando. Ela deu um soco no pescoço de Matthew, fazendo-o tossir e engasgar, depois fez o nariz dele sangrar com um tapa forte com a base da mão. Ela adorou ver o sangue no rosto pálido e assustado de Matthew, mas logo as mãos de um homem a seguraram por baixo dos braços e a puxaram para trás. Aisa esperneou, mas não conseguiu apoio no chão liso de pedra. Nada daquilo parecia real; mesmo quando ergueu o rosto e viu a mãe, a rainha e o resto da Guarda, os olhos arregalados da multidão reunida na câmara de audiências, tudo pareceu só mais uma fase da insônia, as horas que mais pareciam um sonho longo e febril antes de o sono levar Aisa. A qualquer momento agora ela se sentaria no escuro, a boca seca e o coração disparado, e ficaria satisfeita porque nada terrível aconteceu antes de ela acordar.

— Majestade, eu peço desculpas!

Mamãe, pedindo desculpas por ela. Ela constrangeu a mãe. A rainha só balançou a cabeça, mas Aisa conseguia perceber irritação no gesto, e isso também era muito ruim. Marguerite tinha chegado à câmara de audiências agora e se ajoelhou ao lado de Matthew, lançando a Aisa um olhar venenoso. Quem tinha segurado Aisa estava agora puxando-a para trás, na direção do corredor, e a mente dela conjurou uma lembrança perdida do pai, que sempre a puxava e arrastava.

— Me solta!

— Cala a boca, pestinha.

Clava percebeu Aisa, e isso deixou clara a seriedade do que tinha acabado de fazer. Ela firmou os calcanhares no chão, mas isso não ajudou; Clava simplesmente pegou um dos braços de Aisa e a virou, segurando o pulso em um aperto de ferro e arrastando-a pelo corredor. *Onde está a mamãe?*, Aisa se perguntou freneticamente. A lembrança estava ficando cada vez mais forte, superando a realidade; Clava até tinha o cheiro de seu pai no fim do dia, de suor e ferro, e Aisa não podia ir com ele. Ela firmou os calcanhares de novo, e, quando Clava virou, ela levantou o pé e deu um chute na barriga dele. Acertou em cheio, e mesmo com medo, Aisa sentiu um breve momento de satisfação; não era um feito pequeno conseguir acertar o capitão da Guarda. Clava tossiu e se dobrou para a frente, mas o outro braço se esticou e jogou Aisa contra a parede. Ela bateu com o ombro com força, quicou e cambaleou até o chão, com pontos pretos na visão.

Ela levou alguns segundos para se recuperar, mas se levantou a postos, preparada para chutar e arranhar. Mas Clava estava encostado na parede oposta, uma das mãos na barriga, olhando para ela com aquele mesmo olhar especulativo.

— Você tem muita raiva aí dentro, garota.

— E daí?

— A raiva é uma fraqueza para um lutador. Vi muitas vezes. Se ele não deixar a raiva de lado ou pelo menos controlá-la, acaba sendo sua ruína.

— Por que isso me importa?

— Preste atenção. — Clava se afastou da parede, o corpo volumoso bem maior que o dela, e Aisa ficou tensa, preparada. Mas ele só apontou para o pé dela. — Um chute na barriga é bom. Mas você não planejou direito, e eu não fiquei imobilizado. Em uma luta de verdade, você estaria morta. O que você tem que fazer é apontar o dedão e me acertar com a ponta em vez de com o arco ou o tornozelo, tirar o meu ar. São poucos os homens que conseguem continuar lutando sem ar. Com força suficiente, pode até danificar um dos meus órgãos. Do jeito que você fez, só vou ficar com um hematoma.

Aisa pensou nisso por um momento e lançou um olhar para os próprios pés. Ela nunca planejava nada; só acontecia, a ação explodia para fora dela.

— Mesmo assim, eu machuquei você.

— E de que adiantou? Qualquer homem nesta ala pode continuar lutando depois de machucados bem piores. Eu vi a rainha terminar a coroação com uma faca enfiada nas costas. A dor só desabilita os fracos.

A dor só desabilita os fracos. As palavras soaram familiares para Aisa, fazendo-a pensar em todos aqueles anos vivendo sob o teto do pai. Wen e Matthew tiveram ossos quebrados, e o ombro de Wen nunca cicatrizou direito, deixando-o com uma aparência estranha e ligeiramente corcunda quando tentava ficar ereto. A mãe levou tantas surras que alguns dos hematomas nunca sumiram. E Aisa e Morryn...

A dor só desabilita os fracos.

— Venha, ferinha. — Clava seguiu pelo corredor, massageando o estômago. — Quero lhe mostrar uma coisa.

Aisa o seguiu com cautela, alguns metros atrás. Nunca tinha ido tão longe pelo corredor; ali ficavam os guardas e suas famílias. Perto do final, Clava abriu uma das portas.

— Dê uma olhada.

Com cautela, de olho nele, Aisa espiou pela porta e piscou de surpresa. Nunca tinha visto tanto metal em um lugar só. A sala toda brilhava à luz das tochas.

— O arsenal — sussurrou ela, com os olhos arregalados.

— Bem-vinda ao meu domínio. — Um homem alto e magricela com nariz adunco surgiu de trás de uma mesa do outro lado da sala. Aisa o reconheceu: Venner, o mestre de armas. Mesmo nas raras ocasiões em que aparecia na câmara de audiências, ele sempre estava com uma arma nas mãos, espada ou faca ou arco, afinando-as como se fossem instrumentos musicais. — Entre, menina.

Aisa só hesitou por um momento. Crianças não podiam entrar no arsenal. Wen ficaria com tanta inveja. Até Matthew ficaria com inveja, embora fosse tentar esconder com escárnio. Espadas e facas cobriam cada superfície; havia armaduras penduradas nas paredes; havia até armas de metal compridas e tortas, mais altas que um homem, apoiadas na parede, apontando para o céu. Várias clavas, uma estante com arcos, a madeira da cor de bronze polido, e feixes de varetas amarradas que Aisa reconheceu como sendo flechas, centenas e centenas delas, empilhadas num canto. Quantas armas! E então, Aisa percebeu para que servia aquele estoque: o cerco. A mãe tinha explicado sobre o cerco, mas apenas para Aisa e Wen. Ela achava que o exército mort chegaria a Nova Londres no outono.

Clava a seguiu para dentro da sala, e agora parou ao lado de uma mesa que tinha fileiras e mais fileiras de facas.

— Você não pode ficar arrumando briga com as outras crianças. É uma distração da qual não precisamos.

— Só distrai Marguerite.

— Hoje, distraiu todo mundo. Suas briguinhas são barulhentas e perigosas.

Aisa ficou vermelha. Ela somou o número de brigas em que se meteu desde que chegou à Fortaleza, e suas bochechas ficaram mais vermelhas. Todos ali achavam que ela era uma malcriada? O olhar de Clava foi duro, quase de desprezo; ele estava esperando que ela inventasse uma desculpa. Ela o surpreenderia, assim como o pegou desprevenido com um chute na barriga.

— Às vezes, a raiva toma conta de mim e eu não consigo me controlar. Eu bato e chuto antes de perceber o que estou fazendo.

Clava se apoiou nos calcanhares e a boca se abriu em um pequeno sorriso.

— É uma admissão forte. Muitos homens se recusam a encarar a raiva que sentem.

— Talvez ajude o fato de eu não ser um homem.

— Nesta sala, isso não tem importância — interrompeu Venner, se aproximando. — Foi uma lição que aprendi com a rainha. Aqui, você é uma lutadora, e vou tratá-la como tal.

Aisa ergueu o rosto, imediatamente desconfiada, e viu Venner oferecendo uma faca a ela pelo cabo.

— O que me diz, ferinha? — perguntou Clava. — Quer aprender?

Aisa olhou ao redor da sala, para as armas empilhadas em toda parte, as paredes cobertas de metal. Ela passou a vida inteira temendo que a sombra do pai aparecesse no chão ao seu lado, e, quando levantava o olhar e o via ali de pé, seu estômago se partia em pedacinhos. Ao olhar para Venner e Clava, Aisa viu que o rosto deles era duro, sim, e cruel... mas não viu a maldade do pai neles, não viu o abuso.

Ela esticou a mão e aceitou a faca.

Ducarte

Em uma era em que a carnificina era algo comum, ainda precisamos fazer uma menção especial a Benin Ducarte.

— *O Tearling como nação militar,* CALLOW, O MÁRTIR

— Onde ele está?

A Rainha notou o tom de irritação na própria voz. Era uma coisa ruim, mas não conseguia evitar.

— Ele já vem, Majestade — respondeu o tenente Vallee em voz baixa.

O tenente era novo no Conselho de Segurança, o substituto após a morte de Jean Dowell, e sempre parecia estar tenso, com medo de falar. A Rainha, que normalmente valorizava o comedimento, achou o jeito cuidadoso do novo tenente irritante e sinalizou para ele ficar quieto.

— Eu não estava falando com você. Martin?

O tenente Martin assentiu em concordância.

— Ele estará aqui em pouco tempo, Majestade. A mensagem dizia que um assunto urgente o atrasou.

A Rainha franziu a testa. Havia dez homens sentados em semicírculo em frente ao trono. Todos pareciam exaustos, e nenhum mais do que Martin. No último mês, ele foi ao norte e acabou com a revolta em Cite Marche. Centenas de pessoas tinham se posicionado na frente do Escritório do Leiloeiro e se recusaram a sair dali até a Coroa tomar uma decisão sobre as condições econômicas da cidade. Foi irritante, mas nada com que se preocupar. Eles não tinham líder, esses radicais, e uma rebelião sem líder era como uma onda de maremoto; seguia com ferocidade até bater em um penhasco. A rebelião em Callae fracassou de forma parecida, quando o impulso simplesmente morreu. Mas a luta em Cite Marche foi difícil, resultando em vários soldados mortos. Não havia dúvida de que vários desses homens precisavam descansar. Depois da reunião, ela daria uns dias de folga a alguns deles.

Mas a reunião não podia começar sem Ducarte. Seu chefe da segurança interna sem dúvida devia estar mais exausto que todos eles. Seus homens passaram semanas tentando descobrir quem estava organizando os protestos em Cite Marche, ainda sem obter respostas. Mas Ducarte acabaria descobrindo; ele sempre descobria. Fisicamente, estava começando a sentir o peso da idade, mas não havia interrogador mais habilidoso em Mortmesne. A Rainha batucou com as unhas no braço do trono, os dedos indo automaticamente para seu peito. Pareciam ir até lá o tempo todo, por vontade própria. Na verdade, havia se tornado um tique, e a Rainha de Mortmesne não tinha tiques. Essas coisas eram para fracos e estúpidos.

O início da invasão ao Tearling tinha sido um desastre. A notícia chegou ao Palais na semana anterior: seu exército fora pego de surpresa e espalhado pelas planícies mort. Seriam necessárias semanas para reorganizar os soldados e o acampamento. A coisa toda fora uma catástrofe, mas não havia ninguém em quem a Rainha pudesse despejar sua fúria; o general Genot simplesmente desaparecera. Mais de mil soldados mort morreram nas planícies, mas o corpo de Genot não estava entre os cadáveres.

É melhor ele rezar para estar morto. Se eu o encontrar...

Um movimento à direita chamou a atenção dela. Uma escrava estava ajoelhada em frente à lareira, cobrindo a base com papel.

— O que você acha que está fazendo?

A escrava ergueu o rosto, os olhos arregalados, a expressão apavorada e ressentida ao mesmo tempo. Tear, não havia dúvida; apesar de ter o cabelo escuro e ser bem bonita, ela tinha a expressão burra e taciturna de uma camponesa tear. A Rainha mudou de idioma.

— Nenhuma lareira pode ser acesa dentro do palácio.

A garota engoliu em seco e respondeu em tear:

— Desculpe, Majestade. Eu não sabia.

Seria possível? A Rainha dera uma ordem clara sobre o fogo. Teria que falar com Beryll sobre o assunto.

— Qual é seu nome, escrava?

— Emily. — Ela até pronunciou do jeito tear, sem sotaque.

— Que isto não se repita, Emily, ou vai se ver à venda nas ruas.

A escrava assentiu, pegou o papel dentro da lareira e o colocou de volta no balde, depois se levantou e ficou esperando com uma expressão atordoada que irritou ainda mais a Rainha.

— Saia.

A garota foi embora. A Rainha sentiu os olhos do Conselho de Segurança nela, questionadores. A sala do trono estava fria naquela manhã; sem dúvida muitos deles se perguntavam por que a lareira estava apagada. Mas o único fogo que a Rainha permitia agora era o das tochas e dos fornos nas cozinhas do Palais, vinte andares abaixo. Nem mesmo para Beryll ela podia admitir a verdade: sentia medo. Nos dois meses anteriores, boatos perturbadores começaram a chegar de Fairwitch: mineradores desaparecendo, crianças sendo sequestradas e até o caso de uma família inteira ter simplesmente sumido de casa na base do contraforte. A coisa sombria estava sempre faminta; a Rainha sabia disso melhor do que ninguém, mas algo tinha mudado. A criatura sempre ficava satisfeita com exploradores e caçadores de fortuna, os tolos o bastante para se aventurar por Fairwitch. Agora, estava expandindo sua área de caça.

Mas como?

Essa era a verdadeira questão. A Rainha não sabia toda a história estranha da coisa sombria, mas não havia dúvida de que estava ligada a Fairwitch, de alguma forma presa por um feitiço. Só podia se deslocar através do fogo, e mesmo esse esforço podia exaurir suas habilidades. Então, como conseguiu levar uma família inteira em Arc Nord sem deixar rastros?

Será que se libertou?

A Rainha estremeceu com o pensamento. A coisa sombria a tinha proibido de invadir o Tearling, e àquela altura saberia que ela tinha desobedecido. Mas que escolha ela tinha? Se deixada impune, a remessa tear não entregue incitaria todos os revolucionários do Novo Mundo. As revoltas em Cite Marche eram só o exemplo mais recente. A última remessa cadarese continha mercadorias de qualidade notadamente inferior: vidro de má qualidade, cavalos defeituosos, pedras de segunda categoria cujas superfícies exibiam várias falhas. Em Callae, a produção de seda caiu a um nível tão baixo que só podia significar sabotagem. Esses sinais eram fáceis de interpretar: o medo, aquele motor poderoso que movia a economia mort, estava enfraquecendo. A rainha tinha que invadir o Tearling, ainda que pelo único motivo de fazê-lo de exemplo. Uma aula prática, como Thorne diria. Mas ela desobedeceu à coisa sombria, e agora ela já devia ter descoberto. Apagar as lareiras era uma medida temporária, que não funcionaria para sempre.

Não importa, insistia a mente dela. Ela invadiria o Tearling e faria o que devia ter feito anos antes: pegaria as safiras. Os relatos sobre o que acontecera no desfiladeiro Argive, ainda que irregulares e não confirmados, deixaram bem claro que caminho devia tomar. As safiras tear ainda tinham poder, sim, e, enquanto a Rainha as tivesse, percorreria o Novo Mundo como um furacão. Acenderia todos os fogos que quisesse, e até a coisa sombria se esconderia quando a visse.

Mas ainda estava preocupada. Thorne tinha sumido. Era um dom especial dele — desaparecer sem deixar rastros —, mas seu capitão da Guarda, Ghislaine, tinha avaliado Thorne corretamente anos antes: "Perigoso, Majestade, sempre, mesmo se estiver pelado na sua frente". Ela gostaria de saber onde ele estava.

Nenhum dos soldados dela era corajoso o bastante para perguntar sobre a lareira. A boca de Vallee ainda tinha um vestígio do desprazer mal-humorado de ter sido silenciado anteriormente, o bico de um garoto pequeno a quem fora negada uma bala.

Crianças, pensou a Rainha com irritação. *Meus soldados não passam de crianças.*

Alguém pigarreou atrás dela, uma mistura tão perfeita de sinalização e respeito que só podia ser Beryll.

— Majestade, Ducarte chegou. Estará aqui em poucos minutos.

A Rainha assentiu, mas os olhos permaneceram na lareira escura. Pensou ouvir um som, um sibilar como o faiscar de uma chama. A paciência dela estava por um fio, e ela se viu não querendo esperar Ducarte nem mais um segundo.

— Vamos começar. Como foi em Cite Marche?

— Os rebeldes foram contidos, Majestade — respondeu Martin. — Ao menos, por enquanto.

— Não vamos chamá-los de rebeldes — interrompeu Vise. — Vamos chamá-los de adolescentes com tempo e dinheiro de sobra nas mãos.

Martin balançou a cabeça.

— Eu aconselharia cuidado nessa avaliação. Encontramos muitos jovens abastados, sim, e a maioria deles correu ao primeiro sinal de conflito. Mas também encontramos um número considerável de pobres desocupados, aparentemente organizados por um homem chamado Levieux. Vários que levamos sob custódia morreram depois de muito resistir e sem revelar o nome dele.

— O que mais?

— Quase nada, Majestade. Nenhum deles tinha muita informação para dar. Nenhum tinha visto o rosto de Levieux, só recebido ordens por intermediários. Ele parece estar operando de fora de Cite Marche.

— Só isso?

— Era só isso que eles tinham, Majestade, juro. Eles não sabiam de nada. Por isso, minha cautela: os revoltosos podem ter encontrado um líder, uma pessoa que sabe como organizá-los. Isso seria um problema sério.

A Rainha assentiu lentamente, uma ligeira inquietação surgindo no estômago. Mais um sibilar baixo soou na direção da lareira. Ela se virou, mas não havia nada lá.

Você está ficando louca!

A porta dupla da sala do trono se abriu com um estalo de madeira, e ali, finalmente, estava Ducarte, ainda envolto na capa de viagem. Ele arrastava um prisioneiro, acorrentado e encapuzado.

— Minhas desculpas pelo atraso, Majestade! — disse ele do outro lado da sala. — Mas eu lhe trago um presente!

— Traga rapidamente, então, Benin. Estávamos esperando você.

Ducarte puxou o prisioneiro, ignorando os grunhidos do homem quando as algemas machucaram os pulsos ensanguentados. O nariz e as bochechas de Ducarte ainda estavam avermelhados do frio matinal, e o cabelo preto começava a rarear, mas, quando ele chegou à mesa e ergueu os olhos de pálpebras pesadas para a Rainha, ela se viu confortada, como sempre, pela confiança sombria que via ali. Ali, pelo menos, estava um homem de quem ela nunca precisaria duvidar.

— O que você trouxe para mim desta vez, Benin?

Ducarte puxou o capuz do prisioneiro. O homem se empertigou e piscou sob a luz das tochas, e o humor da Rainha melhorou, como se levando uma injeção de hélio. Era o general Genot.

— Eu o encontrei escondido em Arc Pearl, Majestade — anunciou Ducarte, jogando a corrente para o tenente Vise enquanto retirava a capa. — No porão de um bordel, sem nem um arranhão.

A Rainha encarou Genot enquanto pensava. Dois mil mortos em um ataque surpresa sob sua supervisão. Seria bom fazer dele um exemplo... mas não em público. Até o momento, poucos em Mortmesne sabiam do desastre nas planícies, e ela preferia que permanecesse assim.

Mesmo assim, nunca fez mal lembrar ao seu Conselho de Guerra quem estava no comando. Às vezes, eles tentavam esquecer.

— Nós cortamos a cabeça dos desertores, Vincent. Mas um general que falha de forma tão espetacular e depois deserta? Acredito que você seja um caso especial.

— Majestade! — protestou Genot. — Eu tenho conhecimento extensivo do exército e de planejamento tático. Eu não queria que meu conhecimento caísse em mãos tear.

— Quanta nobreza de sua parte. E que prostituta ignorante e bem-intencionada aceitou acolher você?

Genot balançou a cabeça, mas, quando a Rainha se virou para Ducarte, ele assentiu.

— Que bom. Mande executá-la.

— Majestade, não havia nada que eu pudesse fazer! — gritou Genot. — O ataque foi tão repentino...

A Rainha ignorou o resto. Tinha dormido com Genot uma vez, anos antes, quando ele era apenas tenente, e uma mulher diferente podia levar isso em consideração. Mas a Rainha já estava examinando as lembranças. Genot gostava de conversar depois do sexo, ficara falando sem parar enquanto ela tentava dormir; foi um dos motivos para ela nunca tê-lo convidado para um repeteco. A Rainha não era a única com medo do fogo; a casa de infância de Genot pegou fogo, e ele quase ficou preso dentro da construção em chamas, sofrendo várias queimaduras horríveis no processo. O incidente deixou sua marca no Vincent adulto, que ainda tinha um horror profundo do fogo, de ser queimado.

A Rainha se inclinou para a frente, entrelaçou os dedos e olhou nos olhos de Genot. Ele retorceu as mãos amarradas e tentou afastar o olhar, mas era tarde demais. Alguma coisa tinha despertado na Rainha, uma fúria faminta e ávida que percorria a corrente sanguínea e acendia seus nervos. Ela sentiu o corpo de Genot, saboreou os seus contornos: uma massa suave de células vulneráveis para ela fazer o que bem entendesse.

Vagamente, sentiu o Conselho de Segurança se remexendo com desconforto no semicírculo. Martin cruzou as pernas e olhou para o chão. Vallee se virou para olhar para a lareira escura. Só Ducarte estava olhando para Genot, a expressão igual às raras ocasiões em que a Rainha o permitia observá-la no laboratório: alerta e interessado, curioso para ver o que aconteceria em seguida.

Genot começou a gritar.

Ele afastou o olhar do dela, mas a Rainha o tinha agora e mergulhou mais fundo, sentindo a pele dele como um tecido grosso e maleável de carne que escureceu e queimou no forno da mente dela. O corpo escureceu na frente dela, a pele se carbonizando e torrando até a Rainha saber que podia virá-lo do avesso e se livrar de sua pele como se ele fosse um porco em um espeto.

Os soldados foram incapazes de ignorar o espetáculo; até os que tentaram afastar o olhar agora encaravam Genot, hipnotizados, enquanto os uivos dele ecoavam entre as paredes da câmara de audiências. A rainha começou a trabalhar com os órgãos dele, e Genot caiu no chão, os gritos se aquietando até ele só conseguir emitir um gorgolejo raso. O coração foi o mais fácil de todos: uma parede grossa de músculo que a Rainha rasgou como se fosse papel, enchendo de fogo e picando em pedaços. Ela sentiu o momento em que ele morreu, a ligação entre eles se partindo totalmente na cabeça dela.

Ela se virou para o resto deles, esperando para ver se alguém a questionaria. O fogo dentro dela estava voraz agora, difícil de controlar; gritava pedindo outro alvo. Mas nenhum deles olhava nos olhos dela. Só uma forma queimada e vagamente humana permanecia no chão.

Alguém pigarreou atrás dela. A Rainha se virou, satisfeita, mas era apenas Beryll, o rosto sem expressão, esticando um envelope para ela. A Rainha lutou contra a coisa dentro dela, mas não foi fácil. Ela foi obrigada a sufocá-la da mesma forma que se extingue uma chama, pisando e chutando até só sobrarem cinzas. Quando a pulsação voltou ao normal, ela sentiu alívio e arrependimento. Raramente usava esse talento em particular, por julgar que a repetição diminuiria o impacto, mas era um sentimento maravilhoso libertar e soltar as rédeas de sua raiva. Havia pouquíssimas oportunidades agora.

Ela pegou o envelope da mão de Beryll, reparando que ele já tinha aberto, e leu o bilhete, a inquietação aumentando a cada palavra. Toda a satisfação dos momentos anteriores evaporou, e ela sentiu medo de repente.

— Você vai voltar para o norte, Martin. Um incêndio destruiu o quartel central de Cite Marche.

— Que tipo de incêndio, Majestade?

— Não se sabe.

— Quantos mortos?

— Cinquenta e seis até agora. Provavelmente mais sob os escombros. Alguém bloqueou as portas pelo lado de fora.

Os oficiais trocaram olhares silenciosos e assustados.

— Todos estão dispensados, exceto Ducarte. Vão cuidar dessa confusão e me tragam a cabeça dos responsáveis.

Martin falou com um tremor evidente na voz.

— O exército precisa de um novo comandante, Majestade.

— Dispensados.

Eles pularam das cadeiras. Cada um contornou de longe o corpo queimado de Genot, e a Rainha se controlou para não dar um sorrisinho. Não haveria mais reclamações angustiadas de reuniões secretas vindas desse grupo por um tempo.

— Devo remover o corpo, Majestade? — perguntou Beryll, indicando o cadáver.

— Depois que terminarmos.

Beryll escoltou os soldados para fora, e a porta dupla de carvalho se fechou quando ele passou. Só a Rainha e Ducarte permaneceram no cômodo.

— Bem, Benin, você sabe o que vou pedir a você.

— Achei que você ia me querer em Cite Marche, Majestade. Um quartel não pega fogo sem ajuda. Isso me cheira a conspiração.

— O que você sabe desse Levieux?

— Ouvi o nome dele algumas vezes em interrogatórios. Parece que ninguém sabe como ele é, nem quantos anos tem, o que é um mau sinal; seja lá quem o filho da mãe for, ele é prudente, além de ardiloso. As táticas terroristas que vimos recentemente são novas, bem planejadas e elaboradas para causar o máximo de dano. São problemas severos de segurança, Majestade.

— Severos — concordou ela com relutância. — E eu sei que você é o melhor homem para resolvê-los, Benin. Mas não posso colocar nenhum deles — ela fez um gesto na direção da porta — para comandar o exército. A última guerra foi há muito tempo, e nenhum deles tem experiência suficiente. Podemos botar seu subordinado encarregado de Cite Marche enquanto você estiver ausente; ele parece capaz de ajudar Martin. Mas preciso de você na fronteira.

— Estou ficando velho demais para ir para o front, Majestade. E passei a gostar da minha função atual.

Ela suspirou.

— O que você quer, Benin?

— Dez por cento dos saques.

— Combinado.

— Não terminei. — Ducarte sorriu, um sorriso lupino que lhe deu arrepios. — Também quero ser o primeiro a escolher as crianças das remessas de Cadare e Callae. Não há o bastante desde que as remessas tear acabaram, e ultimamente ando perdendo clientes para madame Arneau; ela fez algum tipo de acordo ilegal com o Escritório do Leiloeiro.

A Rainha assentiu lentamente, olhando para o chão e ignorando o gosto de bile na garganta.

— Serão suas.

— Estamos combinados. Alguma instrução especial?

— Tire os tear das colinas e faça o exército deles recuar até a Almont. Não podemos atravessar a fronteira em nenhum outro lugar.

— Por que nós não os flanqueamos? Podemos ir para o norte, na direção de Fairwitch.

— Não — respondeu a Rainha com firmeza. — Não quero o exército a menos de cem quilômetros de Fairwitch. Fiquem longe de lá.

Ele deu de ombros.

— Você que sabe, Majestade. Me dê alguns dias para resolver alguns assuntos aqui e mande Vallee avisar a fronteira que estou chegando. Não quero ter que resolver questões de hierarquia quando chegar. — Ducarte jogou a capa por cima do ombro. — Incidentalmente, há uma coisa que vive sendo mencionada sobre o líder rebelde, esse Levieux.

— Sim?

— O sotaque dele, Majestade. Vários prisioneiros mencionaram isso. Está bem disfarçado, mas a enunciação do sujeito diz que ele não é mort. É tear.

— Por que um tear estaria fomentando uma rebelião em Cite Marche?

— Eu poderia descobrir isso para você, Majestade... mas, não, eu estou indo para o front ocidental.

A Rainha abriu a boca para repreendê-lo, mas a fechou quando ele saiu da sala com um movimento da capa preta. Mas mesmo essa saída, abrupta e desrespeitosa, era reconfortante. Ducarte encontraria uma forma de desalojar os tear das Colinas da Fronteira; ele era um estrategista implacável. Ducarte era o comandante de quem ela precisava agora, mas sua inquietação surgiu logo após a partida dele. Por que a coisa sombria a proibiu de invadir o Tearling? Será que estava protegendo a garota? Uma desconfiança desagradável atravessou a mente dela: talvez a coisa sombria *valorizasse* a garota. Talvez a valorizasse da mesma forma que já tinha valorizado a própria Rainha. Com a ajuda da coisa sombria, ela ascendeu a um grande domínio, mas sempre soube que essa ajuda não era de graça; em troca, tinha que encontrar uma forma de soltá-la de seu confinamento em Fairwitch. Mas ela chegou ao limite do seu poder, ao menos enquanto não possuísse as safiras tear. Se a coisa sombria não visse mais utilidade para ela, a Rainha não teria mais moeda de troca. Enumerando os problemas em pensamento, a Rainha percebeu que estava encrencada. O exército mort fora humilhado nas planícies. A coisa sombria estava se movendo para além de suas fronteiras. Os rebeldes em Cite Marche encontraram um líder, um ardiloso líder tear sem rosto. A mente da Rainha mastigou todos esses novos desenvolvimentos, massacrando repetidamente cada um como se massacraria um câncer, aliviando a dor, mas sem encontrar solução.

Ali perto, no corredor que levava à escadaria, a escrava Emily se empertigou de sua posição nas sombras. Ela fora para Demesne na remessa do último outubro, mas nunca passara pelo leilão. Dois homens, os dois muito educados, a escolheram na jaula, tiraram suas roupas e a inspecionaram detalhadamente, procurando piolhos ou alguma deformidade, supunha Emily, antes de colocá-la em uma carroça com vários outros escravos homens e mulheres, todos a caminho do Palais. Emily era uma mulher alta, bonita e musculosa, da forma que a Rainha Vermelha gostava que suas escravas fossem. Foi por isso que ela tinha sido escolhida. Emily sentia falta dos pais, dos irmãos e das irmãs, desejava estar com eles todos os dias... mas essa saudade ficava pequena em significado perto do fato de que nenhum deles jamais voltaria a passar fome. Depois de uma olhada rápida nas duas direções, Emily andou com graciosidade pelo corredor, o rosto uma máscara agradavelmente idiota caso ela fosse interceptada, a mente já compondo uma mensagem para Clava.

— Rainha Glynn.

Kelsea soltou a caneta, assustada. Estava sozinha na biblioteca, uma ocorrência rara. O padre Tyler devia estar ali, mas mandara um pedido de desculpas: um mal-estar inesperado. Pen estava com ela, é claro, mas ele não ajudava muito a acabar com a solidão de Kelsea pois estava cochilando em um sofá próximo. Se Clava entrasse, brigaria com Pen por cochilar, mas Kelsea ficava feliz de ele poder dormir um pouco. Agora, quando a voz fina e com ceceio falou de novo, Pen acordou.

— Você cavalga para a morte, rainha Glynn.

Kelsea se virou e viu a filha mais nova de Andalie à sua frente. A menina era pequenina, parecia uma fadinha, com ossos pequenos como os de Andalie e cabelo preto e liso caindo pelas costas. Kelsea hesitou; nunca sabia como lidar com crianças. O melhor que conseguia fazer era falar com elas como pequenos adultos. Mas viu que os olhos da menina, tão cinzentos quanto os da mãe, estavam distantes e desfocados. O rosto normalmente avermelhado (todos os filhos de Andalie pareciam ter herdado a pele do pai) estava pálido agora, com uma luminescência leitosa à luz das velas. A garota não era mais alta do que a mesa de Kelsea, pouco mais que um bebê, mas ela sentiu uma vontade repentina de se afastar.

— Estou vendo você, rainha Glynn — continuou Glee. — Estou vendo você cavalgando para a morte.

Kelsea lançou um olhar questionador a Pen. Glee deveria ficar com Andalie ou Marguerite o tempo todo, mas até Kelsea sabia que havia algo de fantasmagórico naquela criança. Clava disse que ela era sonâmbula, e várias vezes Glee foi encontrada em lugares inesperados da Ala da Rainha, às vezes até em aposentos que estavam supostamente fechados. Mas Clava não tinha dito nada sobre o que Kelsea estava vendo agora. Não era um caso de sonambulismo, pois os olhos dela estavam abertos e imóveis. Ela parecia não saber onde estava.

Kelsea se levantou.

— Glee? Está me ouvindo?

— Não toque nela, Lady — pediu Pen.

— Por quê?

— Ela está em transe, como você estava na semana passada. Andalie nos disse para não tocar em você nem perturbá-la. Acho que não devíamos tocar na menina.

— A dama de espadas — murmurou Glee sem entonação, olhando através de Kelsea, para a parede ao fundo. — Atravessando. A mão morta vazia.

A mão morta. Kelsea parou para pensar no que Glee estava dizendo, pois "mão morta" era uma forma rudimentar de se referir a Mortmesne. Vários integrantes da Guarda, principalmente Coryn, passaram a se consultar com Andalie quando estavam em dúvida sobre alguma coisa, saúde ou tempo ou mulheres. Se Andalie responderia ou não era uma questão totalmente diferente; ela descartava as perguntas que considerava irrelevantes e rejeitava com inflexibilidade todas as tentativas inteligentes de Arliss de arrancar informações sobre o resultado de apostas. Andalie tinha o dom da visão, era verdade, mas ali estava uma coisa que Kelsea nunca tinha considerado: que os filhos dela também podiam ter. Glee se adiantou até estar a trinta centímetros de distância, e Kelsea esticou a mão para bloqueá-la antes de elas colidirem.

— Não toque nela, Majestade. — Andalie tinha entrado na biblioteca de forma tão silenciosa quanto a filha. — Deixe-a em paz, por favor. Eu cuido disso.

Kelsea recuou. Andalie se ajoelhou na frente da filha, falando baixinho, e Kelsea, que sempre supôs que Andalie amava todos os filhos intensa e igualmente, de repente viu que tinha se enganado. Andalie tinha uma filha favorita: ficou claro no rosto dela, nas mãos, no tom baixo da voz.

— Você está em um lugar escuro, minha boneca — murmurou Andalie suavemente. — E precisa sair daí. Pode me seguir.

— Eu posso seguir você, mamãe — repetiu Glee com o ceceado infantil.

— Siga minha voz, bonequinha. Veja a luz e pode acordar.

Glee ficou olhando para o nada por alguns momentos. Em seguida, piscou e olhou para a mãe com os olhos arregalados.

— Mamãe?

— E aqui está você, bonequinha. Bem-vinda de volta.

Glee subiu no colo de Andalie. A mãe se sentou em um dos sofás e começou a embalar a menina, que já parecia estar adormecendo.

— Pen. Deixe-nos sozinhas e cuide para não sermos perturbadas.

Pen saiu e fechou a porta.

— Peço desculpas, Majestade — murmurou Andalie baixinho. — Glee não é como os outros. Posso estar com os dois olhos nela e de repente ela some.

Kelsea fez uma pausa.

— Ela tem a visão, Andalie?

— Tem. É nova demais para controlar. Estou tentando treiná-la, mas é difícil conseguirmos tempo sozinhas sem que meus outros filhos não fiquem com ciúmes. Glee ainda não sabe diferenciar entre o que deve ser dito e o que deve ser guardado para si.

— Tenho certeza de que ela vai aprender.

— Vai, mas quanto antes, melhor. Uma criança como Glee é um bem valioso.

— Ela não tem o que temer de mim, Andalie.

— Não estou falando de você, Majestade. — Andalie continuou a embalar a filha, o olhar pensativo. — Antes mesmo de Glee ter sido sorteada para a remessa, o pai já tinha começado a planejar um jeito de usá-la. Ele nunca sugeriu nada além de arrastá-la para brigas de cachorro para seu próprio benefício, mas eu vi a possibilidade de venda na mente dele. Ele pode ter contado a outros sobre Glee.

— Entendo. — Como sempre, Kelsea teve que lutar contra uma curiosidade mórbida sobre o casamento de Andalie. — Foi difícil assim para você quando criança?

— Até pior, Lady, pois eu não tinha ninguém para me guiar. Minha mãe me mandou para ser criada por outra família quando eu ainda era recém-nascida.

Como eu, pensou Kelsea, surpresa. Andalie e os filhos eram tão próximos que Kelsea nunca havia imaginado que ela tivesse sido criada em um ambiente diferente de uma família unida.

— Por muito tempo, meus pais adotivos acharam que eu era louca. Eles tratam essas coisas com grande desconfiança em Mortmesne.

— Apesar da Rainha Vermelha?

— Talvez por causa dela, Lady. Os mort são um povo voltado para a ciência. Eles odeiam o que a Rainha Vermelha é capaz de fazer, sim, mas ela é poderosa demais para eles odiarem a mulher. Os mort comuns aprendem rapidamente a esconder esse tipo de dom.

— Lazarus me disse, apesar de ser apenas boato no Palais, que os laboratórios da Rainha Vermelha andaram estudando o dom da visão. Querem descobrir se é genético.

Andalie sorriu, a expressão frágil.

— Acredite em mim, Lady, é. Minha mãe era uma das videntes mais poderosas da nossa época. Meus dons são apenas uma sombra dos dela. E eu morro de medo, Majestade, de Glee ser mais parecida com minha mãe do que eu. Vai tornar o mundo muito perigoso para ela.

— De que forma?

Andalie considerou por um momento, pensativa.

— Você confia em mim, Lady?

— Eu confio minha vida a você, Andalie.

— Então, vou contar uma história. Não posso garantir a verdade de toda a história, você entende, pois parte dela é lenda mort, mas é instrutiva mesmo assim. Tem uma mulher, uma simples dona de casa, que mora na extremidade da Foret Evanoui. A vida dela é tediosa. Ela se cansou do marido, mineiro. Não gosta de cuidar da casa. Não tem nada com que ocupar a mente, e um dia um vidente vai ao vilarejo. Ele é bonito, o vidente, e faz pequenos truques: lê mãos, oferece talismãs, até carrega uma bola de cristal antiga. Mas os truques dele são muito bons, e ele já viu muitas esposas entediadas em cidades pequenas. A mulher fica encantada, e o encantamento a deixa tola. Nove meses depois, o vidente já foi embora há bastante tempo, mas uma criança nasce, uma criança tão diferente dos outros filhos da mulher quanto possível. Essa criança consegue prever o clima e sabe quando visitantes se aproximam do vilarejo. Informações úteis para a comunidade, sem dúvida, mas os dons da criança vão mais longe. Ela consegue ver não apenas o futuro, mas o passado e o presente, a verdade das coisas. Ela sabe quando as pessoas estão mentindo. Ela é uma bênção para a pequena cidade mineira, e o vilarejo prospera em uma proporção bem maior em comparação aos outros.

"Mas os aldeões são extremamente tolos. Eles falam abertamente sobre a criança. Eles a elogiam para os céus. Gabam-se dela em Cite Marche, sem pensar no fato de que o país tem uma rainha nova agora, uma rainha que acredita que tem direito a qualquer coisa que possa pôr as mãos. E, um dia, inevitavelmente, soldados aparecem no vilarejo e levam a garota embora. Ela é um bem, sabe, tão valiosa quanto um bom assassino ou espião. Mais valiosa até, pois seu dom só fica mais apurado quando ela chega à adolescência. Ela tem uma vida de luxos em Demesne, mas ainda é prisioneira, destinada a se sentar ao lado direito da Rainha até morrer."

A antiga vidente da Rainha Vermelha, percebeu Kelsea. *Morta agora.* Carlin falou dela várias vezes. Qual era mesmo o nome dela?

— E, mesmo com isso tudo, a mulher não é totalmente subserviente. Ela tem uma vida secreta, e é tão inteligente, tem um dom tão incrível, que consegue esconder essa vida até da Rainha de Mortmesne, que tem os aparatos de vigilância mais temidos desde os antigos États-Unis. A vidente tem um amante e concebe uma criança. Mas sabe que a criança nunca vai estar em segurança. Sua senhora, a Rainha, está interessada em hereditariedade. Mesmo se a criança não exibir dom algum, ela vai passar a vida em um laboratório, sujeita a horrores. Por isso, a vidente tira o bebê do Palais. Dá o bebê para boas pessoas, ou pelo menos é o que ela pensa, pessoas gentis. Elas moram no Jardins, um dos bairros mais pobres de Demesne. Sempre quiseram um filho. O bebê vai estar protegido lá.

"Mas a visão da mãe falhou. A criança tem os dons da mãe, esporádicos e inconsistentes, sim, mas presentes. Também consegue prever o futuro, ver o presente. Às vezes, consegue até ver os pensamentos das outras pessoas tão claramente quanto se fossem dela. Uma criança assim sempre vai ter um valor perigoso. Quando os pais adotivos contraem dívidas e precisam de dinheiro rápido para não perderem tudo que têm, eles a vendem para um homem do bairro, um homem que sempre cobiçou a menina. Não pelos motivos comuns, se é que me entende. Ele é um homem de negócios e quer a visão dela para ajudá-lo no mercado. Ela é uma ferramenta para ele, e, quando ela não pode trabalhar, a menina leva uma surra."

Kelsea engoliu em seco.

— Como você fugiu?

— Eu cometi meu próprio grande erro, Lady. Tinha um garoto, um escravo tear cujos donos moravam ao lado do meu. Ele era um garoto burro, mas persistente. Começou a ir até lá quando eu tinha dez anos e não aceitava não como resposta. Ele me contou sobre os tear, me contou que podíamos fugir e viver uma vida livre neste país. Eu não tinha interesse no menino, mas, quando tinha quinze anos, meu dono passou por dificuldades e não tinha disposição de comercializar meus dons particulares. Ele planejava me vender para um harém.

— Isso é...

Andalie assentiu.

— No seu tear, Majestade, um bordel. Com essa perspectiva, eu me voltei para o garoto tear. Achei que ele era inofensivo.

Andalie olhou para a filha, que estava dormindo pesado agora, respirando suavemente.

— Minha visão sempre parece falhar nos momentos mais cruciais. Borwen me estuprou na primeira noite longe de Demesne, e todas as noites depois disso. Estávamos a pé, e eu não conseguia correr mais rápido que ele. Quando chegamos ao Tearling, eu já sabia que estava grávida. Eu não falava a língua, mas, mesmo que falasse, Borwen me enganou sobre a natureza da oportunidade no Tearling. Com todos os seus terrores, Mortmesne pelo menos permite que uma mulher competente ganhe seu sustento sem que tenha que abrir as pernas; muitas mulheres mort são mineiras ou artesãs. Mas vi rapidamente que não havia opções assim no Tearling. Borwen é forte; achou trabalho rapidamente. Mas eu não consegui nenhum, Majestade.

A voz de Andalie estava ficando mais alta, e Kelsea percebeu, horrorizada, que ela parecia estar tentando se justificar, rechaçar uma condenação inevitável.

— Nenhuma garota de quinze anos pode tomar boas decisões, Andalie. Eu mal consigo tomar decisões para a minha vida agora.

— Talvez, Majestade, mas, se eu soubesse que meus filhos também pagariam pelos meus erros, eu teria ido com alegria para o harém. Eu sabia que Borwen era um bruto, mas não percebi exatamente o que ele era até Aisa completar cinco anos. Tentei mandar Aisa e Wen para longe, mas não tínhamos amigos que pudessem recebê-los com segurança. Que os céus me ajudem, eu até tentei o padre local, para ver se ele os aceitaria para criar no lugar do dízimo. Mas o padre contou para Borwen o que eu fiz. Por fim, tentei fugir, mas é difícil desaparecer com crianças, e parecia que eu estava sempre grávida. Todas as vezes, Borwen me encontrou, e, se eu me recusasse a voltar para casa, ele pegava uma das crianças. No final, pareceu melhor deixá-las comigo; pelo menos eu podia ajudá-las, protegê-las de alguma forma.

— Parece sensato — arriscou Kelsea, sem saber se era verdade. O que estava ouvindo agora era tão distante da própria experiência que ela não conseguia nem imaginar o que teria feito. Sua mente se voltou para a mulher da pré-Travessia, Lily Mayhew. Lily queria fugir, mas, sozinha, não havia um lugar seguro para onde fugir. A Travessia foi mais de três séculos antes, mas aquele mundo de repente parecia muito próximo, separado por um véu fino de tempo.

Deus grandioso, pensou Kelsea com desolação, *não mudamos nada?*

— Talvez fosse sensato, Lady — refletiu Andalie. — Mas meus filhos sofreram, e muito. Os garotos levavam surras, e com as garotas era pior. Meu marido não é um homem inteligente, mas é a burrice dele que o torna perigoso. Ele nunca se perguntou se tinha o direito de fazer as coisas que fez. Ele não é inteligente o bastante para considerar perguntas assim. Eu acho que esse é o ponto crítico do mal neste mundo, Majestade; os que se sentem no direito de fazer o que quiserem, de ter o que quiserem. Pessoas assim nunca se perguntam se têm direito. Não consideram o custo para ninguém além de si mesmas.

— Parte disso vem da criação — protestou Kelsea. — Pode ser erradicado.

— Talvez, Lady. Mas acredito que Borwen nasceu como é. — Andalie olhou para Glee, que estava dormindo profundamente agora, a boca aberta. — Sei o que a minha menina recebeu de mim. Mas temo constantemente o que o restante pode ter herdado do pai. Não sei se o temperamento de Aisa vem do sangue de Borwen ou dos maus-tratos. Os garotos têm seus próprios problemas.

Kelsea mordeu o lábio e arriscou:

— Lazarus me disse que Aisa tem habilidade, particularmente com a faca. Venner gosta de ensinar a ela, certamente mais do que gostava de me ensinar.

Andalie fez uma careta.

— Não é uma vida que eu desejaria para ela, Majestade. Mas estou vendo agora que os problemas de Aisa estão além da minha capacidade. Agradeço por você ter dado a ela essa válvula de escape; talvez aplaque um pouco a raiva.

— Não me agradeça; a ideia veio de Lazarus.

— Ah.

Andalie fechou a boca, e uma conversa inteira se passou em silêncio. Andalie e Clava eram aliados improváveis, que reprovavam rigorosamente quase tudo um no outro. Kelsea pensou em dizer mais uma coisa, mas o comentário seguinte de Andalie pareceu deliberadamente abrupto, elaborado para encerrar o assunto anterior como se ela estivesse fechando um livro:

— As visões de Glee podem ainda ser desfocadas, Lady, mas eu aconselharia que você as levasse a sério.

— De que forma?

— O problema mort atormenta você, Lady. Você não está dormindo direito. E perdeu muito peso.

Então Andalie também percebeu. Kelsea não sabia se ficava aliviada ou não.

— Eu também pensei no problema. Não vejo solução; o exército mort é forte demais. Mas Glee e eu vemos os mesmos elementos no seu futuro. A mão de alguém segura suas joias, mas essa mão está de alguma forma vazia ao mesmo tempo. Um homem sedutor cujo rosto esconde uma monstruosidade. Uma carta de baralho: a dama de espadas. Um abismo aos seus pés.

— E o que isso tudo quer dizer?

— Não sei, Lady.

— Então não sei de que me adianta.

— Em geral, não adianta nada, Majestade. É um erro cometido por muitos, colocar fé demais em visões. Mas eu a aconselharia a se lembrar desses elementos, pois eles podem se mostrar úteis quando você menos esperar. Essa tem sido minha experiência.

Kelsea pensou nas visões, uma a uma. A dama de espadas. Uma vez por semana, Kelsea jogava pôquer com cinco membros da Guarda, e conhecia bem a dama de espadas: uma mulher alta e orgulhosa segurando uma arma em cada mão. Mas como interpretar isso? Só um dos presságios de Andalie realmente parecia querer dizer alguma coisa: o homem sedutor. Esse poderia facilmente ser Fetch, mas, apesar de tudo o que sabia dele, Kelsea não acreditava que ele fosse monstruoso. Seus instintos falharam várias vezes desde que ela assumira o trono, mas ela se recusava a acreditar que podiam falhar a esse ponto. Fetch tinha os próprios objetivos, isso estava claro, mas não fez nenhum esforço para seduzi-la. Kelsea fez isso sozinha.

— Tome cuidado, Majestade — avisou Andalie. — Conheço seu fora da lei de cabelos negros. Estou falando de outro homem. Lindo como o pecado, ele é, mas por baixo da máscara tem um horror, e o sofrimento o acompanha aonde quer que vá. Fique alerta.

Sem saber no quanto disso realmente acreditava, Kelsea assentiu. Olhou para a criança adormecida nos braços de Andalie e sentiu novamente o peso enorme da responsabilidade que tinha nos ombros. Tantas vidas para cuidar a cada dia, e, acima de tudo, o grande pesadelo mort no horizonte. Era uma grande responsabilidade, mas uma que pertencia a Kelsea, e, mesmo em seus momentos de maior autopiedade, ela reconhecia que tinha pedido por ela. Se soubesse de tudo isso naquele fim de tarde, quando os guardas foram até o chalé buscá-la, ela ainda teria ido com eles, e agora a responsabilidade era dela até o final.

Que final?

Kelsea não sabia, mas uma das imagens de Andalie ficou com ela, atrapalhando sua concentração pelo resto da tarde: a dama de espadas.

* * *

— Senhor!

Hall ergueu o rosto, assustado. A navalha escorregou da sua mão, fazendo um corte irregular no queixo, e ele sibilou de irritação.

— O que foi, Blaser?

— Os batedores voltaram, senhor. Temos um problema.

Hall suspirou e limpou a espuma do rosto, dando um sorriso irônico. Parecia que todas as vezes que ele tentava se barbear havia um problema. Jogou a toalha no canto da barraca, pegou a luneta na mesa ao lado da cama e saiu.

— O que foi?

— Cinco homens deixaram Verinne ocidental ao amanhecer, senhor. Achamos que eram mensageiros, mas os seguimos mesmo assim.

— E?

— Llew tem certeza agora, senhor. É Ducarte.

O estômago de Hall despencou. A notícia não era totalmente inesperada, mas era ruim mesmo assim: Benin, o Açougueiro. Hall teria preferido lidar com Genot, mas ele não era visto no acampamento desde o ataque. Estava morto ou tinha desertado, e não haveria mais vitórias fáceis. Blaser também parecia inquieto, então Hall forçou um sorriso e deu um tapa no ombro dele.

— A que distância?

— Algumas horas. No máximo.

Hall apontou a luneta para a confusão de barracas abaixo. Ele e seus homens se divertiram bastante vendo os mort fugirem do acampamento; as cascavéis eram umas filhas da mãe espertas, o senso de autopreservação pouco afetado pela sua retirada repentina das tocas na colina, e, bem alimentadas, elas entraram na terra, encontraram os melhores esconderijos no acampamento e dormiram durante o dia. À noite, os gritos continuaram, uma alimentação constante. Nas primeiras duas semanas, Hall ficou satisfeito de ver o acampamento mort iluminado como uma árvore de Natal à noite. Eles devem ter usado toda a cota de óleo.

Mas mais comida e mais óleo sempre chegavam, um fluxo constante vindo do sudeste, e, com cobras ou não, os canhões continuavam fortemente protegidos no meio do acampamento. Dezenas de planos para lidar com eles foram discutidos e descartados, e Blaser e o major Caffrey costumavam terminar o dia gritando um com o outro até Hall os mandar ficar quietos. Esses eram sinais que ele sabia ler: apesar da vitória que eles conquistaram, os ânimos estavam começando a piorar.

Hall ajeitou o foco da luneta no pé da colina, onde os mort empilharam os mortos em uma pira enorme. Essa pira queimou durante a semana anterior; filetes de fumaça ainda subiam no ar dos restos queimados. O cheiro fora ruim, e Hall tinha sido obrigado a trocar os turnos na metade do tempo. Mas agora o acampamento estava livre dos mortos, e os soldados mort estavam encostados nas barracas, conversando, muitos sem camisa para aproveitar o sol de verão. Três grupos separados de soldados estavam curvados sobre mesas, virando jarra após jarra de cerveja enquanto jogavam cartas. Hall até viu um soldado pegando sol em cima de uma carroça de suprimentos. Ainda pareciam estar de férias. Os mort tentaram vários ataques no pé da colina, mas se viram repelidos pelos arqueiros de Hall todas as vezes. Na ausência de Genot ou de outro general, esses ataques eram mal planejados e desorganizados. Hall conseguia vê-los se aproximando a um quilômetro de distância, mas isso não duraria para sempre. Ele virou a luneta para o leste e encontrou facilmente o grupo: um amontoado de figuras escuras se movendo lenta e regularmente pelas planícies. Não conseguia identificar as feições, mas não havia motivo para duvidar de Llew, que nasceu com uma luneta embutida nos olhos. Hall nunca tinha lutado com Ducarte, mas tinha ouvido muito de Bermond, cujas lembranças sobre o general mort podiam fazer o sangue gelar.

— Ducarte vai ser mais criativo — comentou Hall. — E um problema bem maior.

— Se eles tentarem nos flanquear pelo norte, não vamos conseguir impedi-los — avisou Blaser. — É terreno demais para cobrir.

— Eles não vão nos flanquear.

— Como o senhor sabe?

— Clava tem um informante no Palais. Os mort têm ordens de evitar Fairwitch, mesmo no contraforte. É aqui ou nada. — Hall baixou a luneta. As palmas das mãos estavam suadas, mas ele esperava que Blaser não tivesse notado. — Coloquem homens descansados nas árvores e diga a eles para não deixarem os olhos vagarem. Quero que se reportem diretamente a mim se houver qualquer mudança na linha sentinela dos mort.

Blaser se afastou, cantarolando baixinho, e Hall voltou a se barbear, embora a mão não estivesse mais tão firme; passou a navalha pelo maxilar e sentiu a lâmina cortar a pele. Hall não tinha família; os pais morreram vários anos antes, vítimas de uma febre de inverno que assolou todas as aldeias na colina. Mas o que vinha para cima dos tear agora era infinitamente pior, e a chegada de Ducarte só piorava tudo. Na última invasão, de acordo com Bermond, Ducarte jogava os prisioneiros tear em arenas com ursos famintos. Não haveria misericórdia para os prisioneiros, nem mesmo os feridos, e parte de Hall não podia deixar de se perguntar se a rainha tinha pensado nessa possibilidade antes de violar o tratado e abrir as portas para uma invasão. A rainha atraiu isso para eles, e por um momento rebelde Hall a xingou, sentada em segurança em seu trono em Nova Londres. Havia uma história da Bíblia da qual Hall se lembrava vagamente da infância, sobre um homem que enfrentou um gigante e saiu vitorioso... mas os mort eram dez gigantes. Mesmo depois da vitória de Hall duas semanas antes, o exército mort ainda tinha pelo menos quatro vezes mais homens, o suficiente para dividir e massacrar o exército tear de múltiplos ângulos. A rainha não pensou nos soldados, só em princípios, e princípios eram um consolo vazio para homens que iam morrer. Hall se perguntou se ela realmente possuía magia, como os boatos diziam, ou se era só um conto de fadas que Clava permitiu que se espalhasse. Os boatos eram difíceis de associar à mulher sentada no trono, a jovem com olhar de coruja. Hall já tinha feito sua avaliação militar: tudo estava perdido. Mas a intuição não era lógica, e seus instintos não permitiam que ele desistisse.

Ela pode *nos salvar*, pensou ele teimosamente. *Ela pode.*

Questões de consciência

Fujam, nós estamos à mercê de um lobo.
— Giovanni di Medici, por ocasião da ascensão de Rodrigo Borgia,
PAPA ALEXANDRE VI

O padre Tyler devia estar relaxado. Estava lendo, sentado na cadeira confortável em frente à mesa, e ler normalmente o acalmava, o lembrava de que havia um mundo além daquele, um mundo melhor que era quase tangível. Mas aquele era um dia raro, em que ler não o acalmava em nada. Tyler leu as mesmas páginas várias vezes antes de finalmente desistir e largar o livro. A vela na mesa estava coberta de gotas secas de cera, e, sem pensar, Tyler começou a arrancá-las. Os dedos trabalhavam de forma independente do cérebro, puxando e puxando, enquanto ele olhava pela janela.

O Santo Padre tinha morrido duas semanas antes, no último dia de maio. O cardeal Anders lhe sucedeu, em um conclave tão curto que alguns dos cardeais mais distantes, ao chegarem, já o encontraram no assento do Santo Padre. O antigo Santo Padre, ao reconhecer uma mente política tão afiada quanto a sua, escolheu Anders para ser seu sucessor anos antes, e tudo aconteceu como deveria.

Mas Tyler estava com medo.

O novo Santo Padre cuidou de muitas coisas desde que assumiu as vestes. Demitiu imediatamente cinco cardeais, homens cuja simpatia reformista era conhecida, homens que criticaram Anders durante seu mandato. Seus cargos foram para filhos de nobres por mais de mil libras cada um. O novo Santo Padre também contratou dezesseis novos escriturários para o Arvath, aumentando o total para quarenta. Alguns desses novos escriturários não eram nem ordenados; vários pareciam e falavam como se o Santo Padre os tivesse tirado das ruas do Gut. Tyler e seus irmãos não ouviram nada, mas a conclusão era clara: mais dinheiro entraria.

E havia a posição de Tyler. O antigo Santo Padre estava preocupado demais em enfrentar a morte para repreender Tyler, mas ele sabia que não escaparia das intenções de limpeza do novo Santo Padre por muito tempo. No domingo anterior, Tyler já tinha encontrado os olhos de Anders procurando-o na multidão durante a convocação. Anders queria informações sobre a rainha Kelsea, malditas informações, e Tyler não tinha lhe oferecido nada. Várias ações da rainha já indicavam problemas para a Igreja, a começar pela proibição do uso de ajudantes clericais menores de idade para satisfazer dívidas de dízimo. Tyler, que foi um desses ajudantes, tinha apenas boas lembranças da infância, mas entendia o argumento; nem todos os padres eram o padre Alan. Agora, as paróquias teriam que contratar ajudantes de verdade, ajudantes cujos salários seriam pagos com o dinheiro destinado ao tesouro do Arvath.

Mas o pior golpe veio em seguida: a rainha anunciou que a isenção fiscal das propriedades da Igreja acabaria no ano seguinte. A partir de janeiro, a Igreja teria que pagar impostos por todas as propriedades no Tearling, inclusive o grande prêmio: milhares de hectares de terras altamente produtivas no norte da planície Almont. Para o Arvath, aquilo era um cataclismo financeiro. Com a ajuda do tesoureiro boca suja e indubitavelmente inteligente, a rainha também se preveniu dos protestos do Santo Padre ao decretar que as terras particulares da Coroa também não seriam mais isentas. A rainha pagaria imposto sobre a propriedade junto com a Igreja, e o dinheiro arrecadado seria destinado a trabalhos públicos e serviços sociais.

Sem vigilância, esses decretos não significariam nada. Mas, de conversas entreouvidas na Fortaleza, Tyler também sabia que a rainha e Arliss tinham começado a converter de forma discreta uma porção grande do Departamento de Censo para a questão de avaliação e coleta de impostos. Era um gesto inteligente. Os homens do Censo já estavam entrincheirados em todas as cidades e aldeias de Tearling, registrando a população, e não seria um esforço muito maior também registrar a renda. Arlen Thorne teria soltado os cachorros, mas Thorne não estava em parte alguma, e, sem ele, o Censo era um animal bem mais maleável. Haveria muitos funcionários da Coroa para garantir que a Igreja de Deus pagasse cada libra devida.

Naquela manhã, um boato se espalhou como mercúrio pelos corredores do alojamento: todos tinham que estar na capela às nove da noite. Ninguém sabia bem por quê, mas o Santo Padre exigia que todos os padres do Arvath estivessem presentes. Uma reunião assim não era a cara do cardeal Anders, que sempre trabalhava nas sombras, encontrando-se com um de cada vez para que mais ninguém soubesse dos seus planos. Tyler via nuvens escuras no horizonte. Eram oito e meia.

— Eu sei que você sabe, padre.

Tyler deu um pulo e ficou de pé, derrubando a vela. Ele se virou, e Clava estava ali, encostado na parede ao lado das estantes cheias de livros.

— Você sabe que eu não sei ler.

Tyler ficou olhando para ele, sem palavras e assustado. Sabia que pisara em ovos no outro dia ao se meter na conversa da rainha, mas não conseguiu ficar olhando Clava se contorcendo como um peixe no anzol. E o gesto de Tyler deu certo, pois a rainha esqueceu o bilhete. Só quando Tyler encontrou o olhar de Clava depois foi que ele viu o fogo, o inferno, a morte.

— Como você descobriu? — perguntou Clava.

— Eu adivinhei.

— Para quem contou?

— Para ninguém.

Clava se empertigou, e Tyler fechou os olhos, tentando rezar. Clava o mataria, e o último pensamento de Tyler seria reconhecer que o homem tinha lhe feito uma grande honra ao ir em pessoa.

— Eu quero que você me ensine.

Tyler abriu os olhos.

— Ensinar o quê?

— A ler.

Tyler olhou para a porta fechada da sala.

— Como você entrou aqui?

— Sempre há outra porta.

Antes de Tyler poder pensar no que o outro homem tinha dito, Clava avançou pelo quarto, o andar felino e silencioso. Tyler ficou tenso e pressionou as costas no encosto da cadeira, mas Clava só pegou a outra cadeira ao lado de uma das estantes, colocou de frente para Tyler e se sentou, a expressão truculenta.

— Você vai me ensinar?

Tyler se perguntou o que aconteceria se ele recusasse. Clava não tinha ido lá para matá-lo, talvez, mas sempre podia mudar de ideia. Clava se juntou à Guarda da Rainha Elyssa aos catorze anos, e agora tinha pelo menos quarenta. O analfabetismo era difícil para qualquer pessoa esconder, mas deve ter sido quase impossível para um guarda da rainha. Mesmo assim, Clava conseguiu durante todos esses anos.

Tyler olhou para baixo e viu algo extraordinário: a mão de Clava, apoiada no braço da cadeira, estava tremendo, um movimento leve e quase imperceptível. Por mais inacreditável que a ideia parecesse, Tyler percebeu que Clava estava com medo.

De mim?

Claro que não, seu tolo.

Então, de quê?

Após mais um momento de reflexão, ele soube. Clava não conseguia suportar a ideia de ter que pedir ajuda a ninguém. Tyler ficou olhando maravilhado para o homem apavorante sentado a sua frente (*quanta coragem deve ter sido necessária para ele vir aqui!*) e, antes de se dar conta, as palavras estavam saindo.

— Eu vou ensiná-lo.

— Que bom. — Clava se inclinou para a frente, prático como sempre. — Então vamos começar agora.

— Não posso — disse Tyler, levantando as mãos em um gesto de desculpas quando a expressão de Clava ficou sombria. — Todos nós temos que ir a uma reunião na capela às nove horas. — Ele olhou para o relógio. Eram quinze para as nove. — Na verdade, preciso ir agora.

— Reunião sobre o quê?

— Não sei. O Santo Padre exige a presença de todos os padres do Arvath.

— Houve muitas dessas reuniões?

— Essa é a única.

Clava apertou os olhos.

— Volte amanhã depois do jantar. Às sete horas. Aí, vamos começar as lições.

Clava assentiu.

— Essa reunião será em que capela? Na principal ou na particular do Santo Padre?

— Na principal — respondeu Tyler, erguendo as sobrancelhas. — Você conhece o Arvath muito bem.

— Claro que conheço. — Uma sombra de desprezo surgiu na voz de Clava. — É meu trabalho conhecer todos os perigos à minha senhora.

— O que isso quer dizer?

Clava foi até a arara de roupas de Tyler e pegou uma veste do gancho.

— Você não é um homem burro, padre. Papas e reis são péssimos aliados.

Tyler pensou nos novos indicados para a contabilidade, homens que pareciam mais criminosos do que padres do Arvath.

— Sou só um escriturário.

— Não mais. — Clava colocou o traje. As vestes dos padres são largas, mas o tecido ficou apertado no corpo enorme de Clava. — Você é o padre da Fortaleza. Não pode ficar neutro para sempre.

Tyler ficou olhando para ele sem resposta, enquanto Clava tateava a parede ao lado de sua mesa. A mão parou e pressionou com força, e o queixo de Tyler caiu quando uma porta se abriu na parede, uma porta cuja forma tinha sido escondida com inteligência pela argamassa irregular. Clava entrou na escuridão, depois se inclinou para a sala de Tyler com um brilho bem-humorado nos olhos escuros.

— Sete horas amanhã, padre. Eu estarei aqui.

Segundos depois, não havia nada na frente de Tyler além de uma parede de pedra.

O sino da convocação soou, e ele tomou um susto; ia se atrasar. Pegou uma das vestes de capela e a vestiu enquanto seguia apressado pelo corredor. A artrite no quadril começou a se fazer presente, mas Tyler ignorou a dor e forçou o ritmo. Se entrasse atrasado, a notícia sem dúvida chegaria ao Santo Padre.

Ao entrar correndo pela porta da capela, Tyler encontrou os outros padres já reunidos em fileiras longas e retas dos dois lados da nave central. No altar, o Santo Padre estava em pé atrás do púlpito, os olhos intensos parecendo queimar Tyler, paralisado na em frente à porta.

— Ty.

Ele olhou para baixo e viu que Wyde, sentado na ponta do último banco, tinha chegado para o lado para abrir espaço. Tyler olhou para ele com gratidão e se sentou, baixando a cabeça respeitosamente. Mas a inquietação persistiu. A visão de Anders com a veste branca ainda era um choque para Tyler; para ele (e sem dúvida para muitos dos padres mais velhos) o Santo Padre era e sempre seria o homem velho e murcho que agora estava enterrado embaixo do Arvath. Tyler não sentia falta do Santo Padre, mas não podia negar que o homem havia deixado sua marca; ele ficou tempo demais na posição.

Anders levantou as mãos pedindo silêncio, e a agitação parou. A capela ficou imóvel como pedra.

— Irmãos, nós não estamos limpos.

Tyler levantou o rosto rapidamente. Anders observou o aposento com um sorriso benevolente, um sorriso apropriado para um Santo Padre, mas seus olhos eram fundos e escuros, cheios de uma fúria moralista que fez o estômago de Tyler se contrair de ansiedade.

— A doença começa com o contágio. Deus ordenou que acabássemos com o contágio e erradicássemos a doença. Meu predecessor a tolerou, fechou os olhos para o que estava acontecendo. Eu não vou fazer isso.

Tyler e Wyde se olharam, perplexos. O Santo Padre tolerou muitos vícios, certamente, mas pareciam o tipo de coisa que não incomodaria Anders. Ele tinha duas criadas particulares, jovens que foram entregues ao Arvath pelas famílias para pagar o dízimo. Quando Anders se mudou para os aposentos luxuosos do Santo Padre, na torre do Arvath, as mulheres foram com ele, apesar de a nova residência vir equipada com um exército de acólitos prontos para servir a cada desejo do Santo Padre. Anders podia chamar as jovens de criadas, mas todo mundo sabia o que elas eram de verdade. O novo Santo Padre não era isento de vícios, mas, naquele momento, quando se virou e fez um gesto para alguém atrás do altar, a luz se refletiu no pequeno martelo dourado preso às vestes brancas, e Tyler ficou paralisado ao se deparar com a resposta.

Dois dos ajudantes do Santo Padre saíram do corredor atrás do altar. Entre eles estava o padre Seth.

Tyler reprimiu um gemido. Seth e ele foram ordenados no mesmo ano, mas Tyler não o via havia muito tempo. Desde que Seth recebeu sua paróquia em Burnham, ao sul da floresta Reddick, ele raramente visitava o Arvath. Era um bom homem e um bom padre, então ninguém falava sobre o assunto, mas, mesmo assim, todo mundo sabia sobre Seth. Mesmo quando eles eram todos noviços, Seth sempre gostou de homens. Devido a sua posição como escriturário, Tyler sabia que o padre Seth tinha um companheiro em Reddick, um homem velho demais para ser auxiliar clerical, apesar de os registros de Seth o declararem como tal. Quando o auxiliar clerical apareceu, os gastos de Seth aumentaram significativamente, mas Tyler nunca chamou atenção para isso; padres e cardinais por todo o país tinham companheiras questionáveis e pagavam por elas com a mesma maquiagem na prestação de contas. Mas o ajudante de Seth era do gênero errado, e Anders deve ter descoberto.

— Vou percorrer toda a Igreja e exterminar os apóstatas! — trovejou Anders. Tyler nunca tinha ouvido Anders pregar, e uma parte distante da mente dele observou que o homem tinha uma voz excelente para falar em público, grave e alta, que chegava aos cantos mais distantes da capela e ecoava de volta. — Vamos purgar e limpar! E vamos começar com esta criatura, um padre que não só violou a lei de Deus, mas usou fundos da Igreja para subsidiar sua doença! Que sustentou seu estilo de vida podre com o dízimo da Igreja!

Tyler mordeu o lábio e desejou ter coragem de protestar. Era errado o que estava acontecendo ali, e Wyde, ao lado dele, também sabia; ele olhou para Tyler com olhos desamparados e brilhantes. Wyde e Seth também foram bons amigos muitos anos antes, quando ainda eram jovens.

— É um sacrilégio! E, para cada ofensa, Deus exige vingança!

Com isso, Wyde fechou os olhos e baixou a cabeça. Tyler queria gritar, ecos altos que fariam o teto abobadado desabar na cabeça de todos. Mas ficou em silêncio.

— Seth esqueceu seu dever com Deus! Mas nós vamos lembrá-lo! — A voz de Anders diminuiu de repente; ele tinha se abaixado atrás do altar. Quando se levantou, segurava uma faca.

— Meu bom Deus — murmurou Wyde.

Tyler só piscou com surpresa e se perguntou se aquela noite era um sonho que virou pesadelo de repente... a estranha visita de Clava, a visão perturbadora do capitão da Guarda da Rainha em vestes clericais e agora essa terrível cena à luz de tochas: o rosto pálido de Seth, o medo surgindo em seus olhos quando viu a faca na mão de Anders.

— Dispam-no.

Os dois auxiliares seguraram Seth, que começou a resistir. Mas Seth, como Tyler e Wyde, estava na casa dos setenta anos agora, e os dois homens mais jovens o controlaram com facilidade. Um prendeu os braços de Seth nas costas enquanto o outro rasgou a veste pela frente e arrancava os restos. Tyler desviou o olhar, mas não antes de ver a evidência do tempo no corpo de Seth: o peito branco magro e afundado, braços e pernas que perderam todos os músculos rígidos e agora só tinham pele flácida. Tyler via a mesma coisa quando olhava para o próprio corpo, um corpo que ficou pálido e flácido. Ele se lembrava de um verão, muitos anos antes, quando a turma eclesiástica viajou até a costa, para New Dover, a fim de conhecer o Oceano de Deus. A água era uma coisa milagrosa, ampla, cintilante e infinita, e, quando Wyde tirou a veste e correu para a beirada do penhasco, todos foram atrás sem pensar, pularam das pedras e despencaram nove metros. A água estava muito fria, agonizante até, mas o sol brilhava, luminoso e dourado acima do oceano azul sem limites, e naquele momento Tyler teve certeza de que Deus estava olhando diretamente para eles, que Ele estava infinitamente satisfeito com o que estavam se tornando.

— Nossa crença ficou fraca — anunciou Anders. Os olhos brilhavam com um fervor terrível, e Tyler se lembrou de um boato que ouviu certa vez: que durante seus anos com os esquadrões antissodomia do regente, Anders quase matou um jovem homossexual ao bater nele com uma tábua até o garoto ficar inconsciente e coberto de sangue. Os outros malfeitores do regente tiveram que arrancar Anders de cima do garoto, senão ele teria assassinado o jovem bem ali, no meio da rua. Tyler foi lentamente tomado pelo pânico quando se deu conta de que aquilo não era um mero exercício vexatório; Seth podia estar correndo perigo real. Ele olhou para cima e teve um vislumbre de uma figura encolhida vestida de branco, escondida nas sombras da galeria: Clava, o rosto sinistro inescrutável sob a cobertura do capuz, os olhos grudados em Anders, trinta metros abaixo.

Ótimo, pensou Tyler quase com raiva. *É bom que alguém de fora veja.*

— Segurem-no.

Anders se moveu com velocidade, e suas mãos trabalharam com precisão quase cirúrgica, tão rápido que Seth mal teve tempo de dar um grito antes do gesto final. Mas Tyler e Wyde gritaram juntos, as vozes se juntando a um coral de berros que ecoou nas paredes de pedra da capela. Tyler olhou para baixo, incapaz de assistir, e viu a mão de Wyde na dele, os dedos entrelaçados do jeito inconsciente das crianças.

Quando Anders se empertigou, seu rosto estava manchado de vermelho. Na mão estava uma massa vermelha pingando, que ele jogou num canto da capela. Seth recuperou o fôlego agora, e seu primeiro grito se transformou em uma cacofonia enlouquecedora que pareceu se estender até as vigas mais altas da capela.

— Cuidem para que sobreviva — ordenou Anders aos auxiliares. — O trabalho dele ainda não terminou.

Os dois acólitos seguraram Seth e o arrastaram escada abaixo e pelo corredor entre as duas fileiras de padres. Tyler não queria olhar, mas teve que fazer isso. O líquido vermelho escorria pelas coxas e panturrilhas de Seth, e uma trilha escarlate o seguia pela nave central. Misericordiosamente, Seth parecia ter perdido a consciência; os olhos estavam fechados, e a cabeça, caída para o lado. Os acólitos cambalearam sob o peso morto.

— Olhem e lembrem-se, irmãos! — trovejou Anders do altar. — A Igreja de Deus não tem lugar para pervertidos e sodomitas! Seu pecado será descoberto, e a vingança de Deus será rápida!

Tyler sentiu o jantar, apenas uma sopa, subindo pela garganta, e engoliu convulsivamente. Muitos dos rostos ao redor dele pareciam igualmente enjoados, pálidos e assustados, mas Tyler viu várias exceções: expressões arrogantes, expressões satisfeitas. Padre Ryan, os olhos brilhando de empolgação, assentindo vigorosamente para as palavras de Anders. E Tyler, que não sentia fúria verdadeira desde os dias famintos da sua infância na planície Almont, de repente sentiu uma fúria se contrair dentro dele. Depois de tudo isso, onde estava Deus? Por que Ele ficava em silêncio?

— Apóstatas — entoou Anders solenemente. — Arrependam-se dos seus atos.

Tyler ergueu o rosto e encontrou o olhar do Santo Padre grudado nele.

— Ty? — perguntou Wyde baixinho, a voz suplicante. — Ty? O que nós fazemos?

— Nós vamos esperar — respondeu Tyler com firmeza, o olhar grudado no rio escarlate a seus pés. — Vamos esperar que Deus nos mostre o caminho.

Mas mesmo essa declaração soou vazia aos ouvidos de Tyler. Ele olhou para o domo da capela, na direção do céu, esperando um sinal. Mas não chegou nenhum, e um momento depois ele viu que a galeria estava vazia. Clava tinha desaparecido.

Quando Kelsea terminou a reunião com Arliss, ela dispensou Andalie e voltou para seu quarto sozinha. Estava cansada de pessoas hoje. Todo mundo parecia ter exigências constantes, até Arliss, que sabia melhor do que ninguém quanto a Coroa estava carente de soldados e de dinheiro. Arliss queria oferecer proteção armada para uma pequena porção de fazendeiros ficarem na planície Almont até o último minuto antes da invasão. Kelsea conseguia ver o motivo: com Almont esvaziada, toda a colheita de outono seria perdida. Mas não tinha ideia de onde conseguir a mão de obra. Bermond protestaria se ela pedisse uma fração que fosse dos soldados dele, e, apesar de Kelsea não gostar do velho general, ela sabia que ele estava mesmo com pouca gente. Talvez um quarto do exército tear estivesse posicionado no desfiladeiro Argive, cuidando para que os mort não usassem a estrada como potencial rota de suprimentos. O restante dos homens de Bermond estava espalhado por toda a planície Almont oriental, transportando refugiados para Nova Londres. O batalhão de Hall estava entrincheirado na fronteira. Não havia homens disponíveis.

Kelsea deixou Pen na antecâmara sem dizer nada, fechando a cortina ao passar. Andalie tinha feito uma xícara de chá, mas Kelsea a ignorou. Chá só a manteria desperta. Ela penteou o cabeço e arrumou a mesa, sentindo-se inquieta e exausta, mas nem um pouco sonolenta. O que queria mesmo fazer era voltar para a biblioteca, para o quebra-cabeça contínuo que era Lily Mayhew. Quem era ela? Kelsea examinou mais de dez dos livros de história de Carlin, procurando alguma referência a Lily ou Greg Mayhew, mas não encontrou nada, nem nos livros publicados mais próximos da Travessia. Fossem quem os Mayhew fossem, eles pareciam ter desaparecido na obscuridade, mas o enigma de Lily continuava parecendo infinitamente resolvível em comparação ao problema da fronteira. Kelsea tinha certeza de que, se conseguisse encontrar o livro certo, a resposta se apresentaria e o mistério de Lily ficaria claro. Mas nenhuma solução parecia viável para o problema dos mort.

Não podia voltar para a biblioteca agora. Pen precisava do sono dele. Kelsea tinha ido dormir cedo nas três noites anteriores, mas Pen ainda parecia muito cansado. Ela tinha começado a se perguntar se ele dormia ou se só ficava sentado no colchão com a espada sobre os joelhos enquanto a noite se transformava em manhã. Não havia motivo para tanta vigilância; Clava agora tinha mais de trinta guardas da rainha sob seu comando, e a Fortaleza estava mais segura que nunca. Mesmo assim, a imagem de Pen lá sentado, parado, olhando para o nada era estranhamente persuasiva. Kelsea não sabia como fazê-lo dormir se ela mesma quase não dormia.

Num impulso, foi na ponta dos pés até o espelho. Tinha evitado deliberadamente olhar o próprio reflexo na semana anterior, e, apesar de ter atribuído isso aos sermões de Carlin sobre vaidade, o verdadeiro motivo era bem simples: ela estava apavorada.

Exceto por alguns momentos de desejo traiçoeiro, Kelsea tinha se resignado ao fato de que passaria a vida com um rosto redondo e simpático de fazendeira, caloroso e comum. Tinha anseios frequentes de ser mais bonita, mas isso não estava destinado, e ela tinha aceitado sua aparência da melhor forma que podia.

Agora, sentia um grande arrepio de medo sempre que observava o rosto no espelho, lembrando uma coisa que Carlin dissera uma vez: "A corrupção começa com um único momento de fraqueza". Kelsea não conseguia lembrar sobre o que elas estavam conversando, mas parecia se lembrar de Carlin olhando para Barty com crítica no olhar. Agora, ao olhar para si mesma no espelho, Kelsea soube que Carlin estava certa. A corrupção não acontece de um dia para o outro; era um processo gradual e traiçoeiro. Kelsea não sentia nem percebia nada ocorrendo, mas a mudança surgiu pelas costas dela.

Seu nariz estava se transformando, essa foi a primeira mudança. Sempre ficou no meio do rosto como um cogumelo amassado, grande demais. Mas agora, aos olhos atentos de Kelsea, seu nariz ficou mais comprido, mais fino, e emergia de forma natural e graciosa do espaço entre os olhos. A ponta arredondada e ligeiramente achatada tinha ficado mais pontuda. Os olhos ainda eram verdes e brilhantes como os de um gato e amendoados. Mas as bolsas sob eles estavam diminuindo pouco a pouco, e agora os olhos pareciam maiores, dominando o rosto de uma forma que nunca tinha acontecido antes. Mas talvez a mudança mais perceptível fosse a boca de Kelsea, que sempre teve lábios grossos e achatados, grandes demais para o rosto. Agora, também tinham encolhido, o lábio superior ficando um pouco mais fino, de forma que o inferior parecia mais carnudo, num tom rosado saudável. As bochechas também tinham perdido volume, e o rosto estava oval em vez de redondo. Tudo parecia se encaixar melhor do que antes.

Não era bonita, Kelsea pensou, nem um pouco. Mas também não era mais tão comum. Parecia uma mulher de quem alguém poderia se lembrar.

Mas a que custo?

Kelsea fugiu da pergunta. Não tinha mais medo de talvez estar doente, pois tinha bastante energia, e a imagem no espelho era o retrato da saúde. Mas, embaixo do prazer inicial, ela sentia, ao olhar para essa nova mulher, uma sensação de grande falsidade. Aquela beleza florescia do nada, uma beleza que não refletia mudança interior.

— Eu ainda sou eu — sussurrou Kelsea.

Isso era o importante, não era? Fundamentalmente, ela ainda era ela mesma. E, ainda assim... Nos últimos dias, várias vezes ela pegou Clava olhando com intensidade para ela, como se tentando analisar seu rosto. O resto da Guarda, bem, quem sabia o que eles falavam quando se retiravam para o alojamento à noite? Se as coisas continuassem desse jeito, eles podiam muito bem achar que ela era uma feiticeira, como a Rainha Vermelha. Eles ainda estavam preocupados com o transe que ela teve na outra noite na biblioteca; agora, sempre que Kelsea tropeçava, vários guardas surgiam para segurá-la. Ela fechou os olhos e viu de novo a bela mulher da pré-Travessia com os olhos tristes, as rugas fundas ao redor da boca. Os hematomas.

Quem é você, Lily?

Ninguém sabia. Lily tinha sumido no passado com o resto da humanidade. Mas Kelsea não podia ficar satisfeita com isso. Suas safiras funcionavam fora de seu controle, as ações inconsistentes e enlouquecedoras. Mas nunca mostraram a Kelsea nada que ela não precisasse ver.

O que a faz pensar que são as safiras? Elas estão mortas há semanas.

Kelsea piscou com esse pensamento. Era verdade, as safiras não fizeram quase nada desde Argive. Mas Kelsea não era como Andalie; não possuía magia. Todo o poder dela, tudo de extraordinário que já tinha feito estava ligado a essas duas pedras azuis, ambas pequenas o suficiente para caber confortavelmente no bolso. Kelsea arriscou olhar outra vez para o espelho e quase se encolheu ao ver a mulher calma e atraente que encontrou lá.

Como as pedras podem estar mortas? Estão transformando seu rosto!

— Deus — sussurrou Kelsea, tremendo. Ela deu as costas para o espelho, quase como quem se prepara para fugir, e parou de repente.

Tinha um homem em frente à lareira, uma silhueta alta e escura contra as chamas.

Kelsea abriu a boca para gritar por Pen, mas hesitou e inspirou longamente, trêmula. Fetch, é claro; era sabido que nenhuma porta o segurava. Ela deu alguns passos à frente e, quando a luz da lareira iluminou o rosto dele, Kelsea levou um susto. O homem à frente dela não era Fetch, mas, mesmo assim, ela se viu fisicamente incapaz de gritar ou de emitir qualquer som.

Ele era lindo. Não havia outra palavra. Lembrava-a os desenhos de Eros nos livros de mitologia de Carlin. Era alto e magro, não tão diferente de Fetch, mas era aí que a similaridade terminava. Esse homem tinha um rosto sensual, com maçãs altas, seguindo até uma boca de lábios carnudos. Os olhos eram fundos, mas amplos, de cor indeterminada; por um instante, à luz da lareira, os olhos pareceram brilhar em vermelho.

Herdeira tear.

Kelsea balançou a cabeça para clarear os pensamentos. Ele não falou em voz alta, ela tinha certeza. Mesmo assim, a voz ecoou dentro da cabeça dela, um zumbido baixo com sotaque tear claro. Seu coração disparou e a respiração ficou mais curta, como se as duas reações tivessem sido sincronizadas com um metrônomo. As palmas das mãos, secas como um osso momentos antes, começaram a suar.

Ela abriu a boca para responder, e ele levou um dedo aos lábios.

Nós nos encontramos no silêncio, herdeira tear.

Kelsea piscou. Atrás da cortina fechada, ela ainda conseguia ouvir Pen se movendo, se preparando para dormir. Ele não tinha ouvido nada.

Nada a dizer?

Ela olhou para as safiras, mas estavam escuras e inativas sobre a seda preta do vestido, que agora caía frouxo no corpo de Kelsea. A mente girou vertiginosamente, e ela se sentiu intoxicada, como se devesse dar um tapa em si mesma para despertar. Encarou os olhos do homem, e um pensamento disparou em sua mente como uma flecha, tão simples quanto respirar.

Quem é você?

Um amigo.

Kelsea achava que não. Os avisos de Andalie voltaram a sua mente, mas não precisava de Andalie para saber que aquele homem não era seu amigo. O olhar dele parecia paralisá-la, e ela tinha a sensação de que toda a atenção dele estava grudada nela, que nada era tão importante para ele quanto Kelsea Glynn naquele momento. Lindo como o pecado, Andalie avisara, mas aquilo não fazia justiça a ele. Kelsea nunca tinha visto nenhum homem parecer tão interessado nela antes, e aquela era uma sensação sedutora.

O que você quer?, perguntou ela.

Apenas ajudá-la, herdeira tear. Você quer saber mais sobre a rainha mort? Dos movimentos do exército dela? Qual é sua fraqueza? Posso lhe dizer todas essas coisas.

De graça, imagino.

Criança sábia. Tudo tem um preço.

Qual é seu preço?

Ele apontou para a mão dela, que quase inconscientemente havia agarrado as duas safiras.

Você possui pedras de enorme poder, herdeira tear. Poderia me fazer um grande serviço.

Grande poder? Depois de Argive, Kelsea achava que era verdade, mas de que servia todo o poder do mundo se ela não conseguia controlá-lo, não conseguia conjurá-lo quando precisasse? Um poder inconsistente não mitigaria a vantagem enorme em tamanho e armamento do exército mort.

Que poder?

Eu já vi uma das joias alterar o tempo e criar verdadeiros milagres. Mas a outra tem poder sobre a carne, e você tem uma vontade forte, herdeira tear. Vai poder esfolar pele e esmagar ossos.

Kelsea considerou a ideia por um momento, sombriamente fascinada. Fechou os olhos e viu de repente: a planície Almont, se expandindo entre horizontes, e o exército mort se acovardando, fugindo diante dela... era possível?

O homem sorriu como se tivesse lido seus pensamentos e indicou a lareira.

Olhe e veja.

Kelsea se deparou com uma miragem ampla na frente das chamas, uma vista grandiosa de planícies de sal e águas negras que só podiam ser Mortmesne ocidental. O lago Karczmar, talvez, onde o exército mort estava reunido, na base das Colinas da Fronteira. Mas agora a encosta estava um caos, com árvores em chamas e homens de uniformes pretos lutando pela vida. Uma cortina de fumaça cobria as árvores.

Eis seus soldados, herdeira tear. Eles vão fracassar.

Os tear estavam sendo obrigados a recuar, sobrepujados por números superiores e tendo que subir a colina. O batalhão de Hall, Kelsea percebeu, todos iam morrer. Uma dor a perfurou, e ela esticou a mão para a miragem, querendo ajudá-los, carregá-los para longe.

O homem estalou os dedos, e a miragem desapareceu, restando apenas as chamas da lareira. Ela pensou em gritar por Pen, mas o olhar do estranho parecia deixá-la paralisada.

A rainha mort tem vulnerabilidades. Muitas podem ser exploradas. E o favor que peço em troca é bem pequeno.

Pensando no aviso de Andalie, Kelsea balançou a cabeça.

Não quero nada de você.

Ah, mas isso não é verdade, herdeira tear. Estou observando você há algum tempo. Você deseja ser adulta, mas as pessoas ao seu redor costumam tratá-la como criança. Não é verdade?

Kelsea não respondeu. O homem deu um passo à frente, oferecendo a ela todas as chances de recuar, e passou um dos braços pela cintura de Kelsea. A mão dele era quente, e ela sentiu na mesma hora a pele ficar ardente e febril. Uma pressão se formou no fundo de seu estômago.

Eu nunca vou tratar você como criança, herdeira tear. Nunca liguei se você era bonita ou comum. Já conheci muitas mulheres, mas vou tratá-la como única.

Kelsea acreditava nele. Era a voz, os tons ocos suaves e confiantes que pareciam conjurar a certeza do ar. Ela o encarou e encontrou apenas compreensão, olhos cheios de um conhecimento sombrio sobre Kelsea que ele não tinha nada que ter. Por um momento, ela ficou tentada, de tão forte que era a vontade de ser uma adulta e ter a própria vida, de cometer erros horríveis como todo mundo podia. E esse homem seria uma boa escolha, pois tinha sido a ruína de muitas mulheres, ela tinha certeza.

Mas mulheres mais fracas do que eu, sussurrou uma voz dentro dela. *Não sou fácil de ludibriar.*

Com cuidado, ela tirou a mão dele de sua cintura. A pele do homem era estranhamente seca, mas mesmo isso era estimulante de uma maneira própria; ela não conseguia deixar de se perguntar como seria a sensação de mãos secas assim entre suas pernas, se despertariam as mesmas sensações que as dela. Afastou-se dele e tentou recuperar um pouco de autocontrole, um pouco de equilíbrio.

O que você quer?, perguntou ela. *Seja claro.*

Liberdade.

Quem aprisiona você?

Meu calabouço não é feito de paredes, herdeira tear.

Fale claramente ou saia.

Os olhos do homem brilharam de admiração. Ele chegou mais perto, mas parou quando Kelsea levantou a mão.

Eu estou *preso, herdeira tear. E você tem o poder de me libertar.*

Em troca de quê?

Eu ofereço a você uma chance de derrotar a rainha mort e alcançar a grandiosidade. Vai continuar sentada em seu trono bem depois que tudo o que você conhece tiver desmoronado e virado pó.

Você prometeu a mesma coisa a ela?

Foi a vez dele de piscar. Um golpe no escuro, mas dos bons. A idade extraordinária da Rainha Vermelha nunca teve explicação. E fazia sentido que um homem (*Ele é um homem?*, perguntou-se Kelsea pela primeira vez) que ofereceu isso para uma rainha também poderia oferecer para outra.

Não tenho desejo nenhum de copiar a Rainha Vermelha.

Quero ver você dizer isso, respondeu ele, *quando as legiões dela massacrarem seu exército e o transformarem em entulho.* As palavras foram tão parecidas com o que Kelsea viu na própria mente que ela estremeceu, e percebeu que isso deu prazer a ele. *Você vai implorar pela oportunidade de ser cruel.*

Não vou, respondeu ela. *E, se procura crueldade em mim, não vai encontrar.*

Tem crueldade em todo mundo, herdeira tear. Basta a pressão certa para fazer com que apareça.

Saia agora ou chamarei meu guarda.

Não tenho medo do seu guarda. Eu poderia torcer o pescoço dele com o mínimo esforço.

As palavras paralisaram Kelsea, mas ela só repetiu.

Saia. Não estou interessada.

Ele sorriu.

Mas está, herdeira tear. E vou estar esperando quando você chamar.

A forma do homem se dissolveu de repente, metamorfoseando-se em uma massa negra que pareceu flutuar no ar. Kelsea cambaleou para trás, o coração disparado. A massa fluiu como uma sombra para dentro da lareira e caiu nas chamas como uma cortina, fazendo com que ficassem menores até apagá-las totalmente, deixando o quarto frio e escuro. Na escuridão repentina, Kelsea perdeu o equilíbrio e esbarrou na mesa de cabeceira, derrubando-a.

— Merda — murmurou ela, tateando pelo chão.

— Lady? — chamou Pen da porta, e ela ofegou; por um instante, tinha esquecido a existência de todo mundo além do visitante, e isso pareceu o desdobramento mais perigoso de todos. — Está tudo bem?

— Estou bem, Pen. Só fiz burrice.

— O que aconteceu com o fogo?

— Uma brisa o apagou.

Mesmo no escuro, ela conseguiu ouvir o ceticismo silencioso de Pen. Seus passos suaves de gato soaram pelo quarto na direção da lareira.

— Não precisa. — Ela tateou o chão, procurando os objetos que caíram da mesa de cabeceira. — Vou acender uma vela.

— Você anda praticando bruxaria, Lady?

Kelsea parou no ato de acender um fósforo.

— Por que pergunta?

Nós não somos cegos. Vemos o que está acontecendo com você. Clava nos proibiu de tocar no assunto.

— Então talvez seja melhor não falar sobre isso. — Kelsea acendeu a vela e encontrou Pen a poucos metros, a expressão preocupada. — Não estou praticando bruxaria.

— Você ficou bonita.

Kelsea franziu a testa. Sentiu prazer por Pen achá-la bonita, mas o prazer foi rapidamente sufocado pela raiva: antes ela não era bonita o bastante! Sentiu que não tinha como ganhar. O coração ainda batia com força e seu corpo estava exausto. O rosto bonito de Pen era sincero, cheio da mesma preocupação de sempre, mas Pen sempre foi bom para ela, desde a floresta Reddick, quando boa parte da Guarda teria ficado feliz em deixá-la no chalé. Quando Pen a ajudou a se levantar, Kelsea não pôde deixar de reparar em outras coisas. Pen era musculoso; tinha o corpo definido, bem desenvolvido em cima e leve embaixo, que Venner exaltava como ideal para se tornar um bom espadachim. Pen era rápido, forte e inteligente. E, talvez o mais importe, era de confiança, de forma excepcional, mesmo fazendo parte de um grupo de guardas escolhidos pela capacidade de ficarem de boca fechada. Qualquer coisa que acontecesse naquele quarto ficaria ali.

— Pen?

— Lady?

— Você me acha bonita.

Ele piscou com surpresa.

— Sempre achei, Lady. Mas é verdade que seu rosto mudou.

— Você sempre me achou bonita?

Pen deu de ombros.

— Não importa, Lady. Algumas mulheres são definidas pela aparência, mas você nunca foi uma delas.

Kelsea não sabia como interpretar isso. Pen parecia desconfortável agora, e ela se perguntou se ele estava sendo deliberadamente obtuso.

— Mas você...

— Você parece cansada, Lady. É melhor eu deixá-la dormir.

Pen se virou e seguiu para a porta.

— Pen.

Ele se virou, mas pareceu não querer olhar nos olhos dela.

— Você pode dormir aqui. Comigo.

O olhar de Pen encontrou o dela, e seu rosto pareceu perder toda a cor, como se Kelsea tivesse lhe dado um tapa. Ele enfiou as mãos nos bolsos e se virou.

— Lady, sou da Guarda da Rainha. Não posso.

Era uma mentira descarada, que fez o sangue escurecer as bochechas de Kelsea. Toda a Guarda da mãe frequentara a cama da rainha. Se ela acreditasse em Arliss, até Clava fizera isso.

Bonita mesmo, pensou Kelsea. *Tão bonita que nem sem obrigação nenhuma ele me quer.* O sangue rugiu nos ouvidos dela, e Kelsea teve uma percepção terrível que surgiu aos poucos: a certeza do quanto tinha acabado de se humilhar. Foi preciso só um momento de humilhação para que o sentimento virasse raiva.

— Você está falando merda, Pen. Você *pode*. Só não quer.

— Lady, vou dormir. De manhã... — Pen engoliu de novo, convulsivamente, e Kelsea sentiu um momento de satisfação cruel; pelo menos ele também estava constrangido. — De manhã, vamos esquecer toda essa história. Durma bem.

Kelsea sorriu para ele, mas o sorriso pareceu amargo e congelado. Ela fez a pior escolha possível para esse pequeno experimento: o único guarda que teria que ver constantemente, dia após dia. Pen voltou para a antecâmara e se preparou para puxar a cortina.

— Pen?

Ele parou.

— Apesar da sua vida social ativa, vou precisar de você nas suas melhores condições nas próximas semanas. Seja ela quem for, diga que tem que deixar você dormir um pouco.

O rosto de Pen virou pedra. Ele fechou a cortina, e ela ouviu o baque distinto do corpo dele caindo no colchão, seguido de silêncio. Uma parte no fundo de sua mente, a parte ferida, torcia para que ele ficasse acordado por horas, mas em poucos minutos Pen começou a roncar.

Kelsea nunca se sentira tão acordada. Ficou olhando para a vela acesa na mesa de cabeceira, pensando em soprá-la, mas não conseguiu reunir energia. Toda aquela noite estranha parecia implorar por uma análise, mas ela não tinha vontade nem de fazer isso. O corpo ainda era uma confusão de reações involuntárias. Ela rolou para o lado e socou o travesseiro, odiando o turbilhão dentro de si. Esticou a mão para se tocar, mas percebeu que não adiantaria nada. Estava com raiva demais, com vergonha demais. O que queria mesmo era machucar alguém, era...

Esfolar pele e esmagar ossos.

As palavras do homem bonito ecoaram na cabeça dela. Ele lhe ofereceu imortalidade, mas aquilo era só uma palavra. A imortalidade não resolveria os problemas de Tearling. Ele estava aprisionado, o homem disse, em uma prisão sem paredes. Queria que Kelsea o libertasse.

Kelsea pegou as safiras e olhou para elas por um momento pensativo. Talvez o homem não soubesse que elas mal funcionavam agora, que Kelsea não as comandava realmente. Esfolar pele e esmagar ossos... mas a pele de quem? Os ossos de quem? Ela odiou Pen nesse momento, mas sabia que ele não tinha feito nada de errado. Pen não merecia seu ódio. Não havia ninguém para machucar além de si mesma.

Kelsea ergueu o braço esquerdo e olhou para ele. Ela aguentara dores terríveis... a faca no ombro, o ferimento do falcão... mas o que a mente mostrava era Lily Mayhew. A vida de Lily era relativamente confortável para a época, mas, mesmo naquela memória breve, Kelsea sentiu que algo terrível espreitava o futuro de Lily, um teste de fogo. Ela observou a pele branca e lisa do antebraço, tentando se concentrar, imaginando as camadas embaixo. Só um arranhão... quase não machucaria, mas Kelsea sentiu a mente se revoltando com a ideia mesmo assim.

Esfolar pele e esmagar ossos.

— Só a pele — sussurrou Kelsea, olhando para o braço, concentrando toda a determinação em um pedacinho de pele. Já tinha aguentado coisa pior; claro que aguentaria. — Só um arranhão.

Uma linha estreita apareceu no antebraço dela. Kelsea se esforçou mais, viu a linha ficar mais escura e trincou os dentes quando a pele se abriu com um ardor, fazendo com que uma linha fina de sangue surgisse. Ao ver o sangue, Kelsea abriu um sorriso largo. Sentia-se conectada ao corpo, a cada nervo. A dor não era agradável, certamente, mas era bom sentir alguma coisa além de impotência. Limpou o braço no lençol e virou de lado, mal sentindo o ardor do ferimento, sem ouvir os roncos de Pen no quarto ao lado. Estava ocupada demais olhando para a lareira, pensando em Mortmesne.

— Lady?

Kelsea ergueu o olhar e deu de cara com Clava na porta. Andalie puxou o cabelo dela, e Kelsea fez uma careta.

— O Santo Padre está aqui.

Andalie colocou a escova na mesa.

— Vai ter que ficar desse jeito, Lady. Eu poderia ter feito um trabalho melhor com mais tempo.

— Sua Santidade não vai gostar mesmo — murmurou Kelsea, cheia de petulância.

Ela vinha temendo esse jantar a semana toda, mas seu desconforto naquele momento não tinha nada a ver com o Santo Padre. O que ela via no espelho era inacreditável. Clava não falou nada, nem Pen, mas Andalie, que cuidava do cabelo dela todos os dias, não podia deixar de reparar. O cabelo de Kelsea crescera pelo menos vinte centímetros em uma semana, e estava agora abaixo dos ombros. Ela não estava mais com medo de estar doente, mas até uma doença seria uma coisa determinada, uma coisa conhecida. Andalie devia ter percebido parte do aborrecimento de Kelsea, pois colocou a mão firme no ombro dela e murmurou: "Vai ficar tudo bem".

— Recebi um relatório interessante de Mortmesne, Lady — continuou Clava.

— Sobre o exército?

— Não, sobre as pessoas. O descontentamento mort está se espalhando desde que você interrompeu as remessas, e agora parece que há uma rebelião em andamento. Por enquanto, está concentrada primariamente em Cite Marche e nas aldeias mercadoras do norte, mas já tem grupos se espalhando para o sul na direção de Demesne.

— Liderados por quem?

— Um homem que ninguém nunca viu, chamado Levieux. Aparentemente, ele gosta muito de esconder o rosto.

— Fetch?

— É possível, Lady. Não tivemos notícias de Fetch desde que ele deixou aquela pequena decoração no Gramado da Fortaleza. Arliss recebeu muitos pagamentos de impostos sobre as propriedades dos nobres no último mês, mas não tivemos reclamação de roubo ou agressão. Alguma coisa o está mantendo ocupado.

Kelsea respirou fundo, de uma forma que esperou que fosse discreta.

— Bom, seja o que for, se deixá-lo longe dos meus impostos, melhor.

— Além disso, a Rainha Vermelha deu uma série de ordens estranhas. Ela proibiu que as lareiras fossem acesas no Palais. Todas elas.

A mente de Kelsea se lembrou imediatamente do belo homem que apareceu no quarto. Considerando a lealdade da sua Guarda (e, apesar dos erros no passado, Kelsea considerava isso uma bênção), não havia como um estranho simplesmente entrar na Ala da Rainha. O homem partiu pelo fogo; parecia uma conclusão razoável que também tivesse vindo pelo fogo. O homem bonito mencionou a Rainha Vermelha, não foi? Kelsea se esforçou para lembrar as palavras exatas. Se a Rainha Vermelha estava com medo dessa criatura, ela devia ser mesmo perigosa.

Você já sabia que o homem era perigoso, debochou a mente dela com delicadeza. *Dez minutos de conversa e ele quase fez você tirar o vestido.*

— Isso quer dizer alguma coisa para você, Lady? — perguntou Clava. Kelsea não tomou o cuidado que devia ter tomado; Clava sempre teve o dom de ler o rosto dela, até no espelho.

— Não. Também acho estranho.

Clava a observou por mais um momento. Como Kelsea não disse nada, ele foi em frente, mas ela sabia que não o tinha enganado.

— Tome cuidado com o Santo Padre, Lady. Ele é sinônimo de problemas.

— Você não teme violência, imagino.

Clava abriu a boca e logo a fechou.

— Não hoje.

Ele ia dizer outra coisa. Kelsea agradeceu a Andalie e foi até a porta, Clava e Pen seguindo logo atrás. Nos dois dias anteriores, ela fez o melhor possível para não fazer contato visual com Pen, e ele pareceu feliz com isso. Mas essa situação não podia se sustentar por muito tempo. Kelsea queria poder pensar em um jeito de punir Pen, de fazer com que sentisse tanto arrependimento quanto ela sentia. E ela percebia que sua aparência não era a única coisa que tinha mudado. Estava diferente agora. As palavras do homem bonito sobre crueldade voltaram: *Tem crueldade em todo mundo, herdeira tear. Basta a pressão certa para fazer com que apareça.*

Eu não sou cruel, insistiu Kelsea. Mas ela não sabia quem estava tentando convencer.

— A Igreja de Deus tem grande domínio neste reino, Lady, quer você goste ou não — continuou Clava conforme seguiam pelo corredor. — Fique de cabeça fria hoje.

— Me mandar ficar de cabeça fria é o primeiro e melhor jeito de me fazer ficar de cabeça quente, Lazarus.

— Bom, eu coloquei o padre Tyler entre você e o Santo Padre. Pelo menos você gosta dele.

Eles entraram na câmara de audiência e encontraram o padre Tyler esperando com o sorriso tímido de sempre. Mas naquela noite o sorriso também traía ansiedade, uma ansiedade que Kelsea notou com facilidade. Os dois mundos do padre Tyler estavam colidindo, e Kelsea, que desconfiava havia muito tempo que via um homem diferente do que o que vivia no Arvath, se perguntou se ele temia aquela noite tanto quanto ela. Ela precisava dos recursos do Arvath, mas não gostava da ideia de ir até o Santo Padre com uma mão na frente e outra atrás.

Eu não estou indo assim, ela lembrou a si mesma. *Estamos aqui para negociar.*

— Olá, padre.

— Boa noite, Majestade. Posso apresentar Sua Santidade?

Kelsea voltou sua atenção para o novo Santo Padre. Tinha imaginado um velho, encolhido e murcho, mas esse homem não era mais velho que Clava. Porém, ele não irradiava a vitalidade de Clava; na verdade, ele não causou impressão alguma em Kelsea. As feições eram densas e pesadas, e os olhos, poços escuros e opacos, e, ao vê-la, o rosto dele permaneceu imóvel. Kelsea nunca tinha encontrado alguém com um vazio tão grande no rosto. Depois de alguns segundos, percebeu que o porta-voz de Deus não ia fazer uma reverência; na verdade, ele esperava que ela se curvasse para ele.

— Sua Santidade.

Ao ver que Kelsea também não se curvaria, o Santo Padre sorriu, um erguer funcional dos cantos da boca que não mudou em nada a ausência de vida no rosto dele.

— Rainha Kelsea.

— Obrigada por vir. — Ela indicou a enorme mesa de jantar, que tinha sido posta para dez pessoas. — Sente-se.

Dois acólitos, um alto e um baixo, seguiram o Santo Padre. O alto tinha o rosto pontudo de uma fuinha e parecia ligeiramente familiar. Ficou evidente que era o ajudante preferido; foi ele quem puxou a cadeira e a colocou no lugar quando o Santo Padre se sentou. Os dois acólitos se posicionaram atrás da cadeira do Santo Padre; eles não comeriam. O objetivo era que desaparecessem no ambiente, mas a atenção de Kelsea voltou várias vezes ao acólito alto durante o jantar. Ela o *tinha* visto antes, mas onde?

— Sem guardas? — sussurrou ela para Pen quando eles se sentaram.

— O Santo Padre sempre anda com um complemento de quatro guardas armados, Lady — sussurrou ele em resposta. — Mas o Capitão insistiu para que ficassem lá fora.

O padre Tyler estava sentado do outro lado de Pen, a uma cadeira de Kelsea. O Santo Padre piscou de surpresa quando ele assumiu seu lugar.

— Você sempre come com tantos da sua Guarda, Majestade?

— Normalmente.

— As preocupações de segurança são grandes assim?

— Nem um pouco. Eu prefiro comer com minha Guarda.

— Talvez quando você formar uma família isso mude.

Kelsea apertou os olhos quando Milla começou a servir a sopa.

— Minha Guarda é minha família.

— Mas, Majestade, um de seus primeiros deveres é produzir um herdeiro, não?

— Tenho preocupações mais sérias no momento, Sua Santidade.

— E eu tenho muitos paroquianos preocupados, Majestade. Eles preferem ter um herdeiro e outra criança para substituí-lo assim que possível. A insegurança é ruim para o moral.

— Você prefere que eu fique grávida como minha mãe ficou? Por baixo dos panos?

— Claro que não, Majestade. Não pregamos a libertinagem, embora seja inegável que sua mãe fosse culpada desse pecado. Nós preferimos você casada e estabelecida.

Pen a cutucou com o pé, e Kelsea percebeu que a mesa toda estava esperando que ela começasse a comer. Ela balançou a cabeça.

— Me perdoem. Comam, por favor.

A sopa de tomate de Milla era boa, mas esta noite Kelsea mal conseguiu sentir o gosto. O comentário sobre a mãe dela foi grosseiro demais, direto demais. O Santo Padre estava tentando incitá-la, mas com que objetivo? Os dois acólitos continuavam atrás dele, imóveis, mas os olhos se moviam constantemente, avaliando a sala. A noite toda já parecia errada. O padre Tyler estava pegando colheradas cuidadosas de sopa, mas Kelsea viu que ele não estava comendo nada, que cada colherada voltava direto para o prato. O padre Tyler nunca comia muito; ele era asceta. Mas, agora, havia bolsas escuras sob os olhos do padre, como se estivessem machucados, e Kelsea se perguntou novamente o que tinha acontecido com ele.

O Santo Padre nem chegou a pegar a colher. Só ficou olhando para o prato de sopa, os olhos vazios, enquanto os outros comiam. Isso era uma grosseria tão grande — principalmente porque Milla estava parada com ansiedade ao lado da mesa — que Kelsea foi obrigada a dizer:

— Podemos servir outra coisa, Sua Santidade.

— De jeito nenhum, Majestade. É que não gosto de tomate.

Kelsea deu de ombros. Um homem que não gostava de tomate era mais digno de pena do que de desprezo. Ela comeu mecanicamente por alguns minutos, respirando devagar entre as colheradas, mas não conseguiu ignorar o Santo Padre, que parecia espreitá-la do outro lado da mesa. Como ele claramente desejava irritá-la, Kelsea tentou ficar mais calma, um exercício mental similar a colocar um tapete de veludo sobre um campo de espinhos. Não queria pedir ajuda para aquele velho mentiroso, pelo menos não diretamente, não como suplicante. Mas não podia esperar a noite toda para que uma abertura surgisse na conversa.

Um movimento acima do ombro de Elston a distraiu. Seu guarda tinha acabado de deixar o mágico entrar, um homem de cabelo claro e porte mediano. Na última vez que o vira, Kelsea era uma garota assustada cavalgando pela cidade, mas ela não o esqueceu, e, a pedido dela, Clava procurou o mágico. O nome dele era Bradshaw, e até agora ele tinha sido somente um artista de rua; um compromisso na Fortaleza seria uma oportunidade e tanto para ele. A atenção de Kelsea foi atraída para seus dedos, que eram longos e ágeis, mesmo nos gestos cotidianos de remover o chapéu e a capa. Clava não avaliava o mágico como uma ameaça, mas, como sempre, ficava cauteloso com todas as coisas mágicas, e alertou Kelsea para o fato de que a segurança poderia ser aumentada de forma inesperada ao longo da noite.

Os instintos de Kelsea estavam certos. Quando finalmente terminou a sopa e colocou a colher na mesa, o Santo Padre atacou.

— Majestade, a pedido da minha congregação, devo tocar em vários assuntos desagradáveis.

— Sua congregação? Você ainda faz sermões?

— Toda humanidade é minha congregação.

— Mesmo os que não desejam fazer parte dela?

— Os que não querem fazer parte do reino de Deus são os que mais precisam de nós, Majestade.

— Qual é o primeiro assunto desagradável?

— A destruição do castelo Graham alguns meses atrás.

— Ouvi dizer que foi devido a um incêndio acidental.

— Muitos na minha congregação acreditam que esse incêndio não tenha sido um acidente, Majestade. De fato, a crença que prevalece é a de que o incêndio foi provocado por um de seus guardas.

— A crença que prevalece é conveniente. Tem alguma prova?

— Tenho.

Kelsea inspirou fundo. Clava, à direita dela, estava paralisado, mas o Santo Padre só continuou encarando Kelsea com frieza; ele parecia não ter medo algum de Clava. Kelsea considerou pedir ao Santo Padre para exibir a tal prova, mas descartou essa ideia. Se ele realmente tinha alguma coisa ligando Clava ao incêndio, não haveria por onde escapar. Ela mudou a abordagem.

— Tentativa de assassinato contra a Rainha é traição. Acredito que a lei declare que as terras do traidor devem ser confiscadas.

— É verdade.

— Lord Graham colocou uma faca no meu pescoço, Vossa Santidade. Mesmo na possibilidade improvável de alguém de minha Guarda estar envolvido no incêndio, a propriedade era minha se eu quisesse botar fogo nela.

— Mas não as pessoas lá dentro, Majestade.

— Se elas estavam na minha propriedade, estavam invadindo.

— Mas seu direito àquela propriedade depende inteiramente das suas acusações de traição.

— Minhas acusações — repetiu Kelsea. — De que você chamaria as ações de Lord Graham?

— Não sei, Majestade. Como você mesma disse, há tão poucas provas. O que nós sabemos de verdade? Só que você tinha um Lord jovem e atraente nos seus aposentos no começo da noite e que você o matou.

O queixo de Kelsea caiu.

— Talvez você estivesse de olho nas terras dele o tempo todo...

Pen se levantou, mas Kelsea segurou o braço dele e sussurrou:

— Não.

— Lady...

— *Não faça nada.* — Olhar nos olhos de Pen foi um erro; naquele momento, Kelsea pareceu reviver toda a humilhação. Ele era seu amigo mais antigo, o guarda que foi gentil com ela bem antes dos outros, mas Kelsea só conseguia ver o homem que a rejeitara. Como eles poderiam voltar a ser como eram antes? Ela se virou para o Santo Padre e o viu observando a ela e a Pen com interesse.

— Então essa é a história que seus padres contam no púlpito, Vossa Santidade? O jovem Lord Graham foi vítima da *minha* libertinagem?

Elston e Dyer começaram a rir baixinho.

— Majestade, você não está me entendendo. Sou só o porta-voz das preocupações da minha congregação.

— Achei que você fosse porta-voz de Deus.

O acólito mais baixo ofegou.

— Uma declaração dessas seria uma blasfêmia, Majestade — respondeu o Santo Padre, o tom ligeiramente reprovador. — Nenhum homem pode falar por Deus.

— Entendo.

Ela não entendia, mas pelo menos o distraiu do assunto de Clava e o incêndio. Milla viu a pausa na conversa como uma oportunidade para trazer o prato principal: frango assado com batatas. Kelsea lançou um olhar discreto para Pen e o viu olhando com fúria gelada para o Santo Padre. Toda a Guarda dela estava com raiva agora, até Clava, cuja boca estava repuxada para baixo. Kelsea tamborilou as unhas na mesa, e eles voltaram a atenção para a comida, embora alguns parecessem com dificuldade de engolir.

— Você ouviu os relatos sobre Fairwitch, Majestade? — perguntou o Santo Padre.

— Ouvi. Crianças desaparecendo e um assassino invisível que ataca à noite.

— Como planeja endereçar a questão?

— É difícil dizer até eu ter provas concretas do que está acontecendo.

— Enquanto você espera, Majestade, o problema fica pior. O cardeal Penney me disse que várias famílias desapareceram no contraforte. O próprio cardeal viu sombras escuras à noite, perto do castelo dele. É trabalho do demônio, com certeza.

— E como você sugere que eu lide com o demônio?

— Com oração, Majestade. Com devoção. Você nunca considerou que isso pode ser a vingança de Deus contra o Tearling?

— Pelo quê?

— Pela lassitude de fé. Pela apostasia.

O padre Tyler largou o garfo, que caiu no chão com um estalo, e ele se abaixou para pegá-lo.

— Orações não vão nos salvar de um assassino em série, Vossa Santidade.

— Então, o que vai?

— Ações. Ações criteriosas, tomadas depois de todas as consequências serem pesadas.

— Sua fé é fraca, Majestade.

Kelsea pousou o garfo na mesa.

— Você não vai me incitar.

— Eu não tinha intenção de incitá-la, só de oferecer conselho espiritual. Muitas das suas ações corrompem a vontade de Deus.

Kelsea viu agora para onde aquilo estava indo e apoiou o queixo nas mãos.

— Me dê alguns exemplos, Vossa Santidade.

O Santo Padre ergueu as sobrancelhas.

— Você quer que eu liste suas transgressões?

— Por que não?

— Tudo bem, Majestade. Três hereges e dois homossexuais estavam sob custódia da Coroa no começo do seu reinado, e você libertou todos. Pior, tolera a homossexualidade descarada na sua própria Guarda.

O quê? Kelsea lutou contra a vontade de olhar para Clava ou para qualquer outro membro da Guarda. Ela nunca tinha ouvido falar disso.

— Seu fracasso em se casar é um exemplo terrível para jovens em toda parte. Ouvi especulações de que você pode ter simpatias homossexuais também.

— De fato, Vossa Santidade, a liberdade sexual de adultos livres é a maior ameaça que este reino já encarou — respondeu Kelsea acidamente. — Só Deus sabe como duramos tanto tempo.

O Santo Padre não se deixou abalar.

— E mais recentemente, Majestade, fui informado de que você pretende cobrar impostos do Arvath, como de qualquer corpo secular, sobre suas propriedades. Mas isso só pode ser um engano.

— Ah, então finalmente chegamos ao assunto principal desta noite. Não há engano, Vossa Santidade. A Igreja de Deus é dona de propriedades como qualquer um. A partir de fevereiro, vou esperar pagamentos mensais sobre todas elas.

— A Igreja sempre foi isenta de impostos, Majestade, desde a época de David Raleigh. A isenção encoraja bons trabalhos e altruísmo da parte dos irmãos.

— Vocês obtém lucro da sua terra, Vossa Santidade, e apesar de toda a sua determinação, não são uma instituição de caridade. Não vejo um grande volume da sua renda sendo destinado à população geral.

— Nós distribuímos pão para os pobres, Majestade!

— Muito bem. A própria Santa Simone não podia fazer melhor. — Kelsea se inclinou para a frente e tentou aliviar a mordacidade na voz. — No entanto, como tocou no assunto, tenho uma proposta para você.

— Qual é?

— Se minhas estimativas estiverem corretas, até o final de julho, boa parte de Tearling estará morando no Campo Caddell, do lado de fora dos muros de Nova Londres. Quando os mort chegarem, todos os refugiados vão precisar ser trazidos para a cidade.

— Isso vai deixar Nova Londres terrivelmente lotada, Majestade.

— Sim, e como você alega ser uma instituição de caridade, achei que poderia mostrar um pouco desse espírito cristão oferecendo comida e abrigo a eles.

— Abrigo?

— Vou abrir a Fortaleza para os refugiados, mas você tem o segundo maior prédio de Nova Londres, Vossa Santidade. Nove andares, e ouvi dizer que apenas dois são realmente usados para moradia.

— Como sabe disso? — perguntou o Santo Padre com irritação, e Kelsea ficou consternada ao vê-lo lançar um olhar de raiva para o padre Tyler. — O Arvath é sacrossanto.

— Sete andares vazios, Vossa Santidade — insistiu ela. — Pense em quantas pessoas desabrigadas vocês poderiam receber e alimentar.

— Não há espaço no Arvath, Majestade.

— Em troca — continuou Kelsea, como se ele não tivesse falado nada —, estarei disposta a considerar todas as propriedades da Igreja em Nova Londres como instituições de caridade e não cobrar impostos desses locais.

— Só de Nova Londres? — O Santo Padre explodiu em risadas, um som inesperado vindo do rosto ranzinza. — As construções de Nova Londres constituem apenas uma pequena fração da propriedade da Igreja, Majestade. Se você estivesse disposta a incluir nossas propriedades na parte norte da planície Almont, poderíamos ter um acordo.

— Ah, sim... as fazendas. Onde os pobres trabalham por algumas moedas por dia e seus filhos começam a trabalhar nos campos aos cinco anos. Uma verdadeira instituição de caridade.

— Aquelas pessoas não teriam trabalho nenhum se não fosse isso.

Kelsea encarou o Santo Padre.

— E *isso* permite que você durma melhor à noite?

— Eu durmo muito bem, Majestade.

— Tenho certeza de que sim.

— Majestade! — O padre Tyler se levantou abruptamente, o rosto tomado de pânico. — Preciso usar o toalete. Com licença.

Em algum momento durante a discussão, Milla colocou um prato de sobremesa na frente de Kelsea: cheesecake com cobertura de morangos. Kelsea comeu tudo rapidamente; não era uma das especialidades de Milla, mas não existia cheesecake ruim, nem o humor de Kelsea era suficiente para destruir seu apetite. Clava lançou um olhar suplicante a ela, mas Kelsea balançou a cabeça. Enquanto mastigava, lançou olhares discretos para os guardas, perguntando-se para quem foi direcionado o comentário sobre a homossexualidade. Talvez, como tantas coisas na Igreja de Deus, o Santo Padre tivesse inventado aquilo tudo, mas Kelsea achava que não; era uma alegação estranha demais. E era da conta dela, afinal? De acordo com Carlin, a homofobia institucionalizada da pré-Travessia provocou o desperdício de grandes quantidades de tempo e recursos. Barty, com a praticidade de sempre, dizia que Deus tinha coisas melhores com que se preocupar do que o que acontecia entre lençóis.

Não, decidiu Kelsea, *não é da minha conta*. Ela queria simplesmente poder mandar o Santo Padre à merda, aquilo seria maravilhoso, mas onde abrigaria todos os outros refugiados se não no Arvath? Camas, saneamento básico, cuidados médicos... sem a Igreja, seria um desastre. Kelsea considerou brevemente ameaçar tomar o Arvath com o instituto da desapropriação, como tinha ameaçado aquele grupo de nobres idiotas algumas semanas antes. Mas não, seria um gesto desastroso. Um ataque direto ao Arvath só confirmaria todos os avisos terríveis que os padres do Santo Padre recontavam nos púlpitos, e pessoas demais acreditavam na baboseira da Igreja. O Santo Padre estava tentando deixá-la com raiva, Kelsea percebia agora, e conseguiu. A raiva deixava Kelsea forte, mas também a enfraquecia; ela não via caminho para voltar à negociação agora, não sem perder terreno.

— Acho que Sua Santidade e eu já oferecemos distração suficiente por uma noite — anunciou ela, se levantando. — Vamos seguir para o verdadeiro show?

O Santo Padre sorriu, embora o sorriso não alcançasse os olhos. Ele também não tocou no cheesecake, e Kelsea tentou se lembrar se ele tinha comido alguma coisa. Estaria preocupado com veneno? Aquele homem não teria escrúpulos se quisesse fazer um dos acólitos experimentar comida.

Você está divagando. Concentre-se no Arvath. Nos mort.

Kelsea tentou, mas não via o que podia ser feito para remediar aquela situação. E não era um aprendizado? Os mort chegariam antes do novo ano de impostos, e Nova Londres nunca aguentaria um cerco prolongado. Debater os impostos do ano seguinte era como pintar uma casa que ficava na rota de um furacão. Talvez ela devesse ceder, mas, ao mero pensamento de fazer isso, a mente de Kelsea conjurou o campanário do Arvath: ouro puro, que valia muitos milhares de libras. Ela não podia ceder.

Quando o grupo estava se deslocando na direção do trono, o padre Tyler reapareceu ao lado de Kelsea e falou em voz baixa:

— Lady, imploro para que não o antagonize mais.

— Ele sabe se cuidar. — Mas Kelsea fez uma pausa ao observar melhor o rosto pálido do padre, o peso perdido no corpo já magro. — Do que tem medo, padre?

O padre Tyler balançou a cabeça com teimosia.

— De nada, Majestade. Minha preocupação é com você.

— Bom, se for de algum consolo, pretendo me comportar de maneira exemplar pelo resto da noite.

— E, ainda assim, esse plano falha com tanta frequência.

Kelsea riu e deu um tapinha nas costas dele. A careta de Tyler ficou mais pronunciada, e ela mordeu o lábio. Ela tinha esquecido de que não devia tocar em um integrante de Igreja de Deus.

— Desculpe, padre.

Ele deu de ombros e abriu um sorriso malicioso, ocorrência rara para o padre Tyler.

— Tudo bem, Lady, diferentemente de Sua Santidade, não estou preocupado com sua libertinagem.

Kelsea riu e fez sinal para ele acompanhá-la até a plataforma, onde duas poltronas tinham sido posicionadas. O Santo Padre já estava sentado, e abriu para Kelsea um daqueles sorrisos perturbadores e vazios quando ela se sentou. Os acólitos ficaram ao pé da plataforma; Clava sinalizou para Elston ficar com eles. Então Clava também estava preocupado com o acólito alto com cara de fuinha. Kelsea forçou a memória por um momento, mas logo desistiu de tentar descobrir de onde o conhecia.

Clava estalou os dedos para o mágico, Bradshaw, que se aproximou e fez uma reverência breve. Ele não usava as roupas coloridas que Kelsea tinha visto em tantos artistas de rua; na verdade, estava vestido de forma simples, de preto. Uma mesa tinha sido montada perto para os acessórios dele: uma variedade de objetos, inclusive dois pequenos armários colocados a uns sessenta centímetros um do outro. Bradshaw abriu os armários, levantou os dois para mostrar que não tinham fundo falso, depois pegou uma taça na mesa de jantar, colocou em um armário e o fechou bem. Quando abriu a porta do outro armário, a taça estava lá.

Kelsea bateu palmas, satisfeita, embora não tivesse ideia de como o truque era feito. Não era magia, claro, mas parecia magia, e isso bastava. Bradshaw fez uma sucessão rápida de objetos aparecer em cada armário: uma das luvas de Dyer, uma tigela da mesa, duas adagas e, por fim, a clava do Clava. Este último item deixou Clava com uma expressão perplexa que virou raiva momentânea, depois perplexidade novamente, quando Bradshaw pegou a clava no armário e entregou para ele com um sorriso.

Kelsea bateu palmas com entusiasmo; poucas pessoas conseguiam enganar Clava, e menos ainda ousariam tentar. Clava inspecionou sua arma favorita por um momento, da mesma forma que um joalheiro examinaria um diamante, e finalmente pareceu concluir que era mesmo sua clava. Em voz baixa, Kelsea disse para Elston dar ao mágico uma gorjeta de cinquenta por cento.

O Santo Padre não estava impressionado; ele viu a apresentação toda com uma expressão cada vez mais azeda e não bateu palmas nem uma vez.

— Não é fã de ilusões, Vossa Santidade?

— Não, Majestade. Todos os mágicos são golpistas, enganam as pessoas comuns para que acreditem em magia pagã.

Kelsea quase revirou os olhos, mas se controlou. Sua janela de oportunidade estava se fechando; quando o Santo Padre saísse pela porta, ele não ia voltar. E talvez estivesse mais aberto ao bom senso agora, com menos ouvintes. Bradshaw estava mexendo as mãos de forma exagerada abaixo; Kelsea esperou até que ele conjurasse um rato do ar antes de perguntar baixinho:

— O que o tentaria a aceitar minha proposta?

— Talvez consigamos chegar a um acordo, Majestade. Isente de impostos tanto as propriedades de Nova Londres quanto metade dos nossos terrenos na planície Almont, e a Igreja ficará feliz em alimentar e abrigar o equivalente a quatro andares de refugiados.

Kelsea olhou para Clava.

— Quanto de dinheiro de impostos dá isso?

— Só Arliss saberia dizer com certeza, Lady. Mas você está falando de pelo menos 2500 quilômetros quadrados de fazendas produtivas. Um ano de impostos seria uma boa quantia.

— Não só um ano — interrompeu o Santo Padre. — Perpetuamente.

— Perpetuamente? — repetiu Kelsea em um sussurro incrédulo. — Eu poderia construir um maldito Arvath para mim com o dinheiro que o Tearling perderia em cinco anos.

— Você até poderia construir, Majestade, mas não tem tempo. — O Santo Padre sorriu, e pela primeira vez os olhos exibiram um brilho... mas não era um tipo bom de brilho. — Os mort estarão aqui no outono, e você não tem muita escolha. É por isso que estamos tendo essa conversa.

— Não cometa o erro de pensar que é mais do que uma conveniência para mim, Vossa Santidade. Não preciso da sua pilha de ouro.

— Então não cometa o erro de pensar que *eu* estou com medo do seu coletor de impostos, Majestade. Quando o Ano-Novo chegar, você não vai estar em posição de cobrar impostos de ninguém.

Kelsea estava pensando a mesma coisa nem cinco minutos antes, mas esse fato só a deixou com mais raiva. Ela se virou totalmente para ele, sem nem fingir interesse no show de mágica agora.

— E que bem aquele ouro todo está fazendo a você, Vossa Santidade? Quem você está tentando impressionar com seu campanário? Deus?

— Deus não está interessado nessas trivialidades.

— Exatamente o que eu quero dizer.

— Os paroquianos devotos doaram aquele ouro, Majestade, como forma de penitência e bons trabalhos. Seu tio era um deles.

— Meu tio tinha sete concubinas e nenhum casamento à vista. Quão devoto podia ser?

— Seu tio confessou esses pecados para o padre Timpany e foi absolvido.

— Um sistema fascinante. Crianças de quatro anos precisam encarar mais disciplina que isso.

A voz do Santo Padre ficou tensa de raiva.

— Você tem leis criminais para punição secular. Minha preocupação é apenas a salvação da alma.

— Mas todo aquele ouro ajuda, não é?

— Como ousa...

— Vossa Majestade! — Bradshaw fez outra reverência elaborada no pé da plataforma. — Para meu truque final, posso usar um de seus guardas como voluntário?

Kelsea abriu um sorriso fraco.

— Kibb.

Kibb desceu os degraus com risadinhas dos outros guardas, mas Kelsea não prestou muita atenção. As mãos estavam apertando com força os braços da cadeira. Ela mal conseguia se controlar para não bater no homem sentado ao lado.

Tanto espaço, pensou ela, olhando para o Santo Padre, as têmporas latejando. *Tanto espaço e tanto ouro. Você não usa, não precisa, mas não vai compartilhar. Se sobrevivermos à invasão, meu amigo, vou cobrar impostos de você até implorar por misericórdia.*

O Santo Padre ficou olhando para ela com a suprema arrogância de quem não tem nada a temer. Kelsea se lembrou de um comentário que Clava fez semanas antes: que não podia ser descartado que talvez o Santo Padre negociasse com Demesne por baixo dos panos. Se o Santo Padre já tivesse feito um acordo, claro que ele não se sentiria ameaçado por Kelsea; só precisava ficar esperando que o exército mort invadisse, poupando Arvath e destruindo todo o resto. E agora Kelsea sentiu as primeiras sementes de desespero criarem raízes em seu coração. Ela tinha passado o mês anterior correndo de um lado para outro, movendo-se freneticamente de uma opção para a seguinte, tentando encontrar uma solução, e agora levantou o rosto e se viu cercada de canibais.

— Em homenagem a seus convidados sagrados, Majestade! — Bradshaw pegou a taça que tinha usado antes e a encheu com água de um pequeno cantil, depois entregou para Kibb. — Tome um gole, senhor, e confirme que é mesmo água.

Kibb tomou um pequeno gole.

— É água.

O mágico levou a taça para a frente da plataforma e exibiu para inspeção de Kelsea, esperando até ela assentir para continuar. Com uma reverência curta e educada para o Santo Padre, Bradshaw cobriu a boca da taça com a mão e estalou os dedos da outra. Um pequeno brilho de luz surgiu entre seus dedos, e Bradshaw ergueu a taça para Kelsea novamente, afastando a mão. A água na taça agora estava de um tom de vermelho escuro e profundo.

— Para o prazer de Vossa Majestade! — anunciou Bradshaw. — Onde está meu assistente capaz?

Kibb ergueu a mão, e o mágico dançou até ele, levantando a taça.

— Experimente, senhor. Não vai lhe fazer nenhum mal.

Kibb, sorrindo com um toque de ansiedade, tomou um gole pequeno da taça. Uma expressão atônita surgiu no rosto dele, e ele tomou um segundo gole, maior. Virando-se para Kelsea, ele anunciou com voz impressionada:

— Majestade, é vinho.

Kelsea deu uma risadinha, depois uma risada maior, e não conseguiu se controlar para não cair na gargalhada. Não deixou passar a expressão de fúria no rosto cada vez mais sombrio do Santo Padre, mas isso só a fez rir mais. Abaixo da plataforma, Bradshaw sorriu, o rosto vermelho de triunfo.

— Levante-se, levante-se!

O acólito mais baixo tinha desmaiado, e o mais alto estava sacudindo o companheiro e sibilando ordens. Mas o jovem estava apagado.

O Santo Padre se levantou da cadeira, o rosto de um vermelho intenso que deixou Kelsea muito satisfeita. O padre Tyler estava murmurando de forma gentil no ouvido dele, mas o Santo Padre o empurrou para longe. Não demonstrou preocupação nenhuma pelo rapaz inconsciente no chão.

— Não vejo humor em um insulto oferecido a convidados — rosnou o Santo Padre. — Foi uma piada blasfema, Majestade, de péssimo gosto.

— Não olhe para mim, Vossa Santidade. Não tenho artistas na corte. Os truques dele pertencem a ele.

— Exijo um pedido de desculpas! — disse ele com rispidez, e Kelsea, que tinha suposto que essa fúria ridícula era parte da descrição do trabalho de um Santo Padre, se viu hesitante, porque a raiva do homem era genuína. Mas, mesmo se Bradshaw tivesse tirado a Virgem Maria de um chapéu, ninguém podia levar um truque de mágica a sério. O gesto inteligente seria a conciliação, mas Kelsea já tinha passado desse ponto. Ela tamborilou com as unhas no braço da cadeira e perguntou docemente:

— Pedido de desculpas de quem?

— Desse impostor, Majestade.

— Impostor? Tenho certeza de que ele não pretendeu se representar como o verdadeiro Cristo, Vossa Santidade.

— Eu exijo um pedido de desculpas.

— Você acabou de dar uma ordem à rainha? — perguntou Clava, a voz suave e mortal.

— Sem dúvida.

— Negado! — disparou Kelsea. — Que tipo de tolo se ofende com uma ilusão?

— Majestade, por favor! — O padre Tyler estava ao lado do Santo Padre, o rosto pálido agora. — Isso não é construtivo.

— Cale a boca, Tyler! — sussurrou o Santo Padre. — Todos os mágicos são charlatões! Eles prometem soluções rápidas e tiram as pessoas do caminho direto e correto da fé.

Kelsea apertou os olhos.

— Nem pense em jogar a cartada da devoção comigo, Vossa Santidade. Eu sei tudo sobre você. E aquelas duas mulheres que você mantém no Arvath? Elas se ajoelham perante o Espírito Santo todas as noites?

Ao ouvir isso, o Santo Padre ficou com o rosto de um roxo apoplético, e Kelsea se pegou desejando que ele tivesse um ataque cardíaco e caísse duro na frente do trono, e que se danassem as consequências.

— Tome cuidado, Majestade. Você não tem ideia de como sua posição é delicada.

— Me ameace de novo, sua fraude gananciosa, e vou acabar com você!

— Tenho certeza de que ele não pretendia dizer isso, Majestade! — exclamou o padre Tyler com voz aguda e em pânico. — Não foi uma ameaça, só...

— Tyler, fique fora disso! — rugiu o Santo Padre. Ele se virou e o golpeou com o braço, acertando o padre Tyler no peito. Tyler girou os braços por um momento, tentando se equilibrar, e caiu para trás, escada abaixo. Kelsea ouviu o estalo seco de um osso quebrando, e todos os pensamentos sumiram, a voz da razão na cabeça dela ficando misericordiosamente em silêncio. Ela ficou de pé, passou por Pen e deu um tapa na cara do Santo Padre.

Clava e Pen se moveram rapidamente, e o resto da Guarda foi logo atrás. Em poucos segundos, havia mais de dez homens entre Kelsea e o Santo Padre. Os guardas obscureceram a visão dela, mas não antes de ela ter visto e memorizado a marca branca da mão na bochecha vermelha do Santo Padre, embrulhada em sua mente como um presente.

— Sacrilégio! — sibilou o acólito mais alto da base da escada. — Ninguém pode botar as mãos no Santo Padre!

— Se você valoriza esse hipócrita, tire-o da minha Fortaleza agora.

O acólito subiu a escada para ajudar o Santo Padre. Kelsea voltou para sua cadeira, determinada a ignorá-los, mas ouviu uma respiração ofegante abaixo, atrás do muro de guardas.

— Padre, você está bem?

— Sim, Majestade.

Mas a voz do padre Tyler estava rouca de dor.

— Fique aqui. Vamos chamar um médico.

— Tyler vem conosco! — rosnou o Santo Padre.

Mas Clava já tinha descido os degraus e se posicionado entre o padre Tyler e os acólitos.

— A rainha ordena que ele fique.

— Meus médicos pessoais vão cuidar dele.

— Não mesmo, Vossa Santidade. Eu vi o trabalho dos seus médicos.

Os olhos do Santo Padre se arregalaram, cheios de surpresa e outra coisa... culpa? Antes que Kelsea pudesse decifrar a reação, Clava avançou pela sala e pegou o acólito mais alto pelo pescoço.

— Vamos ficar com este aqui também. Irmão Matthew, não é?

— Sob qual acusação? — perguntou o Santo Padre, enfurecido.

— Traição — anunciou Clava secamente. — Pela conspiração de Thorne.

A boca do Santo Padre se abriu e se fechou por um momento.

— Nós viemos aqui sob promessa de salvo-conduto!

— Eu prometi salvo-conduto a *você*, Vossa Santidade — disse Kelsea, embora por dentro estivesse xingando Clava; ele não contou nada a ela. Agora, reconheceu o irmão Matthew com facilidade: um dos homens do desfiladeiro Argive, agachado ao redor da fogueira de Thorne no meio da noite. — Você está livre para partir. Mas seus bajuladores vieram pela própria conta e risco.

— Sugiro que saiam agora — disse Clava para o Santo Padre, apertando o pescoço do padre agitado. — Antes que eu tenha a chance de fazer qualquer pergunta a sua fuinha.

O Santo Padre apertou os olhos e chutou o acólito mais baixo, ainda inconsciente no chão.

— Você! Acorde! Estamos indo embora!

De alguma forma, conseguiram botar o homem de pé, oscilante. Clava entregou o irmão Matthew para Elston e acompanhou os dois homens do Arvath até a porta. O segundo acólito, com rosto branco como leite, lançou vários olhares perplexos por cima do ombro, mas o Santo Padre, andando rigidamente ao lado dele, não olhou para trás.

Kelsea desceu a escada correndo e se agachou ao lado do padre Tyler, cuja perna esquerda estava virada em um ângulo horrível. Ele estava ofegante, com gotas enormes de suor escorrendo pelas bochechas pálidas. Kelsea segurou a barra do vestido para secar a testa dele, mas, quando Coryn tentou examinar a perna, o padre Tyler grunhiu e implorou para que ele parasse.

— Quebrada em vários pontos, Lady. Vamos ter que apagá-lo para reposicionar o osso.

— Vamos esperar o médico — ordenou Kelsea, lançando um olhar assassino para as costas cada vez mais distantes do Santo Padre. — A boa obra de Deus, imagino.

O padre Tyler riu, um som delirante.

— Podia ter sido pior, Majestade. Seth que o diga.

— Quem é Seth?

Mas o padre Tyler trincou os dentes, e, apesar de Kelsea fazer a pergunta várias vezes mais antes de o médico chegar, ele se recusou a responder.

Dorian

O sucesso de uma grande migração humana depende do encaixe de muitas peças individuais. Deve haver descontentamento com um statu quo desagradável, talvez até intolerável. Deve haver idealismo para motivar o movimento, uma crença poderosa em uma vida melhor além do horizonte. Deve haver grande coragem diante de probabilidades terríveis. Mas, mais do que tudo, toda migração precisa de um líder, a figura indispensável e carismática que até homens e mulheres apavorados vão seguir sem pestanejar em direção ao abismo.

A Travessia anglo-americana encontrou essa última exigência aos montes.

— *O horizonte azul de Tearling*, GLEE DELAMERE

Lily estava sentada no quintal, tentando gravar uma mensagem para a mãe. O dia estava quente demais; alguma coisa devia estar errada com o controle climático. Isso estava acontecendo com cada vez mais frequência ultimamente. Greg dizia que eram os separatistas e seus hackers, sabotando os satélites; os militares com quem ele trabalhava no Pentágono vinham reclamando disso havia semanas. Nos últimos dias, a temperatura em Nova Canaã tinha subido para a casa dos trinta e tantos graus, e agora o ar úmido e pesado cobria o quintal.

Apesar do clima sufocante, a semana tinha sido boa. Greg fez uma viagem de trabalho a Boston, uma espécie de congresso com outras pessoas que trabalham com os militares. Lily sempre imaginou essas reuniões como uma versão maior das festas que eles ofereciam em casa: homens bêbados, as vozes ficando mais altas e mais roucas conforme mais bebida era servida.

Ainda assim, ficou agradecida. Quando Greg viajava, ela quase podia fingir que a casa era dela, que não precisava dar satisfação a ninguém. Não havia necessidade de se esconder no quartinho do bebê; Lily podia se deslocar livremente pela casa. Mas, naquela noite, Greg voltaria para casa, e Lily estava tentando aproveitar as últimas horas para gravar a carta. Era difícil fazer as mentiras soarem naturais, principalmente para a mãe, que não queria ouvir sobre seus problemas. Lily tinha acabado de apertar o botão de gravação quando uma mulher pulou o muro dos fundos e caiu no jardim.

Lily ergueu o rosto, assustada. A mulher escorregou pelo muro, um sibilar soando durante a queda ao agarrar a hera grudada lá. Ela acabou caindo no canteiro de hidrângeas e desapareceu de vista com um grunhido baixo e dolorido.

Jonathan se materializou na porta da cozinha, a arma na mão.

— Fique para trás, sra. M.

Lily o ignorou, levantou-se da cadeira Adirondack e foi na ponta dos pés até o muro de pedra. A invasora tinha esmagado o arbusto. Lily sentiu Jonathan segurar um de seus braços, mas espiou por cima do arbusto até encontrar a mulher caída ali.

Ela é igualzinha a Maddy!

A mulher se parecia incrivelmente com a irmã mais nova de Lily. O cabelo, agora emaranhado na planta, não era lavado havia um tempo, mas era do mesmo tom de louro-escuro, os mesmos cachos. Ela tinha o nariz arrebitado de Maddy, as sardas. Ela tinha alguns anos a menos; Lily mordeu o lábio e tentou lembrar quantos anos a irmã teria agora. Dois anos mais nova que Lily, então, vinte e três. Aquela garota não podia ter mais do que dezoito anos.

Agora, Lily ouviu sirenes, os uivos abafados pelo muro grosso de pedra. A Segurança raramente usava sirenes em Nova Canaã; nas raras ocasiões em que ia para o bairro de Lily, era para alguma ação silenciosa e eficiente. Mas aquela mulher claramente não pertencia a Nova Canaã. O rosto estava manchado com algum tipo de graxa, e ela estava usando calça jeans e um suéter rasgado que parecia três tamanhos maior que o dela. A barra do suéter estava ensanguentada. Lily espiou com mais atenção e recuou com um arfar.

— Ela levou um tiro!

— Entre na casa, sra. M. Vou chamar a Segurança.

A mulher abriu os olhos. Brilharam com um verde intenso e incrivelmente lúcido, velhos demais para uma adolescente, antes de se fecharem novamente. A mulher estava ofegante, a mão pressionada sobre um ponto sangrento da barriga. Parecia jovem demais até para pensar em cometer um crime, e se parecia demais com Maddy, Maddy, que desaparecera anos antes.

— Você está ferida — disse Lily. — Precisa de um hospital.

— Nada de hospital.

— Ela é uma invasora! — sibilou Jonathan.

As sirenes estavam mais altas agora, talvez na rua Willow. A mulher abriu os olhos de novo, e neles Lily viu resignação, uma espécie de aceitação exausta.

Maddy fez a mesma expressão quando foram atrás dela, como se já estivesse imaginando o que vinha em seguida. Lily não queria pensar naquele dia, em Maddy. Jonathan estava certo; eles deviam chamar a Segurança. Mas Maddy estava na cabeça de Lily agora, e ela se viu incapaz de fazer isso, incapaz de entregar a mulher.

— Me ajude a levá-la para dentro.

— Para quê? — perguntou Jonathan.

— Só me ajude.

— O que o sr. M diria?

Lily encarou o homem, a voz ríspida.

— Não seria nosso primeiro segredo, seria?

— Isso é diferente.

— Me ajude a levantá-la.

— Ela não é uma invasora qualquer, sra. M. Está ouvindo as sirenes? Acha que não são para ela?

— Vamos para casa. Vamos colocá-la no quarto do bebê. Ele não vai saber.

— Ela precisa de um médico.

— Vamos arrumar um.

— E depois? Médicos precisam relatar ferimentos de bala.

Lily ergueu a mulher, passando um braço embaixo dos ombros dela e fazendo uma careta quando a mulher gemeu. Parecia muito importante ser rápida, levar aquela mulher para dentro antes que pensasse muito nas consequências, em Greg.

— Vamos lá para dentro.

Resmungando, Jonathan colaborou. Juntos, eles ajudaram a mulher a atravessar o jardim e entrar na casa, um oásis de escuridão com ar-condicionado. Quando chegaram à sala, a mulher já estava inconsciente e ficou bem mais pesada do que seu corpo magro poderia sugerir. Lily grunhiu enquanto eles a arrastavam pelo saguão, mas sua mente já listava as coisas que teria que fazer. Primeiro, as câmeras de segurança. Lily não tinha imagens da sala e da escada, mas podia apagar essa única vez, e Greg atribuiria a uma falha no sistema... *provavelmente*, acrescentou a voz dela. Os sapatos da separatista estavam cobertos de lama e deixaram várias manchas no tapete da sala. A casa se esterilizava sozinha, mas não tão rápido. Lily precisaria limpar a lama à mão antes de Greg chegar em casa.

Eles levaram a mulher ferida para o quarto do bebê e a deitaram no sofá. Lily podia sentir o olhar irritado de Jonathan antes mesmo de erguer o rosto.

— O que você está fazendo, sra. M?

— Não sei — admitiu Lily. — Eu só...

— O quê?

Uma imagem da Segurança surgiu na cabeça de Lily: a porta pela qual eles levavam pessoas que nunca mais voltavam. Quando Lily era criança, não existiam essas portas, e, mesmo quando se tornou adulta, ela não prestou atenção ao mundo se transformando ao seu redor; costumava pensar que era essa falta de atenção às consequências, ao futuro, que a permitiu se casar com Greg. Maddy era a politizada, a que se importava com todo o mundo. As preocupações imediatas de Lily eram manter a casa funcionando e lidar com Greg, encontrar jeitos de lidar com a raiva volátil recente do marido, ficar sempre um passo à frente. Era bem difícil, certamente, mas ela não conseguia fugir de uma sensação insistente de responsabilidade compartilhada, de que foi muita gente boa, todas com os olhos no chão, que permitiu que a porta sem marcas da Segurança se tornasse o statu quo. Maddy não teria permitido, mas Maddy tinha desaparecido.

Jonathan ainda estava esperando uma resposta, mas Lily não podia explicar, não para ele. Jonathan era fuzileiro, lutou na Arábia Saudita na batalha final e desesperada pelas últimas reservas de petróleo do mundo. Ele era lealista. Carregava uma arma.

— Eu não vou entregá-la — respondeu Lily, por fim. — Você vai contar ao Greg?

Jonathan olhou para a mulher no sofá, o olhar contemplativo.

— Não, senhora. Mas você precisa arrumar um médico para ela. Se não chamar, ela vai continuar sangrando até morrer aqui no seu sofá.

Lily pensou em todos os médicos que conhecia na região. Amigos de Greg, nenhum de confiança. O consultório do dr. Collins, o médico da família, ficava a menos de oito quilômetros dali, no centro da cidade, mas também não era opção. O dr. Collins nunca perguntou a Lily se ela queria ter um bebê. Na última consulta, disse que ela precisava relaxar mais durante o sexo, que relaxar era uma boa forma de conceber.

— Minha bolsa. Tem um cartão lá. Meu médico em Nova York.

— Davis? Essa não é a área dele. Ele é contrabandista.

— Ele é especialista em fertilidade!

— Certo, sra. M.

Ela ficou olhando para ele por um momento.

— Você vai contar ao Greg?

Jonathan suspirou e tirou a chave do Lexus do bolso.

— Fique aqui. Faça pressão no ferimento. Volto logo com um médico.

— Que médico?

— Não se preocupe com isso.

— Nenhum dos amigos de Greg?

— *Não se preocupe*, sra. M. Você estava certa; nós dois sabemos guardar um segredo.

Jonathan ficou fora durante mais de uma hora, dando a Lily tempo suficiente para imaginar o pior: Jonathan preso por transportar um médico não licenciado; Jonathan incapaz de encontrar um médico; mas, quase sempre, Jonathan indo direto para o escritório de Greg, direto para a Segurança, para contar tudo. Jonathan era guarda-costas dela havia quase três anos, Lily disse para si mesma, e sabia sobre o dr. Davis. Se quisesse deixá-la encrencada, podia ter feito isso muito tempo antes.

Mesmo assim, estava com medo.

A mulher no sofá estava desidratando a olhos vistos. Os lábios estavam rachados e quase brancos, e quando tentou falar, a voz saiu como um grunhido rouco. Lily desceu e encheu uma bacia com gelo quebrado. Não sabia nada sobre cuidar de gente doente, mas teve pneumonia quando era pequena, e durante uma semana inteira só conseguia ingerir pedacinhos de gelo. Ela molhou um pano com água gelada e também colocou na bacia.

Quando voltou, a mulher no sofá perguntou onde estava. Lily tentou contar, mas a mulher desmaiou de novo antes de ela terminar. Mais três horas e Greg estaria em casa. Onde estava Jonathan? E o que ela estava fazendo? As pílulas eram uma coisa, um segredo, mas esconder uma pessoa era bem diferente.

— Qual é o seu nome? — perguntou Lily para a mulher quando ela recuperou a consciência novamente.

— Nada de nomes — sussurrou ela.

Lily sentiu como se já tivesse ouvido essas palavras antes, talvez em um dos incontáveis panfletos e folhetos do governo. O que aquela mulher estava fazendo ali? De tempos em tempos, Lily ouvia sirenes pelo bairro, às vezes distantes e às vezes muito perto. Verificou os sites de notícias no painel da parede, mas não havia nada, nenhuma notícia local sobre uma invasora ou algum crime próximo. Foi até a sala de vigilância e apagou as filmagens da tarde. Sempre havia a chance de Greg ter visto tudo em tempo real, mas era muito improvável hoje; no final do congresso, Greg estaria ocupado conversando antes de subir no avião. A caminho do quarto do bebê, ela limpou a lama do carpete.

A mulher ainda estava inconsciente. Era jovem demais para ser Maddy, sim, e um pouco alta demais, mas, mesmo assim, era quase como ver um fantasma no sofá. Conforme a tarde avançava, o raio de sol que entrava pela janela se moveu pelo ombro da mulher, e Lily viu uma cicatriz ali, acima da clavícula. Lily tinha uma cicatriz no mesmo lugar, uma linha cirúrgica perfeita da implantação da identificação quando ela era jovem. Mas essa cicatriz era bem mais evidente.

Não era a linha fina e perfeita que um laser deixaria. Parecia que tinha sido feita com um bisturi.

Lily encarou a cicatriz por muito tempo, uma ideia louca se formando na mente: a mulher de alguma forma retirara a identificação. Devia ser impossível; as identificações eram armadas com uma toxina, um produto químico mortal que seria liberado caso alguém tentasse mexer no dispositivo. Mas, quanto mais Lily avaliava a cicatriz, mais certeza ela tinha: aquela mulher conseguiu se livrar da identificação. Podia se deslocar para onde quisesse livremente, sem a Segurança rastreando todos os seus movimentos. Lily não conseguia nem imaginar como seria isso.

Jonathan finalmente voltou às quatro da tarde com um homem pequeno e bem-vestido de cabelo grisalho. O homenzinho tinha a aparência que um médico devia ter, na cabeça de Lily; usava um terno cinza com aparência profissional e óculos de armação de metal antiquados, e carregava uma maleta de couro preta que estalou quando ele a botou no chão. Ele ignorou Lily por completo e foi direto até a mulher no sofá. Depois de um momento de avaliação, virou-se, falando como faria com uma enfermeira.

— Água fervendo e algumas toalhas. De algodão.

Por um momento, Lily ficou surpresa demais para obedecer. Não estava acostumada a receber ordens na própria casa.

Exceto de Greg, sussurrou a mente dela, e isso a fez se mexer, sair do quarto do bebê e seguir até a cozinha. Depois que pegou a água, ela foi até o armário de toalhas e tentou decidir de quais Greg sentiria menos falta. Ele tinha um olho estranho e esporádico para detalhes da casa; Lily jogava fora um jogo de lençóis puídos e, um ano depois, Greg perguntava onde os lençóis foram parar. Nenhuma das toalhas eram escuras o bastante para esconder sangue; o conjunto que ela escolhesse teria que ser jogado fora.

Só pega logo, caramba.

Lily pegou um conjunto de toalhas verdes que sempre odiou, presente de casamento da tia de Greg. Quando voltou, viu que Jonathan e o médico tinham movido o sofá até a área iluminada embaixo da janela. O médico tinha tirado o suéter largo da mulher, deixando à mostra uma camiseta masculina descolorida por baixo, e agora estava cortando a camiseta com uma tesoura que tirou da maleta. Lily se inclinou para colocar as toalhas ao lado dele.

— Está ótimo, moça.

— Lily.

— Nada de nomes.

Essa frase de novo. Sentindo-se rejeitada, Lily se virou para Jonathan e viu que ele tinha sacado a arma, uma coisa preta e brilhante que sempre deixava Lily inquieta, e estava mexendo nela, tirando as balas e botando de volta.

— Preciso que você a segure — disse o médico.

Lily não sabia com quem ele estava falando, mas os dois se adiantaram, Lily na direção dos braços da mulher e Jonathan, guardando a arma, na direção das pernas. Olhando para baixo, Lily viu um brilho de pânico nos olhos da mulher e colocou a mão na testa dela, sentindo-se a maior mentirosa do mundo ao sussurrar:

— Vai ficar tudo bem.

A meia hora seguinte ficaria na memória de Lily em detalhes claros e doentios pelo resto da vida. O médico tinha uma sonda laser, mas, quando começou a cutucar o ferimento com ela, a mulher se debateu até o rosto e o pescoço de Lily ficarem cobertos de suor com o esforço de segurá-la. De tempos em tempos, o médico murmurava:

— Está bem fundo, a maldita. — Esses murmúrios eram a única forma de Lily marcar a passagem do tempo.

Ela passou boa parte da operação olhando para Jonathan, tentando decifrá-lo. Ele era um bom guarda-costas e um motorista talentoso, mas também era ex-fuzileiro, e Lily sempre achou que era lealista. Como conhecia um médico independente? Como os dois vão conseguir esconder isso tudo de Greg?

O médico finalmente encontrou a bala e introduziu uma pinça pequena no ferimento. A mulher desmaiou durante esse processo, os braços ficando misericordiosamente inertes nas mãos de Lily. A temperatura do quarto parecia ter subido vertiginosamente, embora o painel da parede só indicasse vinte e quatro graus. Lily estava tonta, como se o sangue tivesse se esvaído da cabeça. Jonathan, o que não era surpresa, estava firme, como sempre, o rosto imóvel enquanto via o médico trabalhar. Ele devia ter matado homens na Arábia Saudita com o mesmo rosto impassível.

Por fim, o médico ergueu a pinça e exibiu um pedaço de plástico deformado pingando um líquido vermelho. Jonathan esticou uma toalha, e o médico largou a bala nela, deixando o algodão vermelho, e começou a fechar o ferimento.

— Ela conseguiu? — perguntou o médico.

— Eu não sei — respondeu Jonathan.

— Um de nós deveria avisar a ele onde ela está.

— Eu aviso. Quanto tempo ela vai ter que ficar aqui?

— Idealmente, ela precisa de alguns dias de repouso. Ela perdeu muito sangue. Não há como tirá-la daqui, de qualquer modo, enquanto ela não puder andar; acho que montaram bloqueios nas ruas a esta altura. — O médico lançou um olhar duvidoso a Lily. — Mas ela *pode* ficar aqui?

— Pode, sim — respondeu Lily, tentando parecer firme. Mas o resto da conversa a intrigou. Que tipo de médico tratava ferimentos de bala e não fazia perguntas? O médico limpou as mãos em uma das toalhas de Lily e a jogou na poltrona.

— Ela vai precisar de cuidados quase constantes.

— Eu posso cuidar dela — ofereceu Lily. — Durante o dia, fico aqui o tempo todo. À noite, talvez algumas horas.

— O que uma mulher como você quer com uma coisa assim?

Lily ficou vermelha com a crítica que viu nos olhos do médico. O quarto do bebê era maior que a casa da maioria das pessoas. Ela queria poder contar a esse homenzinho sobre Maddy, mas não sabia por onde começar.

— Eu só quero ajudar. Ela vai estar a salvo aqui.

O médico a avaliou por mais um momento, depois abriu a maleta e jogou uma pilha de parafernália médica no sofá: ataduras, seringas, potes de comprimidos.

— Você vai precisar trocar o curativo pelo menos uma vez por dia. Se ela ficar febril, dê isso a ela. Você já aplicou uma injeção em alguém?

— Já. — Lily assentiu vigorosamente, se sentindo mais confiante. As seringas novas tinham guias que identificavam veias, mas, mesmo que as seringas do médico fossem antigas, Maddy era diabética. Lily sabia dar injeções.

O médico pegou uma seringa com uma embalagem verde.

— Antibiótico. Dê uma injeção todas as noites, no mesmo horário. Na veia do antebraço.

Ele se virou para Jonathan.

— Ela pode ficar aqui por alguns dias, mas pode acabar desenvolvendo uma infecção. Quanto mais cedo ele a tirar daqui, melhor.

Ele quem? Lily estava curiosa. A voz do médico soou tão reverente que, por um momento, Lily achou que ele estava falando de Deus.

— Preciso levar o médico de volta, sra. M, e depois tenho um compromisso. Posso demorar um pouco para voltar.

Lily assentiu lentamente.

— Vou dizer para Greg que você foi buscar meu vestido novo na cidade.

Não era exatamente mentira. Lily tinha encomendado um vestido Chanel novo várias semanas antes: quinze mil dólares, em seda ametista com lantejoulas costuradas à mão. Agora, ao olhar para a mulher inconsciente no sofá, ela se sentiu enjoada.

— Precisamos ir. O marido dela vai chegar em pouco tempo.

O médico reuniu os instrumentos e limpou tudo na toalha suja antes de enfiá-los na maleta.

— Essas toalhas precisam ser queimadas. Você não pode simplesmente jogar fora.

— Eu sei — disse Lily com rispidez, olhando com irritação para o médico. Depois, olhou para baixo com perplexidade. O piso tinha começado a tremer embaixo dos pés dela.

Um trovão gigante ecoou lá fora, uma explosão de barulho que fez Lily cobrir os ouvidos. De longe, do outro lado da casa, ouviu vidro se estilhaçar. O médico também cobriu os ouvidos, mas Jonathan só ficou olhando pela janela, com um sorriso no rosto. Por alguns segundos, as paredes e portas continuaram a tremer, mas logo pararam. O alarme da Segurança soou no centro, o som distinto alto o suficiente para penetrar até no cérebro inconsciente da mulher no sofá; ela rolou e murmurou mesmo dormindo.

O médico esticou a mão e apertou a de Jonathan.

— O mundo melhor.

— O mundo melhor — repetiu Jonathan.

Lily os encarou com os olhos arregalados, cem pecinhas se organizando na mente. O conhecimento enciclopédico de Jonathan das estradas públicas. A decisão inexplicável de guardar os segredos de Lily. Os compromissos noturnos misteriosos. Agora, Lily entendia por que a mulher ferida pulou o muro para aquele jardim em particular: porque Jonathan estava ali. Jonathan, um separatista.

— Volto mais tarde, sra. M.

Ela assentiu e o viu partir. Lá no fundo, torcia secretamente para que o médico também apertasse a mão dela, mas ele não fez isso, só lhe lançou outro olhar desconfiado quando saiu. Lily ficou olhando a mulher no sofá, a mente já categorizando os diferentes tipos de problema em que tinha se metido. Se fosse pega abrigando uma fugitiva, ela seria presa, levada para a cadeia. Mas mesmo os perigos de uma prisão eram pequenos perto da perspectiva do que aconteceria se Greg descobrisse. Greg chamava os separatistas de escória. Vibrava sempre que um ia preso e assistia com um prazer sombrio e arrogante pelo site do governo quando eram executados.

Preciso ser esperta, pensou Lily, olhando para a mulher no sofá. Ela se perguntou como era possível estar apavorada e, ao mesmo tempo, muito empolgada. Tinha ido a uma festa no fim de semana durante o ensino médio, anos antes de conhecer Greg... ficou bêbada, sim, mas não tão bêbada a ponto de não saber o que estava fazendo, e no final da noite ela seguiu um garoto até um quarto escuro e perdeu a virgindade, simples assim. Lily nunca soube o nome do garoto, nem mesmo na manhã seguinte, mas ele foi tímido e gentil, e ela nunca se arrependeu daquilo, um momento de entrega insensata que pareceu, na época e no lugar, defini-la.

Eu estou aqui, pensou ela agora, apavorada e animada, como se estivesse flutuando no ar a uma grande altura. *Real e verdadeiramente* aqui.

Fazia muito tempo.

* * *

Quando Greg entrou pela porta, Lily já sabia que seria uma noite ruim. A cabeça estava caída como a de um touro, e havia manchas de suor debaixo das axilas. Apesar de nunca ter dito, Lily tinha quase certeza de que ele tinha medo de avião. Ela conseguia sentir o cheiro dele do outro lado da sala, uma mistura de suor amargo de medo e colônia de sândalo que Greg usava todos os dias. A colônia tinha cheiro de bicho morto.

Se ao menos ele estivesse usando essa colônia quando o conheci, pensou Lily, mordendo o lábio pela vontade repentina de dar uma gargalhada cruel, *talvez eu o tivesse mandado sumir.*

Ela tinha tomado um banho, alisado o cabelo e colocado o melhor vestido, pois sabia que Greg chegaria em casa de mau humor. Os sites de notícias tinham começado a divulgar a história quase imediatamente: três bases da Segurança na Costa Leste, uma a menos de dez quilômetros de Nova Canaã, sofreram alguma espécie de explosão química na área de teste dos jatos. As mortes foram poucas; os terroristas estavam mirando nas aeronaves, não nas pessoas, e foram bem-sucedidos. Mais de cem jatos foram destruídos. Dois empreiteiros civis de Lockheed também morreram, mas não eram funcionários, só pessoal da administração.

Só pessoal da administração. Parecia uma coisa que o pai de Lily teria dito. Seu pai era engenheiro químico e, no final da vida, foi da administração, chegando a ganhar mais de cinco milhões ao ano. Mas suas simpatias sempre estiveram com os trabalhadores. Quando Lily era bem pequena, seu pai até tentou organizar um sindicato na Dow, mas essa tentativa morreu com o Ato de Facilitação de Trabalho de Frewell. Quando o controle de qualidade passou a ser totalmente automatizado, alguns anos depois, nem havia mais trabalhadores para sindicalizar. O pai estava bem de vida, sim, mas Lily sabia que era infeliz. Ele morreu dois anos antes, e mesmo nas últimas horas de vida, sentada ao lado da cama dele no hospital, Lily conseguia sentir o anseio dele, ainda sonhando com um mundo mais igualitário. Ela não conseguia fugir do sentimento de que era a filha errada para estar ali, que era Maddy que ele realmente queria.

Greg largou o casaco no sofá e foi direto para o bar. Mais um mau sinal. Lily reparou em como os ombros largos de Greg estavam encolhidos dentro do terno, na forma como as sobrancelhas escuras estavam franzidas no rosto bonito, na tensão no maxilar quando ele serviu gim no copo. O líquido transbordou do copo no balcão do bar, mas Greg não limpou. Isso seria trabalho dela, pensou Lily, e ficou surpresa de sentir um leve lampejo de raiva tentando interferir com a ansiedade. A raiva lutou um pouco, mas logo recuou.

Sirenes da Segurança soaram em intervalos irregulares pelo bairro a tarde toda. Não chegaram à porta de Lily, mas foram ver Andrea Torres no final do quarteirão. Nas raras ocasiões em que alguma coisa acontecia em Nova Canaã, Andrea era sempre a primeira a ser interrogada, porque seu marido era metade mexicano e já tinha sido preso por suspeita de ajudar imigrantes ilegais a atravessarem as fronteiras do país. Mas Andrea era uma mulher pequena e tímida que mal conseguia ter coragem de ir buscar a correspondência no gramado. Lily sempre a convidava para as festas por educação, pois as duas moravam na mesma área, mas Andrea nunca ia.

A Segurança estava procurando uma mulher de dezoito anos, com um metro e sessenta e cinco, cabelo louro e olhos verdes. Foi contratada como faxineira civil na Base de Segurança Pryor três meses antes, e hoje, de alguma forma, tinha ido até os campos dos jatos e colocado uma bomba. Levou um tiro quando fugiu do local, e acreditavam que estava ferida. O nome dela era Angela West.

Nada de nomes, pensou Lily, quase por reflexo. A mulher no quarto do bebê não era nenhuma Angela. Lily concluiu que devia ter se confundido com relação à cicatriz no ombro da mulher; ninguém teria conseguido ter a entrada autorizada pela Segurança em uma base militar sem identificação. Os sites de notícias diziam que a mulher tinha afiliações conhecidas com o Blue Horizon, mas ninguém parecia conseguir explicar o que terroristas domésticos queriam com jatos criados para voos transcontinentais. Os sites alegavam que os separatistas eram cachorros loucos, que simplesmente iam atrás da instalação militar mais próxima; todo mundo sabia que eles tinham quartel-general em algum lugar da Nova Inglaterra, apesar de nem a Segurança nem os caçadores de recompensas particulares terem conseguido encontrar rastros. As notícias diziam que as bases navais eram um alvo conveniente.

Nem para Lily essa explicação parecia verdadeira. De tempos em tempos, Greg convidava um tenente da Segurança chamado Arnie Welch para jantar, e, na última vez, depois de algumas bebidas, Arnie admitiu com tristeza que o Blue Horizon era uma célula terrorista bem organizada e eficiente; eles escolhiam objetivos cuidadosamente selecionados e normalmente tinham sucesso nas empreitadas. Lily via o noticiário on-line porque não havia mais nada, mas sabia que os sites de notícias sofriam censura pesada. A Segurança estava determinada a manter o tamanho do problema escondido, mas Arnie sempre podia ser persuadido a falar após o terceiro copo, e, de acordo com ele, o Blue Horizon era um problema bem maior do que a maioria dos civis imaginava.

— Você não me perguntou sobre meu dia.

Lily ergueu o rosto e viu Greg olhando para ela, com um toque de petulância no lábio projetado. Levantou-se da poltrona, respirou fundo e o beijou. Ele estava com gosto de salame e azeitona. Já tinha bebido alguns martínis no avião.

— Desculpa.

— Eu tive um dia péssimo — disse ele, servindo-se um uísque.

Lily assentiu com o que esperava que parecesse solidariedade. Todos os dias eram péssimos para Greg.

— A viagem foi boa?

— Foi, até os terroristas explodirem todos os jatos da Costa Leste.

— Eu vi no noticiário.

Greg olhou para ela com irritação, e Lily percebeu que ele mesmo queria contar aquela história.

— Eu não sabia que foram terroristas. Achei que tivesse sido um acidente. Explosões.

— Não foram. Três sabotadores receberam autorização da Segurança. E um deles era uma mulher! Não sei o que está acontecendo com este país. — Greg tomou um gole de uísque. — Tenho que ir a Washington em duas horas. O Pentágono vai precisar de mais jatos o mais rápido possível, e vão querer que eu cuide disso.

— Que bom... — respondeu Lily, hesitante.

— Não é, não! — disse ele com rispidez. — As porras dos separatistas explodiram quase todas as fábricas de jatos da Costa Leste nos últimos dois anos. Só duas estão de pé e funcionando; o resto ainda está sendo consertado. Não tem como conseguirmos nem uma fração dos jatos que o Pentágono vai pedir. Toda vez que construímos uma coisa, o Blue Horizon explode tudo!

Lily queria fazer perguntas sobre a mulher, para ver se Greg tinha mais informações, mas sabia que não devia. Já o tinha visto assim várias vezes no ano anterior, e esse estado alterado sempre levava a ferimentos: dois olhos roxos e uma visita à emergência devido a um braço quebrado. A última vez foi a pior; Greg quis transar quase assim que ela entrou pela porta, e quando Lily o empurrou para longe, ele bateu nela. Enquanto estava trepando com ela, mordeu seu ombro com força suficiente para tirar sangue. Lily afastou a memória, um movimento reflexivo mental rápido quase como um tremor. Greg sempre se desculpava depois, e normalmente havia algum tipo de presente junto, brincos ou um vestido. Não havia nada a fazer além de esquecer esses incidentes... até que acontecessem de novo.

— Agora, vou ter que ir até Washington, ficar na frente de dez generais de três estrelas ou mais, e explicar que o que eles querem não pode ser feito.

Lily tentou sentir empatia, mas não conseguia. Na verdade, ela percebeu com perplexidade, quase desejou que Greg batesse nela, como pretendia fazer em algum momento mesmo, e fosse logo embora. Queria voltar para o quarto do bebê. Fazia quase uma hora, e a mulher devia estar com sede.

— Qual era o nome dela? — perguntou Lily.

— Hã? — Greg tinha começado a acariciar a bunda dela, uma coisa que ela odiava. Forçou-se a ficar parada, a não afastar a mão dele.

— A terrorista, a mulher. Qual era o verdadeiro nome dela? Descobriram?

— Dorian Rice. Ela fugiu da Unidade Correcional para Mulheres do Bronx um ano atrás! Dá pra acreditar?

Lily acreditava.

— Só tenho tempo para jantar antes de ir.

Lily conhecia seu papel: devia servir o jantar e perguntar se ele queria alguma coisa, se havia qualquer coisa que ela pudesse fazer por ele. Sentiu Greg esperando a pergunta; ele conhecia a sequência tão bem quanto ela. Mas Lily se viu incapaz de agir.

Se ele quiser transar, vou ficar louca.

A mão de Greg parou de acariciar a bunda dela, um pequeno favor que de repente pareceu valer o que quer que viesse depois. Lily se desvencilhou dos braços dele.

— Vou buscar a comida.

Ele segurou seu braço antes que ela pudesse dar dois passos para a cozinha, a mão apertando com força.

— No que você está pensando?

— Em você. — Lily se perguntou se Dorian Rice estaria com fome, se conseguiria comer comida sólida. Ela devia ter perguntado ao médico.

— Não está, não — respondeu Greg, a voz petulante. — Você está pensando em outra coisa. Não gosto quando você faz isso.

— Faço o quê?

— Não gosto quando você vai para outro lugar na sua cabeça. Você tem que ficar aqui comigo.

Seu cagão de bosta. Lily engoliu as palavras, engoliu com força. *Cagão*... era o insulto favorito de Maddy; ela se referia assim a pelo menos metade das pessoas de Media quando tinha catorze anos.

— Por que você não diz que me ama? Tive um dia péssimo.

Lily abriu a boca, até viu os lábios formando as palavras.

Não consigo dizer.

Mas e se ele bater em você?

Grande merda, e daí se ele fizer isso?

Era Maddy de novo. Ela e sua boca continuamente suja pareciam ter tomado conta da cabeça de Lily. A mão de Greg tinha se fechado no cabelo dela, e ele puxou a cabeça de Lily para trás, não com força suficiente para ser verdadeiramente dolorido, mas o bastante para servir como aviso. Ela sentiu um músculo repuxar no pescoço.

— Faço tanta coisa por você, Lil... Você não me ama?

Ela olhou nos olhos dele (castanhos, com leves toques verdes) e trincou os dentes. Seria uma noite daquelas; tinha ido longe demais agora para não ser. Mas ela poderia reduzir os danos se interpretasse seu papel.

A que preço, Lil?, perguntou Maddy. Lily quase conseguia vê-la agora, com um sorrisinho debochado no rosto, o cabelo louro preso nas marias-chiquinhas de menina gótica das quais ela gostava desde os nove anos. Maddy não conheceu Greg; desapareceu dois anos antes de Lily apresentá-lo aos pais. Mesmo assim, mesmo no começo, nos dias bons, Lily sempre soube lá no fundo o que Maddy acharia dele.

Greg a puxou com mais força agora, puxou o cabelo de Lily, machucando o couro cabeludo, e ela abriu a boca, sem saber se pretendia dizer ou não. Mesmo que Dorian não conseguisse comer alimentos sólidos, ela precisava colocar alguma coisa no estômago; talvez Lily pudesse servir sopa. Canja de galinha; isso devia ser seguro. Era o que os inválidos sempre comiam nos livros. Lily também devia dar uns livros para Dorian, um dos que tinha escondidos, para que ela não ficasse entediada.

— Você me ama, não ama, Lil?

E se ela não souber ler?

— Lil? Diga que me ama.

— Não.

A palavra saiu antes que ela conseguisse reprimi-la, e Greg a jogou do outro lado da sala, contra o armário de teca que abrigava a tela. A testa de Lily bateu primeiro, deixando uma mancha de sangue na madeira escura. O corte não doeu muito, mas sua barriga também bateu no canto do armário, e ela perdeu o fôlego. Parecia que alguém tinha chutado seus intestinos. Lily abriu a boca, mas nenhuma palavra saiu; o ar estava preso na garganta, tentando descer para os pulmões, permitindo só uma série de ofegos roucos. O sangue escorreu para dentro do seu olho direito, e, quando olhou para cima, ela viu Greg se aproximando em meio a uma névoa escarlate. O tapete estava salpicado de sangue.

— O que você disse?

Boa pergunta. Lily havia colocado uma tranca na garganta muito tempo antes, de forma que tudo precisasse passar por um filtro antes de sair. Parecia que havia uma tranca de verdade lá agora, física; ela lutava para respirar. Mas a outra tranca, a que importava... estava quebrada. Ela limpou o sangue do olho e se preparou quando Greg se abaixou na direção dela. O rosto estava vermelho de raiva, e os cantos dos olhos tinham se espremido em bolsas fundas, mas os olhos em si... estavam vazios.

— Quer pedir desculpa?

Parte dela queria. Se ela pedisse desculpas e fizesse isso direito, ele a comeria e a deixaria em paz pelo resto da noite. Se ela não fosse uma atriz tão boa, ele talvez a machucasse mais um pouco por prazer e a comeria do mesmo jeito.

Vai ser uma noite ruim.

Ele estava prestes a bater nela de novo. O punho não tinha nem se fechado, mas ao longo do ano anterior Lily desenvolveu um bom radar para coisas assim. Sentiu o golpe a caminho, talvez antes mesmo de o impulso ter saído do cérebro de Greg. Ela segurou a perna da calça do terno cinza com a mão sangrenta e se agachou antes de ele poder pular para trás. Seu estômago ainda estava latejando, mas, quando ela se empertigou e se levantou, tudo relaxou dentro dela, e ela inspirou uma lufada de ar puro e limpo que pareceu enchê-la toda.

— Você sujou meu terno de sangue. — O tom de Greg era perplexo, como se Lily tivesse desafiado a gravidade. — Agora, vou ter que trocar de roupa.

— Que pena.

Ele a segurou pelo cabelo e a jogou para longe do canto. Lily tropeçou na mesinha de centro, machucou o tornozelo e caiu em uma pilha de folhetos do governo que voaram para todo lado, cobrindo o piso da sala. Tentou se levantar, mas Greg estava atrás dela, empurrando-a para baixo como se ela não pesasse nada, prendendo-a na mesa de centro. Ele levantou o vestido dela, e Lily lutou com mais intensidade, percebendo de repente o que ia acontecer em seguida. Pensou na mulher no quarto do bebê, no ferimento de bala na barriga dela, no quanto ela foi corajosa... se agarrou à ideia quando Greg arrancou sua calcinha e a penetrou. Ele tinha apoiado o braço na lombar dela para que ela ficasse parada, mas Lily se sacudiu involuntariamente ao sentir uma coisa se partir dentro dela no lado esquerdo. Um grunhido estava subindo pelo fundo da garganta, mas ela mordeu a mão. Greg ia gostar se ela fizesse som de dor. Não havia lógica nisso, era só uma coisa que ela sabia.

Um movimento a sua esquerda chamou a atenção de Lily. Ela olhou para trás, por baixo do braço que a segurava pelo pescoço, e viu Jonathan de cabeça para baixo no saguão da frente, paralisado, os olhos arregalados. As chaves do carro ainda estavam na mão dele.

A vergonha tomou conta de Lily. Ela se esforçou para esconder os machucados, sabendo muito bem que não estava enganando ninguém. Jonathan sabia como eram as coisas; ele a levou para o pronto-socorro quando Greg quebrou o braço dela. Mas isso era bem pior, e tudo em Lily gritava que tinha que ser escondido. Ela não podia ver refletido nos olhos de ninguém além dos dela.

Jonathan deu um passo à frente, enfiou a mão no paletó e puxou a arma.

Lily balançou a cabeça freneticamente. Jonathan provavelmente podia fazer Greg parar, mesmo sem a arma; Greg era maior, mas Jonathan tinha treinamento de combate. Mas o que aconteceria? Greg despediria Jonathan sem pensar duas vezes, contrataria um novo guarda-costas. Jonathan talvez fosse até preso. E o que aconteceria com a mulher no quarto do bebê?

Ou comigo?

Jonathan deu outro passo silencioso à frente, levantando a arma, os olhos fixos em Greg.

Lily, respirando com dificuldade, conseguiu dizer:

— Não!

Isso só motivou Greg ainda mais; ele acelerou os movimentos. Mas também fez Jonathan parar. Ele hesitou, ainda segurando a arma, no degrau de baixo que levava à sala.

Lily deu um sorrisinho por entre dentes trincados, um sorriso que queria dizer para ele que ela sobreviveria, que estava olhando além dos próximos minutos. Revirou os olhos para a esquerda, para o quarto do bebê. A separatista.

Jonathan ficou parado por um longo momento, os olhos brilhando e a mão segurando o corrimão. Mas guardou a arma no paletó e desapareceu nas sombras do corredor, tão silenciosamente quanto tinha chegado.

Duas horas depois, Lily mancou lentamente na direção do quarto do bebê. Queria ter verificado a mulher bem antes, mas no final fraquejou e foi tomar um banho quente. Mesmo depois de uma hora mergulhada na banheira, ela ainda mal conseguia andar. Teria tomado uma aspirina e ido para a cama, mas não gostava da ideia da mulher ferida e sozinha no quarto do bebê escuro. Lily não sabia se Jonathan tinha passado para dar uma olhada nela; ele parecia ter desaparecido da propriedade novamente.

Greg tinha ido para Washington, para a reunião da crise no Pentágono. Acima do muro de pedra ao redor do jardim, Lily ainda conseguia ver o brilho laranja das chamas, a fumaça densa que escondia a lua. Ainda não tinham conseguido controlar o fogo, e Pryor ainda estava ardendo. Dorian Rice tinha construído a bomba sozinha? Onde aprendeu esse tipo de coisa, jovem daquele jeito? O Blue Horizon recrutava muitos veteranos, tanto homens quanto mulheres, que tinham voltado das guerras do petróleo e se viram desempregados. Mas Dorian parecia muito jovem para ter servido no exército.

Quando Lily chegou ao quarto do bebê, aumentou gradativamente a luz no painel da parede, sem querer assustar a mulher caso ela estivesse dormindo. Mas

Dorian estava acordada, deitada no sofá olhando para o teto, parecendo lúcida pela primeira vez. Lily colocou um prato de canja e um copo de água na mesa na frente dela, e Dorian assentiu em agradecimento. Ela tinha olhos vivos: ficaram acompanhando todos os movimentos e caretas de Lily conforme ela mancava pelo quarto.

— Parece que nós duas passamos por muita coisa hoje — comentou Dorian. — Onde estamos?

— No quarto do bebê.

Lily chegou ao pedaço de piso solto, mas agora encarava um problema logístico: não conseguiria se agachar, não naquela noite. Então começou a bater com os dedos dos pés. Depois de um período interminável, no qual ela conseguiu sentir os olhos da jovem grudados em suas costas, ela conseguiu enfiar a unha na beirada do piso e fazê-lo virar. Dobrou um joelho, esticou a outra perna graciosamente, como uma bailarina, e tirou dois livros do buraco e os empurrou para Dorian, que pegou do chão e folheou com apreciação.

— Onde uma mulher como você consegue livros de verdade?

Lily mordeu o lábio, sem saber bem quanto contar. E se aquela mulher fosse levada para interrogatório?

Dorian sorriu e exibiu um incisivo faltando.

— Você já está bem encrencada, querida.

— Algumas outras esposas no bairro também gostam de ler. A família de uma delas mora na Califórnia e tem algum tipo de coleção. Trazem livros sempre que vêm visitar, e nós passamos de umas para as outras.

Michele também conseguia arrumar analgésicos controlados para qualquer um que precisasse. Lily queria ter algum agora.

— Alguém sabe que estou aqui?

— Jonathan sabe. Ele foi avisar algumas pessoas.

— Então não vou ficar por muito tempo.

— Pode ficar o tempo que quiser.

— É perigoso para você. Aposto que a Segurança está por toda a cidade.

— Sim.

— Quando não me encontrarem, vão começar a revistar as casas.

Uma coisa nova com que me preocupar. Mas Dorian não parecia particularmente preocupada, então Lily deu de ombros e tentou parecer indiferente quando se sentou com cuidado na sua poltrona favorita. Ela contraiu todos os músculos em preparação para a hora de se sentar, trincando os dentes, mas, quando a bunda encostou na almofada, a dor voltou com tudo. Ela devia ter tomado uma aspirina.

Dorian bocejou.

— Estou ficando com sono. Se você decidir chamar a Segurança, faça um favor para mim e me dê um tiro na cabeça primeiro.

— Não vou chamar ninguém.

— Que bom. Porque não vou voltar para a prisão.

Lily engoliu em seco. Pensou de novo na porta vazia naquele dia em Manhattan, no grupo de homens de uniforme levando o homem de terno lá para dentro. Ela nunca encontrou um único artigo ou notícia sobre o que acontece atrás daquela porta.

— Como é?

— O quê?

— A prisão.

— Ah, é maravilhosa. Servem filé e uísque, e, quando você vai para cama, tem uma balinha de menta no travesseiro.

— Só estou curiosa.

— Por que você se importa?

— Minha irmã... — Mas Lily percebeu que não conseguiria terminar o pensamento. Queria mesmo saber o que aconteceu com Maddy atrás daquela porta? — Ninguém fala sobre isso.

Dorian deu de ombros.

— É ruim. Principalmente para as mulheres.

— Mulheres passam por dificuldades em todo lugar.

— Ah, nem vem, moça rica. Claro, você entrou aqui mancando e arrastando os pés, mas todas nós já andamos assim. Você devia ficar agradecida de ele ser o único.

Lily engoliu em seco de novo. O latejar entre as pernas, a pele assada de repente pareceram bem piores.

— Preciso dormir. Pode ir.

— Vou ficar até você adormecer.

— Não precisa.

Lily se encostou na poltrona e cruzou os braços.

— Tudo bem. Caramba. — Dorian fechou os olhos. — Me acorde se ele vier.

Quem?, Lily quase perguntou, depois ela mesma respondeu: *Nada de nomes*. Acendeu a pequena vela aromática na mesa ao lado da poltrona e sussurrou para a casa apagar a luz do teto. Sombras tremeluziram nas paredes, e a sombra de Lily pareceu uma figura matrona, uma mulher idosa na cadeira de balanço.

Todas nós já andamos assim.

Ela viu Dorian adormecer. Sua mente ficava tentando voltar a pensar em Greg, a repassar tudo o que tinha acontecido naquela noite, mas ela não se permitiu. Pensaria nisso no dia seguinte, na luz do dia... não agora. Mas as imagens, as sensações, continuavam vindo, até ela achar que fosse pular da poltrona e começar a gritar.

O que Maddy faria?

Mas isso era fácil. Maddy não teria fugido da lembrança. Maddy teria ido até o fim. Maddy sempre foi forte, e Lily, que ficou feliz da vida com a ideia de ter uma irmãzinha, logo se desencantou quando percebeu que Maddy nunca ia querer brincar dos mesmos jogos que ela: nem de se arrumar, nem de salão de beleza, nem de cozinhar na cozinha de mentirinha no canto da sala. Maddy gostava de beisebol, insistia em usar calça. Quando tinha doze anos, ela era a melhor arremessadora do bairro, tão boa que os meninos não só deixavam que ela jogasse na liga de beisebol improvisada como sempre a escolhiam primeiro.

Mas ser moleca era só uma parte. Maddy era bem menor que Lily, pequenina como uma fadinha, mas não levava desaforo para casa. Não conseguia ficar quieta, mesmo quando o silêncio pouparia problemas ou dor. A escola em que cursaram o ensino fundamental tinha dois valentões, e quando Maddie começou o sexto ano, já tinha dado um jeito nos dois. No oitavo ano, foi suspensa várias vezes por questionar as informações elaboradas pelo governo na aula de história. Maddy nasceu para ser defensora dos fracos, dos oprimidos. Foi a primeira a dizer para Lily que milhões de pessoas moravam do lado de fora das cercas que isolavam Media, gente que não tinha comida suficiente, pessoas que deviam tanto dinheiro que nunca ficariam livres das dívidas. Até então, Lily não fazia ideia de que nem todo mundo vivia como a família delas. O pai também contou a verdade, mas muitos anos depois, quando Lily tinha quinze anos. Apesar de Maddy ser a mais jovem, o pai tinha contado a verdade para ela bem antes.

A mulher, Dorian, gemeu dormindo, trazendo Lily de volta ao presente. Gotas de suor brilhavam na testa dela à luz da vela. Lily olhou ao redor e encontrou a bacia de gelo derretido que tinha levado para lá mais cedo. Levantou-se da cadeira, fazendo uma careta, molhou uma toalha na água fria e torceu, depois colocou delicadamente na testa de Dorian. A toalha ficou quente quase imediatamente, e Lily a molhou de novo e botou na testa da mulher. Devia pegar aspirina para Dorian. Mas, não, o médico deixou comprimidos para febre. Lily parecia incapaz de sentir qualquer coisa. Ela ficou no leito de morte do pai, mas não sabia cuidar de gente doente. Enfermeiras e máquinas fizeram todo o trabalho. No final, quando o pai estava cheio de analgésicos, ele chamou por Maddy, e Lily não conseguiu se forçar a explicar onde Maddy estava, fazer com que ele passasse por toda aquela dor de novo. Contou para ele que Maddy estava no corredor, falando com um médico, mas o pai ficava chamando, até o fim. Eles tinham um laço especial, seu pai e Maddy, e como esse laço pareceu sempre existir, Lily não teve tempo de desenvolver ressentimento. Papai levava Maddy para os jogos dos

Phillies no verão e se sentava com ela no escritório à noite, e os dois liam livros infinitos juntos. Apesar de Maddy ser dois anos mais nova que Lily, ela aprendeu a ler sozinha primeiro. Essa era a diferença crucial entre as duas e a similaridade crucial entre Maddy e o pai: Maddy se importava de verdade com as coisas.

"Se nós pudéssemos ser pessoas melhores", ela dizia, "se pudéssemos nos importar uns com os outros tanto quanto nos importamos com nós mesmos, pense, Lily! Pense em como o mundo seria maravilhoso!"

Lily assentia, pois isso soava bem em teoria, mas ela não tinha essas motivações profundas; qualquer coisa de que gostava era descartada dois meses depois quando perdia o interesse. As paixões de Maddy eram exaustivas. Exigiam não só interesse, mas compromisso e esforço. Às vezes, Lily desejava que Maddy pensasse em garotos e roupas e música, como todas as suas amigas faziam, como a própria Lily fazia.

A chama da vela ficou alta, e Lily olhou para as paredes, onde as sombras da mobília familiar do quarto do bebê tinham ficado grotescas na chama fina da vela. A casa em teoria era isolada, para protegê-los de um ataque químico, mas ela sentiu uma brisa vinda de algum lugar, esfriando seus pés. Mas o frio não acordou Dorian; ela dormia tranquilamente, a cabeça caída de lado no travesseiro. Por um momento, ficou tão parecida com Maddy que Lily quase conseguia acreditar que aquela mulher era sua irmã... mas as sombras se moveram novamente, e a ilusão sumiu.

O fato de Maddy ser politicamente ativa era quase uma conclusão inevitável. A infância delas não foi uma boa época para ninguém ser politizado, mas Lily só percebeu isso anos depois, quando aprendeu sobre a administração Frewell. Um dos professores de inglês, o sr. Hawthorne, desapareceu quando ela estava no meio do oitavo ano, e Lily não questionou o anúncio da escola de que ele tinha se mudado para a Califórnia. Só na faculdade ela se lembrou de que o sr. Hawthorne tinha tendência a fazer pronunciamentos profundos sobre o impacto da religião na sociedade, que costumava passar livros com esse tema. Na época, a edição federal de trabalhos individuais de literatura ainda era novidade, e o sr. Hawthorne sempre conseguiu arrumar as versões originais para os leitores. Mas, um dia, ele simplesmente desapareceu, foi substituído por um professor que usava as edições aprovadas. O sr. Hawthorne sumiu talvez dois meses antes de Maddy, e Lily, que mal se importou na época, agora costumava se perguntar (mais uma vez naqueles momentos antes do sono, quando tudo assumia uma importância exagerada e até os sonhos febris pareciam razoáveis) como ele foi descoberto. Um aluno, provavelmente... um aluno tão desligado quanto Lily, falando porque adorava falar, sem pretender fazer mal.

Ela estava sendo observada.

Lily soube de repente, em todas as suas terminações nervosas. Tinha alguém do lado de fora da porta do pátio, olhando para ela. Greg, que voltou cedo, que veio dar uma olhada nela, ver o que sua bonequinha estava tramando. Greg não entrava no quarto do bebê, mas aquele não seria o único limite ultrapassado naquela noite, seria? Lily olharia e veria o rosto sorridente, a alegria do agressor, e não teria mais nada.

Obrigou-se a olhar, e o alívio quase a sufocou. Não era Greg. O homem entrou no quarto sem fazer barulho e se encostou na porta fechada, sempre olhando para ela. Devia ter uns quarenta anos, um homem alto com postura militar evidente apesar da posição relaxada. Estava vestido de preto dos pés à cabeça. O cabelo louro era cortado muito curto, mas combinava com o rosto: um rosto severo e barbeado, cheio de ângulos e curvas sinuosas.

— Como ela está?

Lily piscou por causa do sotaque, que não era americano.

— Ela está bem. Está com febre, mas o médico disse que isso podia acontecer. Vou ficar com ela até passar.

O homem a inspecionou com atenção, observando bem seu rosto.

— Você é a sra. Mayhew.

Lily assentiu lentamente, identificando o sotaque: inglês. Não ouvia uma voz inglesa havia muito tempo. Fazia mais de dez anos que a Segurança tinha fechado as fronteiras para o Reino Unido e expulsado todos os britânicos do país; o que aquele ainda estava fazendo ali?

— Você me conhece? — perguntou ele.

— Não.

— Tem certeza?

— Tenho.

Ela tinha certeza. Teria se lembrado daquele homem; ele exercia uma atração, um magnetismo que Lily conseguia sentir do outro lado do quarto. Ele levantou uma bolsa de lona preta, menor do que a maleta do doutor, mas claramente médica; Lily ouviu o tilintar suave de instrumentos de metal lá dentro quando ele a colocou na mesa.

— Não sei por que você a ajudou, mas obrigado. A ajuda inesperada é sempre a melhor.

— Por que "inesperada"? Porque eu sou rica?

— Isso, e também por causa do seu marido.

Por um momento, Lily só conseguiu pensar na cena na sala. Em seguida, percebeu que ele devia estar falando do emprego de Greg. Greg não trabalhava para o governo, não exatamente, mas, àquela altura, a Segurança era praticamente o governo; aos olhos do Blue Horizon, Greg era tão ruim quanto qualquer político. Os olhos do homem estavam começando a hipnotizá-la; com algum esforço, Lily se virou para Dorian.

— Por que ela explodiu a base naval? Parece tão sem sentido.

— Nada que fazemos é sem sentido. Você só julga assim porque não vê o todo.

— Eu não julgo.

— Claro que julga. Por que não julgaria? É bem confortável esse lugar onde você está sentada.

Lily ficou vermelha e, de repente, se viu querendo contradizê-lo, explicar sobre Greg, contar para esse homem que aquela poltrona não era tão confortável assim. Mas não podia dizer nada daquilo para um estranho. Não podia nem dizer para as amigas.

— Chefe? — perguntou Dorian do sofá.

— Aí está você, amor.

Dorian sorriu, um sorriso sonolento que transformou o rosto dela no de uma criança.

— Sabia que você viria. Deu certo?

— Foi lindo. Vai demorar meses para que consigam voar de novo. Você fez um ótimo trabalho.

Os olhos de Dorian se iluminaram.

— Durma, Dori. Precisa descansar.

Dorian fechou os olhos. Lily não sabia como interpretar essa conversa. Havia uma afeição clara entre os dois, sim, mas que homem mandava a mulher que amava plantar explosivos, levar um tiro?

— Eu tenho que tirá-la daqui — murmurou o homem, os olhos preocupados.

— Ela pode ficar pelo tempo que precisar.

— Até você se cansar da novidade e entregá-la.

— Não vou fazer isso! — disparou Lily, magoada. — Eu jamais faria isso.

— Perdoe meu ceticismo.

— O médico disse que ela não devia ser deslocada! — insistiu Lily, alarmada, pois o homem tinha se levantado da poltrona, e ela viu que ele pretendia pegar Dorian no colo e levá-la embora. Lily pulou da poltrona e sibilou de dor quando todos os ferimentos se avivaram ao mesmo tempo.

— Passou por dificuldades, sra. Mayhew? Quem fez isso na sua cara?

— Não é da sua conta.

Ele assentiu, os olhos brilhando, e Lily viu que ele já sabia... talvez não todos os detalhes, mas mais do que ela queria que soubesse.

— Não a leve, por favor.

— Por quê?

Lily tentou se lembrar das palavras do médico.

— Pode haver bloqueios nas ruas.

— Há três bloqueios ao redor de Nova Canaã, sra. Mayhew. Mas não são impedimento para mim.

— Por favor. — Lily ficou perplexa de se ver à beira das lágrimas. O dia todo parecia estar desmoronando sobre ela ao mesmo tempo: a cirurgia horrível, Greg, Maddy... e agora aquele homem queria levar Dorian antes que Lily pudesse se redimir por qualquer coisa. — Por favor, deixe que ela fique.

— Qual é seu interesse aqui, sra. Mayhew? É melhor me contar; vou saber se você estiver mentindo. Você quer uma recompensa?

— Não!

Ele se inclinou na direção de Dorian de novo. Lily procurou palavras, alguma desculpa, mas não encontrou nada. Só a verdade.

— Eu entreguei minha irmã.

Ele virou o rosto para ela rapidamente.

— O quê?

Lily tentou parar, mas as palavras saíram em uma avalanche.

— Minha irmã. Eu a entreguei para a Segurança oito anos atrás. Eu não pretendia, mas entreguei. Dorian se parece com ela.

Ele a observou com atenção por um momento, os olhos apertados.

— Qual é seu nome de solteira, sra. Mayhew?

— Freeman.

— É um bom nome para uma separatista. O que sua irmã fez?

— Nada. — Lily fechou os olhos e sentiu lágrimas ameaçando inundá-la de novo. — Ela tinha um panfleto no quarto dela. Eu não sabia o que era na época.

— Você mostrou para alguém?

Lily assentiu, e lágrimas começaram a escorrer pelas bochechas.

— Para meus amigos. O pai de um deles trabalhava na Segurança, mas eu nem pensei nisso na hora. Eu só queria saber no que Maddy estava se metendo.

— Quantos anos você tinha?

— Dezessete. Maddy tinha quinze.

— Foram buscá-la?

Lily assentiu de novo, incapaz de falar. Não tinha como explicar aquela manhã, o jeito como estava gravada na memória dela por mais que desejasse esquecer: Lily em frente ao armário, cercada de amigos, todos com os olhos nos celulares; Maddy saindo de uma sala de aula a poucos metros de distância; e, dobrando a esquina, ainda fora de cena, os quatro oficiais da Segurança se aproximando. Às vezes, Lily tinha sonhos, pesadelos desesperados em que esticava a mão para Maddy, segurava o braço da irmã no último minuto e a ajudava a se esconder em uma sala, atrás de uma porta, pulavam a janela. Mas mesmo no sonho Lily sabia que era inútil, que a qualquer momento os quatro homens de uniforme preto dobrariam a esquina, que dois deles segurariam os braços de Maddy e a arrastariam pelo corredor, que o último vislumbre que teria da irmã seria as suas marias-chiquinhas louras antes de a porta se fechar.

No jantar, os três — a mãe, o pai e Lily — esperaram que Maddy aparecesse. Esperaram a noite toda também, e a manhã seguinte. O pai falou ao telefone com todas as pessoas importantes que conhecia, e a mãe chorou sem parar, mas Lily ficou em silêncio, uma parte profunda e terrível já começando a somar dois mais dois, a entender o que tinha feito. O pai era apenas um engenheiro; seu cargo não era alto o bastante para conseguir a libertação de uma prisioneira, principalmente uma com suspeita de ligações separatistas. Eles esperaram durante dias, semanas, mas Maddy não voltou; ela sumiu no mecanismo vasto e sombrio da Segurança. Os médicos disseram que seu pai morreu de câncer, mas Lily sabia a verdade. O pai estava morrendo havia muito tempo, morrendo lenta e horrivelmente desde o desaparecimento de Maddy, anos antes. A mãe não queria falar sobre o assunto, não queria nem pensar em Maddy. Ela contou para as amigas que a filha caçula tinha fugido de casa, e quando Lily tentava conversar sobre a irmã, a mãe simplesmente ignorava, mudava de assunto. A atitude da mãe era enlouquecedora, mas a dor do pai fora terminal.

Eu o matei também, Lily costumava pensar nos momentos indefesos logo antes de o sono chegar. *Não pretendia, mas matei meu próprio pai.*

Ela olhou para o homem a sua frente, esperando julgamento. Mas o rosto dele estava neutro.

— Isso está corroendo você, dá para ver.

Lily assentiu.

— E você está usando Dorian como... o quê? Autopunição?

— Vai se foder! — sibilou Lily. — Não fui eu que a mandei explodir uma base cheia de jatos.

— Ela se voluntariou — respondeu ele de forma branda.

— Por favor. Seu grupo recruta pessoas que não têm para onde ir.

— Verdade, a maioria não tem outro lugar. Mas não é por isso que eles se voluntariam.

— Então, por quê?

Ele se inclinou para a frente, os olhos incrivelmente claros brilhando à luz da vela. Ele uniu as mãos, e Lily viu que os dedos tinham cicatrizes e queimaduras em várias partes. O que quer que ela tivesse imaginado quando pensava no Blue Horizon, não era aquele homem.

— Conte para mim, sra. Mayhew, você já sonhou com um mundo melhor?

— Quem nunca sonhou?

— Qualquer um que lucra ao deixar o mundo como está. Você e seu marido, por exemplo.

— Eu não lucro com isso — murmurou Lily, limpando lágrimas do rosto.

— Talvez não — respondeu o homem, os olhos indo até o corte na testa dela. — Lucro é uma coisa relativa. Mas, mesmo assim, tem um mundo melhor lá fora. Eu o vejo o tempo...

O inglês parou de falar abruptamente, inclinando a cabeça para o lado. Um momento depois, Lily também ouviu: uma sirene a poucas ruas de distância.

— Hora de ir. — Ele começou a remexer na bolsa de equipamentos médicos na mesa. — Achei que precisaria disso, mas o médico fez um bom trabalho. Ele deixou antibióticos?

Lily assentiu.

— Tenho que dar uma injeção por dia nela.

— Ótimo. Não vá fazer compras e esquecer.

As bochechas de Lily ficaram vermelhas, mas ela não mordeu a isca.

— Ela pode ficar?

— Até eu encontrar um jeito seguro de tirá-la daqui. Alguns dias, no máximo. — Ele pegou um pacotinho branco na bolsa e entregou para Lily. — Pegue isto. Derrame um pouco na água da banheira por alguns dias.

— O que é isso?

Ele olhou para ela, o rosto ilegível.

— Você finge bem, sra. Mayhew, mas homens como seu marido raramente se limitam a danos externos.

Lily pegou o pacotinho e tentou não tocar nos dedos dele.

— Você deve pensar que tenho opções...

— Ah, sei que você não tem. — Ele fechou a aba da bolsa. — Mas não perca toda a esperança do mundo melhor. Está lá fora, tão perto que quase podemos tocar.

— Que mundo melhor?

O inglês fez uma pausa e refletiu. Lily achou que os olhos dele eram cinzentos, mas agora viu que eram prateados, da cor do luar refletido na água.

— Imagine um mundo em que não existem ricos nem pobres. Nenhum luxo, mas todo mundo tem alimento, roupas, educação e saúde. Deus não controla nada. Livros não são proibidos. Mulheres não são a classe mais baixa. A cor da sua pele, as circunstâncias do seu nascimento, essas coisas não importam. A gentileza e a humanidade são tudo. Não existem armas, nem vigilância, nem drogas, nem dívidas, e a ganância não exerce nenhum controle.

Lily lutou contra a voz dele, mas não com força suficiente, pois vislumbrou esse mundo melhor por um momento, claro e delineado em tons de azul e verde:

um vilarejo de casinhas de madeira, de pura gentileza, perto de um rio, cercado de árvores.

Acorde, Lily!

Ela enfiou as unhas nas palmas das mãos.

— Se é pra fantasiar melhor pegar um lubrificante.

Os ombros dele tremeram de tanto que ele achou graça.

— Isso é coisa para a madrugada, sra. Mayhew. Mas só respondi à sua pergunta.

Ele abriu a porta para o quintal e ficou parado um momento ali, ouvindo a noite. Era mais alto que Greg, Lily viu agora, mas, embora Greg ainda fosse corpulento dos anos de futebol americano, esse homem era ágil, com músculos leves de corredor ou nadador. Quando se virou para ela, ela reparou em uma cicatriz comprida e irregular descendo pela lateral do pescoço.

— Você quer continuar nos ajudando?

— Ajudar como?

— Informações são sempre úteis. Qualquer coisa que você possa transmitir por Jonathan seria bom.

— Como Jonathan se juntou a vocês?

— Essa história quem tem que contar é ele.

— Como você passou pelo muro de Nova Canaã?

— Nenhuma barreira é intransponível, sra. Mayhew.

Lily piscou, surpresa pela segurança tranquila dessa declaração.

— Quem é você?

Ela soube o que ouviria: nada de nomes. O inglês passou pela porta, e Lily o ignorou, olhando com determinação para a mulher dormindo no sofá. Ele permitiu que Dorian ficasse, mas Lily sentia como se já tivesse perdido alguma coisa. Em pouco tempo, os dois iriam embora, Dorian e esse homem, e o que Lily teria? Uma vida com Greg, uma eternidade de noites como a de hoje. Esse breve vislumbre de outra vida tornaria o futuro mil vezes pior. Quando o homem falou, a resposta foi tão inesperada que Lily ficou paralisada na poltrona, e quando ergueu o olhar, ele já tinha desaparecido na noite.

— Meu nome é William Tear.

LIVRO II

Ewen

Até mesmo pequenos gestos de gentileza têm potencial de conquistar recompensas enormes. Só um homem míope acreditaria em algo diferente.

— *As palavras da rainha Glynn*, COMPILADAS PELO PADRE TYLER

O embaixador cadarese, Ajmal Kattan, era encantador: alto, perspicaz e bonito, com pele da cor de amêndoas e um sorriso branco ofuscante. Kelsea gostou dele na mesma hora, apesar do aviso de Clava de que esse era exatamente o tipo de embaixador que o rei de Cadare mandava para as mulheres: elegante, plausível e sedutor. O tear de Kattan era imperfeito, mas até o sotaque era charmoso, cheio de pausas antes de palavras longas e de uma queda radical na penúltima vogal. Ele ofereceu a Kelsea um belo conjunto de xadrez de mármore, os reis, torres e bispos com rostos detalhados, e ela aceitou o presente com alegria. Após retornarem de Argive, ela mandou vários criados da Fortaleza para o chalé de Carlin e Barty, e, dentre coisas variadas, eles trouxeram o antigo conjunto de xadrez de Carlin. Tanto Arliss quando Clava eram bons oponentes; Arliss conseguia vencer Kelsea em dois de cada três jogos. Mas o xadrez de Carlin era velho — esculpido por Barty, sem dúvida —, de madeira simples, começando a dar sinais do tempo. Tinha grande valor sentimental para Kelsea, mas o conjunto novo seria bem mais durável para jogos.

Clava tinha avisado a Kelsea que os cadarese davam grande valor a aparências e, por isso, ela não quis conduzir a reunião no salão central da Ala da Rainha que costumava servir para tais funções. A pedido dela, Clava finalmente aceitou mover o trono de volta para a câmara de audiências enorme, vários andares abaixo. Quando não estava cheia de gente, a câmara parecia ridiculamente cavernosa, e por isso eles também abriram esse encontro ao público. Os nobres tear tinham deixado de frequentar as audiências de Kelsea com regularidade quando perceberam que nenhum presente seria oferecido pelo trono, e Clava e Kelsea se decidiram por um sistema simples e justo: as primeiras quinhentas pessoas que chegassem ao Portão da Fortaleza podiam assistir à audiência, desde que se submetessem a uma revista. Kelsea descobriu que as roupas eram um indicador razoavelmente confiável de classe social; algumas das pessoas à frente dela eram claramente empresários, talvez comerciantes de madeira ou de algum item mais ilegal. Mas a maioria era pobre, e Kelsea percebeu com tristeza que quase todos foram até lá apenas por entretenimento. As primeiras poucas audiências públicas de Kelsea tiveram muitas conversas paralelas e alguns assovios da multidão, mas Clava cuidou disso ao anunciar que qualquer um que chamasse sua atenção poderia esperar uma conferência particular no futuro. Agora, Kelsea não ouvia um pio.

— Meu senhor implora que você o honre com uma visita — disse o embaixador.

— Talvez um dia — respondeu Kelsea, vendo Clava franzir a testa. — No momento, tenho muito a fazer.

— Você está mesmo de mãos cheias. Provocou a Rainha Eterna. Meu senhor admira a sua coragem.

— Seu senhor nunca a provocou?

— Não. O pai dele, sim, e recebeu um lembrete doloroso. Agora, pagamos o dobro em vidro e cavalos.

— Talvez essa seja a diferença. Nós estávamos pagando com humanos. — Um momento depois, Kelsea se lembrou de que os cadarese também enviavam escravos para Mortmesne, mas o embaixador não pareceu se ofender.

— Sim, nós também soubemos. Você proibiu o tráfico humano dentro das suas fronteiras. Meu senhor está bastante entretido.

Havia um insulto velado nessa última declaração, mas Kelsea não fez nenhum esforço para descobrir. Ela precisava da ajuda do rei de cadarese e não podia ofender o embaixador ao questioná-lo na frente dos seus guardas, e também não tinha tempo para engendrar no prelúdio prolongado e complicado de uma discussão séria, o costume de Cadare. Naquela manhã, tinha chegado uma mensagem de Hall com más notícias: o general Ducarte havia assumido o comando do exército mort. Todo mundo na Ala da Rainha parecia conhecer pelo menos uma história de horror sobre Ducarte, e apesar de as cidades da fronteira já terem sido evacuadas e de Bermond estar começando agora a esvaziar as aldeias à leste da planície Almont, mesmo uma evacuação bem-sucedida não daria em nada se Ducarte chegasse a Nova Londres. As defesas da cidade eram fracas. O lado oriental tinha um muro alto, mas era perto demais do rio Caddell, construído em solo arenoso. O lado ocidental da cidade não tinha nada. Sua mãe tinha confiado na defesa natural das Montanhas Clayton para proteger o oeste contra um cerco prolongado, mas Kelsea não era tão otimista. Ela queria um muro em torno da cidade inteira, mas Clava estimava que eles tinham menos de dois meses até que o exército mort chegasse lá. Mesmo se ela convocasse todos os calceteiros de Nova Londres, eles jamais conseguiriam construir a tempo.

Mas Cadare tinha muitos pedreiros, os melhores calceteiros do Novo Mundo. Mesmo se o rei não estivesse disposto a suplementar o exército tear com seus próprios soldados, talvez Kelsea pudesse convencê-lo a emprestar alguns artesãos. No mínimo, ela precisava que ele parasse de enviar cavalos para Mortmesne; havia um ditado levemente exagerado de que uma égua cadarese doente era capaz de correr mais rápido que um potro tear saudável. Cavalos melhores não eram de muito uso para os mort nas Colinas da Fronteira, mas, quando eles chegassem à planície Almont, uma cavalaria superior seria uma vantagem esmagadora. Ela precisava que essas negociações dessem frutos.

— Vamos começar as negociações, embaixador?

Kattan ergueu as sobrancelhas.

— Você é rápida, Majestade.

— Sou uma mulher ocupada.

Kattan se acomodou na cadeira e pareceu meio insatisfeito.

— Meu senhor quer propor uma aliança.

O coração de Kelsea deu um salto. Um murmúrio se espalhou pela câmara de audiências, mas Clava não reagiu; estava ocupado demais olhando para o embaixador com olhos semicerrados e desconfiados.

— Meu senhor também gostaria de reduzir seu tributo para os mort — continuou Kattan. — Mas nem Cadare nem o Tearling são fortes o bastante para fazer isso sozinhos.

— Eu concordo. E quais seriam os termos dessa aliança?

— Devagar, devagar, Majestade! — insistiu Kattan, balançando com as mãos, e essa foi a verdadeira pista de que Kelsea não gostaria nada do que estava por vir: o embaixador sentia necessidade de abrir caminho até lá. — Meu senhor reconhece sua bravura em desafiar os mort e a recompensaria de forma adequada.

— Me recompensaria como?

— Tornando você a primeira entre suas esposas.

Kelsea ficou paralisada, estupefata, ouvindo vários guardas murmurando ao redor. Engoliu em seco e conseguiu responder, embora parecesse que sua boca estava cheia de mariposas.

— Quantas esposas seu rei tem?

— Vinte e três, Majestade.

— São todas cadarese?

— Todas, menos duas, Majestade. Essas duas são mort, presentes da Rainha Eterna.

— Quais são as idades dessas esposas?

O embaixador desviou o olhar e limpou a garganta.

— Não sei dizer, Majestade.

— Entendo. — Kelsea queria se dar um chute. Devia ter previsto isso. Clava disse para ela que os cadarese eram isolacionistas, que a ajuda deles viria com condições pesadas. Mas ela achava que nem Clava tinha previsto uma proposta daquelas. Lutou para pensar em uma contraproposta. — Qual é o valor de ser a primeira esposa?

— Você se sentaria ao lado do senhor à mesa. Poderia escolher primeiro dentre todos os presentes entregues no palácio. Depois que produzisse um herdeiro saudável, teria o direito a recusar as atenções do mestre se assim o desejasse.

Coryn tinha começado a tamborilar os dedos na espada. Elston parecia estar pensando em jeitos criativos de eviscerar o embaixador, e Kibb colocou a mão no ombro dele em um gesto de cautela. Mas Clava... Kelsea estava feliz de Kattan não poder ver a expressão de Clava, pois havia uma promessa de morte ali.

— E uma aliança sem casamento?

— Meu senhor não está interessado em uma aliança assim.

— Por que não?

— O rei de Cadare não pode ter uma aliança em pé de igualdade com uma mulher. O casamento garante que Vossa Majestade tenha que submeter sua vontade ao meu senhor em todas as decisões.

Clava se aproximou subitamente, bloqueando o lado direito de Kelsea. Ela piscou de surpresa, pois não sentiu ameaça vinda do embaixador ou dos guardas dele. Demorou alguns momentos para que ela percebesse: Clava tinha se movido para proteger o embaixador. Parte da raiva de Kelsea passou nessa hora; ela sorriu para Clava e sentiu uma onda de afeição quando ele retribuiu o sorriso.

Virando-se para Kattan, ela perguntou:

— Seu senhor esperaria dividir meu trono?

— É difícil um homem governar dois reinos, Majestade. Meu senhor indicaria um... — Kattan fez uma pausa por um momento, procurando a palavra — alcaide, certo? Um alcaide para supervisionar seu trono em nome dele.

— E eu moraria em Cadare?

— Sim, Majestade, com as outras esposas do meu senhor.

Elston tinha começado a estalar os dedos agora, lenta e indiscretamente, um de cada vez. Kattan, sentindo a tensão na sala, não elaborou sobre as outras alegrias de viver no harém do rei e esperou em silêncio pela resposta de Kelsea.

— Essa é a única proposta que você traz?

— Meu senhor não me deu autoridade para fazer nenhuma outra proposta, Majestade.

Kelsea deu um sorriso gentil. Se ela fosse a governante que Carlin estava tentando treinar, poderia ter aceitado o acordo de Kattan, por mais desagradável que fosse. Mas não podia. Uma vida inteira passou diante dos olhos dela, a vida de uma concubina cadarese delineada com clareza, antes de ela afastar o pensamento. Se fosse salvar o Tearling, ela abriria mão da própria vida, enfiaria uma faca no próprio coração amanhã mesmo. Mas isso... ela não podia aceitar.

— Eu recuso.

— Sim, Majestade. — Kattan ergueu o rosto, os olhos pretos brilhando de diversão repentina. — Não posso dizer que esteja surpreso.

— Por quê?

— Nós ouvimos sobre Vossa Majestade, mesmo em Cadare. Você tem muita força de vontade.

— Então, para que a proposta?

— É meu trabalho, Majestade, transmitir os desejos e as propostas do meu senhor. Incidentalmente, a proposta continua valendo até que meu senhor a retire. — O embaixador chegou alguns centímetros mais para perto e baixou a voz. — Mas, para você saber, fico feliz de não aceitar. Você não é o tipo de mulher que ficaria satisfeita no *harim* do meu mestre.

Kelsea encarou os olhos sorridentes dele e sentiu os cantos da boca repuxarem para cima. Percebeu que o achava atraente... atraente de uma forma que só Fetch fora antes. Era um sentimento maravilhoso, bem parecido com liberdade.

— Você vai ficar conosco por muito tempo, lorde embaixador?

— Infelizmente, Majestade, tenho que me apresentar ao meu senhor assim que as negociações forem concluídas. Vamos pedir sua hospitalidade por apenas uma noite.

— Que pena.

Mas Kelsea sabia que devia ser melhor assim. Ela já tinha passado tempo demais pensando em Fetch, e outro homem bonito só serviria de distração. No fundo da mente, uma vozinha surgiu em protesto: ela nunca mereceria ter um pouco de prazer? Mas Kelsea a sufocou com facilidade. Sempre que precisava de um lembrete, sua mãe estava lá, esperando.

Clava limpou a garganta, lembrando a Kelsea seus deveres como anfitriã: a hospitalidade cadarese tinha regras bem definidas, e eles esperariam fazer ao menos uma refeição com ela antes de partirem.

— Bem, cavalheiros, temos... — começou Kelsea, mas não passou disso, pois as portas do outro lado da câmara de audiências se abriram de repente com agitação.

Os guardas de Kelsea se aproximaram. Uma lembrança do terrível dia da sua coroação aflorou, e os músculos do ombro dela ficaram tensos na mesma hora sob a cicatriz. Alguma coisa estava acontecendo na entrada; um grupo de Guardas da Rainha e do exército tear estava amontoado. Vários homens gritavam para serem ouvidos.

— O que está acontecendo? — gritou Clava do outro lado da sala.

Ninguém respondeu. Havia uma discussão se formando, homens do exército brigando com sua guarda. Mas, por fim, um grupo passou, dois homens arrastando um terceiro entre eles. Caminhavam na direção do trono lentamente, com hesitação, seguidos de perto por soldados e guardas.

— Por Cristo — murmurou Clava.

Kelsea, cuja visão não era perfeita, teve que esperar alguns momentos, mas, quando os três homens se aproximaram, seu queixo caiu.

À esquerda estava seu carcereiro, Ewen, o rosto aberto e simpático agora coberto de hematomas, um olho inchado e fechado. À direta estava Javel, o prisioneiro do desfiladeiro Argive. Os pulsos estavam algemados, mas ele não parecia ferido.

Entre eles, quase inconsciente, amarrado com cordas grossas e sangrando em vários pontos, estava Arlen Thorne.

Ewen reconheceu o homem assim que o viu. Não precisou do súbito silêncio no alto da escada do calabouço, onde dois soldados deveriam estar de serviço o tempo todo. Não precisou do ofegar repentino da mulher da cela dois nem do jeito como os olhos dela começaram a brilhar quando ela olhou pelas barras. Não precisou nem do vislumbre da faca nas costas do homem. Um sujeito alto e esquelético com olhos azuis brilhantes, a rainha tinha dito... e, quando Ewen levantou o rosto e viu o espantalho, ele soube.

Mesmo assim, estava determinado a lidar com as coisas do jeito certo. O espantalho tinha uma faca, e Ewen tinha três prisioneiros em quem pensar. Era grande o bastante para jogar o espantalho do outro lado do aposento, e era bom saber que não precisaria de armas para isso. Mas também sabia que era grande o bastante para matar o espantalho sem querer com um único golpe. O pai sempre avisou Ewen para se lembrar do seu tamanho, e a rainha, Ewen lembrou a si mesmo, queria aquele homem vivo.

— Boa tarde — cumprimentou o espantalho, inclinando-se por cima da mesa.

Javel, o prisioneiro da cela três, se sentou empertigado no catre.

— Como posso ajudar, senhor? — perguntou Ewen.

Pelo canto do olho ele viu que os outros dois prisioneiros, Brenna e Bannaker, tinham se levantado e estavam de pé junto às barras. A luz das tochas brincava cruelmente nas chicotadas que agora estavam cicatrizando no corpo de Bannaker, mas o rosto dissimulado do anão estava cheio de expectativa.

— A rainha me mandou transferir seus três prisioneiros para a cadeia central de Nova Londres — disse o espantalho para Ewen. Ele tinha uma voz baixa e um tanto desagradável, e Ewen nem questionou como aquele homem tinha passado pelos soldados no alto da escada. Eles já deviam estar mortos. — Eu mesmo vou escoltá-los.

— É a primeira vez que ouço falar de uma transferência — respondeu Ewen. — Me dê um momento para anotar no livro.

Ele pegou o livro de registros e começou a molhar a pena na tinta, tentando pensar. O pai sempre disse para Ewen que ele podia agir com inteligência; só precisaria de mais tempo e dedicação. Depois que Ewen terminasse com o livro, o espantalho esperaria que ele se levantasse e fosse até as celas com as chaves. Se Ewen conseguisse fazer o espantalho andar na sua frente, seria fácil desarmá-lo... mas alguma coisa aconselhava Ewen a não ter tanta certeza disso. O espantalho era magrelo, sim, mas parecia rápido. Usava o uniforme preto do exército tear. Se era um soldado, talvez tivesse outra faca escondida.

— Seu nome, senhor? — perguntou Ewen.

— Capitão Frost.

Ewen escreveu o mais lentamente possível, o rosto contorcido como se estivesse muito concentrado. Ele não podia simplesmente partir para cima do espantalho enquanto ainda estivesse sentado à mesa; a mesa viraria e funcionaria como escudo, isso se não matasse o homem na hora. Ewen também tinha que garantir para que a faca não fosse parar em nenhuma das celas. O pai havia dito para Ewen que os prisioneiros podiam usar qualquer objeto afiado para arrombar uma fechadura.

Javel tinha se levantado e estava de pé junto às barras da cela três, e Ewen, que tinha se acostumado ao rosto plácido e inexpressivo do homem, ficou chocado com o que viu lá agora. A expressão de Javel era a de um cachorro faminto. Os olhos, fundos e escuros, estavam grudados nas costas do espantalho.

Não dava mais para adiar. Ewen se levantou da cadeira e tirou o molho de chaves do cinto. Contornou a mesa, e seria natural que o espantalho saísse do caminho e seguisse na frente. Mas o espantalho só recuou um passo e se espremeu contra a parede, fazendo um movimento de mão na direção das celas.

— Depois de você, mestre carcereiro.

Ewen assentiu e se adiantou, o coração disparando. Avisou a si mesmo para ficar alerta, mas mesmo assim foi tomado de surpresa, e só teve uma fração de segundo para sentir a mão ao redor do pescoço, a faca indo na direção da garganta. Ele levantou a mão e estapeou a faca para longe, ouvindo-a cair no chão no canto atrás dele.

O espantalho pulou nas costas de Ewen, passou os braços pelo pescoço e apertou. Ewen se inclinou para a frente, tentando jogar o espantalho por cima dos ombros, mas o homem se agarrou a ele como uma cobra, os braços apertando seu pescoço com cada vez mais força até a visão das celas à frente de Ewen estar coberta de pontos pretos que se abriam mais quando ele tentava focar o olhar. Ele tentou respirar, mas não havia ar. O sangue latejava nos seus ouvidos, mas ele ainda conseguia ouvir a mulher, Brenna, gritando encorajamentos. Bannaker também estava segurando as barras da cela e pulando de empolgação. E tinha Javel, silencioso, os olhos arregalados e infelizes, as mãos esticadas como se para afastar algum mal. A dor no peito de Ewen tinha se transformado em um fogo que queimava tudo, os braços e as pernas e a cabeça, e ele não tinha forças para tirar o homem das costas.

Uma dor lancinante subiu pela palma da mão de Ewen. Ele pensou por um momento e percebeu que ainda estava segurando o molho de chaves, apertando com força suficiente para tirar sangue. O mundo tinha adquirido um tom de roxo escuro e manchado, e Ewen de repente percebeu que, sem ar para respirar, ele ia morrer, que o espantalho ia matá-lo. Seu pai estava morrendo, Ewen sabia, mas morreria de velhice, de doença. Não era a mesma coisa. O rosto infeliz de Javel surgiu na frente dele, e, sem aviso, a mente de Ewen fez uma das ligações mais estranhas do mundo: Javel não queria que isso acontecesse. Javel era um prisioneiro, sim, um traidor. Mas, por algum motivo, não era amigo do espantalho.

Todos os velhos sermões do pai sobre rebeliões ecoaram na cabeça de Ewen, mas, antes que pudesse pensar neles, já tinha jogado as chaves para a cela três. Ele as viu bater nas barras e cair entre elas, viu uma mão suja procurando-as no chão.

E o mundo roxo ficou preto.

Quando Ewen acordou, a cabeça e o peito estavam doendo. O pescoço ardia como se tivesse sido acertado por um tijolo. Ele abriu os olhos e viu o teto familiar do calabouço: pedras cinzentas cobertas de mofo. O pai sempre dizia que quem construiu a Fortaleza fez um bom trabalho, mas foi ficando cada vez mais difícil ao longo dos anos impedir infiltrações do fosso.

O que o acordou?

O barulho, é claro. O barulho à direita. Sons de rosnado, como um cachorro faria. Um baque grave, como o punho de um padeiro afundando na massa. Eles moravam ao lado de uma padaria quando Ewen era pequeno, e ele amava ficar nas pontas dos pés olhando os padeiros pelas vitrines. Queria fechar os olhos e voltar a dormir, como teria feito em uma manhã de domingo anos antes, quando ainda não tinha começado a ser aprendiz do pai no calabouço.

O calabouço!

Ewen abriu os olhos. Mais uma vez viu o familiar mofo no teto.

— PARE! — gritou uma mulher, a voz ecoando pelas paredes de pedra. Fez os ouvidos de Ewen doerem. Ele olhou para a direita e viu a mulher fantasma segurando as barras da cela, gritando. À frente dela, Javel estava agachado em cima do espantalho, segurando-o no chão. Javel estava gargalhando, risadas sombrias que deixaram os pelos dos braços de Ewen arrepiados. Enquanto observava, Javel deu um soco bem na cara do espantalho.

— Tenho apenas uma pergunta para você, Arlen! — A risada aguda de Javel se sobrepôs ao grito da mulher.

Outro soco foi dado, e Ewen fez uma careta. As feições do espantalho já estavam manchadas de vermelho.

— Sabe somar dois e dois? Sabe, Arlen? Sabe, seu filho da puta desprezível?

Ewen se esforçou para se sentar, embora a cabeça estivesse latejando tanto que ele chegou a grunhir e piscar para afastar as lágrimas dos olhos. Quando abriu a boca, nada saiu. Ele limpou a garganta e descobriu uma nova agonia, uma dor lancinante que desceu pelo peito e voltou a subir. Mas conseguiu produzir um som fraco.

— A rainha.

Javel não ouviu. Bateu no espantalho de novo, desta vez na garganta, e o espantalho começou a tossir e sufocar.

Agora, Ewen viu suas chaves, ainda penduradas na porta da cela três, perigosamente próximas do alcance de Bannaker. Engatinhou até lá e as pegou, depois se aproximou de Javel com cautela por trás.

— Pare — sussurrou Ewen. Ele não conseguia erguer a voz. O pescoço parecia estar em chamas. — Pare. A rainha.

Javel não parou, e Ewen percebeu que ele pretendia bater no espantalho até matá-lo. Ewen respirou fundo, sentindo dor, e segurou Javel pelas axilas, tirando-o de cima do homem inconsciente. Javel rosnou e se virou para Ewen, atacando-o com os punhos, mas ele só aceitou isso com paciência; a rainha também não queria Javel machucado. Ewen não queria machucá-lo; Javel era um prisioneiro bom e comportado, e mesmo quando Ewen jogou as chaves, ele não fugiu. Ewen manteve os braços em torno de Javel em um abraço de urso e o arrastou até a parede, sem soltá-lo nem quando Javel acertou seu olho direito, jogando sua cabeça para trás e gerando fagulhas na visão. Ele empurrou Javel contra a parede, com força suficiente para a cabeça do sujeito bater nas pedras. Javel gemeu baixo e massageou a cabeça, e Ewen aproveitou o momento de silêncio repentino para grunhir:

— A rainha quer esse homem vivo, está ouvindo? Ela o quer vivo.

Javel olhou para ele com expressão perdida.

— A rainha?

— A rainha o quer vivo. Ela me disse.

Javel abriu um sorriso sonhador, e o estômago de Ewen se contraiu de preocupação. Mesmo depois dos muitos sermões do pai sobre se lembrar do tamanho que tinha, Ewen feriu um dos irmãos em uma briga, empurrando Peter contra um poste de cerca e quebrando o ombro dele. Talvez tivesse jogado Javel na parede com força demais. A voz dele também estava estranha, confusa, parecendo flutuar.

— A rainha Kelsea. Eu a vi, sabe? No gramado da Fortaleza. Mas estava mais velha. Parecia a Rainha Verdadeira. Acho que ninguém mais viu.

— O que é a Rainha Verdadeira? — perguntou Ewen, incapaz de se segurar. Sempre que o pai contava contos de fadas, era das rainhas que ele mais gostava.

— A Rainha Verdadeira. A que vai salvar todos nós.

Uma gargalhada aguda ecoou atrás deles, e Ewen se virou, certo de que o espantalho estava fingindo, que tinha recuperado a faca. Mas era só a mulher, Brenna, segurando as barras da cela, sorrindo com alegria.

— *A Rainha Verdadeira* — imitou ela com uma voz assustadora e falhada. — Tolos. Ela vai morrer antes de a primeira neve cair. Eu vi.

Ewen piscou e lançou um olhar rápido para o chão. O espantalho estava imóvel, mas ele tinha certeza de que tinha visto o homem se mexer. Virou-se para Javel, que ainda estava massageando a cabeça.

— Pode me ajudar a amarrá-lo? Eu tenho cordas.

— Não posso matá-lo, posso? — perguntou Javel com tristeza. — Nem agora.

— Não — respondeu Ewen com a voz firme, certo ao menos disso. — A rainha o quer vivo.

Aisa andou lentamente pelo corredor, segurando uma vela acesa em uma das mãos e um livro de capa de couro vermelho na outra. Duas semanas antes, ela tinha feito doze anos, e a mãe lhe dera permissão para que se levantasse e fosse ler quando não conseguisse dormir. Sua mãe não tinha insônia, mas parecia entender a infelicidade de Aisa de ficar presa ali, sozinha no escuro. Ela devia ter passado o pedido para a rainha ou para Clava, porque agora os guardas a ignoravam quando viam Aisa andando pela Fortaleza de camisola, segurando um livro.

Ela sempre ia para o mesmo lugar para ler: o arsenal. Venner e Fell eram importantes demais para trabalhar no turno da noite, então a sala ficava sempre vazia, exceto por um raro guarda que ia afiar a espada ou substituir uma peça de armadura. Aisa gostava de pegar os cinco homens de palha que Venner tinha lá para as aulas de esgrima, arrumá-los em uma pilha no canto e se acomodar com o livro. Era um bom lugar para ler, silencioso e particular.

Ela passou por Coryn, encostado na parede. Ele estava encarregado da guarda noturna naquela semana. Aisa gostava de Coryn; ele sempre respondia às suas perguntas e também mostrara a ela a melhor forma de segurar uma faca para arremessá-la. Mas ela sabia que não devia falar com ele quando estivesse de serviço. Deu um aceno breve com dois dos dedos segurando o livro e o viu sorrir em resposta. Nenhum dos outros guardas no corredor era amigo dela, então Aisa manteve o olhar baixo até chegar ao arsenal. O aposento cavernoso, grande e escuro, devia dar medo nela; muitas salas escuras davam. Mas Aisa amava o brilho das armas à luz de velas, as fileiras e mais fileiras de espadas e facas e armaduras nas mesas, o leve odor residual de suor. Nem as sombras compridas e altas lançadas pelas chamas assustavam Aisa; todas pareciam ter o aspecto alto e tranquilo de Venner, e eram uma presença reconfortante no escuro. Aisa sabia que estava se tornando uma lutadora melhor a cada dia; alguns dias antes, até passara pela guarda de Fell com a faca enquanto os homens encostados nas paredes torciam e comemoravam. Aisa sentiu orgulho por vários guardas passarem o tempo livre vendo-a lutar. Estava melhorando, sim, mas não era tudo. Sentia que tinha potencial para ser mais do que boa. Que podia ser excelente.

Um dia, vou ser uma das melhores lutadoras de todo o Tearling. Vou ser o próprio Fetch.

Aisa não contou a ninguém sobre esse sonho, nem para a mãe. Mesmo que não rissem dela, Aisa sabia que falar um sonho em voz alta dava azar, botaria um peso nele. Ela pegou os homens de palha no canto do arsenal e, quando estavam arrumados direito, desabou com alegria e abriu o livro na página marcada. Leu durante horas, sobre uma grande batalha e sobre as súplicas de uma mulher que sonhava em brandir uma espada, e sua mente começou a divagar, para o dia em que andaria pelo mundo carregando uma arma, lutando contra o mal e dando um fim a ele com sua espada. Esses pensamentos giraram à frente dela, cada vez mais rápido, um sonho grandioso, e, por fim, Aisa adormeceu. A vela continuou ardendo ao lado dela por uns quarenta minutos antes de acabar e morrer, deixando-a no escuro.

* * *

Aisa acordou com o som da porta sendo aberta e vozes. Seu primeiro instinto, aprendido na mais tenra infância, foi de ficar paralisada, tornar-se invisível. Tinha fugido do pai, mas, nos momentos em que estava despertando, isso nunca importava. Parte dela estava sempre acordada, esperando o movimento denso e pesado dele no escuro.

Ao abrir os olhos, viu uma luz leve de tochas se aproximando pela beirada da mesa. Abraçou os joelhos e se encolheu. Eram dois homens, ela percebeu depois de um momento: um com a voz mais jovem e leve e um com os tons mais velhos e roucos de um guarda antigo da rainha. Ela só demorou poucos segundos para identificar a voz do segundo homem: Clava. Aisa ouviu o som irritado com frequência suficiente ultimamente para reconhecer agora, mesmo quando ele falava baixo e com calma.

— Como foi a folga? — perguntou Clava. O tom era agradável, mas Aisa ouviu o desagrado logo embaixo, esperando. O outro homem também deve ter percebido, porque a voz dele, quando respondeu, estava baixa e defensiva.

— Estou sóbrio.

— Não é com isso que estou preocupado. Sei que você nunca vai cometer aquele erro de novo.

— Então qual é a sua preocupação? — perguntou o mais novo, o tom agressivo.

— Você e ela.

Aisa se encolheu ainda mais e ouviu com atenção. Só podiam estar falando sobre Marguerite. Todos os guardas, até Coryn, faziam uma cara quando olhavam para Marguerite, mesmo quando ela só estava passando. Aisa sentiu ciúmes por um tempo, mas então lembrou que Coryn era velho, tinha trinta e oito anos. Era velho demais para Aisa, até nas fantasias dela.

A voz de Clava permaneceu controlada e cuidadosa, mas ainda havia aquele tom escondido de descontentamento velado.

— Você não pode esconder muito de mim, sabe? Conheço você há muito tempo. Você não é imparcial. Tudo bem, talvez nenhum de nós seja. Mas nenhum de nós tem o seu trabalho.

— Chega dessa conversa! — rosnou o mais jovem.

— Não desconte sua raiva em mim — respondeu Clava de forma tranquila. — Eu não fiz isso com você.

— É que é... difícil.

— Você reparou nas mudanças também, então.

— Eu nunca liguei para o rosto que ela tinha.

— Ah. Então isso não é recente.

— Não.

— Isso torna tudo pior, acho. Você quer que eu escolha outro para o trabalho?

— Não.

Aisa franziu a testa. Alguma coisa ameaçou surgir na memória dela; a identidade do guarda mais novo estava bem ali, quase identificável. Ela pensou em se inclinar pelo canto da mesa e espiar, mas não ousava. Clava via tudo; sem dúvida veria a ponta da cabeça dela se aparecesse. Ele mesmo era sorrateiro, mas não falaria com gentileza com uma xereta. E, se ela fosse pega, eles talvez não a deixassem mais entrar lá para ler à noite.

— Minhas habilidades não estão comprometidas — insistiu o guarda mais jovem. — É uma inconveniência, não um problema.

Clava ficou em silêncio por um tempo, e, quando falou novamente, Aisa ficou surpresa de ouvir que a voz estava mais suave.

— Você pode pensar que é o primeiro com quem isso já aconteceu, mas garanto que é um problema antigo para os guardas mais próximos. Entendo bem, acredite. Não tenho certeza se não acaba tornando você um guarda melhor. Você se jogaria na frente de uma faca sem pensar, não?

— Sim — respondeu o homem mais jovem com tristeza, e Aisa finalmente o identificou: Pen Alcott. Ela se encolheu mais, tentando se lembrar do resto da conversa, tentando decifrá-la.

— E aquela mulher que você encontrou? — perguntou Clava. — Ela não ofereceu nenhum alívio?

Pen riu sem achar graça.

— Dez minutos de alívio, todas as vezes.

— Nós *podemos* encontrar outro escudo — afirmou Clava. — Vários estão dispostos. Elston não perderia a oportunidade.

— Não. Estar fora do quarto seria um tormento maior do que é estar dentro.

— Você diz isso agora, mas pense, Pen. Pense em quando ela tiver um marido, ou mesmo quando levar um homem para passar a noite. Como você vai se sentir quando estiver do lado de fora da porta?

— Ela pode não ter nenhuma das duas coisas.

— Mas vai — respondeu Clava com firmeza. — Ela tem a imprudência da mãe, e a mente está amadurecendo mais a cada dia que passa. Não vai demorar para que ela encontre essa válvula de escape.

Pen ficou em silêncio por um tempo.

— Eu não quero ser substituído. Tendencioso ou não, ainda sou o melhor homem para o trabalho, e você sabe disso.

— Tudo bem. — A voz de Clava perdeu a gentileza e ficou dura como ferro quando prosseguiu: — Mas preste atenção: vou estar de olho. E, se eu vir um sinal de atuação falha, é seu fim, não só no posto como na Guarda da Rainha. Entendeu?

Silêncio. A pilha de homens de palha começou a desabar atrás de Aisa, e ela grudou os calcanhares no chão, agarrando o livro e tentando impedir que a montanha desabasse em uma avalanche.

— Entendi — respondeu Pen rigidamente. — Sinto muito por botar você nessa posição.

— Cristo, Pen, nós todos passamos por isso. Você não vai encontrar um homem da Guarda da mãe dela que não tenha passado por isso em algum momento. É um problema antigo. Uma coisa difícil.

Aisa estava caindo. Ela empurrou com força com as pernas, pressionando com as costas, segurando a pilha de homens de palha no lugar. Se ao menos aqueles dois fossem embora!

— É melhor voltar agora. Ela vai acordar em poucas horas.

— Sim, senhor.

Passos na direção da porta.

— Pen?

— Senhor?

— Você está fazendo um bom trabalho. Ela não se importa de ter você a trinta centímetros de distância, e isso é uma conquista incrível. Acho que ela já teria matado qualquer outra pessoa a essa altura.

Pen não respondeu. Um momento depois, Aisa ouviu a porta se abrir e fechar. Relaxou e sentiu um dos homens de palha cair no chão a sua direita.

— E você, ferinha?

Aisa deu um grito. Clava estava olhando para ela, as mãos apoiadas na beirada da mesa. Apesar do medo, Aisa não conseguiu evitar olhar para aquelas mãos, cobertas de cicatrizes. Venner e Fell disseram para ela que Clava era um grande lutador, um dos melhores dentre os tear. Tendo mãos assim, ele deve ter lutado a vida inteira.

É isso que eu quero ser, percebeu Aisa, olhando com expressão fixa para as três cicatrizes brancas em um dos dedos do homem. *Perigosa assim. Temida assim.*

— Eu soube das suas andanças noturnas, garota. Venner e Fell me disseram que você tem muito talento com a faca.

Aisa assentiu, o rosto ficando avermelhado de prazer.

— Você vem aqui todas as noites?

— Quase. Eu queria poder dormir aqui.

Clava não se distraiu.

— Você ouviu uma conversa que não devia. Uma conversa que poderia ser muito perigosa para a rainha.

— Por quê?

— Não banque a boba comigo. Eu já observei você, você é uma coisinha esperta.

Aisa fez uma pausa breve.

— Eu sou esperta. Mas não vou contar para ninguém o que ouvi.

— Você não é uma criança fácil. — Clava olhou com atenção para ela, e Aisa se encolheu. Os olhos dele eram coisas terríveis, invasivas, como se ele a estivesse virando do avesso com um único olhar. — O que você pretende fazer com sua faca um dia? Se é tão talentosa quanto Venner e Fell alegam?

— Eu vou ser da Guarda da Rainha — respondeu Aisa na mesma hora. Tinha decidido isso três dias antes, no momento em que passou a faca pela guarda de Fell e encostou-a na jugular do homem.

— Por quê?

Aisa procurou palavras, mas nada lhe veio, só a imagem da sombra do pai na parede à noite, do fundo da mente. Não podia contar sobre isso a Clava; mesmo que pudesse explicar o pai para alguém, havia grandes trechos de lembranças perdidos, manchas escuras em que a primeira infância de Aisa desapareceu. Seria uma história impossível de contar.

Mas aquele lugar, a Ala da Rainha, era seguro, um abrigo bem iluminado onde sua família podia ficar para sempre. Sua mãe dizia que eles estavam em perigo constante ali, mas Aisa podia viver com o perigo de espadas. Entendia que tinha sido a mãe, a esquisitice da mãe, que os havia levado para lá, mas a rainha existia acima de sua mãe, uma figura divina vestida de preto, e Aisa sabia que jamais teria que ver a sombra do pai na parede.

Não podia contar nada disso para Clava. Por isso, respondeu:

— Eu jamais faria nada que fizesse mal à rainha. E mataria qualquer um que tentasse.

O olhar intenso de Clava penetrou nela por mais um momento, parecendo uma faca por seu corpo. Ele assentiu.

— Vou confiar em você, ferinha. Mais ainda, vou considerar isso como seu primeiro teste. O talento com a espada é uma qualidade importante para uma guarda da rainha, mas tem outras coisas tão cruciais quanto, e uma delas é a capacidade de guardar segredos.

— Eu sei guardar segredos, senhor. Provavelmente melhor que a maioria dos adultos.

Clava assentiu com pena no olhar, e Aisa se deu conta de que ele devia saber sobre seu pai. A mãe se sentava ao lado da rainha todos os dias, levava comida e bebida. Todos já deviam saber tudo sobre ela, e o que seu pai fazia não era segredo no bairro. Mesmo quando Aisa era pequena, nenhuma criança tinha permissão de ir à casa dela para brincar.

— Capitão?

— O quê?

— Mesmo se eu ficar quieta, outras pessoas podem descobrir. Podem ver na cara de Pen, como você viu.

— Você percebeu?

— Não, mas eu tenho doze anos.

— É verdade — respondeu Clava com seriedade. — Mas vamos dizer que vejo mais no rosto dos homens que a maioria das pessoas. Acho que o segredo vai ficar em segurança por um tempo, só entre mim e você.

— Sim, senhor.

— Vá para a cama, ferinha.

Aisa se levantou, pegou o livro e a vela e saiu. No aposento da família, deixou o livro de couro vermelho na mesa de cabeceira e subiu na cama. Mas não conseguiu dormir; os pensamentos estavam cheios demais com tudo o que ela viu e ouviu.

Pen Alcott estava apaixonado pela rainha. Mas a rainha não podia se casar com um guarda; até Aisa sabia disso, embora não soubesse por quê. Assim, Pen não tinha chance. Ela tentou sentir pena dele, mas só conseguiu um pouco. Pen ficava ao lado da rainha todos os dias, sua espada protegendo-a do mundo inteiro. Com certeza aquilo era recompensa suficiente.

O amor é real, pensou Aisa, *mas secundário. Sem dúvida o amor não é tão real quanto minha espada.*

A galeria

Os mort não fazem nada pela metade.

— ANÔNIMO

— Árvore.

Tyler ergueu outro pedaço de papel. Clava olhou por um momento com a mesma expressão irritada e truculenta que fazia nessas sessões.

— Pão.

Tyler ergueu outra folha, prendendo a respiração. Depois de titubear um pouco, decidiu jogar palavras difíceis naquela leva, pois aquele aluno em particular não queria ser mimado. Clava olhou para a palavra por um momento, os olhos indo de um lado para outro entre as sílabas. Tyler o encorajou a testar o som das palavras, mas Clava se recusava. Queria fazer tudo na cabeça. Seu nível de leitura progredia em um ritmo quase alarmante.

— Diferença — declarou Clava, por fim.

— Bom. — Tyler botou os cartões na mesa. — Muito bom.

Clava secou a testa; estava suando.

— Ainda estou com dificuldade com o C e o K.

— É difícil — concordou Tyler, sem olhar nos olhos de Clava. Tyler caminhava sobre ovos nessas aulas, hesitando entre ser encorajador e ser solícito, pois, se Clava sentisse que estava sendo tratado como criança, era possível que lhe desse uma surra. Mesmo assim, Tyler se via esperando pelas aulas com ansiedade. Gostava de ensinar e lamentava ter esperado até seu septuagésimo primeiro ano de vida para descobrir isso.

Mas essa era a única parte boa dos dias de Tyler. Sua perna, que sofrera uma fratura na tíbia, estava envolta por gesso, um lembrete constante da fúria do Santo Padre. O Arvath todo parecia saber que Tyler estava encrencado, e seus irmãos padres o isolaram. Só Wyde, que era velho demais para estar preocupado com seu lugar na hierarquia do Arvath, parecia disposto a ser visto na companhia de Tyler.

Clava estava olhando para ele com expectativa, esperando instruções. Mas Tyler tinha perdido o entusiasmo pela aula de repente. Empilhou os cartões na mesa e olhou com curiosidade para Clava.

— Como você conseguiu esconder isso por todos esses anos?

A expressão de Clava ficou tensa e cautelosa.

— Que importância tem?

— Nenhuma. Só estou curioso. Tenho certeza de que eu jamais conseguiria.

Clava deu de ombros; era imune a elogios.

— Carroll sabia. Ele queria minhas habilidades na Guarda da Rainha e me ajudou a guardar segredo. Nós tínhamos um acordo.

— Por que ele não ensinou a você?

— Ele ofereceu. — Clava desviou o olhar. — Eu não aceitei. Na época, não importava muito. Elyssa se interessava por livros tanto quanto um gato por um chicote de montaria. Mas agora...

Tyler entendeu aonde Clava queria chegar com facilidade. A rainha Elyssa podia não ligar para o analfabetismo dele, mas a rainha Kelsea se *importaria*, e muito.

— Mas a rainha jamais expulsaria você da Guarda.

— Claro que não. Eu só não quero que ela saiba.

Tyler assentiu, perguntando-se, como fazia com frequência, se Clava era o pai da rainha. Sua atitude em relação a ela costumava ser a de um pai exasperado. Mas a identidade do pai da rainha era um dos segredos mais bem guardados da Guarda. Tyler nem tinha certeza se a própria Kelsea sabia.

— E agora?

Tyler pensou por um momento.

— Vamos praticar juntar as palavras. Na biblioteca da rainha há vários livros de um homem chamado Dahl. Escolha um e tente lê-lo. Não pule as palavras maiores; teste os sons das sílabas e traga o livro quando vier da próxima vez.

Clava assentiu.

— Eu acho...

Três batidas curtas soaram na porta de Tyler.

Clava se levantou da cadeira, um movimento rápido e silencioso. Quando Tyler se virou para olhar para trás, a sala estava vazia, a passagem secreta ao lado da mesa se fechando.

— Entre, por favor.

A porta se abriu, e Tyler ficou paralisado quando o Santo Padre entrou. O irmão Jennings estava atrás dele, o rosto redondo curioso, mas o Santo Padre o deixou do lado de fora e fechou a porta. Tyler se apoiou na beirada da mesa e se levantou, mantendo a perna quebrada longe do chão.

— Bom dia, Tyler.

— Vossa Santidade. — Tyler ofereceu a melhor cadeira para ele, mas Anders fez sinal de que não.

— Sente-se, Tyler, sente-se. Afinal, é você quem está de perna quebrada. Um acidente muito infeliz.

Tyler se sentou e viu o olhar de Anders percorrer todo o ambiente, absorvendo tudo enquanto o rosto permanecia imóvel. De certa forma, lembrava a Tyler o antigo Santo Padre, que nunca deixava passar nada. Todos os sentimentos anteriores de coragem pareciam ter evaporado, rápida e silenciosamente, e ele estava muito ciente da própria idade avançada, do quanto era frágil em comparação àquele homem robusto e de meia-idade.

— Estou em uma posição difícil, Tyler. — O Santo Padre deu um suspiro pesado e melodramático. — A rainha... ela botou as mãos em mim, você sabe.

Tyler assentiu. Ninguém podia tocar em um padre da Igreja de Deus, ao menos não em público, e era impensável que alguém, menos ainda uma mulher, colocasse as mãos no próprio Santo Padre. Fazia só uma semana, mas Wyde, que trabalhava nas cozinhas dos desabrigados pela manhã, disse que a cidade inteira já parecia saber o que tinha acontecido no jantar da rainha. Wyde até ouviu um boato de que a rainha deu uma surra violenta no Santo Padre com as próprias mãos. Essas histórias eram prejudiciais à rainha, certamente; os devotos estavam escandalizados. Mas o dano à imagem do Santo Padre era bem maior.

— Isso não pode ficar assim, Tyler. Se não houver consequências para a rainha pelas suas ações, nós vamos ficar à deriva. O poder político do Arvath vai murchar até não sobrar nada. Você entende?

Tyler assentiu de novo.

— Mas, se a ira de Deus agisse contra ela rapidamente... imagine, Tyler! — Os olhos do Santo Padre brilharam, cintilando com um toque daquela mesma alegria terrível que Tyler vira na noite do padre Seth. — Pense em como a Igreja de Deus vai se beneficiar! As conversões aumentariam. Os dízimos aumentariam. A fé está fraca, Tyler, e temos que dar um exemplo. Um exemplo *público*. Entende?

Tyler não entendia, não exatamente, mas não estava gostando nada daquela conversa. Anders tinha parado na frente das estantes de Tyler. Puxou *Um espelho distante*, e Tyler ficou tenso e entrelaçou os dedos na cintura. Quando Anders abriu o livro e passou o dedo por uma das páginas, a pele de Tyler ficou arrepiada.

— A rainha não é vulnerável! — disse ele de repente. — Tem Clava... e ela tem magia...

— Magia?

Em um movimento rápido e preciso, Anders arrancou o livro da lombada e o partiu em dois. Tyler gritou, os braços se esticando automaticamente antes de voltarem para o colo. Ele não tinha a coragem da rainha; não podia botar as mãos no Santo Padre. Só podia olhar enquanto Anders largava uma metade do livro e começava a arrancar as páginas da outra, uma por uma. As páginas planaram preguiçosamente no ar, indo para o chão.

— Magia, Tyler? — perguntou Anders suavemente. — E você se diz um padre?

Uma batida leve soou na porta, e o irmão Jennings apareceu, os olhos ávidos observando a cena.

— Tudo bem, Vossa Santidade?

— Estou ótimo — respondeu Anders, o olhar fixo em Tyler. — Traga alguns irmãos para cá. Há trabalho a ser feito.

O irmão Jennings assentiu e saiu. Tyler ficou olhando em silêncio para os livros nas prateleiras. Havia tantos.

— Por favor — ele se ouviu implorar. — Por favor, não. Esses livros nunca lhe fizeram mal.

— São livros seculares, Tyler, e você os guarda no Arvath. Eu estaria no meu direito de queimá-los.

— Eles não fazem mal a ninguém! Eu sou o único que os lê!

O irmão Jennings bateu e entrou. Vários outros padres entraram atrás, inclusive Wyde, que lançou um olhar apreensivo para Tyler quando passou pela porta.

Anders apontou para as prateleiras.

— Removam os livros e os suportes e levem tudo para os meus aposentos particulares.

Os padres mais novos começaram a trabalhar imediatamente, mas Wyde hesitou, olhando para Tyler.

— Algum problema, padre Wyde? — perguntou Anders.

Wyde balançou a cabeça e esticou os braços para pegar uma pilha de livros. Não voltou a olhar para Tyler. Enquanto eles trabalhavam, Anders continuou a arrancar as páginas de *Um espelho distante*. Uma delas caiu aos pés de Tyler, e, quando ele olhou para baixo, viu "capítulo 7" em negrito. Lágrimas encheram seus olhos, e ele teve que morder o lábio para que elas não escorressem. Ao olhar para cima, fez a descoberta desagradável de que Anders estava se divertindo muito, os olhos cintilando de prazer. Os padres continuaram a entrar e sair do aposento, até todas as prateleiras estarem vazias. Tyler teve vontade de desmoronar e chorar. O irmão Jennings arrancou as estantes das paredes e as inclinou na horizontal, e Wyde lançou um último olhar de desculpas ao segurar um canto. E eles foram embora. A parede ficou vazia; só sobraram dois retângulos esbranquiçados mostrando onde os livros de Tyler estiveram. Ele olhou para aquelas marcas, entorpecido, e agora as lágrimas vieram, além do seu poder de segurá-las.

— Tyler?

Tyler se virou, o coração disparado, e deu de cara com o Santo Padre. Pela primeira vez em sua vida adulta ele sentiu vontade de agir com violência contra outra pessoa. As mãos estavam bem apertadas em punhos dentro das mangas da veste.

Anders enfiou a mão dentro da própria veste e tirou um pequeno frasco de líquido claro e sem cor. Passou o frasco de uma mão para a outra, pensativo, e comentou:

— A rainha parece confiar em você. Eu vi você passar o pão para ela no jantar. A bebida também passa pelas suas mãos?

Tyler assentiu, desajeitado. Seu rosto estava gelado.

— Chá.

— Clava não deve considerar você uma ameaça, senão jamais toleraria isso.

O Santo Padre estendeu o frasco. Parecia leve na mão dele, quase oleoso, e Tyler olhou sem esboçar reação, incapaz de aceitar.

— Não vou insultar sua inteligência, Tyler, explicando o que você tem que fazer com isso. Mas quero que aconteça dentro de um mês. Se não, você vai me ver encharcar cada um dos seus livros em óleo e acender um fósforo. Farei isso pessoalmente, nos degraus da frente do Arvath, e vou fazer você assistir.

Tyler procurou uma resposta à altura, mas não havia nada, só a pilha de páginas rasgadas no chão.

— Pegue, Tyler.

Ele aceitou o frasco.

— Venha comigo — ordenou o Santo Padre, abrindo a porta. Tyler pegou as muletas e se adiantou. Vários irmãos e padres estavam com as portas abertas, e ficaram olhando para Tyler quando ele passou, seguindo o Santo Padre pelo corredor até a escada. Tyler sentiu os olhares, mas não os viu, a mente totalmente vazia. Parecia importante não pensar nos livros, e isso queria dizer não pensar em nada.

No final do corredor, eles saíram no patamar da escada. Tyler tentou manter o olhar grudado no chão, mas no último segundo não pôde deixar de olhar para a frente. Seth estava ali, sentado no banquinho, como tinha feito todos os dias nas duas semanas anteriores, as pernas bem abertas para exibir a área ferida. O ferimento havia sido cauterizado e costurado, mas o que sobrou era quase pior, um remendo de pele vermelha, queimada e remendada. Linhas rosadas se projetavam pelas coxas dele, indicando o início de uma infecção. Pendurada no pescoço dele havia uma placa com uma palavra rabiscada:

ABOMINAÇÃO

Seth encarava o corredor com a expressão vazia, o olhar tão fixo que Tyler se perguntou se estaria sob o efeito de narcóticos. Mas não, matar a dor também mataria o sentido da lição, não é? Na primeira semana, os gemidos de Seth foram audíveis por todo o corredor, e nenhum dos padres dormiu por dias.

Tyler fechou os olhos e então, misericordiosamente, os dois passaram por Seth e desceram a escada. Anders começou a falar de novo, a voz alta o suficiente para chegar a Tyler, mas não até o irmão Jennings, que andava silenciosamente alguns metros atrás.

— Não me passa despercebido, Tyler, que essa talvez seja uma tarefa ingrata para você. E toda tarefa ingrata exige não só punição pelo fracasso, mas recompensa pelo sucesso.

Tyler o seguiu sem falar nada, ainda tentando afastar a imagem de Seth da cabeça. A tal recompensa do Santo Padre não o animou nem um pouco; em sua infância, Tyler viu cães treinados da mesma forma para a rinha. Quando um animal apanhava o bastante, passava a trabalhar só para não apanhar e se considerava recompensado. O statu quo podia mudar a qualquer momento.

Meus livros.

O entorpecimento passou um pouco, e Tyler sentiu a dor, esperando, como água gelada sob gelo fino. Concentrou-se em andar, sentindo cada passo como uma dor única. O antigo Santo Padre sempre usou o elevador para se transportar entre os andares, mas Anders raramente fazia isso. Parecia gostar de exibir a boa forma física, e agora também estava apreciando o desconforto dele. A artrite tinha dado as caras, fazendo o quadril de Tyler latejar com infelicidade. A perna quebrada rosnava a cada passo, apesar de Tyler tomar o cuidado de não deixar que esbarrasse no chão. Ele se concentrava em cada um desses desconfortos, quase apreciativo, dores fáceis que eram totalmente físicas.

Depois de infinitos lances de escada, eles chegaram ao térreo e continuaram descendo para o porão do Arvath. Tyler nunca tinha ido ao porão, que era apenas um lugar de descanso para Santos Padres falecidos. Ninguém ia lá exceto pelos dois irmãos infelizes que tinham como dever manter as criptas livres de insetos e ratos. Esses dois homens, que ele não conhecia, ficaram de pé e fizeram uma reverência quando o Santo Padre entrou, Tyler logo atrás como um fantasma.

Anders pegou a tocha que um dos jovens ofereceu e levou Tyler para a área das tumbas. Ali era frio de gelar os ossos, e Tyler tremeu na veste leve. Eles passaram pela entrada de muitas criptas, decoradas com arcos de pedra que se assomavam pelos dois lados. Os cadáveres dos Santos Padres eram sempre embalsamados antes de serem levados para a cripta, mas Tyler ainda achava que conseguia sentir o cheiro da morte no local. Brevemente, perguntou-se se Anders o levou até ali para matá-lo, mas descartou a ideia. Ele era necessário.

Deus, por favor, me mostre a saída.

As criptas ficaram para trás agora. À frente, só havia uma porta grande de pedra, coberta por uma camada de poeira. Quando eles chegaram ali, Anders exibiu uma chave de ferro.

— Olhe para mim, Tyler.

Tyler ergueu o rosto, mas descobriu que não conseguia encarar os olhos do outro homem. Então, fixou o olhar no alto do nariz de Anders.

— Sou a única pessoa com a chave dessa porta. Mas, se você se sair bem na tarefa, vou dá-la para você.

Anders abriu a porta, embora tenham sido necessárias várias voltas da chave. A porta gemeu com infelicidade quando o Santo Padre a empurrou; ninguém entrava ali havia muito tempo. O Santo Padre fez sinal para Tyler entrar, mas ele já sabia o que haveria ali, e quando a luz da tocha iluminou a sala, o desespero envolveu seu coração.

A sala estava cheia de livros. Alguém tinha construído estantes para eles, o tipo de mobília rústica que predominou após o Desembarque, quando até as ferramentas mais simples eram difíceis de encontrar. Tyler observou com impotência a sala: prateleiras e mais prateleiras de livros, milhares deles, até a parede mais distante.

Ele deu um passo à frente, sem conseguir se segurar, esticando a mão para tocar nos livros nas prateleiras. Alguns tinham capa de couro, outros de papel. Ninguém se deu ao trabalho de organizá-los; títulos e autores foram reunidos de forma desordenada, empilhados horizontalmente nas prateleiras. Tudo estava coberto com uma camada grossa de pó. A visão fez o coração de Tyler doer.

— Tyler.

Ele levou um susto. Por um momento, tinha esquecido que o Santo Padre estava ali.

— Se você obtiver sucesso — disse o Santo Padre suavemente —, além de ganhar a chave desta sala, vai se tornar o primeiro bibliotecário do Arvath. Vai deixar de ser o padre da Fortaleza, e vou tirar de você todos os seus outros deveres. Ninguém vai incomodá-lo. Sua única tarefa vai ser viver aqui e cuidar dos livros.

Tyler observou a sala, respirando o odor de papel velho. Podia passar o resto da vida ali e não ler o mesmo livro duas vezes.

— O veneno tem efeito lento — continuou o Santo Padre. — Vai demorar duas ou três horas para a rainha exibir os primeiros sintomas. Essa vai ser a sua chance de voltar para o Arvath.

— Eles vão vir atrás de mim. Clava virá.

— Talvez. Mas nem Clava ousaria tirar você do Arvath sem minha permissão. Você viu como tiveram que atrair Matthew para a Fortaleza. Talvez você nunca mais possa sair do Arvath novamente, mas, desde que consiga voltar, vai estar protegido de qualquer reprimenda, e pode viver o resto da sua vida aqui, entre os livros.

Pensando na capacidade incrível de Clava de aparecer e desaparecer por paredes conforme sua vontade, Tyler quase sorriu. O guarda da rainha o encontraria aonde quer que ele fosse, mas Tyler não se deu ao trabalho de corrigir o Santo Padre. Ele se perguntou o que a rainha Kelsea diria se pudesse ver aquela sala.

— O que vai acontecer depois que ela morrer? — perguntou ele, surpreendendo a si mesmo.

— Vai haver um pouco de briga, certamente, mas toda a região tear vai acabar se tornando um protetorado mort.

Tyler piscou.

— A Rainha Vermelha é famosa por ser ateia. Não vai ser pior para a Igreja?

— Não. — Um sorriso dançou nos cantos da boca de Anders. — Tudo já está planejado.

Péssimos aliados, pensou Tyler sentindo-se enjoado, relembrando as palavras de Clava.

— Minha perna ainda está fraca, Vossa Santidade. Eu gostaria de voltar ao meu quarto.

— Claro — respondeu Anders, o tom solícito. — Vamos agora mesmo.

Anders trancou a porta depois que saíram, e os dois seguiram lentamente entre as tumbas. A perna de Tyler doía tanto que ele agora estava sendo obrigado a mancar.

— Vamos de elevador para poupar sua perna.

Juntos, eles subiram na plataforma grossa de madeira ao lado da escada, e Anders assentiu para os dois padres que estavam a serviço ali.

— Aposentos dos irmãos.

Tyler se segurou na amurada, um pouco enjoado de novo quando o elevador começou a subir.

— Isso é um teste, Tyler — disse o Santo Padre. — Deus está testando sua fé, sua lealdade.

Tyler assentiu, mas se sentia perdido e confuso. Viveu no Arvath por toda a vida adulta, aquele era seu lar. Mas agora parecia um lugar desconhecido, repleto de perigos escondidos. Quando o elevador chegou ao alojamento, ele se afastou do Santo Padre sem dizer nada, passou por Seth e seguiu pelo corredor, sustentando os olhares fixos dos irmãos, e por Wyde, que estava esperando ao lado da porta de Tyler, os olhos baixos.

— Sinto muito — murmurou Wyde. — Eu não queria, Tyler, mas...

Tyler fechou a porta na cara dele e foi se sentar na cama. As paredes nuas pareciam encará-lo, e ele tentou ignorá-las, tentou orar. Mas não conseguia fugir da sensação de que ninguém estava ouvindo, de que a atenção de Deus estava em outro lugar. Finalmente, desistiu e pegou o pequeno frasco dentro da veste, rolando-o nas duas mãos, passando o polegar pela rolha. O líquido dentro era perfeitamente límpido; Tyler conseguia olhar direto através do frasco e ver uma imagem distorcida do quartinho ao redor, o quarto onde, não muito tempo antes, ele esperava viver com alegria pelo resto da vida. Ele pensou na biblioteca da rainha, na forma como o tempo parecia desaparecer quando Tyler se sentava lá, tudo derretendo até ele sentir que era parte de um mundo melhor. Não podia fazer o que o Santo Padre estava lhe pedindo, mas também não podia abandonar os livros. Parecia não haver saída.

Tyler se levantou e colocou a mão na parede, pressionando a palma na pedra branca. Não iria encontrar ajuda nas orações, ele percebia agora, e também não podia esperar por um milagre. Deus não escolheria Tyler. Se queria salvação, teria que se salvar sozinho.

— Isso é inútil — resmungou Clava.

— Você acha todas as minhas tarefas inúteis, Lazarus. Isso não me surpreende.

Eles estavam andando quase na completa escuridão por um dos muitos túneis de Clava que pareciam se espalhar pela Fortaleza. A única iluminação vinha da tocha carregada pelo padre Tyler, que mancava ao lado de Pen. Na luz âmbar suave, o rosto do padre estava mais pálido que nunca. Kelsea perguntou a Clava o que estava acontecendo no Arvath para deixar o padre Tyler tão infeliz, mas Clava, sendo Clava, se recusou a dizer, comentando apenas que o novo Santo Padre era bem pior que o anterior.

Foi o padre Tyler que enviou Kelsea naquela pequena excursão. A visão de William Tear a deixou em uma espécie de frenesi, e na semana anterior ela revirou toda a biblioteca de Carlin, determinada a encontrar alguma informação sobre Lily Mayhew, sobre Greg Mayhew, sobre Dorian Rice ou sobre qualquer uma daquelas pessoas. Quando o padre Tyler chegou naquela manhã, Kelsea estava sentada no chão da biblioteca, em uma mistura de insônia e fracasso, cercada pelos livros de Carlin, e se agarrou ao padre como último recurso. Havia alguma história escrita sobre os anos logo após a Travessia, sobre a vida de William Tear? Não houve publicação nenhuma depois da Travessia, ela sabia, mas talvez houvesse algum manuscrito? Alguém devia ter escrito um diário, pelo menos.

O padre Tyler balançou a cabeça, lamentando. Muitos da geração original de utópicos realmente escreveram diários, mas, no período das trevas que se sucedeu após o assassinato de Tear, a maioria desapareceu. Vários fragmentos foram preservados no Arvath, e o padre Tyler os viu, mas relatavam problemas diários de sobrevivência: a falta de comida, o trabalho de construir a nova cidade que um dia se tornaria Nova Londres. A maior parte do conhecimento do padre Tyler sobre a Travessia era baseada em histórias orais, o mesmo folclore que se espalhava pelo resto de Tearling. Nenhum manuscrito sobreviveu.

— Mas tem uma coisa, Majestade — comentou Tyler depois de pensar por um momento. — O padre Timpany contava histórias sobre uma galeria de retratos em algum dos andares baixos da Fortaleza. O regente visitava a galeria de tempos em tempos, e Timpany disse que havia um retrato de William Tear lá.

— Por que meu tio visitaria um retrato em uma galeria?

— É a galeria dos seus ancestrais, Majestade. Timpany dizia que quando o regente ficava bêbado, ele gostava de descer e gritar com o retrato da sua avó.

Acontece que Clava sabia exatamente onde ficava a galeria: dois andares abaixo, perto da lavanderia. Quando estavam descendo uma escadaria em espiral, Kelsea conseguiu ouvir as vozes de muitas pessoas através das paredes. Apesar de ter sua lavanderia pessoal (Clava, que se preocupava com veneno por contato, insistiu nisso), Kelsea manteve a lavanderia da Fortaleza aberta, mandando o resto dos lençóis da Ala da Rainha para lá. A Fortaleza de seu tio era cheia de serviços desnecessários, mas Kelsea não conseguia deixar tanta gente desempregada. Ela despediu os piores criados da Fortaleza, as massagistas e as acompanhantes, aqueles que ela não queria ter na folha de pagamento. Mas tentou arrumar serviço para todo o resto. No pé da escada, não conseguia ver além do círculo pequeno e fraco da luz da tocha que os cercava, mas sentia o que parecia um espaço amplo e vazio acima da cabeça.

— Quem construiu todos esses túneis?

— Fazem parte da arquitetura original, Lady. Há passagens escondidas desde o alto da Fortaleza até as profundezas dos calabouços. Várias passagens também se estendem à cidade.

A menção aos calabouços fez Kelsea se lembrar de Thorne, que estava agora em uma cela especialmente construída para ele vários andares acima. Kelsea não queria deixá-lo no calabouço da Fortaleza, nem com Elston ficando de guarda o tempo todo ao seu lado. Também achava melhor que Thorne ficasse separado da albina, Brenna. Assim, ficou isolado, exceto por um Elston exultante em frente às barras da cela dele. Kelsea não sabia o que fazer com Thorne. Devia mandá-lo a julgamento? Nas últimas seis semanas, Kelsea e Arliss converteram silenciosamente o Departamento de Censo em uma agência de coleta de impostos, mas também estavam tirando os homens honestos do departamento e deixando-os responsáveis pelo Judiciário. A criação de um sistema judiciário era lenta; Tearling tinha poucas leis e nenhuma estava reunida em um código. Desde que os mort chegaram às fronteiras, Kelsea tinha pouco tempo para dedicar a essa tarefa, mas, a pedido dela, Arliss foi em frente, e agora Nova Londres tinha cinco tribunais públicos, onde qualquer um podia fazer uma petição para um juiz pedindo que resolvesse agravos. A Coroa podia processar Arlen Thorne em um tribunal público, mas e se ele fosse absolvido? Juiz ou júri, qualquer um dos dois podia ser comprado. Por outro lado, mesmo se a culpa de Thorne fosse questionável, muitos jurados o condenariam independentemente das provas. Depois do regente, Thorne era a figura mais odiada dos tear. Não havia sentido real para um julgamento, mas Kelsea sentia que devia haver um mesmo assim.

Clava queria Thorne morto. O sujeito era tão universalmente odiado que ninguém protestaria contra uma execução rápida, principalmente se Kelsea tornasse a execução pública. Ela via a sabedoria no conselho de Clava; um gesto desses conquistaria o apoio incondicional de qualquer um que tivesse visto um ente querido sendo enviado na remessa. Nem o Arvath protestava contra a pena capital atualmente, e Kelsea não tinha problema nenhum com isso. Mas alguma coisa nela exigia um julgamento, nem que só de fachada, alguma coisa que legitimasse o ato. Mas havia um precedente legal para execuções sumárias: se fosse possível acreditar no folclore do padre Tyler, William Tear as praticou, até fez uma com as próprias mãos.

E eu também, pensou Kelsea, fria de repente. Em pensamento, ela viu sangue, denso e quente, jorrando na mão direita e pingando no antebraço. Para o resto do mundo, Mhurn fora apenas uma fatalidade da Batalha do Argive. Clava permitiu que essa história se espalhasse, mas Kelsea e sua Guarda sabiam a verdade, e por mais que ela tentasse afastar o assunto da mente, a imagem ficava voltando: a mão que desferira o golpe banhada de sangue. Parecia tão importante Thorne ter um julgamento.

— Cubra os olhos, Lady.

Kelsea fechou os olhos quando a luz do dia surgiu na escuridão à frente. Ela passou por uma das passagens secretas de Clava e se viu em uma sala comprida e estreita com teto alto. A luz vinha de uma série de janelas na parede mais distante. Ao olhar pelas janelas, Kelsea viu que eles estavam na ponta ocidental extrema da Fortaleza; lá fora, viu as primeiras colinas da cidade e o fundo castanho das montanhas Clayton.

— Aqui, Majestade! — anunciou o padre Tyler da extremidade do corredor.

Kelsea se virou e viu que a parede por onde eles tinham passado era coberta de retratos. Ocupavam o comprimento da galeria nas duas direções. O padre Tyler tinha ido até o retrato mais distante e apoiado a mão na base da moldura, onde havia uma placa de madeira entalhada. O retrato mostrava o homem que ela vira em sua visão: um homem alto e severo com cabelo louro cortado bem curto, o rosto com linhas duras. O coração de Kelsea deu um salto. Sabia que suas visões eram reais, claro, mas ainda era um enorme alívio ter uma prova empírica.

— William Tear — anunciou o padre Tyler, colocando a tocha no suporte vazio na parede. A luz do sol estava tão intensa ali que não havia necessidade de fogo. — A placa diz que o quadro foi pintado cinco anos após a Travessia.

Kelsea chegou mais perto e olhou para o primeiro rei tear. Ele estava em frente a uma lareira, mas não era grandiosa como as lareiras que abundavam a Fortaleza, mais sim como a do chalé onde ela tinha crescido. O artista não tinha conseguido disfarçar a irritação de Tear por ter que ficar parado; sua expressão indicava extrema impaciência. O retrato devia ter sido ideia de outra pessoa. Vagamente, ao fundo, Kelsea vislumbrou uma prateleira cheia de livros, mas uma camada grossa de sujeira tinha se acumulado na superfície do retrato, e ela não conseguia identificar os títulos.

— Quero que um criado da Fortaleza limpe isso — disse ela para Clava. — Eles têm tempo demais nas mãos.

Clava assentiu, e Kelsea seguiu para o retrato seguinte: um jovem louro mal saído da adolescência. Era bonito, mas, mesmo com as camadas de poeira, Kelsea conseguia ver a preocupação em seus olhos. Ela passou os dedos pela moldura em busca de uma placa, e a encontrou também coberta de poeira. Poliu-a com o polegar, limpou a sujeira na saia e se inclinou para ler o entalhe.

— Jonathan Tear.

— Jonathan, o Bondoso — murmurou o padre Tyler ao lado dela.

No peito de Jonathan Tear, Kelsea viu uma safira, uma das dela, pendurada na corrente. Olhou rapidamente para o retrato de William Tear. Ele não usava joia alguma, pelo menos que Kelsea pudesse ver. Havia um espaço amplo entre os retratos de William e Jonathan, amplo o bastante para Kelsea se perguntar se já tinha havido outro retrato ali.

— Quem foi a mãe de Jonathan Tear?

O padre Tyler balançou a cabeça.

— Isso eu não sei, Majestade. William Tear não teve rainha; a lenda diz que ele não acreditava em casamento. Mas não há registro de qualquer dúvida de que Jonathan, o Bondoso, fosse filho dele. A semelhança é notória.

— Com que Jonathan estava tão preocupado, na sua opinião?

— Talvez tivesse medo da morte, Lady — respondeu Coryn atrás dela. — Ele tinha vinte anos quando foi assassinado. Esse retrato não deve ter sido feito mais do que dois anos antes.

— Quem o matou?

— Ninguém sabe, mas passaram pela Guarda de Tear. O momento mais sombrio da nossa história, que...

Coryn se interrompeu de repente, e ela soube que ele estava pensando em Mhurn. Barty tinha dito a mesma coisa sobre o assassinato de Tear: a guarda falhou. Lamentando o desconforto de Coryn, Kelsea engoliu o resto das perguntas sobre Jonathan Tear e seguiu para o retrato seguinte: uma mulher de expressão inocente com uma bela cabeleira castanho-avermelhada que caía sobre os ombros como um rio, escorrendo como filetes pelas costas. Sorria beatificamente na tela. Kelsea verificou a placa: "Caitlyn Tear". Esposa de Jonathan Tear. Após o assassinato do marido, Caitlyn Tear foi caçada e morta. Apesar de a mulher no retrato estar morta havia muito tempo, longe de sofrer qualquer mal, o coração de Kelsea se apertou. Aquela mulher não parecia capaz de conceber nenhum mal, menos ainda sofrer dele.

O retrato seguinte fez Kelsea congelar. Ela reconheceria aquele homem em qualquer lugar: ele parou na frente da lareira dela duas semanas antes, o homem mais bonito do mundo. Estava sentado no trono tear — o encosto entalhado de forma elaborada era inconfundível — dando um sorriso charmoso de político. Mas os olhos âmbar eram frios, e, pelo truque exótico do artista, pareciam seguir Kelsea para onde quer que ela fosse. Com cuidado, ela tateou pelas beiradas da moldura, mas não havia nada, só uma marca estranha na madeira que sugeria que a placa, se é que existiu, tinha sido arrancada muito tempo antes. Ela se perguntou sobre a presença do homem bonito nessa galeria de realeza tear, mas não disse nada.

— Cara bonito — comentou Clava. — Mas não faço ideia de quem seja. Padre?

O padre Tyler balançou a cabeça.

— Ele não se parece com nenhum monarca Raleigh de quem eu tenha ouvido falar. Mas é excepcionalmente bonito; talvez tenha sido companheiro de uma das rainhas Raleigh. Várias nunca se casaram, mas todas produziram herdeiros. Elas tinham um bom olho para homens bonitos.

Kelsea escolheu aquele momento infeliz para encarar Pen e encontrou os olhos dele nela. A noite em que ele a rejeitou pairava entre os dois como um abismo, e Kelsea tinha a terrível sensação de que eles jamais voltariam à amizade fácil que tinham antes. Ela queria dizer alguma coisa para ele, mas havia gente demais por perto, e, depois de um momento, até o impulso de reconciliação sumiu. Os olhos do homem da lareira eram hipnóticos, mas Kelsea se afastou e foi para o retrato seguinte. Eles estavam nos Raleigh agora; todos os retratos tinham as placas intactas, e os entalhes foram ficando mais claros, menos gastos pela passagem do tempo, conforme Kelsea foi se aproximando dos dias atuais.

Todos os Raleigh usavam as safiras, as joias parecendo não mudar de um retrato para o seguinte. Eram os ancestrais de Kelsea, o sangue dela, mas ela os achava menos importantes do que os três Tear, menos majestosos. Carlin nunca admirou os Raleigh; talvez os preconceitos dela nesse assunto, assim como em tantas outras coisas, tivessem passado para Kelsea ao longo dos anos.

No décimo retrato, Kelsea deu de cara com uma mulher tão linda que era quase impossível descrevê-la. Tinha o mesmo cabelo louro e olhos verdes brilhantes das rainhas Raleigh, mas a pele do rosto era sedosa e impecável, e ela tinha o pescoço mais graciosamente proporcional que Kelsea já tinha visto em uma mulher. Diferentemente dos retratos anteriores, que se concentravam em uma pessoa de cada vez, esse também exibia uma criança, uma garota bonita de quase seis anos sentada no colo da mãe. E nesse retrato Kelsea reparou em uma nova diferença: a mulher usava uma safira e a criança usava outra. Kelsea se inclinou para ler a placa.

— Amanda Raleigh.

— Ah, a Rainha Bela! — O padre Tyler se aproximou e parou ao seu lado na frente do retrato. Os guardas de Kelsea, a maioria espalhada do outro lado da sala, meio entediados, também se aproximaram, olhando com avidez para o retrato. Kelsea sentiu uma irritação crescente, mas viu uma segunda criança no retrato, escondida atrás das saias da Rainha Bela. A garota era ainda mais nova que a criança no colo da rainha, talvez com três ou quatro anos apenas, mas já tinha cabelos pretos e expressão séria, e Kelsea se lembrou de repente de como era na infância, olhando para o próprio reflexo no lago atrás do chalé, no esplendor da Rainha Bela e da filha, a garota era fácil de passar despercebida, e Kelsea percebeu que devia ter sido uma escolha deliberada do artista: acentuar uma criança e obscurecer a outra.

— A Rainha Bela só teve uma filha, pelo que ouvi falar. Deve ser a rainha Elaine no colo dela. — Kelsea apontou para a garotinha encolhida atrás das saias da Rainha Bela. — E quem é essa?

Clava deu de ombros.

— Não faço ideia.

Padre Tyler observou a garota.

— Uma filha desfavorecida, esse é meu palpite. Amanda Raleigh era casada com Thomas Arness. Era pai de Elaine. Mas soube que Amanda não era fiel a Arness, e pode ter havido outros filhos. Filhos desfavorecidos às vezes apareciam em retratos reais da pré-Travessia, mas nunca em proeminência. Uma coisa cruel, na verdade, quase pior do que não incluí-los. — O padre Tyler observou o retrato por um momento antes de comentar: — Esse é o pior caso que já vi. A criança está completamente marginalizada.

Kelsea ficou olhando para a garotinha, sentindo dó. Diferentemente da garotinha sorridente no colo da Rainha Bela, a menina escondida tinha olhos escuros e infelizes. Não estava olhando para o artista, como as outras pessoas no retrato; estava olhando para a Rainha Bela, o olhar cheio de desejo pouco disfarçado. Kelsea sentiu vontade de chorar de repente e não sabia se era por causa da menina ou de si mesma.

No retrato seguinte, a criança no colo da Rainha Bela tinha crescido e tido uma filha. O entalhe as identificava como rainha Elaine e princesa Arla. Elaine não era tão bonita quanto a mãe, *Mas quem podia ser?*, pensou Kelsea com amargura. Mas lembrava Kelsea de alguém. Andalie? Não, pois apesar de aquela mulher ser morena, ela não tinha a beleza pálida e etérea de Andalie. A rainha Elaine não estava sorrindo para o artista; ela também parecia extremamente irritada de ter que posar para um retrato.

— Olhe aqui, Lady! — Dyer apontou para o rosto de Elaine. — Ela tem seu queixo teimoso!

— Hilário — murmurou Kelsea, mas não podia negar que havia uma similaridade, mesmo agora, quando tantas mudanças tinham acontecido em seu rosto. Antes de Dyer poder comentar sobre qualquer outra coisa, ela foi para o retrato seguinte.

Arla, a Justa, estava sentada no trono tear, sem nenhuma criança por perto, as duas safiras no pescoço e a coroa tear na cabeça. Fascinada, Kelsea olhou para a coroa, um círculo simples e elegante de prata com talvez quatro ou cinco safiras. Ela bateu o dedo na tela.

— Alguma sorte na busca dessa coisa, Lazarus?

— Ainda não, Lady.

Kelsea assentiu, decepcionada, mas não surpresa, e voltou a olhar para o retrato. A rainha Arla não era particularmente bonita, mas tinha uma beleza magnética que brilhava claramente na tela. Era bem mais velha que as outras mulheres Raleigh, e Kelsea lembrou-se de que a rainha Elaine tinha vivido muito, por isso a filha dela só foi coroada quando estava perto da meia-idade. Arla foi autocrata, e o retrato a mostrava assim, refletia uma determinação clara de querer as coisas feitas do jeito dela. O sorriso era tão satisfeito que era quase convencido, irradiando orgulho ao ponto da arrogância. Mas o orgulho acabou sendo a ruína de Arla.

Bárbaros nos muros, sussurrou a mente de Kelsea, *e ela os provocou, como você.*

Ela afastou o pensamento, foi rapidamente para o retrato seguinte, e se viu olhando para a mãe.

A rainha Elyssa não tinha a aparência que Kelsea tinha imaginado. Houve longos dias no chalé, dias solitários nos quais Carlin ficou com raiva dela, quando Kelsea se consolava imaginando a mulher fantasma que a gerou: uma mulher delicada e longilínea, como se saída de um conto dos irmãos Grimm. Mas a Elyssa do retrato não parecia nada frágil; era alta, mais alta que Kelsea, e irradiava saúde e riqueza, uma loura atraente com olhos verdes brilhantes. Estava ao lado de uma mesa simples e sem decoração, mas estava sorrindo, o sorriso relaxado de uma mulher sem nenhuma preocupação no mundo. Kelsea, que quase ficou satisfeita com essa versão da mãe, se viu focada no sorriso. Mesmo que o retrato tivesse sido pintado imediatamente depois de Elyssa assumir o trono, os mort já estariam abrindo caminho pelas terras tear. O Tratado Mort, o sorteio, essas coisas não podiam estar distantes, e a total falta de preocupação na expressão da mãe aumentou a determinação de Kelsea, a determinação de que ninguém fosse sofrer pelos erros dela.

— Lady — murmurou Clava.

— O quê?

— Não faz bem viver no passado. Já o futuro... é tudo.

Kelsea ficou irritada de Clava tê-la lido com tanta facilidade. Mas ela não viu julgamento no rosto dele, só a verdade nua e crua, e, depois de um momento, ela relaxou e deu de ombros.

— Mas às vezes a resposta para o futuro está no passado, Lazarus.

Clava se virou e gritou:

— Espalhem-se, todos vocês!

Os guardas de Kelsea se afastaram para todos os cantos da sala. Kelsea olhou para Clava, perplexa, mas ele só se aproximou e murmurou:

— É para lá que você vai à noite, Lady, nas suas andanças? Para o passado?

Kelsea engoliu em seco, mas uma coisa ficou entalada na garganta dela.

— O que o faz pensar que vou para algum lugar?

— Pen não viu naquela noite semana passada. Estava na porta da biblioteca. Mas eu estava ao seu lado, Lady. Você disse: "Tem um mundo melhor lá fora. Tão perto que quase podemos tocar". Conheço essas palavras; havia uma música sobre elas na aldeia onde cresci. Uma música sobre a Travessia.

— Eu estava sonâmbula.

Clava riu.

— Você é tão sonâmbula quanto a pequenina de Andalie, Lady. Eu a encontrei na sala de Arliss uma noite. Quando Arliss sai, aquela sala fica *sempre* trancada. Mas Glee entrou mesmo assim.

— Aonde você quer chegar, Lazarus?

— Naquela noite, por um minuto, logo antes de você sair do devaneio, você pareceu... se apagar.

— Apagar? — A palavra gelou Kelsea, mas ela deu uma risadinha fraca.

— Ria se quiser, Lady, mas sei o que vi. — Clava se inclinou para mais perto agora e baixou a voz a um sussurro: — Você já considerou, Lady, que pode ser melhor simplesmente jogá-las fora?

Kelsea ergueu a mão automaticamente e segurou as joias no punho fechado. Não sabia se ainda funcionavam, nem se alguma outra coisa a estava afetando agora. Mas tudo nela se rebelava contra a ideia de tirá-las.

Clava balançou a cabeça e deu um sorriso sofrido.

— Bom, valeu a tentativa.

— Olhe aqui, Lady! — anunciou Coryn, apontando para o retrato seguinte.

— Ah, pelo amor de Deus — murmurou Kelsea.

O rosto do tio sorria na parede: mais jovem que o homem que ela conheceu, mas inconfundivelmente Thomas Raleigh. Estava mais magro e o nariz não tinha o tom vermelho que adquiriria depois dos anos de bebedeira, mas o ar de soberba, a noção de ser um presente de Deus para o mundo, essas coisas emanavam da tela em ondas quase visíveis.

— Tirem esse absurdo daí! — disparou Kelsea. — Ele não é um monarca tear nem nunca foi. Livrem-se disso.

— Eu cuido disso, Lady — respondeu Clava. — Eu não tinha ideia de que ele tinha pendurado um retrato. Não venho aqui há anos.

— Ninguém usa essa galeria?

— Duvido. Olhe a poeira.

Kelsea voltou a olhar para o retrato da mãe. Mesmo que encontrasse uma solução para o pesadelo mort no horizonte, não ajudava em nada os cinquenta mil tear que já tinham ido para Mortmesne, o legado da mãe dela para o mundo. Era um problema familiar, e sem solução.

— Posso fazer uma pergunta, Lady? — perguntou Dyer.

— Claro.

— Eu queria saber se você decidiu o que fazer com o prisioneiro Javel.

— Vou libertá-lo, certamente, mas só quando tiver pensado em um jeito de impedi-lo de beber até a morte. — Kelsea deu as costas para os retratos para olhar para os cinco guardas de pé em frente às janelas ensolaradas como uma fileira de peças de xadrez. — Também não sei o que fazer com o garoto, o carcereiro. Ele merece uma recompensa, mas não sei o que poderia ser. Ele tem algum amigo, alguém que o conheça bem?

Coryn falou:

— Eu conheço um pouco o pai dele. O antigo carcereiro, aposentado agora. Posso perguntar.

— Faça isso. Não quero que a recompensa não tenha sentido. Eles nos deram um grande presente, tanto Ewen quanto Javel.

— E o que você vai fazer com o presente? — perguntou Pen. Era a primeira frase completa que Kelsea ouvia dele em dias, mas queria poder ignorá-lo. — O que vai acontecer com Thorne?

— Não sei.

— É melhor decidir logo, Lady — sugeriu Dyer. — O reino inteiro está pedindo o sangue dele.

— É, mas estão pedindo pelos motivos errados. Querem que ele sofra por causa dos anos dele como superintendente do Censo. Mas essa era uma posição do governo, e por pior que fossem, as ações de Thorne como superintendente eram autorizadas pela Regência. Não posso deixar uma lei ser invalidada devido à pressão pública. Se eu executar Thorne, tem que ser pelos crimes dele.

— Ele é culpado de traição, Lady.

— Mas não é esse o motivo para o reino todo fazer fila para vê-lo pendurado na forca.

Os cinco guardas ficaram olhando para ela, e Kelsea sentiu mais do que nunca como se estivesse em um tabuleiro de xadrez, um peão enfrentando cinco peças poderosas.

— Todos aqui concordam com a execução dele?

Eles assentiram, até Pen, que Kelsea secretamente achava que podia ser uma exceção.

— Vou tomar uma decisão em breve, mas ainda não. Eu prometi a Elston a diversão dele, sabem.

Deixando-os rindo, Kelsea voltou pela galeria para dar outra olhada no homem da lareira. Ele era ainda mais impressionante à luz do dia, e, apesar de o retrato ser velho, ele não havia envelhecido um único dia. Seus olhos a seguiram quando ela se aproximou, e mesmo Kelsea sabendo que era besteira, sentia como se ele realmente pudesse vê-la de longe.

— Tirem esse também — disse ela por fim. — Não sei quem ele é, mas não é um monarca. Esta parede não é lugar para ele.

— Devemos jogar fora?

— Não. Levem lá para cima. — Ela espiou entre os guardas até encontrar o padre Tyler, olhando pela janela. — Obrigada, padre. Este lugar é muito interessante.

— Sim, Lady — respondeu o padre, distraído, e seu olhar triste continuou fixo nas montanhas.

O que fizeram com ele?, perguntou-se Kelsea de novo. Seus olhos desceram até o gesso na perna. Ela ficou surpresa com seu instinto protetor pelo padre Tyler. Ele era um homem velho, que queria se sentar e ler livros e pensar no passado; parecia um crime qualquer um machucá-lo. Em várias manhãs ultimamente, Kelsea encontrou o padre Tyler dormindo no sofá favorito na biblioteca, como se não desejasse mais passar as noites no Arvath. O Santo Padre tinha feito alguma outra coisa com ele? Se tinha...

Pare, disse Kelsea para si mesma. Ela não podia tentar exercer autoridade sobre os funcionamentos internos do Arvath. Esse caminho só levaria ao desastre. Ela afastou a Igreja de Deus da mente, e, nesse momento, teve uma ideia, uma possível solução... não para o padre Tyler, mas para outro problema.

— Lazarus? Alguém na Guarda sabe falar mort?

Clava piscou, surpreso.

— Kibb, Dyer e Galen, Lady. E eu.

— Algum deles fala bem o bastante para *se passar* por mort?

— Só Galen, na verdade. — Clava franziu a testa. — O que tem em mente?

— Nós vamos subir agora, mas não todos. Dois de vocês vão para o calabouço buscar Javel. Tentem acordá-lo um pouco.

Mas, uma hora depois, quando Javel entrou na Ala da Rainha, Kelsea ficou decepcionada de ver que a apatia anterior não havia desaparecido. Ele olhou ao redor sem interesse enquanto Coryn o escoltava até o pé da plataforma e ficou olhando para o chão. Onde estava o homem que atacou sozinho uma gaiola em chamas com um machado? Kelsea se perguntou se teria visto o verdadeiro Javel no dia que Thorne invadiu o calabouço. Ewen foi bem cauteloso ao falar sobre o que aconteceu lá embaixo, mas Clava finalmente arrancou a verdade dele: se Ewen não tivesse se intrometido, Javel teria surrado Thorne até a morte com as próprias mãos. Era esse homem que Kelsea queria ver.

Ela ficou satisfeita em reparar que Ewen não tinha colocado de volta os grilhões de Javel. Não havia necessidade de contenção; Javel só estava ali parado, de pé e deprimido como se esperando a própria execução.

— Javel.

Ele não levantou o rosto, só respondeu secamente:

— Majestade.

— Você me fez um grande serviço na captura de Arlen Thorne.

— Sim, Majestade. Obrigado.

— Está perdoado. Está livre para deixar a Fortaleza agora, a qualquer momento, e seguir seu caminho. Mas eu gostaria de pedir para que ficasse e ouvisse uma proposta.

— Que proposta?

— Eu soube que sua esposa foi para Mortmesne na remessa de seis anos atrás. Está correto?

— Está.

— Ela ainda está viva?

— Não sei — respondeu Javel com desânimo. — Thorne falou que sim. Disse que podia trazê-la de volta. Mas, agora, acho que era tudo mentira e que ela está morta.

— Por quê?

— Ela era uma mulher bonita, a minha Allie. Elas não duram muito.

Kelsea fez uma careta, mas seguiu em frente.

— Sua Allie era bonita e fraca, Javel? Ou era bonita e durona?

— Bem mais durona que eu, Lady, embora isso não seja muito.

— E mesmo assim você acha que ela não conseguiria sobreviver por seis anos em um prostíbulo mort?

Javel ergueu o rosto, e Kelsea ficou satisfeita de ver a raiva nos olhos dele.

— Por que diz essas coisas para mim, Lady? Quer piorar tudo?

— Eu queria ver se você ainda se importa com alguma coisa. Você acha que sua esposa ficaria feliz de ver você aqui, desse jeito?

— Isso é entre mim e ela. — Javel olhou ao redor e pareceu reparar em Coryn pela primeira vez. — Você disse que eu estava livre para ir embora.

— E está mesmo. A porta está atrás de você.

Javel se virou e saiu andando. Kelsea sentiu Clava se segurando ao lado dela, mas, para seu crédito, ficou quieto.

— O que você vai fazer agora, Javel? — gritou ela atrás dele.

— Procurar o bar mais próximo.

— É isso que sua esposa ia querer?

— Ela está morta.

— Você não sabe.

Javel continuou andando.

— Não quer descobrir?

Ele parou, a poucos metros da porta.

— Eu acabei com a remessa, Javel — continuou Kelsea, olhando para as costas dele e desejando que ele ficasse parado. — Nenhuma remessa vai sair deste país durante o meu reinado. Mas isso não conserta os erros do passado, os tear que já estão em Mortmesne. O que faço com todos eles, todos aqueles escravos? A resposta é clara: eu tenho que tirá-los de lá.

Javel ficou parado, mas Kelsea viu seus ombros subirem uma vez, um movimento involuntário.

— Lazarus acha que tenho outras coisas com que me preocupar — continuou ela, com um aceno para Clava —, e está certo. Meu povo está passando fome e não tem estudo. Não temos medicina de verdade. Na fronteira oriental há um exército que quer nos transformar em pó. São problemas reais, e por um tempo deixei os outros de lado. Mas é nisto em que Lazarus e eu discordamos um pouco. Ele acredita que evitar os erros do futuro é mais importante que corrigir os erros do passado.

— É verdade, Lady — murmurou Clava, e Kelsea lançou um sorriso rápido e dolorido para ele. Ela queria que o padre Tyler ainda estivesse presente; ele teria entendido. Mas já tinha voltado para o Arvath.

— Lazarus tem boas intenções, mas está enganado. Os erros do passado não são menos significativos, só são mais difíceis de consertar. E, quanto mais você os ignora a favor dos assuntos do presente, maior é esse dano, até que os problemas do passado acabam criando os problemas do futuro. E isso nos leva de volta à sua Allie.

Javel se virou, e Kelsea viu que os olhos dele estavam cheios de lágrimas.

— Vamos dizer, por questão de argumento, que sua esposa esteja viva, Javel. Vamos dizer que o pior aconteceu com ela em Mortmesne, a coisa mais terrível que sua imaginação consegue conjurar. Você ainda ia querê-la de volta?

— Claro que sim! — gritou Javel. — Você acha que foi fácil vê-la sendo levada naquela jaula? Eu faria qualquer coisa para mudar isso!

— Você não pode mudar. E, como não pode mudar, eu lhe pergunto de novo: você ainda a quer de volta?

— Quero.

— Então, eis minha proposta: você vai para Mortmesne com dois dos meus guardas. Vou armá-los e financiá-los. E, se você conseguir trazer Allie de volta, eu vou saber que pode ser feito.

Javel piscou, desconfiado.

— Eu não sou um lutador particularmente bom, Lady. Nem sei falar mort.

— E é um bêbado — comentou Dyer encostado à parede.

— Cale a boca, Dyer! — disparou Kelsea, pensando em Barty. Ela agora suspeitava que Barty tinha sido alcoólatra. Não havia como ter certeza, mas mil pequenas pistas estavam espalhadas pela sua infância. — Seu alcoolismo, Javel, não é minha principal preocupação. Eu quero uma pessoa comprometida com a tarefa.

— Eu só quero minha Allie de volta.

— É só isso que estou pedindo.

— Eu vou. — Os olhos de Javel brilharam... não com vida, ainda não, mas ao menos com propósito. — Não sei como pode dar certo, mas vou.

— Que bom. Tire alguns dias, bote as coisas em ordem. Lazarus vai manter contato.

O rosto de Javel se transformou; estava claro que ele queria sair naquele momento. Clava se adiantou e rosnou:

— Faça um favor a si mesmo, guarda do portão, e fique longe dos bares. Vai ser difícil mesmo de cabeça limpa.

— Eu posso fazer isso.

— Que bom. Devin, acompanhe-o até o portão.

Javel foi atrás do guarda pela porta com passos oscilantes, como se sem saber para onde estava indo.

— Você está louca, Lady — murmurou Clava. — Isso pode dar errado de tantas formas... não consigo nem listá-las. E você quer mandar dois dos meus melhores homens com aquele imbecil.

— Quando der errado, você pode chamar de loucura, Lazarus. Mas, quando der certo, todos vão reconhecer a genialidade do plano, e essa genialidade vai ser sua, pois estou colocando a operação inteira nas suas mãos. Não quero saber mais nada sobre ela.

— Agradeço a Deus pelos pequenos favores.

Kelsea sorriu, mas, quando a porta se fechou, ela se virou rapidamente.

— Dyer!

Ele se adiantou.

— Sua boca é uma boa fonte de diversão para mim. Mas isso não significa nada se você não aprender quando deixá-la fechada.

— Peço desculpas, Majestade.

— Você fala um mort passável, certo?

Dyer piscou.

— Falo, Lady. Meu sotaque não é maravilhoso, mas sou fluente. Por quê?

Kelsea olhou para Clava, que deu um aceno quase imperceptível. Dyer olhou para os dois por um momento e gemeu.

— Ah, Lady, não me diga...

— Você vai, meu amigo — disse Clava. — Você e Galen.

Dyer olhou para Kelsea, e ela ficou surpresa de ver mágoa de verdade nos olhos dele.

— Estou sendo punido, Lady?

— Claro que não. É um trabalho importante.

— Tirar uma única escrava de Mortmesne?

— Pense grande, seu idiota — rosnou Clava. — *Eu* estou enviando você para lá. Você acha mesmo que vai ter só uma tarefa?

Desta vez, foi Kelsea quem piscou de surpresa, mas se recuperou rapidamente. Se já estava olhando mais além, não era surpresa Clava estar fazendo o mesmo. A rebelião mort, tinha que ser; Clava a tinha transformado em um projeto particular no pouco tempo livre que tinha. Sob a direção dele, a Coroa já tinha enviado vários suprimentos para os rebeldes em Cite Marche.

— Peço desculpas, Majestade — disse Dyer.

— Aceitas. — Kelsea olhou para o relógio. — Já está na hora do jantar?

— Milla diz que vai sair em trinta minutos, Majestade! — gritou um novo homem da porta da cozinha.

— Me chame quando estiver pronto — disse Kelsea para Clava, levantando--se do trono. — Vocês me exauriram hoje.

No quarto, ela encontrou o retrato que eles tinham levado da galeria, agora encostado na parede ao lado da lareira. Kelsea o encarou por um longo momento, depois se virou para Pen.

— Saia.

— Lady...

— O quê?

Pen abriu as mãos.

— As coisas não podem ficar assim para sempre. Nós temos que deixar o que aconteceu no passado.

— Eu já deixei isso para trás!

— Não deixou. — Pen falou baixo, mas Kelsea conseguiu ouvir a raiva na voz dele.

— Foi um momento de fraqueza que não vai se repetir.

— Sou um guarda da rainha, Lady. Você precisa entender isso.

— Eu entendo que você é como todos os outros homens do mundo. Saia.

A respiração de Pen chiou pelos dentes trincados, e Kelsea ficou satisfeita de ver dor real nos olhos dele por um momento antes de ele se retirar para a antecâmara. Mas, assim que ele fechou a cortina, ela desabou na poltrona, arrependida do que disse. Foi uma oportunidade perfeita para consertar a situação, mas ela a jogou fora.

Por que tenho que ser tão infantil?

Quando ergueu o rosto, Kelsea teve um vislumbre do próprio reflexo no espelho e enrijeceu. Não era mais criança, o chão tinha se deslocado embaixo dela de novo. Uma mulher bonita e severa olhava para ela pelo espelho. Mesmo na luz fraca do fogo, Kelsea conseguia ver que suas maçãs do rosto estavam mais proeminentes; pareciam dar forma ao rosto dela, acentuando uma boca que tinha ficado carnuda.

Kelsea soltou uma gargalhada. Se tivesse uma fada madrinha em algum lugar, a velha devia ser senil, pois estava concedendo todos os desejos errados, os que menos importavam. O Tearling estava um caos e o exército mort tinha começado o ataque à fronteira, mas Kelsea ia ficando mais bonita a cada dia.

Talvez tenha sido isso que desejei, pensou ela, olhando no espelho. *Talvez seja isso que eu queira mais do que qualquer outra coisa.* Uma frase de um dos livros de Carlin voltou à sua mente: o sangue vai revelar. Kelsea pensou no retrato dois andares abaixo, na loura sorridente sem nenhuma preocupação no mundo além do próprio prazer, e teve vontade de gritar. Mas o rosto no espelho permaneceu sereno, misterioso, a ponto de aumentar a beleza.

— A Rainha Verdadeira — murmurou Kelsea com amargura, e ouviu sua voz falhar. Seu reflexo ficou manchado por um momento, tornou-se indistinto. Ela piscou, confusa, e se viu sumindo, aquele sentimento curioso de diversidade incipiente, de virar outra pessoa, que já tinha vivenciado antes. Podia chamar Pen, avisar que uma das visões estava para começar, mas a humilhação a dominou, e, por um momento, não conseguiu encontrar a voz. O poder dessa lembrança em particular não pareceu sumir com a passagem do tempo; a qualquer momento, podia subir como a maré, cobrindo Kelsea e a afogando em um oceano de vergonha. Por que ela devia contar a Pen o que estava a caminho? Seria bem feito para ele se ela desse de cara com a parede ou com um móvel, se ela se machucasse durante sua vigília.

Você está sendo totalmente infantil. Não são problemas reais. Lily *tem problemas reais.* O Tearling *tem problemas reais. Seus dramas ridículos não estão nem no mapa.*

Kelsea tentou calar essa voz, mas ela estava certa demais para ignorar, e por um momento odiou seu lado sensato, esse cerne pragmático que não permitia mais nem que ela se desse ao luxo de dar um chilique. O quarto sumiu ao redor dela, ondulando, e Kelsea achou maravilhoso quanto os dois mundos pareciam estar próximos. A vida de Lily e a dela... às vezes, parecia que estavam uma ao lado da outra, perfeitamente alinhadas... como se Kelsea pudesse dar um passo e simplesmente estar em um horário diferente, na América que sumiu.

— Pen!

Ele apareceu momentos depois, o rosto rígido.

— Estou indo — murmurou Kelsea.

O quarto estava sumindo agora, e quando Pen se aproximou, ela viu que ele também estava sumindo, a ponto de ela poder olhar através dele para um quarto iluminado pelo sol.

— Está tudo bem, Lady — murmurou Pen. — Não vou deixar você cair.

O toque dele no braço dela foi bom, forte e reconfortante, mas Kelsea sentiu que, com o tempo, até isso sumiria.

Row Finn

A administração Frewell gostava de propor a ficção antiga de que as mulheres eram criaturas frágeis e indecisas, que precisavam desesperadamente de lares e maridos que lhes dessem estrutura e orientação. Mas até mesmo o mais superficial vislumbre do final da pré-Travessia sugere o oposto. As mulheres americanas eram extremamente versáteis naquela época; tinham que ser, para sobreviver em um mundo que as valorizava apenas por uma coisa. De fato, muitas mulheres foram obrigadas a ter vidas secretas, vidas sobre as quais sabemos bem pouco e sobre as quais os maridos certamente não sabiam nada.

— *A noite sombria dos Estados Unidos*, GLEE DELAMERE

Depois de dois dias, Lily ficou sem livros. Dorian era uma leitora voraz e devorou os livros secretos como um relâmpago. Lily ofereceu seu leitor de bolso, mas Dorian o dispensou com um gesto de desprezo.

— Todos esses livros são editados e purificados. Eu trabalhei por um tempo em uma fábrica de SmartBook, e o pessoal do governo estava por toda parte, editando o conteúdo. Prefiro os livros em papel; são mais difíceis de alterar depois da publicação. No mundo melhor, não vai haver nenhum eletrônico.

O mundo melhor. Lily achava que era só um slogan, uma coisa que o Blue Horizon usava para fazer seus atos parecerem mais inócuos. Mas agora estava na dúvida. O cara inglês alto, o tal Tear, parecia ter certeza de que era real.

— Não existe mundo melhor.

— Vai existir — respondeu Dorian calmamente. — Está perto agora... tão perto que quase podemos tocar.

Foi a mesma coisa que Tear dissera. As palavras tinham um ar de retórica religiosa, mas Dorian parecia pragmática demais para isso. Aliás, Tear também.

Nos dois últimos dias, Lily fez várias pesquisas na internet, mas as informações eram esparsas. Havia um registro de nascimento de um William Tear de Southport, na Inglaterra, em 2046, e onze anos antes um William Tear ganhou uma medalha por heroísmo no Serviço Aéreo Especial. Lily tinha suposto que o Serviço Aéreo Especial era a versão britânica da antiga Força Aérea Americana, mas, depois de pesquisar um pouco, descobriu que a análoga americana ao SAS era na verdade os SEALS. Agora, tinha certeza de que havia encontrado o homem certo. Tinha conhecido muitos militares através de Greg, e os homens sempre projetavam um ar de invencibilidade. Tear passou a mesma impressão, mas combinada com outra coisa, uma coisa próxima da onisciência. Por alguns momentos insanos no quarto do bebê, Lily teve certeza de que ele sabia tudo a respeito dela.

Não havia nenhuma outra informação sobre Tear, o que parecia impossível. Lily conseguia pesquisar as receitas médicas das amigas (ao menos as legais), as genealogias, os registros médicos, as declarações de imposto de renda e até a sequência do DNA, se tivesse vontade. Mas William Tear nasceu, serviu nas forças especiais britânicas e só. O resto da vida dele era uma incógnita. Quando pesquisou Dorian Rice, encontrou a mesma coisa. Os resultados exibiram inúmeros artigos, mas todos foram publicados recentemente e falavam da explosão na base aérea. Greg tinha dito que Dorian fugiu da Unidade Correcional para Mulheres do Bronx, mas ela não conseguiu encontrar o registro da prisão. Não havia menção à família de Dorian nem certidão de nascimento. Parecia que alguém tinha apagado Dorian e Tear da história. Mas só a Segurança tinha poder de tirar coisas da rede; os dias em que cidadãos podiam editar as próprias informações se foram com a promulgação do Ato de Poderes Emergenciais.

Lily desejava perguntar a Dorian sobre ela, mas não queria que a garota soubesse que ela tinha xeretado. Dorian tinha parado de tomar sustos por qualquer coisinha, mas ainda exibia uma paranoia estranha que ia e vinha. Não queria falar sobre William Tear; sempre que Lily o mencionava, Dorian falava com rispidez "Nada de nomes!", fazendo Lily sentir como se tivesse falado uma blasfêmia. Dorian conseguia se sentar agora, atravessar o quartinho, mas ainda ficava paralisada sempre que o telefone tocava, e não gostava de ser tocada. Insistia em aplicar as próprias injeções.

Tear não era o único tópico proibido. Quando se tratava do mundo melhor, Dorian ficava irritantemente evasiva, dando respostas vagas e sem informação verdadeira. Lily não conseguia saber se estava escondendo alguma coisa; talvez os seguidores de Tear também não entendessem o mundo melhor, talvez também estivessem no escuro. Mas Lily estava desesperada para saber. A visão que teve naquela noite com Tear voltava a sua mente: um campo amplo e aberto, coberto de trigo e cortado pela linha sinuosa e azul de um rio. Sem guardas, sem muros e sem pontos de verificação, só pequenas casas de madeira, pessoas andando livremente, crianças correndo em meio ao trigo.

— Quando chega esse mundo melhor? — perguntou Lily.

— Não sei — respondeu Dorian. — Mas acho que não está muito distante agora.

No domingo, Lily teve que deixar Dorian sozinha para ir à igreja e passou a missa toda agitada. Mal ouviu o sermão do padre sobre os pecados da mulher sem filhos, embora, como sempre, o padre olhasse diretamente para ela e para as outras delinquentes da congregação. Greg apoiou a mão nas costas de Lily, tentando transmitir solidariedade, mas o brilho alegre nos olhos dele a deixou inquieta. Greg estava planejando alguma coisa, era certo, e não podia ser nada de bom. Por um breve momento, Lily se perguntou se ele estava planejando se divorciar dela; mesmo depois das Leis Frewell, o governo ainda aliviava as coisas para executivos ricos que queriam se livrar de esposas estéreis. Mas Lily estava começando a perceber agora algo que nunca tinha percebido antes: para Greg, ela era uma propriedade, e Greg não era homem de abrir mão de suas propriedades, nem se estivesse danificada. Lily se perguntou se as coisas mudariam um dia, quando ela se tornasse irreparavelmente sem filhos.

Pensamentos alegres, sua cagona, sussurrou Maddy, e Lily piscou. Desde que Dorian pulou o muro e caiu no seu quintal, parecia que Maddy estava em todo lugar, sempre pronta para oferecer sua opinião. E raramente era alguma coisa que Lily quisesse ouvir.

Depois da igreja, Greg instruiu o motorista, Phil, a levá-los ao clube. Eles sempre almoçavam no clube aos domingos, mas Lily desejava poder pedir para não ir. A ideia da companhia dos amigos era quase insuportável hoje. Lily queria voltar para o quarto do bebê com Dorian, tentar desvendar o mistério do mundo melhor.

Quando eles saíram do estacionamento da igreja, Greg apertou o botão que erguia a divisória, isolando Phil. Lily ficou alarmada ao ver os olhos dele brilharem de empolgação.

— Encontrei um médico.

— Um médico... — repetiu Lily com cautela.

— Não é barato, mas tem licença e está disposto a fazer.

— Fazer o quê?

— Implantar.

Por um momento, Lily não teve ideia do que ele estava falando. A palavra *implantar* a fazia pensar nos implantes, e sua mente foi automaticamente para a identificação no ombro. Mas não, Greg estava falando de outra coisa. Uma ideia horrível surgiu na mente de Lily, e ela se encolheu por causa dela... mas também soube que era exatamente o que Greg queria dizer.

— Inseminação artificial?

— Claro! — Greg segurou a mão dela e se inclinou para a frente. — Escute só. O médico disse que pode usar meu esperma e fertilizar os óvulos de outra mulher. Você vai ter o bebê e ninguém precisa saber.

A mente de Lily ficou em branco. Por um momento, ela pensou em abrir a porta, sair com o carro ainda em movimento e fugir para... onde?

— E se não forem meus óvulos o problema?

Greg franziu a testa, e o lábio inferior se projetou uma fração de centímetro. Ele esperava que a ideia fosse recebida com entusiasmo, Lily via agora, e o desprezo absoluto que sentia por ele desde a noite da chegada de Dorian (*do estupro*, lembrou Maddy) pareceu se multiplicar e supurar dentro dela. Greg achava que tinha tido uma grande ideia: que obrigar Lily a implantar os óvulos de outra mulher em seu útero fosse parecer uma solução divina. E, pela primeira vez, Lily se perguntou se Greg entendia que a tinha estuprado. Depois de Frewell, era quase impossível provar um estupro, e estupro marital não ia a julgamento havia anos. O que consentimento significava para Greg? A maior parte da educação sexual dele parecia ter vindo do pai e dos amigos da fraternidade, e nenhum deles lhe fizera favor algum.

Lily limpou a garganta, e as palavras saíram de sua boca com algum esforço. Seria bem mais fácil ficar em silêncio, mas ela tinha que saber.

— Naquela noite...

— Desculpe, Lil. — Greg segurou a mão dela e a interrompeu. — Eu não pretendia descontar em você. Mesmo sem a bomba, o trabalho anda muito ruim ultimamente.

— Você me estuprou.

A boca de Greg se abriu, e uma expressão de surpresa tão grande surgiu no rosto dele que Lily percebeu que estava certa: ele não sabia. Ela virou o rosto e olhou pela janela. Eles estavam passando pelo grande arco de pedra do Country Clube de Nova Canaã, e, depois, o verde amplo dos campos de golfe se espalhava até quase o horizonte. Greg limpou a garganta, e Lily soube o que viria antes mesmo de ele responder:

— Você é minha esposa.

Antes que pudesse se segurar, ela riu. O rosto de Greg ficou sombrio, mas ele não sabia que Lily não estava rindo dele, mas sim dela mesma. O merda do Frewell também a convenceu, porque até poucas noites antes ela realmente acreditava que o casamento transformava os homens em pessoas melhores, em protetores. Mas o casamento não mudava ninguém. Lily se casou com um homem modelado pelo pai dele, o mesmo pai que passou a mão na bunda de Lily no ensaio do jantar de casamento e perguntou se podia ficar com o primeiro pedaço do bolo. Ela estava realmente surpresa de o casamento deles ter ido parar ali? Podia mesmo reclamar?

A identificação, Lil, sussurrou Maddy, e estava certa. A identificação era o grande equalizador. Lily não podia fugir, pois, para onde quer que fosse, nem todo o dinheiro do mundo impediria que Greg a encontrasse, e a Segurança não ia levantar um dedo para impedi-lo de levá-la de volta para casa; fariam tudo possível para ajudar um dos deles.

O carro parou na entrada do clube, e Lily sentiu o alívio de Greg com o fim da conversa. Uma frieza tinha se apossado de Lily agora, um olhar calculista quase gelado. Pela primeira vez, ela via que talvez tivesse problemas maiores do que o que aconteceu na outra noite. Ela sabia a pressão que Greg tinha que aguentar no trabalho por não ter filhos; estava atrapalhando o desenvolvimento da carreira. Mas tinha subestimado quanto Greg estava desesperado, até onde estava disposto a ir. Eles seguiram pela entrada enorme de mármore, uma construção que Lily costumava admirar, mas agora mal notava, a mente chegando a uma conclusão desagradável. A fertilização in vitro era ilegal desde que Lily estava no ensino fundamental, mas era um mercado negro movimentado entre casais ricos, que viam filhos adicionais como jeito fácil de conquistar as isenções fiscais de Frewell. Se Greg tinha encontrado um médico que fazia fertilização, esse médico seria capaz de perceber que Lily usava contraceptivos? Havia um jeito de tirar os hormônios do organismo? Ela não podia checar na internet; era o tipo de pesquisa que resultaria em uma visita da Segurança.

Por que você não diz para ele que não quer ter filhos?

Mas isso não era mais possível, se é que um dia já tinha sido. Ela dera pequenas dicas sobre isso para Greg por anos. Não era nada que ele fosse capaz de ouvir. E se a outra noite provou alguma coisa, era que o que Lily queria não tinha importância alguma. Ela teria que encontrar um jeito de contornar o problema do médico, assim como sempre contornou o sistema de vigilância em casa. Mas, no momento, não conseguia pensar em nada. Todos os anos de casamento, anos em que passou lutando, tentando fugir da forca... e agora, a corda parecia estar se apertando no pescoço dela. Lily estimava que tinha menos de um centímetro de espaço agora.

No restaurante, o maître os levou para a mesa, onde Lily viu vários amigos, os Palmer e Keith Thompson, já sentados. Lily não gostava da punhetagem coletiva que eram os almoços com os amigos de golfe de Greg e suas esposas, mas a presença deles pareceu uma bênção de repente, infinitamente melhor do que se sentar sozinha na frente de Greg. E Keith não era dos piores, definitivamente o melhor dentre os amigos de Greg. Ele nunca ficava olhando de forma lasciva para ela, nem passava a mão e nem lançava comentários ferinos sobre a incapacidade de Lily de engravidar. Era um homenzinho apressado que se tornou presidente da rede de mercados da família; o pai era o presidente do comitê. Em um dos jantares deles, Keith entrou muito embriagado na cozinha, onde Lily estava montando a sobremesa, e eles tiveram uma longa conversa, durante a qual ele confessou que estava apenas esperando que o pai morresse. Mas hoje só estava tomando água, e seu sorriso tenso anunciava o desprazer com os companheiros de almoço.

— Mayhew!

Mark Palmer se levantou, e Lily viu que ele já estava bêbado; as bochechas estavam rosadas, e ele precisou se segurar na beirada da mesa para se equilibrar. Michele, ao lado dele, também estava em outro mundo; os olhos estavam desfocados, e ela só assentiu quando Lily a cumprimentou e se sentou. Quando a Dow e a Pfizer se juntaram, a empresa que resultou ficou com Mark e demitiu Michele, mas ela ainda tinha amigos na linha de produção. Ela vendia analgésicos controlados para metade de Nova Canaã e tinha um bom lucro. Lily ainda sentia dor toda vez que se sentava, e por um momento ela considerou fazer negócios com Michele hoje, mas descartou a ideia. Estava escondendo uma terrorista no quarto do bebê, e Greg queria levá-la a um médico do mercado negro. Analgésicos deixariam Lily tão apática quanto Michele, a melhor cliente de si própria, e Lily não podia se dar a esse luxo. Mas elas ainda precisariam ir ao banheiro em algum momento, então Lily poderia devolver os livros de Michele e pedir mais.

Greg pediu uísque e lançou outro olhar ressentido para Lily quando o garçom se afastou. Ela o fez beber, aquele olhar dizia. Não havia introspecção no olhar de Greg; a palavra *estupro* parecia ter entrado por um ouvido e saído pelo outro. Lily se lembrou de repente de um dia vários anos antes, um fim de semana na faculdade em que eles foram de carro até a costa, sem destino em particular, só passeando, Lily com o pé direito para fora da janela do carona e Greg com a mão esquerda na coxa dela. O que aconteceu com aqueles jovens? Onde foram parar?

O almoço foi servido, mas Sarah e Ford não apareceram, o que era estranho. Eles sempre almoçavam no clube aos domingos. Lily também não os viu na igreja.

— Onde está Sarah? — perguntou a Michele.

A mesa ficou em silêncio, e Lily percebeu que todo mundo sabia de alguma coisa que ela não sabia. Michele balançou a cabeça de forma desencorajadora, e Mark logo começou a contar uma história sobre uma confusão no escritório. Alguns minutos depois, Michele indicou o saguão com o queixo, e Lily se levantou.

— Aonde você vai?

Greg segurou o pulso dela e apertou os olhos com expressão de desconfiança. Lily percebeu de repente que odiava o marido, odiava ele mais do que já tinha odiado qualquer pessoa ou coisa na vida.

— Ao banheiro. Com Michele.

Greg a soltou, dando um pequeno puxão no braço dela, e Lily cambaleou para longe da mesa. Keith Thompson ficou olhando para ela com expressão preocupada, e Lily queria poder dizer a ele que estava tudo bem, mas isso lhe pareceu otimismo exagerado.

No banheiro, Lily perguntou de novo:

— O que aconteceu com Sarah?

Michele parou de retocar o delineador.

— Foi três dias atrás. Como você não sabe?

Era uma pergunta justa. Não havia segredos em Nova Canaã; Lily costumava saber sobre os escândalos dos vizinhos antes mesmo que os próprios soubessem.

— Eu ando ocupada.

— Com o quê?

— Nada em especial. O que aconteceu?

— Sarah está presa.

— Por quê?

— Tentou tirar a identificação.

Lily não disse nada por um momento, tentando ligar essa informação a Sarah, que uma vez disse para Lily que o marido só usava os punhos porque se importava. De todas as amigas de Lily, Sarah parecia a mais improvável de tentar fazer uma coisa tão drástica.

— O que aconteceu?

— Não sei. — Michele começou a reforçar o lápis de boca. — Ela enfiou uma faca no próprio ombro. Não acertou a identificação, mas quase morreu de hemorragia. Ford a entregou.

Isso *combinava* com ele. Uma vez, durante as férias de família, Ford deixou Sarah em uma parada na estrada da Pensilvânia. Se Sarah não tivesse ligado para ele alguns minutos depois, ele só perceberia que ela não estava junto quando chegasse a Harrisburg.

— O que vai acontecer com ela?

Michele deu de ombros, e Lily viu que ela já tinha começado a esquecer Sarah, a seguir em frente. Esse esquecimento era uma coisa que você aprendia a fazer quando alguém desaparecia, a reação estava tão arraigada que parecia mau gosto fazer qualquer outra coisa. Lily não conseguiu esquecer Maddy, mas era diferente. Ela sentia culpa.

— Estou com seus livros.

Lily os tirou da bolsa, mas, antes que pudesse entregá-los, Michele recuou, se inclinou e vomitou na pia. Mesmo antes de terminar, o mecanismo de limpeza começou a lavar tudo, fazendo sons baixos e metódicos de esfregar.

— Você está bem? — perguntou Lily, mas Michele fez sinal para ela deixar pra lá. A voz, quando saiu, estava embolada.

— Estou grávida.

— Parabéns — respondeu Lily de forma automática. — Menino ou menina?

Michele cuspiu na pia.

— Menino, ainda bem. Se tivéssemos outra menina, Mark ia querer dar um fim nela.

— O quê?

— Não ligo, de qualquer modo.

Lily ficou olhando para ela. Michele nunca tinha falado assim, e, apesar de Lily conseguir imaginar que não era fácil ser esposa de Mark Palmer, ela sempre supôs que Michele era como o resto das suas amigas: feliz de ser mãe. Michele sempre ia a jogos de futebol e se gabava das notas dos filhos. Lily ofereceu os livros com hesitação de novo, e Michele os enfiou na bolsa enorme. O tamanho das bolsas de Michele sempre era uma piada entre o grupo de amigas, mas ela precisava de espaço para todo o contrabando que tinha que transportar por Nova Canaã. Michele fazia boa parte de seus negócios naquele banheiro, um dos poucos lugares que não tinham câmera de vigilância na cidade.

— O que você vai fazer? — perguntou Lily.

— Ter o bebê, claro. Que opção eu tenho? Mark já está se gabando para todos os amigos do trabalho.

— E os analgésicos?

Michele semicerrou os olhos.

— O que é que tem?

Lily repuxou os lábios e se sentiu a responsável chata em uma festa.

— Não faz mal para o bebê?

— E daí? Oitenta por cento das mães de alta renda tomam tranquilizantes ou analgésicos, ou as duas coisas ao mesmo tempo. Você sabia?

— Não.

— Claro que não. Os fabricantes não querem que essa informação venha a público. As pessoas podem começar a perguntar por quê. — Michele fez uma expressão de nojo. — E tem você. Não tem que ficar grávida, não é? Não tem que ser mãe.

Lily se encolheu. Ela e Michele nunca foram melhores amigas, mas sempre se deram bem... e agora Lily percebeu como isso significava pouco.

— Mark ri de vocês dois o tempo todo... Greg e o forninho vazio. Mas você nunca vai ter que ter quatro crianças gritando no seu ouvido, não é?

Lily deu um passo para trás ao ver o rosto normalmente bonito de Michele contorcido de... ódio e inveja? Lily achava que era. Mas, mesmo enquanto recuava, sentiu a raiva aumentar. A imagem que Michele estava pintando era o estereótipo de uma mulher pobre com bocas demais para alimentar. Lily tinha até visto a imagem em pôsteres do governo sempre que uma lei de serviços sociais estava em votação no Congresso. Mas Michele tinha duas babás para ajudar a criar os três filhos. Alguns dos amigos tinham três ou quatro babás. Michele devia passar uma hora por dia sendo mãe de verdade.

A outra mulher estava segurando um frasco de comprimidos agora e engoliu dois com facilidade. O limpador automático tinha parado de funcionar, e agora a pia estava tão limpa e brilhante quanto estava na hora que as duas entraram. Michele jogou água no rosto e secou com uma toalha.

— A gente devia voltar.

Quando elas se sentaram à mesa, Keith se inclinou e perguntou a Lily:

— Está tudo bem?

Ela assentiu e abriu um sorriso agradável. Pelo resto da refeição, tentou manter o olhar longe de Michele, mas não conseguiu evitar. Todas as amigas estavam infelizes por dentro? Sarah respondera a essa pergunta. Jessa, talvez; o marido dela, Paul, era um cara decente até beber demais. Christine? Lily não sabia. Os olhos de Christine tinham um brilho constante e vidrado que só podia ser devido a drogas ou a fervor religioso; Christine era chefe do Círculo Bíblico Feminino na igreja. Lily nunca confiou nas amigas, mas achava que as conhecia.

Durante o almoço, tentou conversar com Keith, que perguntou pela mãe dela e sobre os planos para o resto do verão. Mas Greg agora também estava olhando para Keith com a mesma expressão desconfiada no rosto contraído. Lily tinha visto aquela expressão muitas vezes quando era criança, no cachorro, Henry, que não gostava de compartilhar os brinquedos com ninguém. E a surpresa *de verdade* era a seguinte: ela não pertencia mais a si mesma. Era uma boneca, uma boneca que Greg comprou e pela qual pagou.

Há um jeito de contornar isso, sussurrou Maddy, mas não aliviou em nada a ansiedade de Lily. A clínica do dr. Davis era uma coisa, mas encontrar um médico que fizesse aborto... isso era um nível diferente de ilegalidade. Ela se lembrou de repente da mulher grávida com a barriga enorme na clínica, a que sangrou na cadeira. Era possível que o dr. Davis também fizesse abortos? Lily nunca tinha ouvido falar disso, mas claro que não chegaria aos ouvidos dela. Era o tipo de coisa que não se contava para ninguém.

Greg ia ficar no clube para jogar golfe com Mark e outros amigos, e Lily foi sozinha para casa, feliz pelo vazio silencioso do banco de trás. Depois que Phil a deixou, ela fez um caldo para Dorian e levou para o quarto do bebê, junto com uma garrafa de água. Estava com medo de dar qualquer outra coisa para Dorian além de caldo, de frango ou carne, mas, se Dorian estava cansada do cardápio, não disse nada. Quando Lily entrou no quarto do bebê, encontrou Dorian no chão, se alongando, tentando alcançar os dedos dos pés. A camisa estava encharcada de suor. Ela devia estar se recuperando bem se conseguia se alongar assim, mas ainda estava muito pálida.

— Não vai arrebentar os pontos? — perguntou Lily.

— Não importa — grunhiu Dorian. Ela tinha prendido o cabelo louro em marias-chiquinhas desajeitadas, e isso a deixou mais parecida com Maddy do que nunca. — Não posso me dar ao luxo de ficar deitada.

— Tenho certeza de que ele prefere que você fique boa primeiro. — Por deferência a Dorian, Lily não usou o nome de Tear em voz alta. Mas se perguntou: o inglês era tão exigente a ponto de esperar que Dorian estivesse de pé e ativa dois dias depois de levar um tiro? Ou era ela quem botava essa pressão em si mesma?

— É um quartinho bonito — comentou Dorian. — Mas não escuto crianças correndo por aí.

Uma risada nervosa saiu da boca de Lily.

— Eu não quero filhos.

— Nem eu.

— Não, quer dizer, pode ser que eu queira. Mas não aqui. — Ela fez um gesto para a casa. — Não assim. Eu tomo pílula.

Ela esperava surpreender Dorian, talvez impressioná-la, mas Dorian só assentiu e continuou se alongando.

— Você já foi casada?

— Deus, não. Eu sou sapatão.

Lily se encolheu, um pouco chocada.

— Você faz sexo com mulheres?

— Claro.

A indiferença com que Dorian confessou isso deixou Lily tão perplexa a ponto de emudecer. Confessar abertamente um crime para uma estranha, principalmente um crime sério como homossexualidade... isso parecia liberdade verdadeira. Ela apontou para a cicatriz no ombro de Dorian.

— Isso era da sua identificação?

— Era. A primeira coisa que fazemos é tirar essa porcaria.

— Como?

— Não posso contar — respondeu Dorian, ofegando enquanto tentava alcançar os dedos. — Seria uma informação valiosa se você fosse presa.

— Eu não contaria nada.

Dorian deu um sorriso triste.

— Todo mundo conta no final.

— Eu quis dizer que sou de confiança.

— Confie um segredo a mim, então. Onde você esconde seus comprimidos?

Lily mostrou o piso solto no canto, a pilha de contrabando embaixo.

— É bom, bem camuflado. Quantos esconderijos você tem?

— Só esse.

— Isso não é bom. Você sempre deve ter mais de um esconderijo.

— Não posso esconder nada em nenhum outro lugar. Greg vai encontrar. Ele faz inspeções agora. Mas nunca entra aqui.

— Jonathan disse que você deu um jeito na vigilância deste quarto. — Dorian olhou para ela com admiração sincera. — Onde uma moça de dentro do muro aprendeu a fazer uma coisa assim?

— Minha irmã. Ela era boa com computadores.

— Bom, eu ainda arrumaria outro esconderijo. Um nunca é o bastante.

— Quantos você tem?

— Quando eu era criança, dezenas. Mas não tenho nenhum agora. — Dorian se levantou e esticou as mãos para pegar a tigela de caldo. — No mundo melhor, não vamos precisar esconder nada.

— Não entendo. O mundo melhor é bíblico? Anjos vão descer e purificar a terra?

— Caramba, não! — respondeu Dorian, sorrindo. — No mundo melhor, ninguém vai precisar de religião.

— Eu não entendo — repetiu Lily.

— Ah, por que entenderia? O mundo melhor não é para gente como você.

Lily se encolheu como se tivesse levado um tapa. Dorian não reparou; estava ocupada tomando o caldo e observando o quintal pelas portas de vidro. Estava esperando, Lily percebeu agora, esperando o inglês chegar e levá-la embora. Parte dela já estava longe.

Lily saiu do quartinho, fechou a porta com cuidado e desceu. Aquilo era tudo besteira, ela disse para si mesma. Tear e a gente dele deviam ser malucos, todos. Mas, mesmo assim, sentia como se a tivessem deixado para trás.

Quando Kelsea voltou a si, ouviu um trovão.

Ergueu o rosto e encontrou o consolo abençoado das estantes de Carlin, as longas fileiras de livros, cada um no seu lugar. Esticou a mão para tocar neles, mas a dor de Lily ecoou na sua mente, fazendo-a viajar através dos séculos.

Por que estou vendo isso? Por que tenho que sofrer com ela se a história já aconteceu?

O trovão soou de novo, e, com ele, as últimas lembranças de Lily sumiram, e Kelsea ficou alerta de repente. Não eram trovões, mas sim muitos pés se movendo no corredor lá fora. Kelsea deu as costas para os livros e encontrou Pen logo atrás de si, ouvindo com atenção, a postura tão séria que Kelsea se esqueceu de sentir raiva dele.

— Pen? O que foi?

— Pensei em ir investigar, Lady, mas não devo sair de perto de você nessas horas.

Agora, Kelsea também ouviu um grunhido oco e abafado, um tanto distante, como se tivesse vindo do fim do corredor.

— Vamos descobrir o que é.

— Acho que é Kibb, Lady. Ele está doente há dois dias e só piora.

— O que ele tem?

— Ninguém sabe. Gripe, talvez.

— Por que ninguém me contou?

— Kibb pediu segredo, Lady.

— Bom, vamos.

Ela o guiou pelo corredor, onde apenas as chamas das tochas se moviam. Na luz fraca, o corredor parecia ter o dobro do tamanho; parecia se estender por quilômetros da porta escura do alojamento da guarda até a iluminada câmara de audiências.

— Que horas são? — sussurrou ela.

— Onze e meia.

O grunhido oco soou de novo: agonia sufocada, mais fraca desta vez, perto do alojamento da Guarda.

— Clava não vai querer você lá, Lady.

— Vamos.

Pen não tentou impedi-la, e Kelsea sentiu uma leve satisfação. Luz fraca de tochas cintilava da porta aberta de um dos quartos perto do final do corredor, e Kelsea andou mais rápido, os pés apressados.

Ao passar pela porta, ela se viu no que era claramente o quarto de um homem. Tudo era de tons escuros, e havia pouca decoração, mas Kelsea admirou a austeridade do aposento; era assim mesmo que imaginava o quarto dos guardas.

Kibb estava deitado na cama, a testa brilhando de suor, o peito nu. Inclinado sobre ele estava Schmidt, o médico preferido de Clava para emergências. Elston, Coryn e Wellmer encontravam-se ao lado da cama, e Clava, agachado no pé da cama, completava o grupo. Quando Kelsea entrou, o rosto de Clava se fechou, mas ele só murmurou:

— Lady.

— Como ele está?

Schmidt não se curvou, mas Kelsea não se ofendeu; parecia não haver ego maior que o de um médico em atendimento. A voz revelou um sotaque mort pesado.

— O apêndice, Majestade. Eu tentaria operar, mas não faria diferença. Vai supurar antes que eu consiga abrir de forma limpa. Se eu agir com a rapidez de que preciso, ele vai sangrar até morrer. Dei morphia para a dor, mas não posso fazer mais nada.

Kelsea pestanejou, horrorizada. A apendicectomia era uma cirurgia de rotina na pré-Travessia, tão comum e simples que o procedimento de Lily foi feito por máquinas e não mãos humanas. Mas a resignação triste no rosto do médico dizia tudo o que precisava ser dito.

— Nós prometemos cuidar da mãe dele, Lady — murmurou Clava. — Vamos deixá-lo o mais confortável possível. Não podemos fazer muito mais que isso. Você não devia estar aqui agora.

— Talvez não, mas está um pouco tarde para ir embora.

— El? — perguntou Kibb com a voz arrastada por causa do narcótico.

— Estou aqui, seu burro — murmurou Elston. — Não vou a lugar nenhum.

Elston estava segurando a mão de Kibb, Kelsea viu. Era estranho ver a mão pequena de Kibb perdida no punho gigante de Elston, mas ela não conseguiu nem sorrir. Eles faziam tudo juntos, Elston e Kibb, e Kelsea não conseguia se lembrar de uma época em que tivesse visto um sem o outro. Melhores amigos... mas agora, olhando para as mãos dadas, a dor que Elston tentava desesperadamente esconder, a mente de Kelsea forneceu uma terceira e uma quarta informação: nem Elston nem Kibb tinham mulher na Fortaleza, e os quartos dos dois eram adjuntos.

Elston olhou para ela com expressão em silêncio, e Kelsea fez o melhor possível para não corar. Pegou a outra mão de Kibb, que estava fechada ao lado do corpo. Os olhos dele estavam cerrados, os dentes trincados para sufocar um grunhido, e os tendões se destacavam no pescoço. Kelsea conseguia ver gotículas de suor rolando pelas têmporas e bochechas e parando no cabelo sujo. Ao toque da mão dela, Kibb abriu os olhos de novo e tentou dar um sorriso por entre os dentes.

— Majestade — grunhiu ele. — Sou um guarda da rainha de Tearling.

— Sim — respondeu Kelsea, sem saber o que dizer. Sua impotência tinha paralisado sua língua. Ela apertou a mão dele, e sentiu-o retribuir o gesto delicadamente.

— Foi uma honra, Lady. — Kibb sorriu, um sorriso influenciado pelos narcóticos, e seus olhos se fecharam novamente.

Elston fez um som engasgado e se virou, mas Kelsea não conseguiu dar as costas. Schmidt era sem dúvida o melhor médico que Clava podia encontrar, mas era apenas o fantasma de uma classe morta. Não existia mais medicina de verdade; ela se fora com o Navio Branco, a equipe médica deixada para trás, oscilando nas ondas sob a tempestade. O que Kelsea não daria por um desses médicos agora! Ela pensou no frio brutal que os sobreviventes deviam ter enfrentado, seguindo pela água no meio do Oceano de Deus até a exaustão os fazer afundar entre as ondas. No fim, eles devem ter sofrido. O ar pareceu ficar gelado ao redor de Kelsea, e ela começou a tremer incontrolavelmente, as pernas com câimbras. A visão ficou escura.

— Lady?

Uma grande força bateu no peito de Kelsea, tão forte que ela ofegou. Pen a segurou por trás, senão ela teria caído. Ela apertou a mão de Kibb com mais força, lutando para se segurar nele, sabendo que, se o soltasse, o feitiço se quebraria e nada poderia ser feito...

Seu estômago implodiu em dor. Kelsea fechou bem a boca, mas um grito surgiu pela sua garganta, e o corpo estremeceu em revolta. Uma pressão insuportável se espalhou pelo seu abdome e pareceu puxar os músculos, esticando--os muito além do que podiam.

— Segurem-na! Abram a boca dela!

Havia mãos em seus braços e suas pernas, mas Kelsea nem sentiu. A pressão no abdome dobrou, triplicou, aumentou mais e mais, uma sensação que não tinha comparação para Kelsea além do grito crescente de uma chaleira. O corpo continuou a se debater, os calcanhares batendo no chão do quarto, mas a Kelsea interior estava a milhares de quilômetros, lutando na escuridão do Oceano de Deus, tentando não afundar. Uma onda de água gelada quebrou na cabeça dela, e Kelsea sentiu gosto de sal.

Dedos forçaram sua boca a se abrir (de alguma forma, ela soube que era Pen) e procuraram a língua, mas tudo parecia muito distante. Só havia aquela dor dilacerante na barriga e o frio, um frio paralisante que parecia ter se espalhado pelo mundo inteiro. A respiração de Kelsea estava ofegante, e ela tentava não engasgar com a invasão de dedos segurando sua língua.

— Ei! Doutor! Venha aqui!

Mãos nos ombros dela agora, mãos que machucavam, segurando-a com grande força. As mãos de Clava, o rosto acima dela tomado de ansiedade, gritando ordens, porque era assim que Clava lidava com crises, às vezes parecia que ele só sabia dar ordens...

A dor desapareceu.

Kelsea respirou fundo e ficou imóvel. Depois de alguns segundos, as mãos que a seguravam relaxaram, mas não soltaram de imediato. Ela ergueu o olhar e os viu agachados em torno dela: Clava, Pen, Elston, Coryn e Wellmer. O teto era um amontoado de pedras incompreensíveis acima da cabeça deles.

Após murmurar um pedido de desculpas, Pen tirou os dedos de dentro da boca de Kelsea. O corpo dela parecia leve, limpo, como se o sangue tivesse sido substituído por água... a água que vinha da fonte perto do chalé, tão limpa que eles podiam preparar comida diretamente com a água do lago. O frio anormal também sumiu, e Kelsea estava quente agora, meio sonolenta, como se alguém a tivesse envolvido em um cobertor.

— Lady? Está sentindo dor?

Kelsea ainda estava segurando uma coisa dura: a mão de Kibb. Ela se sentou e sentiu Pen se mover para apoiar suas costas. Kibb estava completamente parado agora, os olhos fechados.

— Ele está morto?

Schmidt se inclinou sobre Kibb, as mãos se movendo da forma rápida e clínica que Kelsea admirava: da testa para o pulso e de volta à testa. Ele verificou essas áreas com agitação crescente antes de finalmente se virar para ela, o rosto vazio.

— Não, Majestade. O paciente respira com facilidade.

Ele pressionou o abdome de Kibb com hesitação, pronto para afastar a mão ao menor tremor. Mas não houve nada. Até Kelsea conseguia ver o peito de Kibb subir e descer agora, a respiração profunda e regular de uma pessoa dormindo profundamente.

— A febre cedeu — murmurou Schmidt, apertando a barriga de Kibb com força agora, como se desesperado para obter uma reação. — Nós devíamos secá-lo e cobri-lo, senão ele vai ficar com frio.

— E o apêndice? — perguntou Clava.

Schmidt balançou a cabeça e se sentou sobre os calcanhares. Kelsea ergueu a mão e segurou as duas safiras. Não falavam com ela desde Argive, mas o peso era uma coisa reconfortante e sólida.

— Senhor? — Um dos novos guardas estava espiando pela porta. — Está tudo bem? Nós ouvimos...

— Está tudo bem — disparou Clava, fazendo uma expressão ameaçadora para todo mundo no quarto. — Volte para seu posto, Aaron, e feche a porta.

— Sim, senhor.

Aaron sumiu.

— Ele está bem? — sussurrou Wellmer. O rosto estava pálido e era jovem, do mesmo jeito que meses antes, quando Kelsea o conheceu, antes de a vida começar a amadurecê-lo um pouco. Clava não respondeu, só se virou para Schmidt com expressão resignada, o rosto de um homem esperando um veredicto, mas sabendo que já está condenado.

O médico secou a testa.

— O inchaço sumiu. Ele parece estar saudável, exceto pela perspiração... e mesmo isso pode ser explicado como *cauchemar*, terror noturno.

Agora, todos se viraram para olhar para Kelsea, todos, menos Elston, que continuou olhando para Kibb.

— Você está bem, Lady? — perguntou Pen, por fim.

— Estou. — Ela pensou naquela primeira noite, quando cortou o próprio braço. Fez o mesmo várias vezes depois; era um mecanismo para lidar com a raiva, e seu corpo era um bom alvo. As pernas eram melhores de cortar que os braços, mais fáceis de esconder. Mas isso era uma coisa similar ou era diferente? Se foram as pedras, por que não deram sinal de vida? Os ombros de Kelsea pareciam tijolos. — Mas estou cansada. Vou precisar dormir logo.

O rosto de Schmidt era um retrato do aborrecimento, os olhos se deslocando rapidamente entre Kelsea e Kibb.

— Majestade, eu não sei o que acabei de ver, mas...

Clava segurou o pulso do médico.

— Você não viu nada.

— O quê?

— Nenhum de vocês viu nada. Kibb estava doente, mas melhorou de repente durante a noite.

Kelsea se viu assentindo.

— Mas...

— Wellmer, use o cérebro que Deus deu a você! — cortou Clava. — O que acha que vai acontecer se começarem a espalhar boatos de que a rainha pode curar doentes?

— Ah. — Wellmer refletiu por um momento. Kelsea tentou pensar também, mas estava tão cansada. As palavras de Clava ecoavam na cabeça dela: *curar os doentes...*

O que eu fiz?

— Entendo, senhor — respondeu Wellmer finalmente. — Todo mundo teria uma mãe doente, um filho doente...

— Kibb! — Clava se inclinou e balançou o ombro de Kibb, depois deu um tapa leve no rosto dele. Elston fez uma careta, mas não disse nada. — Kibb, acorde!

Kibb abriu os olhos e, por um truque da luz das tochas, Kelsea achou que as pupilas pareciam quase transparentes, como se tivessem sido removidas e substituídas por... o quê? Luz? Ela voltou sua atenção para o próprio corpo, para os próprios batimentos cardíacos. Tudo estava indo rápido demais. Ela balançou a cabeça para tentar se livrar dos raios que pareciam estar brilhando pela mente dela. Sumiram, mas com um brilho leve de malícia que não diminuiu em nada o sentimento de irrealidade que tomava conta dela.

— Como está se sentindo, Kibb? — perguntou Clava.

— Leve — grunhiu Kibb. — Todo leve.

Kelsea olhou para cima e viu que o médico a encarava de novo.

— Se lembra de alguma coisa?

Kibb deu uma risada baixa.

— Eu estava escorregando na beirada de um penhasco. A rainha me puxou de volta. Tudo estava tão claro...

Clava cruzou os braços e contraiu o maxilar de frustração.

— Ele parece um homem delirando de ópio.

— Ele vai ficar melhor, Lady? — perguntou Coryn.

— Como eu vou saber? — perguntou Kelsea. Todos eles, até Pen, estavam olhando para ela com a mesma desconfiança, como se ela tivesse escondido alguma coisa deles, um segredo antigo que finalmente veio à luz. Ela pensou nos cortes nos braços e nas pernas de novo, mas afastou o pensamento.

Clava grunhiu de exasperação.

— Temos que torcer para que ele saia desse estado. Deixem-no aqui e coloquem um guarda na porta. Sem visitas. Lady, você deveria voltar para a cama.

Isso pareceu tão maravilhoso para Kelsea que ela só assentiu e saiu andando, ignorando o caminhar quase silencioso de Pen logo atrás. Queria entender as coisas, mas estava exausta demais para pensar. Se conseguia curar os doentes... mas ela balançou a cabeça e interrompeu o pensamento. Havia poder aqui, sim, mas era um poder destrutivo. Mesmo agora, ela conseguia sentir aquela ideia se acomodando na mente.

Curar os doentes, curar os doentes.

As palavras de Clava ecoavam como sinos na mente dela, por mais que ela tentasse afastá-las.

Na noite seguinte, depois do jantar, Kelsea estava no meio da reunião diária com Arliss quando um mensageiro chegou, trazendo a notícia que ela temia: seis dias antes, os mort cruzaram a fronteira. Depois de várias tentativas frustradas de ataque pela linha de arqueiros nas árvores, Ducarte finalmente escolheu o método mais fácil: ateou fogo nas colinas. Hall teve o bom senso de recuar com o batalhão na direção da planície Almont e evitar uma batalha direta, mas quase todos os seus arqueiros ficaram presos no incêndio e morreram queimados no alto das árvores. Àquela altura, os mort estariam transportando o equipamento pesado pela colina, e o volume da infantaria já teria se deslocado até a Almont.

Por ordens de Bermond, o exército tear recuou para as margens do Caddell. Fogo ainda ardia nas Colinas da Fronteira; se não chovesse logo, milhares de hectares de boa madeira seriam destruídos.

Kelsea achava que estava preparada para essa notícia; afinal, era inevitável desde o começo. Mas a ideia de soldados mort em território tear foi um baque duro para ela. Pelas duas últimas semanas, um destacamento mort estava fazendo cerco no desfiladeiro Argive, como Bermond tinha avisado; a estrada mort era uma rota bem mais conveniente para o deslocamento de suprimentos de Demesne do que o terreno irregular das Colinas da Fronteira. Mas, até aquele momento, o Argive estava resistindo bem, e quando os mort estavam presos dentro do próprio território, a invasão parecera menos real. Os mort não encontrariam nada em Almont; o lado ocidental do reino estava quase deserto agora, exceto por algumas aldeias fazendeiras nos arredores do extremo norte e sul, cujos ocupantes preferiram ficar onde estavam. Não havia nada para os mort pilharem, mas Kelsea ainda odiava a ideia deles lá, se movendo como uma maré escura e lenta pelo Tearling. Ela amassou a mensagem no punho, sentindo um novo corte se abrir na parte interna da coxa. Os cortes mantinham a raiva presa dentro dela, impediam que se espalhasse por todo o lugar, mas tinha se tornado algo frustrante. Kelsea desejava um alvo real, alguém que ela pudesse realmente ferir, e esse desejo a levava a se cortar mais profundamente, para ter o prazer da dor enquanto ainda sangrava. Os cortes cicatrizavam a uma velocidade incrível, às vezes até antes de um dia passar, então eram fáceis de esconder de todo mundo... todo mundo, exceto Andalie, que cuidava das roupas de Kelsea. Andalie era discreta, mas Kelsea sabia que a mulher estava preocupada. Apesar do calor do verão, Kelsea tinha passado a usar apenas vestidos pretos e grossos com mangas longas, e isso só servia para aumentar sua afinidade com Lily Mayhew, que tinha muitas coisas a esconder. Kelsea passava longos períodos tentando entender Lily, entender que ligação poderia haver entre as duas, pois não conseguia acreditar que veria uma coisa tão detalhada e realista sem motivo nenhum. Com a ajuda do padre Tyler, ela agora tinha procurado em todos os livros de história de Carlin, e não havia registro de Lily em lugar algum. Historicamente falando, Lily não tinha importância... mas nunca parecia assim quando Kelsea estava com ela, ligada à vida dela. Ainda assim, ela adiou a pesquisa, pois havia um limite de tempo que podia gastar com Lily, com o passado. O presente tinha se tornado terrível demais.

Com a mensagem de Bermond ainda amassada no punho, Kelsea deixou a sala de Arliss e desceu o corredor até o próprio quarto. Fechando a cortina que separava o quarto da antecâmara de Pen, ela se aproximou da lareira. O retrato do homem bonito ainda estava encostado na parede, coberto por um pano. Kelsea percebera que o retrato a deixava um pouco inquieta; os olhos do homem realmente a seguiam aonde quer que ela fosse, e ele parecia estar dando um sorrisinho debochado para ela. Andalie também não gostava nada do homem no retrato. Se ela ou Glee tiveram mais alguma visão, Andalie guardou para si, mas tratava o retrato como se fosse veneno, e foi ela quem jogou um lençol sobre ele.

Agora, Kelsea arrancou o lençol e olhou para o retrato por um tempo. No mínimo, o homem da lareira era extremamente bonito, agradável de se olhar. Andalie disse que o homem era mau, e era mesmo; Kelsea conseguia ver, mesmo pelo retrato, a crueldade no sorriso dele. Mas percebeu que isso também fazia parte da atração. Tinha tido vários sonhos com o homem, sonhos dos quais quase não se lembrava, nos quais estava nua diante dele no que parecia ser uma cama de fogo. Kelsea sempre acordava pouco antes do contato físico, o lençol encharcado de suor. Era diferente do que ela sentia por Fetch, que, apesar dos crimes, parecia fundamentalmente bom. A maldade desse homem a atraía, era magnética. Ela passou um dedo pela tela, em dúvida. Ele tinha dito que sabia como derrotar a Rainha Vermelha. Kelsea não acreditara muito nas palavras dele, mas os mort estavam no Tearling agora, e ela não podia mais se dar ao luxo de não esgotar todas as possibilidades. O homem dissera que queria sua liberdade. Dissera que viria quando ela chamasse.

Kelsea se sentou na frente do fogo e cruzou as pernas. O fogo estava forte, e o calor queimou seu rosto.

Só estou verificando todas as opções, ela disse para si mesma com firmeza. *Não tem nada de errado nisso.*

— Onde você está? — sussurrou ela.

Uma sombra apareceu no meio das chamas, como pó de carvão se condensando, e um momento depois ele apareceu, de pé na frente da lareira, alto e substancial. A reação de Kelsea à presença dele foi mais forte agora do que antes, um disparo de pulsação e nervos que ela lutou para sufocar. O desejo a deixava burra, ela percebia agora... E não podia se dar ao luxo de ser burra com essa criatura.

De onde você vem?, perguntou ela. *Você mora no fogo?*

Eu moro na escuridão, herdeira tear. Esperei muitos anos para ver a luz do sol.

Kelsea apontou para o retrato.

Esse quadro é muito velho. Você é um fantasma?

Ele observou o retrato, um sorriso sem humor surgindo no rosto.

Você pode pensar em mim como um fantasma, mas sou de carne e osso. Veja por si mesma.

Ele colocou a mão no peito de Kelsea, acima dos seios. Os ombros se encolheram involuntariamente, mas ele não pareceu perceber, lançando a ela um olhar perscrutador.

Você está mais poderosa, herdeira tear... O que aconteceu?

Eu quero negociar.

Está sem tempo para trocar amenidades? Ele sorriu, e Kelsea ficou alarmada com sua reação a esse sorriso. *O prazer torna a vida suportável, sabia?*

Kelsea fechou os olhos, concentrou-se e sibilou quando um novo corte se abriu no antebraço. Era fundo e doloroso, mas a firmou, acalmou sua pulsação e o latejar nos seios. *Você disse que sabia como derrotar a rainha de Mortmesne.*

E sei mesmo. Ela não é invulnerável, embora finja ser.

Como ela pode ser vencida?

O que você oferece em troca, herdeira tear? Você mesma?

Você não me quer. Quer sua liberdade.

Eu quero muitas coisas.

O que uma criatura como você pode querer no mundo físico?

Eu ainda tenho prazer com coisas físicas. Eu preciso me suprir.

Se suprir com o quê?

Ele sorriu, e um brilho avermelhado surgiu nos olhos dele.

Você é rápida, herdeira tear. Faz as perguntas certas.

O que você quer? Seja claro.

Devemos fazer um acordo por escrito, como o tratado que levou sua mãe à ruína?

Você apareceu para a minha mãe também?

Sua mãe não me interessava.

Ele falou isso como um elogio a Kelsea, ela percebeu, e deu certo, aquecendo seu peito. Mas ela foi em frente, sabendo que não podia se dar ao luxo de se distrair.

Se vamos barganhar, quero todos os termos claramente definidos.

Tudo bem. Você vai me libertar, e eu vou contar para você sobre a vulnerabilidade da Rainha Vermelha. Temos um acordo?

Kelsea hesitou. Aquilo estava indo muito rápido. Os mort avançavam lentamente devido ao equipamento de cerco; pelas estimativas de Hall, Kelsea tinha pelo menos um mês até eles chegarem à Nova Londres. Não era muito, mas era tempo suficiente para refletir, para tomar uma boa decisão. E agora, Kelsea tinha uma nova preocupação: mesmo que ela fosse capaz de destruir a Rainha Vermelha, isso necessariamente se refletiria na derrota do exército mort? Morreria quando tivesse a cabeça cortada ou apenas uma nova cresceria, como uma hidra?

Há variáveis demais, Kelsea, sussurrou Carlin, e Kelsea soube que ela estava certa.

Vou pensar, disse ela para o homem.

Ele piscou, como se fatigado, e Kelsea percebeu que, de alguma forma, parecia menos substancial... Ao apertar os olhos, ela viu que o fogo atrás dele estava claramente visível, chamas ardendo de leve através das roupas e do peito dele. O rosto também tinha ficado pálido.

Ao reparar para onde Kelsea olhava, o homem franziu a testa. Fechou os olhos por um momento, parecendo se solidificar na frente dela, tornando-se mais opaco. Quando abriu os olhos, ele voltara a sorrir, um sorriso de tanta sensualidade quente e calculada que Kelsea deu um passo para trás. Sua excitação se transformou na mesma hora, ficou manchada por uma pontada de medo.

O que você é?

O olhar dele foi atraído para um ponto atrás do ombro esquerdo de Kelsea, e o rosto se contraiu em um rosnado, os lábios se afastando dos dentes brancos. Os olhos brilharam em vermelho, ardendo com um ódio repentino e intenso que fez Kelsea tropeçar. Ela se preparou para cair sentada com um baque forte, mas, antes que pudesse, alguém a segurou por baixo dos braços. Quando Kelsea ergueu o rosto, o fogo tinha se apagado, e o homem, sumido, mas os braços permaneceram nos ombros dela, e Kelsea lutou e chutou o chão.

— Calma, rainha tear — murmurou uma voz no ouvido dela, que se silenciou na hora.

— Você. Como passou por Pen?

— Ele está inconsciente.

— Ele está bem?

— Claro. Eu o apaguei por um tempo, o suficiente para fazermos negócio.

Negócio. Claro que seriam negócios.

— Me solte. Vou acender uma vela.

Fetch a soltou, dando um empurrão firme para cima, e Kelsea foi andando até a mesa de cabeceira. Suas bochechas ainda estavam vermelhas, e ela conseguia sentir o sangue ardendo. Não se apressou para acender a vela, tentando recuperar o controle, mas, enquanto procurava os fósforos, a voz dele ecoou atrás dela.

— Cinco centímetros para a esquerda.

Agora ele vê no escuro, pensou Kelsea, irritada. Quando finalmente acendeu a vela e se virou para encará-lo, esperava ver o homem de quem se lembrava, os lábios num sorriso e os olhos brilhantes. Mas o rosto dele estava sério à luz da vela.

— Eu sabia que ele apareceria, mais cedo ou mais tarde. O que pediu?

— Nada — respondeu Kelsea. Mas sabia que o rubor nas bochechas a entregaria. Ela nunca conseguiu mentir bem, e certamente não para Fetch.

Ele olhou para ela por um tempo.

— Vou lhe dar um conselho de amigo, rainha tear. Eu conheço essa criatura há muito tempo. Não dê nada a ele. Nem converse com ele. Ele só vai provocar dor.

— Quem é ele?

— Ele já foi um homem, um homem bem poderoso. Seu nome era Rowland Finn.

O nome despertou alguma lembrança no fundo da mente de Kelsea. Carlin tinha mencionado Finn uma vez, alguma coisa a ver com o Desembarque... O que tinha sido mesmo?

Fetch chegou mais perto. Kelsea percebeu que ele estava observando o rosto dela, notando as mudanças, e baixou o queixo e olhou para ele como se fingisse estudar o chão. Ele parecia saudável, ainda que um pouco mais magro do que na última vez em que o vira. O rosto estava ligeiramente bronzeado, como se ele tivesse estado no sul. Ele ainda a atraía tanto quanto antes, e a atração vinha acompanhada de uma sensação doentia de perda no fundo do estômago de Kelsea. Todo o desejo que governou o corpo dela nos últimos minutos se transferiu facilmente para Fetch, e agora ela percebia como suas reações anteriores foram vazias; o que sentia por aquele homem diminuía qualquer coisa que sentisse por qualquer outra pessoa. Ela sonhara com o dia em que veria Fetch de novo, quando o cumprimentaria não como uma garota de rosto redondo, mas como uma mulher graciosa, talvez até bonita. Mas não gostou do jeito como ele estava olhando para ela, nem um pouco.

— Quem é você, Fetch? Você tem nome verdadeiro?

— Tenho muitos nomes. Todos são úteis.

— Por que não me contar o real?

— Nomes são poderosos, rainha tear. Seu nome já foi Raleigh e agora é Glynn. A mudança não teve significado para você?

Kelsea piscou, pois a pergunta dele fez com que ela pensasse não em Barty e Carlin, nem mesmo na própria mãe, mas no Tratado Mort, na assinatura em tinta vermelha. A Rainha de Mortmesne, o nome verdadeiro escondido do mundo. Por que ela o escondia com tanta dedicação? Kelsea era Glynn agora, mas também fora Glynn quando criança, porque o mundo todo estava procurando uma garota chamada Raleigh. Mas por que uma mulher poderosa como a Rainha Vermelha precisaria esconder seu verdadeiro nome? Por que estava tão ansiosa para deixar o passado para trás?

Quem ela é de verdade?

Fetch tinha ido até a mesa dela e estava mexendo nos papéis.

— Você perdeu peso, rainha tear. Não está comendo o suficiente?

— Eu como o bastante.

— Então pare de tentar esconder o rosto. Deixe-me ver o que fez consigo mesma.

Não havia como evitar. Kelsea se virou para a inspeção dele, mantendo os olhos no chão.

— Você se transformou — disse Fetch secamente. — Era isso que queria?

— O que quer dizer?

Ele apontou para as safiras.

— Meu conhecimento dessas coisas não é extenso. Mas não é a primeira vez que as vi conceder um desejo. Você executou um feito e tanto no desfiladeiro Argive. O que mais é capaz de fazer?

Kelsea cerrou o maxilar.

— Nada.

— Eu sei quando está mentindo, rainha tear.

Kelsea se encolheu. O tom dele era sinistramente reminiscente a Carlin quando pegava Kelsea cometendo pequenas infrações: pegando um biscoito a mais na cozinha ou fugindo das tarefas.

— Não é nada! Eu tenho sonhos às vezes. Visões.

— De quê?

— Da pré-Travessia. De uma mulher. Que importância tem?

Ele apertou os olhos.

— Desde quando é você quem decide o que é importante ou não?

A compostura de Kelsea pareceu ceder sob ela, como uma viga feita de madeira fraca.

— Eu não sou mais uma criança no seu acampamento! Não fale comigo assim!

— Aos meus olhos, rainha tear, você é uma criança. Um bebê, até.

Lágrimas de raiva surgiram nos olhos de Kelsea, mas ela lutou contra, engolindo lufadas de ar, o pensamento desolador se repetindo na mente: *Não era para ser assim.*

— Como ela é, essa mulher da pré-Travessia? — perguntou Fetch.

— É alta, bonita e triste. Quase nunca sorri.

— E o nome dela?

— Lily Mayhew.

Fetch sorriu, um sorriso lento e genuíno que minou a raiva de Kelsea, destruindo suas bases como a maré.

— Você vê uma garota também? Uma garota de cabelo comprido e ruivo?

Kelsea piscou. Repassando rapidamente as lembranças de Lily, ela balançou a cabeça, e ficou chocada com a decepção no rosto de Fetch. Ele precisava que ela dissesse sim, e precisava muito.

— Quem é Lily Mayhew?

Fetch balançou a cabeça. Os olhos brilhavam, quase marejados, embora Kelsea se recusasse a acreditar nisso, pois nunca tinha visto aquele homem se emocionar com nada.

— Só uma mulher, eu acho.

— Se você vai fazer perguntas sem dar respostas, pode ir se foder.

— Ah, essa sua boca suja, rainha tear.

— Estou falando sério. Fale o que veio dizer ou saia.

— Tudo bem. — Ele se sentou na poltrona dela e se encostou, cruzando as pernas, o rosto inexpressivo. — Tem um movimento de revolta crescendo em Mortmesne.

— Eu ouvi falar. Lazarus mandou suprimentos para eles.

— Eles precisam de mais apoio.

— Apoie-os, então. Meu reino mal tem dinheiro para se armar.

— Eu apoio. Já direcionei uma boa quantidade da minha riqueza para lá.

— Ah. Então é você. Levieux, não é? O velho? Você nunca pensou em enviar parte dessa riqueza para os tear?

— Até muito recentemente, rainha tear, eu preferiria investir meu dinheiro em feijões mágicos. Agora, estou comprometido com aquelas pessoas, que buscam uma Mortmesne mais justa. Mas eles precisam de vitórias para continuarem firmes e fortes. Apoio aberto de Tearling seria bom para o moral.

— E Cadare?

— Os cadarese já começaram a sabotar a remessa para Mortmesne, uma distração útil. Mas os mort têm pouca estima pelos cadarese, enquanto você é uma figura bem conhecida por lá, particularmente entre os pobres.

— Vou considerar a questão. Preciso conversar com Lazarus.

— Você sabe que os mort atravessaram a fronteira.

— Sei.

— O que vai fazer quando eles chegarem?

— A população toda vai estar dentro dos muros de Nova Londres até lá. Vai ficar apertado, mas a cidade pode abrigar todo mundo, pelo menos por um tempo. Tenho um batalhão inteiro preparando suprimentos para um cerco e fortificando a parte de trás da cidade.

— Eles vão acabar encontrando uma brecha.

Kelsea franziu a testa.

— Eu sei disso.

— E o que vai fazer?

Ela não disse nada, manteve o olhar longe da lareira. Fetch não a pressionou, só apoiou o queixo num dos punhos, observando-a com diversão evidente.

— Sua mente é algo fascinante, rainha tear, sempre em movimento.

Ela assentiu e andou pelo quarto até a mesa. Percebeu que estava tentando se colocar bem no meio do cômodo, tentando obrigá-lo a reparar nela, do jeito que ela sempre reparava nele. De repente, se achou desprezível. Ela era a mesma Kelsea de sempre, e ele não a desejou antes. Se de repente a desejasse agora que ela tinha um rosto e um corpo bonitos, o que isso dizia sobre ele?

Eu não tenho como vencer. A aparência antiga era genuína, mas não tinha conquistado nada para ela. Mas a nova aparência era pior, vazia e falsa, e qualquer coisa que conseguisse por causa dela carregaria essa falsidade, como uma doença. Se era trabalho das joias, Kelsea não queria mais.

— Você ficou bonita, rainha tear.

Kelsea ficou vermelha. A declaração, que poderia tê-la agradado momentos antes, agora a deixou enjoada.

— O que vai fazer com essa nova beleza? Arrumar um marido rico?

— Não vou dividir meu trono com ninguém.

— E a questão do herdeiro?

— Há outras formas de conseguir um herdeiro.

Ele inclinou a cabeça para trás e soltou uma gargalhada.

— Prática como sempre, rainha tear.

Kelsea olhou na direção da cortina, pensando em Pen. Se a gargalhada de Fetch não o acordou, ele devia estar mesmo apagado.

— Seu guarda está bem. Vou acordá-lo quando estiver de saída. Se servir de consolo, ele foi mais difícil do que os guardas do seu tio eram; pelo menos Alcott fica acordado quando está de serviço.

Ao ver uma oportunidade para mudar de assunto, Kelsea a agarrou.

— Imagino que deva agradecer a você pela minha decoração de gramado.

O rosto de Fetch ficou sóbrio e pensativo.

— Thomas morreu bem, embora me irrite admitir. Morreu como um homem.

Morreu bem. Kelsea fechou os olhos e viu novamente os mort vindo, atravessando o rio Caddell e invadindo os muros. Ela se virou e olhou para a lareira. Onde estava o homem bonito, Rowland Finn, agora? Para onde tinha ido?

— Não pense nele, rainha tear.

Ela se virou para Fetch.

— Você lê pensamentos?

— Não preciso. Você nunca escondeu nada de mim. Não posso impedi-lo de vir aqui sempre que quiser, mas repito: não dê nada para ele. Nada que ele peça, nem espaço em sua mente. Ele é uma criatura sedutora, eu sei...

Kelsea levou um susto e se sentiu pega no flagra.

— ... e até eu fui enganado uma vez, muito tempo atrás.

— Quanto tempo atrás? — perguntou Kelsea sem pensar. — Quantos anos você tem?

— Muitos.

— Por que não morreu?

— É uma punição.

— Por que você está sendo punido?

— Pelo pior de todos os crimes, rainha tear. Agora cale a boca e preste atenção.

Kelsea fez uma careta. Ele usou o tom de Carlin de novo, o tom que se usaria com uma criança malcriada, e Kelsea sentiu um desespero repentino para provar que ele estava errado, para mostrar que não era mais uma criança. Mas não sabia como.

— Row Finn, o homem, era um mentiroso — continuou Fetch. — Ainda é um mentiroso. A rainha mort cedeu; ela foi tola. Você também é tola?

— Não — murmurou Kelsea, embora soubesse que era uma mentira. Tinha ficado bonita e não se sentia mais uma criança. Mas era a pior tola do mundo por pensar que essas coisas fariam diferença para Fetch. Ele ainda estava tão fora do seu alcance quanto sempre esteve.

— Você me impressionou, rainha tear. Não estrague tudo agora.

Fetch se levantou da poltrona, tirou alguma coisa do bolso, e Kelsea viu que era a máscara, a mesma máscara horrível que gostava de usar. Ele pretendia ir embora. Ela só teria isso.

Já vai tarde, sussurrou uma voz dentro dela. Mas Kelsea a reconheceu pelo que era: uma tentativa triste da sua mente de se defender. Fetch desapareceria agora, deixando-a sem nada. Ela desejava alguma coisa a que se agarrar, e junto desse desejo veio a raiva. Ainda era a mulher mais poderosa de Tearling, mas esse homem era capaz de destruí-la com poucas palavras. Seria sempre assim?

Nem sempre. Não para sempre, Deus, por favor. Preciso de uma luz no final do túnel.

Ela respirou fundo e, quando falou, reparou com prazer que sua voz tinha se fortalecido, ficado dura como pedra.

— Nunca mais volte sem ser convidado. Você não é bem-vindo aqui.

— Eu venho e vou quando quiser, rainha tear. Sempre fiz isso. Só cuide para que eu não precise vir por sua causa. — Ele colocou a máscara no rosto. — Nós temos um acordo.

— Que se foda o acordo! — rosnou Kelsea. — Aquela criatura, Finn, oferece ajuda real. O que você já fez por mim?

— Só salvei sua vida, sua peste ingrata.

— Saia.

Ele fez uma reverência debochada, os olhos brilhando por trás da máscara.

— Talvez, com o tempo, você fique tão bonita quanto a sua mãe.

Kelsea pegou o livro na mesa de cabeceira e jogou nele. Mas só quicou no ombro de Fetch, sem provocar danos. Ele riu, uma gargalhada amarga que ecoou secamente pela boca da máscara.

— Você não pode me machucar, rainha tear. Ninguém pode. Nem eu consigo ferir a mim mesmo.

Ele passou para a antecâmara de Pen, fechou a cortina e desapareceu.

Kelsea caiu na cama, escondeu o rosto no travesseiro e começou a chorar. Não chorava havia meses, e as lágrimas foram um alívio, jorrando de uma parte dentro dela que estava tensa. Mas a dor no peito não passou.

Ele nunca vai ser meu. Ela até murmurou isso para o travesseiro, mas Fetch permaneceu lá, preso no peito e na garganta dela como algo que ela tivesse engolido, grande demais para descer. Não havia como fazer com que ele sumisse.

A mão de alguém tocou o ombro de Kelsea, delicadamente, fazendo-a pular. Ao virar os olhos embaçados, viu Pen de pé ao lado da cama. Levantou a mão para indicar que estava bem, mas ele ficou olhando para ela em consternação silenciosa, e a ansiedade no rosto dele trouxe lágrimas novas.

Esse é o homem por quem eu devia ter me apaixonado, pensou ela, e isso só a fez chorar mais. Pen se sentou na cama e colocou a mão com delicadeza em cima da dela, segurando os dedos. O pequeno gesto abalou Kelsea, e ela chorou ainda mais, o rosto inchado e o nariz escorrendo livremente. Tantas coisas nessa vida se mostraram mais difíceis do que deveriam ser. Ela sentia falta de Barty e Carlin. Sentia falta do chalé, com sua rotina pacífica, onde tudo era conhecido. Sentia falta da Kelsea criança, que nunca tinha que tomar uma decisão além das diárias nem se preocupar mais do que com as consequências das ações de uma criança. Sentia falta da simplicidade daquela vida.

Depois de alguns minutos, Pen a puxou do travesseiro e abraçou-a contra o peito, embalando-a da mesma forma que Barty fazia quando ela caía. Pen não ia fazer pergunta nenhuma, percebeu Kelsea, e isso pareceu uma coisa tão boa que as lágrimas finalmente começaram a diminuir e virar soluços. Ela se aconchegou no peito nu de Pen, apreciando a sensação: quente, duro e reconfortante na bochecha dela.

Poderia ser um segredo, sussurrou a mente dela, o pensamento vindo do nada, mas, um momento depois, Kelsea percebeu que a voz estava certa. *Poderia* ser um segredo. Ninguém precisava saber, nem Clava. A vida particular de Kelsea, suas escolhas particulares, eram só da conta dela, e agora ela se viu sussurrando, repetindo o pensamento em voz alta.

— Poderia ser um segredo, Pen.

Pen ergueu o rosto e olhou para ela por um longo momento. Kelsea viu, aliviada, que ele sabia exatamente o que ela estava propondo, que não teria que explicar.

— Você não me ama, Lady.

Kelsea balançou a cabeça.

— Então por que quer isso?

Era uma boa pergunta, mas parte de Kelsea ficou irritada mesmo assim por Pen ter perguntado. *Eu tenho dezenove anos!*, ela teve vontade de dizer. *E ainda sou virgem! Não é suficiente?* Ela não amava Pen, e ele não a amava, mas gostava da aparência dele sem camisa, e parecia muito importante provar que não era mais criança. Ela não devia precisar de motivo por querer as mesmas coisas que todo mundo.

Mas não podia dizer isso para Pen. Aquilo só o magoaria.

— Não sei. Só quero.

Pen fechou os olhos, a boca se contraindo, e Kelsea se encolheu, lembrando--se de repente do equilíbrio de poder entre os dois; ele achava que ela estava *dando uma ordem* para que ele dormisse com ela? Pen tinha princípios e, como havia observado, era da Guarda da Rainha. Talvez não bastasse o fato de que ninguém saberia; Pen saberia, esse era o problema.

— A escolha é sua, Pen — disse Kelsea para ele, colocando a mão em seu pescoço. — Não sou a rainha agora. Sou só...

Pen a beijou.

Não foi como nos livros. Kelsea mal teve tempo de decidir o que estava sentindo; estava ocupada demais tentando não ser inepta, tentando entender aonde a língua devia ir. *Muito trabalhoso*, pensou ela, um pouco decepcionada, mas a mão de Pen subiu até seu seio e a sensação foi melhor, mais parecida com o jeito que achava que devia ser. Kelsea se perguntou se devia tirar o próprio vestido ou deixar que Pen fizesse isso, mas se deu conta de que ele já tinha se adiantado, e metade dos botões já estava aberto. O quarto estava frio, mas ela suava, e, quando a boca de Pen chegou ao seu mamilo, ela estremeceu, sufocando um gemido. Ele puxou o resto do vestido e parou.

Kelsea olhou para baixo e viu o que Pen estava vendo: os braços e as pernas riscados com ferimentos em vários estágios de cicatrização. Não pareciam tão ruins quanto ficariam à luz do dia, mas mesmo Kelsea, que estava acostumada com eles, sabia que eram uma visão terrível.

— O que está fazendo consigo mesma?

Kelsea agarrou o vestido e enfiou os braços nas mangas. Tinha estragado o clima, como parecia fazer sempre que tentava se comportar como adulta.

Pen a impediu, segurando o pulso dela de leve, o rosto ilegível.

— Você não pode falar sobre isso?

Kelsea balançou a cabeça, olhando com insistência para o chão. Pen passou o polegar de leve pela cicatriz na coxa dela, e Kelsea percebeu de repente que estava ali sentada, seminua, com um homem olhando para seu corpo e nem estava corando. Talvez estivesse amadurecendo um pouco, afinal.

— Entendo — disse Pen. — Não é da minha conta.

Kelsea ergueu o rosto, surpresa.

— Você vive em um mundo que nenhum de nós consegue ver, Lady. Eu aceito isso. E suas escolhas são suas.

Kelsea olhou para ele por um momento mais. Em seguida, afastou a mão dele de sua coxa e a colocou delicadamente entre as pernas. Pen a beijou, e ela de repente colocou as mãos nele todo, como se não conseguisse puxá-lo para perto o bastante.

— Pode doer — sussurrou ele. — Dói na primeira vez.

Kelsea olhou para ele, para esse homem que não fez nada durante meses além de protegê-la do perigo, e percebeu que a maioria dos livros enganava. Pintavam o amor como uma proposição de tudo ou nada. O que ela sentia por Pen não era tão intenso quanto o que sentia por Fetch... mas *era* amor, mesmo assim, e ela tocou a bochecha dele.

— Você não vai me machucar, Pen. Sou durona.

Pen deu seu velho sorriso, o que Kelsea não via em semanas. Quando a penetrou, doeu, uma ardência quente que a fez querer fechar as pernas, mas não deixaria que Pen soubesse de forma nenhuma, e se empurrou contra ele, tentando acompanhar o ritmo. A dor aumentou, mas não dava para voltar agora; Kelsea sentia como se tivesse atravessado um abismo, com a ponte quebrada atrás de si. Os mort estavam lá, esperando... Kelsea balançou a cabeça e tentou afastar o pensamento. A invasão não devia se intrometer aqui, não nesse momento. Ela tentou se concentrar em Pen, em seu corpo, mas percebeu que não conseguia se livrar da imagem: à frente, esperando como uma maré horrível, os mort.

A coisa sombria

Ah, o que um homem pode dentro de si esconder,
Embora um anjo por fora possa parecer.
— *Medida por Medida,* WILLIAM SHAKESPEARE
(*Literatura da pré-Travessia*)

Agosto chegou iluminado e quente. A cidade fedia devido ao calor; sempre que Kelsea saía na varanda, conseguia sentir cheiro de esgoto e o menos pungente mas ainda desagradável odor de carne apodrecendo no sol. Sem pasto, muitos animais que os evacuados levaram consigo estavam começando a morrer de fome. Depois de uma consulta rápida com Clava, Kelsea ordenou que todos os animais de fazenda dentro e ao redor da cidade, exceto vacas e cabras leiteiras, fossem sacrificados imediatamente e a carne defumada para o cerco. Esse decreto não conquistou a simpatia dos fazendeiros de gado da planície Almont, mas a raiva parecia preferível à doença que se espalharia se os animais morressem e apodrecessem nas margens do rio Caddell, contaminando o fornecimento de água da cidade.

Javel, Dyer e Galen partiram para Demesne no dia 2 de agosto. Partiram na escuridão da noite, rápida e silenciosamente, tanto que até Kelsea só soube depois que já tinham ido embora. Ficou furiosa, mas Clava só lembrou a ela, com seu jeito lacônico habitual, que ela o havia colocado como responsável da operação, e não havia nada que Kelsea pudesse fazer sobre isso.

No dia 4 de agosto, Kelsea encontrou Andalie sozinha no quarto e fechou a porta, deixando Pen do lado de fora. Tinha passado dias reunindo coragem, mas, diante do olhar questionador de Andalie, quase perdeu a coragem. Ela e Pen dormiram juntos mais três vezes, e apesar de cada vez ser melhor do que a anterior, uma verdade desagradável foi pesando mais e mais na mente de Kelsea.

— Andalie, posso lhe pedir um favor?

— Claro, Lady.

— Quando vai ao mercado, você... você ouve falar de itens do mercado negro disponíveis por lá?

Andalie olhou para ela com curiosidade.

— O que você está procurando, Lady?

— Eu quero... — Kelsea olhou na direção da porta para ter certeza de que Pen não tinha voltado para o quarto. — Eu quero um contraceptivo. Ouvi dizer que tem lá.

Se Andalie ficou surpresa, não demonstrou.

— Tem, sim, Lady. A questão é como distinguir o verdadeiro do falso. E o verdadeiro é sempre caro.

— Eu tenho dinheiro. Você consegue? Não quero que ninguém saiba.

— Posso conseguir, Lady. Mas me pergunto se você considerou as consequências.

Kelsea franziu a testa.

— Você tem objeções morais?

— Deus, não! — Andalie riu. — Eu mesma teria usado, mas nunca tive dinheiro. Eu mal podia dar duas refeições por dia aos meus filhos. Não julgo você, Majestade. Só quis dizer que até eu ouvi os apelos: as pessoas querem um herdeiro. Não sei o que pode acontecer se você tomar um contraceptivo e isso vier a público.

— A opinião pública é a menor das minhas preocupações agora. Eu tenho dezenove anos. Este reino não é dono de todas as partes de mim.

— As pessoas vão discordar de você quanto a isso. Mas, mesmo assim, posso conseguir o remédio, se for o que você quer.

— É — respondeu Kelsea com firmeza. — Quando você vai ao mercado?

— Quinta-feira.

— Vou lhe dar o ouro. Fico agradecida.

— Tome cuidado, Lady — avisou Andalie. — Conheço a ousadia da juventude, acredite. Mas o arrependimento tem a capacidade incrível de nos seguir bem depois que a juventude já passou.

— Sim. — Kelsea estava olhando para os pés, mas agora olhou abruptamente para Andalie, quase implorando. — Eu só quero poder ter uma vida, só isso. Uma vida, como qualquer garota da minha idade teria. Isso é tão terrível?

— Nem um pouco, Majestade — respondeu Andalie. — Mas, embora possa desejar uma vida comum, você não vai ter uma. Você é a rainha de Tearling. Há coisas que não se pode escolher.

Alguns dias depois, Kelsea finalmente arrumou coragem para fazer uma coisa que vinha adiando por quase um mês. Depois de reunir Clava, Pen e Coryn, ela saiu da Ala da Rainha, subiu três lances de escada e entrou em uma sala grande sem janelas no décimo segundo andar da Fortaleza.

Elston se levantou de uma poltrona assim que ela entrou. Pela primeira vez, Kibb não estava com ele. Embora Kibb parecesse ter se recuperado completamente, Clava ainda estava cauteloso, testando Kibb para ver se alguma coisa tinha mudado.

— Se divertindo, Elston?

— Mais do que pode imaginar, Lady.

O aposento era iluminado por muitas tochas, e no centro havia uma jaula de aço que ia quase até o teto. As barras eram finas, mas pareciam extremamente fortes. No centro da jaula, Arlen Thorne estava sentado em uma cadeira simples de madeira, a cabeça inclinada para trás, o olhar direcionado para o teto. A cadeira era a única mobília na jaula.

— Ele não tem um colchão? — perguntou Kelsea a Clava em voz baixa.

— Ele pode muito bem dormir no chão.

— E cobertor?

Clava franziu a testa.

— Que solidariedade repentina por Thorne é essa, Lady?

— Não é solidariedade, é preocupação. Até os piores criminosos mereceriam um cobertor.

— Veio se gabar, Majestade? — gritou Thorne da jaula. — Ou vocês vão ficar aí sussurrando o dia todo?

— Ah, Arlen. Que situação. — Kelsea se aproximou até ficar a três metros das barras, e Pen foi atrás, colocando-se entre Kelsea e a jaula. Por um momento, ela ficou distraída pelo corpo leve de espadachim de Pen, que agora via em uma luz totalmente nova; o sexo estava ficando cada vez melhor, e era difícil atualmente não o visualizar nu. Mas eles concordaram em manter aquilo em segredo, e em segredo ficaria. — Coryn, você consegue encontrar alguma coisa em que eu possa me sentar, por favor?

— Lady.

— Como vai a invasão, Majestade? — perguntou Thorne.

— Mal — admitiu Kelsea. — Os mort estão avançando cada vez mais para dentro de Tearling. Meu exército não vai segurá-los por muito tempo.

Thorne deu de ombros.

— O resultado inevitável.

— Uma coisa eu tenho que admitir, Arlen: pelo menos você não finge remorso.

— Por que sentiria remorso? Eu joguei a cartada que recebi da melhor maneira possível. Azar é azar. — Thorne se inclinou para a frente, os olhos azuis brilhantes perfurando a sala escura. — Como você descobriu sobre a remessa especial, Lady? Eu sempre quis saber. Alguém contou?

— Não.

— Então, como você soube?

— Magia.

— Ah, bom. — Thorne se recostou na cadeira. — Eu já vi magia sendo usada uma ou duas vezes.

— Você não se importa com nada, Arlen?

— Se importar é uma fraqueza, Majestade.

Coryn reapareceu com uma cadeira, e Kelsea se sentou na frente da jaula.

— E Brenna? Você deve se importar com ela. Ou fui mal informada?

— Brenna é uma ferramenta útil, e ela gosta de ser usada.

A boca de Kelsea se retorceu de repulsa, mas ela se lembrou da mulher furiosa cuspindo impropérios no calabouço. Talvez houvesse alguma verdade no que Thorne disse.

— Como Brenna passou a ser o que é?

— Ambiente, Majestade. A minha Brenna e eu crescemos no pior inferno imaginável. — Thorne indicou Clava com a cabeça, a boca se retorcendo de malícia. — Você sabe do que estou falando. Eu vi você lá.

— Está enganado — respondeu Clava, sem inflexão na voz.

Thorne sorriu.

— Ah, não, capitão da Guarda, tenho certeza de que era você.

No instante seguinte a clava bateu nas barras, um estrondo ensurdecedor de aço em aço no espaço fechado.

— Continue falando, Thorne — disse Clava em voz baixa —, e vou acabar com você.

— Por que eu me importaria, capitão? Você ou a corda, não faz diferença para mim.

— E que tal eu mandar aquele seu bichinho para Mortmesne, para Lafitte? — Clava segurou as barras e se encostou na jaula, e Kelsea ficou feliz de repente de não poder ver o rosto dele. Clava nunca se permitia se abalar com tanta facilidade; Thorne devia ter atingido uma ferida funda. — Albinos são objeto de curiosidade, sabe? Mulheres assim sempre atraem clientes.

— Você não tem motivo para fazer mal a Brenna.

— Mas vou fazer exatamente isso, Thorne, se você me levar a isso. Fique de boca calada.

Thorne ergueu as sobrancelhas.

— Você apoia isso, Majestade?

Kelsea estava incomodada com o rumo da conversa, mas assentiu com firmeza.

— Eu apoio o que Lazarus decidir fazer.

— Ah, eu sabia. Kelsea, a Virtuosa. Kelsea, a Altruísta. — Thorne balançou a cabeça, rindo. — Esses pobres iludidos por aí trabalharam como uns loucos por você, Majestade. Acham que você vai salvá-los dos mort. Um teatro inteligente esse seu, mas eu sempre soube que você não era melhor que o resto de nós.

— Eu nunca aleguei ser virtuosa ou altruísta — respondeu Kelsea. — E não sei como *você* pode alegar algum tipo de superioridade.

— Mas eu não faço segredo do que sou, Kelsea Raleigh. Mas acho que é Glynn agora, não é? Essas ilusões que vocês sofrem... tanto trabalho e arquitetura para convencer a si mesma que você é melhor, mais pura. Nós todos queremos o que queremos, e há bem pouco que não faríamos para conseguir. Chame a si mesma do que quiser, rainha Kelsea, mas você é uma Raleigh até o osso. E não há altruístas nessa linhagem.

— Eu não quero morrer, Arlen, mas daria minha vida por qualquer um desses homens, e eles, por mim. Isso é real, o sacrifício, mas você nunca vai entender.

— Ah, mas eu entendo. Eu tenho uma informação que Vossa Majestade acharia valiosa, tão valiosa que pensei muitas vezes que poderia trocar pela minha própria vida. Mas não vou fazer isso.

— Que informação?

— Primeiro, meu preço: a vida e o bem-estar de Brenna.

Clava começou a reclamar, mas Kelsea o cortou.

— Defina bem-estar.

— Brenna é conhecida por ser minha protegida. Quando eu morrer, muitas pessoas vão querer despejar a fúria nela também. Ela precisa de proteção.

— Não tente pintar sua albina como inocente, Thorne. Ela é perigosa.

— Ela foi infeliz, Majestade. Brenna e eu fomos criados como animais. Se não tivesse tido sorte, até seu Clava poderia ter ficado como nós.

Clava partiu para cima das barras, as mãos grandes tentando agarrar Thorne. O homem não se mexeu; nem os braços compridos de Clava conseguiam chegar longe o bastante pelas barras.

— O quê? — perguntou Thorne. — Não quer relembrar comigo? Nem mesmo sobre a arena?

— Elston. — Clava se virou, rosnando. — Chaves.

— Elston, não ouse.

— Deixe que a gente cuide dele, Lady! — respondeu Elston com ansiedade, adiantando-se e tirando as chaves do cinto. — Por favor, eu imploro!

— Sente-se, Elston! E você, Lazarus, chega. Esse homem vai morrer na frente das pessoas a quem fez mal. Não na sua.

Clava estava se adiantando de novo, mas agora, parou.

— Você vai executá-lo?

— Vou. Eu decidi. No domingo que vem, na praça.

— Thorne fez mal a mim, Lady — disse Elston baixinho. — Minha dor é a mesma de qualquer outro no Tearling. Deixe que eu faça.

— Cristo do céu, cresça! — cortou Thorne. — Foi um acidente. Eu não fazia ideia do que você era. Vinte anos depois e você ainda não consegue deixar isso para trás!

— Seu cafetão de merda...

— Chega! — gritou Kelsea, perdendo a paciência. — Fora daqui, agora! Todo mundo, menos Pen!

— Lady...

— Fora, Lazarus!

Clava teve a dignidade de parecer um pouco envergonhado quando saiu, levando Elston e Coryn junto. A porta se fechou com um baque.

— Agradeço a Deus pelos pequenos favores — murmurou Thorne. Ele desabou na cadeira, inclinou a cabeça para trás e fechou os olhos.

Kelsea estava nervosa. Aquela conversa deu uma virada radical em território desconhecido. Clava tinha passado a impressão de que a albina era um souvenir estranho do passado de Thorne, um fetiche que ele carregava consigo como um talismã da sorte. Mas, a não ser que Thorne tivesse alguma intenção nefasta com aquilo, e Kelsea não conseguia imaginar o que poderia ser, o que ela estava vendo agora era um ato totalmente altruísta, que não combinava nem um pouco com Arlen Thorne.

— Onde você cresceu, Arlen?

— Você vai me executar no domingo, Majestade. Eu não lhe devo uma biografia.

— Talvez não. Mas, se uma coisa horrível foi mesmo feita a você quando criança, talvez eu pudesse impedir que acontecesse com outros.

— O que acontece com os outros é problema deles. Eu só me importo com o que acontece com Brenna.

Kelsea suspirou. O altruísmo dele, se era isso mesmo, não ia muito longe.

— Supondo que eu goste do que você está vendendo, o que você quer que eu faça com ela?

— Eu quero um lugar para Brenna aqui.

— Na Fortaleza? — perguntou Kelsea com incredulidade.

— Não há outro lugar onde ela ficaria em segurança, Majestade. Você não pode escondê-la; ela é reconhecível demais. Quero que ela tenha um lugar seguro para morar, seja decentemente alimentada e vestida e protegida por um guarda leal que não possa ser subornado.

— Até o guarda mais leal pode ser subornado, Arlen. Você destruiu um dos meus.

— Foi a morphia que destruiu Mhurn, Lady, assim como destruiu tantos tolos que tentam se esconder do aqui e agora. Sou apenas o homem que encontrou o cadáver, tirou a poeira e aproveitou da forma que pôde.

— Deus, como você é frio, Arlen.

— É o que me dizem, Majestade. Mas é fato que só um tolo culpa o traficante.

Kelsea respirou fundo e tirou todos os pensamentos sobre Mhurn da cabeça.

— O que faz você pensar que Brenna vai aceitar ficar sob minha proteção? Ela não parece gostar muito de mim.

— Tenho certeza de que você está sendo generosa, Lady. Mas ela vai aceitar.

— E o que você oferece em troca?

— Uma carta na manga contra a Rainha Vermelha.

Kelsea olhou para ele com incredulidade.

— Nós nos conhecemos há muito tempo, Majestade. Ninguém conhece bem a Rainha Vermelha, mas me arrisco a dizer que a conheço melhor do que a maioria dos homens que viveu para contar a história.

— Sua carta na manga poderia fazê-la dar as costas e mandar o exército dela para casa?

— Não, Majestade. Se pudesse, nós estaríamos negociando pela minha vida também, além da de Brenna.

— Se sua informação não vai salvar o Tearling, por que eu me importaria?

— Só você pode dizer, Lady. — Thorne deu de ombros. — Mas eu nunca lamentei ter obtido uma informação. Elas costumam ser úteis quando se menos espera.

Kelsea fez uma careta, sentindo-se manipulada. Esse homem era um mentiroso, um dos melhores dos tear... mas ela acreditava nele. Ele parecia resignado ao seu destino. E, no esquema das coisas, o que pedia era bem pequeno.

— Eu não descumpro minha palavra, Majestade, e ouvi dizer que você também não. — Os olhos azuis de Thorne cintilaram pelas barras antigas. — Não estou tentando enganar você. É uma barganha honesta: a segurança e o cuidado da minha Brenna por uma boa informação. Você aceita?

Estou fazendo um pacto com o diabo, pensou Kelsea. Ela devia chamar Clava e pedir a opinião dele. Mas parecia uma decisão que devia ser só dela. Considerou por mais um momento, suspirou e assentiu.

— Temos um acordo, Arlen.

Thorne ofereceu a mão pelas barras para ela apertar, mas Kelsea balançou a cabeça.

— Sem chance. Qual é a informação?

— As suas safiras, Majestade. Ela as quer, mais do que você pode imaginar.

— Estas? — Kelsea olhou para baixo, mas as mãos já tinham instintivamente segurado as joias, e agora elas estavam fora do campo de visão. — Por que não as pediu para minha mãe como parte do Tratado? Ela podia ter feito isso.

— Acho que não as queria tanto naquela época, Majestade. De qualquer modo, ela precisava dos escravos. Mas ela e eu fomos parceiros de negócios por longos e frutíferos anos, e enquanto você estava escondida, eu vi o desejo dela por essas pedras crescer como uma febre. Ela estava tão desesperada por notícias delas quanto por sua cabeça, e a cada ano que seu tio não conseguia botar as mãos nas safiras, ela o via com mais desprezo.

— O que exatamente ela quer com as joias?

— Ela nunca me contou, Majestade.

— Quer arriscar um palpite?

Thorne deu de ombros.

— Ela é uma mulher que morre de medo de morrer, de deixar de existir. Reparei com frequência, embora seja uma qualidade que ela tente desesperadamente esconder. Talvez suas pedras possam ajudar?

A mente de Kelsea foi diretamente para Kibb, deitado no leito de morte, coberto de suor. Ela pensou na proposta de Row Finn: uma forma de destruir a Rainha Vermelha. Clava dissera que fazia anos que ninguém tentava assassiná-la; todo mundo supunha que era impossível. Seria possível que a Rainha Vermelha ainda fosse fisicamente vulnerável, de alguma forma? Um exército de pelo menos quinze mil homens ocupava o caminho entre Nova Londres e Demesne.

— Mas isso é uma conjectura, Majestade — continuou Thorne. — Os mort a chamam de *une maniaque*... o que para nós seria "maníaca por controle". Você, suas safiras, essas coisas são variáveis, e a Rainha Vermelha não é uma mulher que fique à vontade com variáveis, nem as agradáveis.

Kelsea ficou olhando para ele, fascinada e repugnada ao mesmo tempo.

— Você dormiu com ela, Arlen?

— Ela queria. Ela dorme com um homem e sente que ele é dela, categorizado e parte da coleção. Mas não faço parte da coleção de ninguém.

Thorne se levantou e se espreguiçou. Os braços eram tão compridos que quase chegavam ao alto da jaula.

— Por que adiar minha execução até domingo, Majestade? Estou cansado de esperar, e muito cansado da companhia de Elston. Por que não fazer logo agora?

— Porque, mesmo na morte, Arlen, você vai ser útil. Sua execução vai ser um evento público, e os anúncios vão chegar a todos os cantos do reino. O povo quer isso, e vou dar para ele.

— Ah, o prazer da multidão. É um gesto sábio, imagino.

— Você não teme a morte?

Thorne deu de ombros.

— Você joga xadrez, Majestade?

— Jogo, mas não tão bem.

— Eu jogo muito xadrez, e jogo bem. Não costumo perder, mas já aconteceu. Em jogos assim, sempre tem um ponto em que você percebe que vai ser superado, que o xeque-mate está a quatro ou dez ou doze jogadas. Uma escola de pensamento diz que você deve fazer o melhor fim de jogo que puder, lutando até o amargo fim. Mas eu nunca vi sentido nisso. Já fiz as contas, e meu xeque-mate aconteceu no momento em que sua gente pegou minha Brenna. Todas as jogadas depois disso foram o movimento sem sentido de peões.

— O que Brenna é para você? — perguntou Kelsea. — Por que ela é tão importante, se as outras pessoas não significam nada?

— Ah... essa história *vai* custar a minha vida, Majestade. Está disposta a trocar?

— Não. Mas posso trazer Brenna aqui e deixar você se despedir.

— Não é suficiente.

— Então, terminamos. — Kelsea se levantou da cadeira. — Se mudar de ideia, avise Elston.

Ela chegou à metade do caminho até a porta, mas Thorne chamou:

— Rainha Glynn?

— Sim?

— Não vou contar a história da minha vida, nem Brenna. Mas Clava pode contar se você conseguir arrancar dele.

Kelsea se virou, olhou para ele por um momento e respondeu:

— Você é transparente para mim, Arlen. Só quer erigir uma barreira entre nós.

Os lábios de Thorne se afinaram em um sorriso.

— Perceptiva, Majestade. Mas a curiosidade é uma coisa terrível. Acredito que essa barreira vá ficar maior com o tempo.

— Achei que você tivesse terminado.

— Até a fase do xeque-mate tem suas diversões. — Thorne se sentou novamente na cadeira, dando a ela um pequeno aceno de adeus. — Bom dia, rainha Glynn.

* * *

— Aumente a dose.

— O quê?

— Aumente a dose! — disse a Rainha com rispidez, forçando a voz pela vidraça grossa da melhor maneira possível.

Medire assentiu e se apressou em torno da mesa de exame, na qual estava presa uma escrava de Callae. A escrava não sabia, mas já estava morta. A única pergunta era quanto tempo demoraria. Uma linha fina de espuma avermelhada tinha começado a escorrer pelo canto da boca, e ela ofegava para respirar, os dedos se abrindo e fechando nas laterais do corpo. A Rainha se perguntou se a mulher estava fazendo barulho; o vidro era quase perfeitamente à prova de som, uma das melhores realizações de Cadare. Ela olhou o relógio na sua mão e viu que quase setenta segundos tinham se passado.

A mulher deu um ofego final, a boca se arredondando como a de um peixe. Os olhos se grudaram no teto, e ela ficou imóvel. Medire esticou a mão para o pulso dela, monitorou a pulsação por um momento e assentiu para a Rainha, que verificou o relógio de novo.

— Setenta e quatro segundos — disse a Rainha para Emmene, que estava ao seu lado com caneta e papel.

— Melhor do que o último teste.

— Bem melhor. Mas devíamos refinar ainda mais a pesquisa, se pudermos.

Estranhamente, a Rainha devia essa nova descoberta ao Tearling. Mais de mil e cem soldados morreram de mordida de cobra no lago Karczmar, e os corpos recuperados chegaram a Demesne inchados e pretos, cheios de toxina. A toxina fora difícil de colher, e vários soldados morreram coletando espécimes, mas as recompensas faziam o sacrifício valer a pena. Além de o veneno matar rapidamente por injeção e ingestão, tinha um gosto doce, facilmente escondido por vinho ou cerveja. Muitos venenos eram amargos; esse podia ser um acréscimo valioso à coleção da Rainha.

— Vossa Majestade.

Beryll tinha aparecido atrás dela, o caminhar leve e inaudível. Ele raramente descia para o laboratório; Beryll era o homem mais eficiente que a Rainha conhecia, mas não tinha estômago para os experimentos dela. Ele manteve os olhos cuidadosamente distantes do vidro.

— O que foi?

— Um mensageiro do general Ducarte. O exército rompeu a linha de frente tear em Almont e começou a seguir pela margem do rio Crithe. Os tear estão recuando.

A Rainha sorriu, um sorriso mais genuíno do que qualquer outro das últimas semanas. Houve tão poucas boas notícias ultimamente.

— Mande arautos para anunciar, aqui e em Cite Marche. Isso deve acabar com a briga lá.

— O general estima que vá avançar pelo menos cinco quilômetros por dia.

— As estimativas de Ducarte são sempre precisas. Mande meus parabéns a ele.

Beryll consultou a carta outra vez.

— Ele também relata que as aldeias na planície Almont oriental foram evacuadas antes da chegada do exército. Não houve pilhagem; os soldados só encontraram alguns animais doentes que foram deixados para trás. O resto da Almont também pode estar abandonado.

— E daí?

— Os soldados de Ducarte estão inquietos, Majestade. A pilhagem é parte da compensação deles.

— Eu não ligo para a pilhagem — murmurou a Rainha, a voz petulante. Ouro, escravos, gado, madeira... essas coisas seriam muito importantes para o exército, sim, mas não eram importantes para ela. O que ela queria estava em Nova Londres.

Mesmo assim, refletiu ela, a notícia veio na hora certa. A produção estava lenta em todos os setores da economia mort, mas o golpe mais duro veio na mineração, onde o índice de mortes entre os escravos sempre foi alto. A sugestão da Rainha de que os capatazes fossem menos rigorosos com os escravos foi recebida com deboche mal velado. A mineração em Mortmesne era uma loteria, definida por condições perigosas e rotatividade alta. Era preciso produzir, e a cada dia parecia que uma série de novas reclamações chegava das comunidades mineiras ao norte.

Dedos bateram no vidro atrás dela. Medire, com as sobrancelhas erguidas, fez sinal na direção da mulher morta perguntando se eles tinham terminado. A Rainha assentiu e se virou enquanto ele cobria o cadáver com um pano. Beryll ainda esperava com expectativa.

— O que foi?

— Há também uma mensagem do tenente Martin, do norte. Mais três ataques em Cite Marche. A inteligência dele sugere que os rebeldes estão planejando se deslocar para outras cidades, inclusive Demesne.

— Nada sobre o tal Levieux?

— Nada sobre esse assunto, Majestade.

— Maravilha. — A Rainha se perguntou se cometeu mesmo um erro tático ao remover Ducarte do front. Ele já teria produzido resultados a esta altura. Mas era tarde demais; Ducarte estava quase na metade da planície Almont, e não aceitaria bem ser jogado de um lado para outro.

— O que tenho hoje?

Beryll fechou os olhos e consultou sua memória. Ele tinha mais de noventa anos, era vítima de muitas fragilidades, mas sua mente permanecia inteligente e clara.

— Tem jantar com os Bell, mas eles só chegam às seis. Tem bastante tempo.

— Preciso tirar um cochilo.

— Você tira cochilos demais, Majestade — murmurou Beryll, em tom de grande reprovação.

— Não tem mais nada a fazer. Não durmo mais à noite.

Era verdade. Era o sonho, que nunca a abandonava ultimamente: o inferno, o homem de cinza, a garota. A Rainha se viu incapaz de afastar uma sensação de desastre iminente.

— Por que não tomar uma das poções de Medire? — perguntou Beryll.

— Porque eu precisaria tomá-las sempre, Ryll. Não tenho desejo de ficar dependente.

— Você é dependente de mim, Majestade.

A Rainha riu. O resto de seus criados mantinha uma distância formal, necessária, mas muitas vezes cansativa, mas Beryll estava com ela desde que tinha sete anos, quando ela o escolheu no meio de um grupo de nobres mort esperando pela execução. Os pais dele já tinham morrido no levante, e a Rainha ficou comovida pela criança solitária, o rosto cheio de uma dor que ela reconheceu e da qual ainda se lembrava da infância: abandono e perda.

— Eu dependo mesmo de você, Ryll. Temos uma vida longa, você e eu.

— Que eu não a trocaria por nada, Lady. — Beryll sorriu, a determinação rígida rompida por um momento, e no sorriso a Rainha vislumbrou a criança que tirou da fossa cheia de sangue. Ela se inclinou e esticou a mão, e o garoto segurou... a lembrança doía. O tempo parecia se esticar sobre uma distância tão intransponível ultimamente. A Rainha procurou alguma coisa para aliviar o humor. — De qualquer modo, Medire não é o farmacêutico que pensa que é. Já ouvi boatos horríveis sobre efeitos colaterais. Irritações e manchas.

— As amas ficam inquietas, Majestade, sabendo que você não dorme. E essa ansiedade desce pela cadeia de serviçais.

— Quando tomarmos o Tearling, eu vou dormir bem.

— Se é o que você diz, Majestade — respondeu ele, em um tom que era quase de descrença.

Beryll a deixou quando eles chegaram ao alto da escada e foi para a sala do trono, e a Rainha continuou lentamente seu caminho, esmiuçando as duas mensagens que Beryll entregou para ela. O bilhete de Ducarte era como o próprio homem, breve e direto: a invasão estava prosseguindo como deveria, com a maior parte do exército mort se deslocando regularmente pela planície Almont. Mas as palavras de Martin foram escritas com pressa, o tom beirando o pânico: três dos seus interrogadores desapareceram e foram encontrados enforcados nos muros da cidade quatro dias depois. Dois arsenais da Coroa foram incendiados. Vallee levou uma flechada no joelho. Assim que Ducarte chegasse a Nova Londres e conseguisse sua parcela do que encontrasse por lá, ela o colocaria de volta nessa... nessa...

Rebelião.

Sua mente não queria aceitar aquela palavra, mas, depois de pensar um momento, foi obrigada a reconhecer a verdade. Ela tinha uma rebelião nas mãos, e ninguém do pessoal dela era capaz de sufocá-la.

No corredor amplo de teto alto que levava aos seus aposentos, a Rainha encontrou cinco amas reunidas, falando com vozes baixas.

— Deve ter alguma outra coisa que vocês poderiam estar fazendo com seu tempo — comentou ela com acidez, e ficou satisfeita de vê-las darem um pulo ao ouvirem sua voz. — Vão ser úteis.

Elas foram embora com pedidos de desculpas murmurados, aos quais a Rainha não reagiu. Suas amas se comportavam com respeito, mas todas ocasionalmente traíam o despudor da juventude, a impaciência de terem que cuidar de uma mulher que consideravam uma velha. A Rainha parou antes de entrar no quarto, examinando-se em um dos espelhos de corpo inteiro ao lado da porta. Não era jovem, não, não como aquelas garotas com olhos sem rugas e seios empinados. Mas também não era velha. Era uma mulher madura, uma mulher que sabia quem era.

Sou imutável, pensou a Rainha com orgulho. Ainda vulnerável a armas e ferimentos, certamente, mas à idade, aquela lâmina dupla implacável de decomposição e doença, nunca mais tocaria nela. A Rainha se acalmou e franziu a testa. Jamais ficaria velha, mas, mesmo assim, o tempo ficava mais importante para ela ultimamente: uma sensação de tempo como poder, como força que exercia pressão incrível. Sua vida fora longa, mas boa parte dela passou sem ser examinada. Só recentemente a Rainha começou a sentir os anos que passaram nos ombros, nada tão simples quanto o mero tempo... agora, era história.

Ela entrou nos seus aposentos e fechou a porta. Beryll levaria um chocolate quente para ela, e isso a faria dormir por uma hora, pelo menos. O quarto estava agradável e quente, perfeito para uma soneca. Ela...

A Rainha quase tropeçou quando seus pés encontraram um corpo sem vida no chão. Ela olhou para baixo e viu Mina, uma das amas, caída, o pescoço tão torcido que a cabeça estava virada para trás.

A Rainha se virou e olhou para a lareira. Tinha uma chama alta ardendo, um pilar tão forte que ela conseguia sentir o calor do outro lado do cômodo.

— Não... — começou ela, e a mão de alguém se fechou em sua garganta.

— Você não tem fé, rainha Mort — sibilou a voz no ouvido dela.

Ela tentou gritar, mas a mão da coisa sombria já tinha começado a apertar, forçando sua traqueia a se fechar. Ela conjurou todo o poder que tinha e forçou a coisa para longe, jogou-a do outro lado do quarto, onde caiu em uma mesa no canto, quebrando a madeira com um estalo seco.

A Rainha correu para trás do sofá, tentando forçar o ar a descer pela garganta ardendo, os olhos nunca se afastando da massa escura que estava começando a se mexer no canto. De repente, ficou de pé em um movimento estranho e nada natural, como o de um estilingue, e a Rainha gritou. Um palhaço pintado olhava para ela das sombras, o rosto pálido e os lábios retorcidos em um sorriso. Os olhos eram de um vermelho intenso e ardente.

A Rainha atacou de novo e empurrou a coisa para o chão. Mas não conseguiu dar mais do que um golpe leve. O corpo da coisa era estranho, se movia; ela não conseguia segurar seus contornos, não conseguia encontrar membros, órgãos, tecidos. Não havia nada que a mente pudesse segurar.

Um jato brilhante surgiu do fogo diretamente para cima dela. Ela mergulhou no chão, rolou para a parede e sentiu uma lufada de ar quente quando o sofá pegou fogo atrás dela. O quarto de repente começou a feder a tecido queimado. A Rainha tentou ficar de pé, mas uma mão segurou seu braço e a jogou do outro lado do quarto, contra a parede. Seu ombro estalou, e ela gritou, um berro alto e rouco. A Rainha se ajoelhou e viu que não conseguia se levantar. O calor queimava seu rosto; o tapete enorme na frente da lareira agora também estava em chamas. Seu ombro era pura agonia.

Punhos bateram na porta, e a Rainha ouviu uma confusão de vozes lá fora, no corredor. Mas não podia esperá-las, e elas não podiam ajudar. Ela encontrou a coisa de novo, vindo para cima dela agora, movendo-se silenciosamente em meio à fumaça. Segurou-a pelo cabelo e a puxou para que ficasse de pé, e a Rainha sibilou quando fios foram arrancados da cabeça. A coisa sombria a puxou para cima e a deixou pendurada nas pontas dos pés.

— Nós tínhamos um acordo, puta mort.

— A garota — ofegou ela. — Ainda consigo a garota.

— A garota já é minha. Foi um alvo ainda mais fácil que você. — A coisa sorriu mais ainda e a sacudiu para a frente e para trás. Ela gritou de novo; seu ombro parecia estar se partindo no meio. — Ela me pertence, e não tenho mais utilidade para você, Evelyn Raleigh. Nenhuma.

A porta do quarto se abriu, a tranca voando pelo aposento. A atenção da coisa sombria foi desviada só por um instante, mas, nessa hora, a Rainha viu com clareza de repente: uma forma prateada brilhante na mente, ossos delineados em luz vermelha. Ela encontrou o peito, segurou e apertou, prendendo todo o tronco no torno da mente. A coisa sombria rosnou, mas a Rainha foi em frente, apertando cada vez mais, até a coisa soltar seu cabelo e a deixar de pé. Os olhos vermelhos estavam a dois centímetros dos dela agora, e a Rainha tremeu pelo desdém que viu lá: desdém não só por ela, mas por todo mundo, toda humanidade, o que entrasse em seu caminho.

— Você não pode me matar, rainha mort — sussurrou a coisa, os lábios vermelhos se abrindo em uma careta. O bafo fedia a sangue, a carne em putrefação. — Você não é forte o bastante. A garota vai me libertar, e então não vou precisar de fogo para encontrar você.

A Rainha sentiu os guardas passarem pela porta agora, formas vagas na fumaça. Beryll também; ela conseguia senti-lo, lealdade e ansiedade misturadas, do outro lado do quarto. A coisa sombria se contorceu dentro do aperto dela, uma sensação terrível, como se houvesse minhocas se enrolando em sua mente. Ela tentou esmagar a sensação, mas não tinha forças.

— Apaguem o fogo! — gritou ela para os guardas. — Todo o fogo! Apaguem!

Os guardas obedeceram instintivamente, correndo até a cama para pegar lençóis. A coisa sombria tentou se soltar, mas ela a apertou ainda mais. Seu contorno estava extraordinariamente claro em sua mente, mas as beiradas eram doloridas, uma corrente como relâmpago se movendo sob suas mãos.

Poder, pensou a Rainha, tonta. *Como conseguiu tanto?*

A coisa sombria riu, uma gargalhada lunática que quase a fez perder a firmeza.

— Você nunca vai ter o que procura, rainha mort. Nunca vai ser imortal.

— Vou — ofegou ela. Achava que estava sentindo alguma coisa enfraquecendo nas costelas da coisa, mas não tinha como ter certeza. A sensação ardente embaixo das mãos tornava tudo difícil de avaliar. — Eu vou.

— Já vi a sua fuga, sabia? Perseguida por um homem de cinza, a garota ao seu lado. Eu vi o seu destino.

A Rainha fechou os olhos, mas não tinha como bloquear as palavras.

— Os imortais não precisam fugir, rainha mort. Mas você, você vai fugir, e vai morrer, e todo o inferno vai esperar você. Acredite, rainha mort, eu já estive lá.

A Rainha mostrou os dentes ao sentir uma coisa ceder dentro do corpo dele, uma pequena falha se abrindo. A coisa sombria emitiu um guincho alto, e a Rainha uivou de triunfo. O sangue escorreu do nariz dela, mas ela mal percebeu.

Tinha conseguido machucar a coisa. Só um pouco, mas era suficiente. A coisa sombria também não era imortal. Talvez ela não tivesse força suficiente para matá-la, mas a criatura *podia* ser morta.

Vagamente, ela sentiu os guardas apagando os focos de fogo. Mas eles estavam ignorando a lareira.

— O fogo todo, droga! A lareira também!

Atrás da coisa, uma sombra pairava, uma sombra que virou Beryll, vindo na direção dela com uma cadeira de madeira na mão como um porrete. Ele bateu na cabeça da coisa sombria, e a Rainha sentiu o impacto ricochetear por ela toda, o contorno da coisa sombria tremendo dentro da mente dela. A coisa sibilou, virou a cabeça e olhou diretamente para Beryll.

— Não! — gritou a Rainha. Mas era tarde demais. Sua concentração tinha sido rompida. A coisa sombria se soltou dela, avançou em Beryll e quebrou o pescoço dele sem som nenhum, e naquele momento o fogo se apagou, mergulhando os aposentos em escuridão. A forma brilhante na mente da Rainha estremeceu, ficou mais clara e, por fim, desapareceu. Ela escorregou até o chão, ofegante, segurando o ombro deslocado.

— Majestade! — gritou o capitão da Guarda. — Onde você está?

— Estou bem, Ghislaine. Acenda uma vela. Mas só uma vela.

Houve confusão e tropeços depois das palavras dela. A Rainha rastejou para o lado, se apoiando no ombro bom e poupando o ruim, até chegar ao corpo inerte e ainda quente de Beryll junto à parede. Quando o brilho leve de uma vela começou a iluminar o quarto, ela viu os olhos arregalados do velho. Beryll teve uma vida longa, sim, e estava velho, mas a Rainha só conseguia ver a criança que tirou do poço: uma criança alta e magrela com olhos inteligentes e sorriso fácil. Uma coisa se contraiu dentro dela, e teve vontade de chorar. Mas isso era impensável. Ela não derramava uma lágrima havia cem anos.

A Rainha ergueu o rosto e encontrou os guardas em círculo ao seu redor, esperando, claramente com medo; eles achavam que levariam a culpa por esse desastre. Alguém precisava levar a culpa, com certeza, e depois de pensar um momento, a Rainha percebeu onde encontrar os culpados.

— Minhas amas. Tragam-nas aqui.

Quando as cinco mulheres estavam enfileiradas na frente dela, a Rainha as observou se perguntando quem seria a traidora. Seria Juliette, que vinha de uma das melhores famílias de Demesne e que pretendia ser rainha aqui um dia? Seria Bre, que já foi açoitada por estragar um dos vestidos dela? Ou talvez fosse Genevieve, que gostava de fazer comentários rebeldes para conquistar a aprovação das outras? A Rainha nunca sentiu a própria idade de forma tão pesada quanto quando viu as cinco à frente, um muro sólido de juventude inexorável.

— Qual de vocês acendeu a lareira?

Ela viu muitas emoções surgirem no rosto delas: surpresa, zelo, indignação. Todas acabaram escolhendo manter expressões exageradas de inocência. A Rainha franziu a testa.

— Mina está morta, mas não foi ela. Ela nunca conseguiu acender um fogo decente nem para salvar a própria vida. Vocês me conhecem, moças. Eu não sou justa. Se ninguém admitir a culpa, todas vão ser punidas. Quem desafiou uma ordem direta e acendeu o fogo?

Ninguém respondeu. A Rainha sentia como se todas estivessem unidas contra ela. Olhou para o corpo de Beryll e percebeu de repente a verdade das coisas: não havia mais lealdade. Beryll, Liriane... seus amigos estavam mortos agora, e ela se encontrava cercada de jovens estranhas e ambiciosas. A bolha de raiva dentro dela murchou de repente, virando tristeza e exaustão, uma sensação estranha de futilidade. Ela podia punir todas, sim, mas o que isso provaria?

— Estão dispensados. Saiam.

Os guardas foram embora, mas as cinco amas só ficaram paradas, os olhos assustados e confusos. Loura, ruiva, morena e até uma cadarese morena e exótica chamada Marina. O que deu na Rainha para escolher aquelas mulheres? Ela devia sempre ter escolhido homens. Os homens partiam para cima de frente, com os punhos erguidos. Não se esgueiravam atrás de você com uma faca.

— Estamos dispensadas também, Majestade? — arriscou Juliette, com um tom de descrença.

— Vão. Encontrem uma substituta para Mina.

— E os cadáveres?

— Saiam! — gritou a Rainha. Sentia o próprio controle sumindo, centímetro a centímetro, mas não havia como tomar as rédeas dele. — Saiam daqui!

As amas saíram correndo.

A Rainha foi até a mesa, os movimentos estranhamente encolhidos por ela estar tentando proteger o ombro. Estava muito deslocado; ao tatear a pele, a Rainha sentiu os contornos do problema, uma deformação na musculatura. Colocar no lugar ia doer muito. Mas a Rainha tinha problemas maiores. O rosto da coisa sombria pairava na frente dela, os olhos brilhantes e alegres. Achava que tinha a garota agora, e a garota era tudo que a criatura queria. Pior, chamou a Rainha pelo nome.

Como ele podia saber?, pensou ela com fúria. Não havia como: ela encobrira todas as pistas bem demais. Evelyn Raleigh estava morta. Mesmo assim, a coisa sombria a chamou pelo nome.

Evie! A voz ecoou em um canto da mente, a voz da mãe, sempre um pouco impaciente, sempre exasperada pelo que faltava na filha. *Evie, aonde você foi?*

A Rainha se sentou à mesa. Movendo-se cuidadosamente para poupar o ombro deslocado, abriu uma gaveta e pegou um pequeno retrato em uma moldura de madeira envernizada. O retrato era a única coisa tangível que restava para lembrar à Rainha sua vida antiga, e às vezes ela brincava com a ideia de jogar tudo fora. Mas foi importante demais para uma garota jovem e desesperada, e ganhou a qualidade de um talismã da sorte; a Rainha até acreditou que, por um breve momento, aquele retrato a manteve viva. Sempre que tentava se livrar dele, alguma coisa a impedia.

A mulher no retrato não era a mãe da Rainha, mas, quando a Rainha era jovem, ela teria dado o mundo para que fosse. Era uma mulher morena em estado de gravidez avançada, a pele bronzeada pelas longas horas passadas no sol. Esse retrato era velho; a mulher usava roupas sem formas demais para ser de qualquer coisa além da era do Desembarque, e um arco primitivo estava preso às costas dela. O rosto era bonito, mas não era com a beleza fácil e descuidada de qualquer rainha Raleigh. Aquela mulher sofreu; havia cicatrizes na clavícula e no pescoço dela, e o rosto era coberto de dor curada. Mas não havia amargura. Ela estava rindo, e os olhos irradiavam gentileza. Havia flores trançadas no cabelo. Quando a Rainha era jovem, ela passava horas olhando aquele retrato, as entranhas contorcidas de inveja... não da mulher, mas da criança na barriga dela. Queria saber o nome da mulher, mas mesmo na galeria da Fortaleza a foto nunca teve placa de identificação.

Evie! Por que você me faz esperar tanto?

— Cala a boca — sussurrou a Rainha. — Você está morta.

Pensar no passado fora um erro. Ela jogou a fotografia na gaveta e a fechou. Se a coisa sombria não tinha mais utilidade para ela, a Rainha perdera a vantagem. Não podia proibir o fogo para sempre; mais cedo ou mais tarde, o que aconteceu hoje aconteceria de novo. E, se a garota conseguisse libertar a coisa sombria, não haveria para onde correr. Os restos da lembrança desapareceram da mente dela, e ela voltou todos os pensamentos para o presente. A garota, a garota era o problema, e independentemente do que a coisa sombria tinha dito, a Rainha não considerava a garota um alvo fácil. Não podia oferecer a barganha de Elyssa, pois a garota se recusou a mandar um único escravo para Mortmesne. Por um momento estranho e melancólico, a Rainha desejou poder se sentar com a garota, falar com ela como uma igual. Mas as safiras tornavam uma discussão amigável impossível. A Rainha hesitou por outro momento, pensando, depois apertou o botão dourado na parede.

Alguns momentos depois, Juliette entrou no quarto, os passos hesitantes, o olhar grudado no chão. Era uma garota esperta, a Julie, sem querer abusar da sorte.

— Majestade?

— Prepare minha bagagem para uma viagem — disse a Rainha para ela, virando-se para a lareira. Ela esticou a mão pelas costas e segurou o pulso esquerdo com a mão direita. — Para várias semanas. Você vai me acompanhar. Partimos amanhã.

— Para onde vamos, Majestade?

A Rainha respirou fundo e puxou o braço esquerdo para trás, forçando o pescoço e o tronco superior para a frente na mesma hora. A dor foi repentina e excruciante, botando o ombro todo em chamas, e um grito subiu pelo fundo da garganta da Rainha. Mas ela manteve a boca bem fechada, e um momento depois houve um estalo satisfatório da musculatura voltando para o lugar. A dor sumiu rapidamente, virando um latejar cego que podia muito bem ser curado com analgésicos.

A Rainha se virou para Juliette, o sorriso agradável, embora a testa estivesse molhada de suor. A expressão de Juliette estava horrorizada, o rosto sem cor. A Rainha deu um passo à frente só para ver o que aconteceria, e teve o prazer de ver Juliette recuar, quase sair correndo porta afora.

— Faça as malas para um clima quente e dias de dificuldade.

— Para onde vamos, Majestade? — repetiu Juliette, a voz trêmula. A Rainha realmente a achara intimidante alguns minutos antes? Não havia nada a temer de uma pessoa tão jovem.

— Para o front, Julie — respondeu ela com um tom de finalidade, indo olhar para a janela ocidental. — Para o Tearling.

Durante toda a subida pela escada, Ewen manteve o olhar nas costas de Clava. Estava com medo, mas não havia a possibilidade de não segui-lo; Ewen aprendeu isso com o pai. Quando você recebia um chamado do capitão da Guarda, você ia. Clava carregava um pacote grande e cinza embaixo do braço, e nem olhou para Ewen desde que eles saíram do calabouço. Pior ainda, Clava deixou outro carcereiro no lugar de Ewen enquanto ele ia até lá em cima. O novo homem não era tão grande quanto Ewen, mas era inteligente, com olhos rápidos que percorriam todo o calabouço. O prisioneiro que restava, Bannaker, tinha se recuperado completamente dos ferimentos, e Ewen, sabendo que o anão seria perigoso quando totalmente recuperado, o tinha colocado na cela dois. Mas a primeira coisa que o novo carcereiro fez foi andar até a cela dois e verificar as trancas, e isso deixou Ewen irritado: como se ele fosse deixar uma cela destrancada com um prisioneiro dentro! O novo homem se sentou à mesa em seguida, como se fosse o dono do lugar, colocando os pés para o alto, e, naquele momento, Ewen soube que a rainha ia tirá-lo do posto. Ele fora um bom carcereiro por quase cinco anos, mas a rainha devia ter descoberto que ele era lento. A cada degrau que Ewen subia, ficava mais enjoado. A família era de carcereiros na Fortaleza havia uma eternidade, desde o avô do pai de Ewen. Seu pai só saiu do trabalho porque não conseguia mais andar. Ewen não conseguiria dar a notícia para o pai. Sentia-se nu sem o chaveiro.

Mas eles não saíram da escada no nono andar, o da Ala da Rainha. Só continuaram subindo por vários andares, e Clava o levou para um aposento grande e iluminado como se fosse noite de Natal, com mais de doze tochas enfileiradas nas paredes. Dois guardas da rainha, um grande e um pequeno, estavam sentados em cadeiras depois da porta, e no centro da sala havia uma jaula alta, mas Ewen não conseguiu identificar o que havia lá dentro.

— Bom dia, garotos.

— Bom dia, senhor — responderam os dois, se levantando. O homem menor tinha olhos tão claros que pareciam brancos, e lembraram a Ewen a tal Brenna. Três guardas da rainha a tiraram do calabouço vários dias antes, o que tinha sido um alívio sem fim para Ewen. Os olhos de Bannaker podiam tramar para escapar o tempo todo, mas mesmo assim ele parecia menos perigoso que a mulher. Uma bruxa, Ewen tinha certeza, poderosa e terrível, assim como o pai sempre as descrevia nas histórias.

— El. Chaves.

O guarda grande se aproximou na luz, e Ewen o reconheceu agora: o homem com os dentes assustadores. Ele jogou as chaves para Clava, que bateu com elas nas barras, um estalo metálico que machucou os ouvidos de Ewen.

— Acorde, Arlen! É seu grande dia.

— Estou acordado. — Uma forma magra e fantasmagórica se levantou do chão da jaula, e Ewen reconheceu o espantalho. Mas estava vestido de forma diferente agora, com camisa e calça brancas de linho, e até Ewen sabia o que isso queria dizer: era o uniforme de um prisioneiro sentenciado à morte.

— Você vai se comportar, Arlen? — perguntou Clava.

— Já fiz meu acordo.

— Que bom. — Clava destrancou a jaula. — Amarre-o.

Ewen estava começando a se perguntar se Clava tinha se esquecido de que ele estava presente, mas agora os olhos intensos do homem o encontraram.

— Você! Ewen! Venha aqui.

Ewen se adiantou, quase na ponta dos pés.

— Escute com atenção, garoto, pois não temos muito tempo. — Clava tirou o pacote de debaixo do braço e o sacudiu, e Ewen viu que era uma capa cinza comprida. — Você mostrou grande coragem ao capturar esse homem, e a rainha está muito agradecida. Por isso, hoje você vai ser um guarda da rainha.

Ewen ficou olhando para a capa cinza, hipnotizado.

— Você e Elston vão transportar esse prisioneiro até a praça de Nova Londres. Elston está no comando. Seu único trabalho é cuidar do prisioneiro, garantir que ele não fuja. Entendeu?

Ewen engoliu em seco e achou a garganta quase seca demais para responder.

— Sim, senhor.

— Que bom. Aqui. — Clava entregou a capa a ele. — Vista e venha nos ajudar.

O tecido cinza-escuro era macio, mais macio que qualquer peça que Ewen tivesse. Ele apertou a capa em torno dos ombros, tentando entender o que estava acontecendo. Sabia que não podia ser guarda da rainha; não era inteligente o bastante. Mas o estavam esperando ao lado da jaula, então ele correu para lá e fez posição de sentido. O guarda baixo já tinha amarrado os pulsos do prisioneiro.

— Vamos levá-lo pelo Portão da Fortaleza.

— Cristo, vão acabar com ele antes que ela possa executá-lo.

— Talvez, mas ela quer oferecer um show.

Juntos, os três homens levaram o prisioneiro entre eles, pela porta e escada abaixo. Isso, pelo menos, era uma coisa que Ewen entendia, lições aprendidas depois de anos no calabouço. Ele ficou com os olhos nas costas do espantalho, procurando o menor sinal de movimento, o menor sinal de que o prisioneiro pretendia correr. Quando o espantalho tossiu, Ewen colocou a mão no braço dele rapidamente. Enquanto eles desciam a escada, Ewen verificou a posição da faca e viu que estava onde deveria estar, presa ao cinto.

Uma coisa, seu pai sempre dizia, *somente uma coisa, Ew: cuide para que eles não fujam. O resto é responsabilidade de outra pessoa.*

No pé da escada, eles dobraram uma esquina na direção do Portão da Fortaleza, e Ewen viu um grupo de pessoas a cavalo. A rainha estava lá, sentada sobre um cavalo castanho, usando um vestido preto comprido que caía pelo flanco do animal. Ewen pensou em fazer uma reverência, mas mudou de ideia quando os outros três guardas não o fizeram. Ele podia não ser um guarda da rainha de verdade, mas podia agir como um.

— El, amarre-o — ordenou Clava. — Cuide para que ninguém possa puxá-lo.

Ao lado dos cavalos havia uma carroça aberta e ampla. Ewen ajudou o guarda grande a colocar o prisioneiro na parte de trás da carroça, depois também subiu, pensando: *Ninguém nunca fugiu comigo vigiando.* Sustentou a ideia com firmeza na mente, enquanto o guarda grande prendia o espantalho na carroça. Ewen nunca tinha deixado um prisioneiro fugir, e isso não aconteceria agora. Seu pai estava certo. O resto era responsabilidade de outra pessoa.

O Portão da Fortaleza se abriu à frente deles, a luz forte do sol inundando os muros escuros. Mas o som... Ewen olhou e viu pessoas, centenas delas, talvez até milhares, esperando depois do fosso. Quando a ponte baixou, o rugido pareceu duplicar de volume. O som era assustador e machucou os ouvidos de Ewen, mas ele se lembrou de que era um guarda da rainha, e os guardas da rainha não sentiam medo. Ele se empertigou e se segurou na lateral da carroça para se equilibrar quando começou a andar.

Ewen só levou alguns minutos para entender o motivo de tanto barulho: o espantalho. As pessoas gritavam o nome dele, Thorne, misturando-o com xingamentos e ameaças. Muita gente jogou coisas: ovos, frutas e até merda de cachorro, que quase acertou Ewen e caiu no chão da carroça. Ewen queria ter podido perguntar ao pai o que o espantalho fez, mas seu pai estava doente demais para ir ao calabouço. Havia várias semanas que Ewen não o via.

Eles saíram do Gramado da Fortaleza e seguiram pelo bulevar. Ali, alguém tinha colocado barreiras de madeira para não deixar as pessoas irem para o meio da rua, mas a multidão se amontoava nas barreiras, quase as derrubando, gritando com a carroça por todo o caminho. Quando a procissão passou pela Loja de Doces Powell, Ewen viu o sr. e a sra. Powell do lado de fora. Aquela sempre foi a loja favorita dele, desde que era pequeno, quando a mãe o levava com os irmãos aos domingos se eles se comportassem na igreja. A sra. Powell era mais gentil com Ewen do que com seus irmãos; sempre colocava alguns caramelos a mais no saco dele. Mas agora o rosto da sra. Powell estava sombrio e contorcido de raiva. Ela olhou nos olhos de Ewen, mas não pareceu reconhecê-lo, nem parou de berrar, com gritos altos e furiosos que não significavam nada.

— Ei, Ew! EW!

Ewen olhou ao redor e viu o irmão, Peter, agarrado no alto de um poste com uma das mãos, acenando loucamente com a outra. Peter apontou para baixo, e Ewen viu que estavam todos ali: Arthur e David, os dois irmãos mais novos, e o pai. Mesmo dali, Ewen conseguia ver que o pai estava apoiado pesadamente no braço de Arthur, que teria caído se não tivesse ajuda. Ewen queria acenar para o pai, mas não podia; era um guarda da rainha e sentia Clava o observando, esperando que cometesse um erro. O pai não acenou; estava fraco demais. Mas seus olhos velhos estavam brilhando, e ele sorriu quando Ewen passou.

Quando eles saíram do bulevar e entraram no labirinto sinuoso de ruas que levavam à praça, Ewen finalmente voltou a atenção para a carroça. A multidão ia atrás, gritando coisas horríveis, mas Ewen não ouvia mais. Nunca tinha imaginado que um único momento da vida pudesse ser tão importante. Ele era um guarda da rainha, e o pai o viu e sentiu orgulho dele.

* * *

Nos primeiros minutos, Kelsea conseguiu se convencer de que a multidão estava apenas expressando uma raiva saudável. Dezessete anos de sorteio exigiam um desabafo, e Thorne era o alvo perfeito, pois estava inabalado na carroça, sorrindo como se não tivesse uma preocupação no mundo, como se estivesse indo para um piquenique, e não para a própria morte. A multidão jogava objetos em Thorne, uivando como animais, e, quando a procissão chegou à praça, Kelsea não podia mais se enganar sobre o que estava acontecendo ali. Não era uma plateia, era uma horda que só aumentava conforme a procissão seguia em frente.

A praça era um lugar não oficial de Nova Londres, uma área oval grande de pedras quebradas no meio da cidade. Era um local conveniente para encontros, pois ficava na interseção de cinco ruas e era cheia de bares ao redor. Mas hoje a praça tinha sido dominada por uma estrutura alta de madeira: um cadafalso, construído por empreiteiros na semana anterior. A plataforma era mais alta do que Kelsea esperava, com talvez três metros, e o cadafalso em si parecia se projetar acima da multidão.

Três cordas compridas e trançadas, com laços na ponta, estavam penduradas na viga. Duas já estavam ocupadas, no pescoço de Liam Bannaker e no do irmão Matthew. Kelsea esperava uma reação do Arvath; tecnicamente, só o Santo Padre podia sentenciar a gente dele à morte. Mas não recebia notícias do Santo Padre havia dias, nenhuma reclamação ou exigência. O Santo Padre estava esperando alguma coisa, Clava disse, mas, se ele sabia o que essa coisa era, estava guardando para si.

Kelsea esperava que a visão da corda fosse abalar Thorne, ainda que um pouco, mas ele continuou sorrindo abertamente, e a multidão gritou mais alto, e a fúria das pessoas alimentou o sorriso dele, e o sorriso dele alimentou a fúria, até que parecia que o mundo estava acabando. Para onde olhasse, Kelsea via puro ódio, olhos e rostos e bocas ardendo de ódio. Até os evacuados, homens e mulheres com calças grossas e remendadas e camisas frouxas das Colinas da Fronteira e do leste da planície Almont, foram à cidade ver Thorne ser enforcado. Mas Thorne parecia não ligar.

Deve haver alguma coisa, pensou Kelsea, os olhos grudados nele. *Alguma coisa que o afete.*

Ela se virou para Clava, mas ele estava com a atenção direcionada para o garoto, Ewen, observando para ver se ele não se distrairia. Clava achava que toda a energia gasta com Ewen era um desperdício de tempo, mas havia coisas que não dava para explicar para Clava. Talvez pela milésima vez Kelsea se perguntou o que tinha acontecido com ele que o tornou tão imune à gentileza.

Nessa questão, pelo menos, Thorne venceu a partida de xadrez: Kelsea não parava mais de se questionar sobre Clava, sobre a infância estranha que Clava, Thorne e Brenna tiveram. Mas, se perguntasse a Clava, ele não contaria, e se o ordenasse, seria uma tirana e aí que ele não contaria mesmo. Thorne se recusou a falar qualquer outra coisa, mas Kelsea manteve sua parte do acordo. Brenna estava agora instalada na Fortaleza, cinco andares abaixo da Ala da Rainha, para o alívio de Kelsea, e todo dia um guarda infeliz tinha que descer, levar comida e proteger o quarto dela. Clava tinha começado a tratar o dever como punição por pequenas infrações dos guardas, e, de acordo com ele, foi surpreendentemente eficiente. Kelsea podia perguntar a Brenna sobre as origens de Clava, talvez, mas não conseguia imaginar a albina disposta a lhe contar nada. Considerou levar Brenna até lá hoje, mas no final decidiu que isso seria cruel demais. Agora, queria ter feito isso, só para ver a expressão no rosto de Thorne. Era enlouquecedor ter tantas perguntas cujas respostas estavam escondidas em uma única mente impiedosa.

Kelsea ficou satisfeita de ver que pelo menos o tamanho de Ewen era uma vantagem ali. Depois que a carroça parou, Ewen segurou os braços de Thorne com firmeza enquanto Elston lidava com os nós. Normalmente, seria Kibb quem estaria com Elston, como sempre, mas Clava ainda estava testando Kibb, tentando analisar o que tinha mudado desde a doença. Kibb *estava* diferente, até Kelsea conseguia ver. Cantava menos, ria menos, parecia mais introspectivo. De tempos em tempos, Kelsea o pegava olhando para ela, intrigado, como se tentando decifrar um código que só os dois entendiam.

No pé do cadafalso, Kelsea desceu do cavalo e subiu a escada até a plataforma, cercada pela Guarda da Rainha. A multidão gritava ao redor dela, um som de pesadelos, mas ela não se importava mais, pois a cacofonia combinava com seu humor. Depois de meses caçando Thorne, aquele devia ser seu dia de triunfo, mas de alguma forma tudo tinha dado errado. Thorne não fora a julgamento, e Kelsea conseguia sentir a reprovação certa de Carlin, como uma dor de cabeça leve no fundo da mente. Oito dias antes, os mort atravessaram o rio Crithe, e nenhuma engenhosidade de Hall ou de Bermond podia segurar os números deles; em pouco tempo, Kelsea teria que evacuar o acampamento fora da cidade e levar os refugiados para dentro dos muros. Sempre que fechava os olhos agora, ela via os mort: uma horda negra sem rosto, esperando do outro lado da ponte de Nova Londres. O que estavam esperando? Kelsea não queria saber a resposta.

Ela fez sinal para o arauto, Jordan, que tinha se afastado do grupo de guardas da rainha com desconforto. Os guardas não o tratavam mal, claro, mas havia pouca dúvida de que Jordan era um rato entre falcões.

— Veja se consegue fazê-los se acalmarem.

Jordan foi para a frente do cadafalso e começou a gritar e balançar os braços. A voz grave era forte o bastante para fazer a madeira tremer sob os pés de Kelsea, mas, mesmo assim, a multidão demorou alguns minutos para cair em um silêncio inquieto, quebrado por sibilares e murmúrios. Elston e Ewen tinham levado Thorne para o ponto mais alto do cadafalso, onde ele estava com as mãos amarradas, olhando por cima da multidão.

— Arlen Thorne, irmão Matthew e Liam Bannaker. — Kelsea ficou satisfeita de ouvir suas palavras ecoarem pela praça e voltarem ao chegar à barreira de bares. — Vocês são culpados de traição, e a Coroa sentenciou vocês à morte. Se tiverem alguma coisa a dizer antes do enforcamento, estou ouvindo.

Por um momento, achou que Thorne falaria. Ele observou a multidão, e Kelsea soube que ele estava procurando Brenna, a maldita albina que tinha um controle tão incompreensível sobre ele.

Fale, Arlen!

Mas ele não disse nada, e o momento passou. Kelsea o sentiu se esvair ao seu lado, um vento frio de promessa murcha.

— Monstro! — gritou uma mulher, e todos começaram de novo, berrando e xingando. Não havia mais nada a fazer ali; Kelsea assentiu para Clava e Coryn, que deu um passo à frente sem cerimônia e empurrou Bannaker e o padre do cadafalso.

O pescoço de Bannaker quebrou na mesma hora, um estalo rápido como um tapa, e o corpo inerte se balançou para a frente e para trás em arcos decrescentes na frente da multidão. Mas o irmão Matthew resistiu, sufocando na forca. A multidão tinha começado a jogar coisas novamente, fazendo de tudo um novo jogo, tentando acertar os dois homens pendurados. A maioria dos objetos acertava de forma inofensiva a fachada de madeira, mas um objeto caiu perto de Kelsea com um estalo seco: um tijolo deformado, as beiradas gastas. Ao lado do tijolo, tinha uma carta de baralho virada para baixo na plataforma, sem dúvida deixada por algum operário no intervalo da construção. Sem saber por quê, Kelsea se inclinou e a pegou. Ao virá-la, viu que era a dama de espadas.

Kelsea encarou a carta, hipnotizada: uma mulher alta vestida de preto, segurando armas nas duas mãos. O olhar sabe-tudo da Rainha congelou Kelsea no lugar, como se ela pudesse ler todos os pensamentos na mente dela.

Mas, não, pensou Kelsea, *não é isso.* As noites em que cortava a própria pele, o incidente com Kibb, o controle crescente do próprio poder... tudo isso estava culminando em um único ponto, destilando Kelsea até a sua essência. Ela fechou a mão em punho e amassou a carta de baralho.

Eu sou ela: a mulher alta vestida de preto com a morte em cada mão. Ela é eu.

— Silêncio! — gritou ela.

Um silêncio se espalhou pela multidão, rápido e intenso como uma cortina caindo. O irmão Matthew ainda se debatia, sufocando, mas Kelsea não se importou com o contraponto. Foi até a beirada do cadafalso, tão para a ponta que Pen, próximo como sempre, segurou o vestido dela. Parecia haver metros de tecido sobrando nas costas dela agora, onde o tecido sempre ficou esticado toda a sua vida. Ela tinha se transformado, virado uma coisa maior do que ela mesma, extraordinária.

A dama de espadas.

— Vocês vieram ver esse homem morrer! — anunciou ela. — Mas conheço vocês, povo de Tearling! Vocês não querem assistir a um enforcamento! Vocês desejam sangue!

— É! — centenas de vozes responderam.

— Faça ele sangrar, Lady!

— Dê ele pra gente!

— Não. — Uma coisa parecia estar se desdobrando dentro de Kelsea, sem parar, como um par de asas negras se abrindo, e ela queria abri-las bem, sentir a envergadura. Ela sempre foi filha da luz, sempre amou o sol quente pelas janelas do chalé, quando parecia que tudo estava certo e o mundo era gentil. Mas o mundo também era cheio de escuridão, um abismo frio e tentador. As pessoas desejavam violência, e de repente Kelsea quis, mais do que tudo, oferecê-la para elas.

Corrupção. A voz de Carlin, um eco baixo, muito tempo antes no brilho matinal da biblioteca. *A corrupção começa com um único momento de fraqueza.*

Mas Kelsea não era fraca. Era forte... mais forte do que Carlin podia ter imaginado. Seu ser todo parecia estar cheio de luz intensa.

— Arlen.

Foi só um sussurro, mas Thorne se virou para olhar para ela, uma marionete puxada por cordas invisíveis.

Eu mando nele, percebeu Kelsea, a mente uma maravilha sombria. *Em cada célula, cada molécula. Eu poderia forçá-lo a falar. Poderia obrigá-lo a me contar tudo o que quero saber.*

Mas aquilo era besteira. A hora de falar já tinha passado.

— Lady?

Clava tocou no braço dela, e Kelsea se virou para ver que ele estava oferecendo a terceira forca com uma das mãos. Mas ela ignorou o gesto e ficou olhando para Thorne, memorizando a forma dele, seus contornos. Ele a observou com placidez, e Kelsea viu que ele não se arrependia de nada, nem agora. Na paisagem branca e desolada da mente dele, ele tinha certeza de que agiu com justificativa, que nenhum homem teria feito diferente. Dezessete longos anos facilitando a remessa... mas, não, o papel de Thorne fora bem pior. No fundo da mente dele, Kelsea encontrou um brilho intenso de memória: uma mão segurando uma caneta, uma voz suave e persuasiva, falando em murmúrios. *Infelizmente, você não tem escolha, Majestade. Não existe outra opção.*

A fúria surgiu dentro de Kelsea, uma fúria doentia que parecia vir do nada, descendo como um animal com garras e dentes afiados. Ela sentiu gosto de sangue na língua.

Um corte escuro se abriu acima do olho esquerdo de Thorne. Ele gritou, levou a mão à testa, e Kelsea viu com prazer o sangue escorrer entre os dedos e pela bochecha. A multidão rompeu o silêncio agora, uivando de prazer, fazendo força na direção do cadafalso. Kelsea se inclinou para a frente, alheia à mão de Pen no vestido, e segurou o cabelo de Thorne, puxando a cabeça dele para trás. Olhos azuis intensos olharam para ela de um rosto manchado de sangue.

— Tenho novidades para você, Arlen. Estamos no meu tabuleiro de xadrez agora.

Outro corte apareceu na bochecha de Thorne, indo do couro cabeludo até o canto da boca. Thorne grunhiu, e Kelsea sentiu aquela coisa alada dentro dela crescendo, ofegando, desesperada para se libertar. Ela cortou o pescoço de Thorne, perigosamente perto da jugular, e viu o vermelho florescer no linho branco da camisa. Thorne gritou, e o som foi música para os ouvidos de Kelsea, a aprovação da multidão rugindo em torno dela, inflamando-a. Ela se viu como eles deviam vê-la: uma mulher bela, o cabelo comprido e escuro esvoaçando no vento, uma figura de grande poder e... terror? Kelsea hesitou, vendo a cena a sua frente de outro ângulo, como se houvesse uma terceira pessoa ao lado dela, observando sem emoção. Thorne estava sangrando de seis ferimentos profundos. Tinha caído de joelhos. A multidão tinha se espremido para mais perto do cadafalso com ansiedade agora, alguns subindo pelos suportes e esticando as mãos para Thorne, tentando puxar as pernas dele. Mas eles se encolhiam para longe de Kelsea. Até o mais ansioso cuidava para que as mãos não chegassem perto dela, para que nem roçassem a barra do vestido. Terror, sim... devia ser, e a mente de Kelsea foi até a sombra escura do exército mort, em algum lugar na planície entre os rios Caddell e Crithe.

Meu reino, pensou ela, e as asas dentro dela se abriram, se prepararam para um voo inimaginável. Por um momento, sua mente se lembrou da noite em que Kibb estava morrendo, quando ela o salvou. Aquilo foi poder, sim, mas não salvaria o Tearling. Seu reino estava entregue, preparado para o massacre, e ela não tinha nada a oferecer além dessa escuridão. As asas negras se dobraram, envolvendo Kelsea em um abraço, e ela quase suspirou com o alívio que encontrou ali, uma compreensão sem fim onde nenhuma luz brilhava, onde todas as escolhas eram fáceis porque todas as escolhas eram uma só.

Ela se voltou para Thorne, forçando a pele, procurando a carne embaixo. Sua mente tinha se afiado e virado uma lâmina mortal, e ela partiu para dentro da criatura a sua frente, cortando tudo ao seu alcance, sentindo uma empolgação generalizada à medida que o músculo se soltava do osso. Thorne uivou, o corpo ficando deformado conforme a agitação interna se refletia na pele. O sangue jorrou do seu nariz, sujando a barra do vestido de Kelsea, mas ela mal percebeu. Já estava penetrando na carne do peito, em busca dos pulmões. Encontrou um, apertou-o, sentiu-o explodir com facilidade horrenda. Mais sangue jorrou da boca de Thorne, e à visão do vermelho escorrendo pelo queixo, Kelsea sentiu de novo: uma espécie tênue de prazer, parecida com o que sentia quando Pen tocava nela à noite. Mas aquilo era mais visceral, como um soco em sua essência. O outro pulmão de Thorne explodiu, e ele caiu para a frente, se contorcendo, no cadafalso. A multidão gritou com prazer, e o som animou Kelsea. Sentia o corpo todo carregado, elétrico.

— Eu sou a rainha de Tearling! — gritou ela, e a multidão fez silêncio na mesma hora. Ao olhar para eles, as bocas abertas, os olhos arregalados, todos virados para ela, Kelsea sentiu como se possuísse o mundo nas mãos. Já tinha sentido aquela sensação antes, mas não conseguia lembrar quando. Colocou a bota no pescoço de Thorne e apertou com força, gostando da forma como ele se contorcia, gostando da sensação do pescoço dele sob seu pé.

— O preço da traição na minha Tearling! Observem e lembrem-se!

O pescoço de Thorne se quebrou. Ele emitiu um ruído engasgado final e pareceu se contorcer, a coluna arqueando. Em seguida, morreu. Kelsea sentiu-o partir, como folhas ao vento, mas a escuridão selvagem dentro dela não diminuiu. Na verdade, só fez mais pressão, exigindo que ela encontrasse outro traidor, mais sangue. Kelsea afastou a escuridão, sentindo que era uma coisa sedutora, a ser controlada com cuidado. Olhou para o cadáver de Thorne, para a marca lamacenta da bota no pescoço dele. A escuridão em sua mente clareou até ficar branca e desaparecer.

— À rainha! — gritou a voz de uma mulher.

— À rainha!

Kelsea ergueu o rosto e viu copos nas mãos de cada um na multidão. Eles estavam preparados para comemorar quando o fato estivesse consumado. Ela deu à multidão o que ela queria, o que precisava... mas Kelsea continuou hesitante, um filete de ansiedade fermentando nas entranhas agora.

Quem fez essas coisas? A dama de espadas? Ou eu?

Clava colocou um copo na mão dela, e Kelsea de repente entendeu que beber era um ritual. Levantou o copo para a multidão, perguntando-se se havia palavras específicas que precisava dizer. Não; ela era a rainha. Podia criar suas próprias palavras, seu próprio ritual, e eles descartariam tudo o que veio antes.

— À saúde do meu povo! — gritou ela. — À saúde de Tearling!

A multidão repetiu as palavras finais para ela e bebeu. Kelsea tomou um gole e percebeu que, apesar de Clava ter ido preparado, ele não era tolo; o líquido no copo dela era só água. Mas tinha um gosto adocicado, e Kelsea bebeu tudo. Quando se virou para devolver o copo, viu que Clava ainda segurava a forca. Apesar do rosto inexpressivo, Kelsea sentia reprovação por baixo.

— O que foi, Lazarus?

— Você mudou, Lady. Nunca pensei que veria você se dobrar à vontade da multidão.

Kelsea ficou vermelha. A percepção de que Clava ainda podia fazer isso, fazer com que ela sentisse vergonha com um único comentário ferino, não era bem-vinda.

— Eu não me dobro a ninguém.

— Nisso eu posso acreditar.

Clava se virou, e Kelsea segurou o braço dele, desesperada para fazer com que ele entendesse.

— Eu não mudei, Lazarus. Só amadureci, só isso. Ainda sou eu.

— Não, Lady. — Clava suspirou, e o suspiro pareceu atravessar Kelsea, um bafo de desgraça em asas frias. — Conte para si mesma as histórias agradáveis que quiser, mas você não é mais a garota que buscamos no chalé. Você se tornou outra pessoa.

Padre Tyler

Nós sempre pensamos que sabemos o que coragem quer dizer. Se eu fosse escolhido, nós dizemos, eu atenderia ao chamado. Eu não hesitaria. Até o momento que chega nossa vez, e aí percebemos que as exigências de verdadeira coragem são bem diferentes do que tínhamos imaginado, muito tempo antes, naquela manhã clara em que nos sentimos corajosos.

— *Coleção de sermões do padre Tyler*, ARQUIVO DO ARVATH

A escadaria do Arvath era feita de pedra sólida, uma pedra branca que foi minerada das rochas perto do Fim da Travessia. Mas, a cada passo, Tyler ficava mais cuidadoso, atormentado por uma certeza irracional de que a escadaria de pedra gemeria sob seus pés. Ele subiu com cuidado, arrastando a perna quebrada.

Às vezes, passava por um dos irmãos descendo a escada, e eles só lhe lançavam um olhar rápido antes de seguirem em frente. Sua posição como padre da Fortaleza lhe dava liberdade, tornava plausível que ele pudesse ser convidado para os aposentos particulares do Santo Padre tão tarde da noite. Mas Tyler tinha que contar os patamares para saber onde estava. Ele nunca havia subido tanto no Arvath. E não sabia se voltaria a descer.

Quando chegou ao nono andar, ele correu para longe da escada e se escondeu em um canto, do outro lado do corredor. A opulência do lugar deixou Tyler tonto, pois a decoração naquele andar era totalmente diferente das paredes lisas de pedra e dos tapetes trançados à mão que decoravam os quartos dos irmãos nos níveis inferiores. Ouro e prata brilhavam à luz das tochas: castiçais, mesas, estátuas. O piso era de mármore cadarese. As paredes eram cobertas de veludo vermelho e roxo.

O corredor seguia por uns quinze metros até virar para a esquerda, na direção dos aposentos particulares do Santo Padre. Não havia ninguém por perto, mas Tyler sabia que depois da esquina encontraria guardas e acólitos, vários deles, perto da porta. Passava das duas da manhã. Se Tyler tivesse sorte, o Santo Padre estaria dormindo, mas ele duvidava muito que seus guardas e criados estivessem fazendo a mesma coisa. Mesmo nas pontas dos pés, os sapatos de Tyler faziam um ruído que parecia ensurdecedor no corredor amplo.

Vou pegar meus livros e ir embora, ele repetiu para si mesmo. Só dez livros; Tyler já tinha até escolhido os títulos, para não ficar tentado a levar mais. Gostava do significado histórico do número dez, da simetria com a Travessia. Livros foram um dos poucos itens pessoais que William Tear permitiu a seu povo, dez livros por cabeça. Se tentassem levar outros itens escondidos a bordo, ele os deixaria para trás. Era só uma história antiga, uma dos milhares de pequenas informações sobre a Travessia que Tyler ouviu ao longo da vida. Mas ele nunca se esqueceu de nenhuma.

Se eu sobreviver, decidiu Tyler, *vou escrever a primeira história da Travessia. Eu mesmo vou encaderná-la e apresentar para a rainha para que seja impressa.*

Era uma coisa boa para dizer para si mesmo, um sonho grandioso. Mas a ambição da rainha de criar uma prensa tipográfica não tinha dado em nada até então. Ninguém no Tearling tinha ideia de como começar a construir uma coisa assim. Não havia mecanismo para distribuição ampla da palavra escrita.

Mas vai acontecer.

Tyler piscou. A voz era implacável. Ele acreditava nela.

Ao olhar pela esquina, viu que o medo o deixara com excesso de cautela: só havia dois homens na frente da porta do Santo Padre, e eram acólitos, não os guardas armados que acompanhavam o Santo Padre sempre que ele saía do Arvath. Se o irmão Matthew ainda fosse a mão direita do Santo Padre, isso seria bem mais difícil, mas ele tinha sido executado no domingo anterior, e esses dois na porta pareciam jovens e despreparados, talvez ainda não tenham caído nas boas graças do Santo Padre. Eles olharam para Tyler com expressões sonolentas quando ele se aproximou.

— Boa noite, irmãos. Preciso falar com Sua Santidade.

Os acólitos trocaram olhares nervosos. Um deles, um garoto mal saído da adolescência com sobremordida catastrófica, respondeu:

— Sua Santidade não está recebendo visitantes esta noite.

— O Santo Padre me disse que eu deveria procurá-lo imediatamente quando tivesse novidades.

Eles se entreolharam com insegurança. Eram indecisos, esses dois, e mal treinados. Era outra diferença clara entre Anders e o antigo Santo Padre, que nunca deixava que sua gente o representasse para o mundo se não fossem tão competentes quanto ele mesmo.

— Não pode esperar até de manhã? — perguntou o segundo jovem. Ele era ainda mais novo que o primeiro, ainda jovem o bastante para ter o rosto pontilhado de espinhas.

— Não pode — respondeu Tyler com firmeza. — São notícias de importância vital.

Os dois se viraram de costas para ele e tiveram uma discussão sussurrada. Apesar da ansiedade, Tyler achou graça ao ouvir os dois fazerem um jogo de pedra, papel e tesoura para decidir quem entraria para anunciar Tyler. Depois de três tentativas, o jovem com a sobremordida perdeu e entrou, o rosto pálido, pela porta dupla. O outro acólito se esforçou para parecer profissional enquanto eles esperavam, mas bocejava sem parar, estragando a ilusão. Tyler só conseguia sentir pena dele, um garoto crescendo diretamente sob a tutela de Anders. Não conseguia imaginar como aquele menino via sua Igreja, seu Deus.

— Eu preciso olhar sua bolsa — disse o garoto depois de alguns momentos.

Tyler entregou a bolsa, e o acólito espiou lá dentro, mas só viu a velha Bíblia de Tyler, com capa pesada, dada a ele pelo padre Alan em seu oitavo aniversário. O acólito devolveu a bolsa, e Tyler passou a tira novamente pela cabeça, deixando a bolsa atravessada no corpo. Em algum momento dos minutos anteriores, seu medo começou a perder força, deixando alguma coisa elétrica no lugar. Seu coração parecia grande demais para o peito.

A cabeça do outro acólito apareceu na porta, e Tyler não podia confundir a expressão de alívio no rosto dele: o visitante era desejado.

— Por favor, entre.

Ele abriu bem a porta, e Tyler foi atrás dele para o que era algum tipo de sala de visitas, uma câmara enorme com pé-direito alto e tapetes grossos. Pinturas a óleo cobriam as paredes, e havia sofás de veludo espalhados pelo ambiente. O acólito não olhou para nenhuma dessas coisas, manteve o olhar para a frente. Mas Tyler, que olhou ao redor com curiosidade, soltou um ruído de surpresa. À direita, havia uma mulher deitada em um sofá baixo, completamente nua, os braços e as pernas abertas, sem esconder nada. Era a primeira vez na vida que Tyler via os seios desnudos de uma mulher, e ele virou o rosto rapidamente, constrangido por ela e por si mesmo. Mas a mulher parecia totalmente alheia à presença deles, os olhos arregalados e desfocados.

— Por favor, espere aqui — disse o acólito, e Tyler parou abruptamente enquanto o garoto seguia em frente na direção de uma porta grande em arco no fim do aposento. Deixado sozinho, Tyler não conseguiu tirar os olhos da mulher no sofá, encarando os seios e o triângulo de pelo escuro entre as coxas. Apesar de não sentir desejo, pois sua idade o tinha levado para além dessa indignidade em particular, a visão dessas coisas era fascinante. A mulher tinha cabelo comprido e escuro que caía em mechas pela beirada do sofá, e retribuiu o olhar dele sem vergonha. Conforme seus olhos foram se ajustando à luz fraca das velas, ele viu uma seringa na dobra do cotovelo, a agulha ainda enfiada no braço. Depois de ver isso, ele não pôde deixar de ver outras coisas: um frasco de pó branco, ainda aberto, na mesa baixa entre os dois; uma colher, dobrada e retorcida por mau uso prolongado; hematomas escuros que subiam até a metade do outro braço da mulher. Ela não era jovem, mas o corpo ainda era esguio, e, aos olhos de Tyler, a agulha no braço dela parecia uma coisa horrível, uma perversão de potencial.

— Quem é você? — perguntou ela, a voz úmida e arrastada. — Nunca vi você antes.

— Tyler.

— Você é padre?

— Sou.

Ela se empertigou um pouco e se apoiou em um cotovelo. O olhar ganhou um pouco de foco.

— Nunca viu uma mulher nua antes, é?

— Não — respondeu Tyler, baixando o olhar para o chão. — Desculpe.

— Não peça desculpas. Não me importo quando eles olham.

— Quem são eles?

— Ah... — A mulher olhou para o canto, o olhar ficando vago de novo. — Todos eles. Outros padres. Os que visitam. E eles nunca ficam só nos olhares.

Uma coisa se revirou no estômago de Tyler.

— Você não quer tocar, ou quer?

— Não.

— Quer uma dose?

— Não, obrigado. — Tyler tirou a Bíblia antiga da bolsa e passou os dedos na beirada da capa, tocando nas páginas. Parecia sólida na mão dele. — Qual é o seu nome?

— Maya.

— Tyler! O que o traz aos meus aposentos tão tarde da noite?

Mas o Santo Padre já sabia. Seu rosto irradiava bom humor. Ele usava um roupão de seda preta amarrado de forma apressada, e o cabelo estava desgrenhado, mas ele não fez tentativa nenhuma de ajeitar a aparência, e Tyler lembrou de repente que havia uma segunda mulher ali, que o Santo Padre tinha duas. Ele tinha se esquecido de incluir as mulheres em seu plano, e a presença delas tornaria sua empreitada mais perigosa. Por um momento, Tyler pensou em desistir, em mentir para o Santo Padre e simplesmente ir embora do Arvath sob a proteção da noite. Mas, ao pensar nos seus livros, retomou sua coragem, contraiu o rosto em linhas firmes e anunciou:

— Está feito, Vossa Santidade.

— A rainha tomou o líquido do frasco?

— Tomou.

— Tão tarde?

— A rainha dorme pouco atualmente, Vossa Santidade.

Isso pelo menos era verdade. Tyler, que passou várias noites recentes em seu sofá favorito na biblioteca da rainha, foi despertado mais de uma vez pela própria Kelsea, passeando pelas estantes, tocando em cada livro. Ela andava pela Ala da Rainha, com Pen Alcott logo atrás, mas sempre voltava para a biblioteca para se consolar. Ela e Tyler eram parecidos nisso, mas o que quer que a rainha estivesse procurando, não encontrava. Exceto pelas vezes em que caía nos estranhos estados catatônicos, e graças a Deus que o Santo Padre não sabia sobre isso, ela parecia dormir muito pouco.

— Ela tomou no chá, talvez uma hora atrás.

— Ah, que notícia esplêndida, Tyler! — O Santo Padre deu um tapinha nas costas dele, e Tyler precisou se esforçar para não se afastar. Maya estava olhando para os dois agora, os olhos semicerrados e inteligentes.

— Meus livros, Vossa Santidade?

— Bom, acho melhor esperarmos para ter certeza de que a coisa toda está finalizada, Tyler. Você entende. — O Santo Padre abriu um sorriso de predador que consumiu todo o seu rosto.

As mãos de Tyler apertaram a Bíblia, mas ele assentiu.

— Não posso nem dar uma olhada nos livros, Vossa Santidade? Sinto falta deles.

O Santo Padre olhou para ele por um momento que pareceu bem longo.

— Certamente, Tyler. Venha comigo. Estão no meu quarto.

Pelo canto do olho, Tyler viu a boca de Maya se abrir em consternação. A presença dela estragaria tudo, mas não dava para voltar atrás agora. Assim que o Santo Padre se virou, Tyler bateu com a Bíblia com toda a sua força, da mesma forma que um lenhador golpearia com um machado. O livro pesado acertou solidamente a cabeça do Santo Padre e o derrubou no chão, mas o golpe não foi suficiente; o Santo Padre caiu de quatro e respirou fundo, se preparando para gritar.

— Por favor, Deus — sussurrou Tyler. Ele mancou para a frente, ergueu a Bíblia e golpeou a parte de trás da cabeça do Santo Padre. Ele caiu no tapete sem emitir som algum e, desta vez, ficou imóvel.

Tyler ergueu o olhar e viu Maya olhando para ele com os olhos arregalados. Guardou a Bíblia na bolsa e levantou as mãos para mostrar que não pretendia fazer mal a ela.

— Meus livros. Ele estava mentindo, não estava? Não estão lá dentro.

— Levaram embora na semana passada. Para o porão.

Isso, mais do que qualquer outra coisa, deixou claro para Tyler que a promessa de recompensa fora mentira. Se ele tivesse cumprido o pedido, o Santo Padre teria... o quê? Matado-o? Tyler pensou no homem no chão por um momento, que ainda respirava, Tyler reparou com gratidão, e viu um caminho claro, o gesto inteligente: o Santo Padre o teria entregado para Clava.

— Obrigado, Deus — sussurrou Tyler —, por eu não ter feito o que ele mandou.

— Você é o padre da rainha — disse Maya.

— Sou.

Tyler se aproximou da porta, prestando atenção, mas não havia ruídos vindos do corredor. Mesmo assim, devia ir embora agora, antes que o Santo Padre recuperasse a consciência, antes que a mulher chamasse os guardas. Ele segurou a maçaneta, mas a voz dela o fez parar.

— A rainha é boa?

Tyler se virou e viu que os olhos de Maya estavam cheios de uma necessidade alarmante. Ele tinha visto um desespero similar muito tempo antes, no campo, quando paroquianos moribundos pediam a um Tyler ainda não ordenado para lhes dar a extrema-unção. Por um estranho motivo próprio, Maya precisava que ele respondesse que sim.

— Sim, ela é boa. Ela quer melhorar as coisas.

— Melhorar para quem?

— Para todo mundo.

Maya olhou para ele por mais um segundo antes de se levantar do sofá. Tyler não estava mais constrangido pela nudez dela; na verdade, por alguns momentos, tinha se esquecido disso. Maya correu até o corpo prostrado do Santo Padre, enfiou a mão embaixo dele e tirou uma corrente do pescoço. Na corrente havia uma pequena chave prateada.

— Eu tenho que ir — disse Tyler para ela. Não queria deixar a mulher sozinha, pois ela parecia terrivelmente nervosa, mas não podia levá-la consigo, mesmo que ela desejasse fugir. A adrenalina tinha passado e estava sendo rapidamente substituída pela percepção clara do que ele tinha feito. Sua perna estava pior do que ele pensava; subir a escada tinha sido uma péssima ideia. A descida seria ainda mais terrível.

— Minha mãe era profissional, padre.

— O quê?

— Profissional. Prostituta. — Maya atravessou a sala e se agachou na frente de um armário de carvalho encerado, os movimentos seguros. Tyler mal reconhecia a viciada lânguida de minutos antes. — Minha mãe falava conosco sobre uma coisa que faria um dia, uma coisa importante que apagaria todos os anos anteriores. Você só tem um momento, dizia mamãe, e, quando esse momento chegava, tinha que agarrá-lo, fosse qual fosse o custo.

— Eu tenho mesmo que...

— Ele nos contou sobre a invasão. Em pouco tempo, os mort vão estar nos muros, e são muitos para serem impedidos. Será preciso um milagre. — A tranca estalou, e Maya abriu o armário, depois olhou para ele, o rosto repentinamente alegre. — Mas dizem que a rainha é cheia de milagres.

Quando se levantou, estava segurando uma caixa de madeira grande que tinha sido lustrada com exagero; as laterais brilhavam em um tom cereja-escuro na luz das tochas.

— Você precisa devolver para ela. É errado mantê-la aqui.

— O que é?

Ela abriu a tampa, e Tyler viu a coroa tear, na frente dele sobre um forro vinho. Prata e safira brilhavam, criando reflexos na tampa aberta da caixa.

— Este é o meu momento, padre — disse Maya, colocando a caixa nas mãos dele. — Pegue e vá.

Tyler observou-a por um momento, lembrando-se novamente dos fazendeiros que conheceu na juventude, morrendo nas cabanas, desesperados para se confessarem, e desejou poder suspender o tempo, mesmo que por uma hora, para se sentar e conversar com essa mulher que nunca teve ninguém que a ouvisse. Os olhos escuros estavam totalmente límpidos agora, e Tyler viu que eram bonitos, apesar das linhas escuras que os envolviam como capuzes.

— Andy? — A voz de uma mulher veio de além do arco escuro, sonolenta e confusa. — Andy? Aonde você foi?

— Vá, padre — ordenou Maya. — Vou tentar distraí-la, mas você tem pouco tempo.

Tyler hesitou por mais um momento, mas pegou a caixa e colocou na bolsa junto com a Bíblia. Por um momento, a dor pela perda dos livros tentou se apossar dele, mas ele não daria espaço para ela, tinha vergonha daquele sentimento agora. Ele tinha perdido sua biblioteca, mas a mulher à frente dele estava arriscando a própria vida.

— Vá — repetiu ela, e Tyler mancou para a porta e a abriu o suficiente para passar.

Seu último vislumbre de Maya foi uma visão rápida dela olhando para o frasco na mesa antes de fechar a porta. Os dois acólitos estavam encostados nas paredes dos dois lados, de forma tão casual que Tyler se perguntou se estavam bisbilhotando. O da sobremordida olhou para ele com atenção, depois perguntou:

— O Santo Padre nos chamou?

— Não. Acho que ele pretende descansar pelo resto da noite. — Tyler se virou e começou a seguir pelo corredor, mas só tinha dado alguns passos quando a mão de alguém o segurou pelo ombro.

— O que tem na bolsa? — perguntou o da sobremordida.

— Minha Bíblia.

— O que mais?

— Minhas novas vestes — respondeu Tyler, impressionado com a facilidade da mentira. — O Santo Padre me concedeu um bispado.

Os dois recuaram e trocaram olhares ansiosos. Na hierarquia do Arvath, os ajudantes do Santo Padre, até os acólitos, tinham mais poder que qualquer padre. Mas um bispo era outra coisa; mesmo o menos poderoso do bispado era alguém com quem não se devia discutir. Como se por concordância mútua, os dois acólitos se curvaram e recuaram.

— Boa noite, Vossa Eminência.

Tyler se virou e seguiu pelo corredor. Achava que tinha dois minutos no máximo até que eles percebessem que sua história era absurda. O Santo Padre não guardava vestes de bispo no quarto para distribuir como se fossem balinhas. E a outra mulher podia dar o alarme a qualquer momento.

Tyler parou no alto da escada e olhou os quadrados concêntricos, como se eles fossem seu inimigo mortal. Sua perna já estava latejando, com pontadas intensas de dor que subiam como uma corrente dos dedos do pé até o quadril. Queria poder tomar o elevador, que funcionava à noite para atender ao andar do Santo Padre. Talvez aceitassem descê-lo até o alojamento dos irmãos. Mas ele teria que esperar que o elevador subisse, a plataforma ficava no andar mais baixo do Arvath à noite, e, se o alarme fosse dado enquanto ele ainda estivesse nele, ele ficaria preso entre os andares até os guardas de Anders irem pegá-lo. Não, teria que ser de escada, e considerando a sensação na perna no momento, ele não demoraria até precisar ir pulando em uma perna só.

Tyler fez uma careta, mordeu a língua e começou a descer, apoiado no corrimão. A bolsa batia no quadril a cada passo, uma batucada rítmica que não ajudava em nada com a artrite. Um andar se foi; ele segurou a bolsa, tentando mantê-la parada, e sentiu os contornos da caixa de madeira lá dentro.

Sou parte da grande obra de Deus.

Esse pensamento não surgia em sua mente havia muito tempo. Ele pensou na mulher, Maya, e sentiu uma onda de culpa doentia tomá-lo. Ele a tinha deixado lá, na frente de uma mesa cheia de morphia, para aguentar qualquer punição que Anders inventasse. Dois andares agora. Tyler estava pulando de verdade, segurando o pé ruim suspenso no ar e se apoiando no corrimão pesadamente, dando um pulinho a cada degrau. Sua perna boa também estava começando a doer agora, os músculos pouco usados ameaçando uma câimbra. Ele não sabia o que aconteceria se a perna se contraísse antes de ele terminar a escada. Três andares. As duas pernas gritavam em protesto, mas Tyler as ignorou. Quatro andares. A adrenalina tinha voltado agora, abençoadamente, correndo pela sua corrente sanguínea enquanto ele descia o último lance de escadas, e, por mais improvável que parecesse, Tyler se viu sorrindo como um garoto. Era escriturário e asceta... um ano antes, quem adivinharia que ele estaria ali, pulando como um coelhinho pela escada? Ao dobrar a segunda curva da escada, ele teve o vislumbre de ombros curvados dois lances abaixo, da cabeça quase careca de um homem. Seu sorriso morreu na hora.

Seth.

Tyler fez uma pausa e ouviu um som abafado no nível mais alto. Um segundo depois, o silêncio explodiu no ruído grave de sinos. O alarme. Gritos ecoavam pela escada, e agora Tyler conseguia ouvir o barulho de pés vários andares acima. Também não quiseram esperar o elevador. Tyler voltou a pular, contornou a esquina do último lance de escadas. Ao se aproximar, viu que Seth estava dormindo, mas perspirando, a pele encerada na luz fraca. Seth não estava melhorando. Não era esperado que ficasse bom. Quando todos os padres do Arvath parassem de ter pesadelos, quando Seth não fosse mais útil, o Santo Padre simplesmente o removeria, da mesma forma organizada e limpa com que tinha removido os livros de Tyler. Ele chegou ao patamar e deu de cara com a placa no pescoço de Seth: "Abominação". A palavra tocou fundo em Tyler, uma vista ampla de coisas que não deviam existir. Quando a Igreja de Deus ressurgiu após a Travessia, era uma igreja rigorosa, um reflexo dos tempos difíceis, mas uma igreja boa. Não alcançava seus objetivos por meio do ódio, por meio da vergonha. Mas agora...

— Seth — sussurrou Tyler, sem saber que falaria até as palavras saírem. — Seth, acorde.

Mas Seth continuou sonhando, os lábios tremendo a meia-luz.

— Seth!

Seth despertou com um tremor e um gemido baixo. Olhou para ele com uma expressão confusa.

— Ty?

— Sou eu. — Tyler pegou a plaquinha e a tirou do pescoço de Seth. Passos trovejavam acima; os guardas do Santo Padre não podiam estar a mais de dois andares. Tyler jogou a plaquinha por cima do corrimão, onde planou até desaparecer de vista.

— Vamos embora, Seth. — Ele passou o braço pela cintura de Seth e o levantou do banco. Seth sibilou de dor, mas não recuou.

— Para onde nós vamos?

— Para longe daqui. — Tyler o arrastou pelo corredor. — Não posso carregar você, Seth. Minha perna está ruim. Você tem que ajudar.

— Vou tentar.

Seth firmou o braço nas costas de Tyler, oferecendo apoio enquanto os dois mancavam. A boca de Tyler se abriu em um sorriso triste.

Que par nós formamos. Velhos, aleijados e mutilados.

Mas mesmo essa dose de humor negro atiçou sua memória, e agora Tyler se lembrou de uma coisa da infância, uma ilustração de uma das tapeçarias do padre Alan: Jesus Cristo, Rei dos Judeus, na estrada da Galileia, guiando os cegos, ajudando os aleijados, oferecendo conforto aos leprosos. Tyler gostava de se sentar e ficar olhando para a tapeçaria por vários minutos, a única peça de arte na casa do padre Alan que não exibia um Deus furioso. O Jesus na tapeçaria tinha um rosto gentil e benevolente, e apesar de os miseráveis do mundo estarem reunidos em torno dele, ele não os afastou.

Esse é o meu Deus, Tyler tinha se dado conta, e agora, mancando pelo corredor de pedra mais de sessenta anos depois, ele se sentiu exultante com a lembrança. Sua perna cedeu, e ele achou que cairia para a frente, levando Seth consigo, os dois rolando pelas pedras até baterem na parede. Mas Tyler as sentiu de repente: mãos invisíveis segurando suas pernas, firmando seu joelho, ajudando-o a fugir.

— Seth! — ofegou ele. — Seth! Ele está conosco!

Seth deu uma gargalhada engasgada, a mão segurando com força as costelas magras de Tyler.

— Mesmo agora?

— Agora, claro! — Tyler também começou a rir, a voz aguda e histérica. — O Grande Deus só um pouco mais à frente!

Os gritos atrás deles ficaram mais altos, e agora Tyler conseguia sentir os passos dos perseguidores sob os pés, vibrando no piso de pedra quando eles alcançaram o corredor. Em todas as portas parecia haver um irmão despertado do sono, olhando para Tyler e Seth com olhos arregalados, mas ninguém se moveu para impedir o progresso desajeitado dos dois. As mãos invisíveis tinham sumido agora, e os dois estavam se apoiando, o andar arrastado e mancado encontrando uma simetria, uma corrida de três pernas que os fez avançar. Quando chegaram à porta de Tyler, os dois mancaram para dentro, e Tyler fechou a tranca. Os guardas do Santo Padre levaram quase dois minutos para encontrar um pedaço de madeira sólido o bastante para quebrar a porta. Quando o retângulo pesado de carvalho finalmente se soltou das dobradiças, vários guardas invadiram os aposentos do padre Tyler, caindo uns sobre os outros na pressa e acabando em uma pilha em cima da porta derrubada. Eles se recuperaram rápido, empertigaram-se e olharam ao redor, as espadas em riste, prontos para enfrentar qualquer resistência.

Mas só encontraram um quarto vazio.

Kelsea se arrastou pelo último lance de escada, tentando não ofegar. Tinha perdido alguns quilos, mas a mudança milagrosa na sua aparência não a deixou em boas condições físicas. Clava se encontrava ao lado dela; Pen estava de licença no fim de semana. Kelsea não teve oportunidade de falar em particular com ele antes de ele partir, mas não conseguiu deixar de se perguntar se ele iria ver a outra mulher. Não era da sua conta, Kelsea disse para si mesma, mas cinco minutos depois se viu pensando no assunto de novo. Queria que isso não significasse nada para nenhum dos dois, mas estava descobrindo rapidamente que não funcionava exatamente assim.

Ela chegou ao topo da escada e se viu olhando pelo muro alto que contornava o lado oriental de Nova Londres. De lá, podia ver o rio Caddell e além da planície Almont, agora sarapintada de verde e marrom no final do verão.

Próximo aos muros da cidade, no lado extremo do rio Caddell, ficava o campo de refugiados: mais de um quilômetro e meio de barracas e abrigos construídos apressadamente se espalhando pelas margens do rio. Daquela distância, as pessoas no acampamento pareciam formigas, mas havia mais de meio milhão de refugiados lá. O Caddell oferecia água suficiente, mas o saneamento estava se tornando um problema, e apesar do abastecimento farto que Clava levou para lá, o acampamento logo ficaria sem comida. Era o ápice da temporada de colheita, mas ninguém estava cuidando das plantações em Almont. Mesmo que o Tearling sobrevivesse à invasão, as provisões de frutas, legumes e verduras ficariam afetadas por décadas. Algumas famílias no norte, perto de Fairwitch, decidiram ficar e correr os riscos, assim como algumas aldeias isoladas na fronteira cadarese. Mas boa parte de Tearling estava agora espremida dentro e ao redor de Nova Londres, e Kelsea via o reino à sua frente como um deserto gigante sob um céu cinzento, com nada além de aldeias abandonadas e campos vazios, assombrados.

Talvez a uns quinze quilômetros dali, espalhado, estava o exército tear, um amontoado de barracas desbotadas pelo uso. O exército estava reunido nas margens do Caddell, no ponto em que o rio começava a jornada sinuosa em torno de Nova Londres. Seu exército não parecia imponente, nem para Kelsea, e o que havia no horizonte não ajudava na comparação: uma nuvem grande e escura, a indefinição sutil refletida de muitos quilômetros de barracas pretas, bandeiras pretas e os inúmeros falcões que agora sobrevoavam o acampamento mort o tempo todo. Hall pegara os mort desprevenidos junto ao lago Karczmar, mas isso nunca mais aconteceria, pois agora as sentinelas mort sobrevoavam seu acampamento. Diferentemente da maioria dos falcões, que não gritava, essas aves emitiam um berro horrendo sempre que um dos soldados de Bermond tentava se aproximar. Vários olheiros foram pegos assim, e agora Bermond era obrigado a ficar de olho nos mort de longe, mas não por muito tempo. Eles estavam vindo, e estavam vindo rápido. As mensagens de Hall vinham sem julgamento, mas as de Bermond eram um fluxo constante de reprimendas, e Kelsea sabia que ele estava certo. Ela tinha cometido um grande erro, um erro pelo qual o reino todo ia pagar, e apesar de não ter certeza se todas as outras opções não seriam piores, esse erro parecia exigir punição. Todos os dias, ela ia até o alto do muro olhar a aproximação dos mort, para ver a nuvem escura no horizonte ficar maior. Não era nada além do que ela merecia.

— Estão tentando atravessar o Caddell — comentou Clava ao lado dela.

— Por quê? Não tem nada nos dois lados agora.

— Se forem até a margem e tentarem atravessar o rio na altura de Nova Londres, eles perderiam um número considerável de soldados para os nossos arqueiros. Mas, se dominarem as duas margens, podem vir com as defesas prontas, protegidos das flechas. E podem simplesmente se concentrar em escalar os muros e tomar a ponte.

Até Clava estava pessimista agora. Não havia esperança em parte alguma, a não ser que Kelsea conseguisse criá-la. A ideia a deixava enjoada. Quando se observou no espelho naquela manhã, uma morena bonita olhou para ela, mas não uma morena qualquer. O cabelo de Lily, o rosto de Lily, a boca de Lily... as duas não estavam idênticas, nem de perto, mas características individuais estavam começando a combinar. Kelsea e Lily estavam compartilhando a vida; agora, parecia que também compartilhariam o rosto. Mas os olhos de Kelsea não mudaram nada; ainda eram os olhos dos Raleigh... os olhos da mãe, poças gêmeas de descuido verde, que condenaram um reino inteiro.

— Glória à rainha!

O grito veio de baixo, do pé do muro interno, onde vários membros da Guarda bloqueavam a escada. Kelsea espiou pela beirada e viu uma multidão reunida lá embaixo. Acenavam furiosamente, um mar de rostos virados para cima.

Essas pessoas pensam que posso salvá-las. Kelsea abriu um sorriso confiante e acenou, depois voltou a atenção para a planície Almont. Ela nunca teve alternativa, mas esse fato não geraria nenhuma leniência. Quando fosse julgada, e certamente seria, no mínimo pela história, não haveria circunstâncias atenuantes. Ela olhou para a escuridão perto do horizonte e não se permitiu afastar o olhar. Quase sem pensar, abriu um novo ferimento na panturrilha, sentindo uma satisfação cruel quando o sangue escorreu pelo tornozelo.

Punição.

— Senhor!

Clava se inclinou pela beirada da escada.

— O quê?

— Um mensageiro do general Bermond.

— Mande-o subir.

Kelsea deu as costas para Almont quando o mensageiro de Bermond chegou ao alto da escada. Os mensageiros do exército eram extraordinários; o homem tinha subido os cinco lances de escada correndo, mas quase não estava sem fôlego. Era jovem e magro, um sargento, pelo que dava para perceber pela insígnia de cobre na gola, e os olhos se arregalaram quando ele viu Kelsea. Mas esse efeito não era mais gratificante, isso se um dia já tinha sido. Ela sinalizou que o homem falasse, depois se virou para Almont.

— Majestade, o general quer comunicar que as tropas no desfiladeiro Argive foram derrotadas.

Clava grunhiu ao lado dela, mas Kelsea manteve o olhar grudado na nuvem escura no horizonte, tentando não piscar.

— Os mort já começaram a trazer suprimentos por Argive; isso vai reduzir consideravelmente o tempo de repor os suprimentos. Ontem à noite, mais de mil soldados também chegaram pelo desfiladeiro. Vão chegar à linha mort amanhã. Todo o exército mort atravessou o rio Crithe agora e tomou a margem norte do rio Caddell, e a vanguarda logo vai afastar o exército tear também da margem sul. O general estima que isso aconteça em no máximo três dias. Ele acredita que eles pretendem seguir o Caddell até Nova Londres.

O mensageiro fez uma pausa, e Kelsea ouviu o movimento do pomo de adão subindo e descendo quando ele engoliu em seco.

— Continue.

— O general Bermond quer que eu relate que o exército tear já perdeu dois mil homens, mais de um terço de suas forças.

Os olhos de Kelsea se recusaram a ficar abertos por mais tempo, e ela piscou, bloqueando momentaneamente o horizonte. Mas, quando os abriu, a nuvem ainda estava lá.

— O que mais?

— É tudo o que tenho a relatar, Majestade.

Nenhuma boa notícia. Claro.

— Lazarus, quanto tempo até os mort chegarem aos muros?

— Meu palpite é menos de uma semana. Não deixe a distância enganá-la, Lady. Mesmo com Bermond fazendo tudo o que pode, os mort são capazes de avançar entre três e cinco quilômetros por dia. Vão chegar aqui até o final do mês, no máximo.

Kelsea olhou para o campo de refugiados, aquela massa enorme de sofrimento, alojamento inadequado e princípios de fome. Aquela responsabilidade também estava nas costas dela. Ela se virou para o mensageiro.

— Diga a Bermond que vamos trazer os refugiados para dentro da cidade. Vai demorar pelo menos cinco dias. Bermond precisa segurar os mort até a evacuação ser concluída, depois deve bater em retirada e proteger a ponte.

O mensageiro assentiu.

— Muito bem. Está dispensado.

Ele desceu a escada e desapareceu. Kelsea se virou para a planície Almont.

— Arliss devia ficar encarregado de evacuar o acampamento. O pessoal dele conhece os nomes e rostos lá embaixo.

— Lady, eu garanto...

— Você achou mesmo que eu não ia descobrir, Lazarus? Os subordinados dele estão por todo aquele acampamento, vendendo narcóticos como se não houvesse amanhã.

— Não *há* amanhã para essa gente, Lady.

— Ah. Eu sabia. — Kelsea se virou para olhar para ele, sentindo a raiva ganhar vida. Mas embaixo havia uma coisa ainda pior do que raiva: vergonha. Ela desejava a aprovação de Clava, sempre desejou, da mesma forma que sempre desejou os elogios de Barty. Mas Barty a aprovava sem reservas. Clava tornava sua aprovação mais valiosa, obrigando Kelsea a conquistá-la, e saber que ela tinha falhado doía muito. — Eu sabia que mais cedo ou mais tarde você me diria que fiz uma merda homérica.

— O que está feito está feito, Lady.

Isso era pior; além de Clava não aprovar, ele nem queria discutir. Os olhos de Kelsea lacrimejaram, mas ela segurou as lágrimas, furiosa.

— Imagino que você pense que sou igual a ela.

— Você passa tempo demais pensando na sua mãe, Lady. Isso sempre foi uma das suas fraquezas.

— Claro que foi! — gritou Kelsea, alheia aos outros guardas. — Ela eclipsa tudo o que tento fazer aqui! Não posso fazer nada sem esbarrar nos erros dela!

— Talvez, Lady, mas não se engane. Você comete os próprios erros também.

— Você está falando de Thorne?

O olhar dele se afastou do dela, e Kelsea semicerrou os olhos.

— Você não pode estar falando sério.

— Preste atenção, Lady. Escute com atenção. — O rosto de Clava estava pálido, e Kelsea percebeu de repente que a expressão pétrea que confundiu com resignação era na verdade raiva, uma raiva profunda e silenciosa que era pior do que a fúria violenta que já tinha visto em Clava uma ou duas vezes antes. — Você fez muitas coisas que eu não teria feito. Você é descuidada. Não considera todas as consequências, nem aceita conselhos de pessoas mais informadas que você. Mas eu nunca condenei nenhuma das suas ações até hoje.

— Por quê? — sussurrou ela. — O que torna Thorne tão importante?

— *Não é Thorne!* — rugiu Clava, e Kelsea se encolheu. — Pare de agir como uma criança pelo menos uma vez! É você, Lady. Você mudou.

— Isto? — Kelsea passou a mão pelo rosto e pescoço. — É *isto* que preocupa você?

— Eu não me importaria se você se transformasse na própria Rainha Bela. Seu rosto não é a questão aqui, Lady. Você está *diferente*.

— Menos ingênua.

— Não. Mais brutal.

Kelsea contraiu o maxilar.

— E o que tem isso?

— Pense bem, Lady. Há coisas piores do que se tornar sua mãe.

A raiva de Kelsea transbordou, e, por vários segundos, ela chegou perto de pegar Clava e jogá-lo por cima do muro. Podia fazer isso, ela sabia... A execução de Thorne despertou alguma coisa dentro dela, uma criatura que a acompanhava sempre, procurando uma desculpa para agir. Essa criatura era predatória, implacável, e não queria voltar a dormir.

Clava deu um passo à frente e esticou a mão para segurar o ombro dela. Clava só tocava nela se fosse questão de segurança, e Kelsea ficou tão surpresa que parou na mesma hora, sentindo a raiva diminuir.

— Tire essas joias do pescoço, Lady — implorou Clava. — Deixa-as de lado. Por mais que tenham feito bem, não compensa o que estão fazendo com você. Vou escondê-las. Ninguém nunca vai encontrá-las. Construa seu trono, seu legado, baseado em outra coisa.

Por um momento, Kelsea se perguntou se ele estava certo, se as safiras eram o verdadeiro problema. Os sonhos, as vozes, a invasão inexorável de Lily... uma parte da vida de Kelsea parecia ter se perdido no caminho. O jeito como os guardas olhavam para ela agora, quando achavam que ela não estava vendo: hesitantes, desconfiados, às vezes até temerosos. A sensação de desamparo quando ela se olhava no espelho e via o rosto de Lily no reflexo. De alguma forma, tudo tinha dado errado, e Kelsea nem tinha certeza de quando tinha acontecido.

Mas as safiras... o que Clava estava pedindo era impossível. Não importava que as safiras não fizessem mais nada, que pareciam estar sem vida. Eram *dela*, e agora Kelsea se deparou com uma verdade cruel: ela tinha os próprios narcóticos. Só tinham um formato diferente.

— Não — respondeu ela. — Você não pode me pedir isso.

Ela sentiu sobre si os olhos dele, o peso quase físico.

— Vamos ter algum problema, Lazarus?

— Acho que depende de você, Lady. Sou um guarda da rainha. Fiz um juramento.

Alguém limpou a garganta atrás de Kelsea, e ela se virou, furiosa por alguém ousar interromper sua conversa. Mas era apenas Coryn, parado no alto da escada.

— Vamos continuar isso outra hora — disse ela para Clava.

— Mal posso esperar.

Ela olhou intensamente para ele, sentindo a raiva tentando despertar novamente, mas logo passou. Era só Clava, afinal, e Clava sempre dizia a verdade que Kelsea não queria ouvir. Ela levou uma das mãos à têmpora, que começou a latejar de repente, pedindo atenção. Sentia como se a mente estivesse sendo puxada em duas direções, o passado e o futuro, um em frente ao outro em uma linha reta. Em uma ponta estavam Lily Mayhew e o inglês estranho que os levou para o novo mundo, construiu uma colônia e deu o nome ao reino, e na outra se encontrava o exército mort, rompendo os muros da cidade dela. Kelsea conseguia ver cada passo com clareza: o rompimento do muro, os soldados mort entrando, a orgia de matança, violação e brutalidade que viria com isso. Homens, mulheres, crianças... ninguém seria poupado. O saque de Nova Londres, eles chamariam, um horror que marcaria o Tearling por gerações. Como podia não haver alternativa? Ela conseguiria destruir o exército mort do jeito que destruíra Thorne? Podia tentar, mas as consequências seriam terríveis se falhasse... Kelsea se virou para o horizonte e achou que era coisa da sua imaginação, mas a nuvem escura parecia mais próxima. A loucura a rondava, e Kelsea sentia que a abraçaria se permitisse... um nada profundo e escuro que a envolveria como uma capa e levaria todos os dilemas dela para longe.

— O que foi, Coryn?

— Recebemos notícias dos cadarese. Eles não vão oferecer assistência. Além disso, a proposta de casamento do rei foi retirada.

Kelsea sentiu um sorriso amargo esticar seus lábios.

— Kattan está aqui?

— Não, Lady.

— Kattan é o Primeiro Embaixador — disse Clava —, o homem dos momentos felizes e das propostas doces. Quando eles querem cortar relações e fugir, mandam um pobre coitado que pode ou não sobreviver à viagem.

— O mensageiro cadarese deixou um presente, Lady — acrescentou Coryn.

— O que é?

— Uma tigela de pedra. Para frutas.

Ela começou a rir. Não conseguiu evitar. Clava também estava sorrindo agora, mas era um sorriso cansado, mundos distante do sorrisinho normal.

— Os cadarese são isolacionistas, Lady. É o jeito deles.

— Acho que não vamos ter boas notícias hoje — respondeu Kelsea, as gargalhadas diminuindo. — Não é o nosso dia, não é?

— Acho que não é o nosso mês.

— É, acho que não. — Kelsea começou a secar uma lágrima da bochecha e viu que a mão estava sangrando.

— Você está bem, Lady?

— Estou. Devíamos armar todo mundo da cidade que possa brandir uma espada.

— Não temos aço.

— Espadas de madeira, então, qualquer coisa. Só armem as pessoas.

— Com que objetivo?

— Moral. As pessoas não gostam de se sentir indefesas. E, quando os refugiados entrarem, quero todas as famílias com crianças pequenas levadas para a Fortaleza.

— Não há espaço suficiente.

— Então faça o melhor que puder, Lazarus.

Kelsea massageou as têmporas. Lily a estava chamando, dando puxões em sua mente, mas Kelsea não queria voltar, não queria ver a vida de Lily se desenrolar em sua cabeça. O presente já era ruim o suficiente.

— Nós devíamos levar você para dentro, Lady. Tem um momento de fuga chegando.

Ela se virou para ele, surpresa.

— Como você sabe?

— Pela expressão que você faz. Nós já conhecemos os sinais.

— Quando Pen vai voltar?

Clava lançou-lhe um olhar inescrutável.

— A folga dele acaba esta noite, mas ele só deve voltar depois que você já estiver dormindo.

— Tudo bem.

— Tome cuidado, Lady.

Ela se virou, querendo ser ríspida: não era da conta dele com quem ela dormia! Mas ficou em silêncio. Pen não lhe pertencia, afinal. Se pertencesse a alguém, era a Clava.

— Lady!

— Santo Deus, Coryn, o quê? Outro mensageiro?

— Não, Lady. — Coryn ergueu as mãos. — É o mágico agora. Ele disse que precisa falar com você.

— Quem?

— O mágico que se apresentou no seu jantar. Bradshaw.

Mas o homem que surgiu na escada não era o artista impecável que Kelsea viu naquele jantar. Bradshaw tinha levado uma surra. Os dois olhos estavam inchados e roxos, e havia arranhões vermelhos nas bochechas.

— Majestade — ofegou ele. — Venho pedir asilo.

— O quê?

— O Santo Padre colocou um preço na minha cabeça.

— Você só poder estar de brincadeira.

— Eu juro, Majestade. Cem libras. Estou fugindo há dias.

— Eu não tenho amor pelo Santo Padre, Bradshaw, mas me parece improvável que ele oferecesse abertamente um prêmio pela cabeça de um homem.

— Não sou o único, Majestade! O velho, padre Tyler. O Santo Padre também está oferecendo uma recompensa por ele.

Kelsea sentiu o estômago despencar, um movimento lento ao perceber que não via o padre Tyler havia alguns dias. Arliss e seus preparativos para o cerco a mantiveram ocupada demais para reparar, mas agora ela fez as contas e percebeu que fazia pelo menos três dias que o padre Tyler não ia à Fortaleza.

— Onde ele está? — perguntou ela a Clava.

— Não sei, Lady — respondeu Clava, o rosto perturbado. — É a primeira vez que ouço falar disso.

— Encontre-o, Lazarus. Encontre-o agora.

Clava foi falar com Coryn, e Kelsea ficou com o mágico. Clava a deixou desprotegida, ela percebeu de repente, e essa talvez fosse a mais verdadeira indicação de que ele sabia a verdade: Kelsea não corria mais perigo físico vindo de ninguém. A Guarda era uma ficção educada. Uma ideia surgiu na mente dela por um momento, uma coisa relacionada aos mort, mas quando ela esticou a mão para segurá-la, a ideia desapareceu, substituída pela preocupação com o padre Tyler. O mágico conseguiu escapar dos perseguidores; o que o padre Tyler podia fazer? Era um velho com uma perna quebrada.

— O Santo Padre teve algum outro aborrecimento com você? — perguntou ela ao mágico.

— Não, Majestade, eu juro. Eu nunca o vi antes daquela noite na Fortaleza. O que se diz no Gut é que o Santo Padre excomungou todos os artistas da minha área. Mas sou o único pelo qual ele oferece uma recompensa.

Então o problema não era Bradshaw. O Santo Padre podia odiar mágicos, mas a recompensa era um ataque direcionado a Kelsea.

— Qual é o perigo real em que você se encontra?

— Menos do que qualquer outro poderia estar sem meu dom de desaparecer. Mas não consigo fugir para sempre, Majestade. Sou conhecido demais na cidade. Prometo, serei útil a você.

Kelsea riu e indicou o muro.

— Olhe lá fora, Bradshaw. Não tenho necessidade de um artista residente agora.

— Eu entendo, Majestade. — O mágico olhou para o chão por um momento, depois empertigou os ombros e falou baixo. — Mas não sou um artista.

— O que isso quer dizer?

Bradshaw chegou mais perto. Se Clava estivesse ali, jamais teria permitido, mas ele ainda estava conversando com Coryn, então Bradshaw pôde se reclinar acima de Kelsea, escondendo-a do resto da Guarda.

— Olhe.

Bradshaw virou a palma da mão direita para cima, perfeitamente imóvel. Depois de um momento, o ar acima da palma começou a ondular, como acontecia com o pavimento no calor intenso. A ondulação se solidificou na forma de uma faca, uma faca de prata com cabo velho e intrincado.

— Experimente, Majestade.

Kelsea pegou a faca e viu que era sólida em sua mão.

— Dizem que você tem magia, Majestade, nas suas safiras. Mas tem outra magia no Tearling. Os membros da minha família têm muitos dons.

Kelsea lançou outro olhar rápido para Clava. Ele não ia gostar, ela sabia; não confiava em mágicos, na classe dele. Mas o homem não fizera mal algum naquela noite; Kelsea o contratara para se apresentar. Também havia considerações maiores aqui; o Santo Padre podia ter pagado aos nobres de Nova Londres, mas os verdadeiramente devotos nunca tolerariam uma coisa tão prosaica quanto uma recompensa oferecida pelo Arvath.

— Eu vou acolher você — disse ela para o mágico. — Mas a Ala da Rainha não vai ser um abrigo seguro por muito tempo. Quando os mort chegarem, vai desejar que tivesse desaparecido de vez.

— Obrigado, Majestade. Não vou tomar mais do seu tempo.

Bradshaw se virou com a graça natural de um acrobata e saiu andando na direção de Clava antes que Kelsea pudesse dizer que não estava ocupada, longe disso, que não tinha nada melhor para fazer além de olhar para o horizonte e ver uma destruição assustadora se desenrolar repetidamente em sua cabeça. Aquela nuvem no horizonte pertencia a Kelsea. Foi ela quem a trouxera até ali. Ela estremeceu, sentindo de novo os dedos leves da mente de Lily, uma sensação quase física, penetrando na sua. A vida de Lily estava indo na direção de alguma calamidade, e ela queria alguma coisa de Kelsea, uma coisa que Kelsea ainda não conseguia entender. E agora Kelsea via que não havia diferença em qual visão ela vivesse. Passado ou futuro, nas duas direções só havia terror. Ela se virou para o horizonte e recomeçou a contar os próprios erros, se preparando para sofrer por cada um deles de novo, um de cada vez. Preparando-se para sofrer.

— Os filhos da mãe não estão mais nem aí para a gente, isso é certo — murmurou Bermond. — Não tem sentinelas lá, só os falcões.

Hall grunhiu em concordância, mas não tirou os olhos do elmo. Uma espada roçou seu queixo dois dias antes, cortando a tira que prendia o elmo. Hall improvisou uma substituta ao costurar um pedaço extra de couro, mas agora o encaixe estava imperfeito. O elmo ficava ameaçando escorregar da cabeça dele.

Mesmo assim, podia ter sido pior. Ele teria uma cicatriz, mas sua barba de inverno a cobriria com facilidade. A tira idiota provavelmente salvou seus dentes, quem sabe até sua vida. Parecia algo que Hall deveria guardar, um amuleto da sorte que devesse carregar no bolso, mas tinha se perdido agora, provavelmente cinco quilômetros Caddell acima.

— Pare de mexer nessa merda, Ryan, e dê uma olhada.

Com um suspiro, Hall largou o elmo e pegou a luneta. Ele não dormia havia três dias. As últimas duas semanas foram uma confusão de batalhas e recuos conforme o exército mort os forçava inexoravelmente para o sudoeste, pelo Crithe e na direção do baixo Almont. Às vezes, Hall não sabia dizer se estava acordado ou dormindo, se a guerra em que estava lutando era real ou só estava acontecendo na cabeça dele. Os mort tomaram as duas margens do Caddell dias antes, e agora o rio estava coberto de várias pontes portáteis, mecanismos engenhosos que Hall não podia deixar de admirar, mesmo enquanto planejava como derrubá-las. As pontes permitiam que os mort controlassem não só os dois lados do rio, mas a água em si, que subissem pela margem do rio sem ter que dividir as forças. As pontes pareciam feitas de carvalho sólido, reforçadas com aço no centro para que não se partissem com o peso do exército, mas eram desmontadas rapidamente para transporte. Alguém em Mortmesne era um engenheiro e tanto, e Hall queria poder conversar com essa pessoa por alguns minutos, mesmo agora, enquanto o mundo desabava ao seu redor.

A luneta de Hall ficou focada em uma bandeira no lado sul do rio Caddell. A maior parte do acampamento mort era preta ou do tom cinza-escuro de uma nuvem carregada, mas essa bandeira era escarlate. Hall se ergueu da posição agachada, ignorando a ameaça dos arqueiros mort, e ajustou o foco da lente. A bandeira vermelha estava fincada no alto de uma barraca rubra.

— Senhor. Dez horas no lado sul do rio.

— O quê? Ah, droga, olhe só aquilo. — Bermond baixou a luneta e massageou as têmporas. Ele também não dormia havia dias. Até a pluma azul no elmo dele, um sinal da patente ao qual Bermond tinha um apego ridículo, estava caída e murcha na luz do sol. — Era tudo de que precisávamos agora.

— Talvez não seja ela de verdade. Talvez seja só um estratagema dos mort.

— Você acha que é um estratagema?

— Não — respondeu Hall depois de pensar por um momento. — Ela está aqui, veio terminar o que começou.

— Nosso moral está por um fio. Isso pode rompê-lo.

Hall virou a luneta para o oeste, na direção de Nova Londres. O campo de refugiados da rainha se espalhava na frente da cidade, uma área ampla de barracas e tendas, e agora estava em um frenesi de atividade com os homens do Censo evacuando os últimos ocupantes para dentro dos muros de Nova Londres. Muros de pedra envolviam a cidade, um perímetro próximo da margem do Caddell, alguns com pouco mais de três metros de altura. Mas esses muros foram construídos apressadamente no terreno macio da beira do rio; não aguentariam um ataque. Era só para ganharem tempo. Faltava um dia para a evacuação dos refugiados terminar, e Bermond faria o exército recuar para Nova Londres, e todos se preparariam para o cerco. Uma nuvem pesada de fumaça pairava sobre a cidade; eles estavam matando e assando todos os animais, defumando a carne para o longo cerco. O exército também estava estocando água, sabendo que, quando os mort chegassem aos muros, o Caddell ficaria isolado. Bons preparativos, mas, mesmo assim, só medidas para ganhar tempo. Só havia uma forma de aquele cerco terminar.

— Mesmo assim, o moral dos mort também pode estar fraco — refletiu Bermond com esperança. — Os mort gostam de pilhar, rapaz, e não demos nada disso a eles. Odeio admitir, mas a rainha teve uma boa ideia ao propor evacuação. Muitos soldados devem estar resmungando.

— Não é suficiente — respondeu Hall, e fez sinal para a barraca vermelha. — Se estivessem reclamando, ela poria fim nisso.

Ele não queria mencionar a Rainha Vermelha pelo nome. Antigas superstições de sua infância na fronteira, onde todas as crianças sabiam que, se você falasse da Rainha Vermelha, ela poderia aparecer. Os nomes tornavam uma coisa real, bem mais real do que aquela barraca escarlate à distância... mas, quando seus homens vissem a barraca, Hall sabia que o medo tomaria conta do restante do exército tear como um vento do mal.

Bermond suspirou.

— Como os manteremos longe por mais um dia?

— Recuando. Podemos nos amontoar na saída da ponte e fazer uma barricada.

— Eles têm torres de cerco.

— Eles que tentem. Nós temos óleo e tochas.

— Você está em ótimo humor hoje. O que fez, fugiu para o Beco das Prostitutas ontem à noite?

— Não.

— O que foi, então?

— Eu tive um sonho.

— Um sonho — repetiu Bermond, rindo. — Sobre o quê?

— Sobre a rainha — respondeu Hall com simplicidade. — Eu sonhei que ela começava um grande fogo que limpava o país. Os mort, a Rainha Vermelha, os perigosos... todos os nossos inimigos eram eliminados.

— Eu não sabia que você era homem de acreditar em presságios, Ryan.

— Não sou. Mas, mesmo assim, me deixou bem-humorado.

— Você bota fé demais em uma criança ingênua.

Hall não respondeu. Bermond jamais veria a rainha como qualquer outra coisa além de arrogante, mas Hall via outra coisa, uma coisa que não conseguia determinar.

— Eles estão vindo de novo — murmurou Bermond. — Coloque o elmo. Veja se consegue forçá-los para a parte lamacenta da margem. A tática deles não é tão temível quanto a habilidade com a espada, e eles vão ter dificuldade em um terreno macio.

Hall sinalizou para os homens atrás dele se prepararem. Um destacamento mort tinha surgido do acampamento e se espalhado pela margem norte do Caddell. Repetidas vezes eles forçaram os tear para trás com manobras pelos flancos, coisa fácil com número muito superior. Não seria diferente agora. Hall lançou um olhar final ao campo de refugiados atrás de si, o frenesi de formigueiro dos estágios finais da evacuação.

Mais um dia, pensou ele antes de puxar a espada e liderar os homens colina abaixo na direção do rio. Bermond ficou no cume; a perna ruim não permitia mais que ele se envolvesse em combate corpo a corpo. Os homens de Hall o alcançaram enquanto ele corria, cercando-o, Blaser seguindo bem ao seu lado. Blaser sofreu um ferimento horrível na clavícula nas margens do Crithe, mas os médicos costuraram o corte, e agora ele gritava enquanto os tear chegavam ao pé da colina e corriam para a linha mort. Hall sentiu o impacto de uma espada de ferro na sua pelo braço inteiro, mas a dor ficou abafada, como sempre acontecia nos sonhos. Um pouco atordoado, ele encarou o inimigo à sua frente e se perguntou por um momento por que eles estavam realmente brigando. Mas a memória do corpo era uma coisa poderosa; Hall jogou o soldado longe e atacou, encontrando a junta entre o punho e a luva. O homem gritou quando sua mão foi quase cortada.

— Falcões! Falcões!

O grito surgiu atrás de Hall, na colina. Ele olhou para cima e viu pelo menos dez falcões disparados no céu. Não sentinelas, esses; eles atravessavam o céu de forma equidistante, voando para o oeste em formação silenciosa. Especialmente treinados, mas para quê?

Não havia tempo para ponderar. Outro soldado mort foi para cima dele, um canhoto, e Hall esqueceu os falcões enquanto lutava contra o homem. Seu elmo caiu para trás de novo, saiu da cabeça, e Hall falou um palavrão e o jogou no chão. Lutar sem um elmo era um bom jeito de morrer, mas até a morte parecia um resultado aceitável àquela altura. Pelo menos descansaria um pouco. Hall atacou o mort, sentiu a espada bater sem danos no peitoral de ferro dele. Maldita armadura! Ouviu um grito às suas costas, mas Hall não podia se virar, nem quando um jorro quente encharcou sua nuca.

Alguém se jogou no mort pelo lado e o derrubou no chão. Blaser, lutando com o soldado um momento antes de acertar um soco na cara dele. Quando o homem ficou imóvel, Blaser se levantou e segurou o braço de Hall, puxando-o de volta para a linha tear.

— O que houve? Estamos batendo em retirada?

— Venha, senhor! O general!

Eles abriram caminho de volta, derrubando vários mort no caminho. Hall se deslocou como em um sonho. Tudo parecia meio abafado: a luz do sol, os sons da batalha, o fedor, até os gritos dos moribundos. Mas as águas do Caddell estavam límpidas e frias, de um vermelho intenso e brilhante.

No alto da colina à frente, um grupo de soldados estava amontoado com expressões graves. Alguma coisa na imagem despertou Hall pela primeira vez em dias, e ele saiu correndo, com Blaser do lado, alheio à batalha lá embaixo.

Bermond estava caído de cara no chão. Ninguém tinha ousado tocar nele, então Hall se agachou e o virou. Um grunhido coletivo foi dado pelos homens reunidos; a garganta de Bermond tinha sido arrancada, deixando só tiras de pele penduradas nas laterais do pescoço. O peito estava protegido pela armadura, mas os quatro membros foram estraçalhados. O braço esquerdo mal se prendia no ombro. Os olhos estavam virados para o céu em um rosto manchado de sangue.

A alguns metros, na grama, Hall viu o elmo de Bermond com a pluma azul ridícula. Uma afetação boba, aquele elmo, mas Bermond o adorava, amava cavalgar no Tearling com a pluma oscilando com alegria na brisa. Um general de paz, não de guerra, e Hall sentiu a garganta apertar quando fechou os olhos de Bermond.

— Senhor! Estamos perdendo terreno!

Hall se empertigou e viu que a linha tear estava mesmo enfraquecendo. Em vários pontos, os mort forçaram os tear para trás, como um alfinete em uma almofada. Hall olhou para os homens ao redor, Blaser e Caffrey, o coronel Griffin, um jovem major cujo nome ele não sabia, vários soldados, sentindo-se perdido. A promoção para general exigia um procedimento formal, aprovação da rainha, uma cerimônia. Hall ficou ao lado de Bermond anos antes, quando a rainha Elyssa concedeu o comando a ele. Naquele momento, a rainha estava a quilômetros de distância, mas, quando Hall olhou ao redor, viu que todos, até Griffin, estavam olhando para ele, esperando ordens. Com ou sem rainha, ele era o general agora.

— Caffrey. Recue para a próxima colina.

O major Caffrey partiu em uma correria louca pela colina.

— Você, Griffin. Chame o restante do seu batalhão de volta e siga para Nova Londres. Pegue o que tiver restado no campo de refugiados e faça uma barricada na ponte.

— Uma barricada de mobília velha e barracas não vai segurá-los por muito tempo.

— Mas vai ter que funcionar. Peça madeira à rainha se precisar, mas faça isso. Vamos nos encontrar com você lá assim que a evacuação terminar.

Griffin se virou e saiu andando. Hall voltou a atenção para o campo de batalha e viu que os tear já tinham começado a recuar, subindo a inclinação suave no pé da colina. Ele olhou para o cadáver de Bermond e sentiu pena e exaustão crescerem dentro dele, mas não havia tempo para nenhuma das duas coisas. Os mort estavam subindo lentamente, acelerando a recuada. Uma voz grave gritou ordens atrás da linha mort, e Hall soube que era o general Ducarte, próximo da linha de frente agora. Ducarte não era do tipo que fica para trás e mantém as mãos limpas. Ele tinha ido ver sangue.

— Vocês. — Hall apontou para os dois homens da infantaria. — Vão com Griffin. Levem o corpo do general para Nova Londres.

Eles ergueram o corpo de Bermond e carregaram para o outro lado da colina, na direção dos cavalos. Hall acompanhou o progresso por um momento, depois ergueu o olhar para o campo de refugiados. Pessoas indefesas, uma cidade inteira.

Mais um dia, pensou ele, vendo os mort se agruparem no ponto mais fraco da linha tear e atacarem, as espadas e armaduras recém-polidas brilhando no sol. Passaram pelos tear com facilidade, rompendo a linha enquanto os soldados de Hall lutavam para subir a colina novamente. Soldados tear se aproximaram, fechando a abertura, mas o dano estava feito; havia um buraco na formação de Hall agora, e eles não teriam tempo de se reagrupar. Os mort se aproveitaram da vantagem, forçando o ponto fraco, fazendo os tear recuarem e se ajustarem a eles. Bermond estava morto, mas Hall ainda conseguia senti-lo em algum lugar, na colina seguinte, talvez, olhando e avaliando, esperando para ver o que fariam em seguida. O sol apareceu entre as nuvens, e Hall puxou a espada, aliviado de encontrar vida nova nos músculos do braço, de se encontrar mais desperto do que se sentia havia muito tempo. Os mort romperam a linha tear, uma massa escura que não podia ser derrotada, e o general Hall marchou colina abaixo para encontrá-los.

Blue Horizon

Na década anterior à Travessia, os aparatos da Segurança Americana prenderam vários supostos separatistas. O número de presos convenceu o governo americano, assim como a população, de que a Segurança estava vencendo a guerra do terrorismo doméstico. Mas esse foco limitado nos resultados demonstráveis também cegou o governo para a questão verdadeira: uma falha enorme abaixo da superfície americana, invisível, que estava finalmente começando a rachar.

— *A noite sombria dos Estados Unidos*, GLEE DELAMERE

Dorian foi embora.

Lily ficou parada na porta do quarto do bebê, piscando. Dorian tinha sumido, e também os suprimentos médicos e as roupas que Lily dera para ela. O quartinho ainda estava como sempre, cheio de pontinhos de poeira flutuando no sol do fim da manhã. Ninguém saberia que Dorian tinha passado por ali.

Claro que Lily não esperava que ela se despedisse, mas achou que haveria mais tempo. Agora, William Tear tinha aparecido no meio da noite e levado Dorian. Lily se virou e andou de volta pelo corredor, todo o prazer que sentia aquela manhã sumindo de repente. O que ia fazer agora? Tinha marcado de jogar bridge mais tarde, com Michele, Christine e Jessa, mas agora via que teria que cancelar. Não tinha como ficar à mesa com as três, fofocando e bebendo o coquetel de preferência de Christine naquela semana. Alguma coisa tinha mudado, e agora não tinha como Lily voltar ao mundo das coisas pequenas.

Dois dias depois, os sites de notícias anunciaram que ataques terroristas simultâneos aconteceram em Boston e Dearborn, na Virgínia. Os terroristas de Boston invadiram um dos armazéns da Dow e roubaram equipamentos médicos e drogas, no valor de quase cinquenta milhões de dólares, um golpe terrível que apareceu em destaque em todos os sites. Mas o ataque na Virgínia, embora menos espetacular, foi mais interessante para Lily porque não fazia sentido. Uns dez ou doze guerrilheiros armados invadiram a fazenda de cavalos de um milionário de Dearborn e roubaram a maior parte dos animais. Os guerrilheiros foram preparados, com seus próprios trailers para os cavalos, mas não levaram nada além dos animais e de equipamento para cuidar deles.

Cavalos! Lily ficou estupefata. Ninguém usava cavalos para nada agora, nem em fazendas; eram só o hobby de homens ricos, com valor apenas para corridas e para as apostas que as acompanhavam. Lily se perguntou brevemente se o inglês alto era maluco, pois ela tinha certeza de que aquilo era trabalho de Tear, mas não foi essa a impressão que teve dele. Na verdade, a coisa toda parecia um quebra-cabeça com várias peças faltando. Cavalos e equipamentos médicos roubados, fábricas de jatos destruídas. A cada dia, Lily movia essas peças em um tabuleiro na mente, tentando entender. Tinha certeza de que, se conseguisse encaixá-las, montar o quebra-cabeça, tudo ficaria esclarecido, o verdadeiro plano do inglês surgiria para ela, os contornos claros do mundo melhor.

Três dias depois do ataque na Virgínia, Lily voltou ao hospital. Começou de uma forma simples: uma camisa que Greg queria usar estava na lavanderia, e, como Lily não conseguiu dar a camisa para ele, Greg bateu a porta nos dedos dela. Nem doeu de início; só havia a porta prendendo a mão de forma que nenhuma sensação se espalhou. Mas, quando Greg abriu a porta alguns segundos depois, a dor veio com tudo, e quando Lily gritou, Greg fez uma coisa que nunca tinha feito antes: deu dois socos na cara dela. No segundo soco, Lily sentiu o nariz quebrar, um estalo fino e seco, como alguém pisando em um galho no inverno.

Greg estava atrasado para uma reunião, então foi Jonathan quem levou Lily para o pronto-socorro. Ele ficou em silêncio, mas ela conseguia ver o maxilar contraído e os olhos semicerrados pelo retrovisor. Quem ele reprovava? Os dois? Ela não falava com Jonathan desde aquela noite na sala; ele estava determinado a fingir que nunca aconteceu, e Lily fez o mesmo. Às vezes, ela queria poder falar com ele sobre o assunto, mas a reserva de Jonathan a impedia de iniciar a discussão. Ela se concentrou no nariz, então, esforçando-se para impedir que o sangue pingasse no banco do carro.

No fim das contas, Lily estava com dois dedos quebrados além do nariz, e só conseguia olhar com expressão grogue pela sala iluminada enquanto Jonathan respondia às perguntas do médico. Quando chegou a hora de ajeitar o nariz, deram um sedativo para apagá-la. Ela passou a noite no hospital, sob os cuidados de duas enfermeiras, e quando acordou e ouviu as vozes delas, gentis e maternais, desejou poder ficar ali para sempre. Havia dor e doença no hospital, mas era um lugar seguro. Greg dissera que não aconteceria de novo, mas estava mentindo; várias vezes desde aquele dia no country clube, Lily acordou com os dedos de Greg dentro dela, penetrando-a de forma dolorosa, quase arranhando. Ossos quebrados eram uma coisa ruim, mas aquilo era infinitamente pior, e o hospital parecia tão seguro em comparação com a casa.

Cinco dias depois, faltou energia em toda Nova Inglaterra. Foi uma falha breve, de apenas vinte minutos, e não houve nenhum dano real além de alguns acidentes de trânsito. Mesmo assim, o incidente provocou pânico em Washington e queda nas bolsas de valores, porque uma falha dessas devia ser impossível. Em um mundo em que tudo era controlado por computadores, protegido e com backups detalhados, o sistema não deveria ter falhas. Greg disse que o hardware deu defeito, mas Lily não tinha tanta certeza. Pensou em Dorian, em como uma mulher sem identificação conseguira passar pela Segurança em uma base naval. Pensou nos milhares de soldados como Jonathan, que voltaram depois de servir na Arábia Saudita e descobriram que não havia empregos, não havia mercado para as habilidades deles. E agora começou a se perguntar: quantos separatistas existiam na verdade? Os sites de notícias falavam do Blue Horizon com desdém, descreviam a célula como um grupo desorganizado e insatisfeito de indivíduos mentalmente instáveis. Mas as provas não demonstravam isso. Lily pensou em Arnie Welch, o tenente da Segurança que admitiu certa vez, depois de beber demais, que os terroristas eram eficientes e organizados. William Tear disse que sempre havia um jeito de passar por todas as barreiras, e as perguntas giravam na mente de Lily, enlouquecedoras. Quanto o Blue Horizon era grande? Todos respondiam a Tear? O que era o mundo melhor?

No fim de semana seguinte, Greg convidou Arnie Welch para jantar, junto com dois subordinados dele. Greg sempre convidava Arnie nas raras ocasiões em que ele estava na cidade; eles foram da mesma fraternidade em Yale. Greg disse que era útil ser amigo de um tenente da Segurança, e até Lily via sentido naquilo. Mas, desta vez, quando Arnie passou pela porta, Lily não viu as multas de estacionamento de Greg, nem um visto de viagem rápido para as férias, nem mesmo os helicópteros da Segurança que Arnie às vezes emprestava quando os negócios estavam lentos. O que viu foi Maddy sendo arrastada pelas portas da escola, o último vislumbre das marias-chiquinhas louras, uma imagem tão clara que Lily oscilou momentaneamente na porta, e, quando Arnie tentou passar o braço pelos ombros dela, ela desviou e foi para a cozinha.

Pela primeira vez, Arnie não bebeu durante o jantar, e fez cara feia para os subordinados quando eles esticaram a mão para pegar o uísque. Greg debochou dele por causa disso, mas Arnie só deu de ombros e disse:

— Não posso me dar ao luxo de estar de ressaca amanhã.

Lily ficou feliz de Arnie permanecer sóbrio. Ele dava trabalho quando bebia; uma vez, até tentou enfiar a mão entre as pernas dela à mesa. Lily nunca conseguia perceber se Greg reparava nesses avanços; por mais possessivo que fosse, ele parecia ter alcançado um nível de cegueira deliberada quando esse outro alguém podia ser útil para ele. Mas colocou Arnie sentado na outra extremidade da mesa, só por precaução.

Apesar de o nariz estar quase de volta ao normal, Lily ainda tinha um hematoma evidente embaixo do olho direito, mas não ficou surpresa de Arnie não perguntar nada. Percebeu que não conseguia comer direito. Os dedos machucados, ainda envoltos em talas temporárias, dificultavam o manuseio da faca e do garfo, mas esse não era o verdadeiro problema. Ela passou boa parte da vida de casada contando mentiras, mas, desde que Dorian havia pulado o muro dos fundos, Lily mudou, e estava ficando cada vez mais difícil ser dissimulada, mais complicado forçar as mentiras a saírem. Ela tinha medo do marido, mas o medo era menos importante agora. Sentia um mundo maior lá fora, um mundo não controlado por gente como Greg, e, às vezes, apesar de não entender nada, ela sabia exatamente o que Dorian queria dizer: estava tão perto que ela quase podia tocar.

Porcos, pensou ela, vendo Greg e os militares rirem e debocharem e engolirem comida. *Porcos, todos vocês. Vocês não fazem ideia sobre o mundo melhor.* Lily também não entendia o mundo melhor, era verdade, mas achava que estava começando a ver seus contornos agora. Sem pobreza nem ganância, Tear disse. Gentileza é tudo. Gente como Greg seria totalmente irrelevante. Ontem, ele contou para ela que tinha marcado uma consulta com o médico da fertilização. Eles iriam ao consultório na segunda-feira. Lily não conseguia imaginar como sua vida estaria na terça-feira.

Ela tinha suas dúvidas de que Arnie conseguiria mesmo ficar sóbrio durante o jantar; mesmo entre o grupo normal de convidados de jantar de Greg, Arnie era um bêbado inveterado. A garrafa de uísque ficou na mesa bem na frente dele (a ideia de Greg de uma boa piada) durante toda a refeição, mas de alguma forma Arnie a ignorou e só bebeu água. Estava nervoso e tenso, e ficava olhando o relógio constantemente. Os dois subordinados não estavam muito melhor, embora ainda encontrassem tempo para cutucar um ao outro e sorrir para Lily durante a refeição. Ela estava acostumada a esse tipo de comportamento e ignorou os comentários, mesmo quando ouviu os dois a chamarem de gostosa.

— Por que está tão tenso? — Greg finalmente perguntou a Arnie. — Está usando drogas?

Arnie balançou a cabeça.

— Sóbrio como uma pedra. Tenho um dia longo amanhã, só isso.

— Vai fazer o quê?

— É confidencial.

— Eu tenho permissão de ouvir.

Arnie olhou com insegurança para Lily.

— Ela não tem.

— Ah, ela que se foda, Lily não vai contar para ninguém. — Greg se virou para a esposa com olhos apertados. — Não é?

Ela fez que não de forma automática, mantendo os olhos no prato.

— Então fala logo, cara — pediu Greg, e Lily de repente viu uma coisa que nunca tinha notado antes: Greg tinha inveja dos militares do outro lado da mesa. Trabalhava em vários contratos de defesa, era verdade, mas seu trabalho era burocrático. Arnie fora treinado para atirar, fazer interrogatórios, matar pessoas, e Greg achava que isso tornava Arnie um homem melhor. — Conte o que anda fazendo.

Arnie continuou hesitante, e Lily sentiu um pequeno alarme disparar dentro dela. Com permissão ou não, Arnie sempre contava para Greg coisas que não devia, e normalmente não era preciso muito álcool para que isso acontecesse. Ela manteve o olhar no prato, tentando se fazer o mais invisível possível, esperando que ele falasse. Mas, depois de alguns momentos, Arnie só balançou a cabeça de novo.

— Desculpe, cara, não. É importante demais, e sua esposa não pode ouvir.

— Tudo bem, vamos subir. Podemos conversar no meu escritório.

— Vocês dois, esperem no carro — disse Arnie para os subordinados, limpou a boca e jogou o guardanapo na mesa. — Obrigado Lily. O jantar estava ótimo.

Ela assentiu e deu um sorriso mecânico, se perguntando se Arnie reparou nas talas nos dedos dela. Os subordinados saíram, e Greg e Arnie subiram a escada. Lily ficou olhando para o prato por um momento, pensando, então se apoiou na beirada da mesa com a mão boa e se levantou. Deixando os pratos sujos espalhados na mesa, ela correu pela cozinha e entrou na guarita que abrigava o equipamento de vigilância. Jonathan devia estar trabalhando naquela noite, mas Lily não ficou surpresa de encontrar a alcova vazia. Perguntou-se quantas noites a casa ficou sem proteção enquanto Jonathan estava fazendo coisas para o Blue Horizon.

Lily clicou na tela e abriu a imagem do escritório de Greg, uma sala escura com móveis de mogno que tentava demais ser masculina. As paredes eram cobertas de estantes, mas não havia livros, só os troféus de futebol americano antigos e fotografias de Greg e Lily com pessoas importantes em vários eventos. Também havia placas nas paredes; Greg gostava de exibir seus prêmios.

Arnie estava sentado em uma das poltronas grandes na frente da mesa, e Greg estava atrás dela, a cadeira de couro inclinada para trás. Os dois fumavam charutos, e a fumaça subia na direção da câmera, deixando as feições de Greg indistintas.

— O prédio explodiu e desabou — disse Arnie —, como deveria acontecer mesmo. Eles tinham um plano de fuga, mas algo deu errado. Tenho que tirar o chapéu para Langer; por mais que eu odeie o filho da mãe, ele mandou bem. Pareceu que todos morreram, mas Langer conseguiu tirar um de lá com vida, um cara chamado Goodin. Estão trabalhando nele há quatro dias, e ele finalmente falou ontem à noite.

— O que o fez falar? — perguntou Greg, a voz cheia de ansiedade, e Lily fechou os olhos. Quanto tempo devem ter demorado para fazer Maddy falar? *Uma eternidade,* pensou Lily, mas, no fundo, sabia que não era verdade. Ela limpou a testa, e a mão saiu molhada de suor.

Arnie também pareceu desconfortável.

— Estou de folga agora, cara. Não quero falar sobre essa merda.

— É, imagino que não — respondeu Greg, magoado. — E o que ele disse?

— Ele não era importante nem nada, mas nos deu muita coisa. — O rosto de Arnie mostrou animação de novo. — O líder do Blue Horizon é um cara que se chama Tear. Britânico, acredite se quiser.

— Eu acredito. O Reino Unido e aquele maldito experimento socialista.

— Bom, esse tal Tear, ao que parece, é o peixe grande. Os separatistas o consideram um tipo de deus. O Blue Horizon surgiu dos velhos movimentos de Ocupação, mas você sabe que eles não sabiam o que estavam fazendo. Mas esse Tear é um guerrilheiro treinado. É por isso que eles andam incomodando tanto nos últimos anos. — Arnie baixou a voz, e Lily aumentou o volume na tela. — Estão entocados em um armazém abandonado no Conley Terminal.

— Onde fica isso?

— No porto de Boston. Passei o dia todo olhando mapas. O armazém está condenado há pelo menos dez anos, mas os garotos de Frewell pegaram todo o dinheiro que Boston devia usar para novas instalações de contêineres e usaram em uma merda qualquer, e todos os contêineres simplesmente ficaram lá. Goodin disse que eles usam o armazém como quartel-general. Vamos invadir ao amanhecer.

Lily ficou olhando para a tela, congelada.

— Colocaram Langer responsável por tudo; isso é problema dele agora, e ele quer prisioneiros. Temos que cercar o armazém por terra e por mar, o que não é fácil... muitos barcos e muitos homens. Minha divisão tem que oferecer um perímetro secundário amanhã de manhã. — Arnie suspirou e apagou o restinho do charuto. — Por isso, nada de álcool.

— Quer jogar pôquer? Conheço um pessoal no centro.

— Não posso. Tenho que estar em Boston em duas horas. Meu helicóptero está esperando.

Greg assentiu, mas o lábio estava projetado naquele biquinho que Lily conhecia tão bem agora.

— Tudo bem. Eu acompanho você até a porta.

Lily desligou a tela e correu para a sala de jantar, onde programou a lavadora para começar a limpar os pratos. Quando as vozes de Greg e Arnie desapareceram pela porta da frente, ela pegou o celular na bolsa e ligou para Jonathan, mas ele não atendeu; ouviu só a voz seca e grave dele, uma mensagem automática. Lily não podia deixar recado; suas ligações eram monitoradas. Tentando afastar o pânico da voz, ela exigiu que ele ligasse de volta imediatamente. Mas não conseguia fugir da sensação de que, onde quer que Jonathan estivesse, ele não chegaria até ela a tempo. Ela conseguia ver agora: o armazém escuro, Dorian lá dentro com William Tear. Dorian disse que não ia voltar para a prisão nunca mais. O porto de Boston. O Blue Horizon. Lily fechou os olhos e viu a fileira de chalés de madeira junto ao rio, banhados de sol.

Eu tenho que fazer alguma coisa.

O que você pode fazer, Lil?, perguntou Maddy, a voz debochada. *Você nunca teve coragem de fazer nada a vida toda.*

Tive, sim, insistiu Lily. *Quando Dorian caiu no quintal, eu tive.*

Mas, lá no fundo, ela sabia que Maddy estava certa. Dorian foi uma decisão de baixo risco, quase um jogo, protegido pelo ambiente relativamente seguro do quarto do bebê. O que Lily estava contemplando agora era totalmente diferente. Ela formulou um plano, rejeitou-o, formulou outro, rejeitou também, formulou um terceiro e o examinou, procurando falhas. Era um plano burro, sem dúvida. Provavelmente faria com que fosse presa, talvez até morta. Mas ela tinha que fazer alguma coisa. Se o mundo melhor era real, também era indescritivelmente frágil, e, sem Tear, não haveria nada.

— Arnie foi embora.

Lily olhou para a janela de novo e viu Greg refletido no vidro, embora não conseguisse ler a expressão dele. Ela não respondeu e ficou olhando para a frente agora, na direção de Boston. Não havia lugar para Greg nessa viagem. Ele só a atrapalharia.

— Está animada, Lil?

— Com o quê?

— Com a consulta de segunda-feira.

A mão de Lily apertou o cabo de uma panela, e por um momento ela quase se virou e jogou a panela na cabeça dele. Mas sua mente pediu paciência. Sua mira podia não ser boa o suficiente. Greg tinha quinze centímetros e quase cinquenta quilos a mais do que ela. Só teria uma tentativa, e não podia se dar ao luxo de errar. Ela olhou para a bancada e seu olhar encontrou um porta-retratos grande e pesado, com quase trinta centímetros, no parapeito da janela. Fotos do casamento deles surgiam sem parar na tela, em pixels iluminados; Lily se viu com apenas vinte e dois anos, coberta de metros de cetim branco, se preparando para cortar um bolo enorme. Apesar de o cabelo estar começando a soltar do penteado elaborado e de o pai nojento de Greg aparecer na foto, ela estava sorrindo.

Deus, o que aconteceu?

Greg deu alguns passos para a frente, tão perto agora que Lily conseguia sentir a respiração dele na nuca. Ela esticou a mão para tocar no porta-retratos, segurando a beirada com a mão boa.

— Lil?

Se ele tentar me comer agora, pensou ela, *eu vou ficar louca. Vai ser muito fácil; vou sair flutuando, e nada disso vai importar, nem William Tear, nem o Blue Horizon, nem um armazém no porto de Boston. Nada.*

— Lil? Você está animada?

Ele pousou a mão no ombro dela, e Lily se virou, levando o porta-retratos junto, acertando a têmpora dele como faria com uma raquete de tênis. O porta-retratos quebrou, e pedacinhos de plástico voaram para todo lado, salpicando a mão e o braço de Lily, e Greg caiu e bateu a cabeça na bancada de mármore na queda, com um baque seco. Lily levantou o porta-retratos de novo, preparada, mas Greg estava apagado, caído de lado no chão da cozinha. Depois de um momento, sangue começou a escorrer pelo rosto dele, do couro cabeludo, pontinhos vermelhos pingando no piso branco.

— Pronto, isso está resolvido — sussurrou Lily, sem saber com quem estava falando. Pensou em verificar a pulsação de Greg, mas não conseguiu tocar nele. Movendo-se devagar, como se em um sonho, ela foi até o quarto. Vestiu a calça jeans mais velha, a que nunca usava com Greg por perto, e uma camiseta preta surrada. Essas roupas ainda eram melhores do que qualquer coisa que os pobres usariam fora do muro, mas eram melhores do que nada e podiam oferecer um mínimo de camuflagem. Vestiu uma jaqueta de couro surrada que tinha desde os quinze anos, lembrança de uma época melhor da qual Lily se recusava a abrir mão. A Mercedes era automática; depois de pensar por um momento, Lily tirou as talas e as deixou na cômoda. Digitou na tela da parede e examinou mapas do porto de Boston enquanto se vestia. O Conley Terminal era uma área grande de contêineres perto de Castle Island, em uma dos milhares de enseadas que pareciam formar a costa de Massachusetts. Estradas públicas, teria que ser, a

Highway 85 até a Mass Turnpike. As estradas particulares estariam cheias de pontos de verificação da Segurança, particularmente à noite, e quando verificassem seu chip e descobrissem que ela deixou o marido em casa, mais perguntas surgiriam. Lily teria mais chance usando as estradas públicas... isso se conseguisse sair dos muros de Nova Canaã.

Depois de procurar mais um pouco, ela descobriu que propriedades condenadas eram de responsabilidade do Departamento de Interiores. Havia dois prédios condenados no Conley Terminal; só um parecia um armazém, mas Lily mapeou cada localização com cuidado e mandou os mapas para a Mercedes. Depois, ela se deu conta de que essas pesquisas provavelmente despertariam um alarme em algum lugar da Segurança, e teve um momento rápido de pânico antes de perceber como esse problema era pequeno, com o marido caído e sangrando no chão da cozinha. Mesmo que Greg não estivesse morto, mulheres já foram executadas por menos. Lily desceu a escada e pegou a pequena chave eletrônica com o emblema da Mercedes no gancho da parede. A Mercedes era o terceiro carro deles, o elegante, para emergências ou visitas importantes. Quando levantou a chave até a luz, viu que as mãos estavam tremendo. Sua habilitação ainda estava válida, mas ela não dirigia um carro desde os dezoito anos.

— É como andar de bicicleta — sussurrou ela. — É como andar de bicicleta, só isso.

Ela lançou um último olhar para Greg, ainda caído na mesma posição no chão da cozinha. Tinha uma poça de sangue sob a orelha direita dele agora, mas ele ainda estava respirando, e por um momento Lily pensou na própria frieza, até perceber de onde vinha: não importava se Greg vivesse ou morresse, nem se ela vivesse ou morresse, só que chegasse a Boston. O mundo melhor, o vilarejo junto ao rio, essas eram as coisas que importavam e ardiam dentro da cabeça de Lily, queimando o medo, lhe dando coragem.

Ela se virou e seguiu pelo corredor até a garagem.

Ninguém dirigia a Mercedes havia um tempo, mas não pareceu pior por falta de uso. Jonathan devia ter cuidado dela; ele gostava de mexer nos carros, mantinha a BMW e a Lexus em boas condições de funcionamento. A Mercedes estava com o tanque cheio, e os faróis cortavam a noite com facilidade enquanto Lily saía da Willow Avenue e entrava na rua da verificação. À sua frente, o muro surgiu: seis metros de polímero de aço sólido com lasers no topo, bloqueando o horizonte. Algo dentro de Lily pareceu congelar com a visão, e uma voz baixa e apavorada começou a falar dentro dela... a voz do seu casamento, Lily percebeu agora, o tom covarde e impotente.

Você nunca vai conseguir passar, nem em um milhão de anos, e quando encontrarem Greg...

— Cala a boca — sussurrou Lily. Sua voz tremeu no carro escuro.

O ponto de verificação surgiu na névoa: uma abertura de quatro metros e meio no muro, iluminada por lâmpadas fluorescentes. Uma pequena guarita, também com paredes de aço, ficava um pouco mais para a esquerda, e quando Lily se aproximou, dois guardas de uniforme da Segurança surgiram. Cada um deles carregava uma arma, as pequenas pistolas laser que a Segurança parecia preferir atualmente. Greg tinha uma arma, Lily se lembrou de repente, uma coisinha que guardava no escritório. Ela podia tê-la pegado, mas isso a fez se perguntar de que mais tinha esquecido. Mas era tarde demais.

— Boa noite, senhora — disse o primeiro guarda quando ela abriu a janela. Ele olhou para ela por um momento e abriu um sorriso largo. — É sra. Mayhew, não é?

— Sim, John. Como você está hoje?

— Bem, senhora. Para onde você está indo?

— Para a cidade, visitar amigos.

— Sozinha, a essa hora? Onde está aquele seu guarda-costas negro?

— Teve que fazer um serviço para o meu marido.

— Só um momento. — Ele contornou o capô e desapareceu na guarita. O outro guarda ficou do lado direito do capô, uma silhueta escura contra as lâmpadas fluorescentes. Lily manteve um sorriso agradável no rosto, mas os dedos apertavam o volante com força. O guarda foi ligar para Greg, e agora sua mente produziu uma imagem clara: a cozinha, Greg caído e imóvel, o telefone tocando. Os músculos da coxa dele tremendo. Fora do círculo claro de luzes fluorescentes que banhava o carro, tudo estava preto como breu.

— Senhora?

Lily deu um pulo; o guarda reapareceu silenciosamente na outra janela.

— Não estamos conseguindo resposta do seu marido, senhora.

— Ele está doente — respondeu ela. — Por isso não veio comigo.

O guarda consultou um dispositivo portátil, e Lily soube que ele estava verificando os detalhes da vida dela. A posição de Greg e o fato de que eles não estavam sob vigilância pesariam a favor de Lily. Ela nunca se meteu em confusão, e isso também ajudaria. Maddy estaria lá, certamente, mas também a informação de que fora Lily quem tinha denunciado a irmã.

— Seu marido sempre deixa você ir à cidade sozinha?

— Não. É a primeira vez.

O guarda ficou olhando para ela, e Lily teve a certeza perturbadora de que os olhos dele a avaliavam, apesar de os seios estarem cobertos pela jaqueta de couro grossa. Mas ela manteve um sorriso no rosto, e depois de um momento o guarda ergueu uma coisa preta e brilhante. Por um segundo de pânico, Lily achou que era uma arma, mas depois viu que era só um leitor. Ela ofereceu o ombro e esperou que o leitor o registrasse com um apito. O guarda acenou para Lily seguir em frente, e ela afundou o pé no acelerador. Talvez com força demais, pois a Mercedes deu um pulo com um ruído. Ela pisou no freio, deu um sorriso de desculpas pela janela aberta.

— Faz um tempão que não dirijo.

— Bom, tome cuidado, senhora. Fique longe das estradas públicas. E não abra a janela para estranhos.

— Pode deixar. Tenham uma boa noite.

Lily apertou o acelerador de novo, mais delicadamente desta vez, e o carro seguiu em frente, para fora do círculo intenso de luz.

Quando Lily estava no carro, Jonathan sempre usava a estrada particular. Mas houve algumas vezes em que a estrada estava ruim, bloqueada por destroços arrastados para lá ou sabotada por explosivos. Nem a Segurança conseguia consertar uma rodovia danificada em menos de uma semana, e, em ocasiões assim, Jonathan sempre pegava uma estrada menor alguns quilômetros depois do muro, uma estrada de terra que seguia para o norte por alguns minutos pela floresta antes de se juntar à Highway 84. Por mais que a Segurança se esforçasse para manter o público longe das estradas particulares, as pessoas sempre achavam um jeito, abrindo caminho pela floresta e cavando túneis por baixo das cercas. Essa ideia, que alarmaria Lily algumas semanas antes, agora parecia estranhamente reconfortante. A estrada menor de Jonathan podia ter permitido que William Tear chegasse perto de Nova Canaã antes de pular o muro, podia ter permitido que Dorian escapasse da Segurança enquanto fugia da base. Lily precisou fazer vários retornos até ver uma abertura na vegetação. Quando entrou ali com o carro, ela conseguiu ouvir plantas arranhando a tinta.

— O mundo melhor — sussurrou ela enquanto guiava a Mercedes pela floresta, sentindo o baque das pedras sob os pneus. Árvores cercavam o carro, pilares brancos fantasmagóricos no brilho dos faróis. — Está lá, tão perto que quase podemos tocar nele.

Ela manteve o olhar nas janelas laterais e no espelho retrovisor; devia haver gente morando em algum lugar ali, embora fossem precisar de armas sérias para entrar naquele carro, que tinha janelas reforçadas de aço e mais parecia um tanque. Mas não viu ninguém, e, depois de vinte minutos seguindo lentamente, ela saiu na rodovia pública. A Highway 84 era bem mais ampla do que as estradas particulares, com o lado norte ocupando seis pistas, e sem os muros de três metros que ladeavam a maioria das estradas particulares, parecia bem ampla, quase sem limites naquele vazio, restos de uma era passada em que todo mundo podia comprar carros e pagar a gasolina. Placas à direita de Lily anunciavam que o limite de velocidade era cem quilômetros por hora, mas a Segurança nunca se dava ao trabalho de policiar as rodovias públicas, e cem quilômetros por hora parecia de uma lentidão ridícula, quase como ficar parada. Lily acelerou, acelerou mais, levando o carro a cento e trinta e até perto de cento e quarenta, encontrando prazer na velocidade, em ver os quilômetros passarem.

Várias vezes ela viu os restos de antigas barricadas na beira da estrada: pilhas de lixo, pneus estourados e galhos de árvores que foram apenas jogados para o lado e deixados para que o vento e o tempo cuidassem deles. Não conseguia imaginar o propósito daquelas barricadas, e isso, mais do que qualquer outra coisa, deixou claro para Lily como ela sabia pouco sobre a vida fora do muro. Mesmo quando criança, ela sempre usou estradas particulares, sempre viveu em temperatura controlada, nunca precisou ter medo de passar fome.

De tempos em tempos, ela via fogo nas laterais da estrada, fogueiras grandes cercadas das silhuetas de muitas pessoas. Os pobres, saindo das cidades e indo para as florestas... devia ser mais seguro, mas também mais difícil sobreviver lá. Lily não podia desacelerar para olhar melhor; protegida ou não, uma Mercedes em baixa velocidade era quase um convite. Mas não pôde deixar de olhar para as pessoas pelo retrovisor, todas aquelas sombras humanas ao redor das chamas. Não conseguiu deixar de pensar na vida que elas viviam.

— O mundo melhor — sussurrou ela, repetindo toda vez que outro quilômetro virava no hodômetro e para a noite às suas costas. Placas verdes de saída passavam voando, algumas tão gastas que Lily mal conseguia ler as letras brancas anunciando as cidades. Vernon, Tolland, Willington. Algumas deviam ser cidades-fantasma, enquanto outras estavam vivas, mas entregues à ilegalidade. Lily se lembrava vagamente de ter ouvido Willington mencionada em um site de notícias alguns meses antes, falando alguma coisa sobre um culto. Mas não conseguia lembrar direito, e logo Willington ficou para trás. Ela estava na metade do caminho até Boston agora; faltavam apenas cento e vinte quilômetros.

Seu celular tocou, e Lily deu um gemido de medo, certa de que Greg tinha acordado, que tinha arrumado um telefone. Mal conseguiu se obrigar a olhar para a tela, mas, quando olhou, viu a palavra *Jonathan* no fundo azul iluminado.

— Atender... Jonathan?

— Onde está... sra. M? — A voz dele falhou em meio à estática, sumiu. Mas é claro, o serviço de celulares era péssimo fora dos muros. Gente como Lily nem devia ir lá. Depois que colocaram botões de pânico nos carros, ninguém mais usava celulares para emergências.

— Estou indo para Boston.

— O que tem em Boston? — Ela podia estar imaginando, mas, mesmo com a estática, Lily sentiu um tom surpreso e defensivo na voz de Jonathan.

— O armazém! O porto! Eles estão com problemas, Jonathan. Greg convidou Arnie Welch para jantar...

— Sra. M? Não... ouvir você. Não... — Agora a estática o interrompeu por um longo momento. — Boston!

— Jonathan?

A ligação caiu.

Lily ligou para ele, mas sabia que era um gesto vazio. Nem conseguiu chegar ao correio de voz de Jonathan dessa vez, só ouviu um silêncio morto e vazio. Ao olhar para o celular, viu que não tinha serviço. Pouco depois, ela percebeu que aquela chamada breve sem dúvida tinha sido gravada pela Segurança.

— Porra — murmurou ela.

Jonathan disse para ela não ir para Boston, ela tinha certeza. Mas ele não sabia o que ela sabia, e a inércia já estava tomando conta agora. Ela já estava encrencada. Não podia voltar.

Em Sturbridge, ela entrou na Massachusetts Turnpike. Nos primeiros vinte e cinco quilômetros, não havia nenhuma iluminação na estrada, nem as antigas de vapor de sódio; a rodovia estava totalmente escura, exceto pelo brilho leve do luar, e Lily foi obrigada a reduzir para setenta quilômetros por hora, o que fez parecer que ela estava se arrastando depois da velocidade pura e livre da Highway 84. Ela navegou mais por intuição do que pela visão, apertando os olhos para o contorno das coisas à frente, sabendo que devia ter voltado muito tempo antes. Deu um suspiro de alívio ao passar por Auburn e ver o brilho laranja de luzes ao longe.

— O mundo melhor — sussurrou ela, vendo outro dígito verde virar no hodômetro. — Tão perto que quase posso tocar nele.

Ele estava a apenas sessenta e cinco quilômetros de distância.

Quando Lily era pequena, Boston ainda era um bom lugar para passar o dia. Sua mãe e seu pai a levavam para visitar, junto com Maddy; apesar de o pai ter crescido no Queens e ser torcedor fanático dos Yankees, ele tinha uma admiração secreta por Boston. Sua mãe gostava de ver as luzes e de fazer compras, mas a inclinação do pai era histórica; ele levava Lily e Maddy ao Boston Common, à Biblioteca Kennedy. Uma vez, eles foram até as docas, ao local da Festa do Chá de Boston, e seu pai explicou o que tinha acontecido lá, uma história bem diferente da que Lily tinha ouvido na escola. Maddy dizia que a versão do pai podia arrumar problemas para elas, então Lily nunca a repetiu, mas foi uma dificuldade no primeiro ano do ensino médio não levantar a mão e dizer para o professor que ele estava enganado. Sempre que Lily pensava em Boston, ela se lembrava de estar nas docas olhando para a água.

Agora, Boston estava escondida sob uma nuvem de névoa. Nas poucas vezes que Lily fora lá com Greg, durante o dia, não havia luz do sol, só uma luminescência leve e doentia, e agora, no meio da noite, o céu acima da cidade estava laranja, refletindo as luzes abaixo. Quando Lily abriu as janelas, o ar estava fedendo. Quando foi a última vez que ela inspirou ar de fora? Não conseguia lembrar, estava tão acostumada com o ar tratado pelos purificadores que cobriam Nova Canaã.

Assim que passou pela saída da Washington Street, o celular de Lily apitou com alegria para informar que o serviço estava de volta. Se Greg tivesse acordado, poderia rastreá-la pela identificação, mas isso demoraria um pouco no meio da noite. Mas seu celular estava no nome de Greg, e ele poderia pesquisar sua última localização sozinho. Depois de um momento de hesitação, Lily jogou o celular pela janela.

Ela pegou a saída para a Massport Haul Road e começou a percorrer a Summer Street, a caminho do vazio negro e amplo que significava água. Ela nunca tinha ido àquela parte do porto; seu pai as levou até a Congress Street Bridge e, naquela época, aos muitos parques de diversão voltados para crianças no porto de Boston. Mas ali, no Conley Terminal, o litoral era um mar de contêineres, e Lily percebeu os contornos fantasmagóricos dos guindastes, uma fileira infinita de aparatos compridos e altos. Deviam ser de cores variadas, provavelmente, mas na luz amarela todos assumiam tons variados de icterícia. O terminal parecia vazio; Lily não viu ninguém andando pelo asfalto remendado, nem carros nem movimento de máquinas. A Segurança estava por lá, ela sabia, provavelmente escondida nas sombras de prédios e contêineres. E se a impedissem de entrar?

Ela parou o carro na extremidade de um estacionamento enorme, atrás de vários latões de lixo em um amontoado solitário em volta de uma pequena construção que parecia já ter sido onde se compravam tickets. Por um momento, ficou ali sentada, sentindo a adrenalina da viagem passar. Parecia que ela tinha corrido uma maratona.

De acordo com o mapa, o primeiro prédio condenado ficava oitocentos metros para o norte, um monstro corrugado que parecia prestes a desabar. As paredes eram cobertas de pedaços enormes de ferrugem. Lily levou um boné preto liso, e agora prendeu o cabelo e enfiou dentro do boné antes de sair do carro.

Alguém podia encontrar a Mercedes e arrombá-la quando ela estivesse longe, mas não podia fazer nada quanto a isso. Uma olhada final revelou que não havia ninguém por perto, e Lily correu pelo asfalto mal iluminado, o fedor de piche e produtos químicos fazendo seu nariz arder.

O porto parecia deserto quando ela chegou, mas a cada passo Lily ficava mais convencida de que estava sendo observada. Várias vezes ela passou por ratos do tamanho de filhotes de gato e sem medo nenhum de Lily. A maioria só olhou de relance quando ela passou, mas um se impôs, guinchou de raiva, e Lily foi obrigada a contorná-lo, olhando com cautela, percebendo novamente quanto longe estava da sua zona de conforto.

Por fim, ela chegou à parede sul do armazém e se agachou perto dela, respirando pesadamente. Estava com a lateral do corpo doendo. Não havia portas nessa parede; ela teria que contornar a esquina até a parede leste, o lado mais comprido do armazém. Agachada perto do latão corrugado, ela seguiu pela parede até chegar à esquina. Estava se inclinando para a frente para espiar quando uma coisa dura foi encostada na lateral da cabeça dela.

— Mãos para o alto.

Lily obedeceu. Ela nem os ouviu se aproximarem.

— Ela não pode ser da Segurança — disse outro homem.

Lily ergueu a voz e falou com clareza.

— Preciso falar com Dorian Rice, William Tear ou Jonathan.

Sentiu-se uma idiota; nem sabia o sobrenome de Jonathan.

— Nada de nomes. — As mãos do homem estavam em seu corpo agora, mas foi uma revista impessoal, uma busca por armas. Lily ficou feliz de não ter levado a arma de Greg. Obrigou-se a ficar parada, apesar de o homem ter empurrado o boné de forma que seu cabelo caiu nos ombros e no rosto.

— Moça bonita, desarmada... você deve estar completamente maluca para vir aqui.

— William Tear, Dorian Rice, Jonathan. Preciso falar com um deles.

— Ah, é? Sobre o quê?

— Entregue-a para nós — disse outra voz masculina vinda da escuridão atrás de Lily. — Ela é isca de dentro do muro, está escrito na testa dela.

Uma mão tateou embaixo da blusa de Lily, passando os dedos pelo ombro nu.

— É. Ainda está com a identificação.

— Vire-se — ordenou a primeira voz.

Lily se virou e deu de cara com um negro baixo e parrudo usando uma roupa verde militar. Atrás dele havia várias outras figuras nas sombras, as silhuetas quase indecifráveis na névoa que estava se espalhando pelo porto. O homem encostou uma arma na têmpora dela, e Lily se controlou para ficar calma, respirando lenta e calmamente, inspirando pelo nariz e expirando pela boca.

— Você está certo, ela é de dentro do muro. Mas está tentando se vestir como se fosse de fora. — O homem se inclinou para mais perto e respirou bem na cara de Lily. — O que você está fazendo aqui, moça do muro?

— Eu preciso ver um deles — repetiu Lily, odiando a própria voz. Ela parecia uma criança batendo o pé no chão. — Vocês estão em perigo.

— Que perigo seria esse?

— Chega! — rosnou uma das sombras. Lily não conseguia ver o rosto dele. — Meu chefe mandou matar qualquer um que se aproximasse daqui. Passe-a para cá. Não pegamos uma isca do muro há muito tempo.

— Este território é nosso. Meu líder decide o que acontece com os intrusos. — O homem negro balançou a cabeça com repugnância antes de se virar para Lily. — Você escolheu uma noite ruim para passear por aqui, moça do muro.

— Por favor! — implorou Lily. O tempo estava passando, segundos se sucediam constantemente, impossíveis de recuperar. — Por favor. O mundo melhor.

— O que você sabe sobre o mundo melhor?

— Sei que está perto agora. Tão perto que quase podemos tocar nele.

Ele piscou e a observou por um momento, os olhos escuros percorrendo rapidamente o rosto dela. Lily se sentiu sendo dissecada de dentro para fora.

— Qual é seu nome, moça do muro?

Nada de nomes, Lily quase respondeu. Mas a voz da mãe ecoou na cabeça dela, uma frase constante da infância dela: *Agora não é hora de ser espertinha.*

— Lily Mayhew.

O homem baixo bateu na orelha.

— Responda.

Ele começou a conversar rapidamente em uma língua que Lily não reconheceu. Soava vagamente como árabe, mas ela não tinha como ter certeza. Seu nome surgiu na conversa, mas ela mal percebeu; estava ocupada demais olhando as sombras atrás do ombro do homem. O pânico estava começando a penetrar na mente dela, que criava cenários possíveis mais rápido do que ela podia ignorar: estupro coletivo, tortura, seu corpo sem vida flutuando no Inner Harbor. O homem baixo estava com Tear, Lily tinha certeza, mas pelo menos alguns dos outros não, e eles se destacavam na escuridão, parecendo ter três metros de altura na névoa. Faziam Lily pensar em Greg, e ela de repente o viu com clareza à frente, se sentando no chão da cozinha e abrindo os olhos. A imagem fez Lily dar um pulo, como se alguém a tivesse cutucado com uma coisa afiada.

— Nós vamos levá-la para dentro — anunciou o homem negro.

— Para dentro? — Uma das sombras se separou e se definiu em um homem alto com cabelo louro desgrenhado, usando uma jaqueta feminina chamativa de seda azul. O resto das roupas estava destruído, e, quando ele se aproximou, Lily percebeu que conseguia sentir o cheiro dele, um fedor intenso de coisa podre. Também não gostou dos olhos dele; tinham uma aparência saltada e maníaca que Lily reconheceu do colégio, quando vários colegas da turma dela já eram viciados em metanfetamina. Quando o homem falou, ela viu que seus dentes eram pretos e estragados. — Ela não vai chegar perto do meu chefe. Pode estar com escuta.

O homem negro balançou a cabeça com exaustão.

— Vão passar o detector de explosivos.

— Não é bom o bastante.

— Você está na nossa casa. — O homem negro pegou uma segunda arma. — Isso quer dizer que são as ordens do meu líder que prevalecem. Quando nós formos para Manhattan, você toma as decisões. — Ele se virou para Lily. — Entrelace as mãos atrás da cabeça.

Lily fez o que ele mandou.

— Ande para a sua direita. Fique perto da parede e continue andando até eu mandar você parar. Se tentar qualquer coisa diferente, não vou pensar duas vezes em atirar na sua cabeça.

Lily assentiu, desajeitada.

— Blue Horizon, meu cu — murmurou o homem de jaqueta de seda. — Bando de veados.

O homem negro o ignorou e cutucou Lily.

— Ande. Agora.

Lily saiu andando, concentrada no chão à frente para não tropeçar nem cambalear. O homem com as duas armas não estava blefando; ele tinha o ar de um veterano de guerra, uma qualidade que Lily reconheceu por causa de Jonathan. Esse homem faria o que fosse necessário, mesmo que significasse dar um tiro na cabeça de Lily e jogar o corpo dela no mar. Ela se perguntou que horas eram, controlou o movimento instintivo de olhar o relógio. Estava na metade da lateral do armazém quando o homem disse:

— Pare.

Outro grupo surgiu da névoa à direita dela. O líder estava usando um capuz e tinha algum tipo de rifle de assalto pendurado no ombro. Mas, quando eles se aproximaram, o líder baixou o capuz, e Lily reconheceu sem dificuldade as marias-chiquinhas louras da garota gótica.

— Moça rica. Você só pode estar de sacanagem.

Lily tinha parado, mas a arma a cutucou para que seguisse em frente.

— Não consegui falar com Jonathan. Estão vindo para cá. Ao amanhecer.

O rosto de Dorian estava pintado com tinta preta, mas Lily ainda viu a testa dela se franzir.

— Quem?

— A Segurança. Todo mundo. Vocês têm que sair daqui.

— Ela é louca de vir para cá? — perguntou o homem negro. — Eu não quis correr risco.

— Louca, não... — respondeu Dorian lentamente.

— Não sou louca — disse Lily. — Juro que não. Por favor... Vocês têm que sair daqui.

— A gente pode fazer ela falar — ofereceu o homem de jaqueta azul, e a ansiedade na voz dele deu um nó no estômago de Lily.

— Sem chance — respondeu Dorian, e Lily ouviu ódio real na voz dela. — Conheço seus métodos, seu puto.

— Você e seu precioso mundo melhor, onde todo mundo é igual a todo mundo. Mas não é, né? Você e seu chefe continuam tratando as pessoas como merda.

— A sua gente é merda. Atiram e prostituem e matam uns aos outros pelas roupas que usam.

Lily ouviu um clique seco atrás de si. Dorian olhou por cima do ombro dela e ergueu a arma.

— Nem pense nisso.

— Já estou pensando, vaca.

O homem atrás de Dorian se adiantou, e Lily viu que todos estavam armados da mesma forma: cilindros pretos brilhantes que pareciam uma espécie de aparelhagem militar. Lily nunca tinha ouvido falar de ataque separatista a arsenais federais... mas claro que não. A Segurança nunca liberaria esse tipo de informação para o público.

— Nós estamos perdendo tempo! — interrompeu o homem de jaqueta azul.

Dorian o ignorou e virou os olhos frios para Lily.

— Pense no que está fazendo aqui, sra. Mayhew. Porque, se eu descobrir que você veio foder com a gente, vou garantir para que tenha uma morte lenta.

— Não vim — insistiu Lily, tentando não deixar a mágoa transparecer na voz, pois de repente percebeu o nível absurdo da própria arrogância. Nos poucos dias no quarto do bebê, ela se convenceu de que ela e Dorian tinham desenvolvido algum tipo de amizade. Mas o vão entre as duas era amplo, e qualquer sonho de construir uma ponte não passava de fantasia de garota rica. — A Segurança já cercou este lugar, por água e por terra. Vão chegar amanhã.

— Como uma puta do muro poderia saber de uma coisa assim? — perguntou um dos homens atrás dela.

— Essa pode saber — respondeu Dorian, pensativa. — Ela é casada com um cara do Departamento de Defesa.

Lily corou. O tom de Dorian fazia parecer que Lily tinha se casado com o primo e entrado para uma família de lunáticos que procriavam entre si numa cabana.

— Façam a verificação nela e a tragam para dentro.

Lily ficou parada para o detector corporal, apesar de o homem negro ter dado uma cutucada forte na barriga dela. O aparelho a fez pensar de novo onde eles conseguiram todo aquele arsenal. Os equipamentos da Segurança deviam ser registrados na fabricação. Teria o Blue Horizon descoberto um jeito de retirar os chips de rastreamento dos equipamentos, assim como das pessoas? Quando a verificação terminou, Dorian conversou na língua estranha pelo fone de ouvido por um momento e cutucou Lily com a ponta do rifle.

— Para dentro.

Lily passou pela porta do armazém, as mãos ainda entrelaçadas atrás da cabeça, e piscou quando a luz agrediu seus olhos, cegando-a por alguns instantes. Quando se recuperou, ela se viu em um aposento amplo com paredes de metal corrugado. Havia uma mesa pequena no meio da sala, com dois homens sentados ali. Lily viu Jonathan primeiro, de pé atrás de uma cadeira na extremidade, e na cadeira estava William Tear, olhando com olhos semicerrados para o homem na sua frente. Dorian cutucou Lily nas costas com o rifle, e ela seguiu em frente. Vários outros guardas se aproximaram para cercá-la, mas ela ficou aliviada de ver que eles só tinham pistolas. Dois dos guardas eram mulheres, o que surpreendeu Lily; ela tinha suposto que Dorian era a única.

Tear olhou com irritação quando eles se aproximaram, mas, ao ver Lily, seu rosto mudou, ficou ilegível, e ele se levantou da cadeira. O homem do outro lado da mesa se virou, e Lily se esforçou para não se encolher. Ele tinha perdido a maior parte do rosto para ácido ou coisa pior. Cicatrizes vermelhas e irritadas cobriam as bochechas e chegavam à testa. Os dentes eram tão podres quanto os do homem lá fora.

— Que maravilha, Tear — disse o homem queimado com uma voz áspera. — Seu pessoal deixou uma agente da Segurança entrar.

— Não — respondeu Tear friamente. — Não sei bem o que ela é, Parker, mas ela não é da Segurança.

— Olhe as roupas dela. Seja lá o que for, ela é carne do muro e viu meu rosto.

Parker veio na direção de Lily. Sua deformação o fez parecer simultaneamente velho e predatório, e Lily se encolheu. Ele esticou a mão e segurou o seio dela com brutalidade, girando para a esquerda, e Lily apertou bem os lábios para não grunhir.

— Tire as mãos dela. — A voz de Tear tinha virado gelo agora.

— Por quê? — Parker segurou o outro seio de Lily, e as mãos dela se fecharam em punhos. Mas Dorian colocou a mão livre no ombro dela e apertou, um aviso. Lily fechou os olhos e se obrigou a ficar imóvel.

— Porque, se você não parar, Parker, vou quebrar essa mão e jogar você para fora daqui sem nenhum dos meus brinquedos. Que tal isso?

O rosto de Parker se contorceu de raiva, mas ele finalmente a soltou. Lily recuou, segurando o seio dolorido, até esbarrar novamente no rifle de Dorian. Essas pessoas, Parker e os homens dele, eram o que Lily sempre imaginava quando pensava na vida fora do muro: violentas e descuidadas, sem nada da decência fundamental que ela sentia em Tear e na gente dele. O que eles estavam fazendo ali?

Tear saiu da mesa e Jonathan seguiu logo atrás dele, ficando perto da mesma forma que fazia com Lily. Os olhos pousavam constantemente em Tear e se afastavam, ansiosos, procurando por ameaças, e naquele momento Lily percebeu que Jonathan nunca havia sido seu guarda-costas. Ele era homem de Tear, e Lily só foi uma parada incidental no caminho.

Tear parou na frente dela, e ela ficou impressionada de novo com a postura militar: ereto, com os calcanhares unidos. O tempo parecia estar se esvaindo de novo; ela queria poder verificar o relógio, mas manteve as mãos erguidas. Devia passar bem da meia-noite agora. Quantas horas faltavam para o amanhecer?

— Sra. Mayhew. Por que você está aqui?

Lily respirou fundo e recontou os eventos da noite toda, tudo desde que Arnie Welch tinha aparecido para jantar. Não omitiu nada, exceto Greg e o porta-retratos; quando chegou a essa parte, viu-se incapaz de contar essa história na frente de todas aquelas pessoas. O olhar de Tear nunca se afastou dela enquanto ela falava, e Lily descobriu que estava certa naquela noite no quarto do bebê: os olhos dele não eram cinza, mas prateados, um tom luminoso e cintilante. Lily precisou lutar para não olhar para baixo.

— Ela está mentindo — anunciou Parker secamente quando Lily terminou.

Jonathan se inclinou para sussurrar algo no ouvido de Tear, que assentiu.

— Nós perdemos mesmo Goodin uma semana atrás. Vários corpos ficaram queimados e não puderam ser recuperados naquela explosão.

— Essa é uma mentira fácil para a Segurança! Eles podem ter identificado seu homem pelos registros dentários e enviado essa puta para contar uma história.

— A Segurança não tem registros médicos do meu pessoal.

— Alguma outra pessoa abriu o bico, então.

— Então como ela sabia onde nos encontrar, Parker? — A voz de Tear ardia de desprezo, mas ele se virou para Dorian. — Dori. Pegue os garotos e deem uma olhada por aí. Trinta minutos.

O cano da arma se afastou da coluna de Lily, que estremeceu. A mão de Dorian apertou seu ombro uma última vez antes de sair do cômodo.

— E o que a gente faz com essa puta? — perguntou Parker. Seus homens tinham se aproximado do cercado, e Lily viu que eles só carregavam facas e pistolas, armas antiquadas que deviam ter pelo menos vinte anos, não o armamento pesado que o pessoal de Tear carregava. O pessoal de Tear também parecia mais limpo, como se tivesse acesso a água encanada. Aqui e ali, Lily viu dentes tortos, mas nenhum deles parecia podre. O Blue Horizon devia ter seus próprios médicos; talvez também tivessem um dentista? Roupas, dentes, armas... tudo no pessoal de Tear parecia mais novo. Melhor.

O que ele pode querer com essas *pessoas?*

— Aqui é a nossa casa, Parker — respondeu Tear. — A mulher nos pertence. Jonathan, leve-a lá para trás e se divirta um pouco. Depois, a gente talvez a passe por aí. — Ele se sentou à mesa e fez sinal para Parker voltar para a outra cadeira. — Vamos terminar nossa reunião.

Jonathan segurou o braço de Lily com grosseria e começou a arrastá-la na direção da porta do outro lado do aposento.

— Reaja — murmurou ele. — Faça uma cena.

Isso foi um pedido divino. Os nervos de Lily, quase à flor da pele, ganharam vida de repente, e ela pulou para trás e deu um soco na cara de Jonathan. Ele pegou um punhado do cabelo dela e a arrastou para a porta. Lily bateu inutilmente no ombro dele, e eles passaram pela porta e Jonathan a fechou, depois parou de pé na frente dela.

— Grite. O mais alto que conseguir.

Lily respirou fundo e gritou. Jonathan a deixou gritar por dois segundos e colocou a mão sobre sua boca, abafando o grito até virar um grunhido. Ele a soltou, e Lily foi se sentar no braço de uma cadeira acolchoada e deformada encostada na parede.

— Desculpe por isso, sra. M. É só isso que essas pessoas entendem.

Jonathan correu até uma porta aberta do outro lado da sala. Ele a fechou, mas não antes de Lily vislumbrar uma coisa enorme no espaço amplo do armazém atrás dela: barras compridas de madeira entrecruzadas com vigas horizontais que iam além do campo de visão dela. Lily teve a impressão de um esqueleto enorme, um gigante de madeira, inacabado.

O esqueleto de um navio.

Ela olhou para Jonathan por vários minutos, os pensamentos confusos por causa dessa nova peça do quebra-cabeça. Cavalos e equipamentos médicos roubados. Jatos transcontinentais destruídos. Satélites derrubados do céu. Um navio de madeira sendo construído à mão. A terra cortada pelo rio que Lily só viu em pensamento, uma terra onde não havia a Segurança, nem vigilância, nem nada.

E então, ela entendeu.

— Vocês vão embora. Vão todos embora.

— Eu não posso falar sobre isso, sra. M.

A porta bateu atrás deles, e Tear entrou na sala.

— Está marcado. Será no primeiro dia de setembro.

— Parker já foi?

— Não. Ele acha que vai poder tirar uma casquinha da sra. Mayhew aqui. São uns animais.

— O que estão dizendo na comunicação do Departamento de Defesa?

— Os três destróieres ainda estão a alguns quilômetros do porto. Não estão se movendo, só esperando.

O queixo de Lily caiu, e ela ficou olhando para eles, abalada. Como Tear poderia ter uma escuta no Departamento de Defesa?

Da mesma forma como consegue derrubar satélites do céu e interromper o fornecimento de energia, a mente dela sussurrou. *A tecnologia funciona tão bem quanto as pessoas que a operam.*

— Tem silêncio de rádio por todo o perímetro do terminal — continuou Jonathan.

Tear assentiu.

— Difícil dizer quando eles virão, mas aposto que será logo.

Lily grunhiu, a verdade despencando no estômago como uma pilha de pedras.

— Vocês já sabiam.

— Sim.

Ela se sentou na cadeira e cobriu o rosto com as mãos. Tudo aquilo... a viagem para Boston, Greg... ela fez tudo aquilo por nada. Lily olhou para Jonathan, as bochechas ficando furiosamente vermelhas.

— Eu tentei poupá-la da viagem, sra. M.

Outro grito veio do aposento lá fora, e Tear revirou os olhos.

— É tempo suficiente, eu acho. Vá contar umas histórias heroicas do estupro. Prepare todo mundo para se deslocar assim que Dori voltar. Vamos mandar Parker e o pessoal dele pelos túneis da superfície.

Jonathan saiu, e Tear desabou na poltrona perto da porta, apoiando os braços nos joelhos. Os olhos prateados brilharam para Lily, mesmo do outro lado da sala.

— Peço desculpas por tudo isso. Eu gostaria de sacrificá-los como se fossem cachorros, mas preciso deles.

— Por quê?

— Porque meu pessoal é valioso, sra. Mayhew. São pessoas inteligentes e bem treinadas. Força bruta seria um desperdício do talento delas.

— O que vai acontecer em 1º de setembro?

— Nada que você queira saber. Como chegou aqui?

— Eu vim dirigindo.

— Seu marido deixou você sair no meio da noite em um rompante, foi?

— Eu acho que o matei.

Tear ergueu o olhar rapidamente.

— Bati na cabeça dele e o deixei lá. — Lily não queria ficar falando, mas foi como naquela noite no quarto do bebê; as palavras saíram por vontade própria. — Ele queria que eu tivesse um filho. Queria me levar para um médico que faz fertilização in vitro. Não se importava com a minha opinião.

Tear assentiu.

— É um problema. As mulheres estão vendendo seus óvulos pelo preço de um saquinho de cristal, mas as recompensas do outro lado são enormes.

Lily pensou por um momento.

— Eu queria matá-lo.

— Bom, você vai enfrentar um mundo de dor quando voltar para casa, de uma forma ou de outra.

Lily assentiu.

— Deixe o carro aqui. A Segurança cercou o porto; não tem como você ter entrado sem que tenham reparado. Viram seu carro e marcaram como pertencendo à minha gente. Deixe aqui. Jonathan pode levar você para casa. Pode alegar que foi sequestrada e ligou para ele ir buscá-la.

— Minha identificação vai mostrar que estive aqui.

— É verdade — respondeu ele, e Lily viu que ele só estava tentando fazê-la se sentir melhor.

Três batidinhas na porta, e Jonathan voltou.

— Dori chegou, senhor. Não tem nada de novo lá fora. Falei para Parker que vamos sair daqui a pouco.

— O equipamento está todo arrumado?

— Em cinco minutos.

Tear indicou a porta fechada do outro lado da sala.

— Pena que não soubemos com mais antecedência. Odeio deixá-lo aqui.

— Quando? — disse Lily. — Quando vocês vão partir?

— O que faz você pensar que nós vamos partir?

— Vocês vão — murmurou Lily, a garganta rouca devido às lágrimas. — De navio.

— E para onde você acha que vamos?

— Para o mundo melhor.

Tear se inclinou para a frente. Lily ficou impressionada novamente com os olhos prateados, que pareciam refletir a luz mesmo no brilho das lâmpadas fluorescentes.

— Por que você veio até aqui, sra. Mayhew? Isso não tem nada a ver com você, e correu um risco enorme. Por quê?

Lily não sabia explicar. Quando era criança, ela escolhia um único objeto e ficava olhando pelo máximo de tempo possível, até os olhos estarem secos e o olhar ter perdido o foco. Lembrava-se de sentir um prazer enorme de o olhar ficar tão capturado, de ficar hipnotizada, e agora não conseguia tirar os olhos de William Tear. Ela seguiu cada um dos movimentos dele, até os menores; o rápido movimento dos olhos pelo rosto dela, o tamborilar dos dedos em um joelho, a contração do maxilar. Todas as coisas pareciam se centralizar em Tear, se articular nele.

Eu acredito.

Naquele momento, Lily acreditou em tudo. Havia um mundo melhor lá fora, de alguma maneira, e estava perto... quase ao alcance deles. O trigo, o rio azul, as árvores infinitas. Se Tear pedisse para ela morrer pelo mundo melhor, ela morreria. Nem precisaria pensar. E, se ele pedisse a Lily para morrer por *ele*, ela também faria isso. Nunca tinha sentido uma coisa tão profundamente na vida.

Os olhos começaram a lacrimejar de novo; Lily afastou o olhar embaçado de Tear e passou o braço no rosto. Quando ergueu os olhos, encontrou Jonathan a observando, um pequeno sorriso no rosto. Ele esticou a mão, e Lily a agarrou com ambas as mãos, apertando com força. Não queria soltar; achava que talvez fosse se afogar.

— O mundo melhor — ofegou ela. — Eu o vejo. O tempo todo.

— Nós todos vemos, sra. M.

Tear colocou a mão embaixo do queixo dela e levantou seu rosto com um dedo. Os olhos estavam brilhando tanto agora que pareciam cintilar na luz fraca.

— O que *você* vê, Lily?

— Água — gaguejou Lily. — Água azul, colinas e campos. Terra amarela, coberta de trigo. E tem uma aldeia na margem de um rio. Crianças.

— O que elas estão fazendo?

— Não sei — admitiu Lily. — Mas são livres. São todas livres.

Tear sorriu e soltou o queixo dela.

— Isso é Blue Horizon.

Lily começou a chorar.

— Cinco anos atrás — continuou Tear —, quando pedimos a secessão, eu tinha planejado criar eu mesmo o mundo melhor, pegar um cantinho dos Estados

Unidos e refazê-lo. Apesar da decadência, este país é uma criação incrível, e um pedaço dele nos serviria bem. Mas não foi um problema terem recusado, porque nunca teria dado certo. Parker, gente como ele foi feita para estragar coisas. Eles nunca teriam nos deixado em paz. Se não eles, teria sido o governo, sentindo remorso dez ou quinze anos depois. Se fizéssemos o mundo melhor em um lugar que outros pudessem alcançar, eles só tentariam destruí-lo.

Lily secou as lágrimas.

— Não tem mais terra. Para onde vocês podem ir?

— O mundo é maior do que você imagina.

— Por que elas podem ir junto? — perguntou ela. — Aquelas pessoas lá fora?

— O pessoal de Parker? — Tear riu com amargura. — O pessoal de Parker vende os próprios filhos e troca mulheres por comida. Eles não vão chegar nem perto do mundo melhor.

— Senhor — murmurou Jonathan da porta. Ao prestar atenção, Lily ouviu vozes altas em uma discussão lá fora, depois um zumbido rápido e leve que ela achou que pudesse ser disparo a laser silenciado. Tear fez um gesto para ela se levantar, e ela ficou de pé. Só viu quanto estava cansada quando tentou se levantar.

— Peço desculpas, Lily, mas não há como contornar isso. Fique parada e feche os olhos.

Lily fechou os olhos. O rosto virou para o lado quando um golpe curto e forte acertou o canto da sua boca. Houve pouca dor, mas ela sentiu gosto de sangue. Tear espalhou o sangue pelo queixo dela, depois rasgou a gola da camiseta em dois lugares.

— É só para chamar atenção. Vai cicatrizar rápido. Não se esqueça de mancar.

Jonathan abriu a porta, e Tear arrastou Lily para fora. Dorian estava bloqueando a porta, o rifle apontado para Parker e seus homens. Eles lembravam a Lily lobos encurralando a presa.

— Essa vaca está maluca! — gritou Parker. — Manda ela parar!

— A Segurança nos cercou. Precisamos sair daqui agora.

— Nós não vimos ninguém.

— Maravilha. — A voz de Tear estava ácida. — Vocês têm acesso a imagens de satélite, é?

— Foda-se.

— Tudo bem. Fique e os espere.

O olho bom de Parker brilhou de ódio.

— Como nós vamos sair?

Tear se inclinou e abriu um alçapão no chão, revelando degraus que desciam para a escuridão. Parker lançou um último olhar furioso para Dorian, depois se agachou para olhar lá embaixo.

— Lanternas?

— Nada de lanternas. O calor do nosso corpo já vai ser risco suficiente. É só seguir reto até os túneis no centro de Boston.

— E a puta do muro?

— Jonathan gostou dela. Quer levá-la conosco.

Parker ficou olhando para Lily por um momento.

— Ah, bem. Não vai demorar muito agora.

Ele foi para o alçapão, mas Tear o impediu com a mão no peito.

— Nós temos um acordo, Parker. Primeiro de setembro.

— Primeiro de setembro — respondeu Parker, sorrindo, e Lily viu tanta maldade naquele sorriso que precisou fechar os olhos por um momento. Checou o mundo real e percebeu que era madrugada do dia 30 de agosto. — Em 1º de setembro vamos ter nosso festival.

A boca de Tear se curvou para baixo, enojado, mas ele assentiu.

— Entrem nos túneis. Procurem uma escada ao lado da luz de emergência azul. Vocês vão sair ao lado de Fenway.

Parker e seus homens foram primeiro. Talvez umas trinta pessoas do grupo de Tear tinham voltado para o armazém e se reunido em torno do alçapão; a maioria carregava armas, como Dorian, mas vários não tinham nada, só pequenos aparelhos presos nas orelhas e fios metálicos enrolados nos indicadores. Técnicos de computador.

— Silêncio no rádio até todos deixarem a cidade — ordenou Tear. — Nos encontramos em casa.

Então Arnie estava enganado; aquele não era o quartel-general, afinal. Lily seguiu Jonathan pela escada, e eles entraram na escuridão, sem nada além de passos arrastados e o barulho das tiras que seguravam as armas. Dorian estava em algum lugar atrás dela, Lily sabia, e sentiu um pouco de consolo nisso. Às vezes, ouvia guinchos perto dos pés, mas nem a proximidade de ratos correndo era particularmente assustadora. Aquelas pessoas eram seguras, e Lily confiava que elas a manteriam segura, aonde quer que estivessem indo.

Mas o que vai acontecer em 1º de setembro?, a mente dela perguntou, o tom inquiridor. *O que é o festival?*

Depois de talvez uns oitocentos metros, alguém tossiu na escuridão à frente, e Jonathan segurou o braço de Lily, fazendo-a parar. Parker e seus homens continuaram andando pelo túnel, o som dos passos deles ficando mais distante e sumindo no silêncio.

Jonathan a puxou para a direita e sussurrou:

— Escada.

Lily tateou por outra escadaria. Tinha recuperado a disposição por um tempo, mas estava passando agora, e ela achava que podia desabar em pouco tempo. Mas seguiu em frente, determinada a não atrapalhar ninguém, a não ser, como foi mesmo que a chamaram?, uma puta do muro. Era um termo estranhamente apto; Lily o aplicou à maioria das amigas e viu que se encaixava.

— Esperem — anunciou Tear, muito tempo depois. Lily fez uma pausa, ouviu todo mundo parar ao redor.

Bum.

Um estrondo grave ecoou acima da cabeça deles. O túnel tremeu, poeira de concreto caindo no cabelo e no rosto de Lily, nos olhos. Um bafo de calor a atingiu nas costas, e por alguns momentos o túnel se encheu de um rugido oco de som. Depois, passou, e eles ficaram novamente na escuridão silenciosa.

— O mundo melhor — murmurou alguém.

— O mundo melhor — eles repetiram, e Lily repetiu com todo mundo, gostando do som da sua voz com a deles, torcendo para ninguém se importar.

Após um momento, como se por concordância coletiva, o grupo todo voltou a andar. Eles estavam se movendo por um labirinto de túneis agora, às vezes subindo escadas, às vezes descendo, às vezes passando por fendas estreitas que faziam Lily se sentir claustrofóbica, encurralada. Ela avançou, sempre em frente, concentrando-se no presente, pois o futuro não era muito promissor. Ela não conseguia imaginar o que a esperava em casa.

Uns vinte minutos depois, ela seguiu Jonathan por uma escada e saiu por um bueiro aberto em um beco escuro, onde se viu cercada de latões de lixo que não eram esvaziados havia anos.

— Ajude Dori a subir quando ela chegar — disse Tear para Jonathan. — Ela não vai querer ajuda, mas ajude mesmo assim. Aquela bala ainda está dando o ar da graça.

Lily cruzou os braços. O ar estava quente no final de agosto, mas ela estava encharcada de suor, e o vento parecia penetrar embaixo da jaqueta.

O que vai acontecer em 1º de setembro?

— Tire a porra da mão de mim! — sibilou uma voz no bueiro.

— Cale a boca, Dori. — Jonathan a puxou pelo buraco, com rifle e tudo. — Todo mundo sabe que você é durona.

— Eu poderia apagar você, Carolina do Sul.

— Claro que poderia.

— Nós temos que ir. — Tear estava olhando para a entrada do beco. Lily não conseguia ver nada, mas acreditava nele; ele a lembrava um cachorro de caça, farejando um perigo invisível aos olhos. Depois que dez pessoas saíram do bueiro, Jonathan colocou a tampa no lugar, e Lily se lembrou de uma coisa que Arnie disse uma vez: que o Blue Horizon gostava de dividir suas forças para diminuir as perdas. O resto devia ter seguido pelo túnel.

— Venha, sra. M.

Eles seguiram um de cada vez pela entrada do beco, sumindo em todas as direções. Dorian tocou no ombro de Lily quando passou, mas, quando Lily se virou, ela já tinha ido embora. Tear puxou o braço dela, e os dois seguiram Jonathan por uma rua que Lily não reconheceu. Prédios comercias, abandonados havia tempos, se erguiam nas duas calçadas. Cada janela parecia contar sua própria história de destruição, e Lily ouviu sons de vida lá dentro, de gente se movendo e murmurando, mas não conseguia ver ninguém. O brilho da névoa acima da cabeça deles estava começando a diminuir com a proximidade do amanhecer.

— Pegue o carro — disse Tear, e Jonathan foi para o meio da neblina. Lily oscilou, e Tear segurou o cotovelo dela, firmando-a.

— Você está muito encrencada, sra. Mayhew. Conte a melhor história que puder sobre o carro, mas a Segurança vai acabar olhando sua identificação. Vão querer saber o que você estava fazendo aqui.

— Você já foi preso?

— Já.

— O que acontece?

— Você tenta sobreviver.

— E o que vai acontecer em 1º de setembro?

O maxilar de Tear se contraiu.

— Não posso contar.

— Para o caso de me torturarem?

— É.

Lily pensou nisso por um momento e sentiu o estômago dar um nó. Fechou os olhos e tentou pensar no mundo melhor. Mas tudo o que viu foi a porta da escola, o cabelo desgrenhado de Maddy desaparecendo para sempre. Um carro parou na frente deles, e Lily demorou um momento para reconhecer o Lexus, com Jonathan ao volante. A lataria preta e brilhante do carro parecia alienígena, grotesca naquela rua destruída.

— Entre. Jonathan vai levar você para casa.

— Eu não posso... — Lily respirou fundo. — Eu não posso ficar aqui com vocês?

Tear olhou para ela por um longo momento.

— Não, sra. Mayhew. Eu sinto muito. Nós somos muitos. Muita gente boa vai ficar para trás.

Lily assentiu e tentou forçar um sorriso, mas a voz de Dorian ecoou na cabeça dela: *O mundo melhor não é para gente como você.* Ela entrou no carro, mal registrando os assentos de couro. Tear começou a fechar a porta, mas ela segurou o pulso dele, quase em desespero.

— Eu não sei o que fazer.

Tear colocou a mão na bochecha dela. Um calor pareceu penetrar na pele, trazendo-a de volta do lugar frio na própria cabeça.

— Eu prometo que você vai ficar bem.

— Você não pode prometer isso.

— Posso, sim. Acredite, você é mais forte do que imagina.

— Como você sabe?

Ele puxou a mão e se empertigou. Os olhos prateados brilharam.

— Eu sei, Lily. Conheço você desde sempre.

A porta se fechou na cara dela e um punho bateu duas vezes no teto do carro. Jonathan afundou o pé no acelerador, e Lily foi jogada para trás no banco. Ela se virou e se contorceu até conseguir olhar pelo para-brisa traseiro e ver William Tear olhando para eles, o corpo alto em posição militar sob as luzes de Boston.

Eles já estavam na metade do caminho até Nova Canaã quando Jonathan falou. Lily passou o trajeto olhando pela janela, tentando pensar em uma história plausível para a Segurança. Não tinha nada. A cada quilômetro, seu estômago se contraía, depois se contraía mais, com nós parecendo se apertar até ela achar que fosse vomitar.

— Não se preocupe, sra. M.

Lily deu um pulo. Tinha se esquecido de que havia outra pessoa no carro. Ergueu o rosto e encontrou o olhar de Jonathan no espelho retrovisor.

— Eu acho que o matei, Jonathan.

— Foi legítima defesa.

Lily corou. Era o mais perto que eles chegaram de falar sobre aquela noite... sobre qualquer uma das noites.

— A Segurança não vai querer saber.

— Nós protegemos uns aos outros, sra. M. Nós cuidamos uns dos outros. Sem isso, não há nada.

— Você não vai estar encrencado? Se rastrearem o Lexus?

— Eu alterei a identificação deste carro muito tempo atrás. Ficou na garagem boa parte da noite, até você me ligar e eu ir buscá-la.

Lily assentiu lentamente. Sua mente ficava confusa com o mundo de coisas escondidas que vinham acontecendo ao redor dela havia anos. Pela janela, outra placa verde passou: Tolland. O horizonte estava clareando, um rosa suave abrindo caminho no céu escuro. Lily olhou para a bruma rosa, desejando poder ver bem mais ao leste, até o oceano Atlântico, onde o sol já estaria no alto. Encostou-se na janela, apreciando a frieza do vidro na bochecha, e de olhos fechados viu o navio inacabado. Ela percebeu que devia haver muitos outros navios escondidos... mas onde? Por toda Nova Inglaterra? Ela achava que sabia agora o que aconteceria em 1º de setembro: eles partiriam, Tear e sua gente, e mais do que qualquer coisa, Lily queria ir com eles para a terra vasta tomada de água e árvores. Ao longe, fora do vidro, ela ouviu uma voz.

— Kelsea.

Lily balançou a cabeça para despertar, mas foi uma batalha perdida. Parte do corpo já estava adormecido.

— Kelsea.

— Sra. M?

— Quem é Kelsea? — murmurou Lily. O vidro estava gelado e aninhava sua bochecha. Ela queria ficar ali para sempre, queria...

— Kelsea!

Ela abriu os olhos em um mundo em movimento, Pen chacoalhando seus ombros. O corredor balançava ao redor dela. Por um momento, ela estava de volta no carro, mas logo estava com Pen. Sua cabeça latejava. Ela estava enjoada.

— Lady, eu precisei despertar você. É importante.

— Que horas são?

— Onze da manhã.

Kelsea balançou a cabeça, tentando clarear as ideias, tentando entender onde estava. Estava no corredor, em frente à sala da varanda. O nascer do sol ainda estava forte na mente dela, manchado de rosa. Conseguia sentir o vidro frio da janela na bochecha.

— Bem, o que não podia esperar?

— Os mort, Lady. Eles chegaram ao muro.

O coração de Kelsea despencou.

— Sabíamos que era inevitável.

— Eu sei, mas Lady...

— O quê?

— A Rainha Vermelha. Ela veio com eles.

LIVRO III

Noite

Não se pode negociar com a maré.

— PROVÉRBIO TEAR DE ORIGEM NÃO VERIFICADA,
ATRIBUÍDO À RAINHA GLYNN

O exército mort cobria as duas margens do rio Caddell, se espalhava pelo norte e pelo sul da planície Almont e até contornava a extremidade sul de Nova Londres. O fim de tarde estava chegando, e na penumbra o acampamento mort era um mar escuro impenetrável.

Na frente das barracas pretas havia mais de cinquenta fileiras de soldados. A olho nu, pareciam cobertos de ferro cintilante. Era uma exibição ostentadora, feita para assustar Kelsea, e deu certo. Ela estava apavorada, tanto por si quanto pelas pessoas atrás dela, quase todo o seu reino agora espremido atrás dos muros de Nova Londres. Como poderiam resistir à força reunida lá embaixo? Atrás das barracas, Kelsea viu uma fileira de torres de cerco, e em algum lugar lá fora, fora de vista, estavam os canhões. Supondo que os canhões funcionassem (e Kelsea acreditava que sim), os mort nem precisariam das torres de cerco. Podiam simplesmente derrubar os muros de Nova Londres.

Glee se remexeu nos braços de Kelsea, que tomou um susto. A criança era tão fácil de segurar que Kelsea tinha esquecido que estava ali. Andalie quis ir junto na caminhada, e Kelsea pegou a garota no colo para lhe dar um descanso. Mas as pessoas nas ruas murmuraram de perplexidade quando viram a criancinha nos braços dela, e agora Kelsea estava com medo de ter chamado atenção demais para Andalie e para Glee. Elas eram valiosas, como Andalie tinha dito, e sua melhor esperança parecia estar no anonimato. Glee adormeceu no caminho até o muro, mas agora estava acordada, olhando para Kelsea, o olhar contemplativo. Kelsea colocou um dedo nos lábios, e Glee assentiu solenemente.

Clava tinha chamado a outra filha de Andalie, Aisa, para acompanhá-los. Ela ficou alguns metros atrás de Kelsea, quase como uma segunda Pen, segurando uma faca. Clava tinha passado a gostar da garota, e muitos outros da guarda também. Coryn disse que ela tinha a melhor mão para uma faca desde Prasker, seja lá quem ele fosse, e Elston a chamava de coisinha durona, o maior elogio que podia fazer. Aisa estava levando aquela expedição muito a sério, sem afrouxar a mão na faca, as sobrancelhas grossas franzidas sobre um rosto ao mesmo tempo solene e austero. O heroísmo do corpinho pequeno e determinado, considerando que não faria a menor diferença, só fez Kelsea se sentir pior.

Após observar o acampamento mort, Kelsea finalmente encontrou o que estava procurando: uma barraca rubra localizada no centro. Embora fosse só um pontinho vermelho no meio de tanto preto, aquilo ressoou dentro de Kelsea como um sino funerário. A Rainha Vermelha não queria correr riscos desta vez; tinha vindo em pessoa, só para ter certeza de que o trabalho seria feito direito. Tochas cercavam a barraca, mas depois de um momento Kelsea reparou em uma coisa estranha: essas tochas eram o único fogo que ela conseguia ver no acampamento mort. Era logo após o horário de jantar, mas o perímetro estava escuro. Kelsea considerou a questão por um momento antes de deixá-la de lado.

— Todo mundo conseguiu entrar na cidade? — perguntou ela.

— Conseguiu, Lady — respondeu Clava —, mas o exército foi dizimado na última tentativa de impedir os mort de atravessar a ponte.

O estômago de Kelsea deu um nó, e ela espiou a Ponte de Nova Londres, amaldiçoando a vista ruim.

— O que impede os mort de atravessarem a ponte?

— Uma barricada, Lady. — O coronel Hall deu um passo à frente, surgindo do meio de um grupo de soldados mais afastados no muro. Uma atadura grossa envolvia seu braço direito, do qual a manga tinha sido cortada, e ele estava com um ferimento feio no queixo. — É uma barricada boa, mas não vai segurá-los para sempre.

— Coronel Hall. — Kelsea sorriu, aliviada em vê-lo vivo, mas séria ao ver os ferimentos. — Sinto muito pela perda do general Bermond e dos seus homens. Todas as famílias vão receber pensão integral.

— Obrigado, Lady. — Mas a boca de Hall se contorceu com ironia, como se sinalizando quanto a pensão significava pouco naquele momento.

Clava a cutucou de leve nas costas, e ela lembrou.

— Eu formalmente o declaro general do meu exército. Vida longa a você, general.

Ele inclinou a cabeça para trás e riu, e apesar de Kelsea não achar que a gargalhada tivesse a intenção de ser grosseira, soou em seus ouvidos assim.

— Acima de tudo, que façamos gentilezas, Lady.

— O que mais nos sobrou?

— Glória, eu acho. Uma morte honrada.

— Precisamente.

Hall se aproximou, sem dar atenção a Pen, que tinha se movido para bloqueá-lo.

— Posso contar um segredo, Lady?

— Claro. — Kelsea deu um tapinha nas costas de Glee e a colocou no chão, onde a criança passou um braço em torno do joelho de Kelsea.

Hall baixou a voz.

— É uma coisa real, a glória. Mas não é nada se comparada àquilo que sacrificamos por ela. O lar, a família, vidas longas e tranquilas. Essas coisas também são reais, e, quando buscamos a glória, abrimos mão delas.

Kelsea não respondeu por um instante, percebendo que a morte de Bermond devia ter atingido Hall com mais força do que ela esperava.

— Você acha que eu queria essa guerra?

— Não, Lady. Mas uma vida tranquila não a satisfaz.

Clava grunhiu ao lado dela, um som baixo que Kelsea reconheceu como concordância, e lutou contra a vontade de dar um chute nele.

— Você não me conhece bem o bastante para dizer isso.

— Este reino todo conhece você agora, rainha Kelsea. Você nos levou à ruína para satisfazer suas noções de glória. De superioridade.

— Tome cuidado, Hall — avisou Pen. — Você não...

— Cale a boca, Pen — rosnou Clava.

Kelsea se virou, furiosa.

— Você se virou contra mim de vez, Lazarus?

— Não, Lady. Mas não é sábio, principalmente em tempos de guerra, silenciar a voz da dissidência.

O rosto de Kelsea ficou vermelho, e ela se virou para Hall.

— Eu não interrompi as remessas por glória. Nunca liguei para isso.

— Então prove que estou errado, Majestade. Salve o restante dos meus homens de uma luta impossível de vencer. Salve as mulheres, as crianças e também os homens do pesadelo que vão ter que enfrentar quando os mort derrubarem os muros. Você cortou um homem em pedaços em vez de deixar que morresse uma morte simples pela forca. Prove que estou errado e salve todos nós.

Hall se virou para a beirada do muro, dispensando-a em um único gesto. O rosto de Kelsea tinha perdido a cor. Ela se sentiu solitária de repente, sozinha de uma forma que não ficava desde os primeiros dias na Fortaleza. Olhou para os rostos da Guarda, amontoados nas escadas que levavam ao muro interno. Clava,

Coryn, Wellmer, Elston, Kibb... eles eram leais, dariam a vida por ela, mas lealdade não era aprovação. Eles achavam que ela tinha falhado.

— Olhe, Lady. — Clava indicou a beirada.

As fileiras do regimento mort não tinham se movido, mas quando Kelsea apertou os olhos contra o crepúsculo, viu que havia movimento lá embaixo, uma confusão de pessoas de capas pretas percorrendo as fileiras, segurando tochas, indo para a frente.

Clava pegou a luneta.

— O do meio é o arauto pessoal da Rainha Vermelha. Eu me lembro daquele filho da mãe.

O arauto era um fiapo de homem, tão magro que poderia facilmente ter se mesclado com a noite na capa preta. Mas a voz era um baixo forte que ecoou pelos muros da Fortaleza, e seu tear era perfeito, sem o menor sinal de sotaque mort.

— A Grande Rainha de toda Mortmesne e Callae envia seus cumprimentos para a Herdeira de Tearling!

Kelsea cerrou os dentes.

— Minha mensagem é a seguinte: a Grande Rainha supõe que você percebe a inevitabilidade da sua situação. O exército da Rainha Vermelha vai derrubar os muros da sua capital com a maior facilidade e tomar o que quiser. Nenhum tear será poupado.

"No entanto, se a herdeira tear remover a barricada da ponte de Nova Londres e abrir os portões, a Grande Rainha promete poupar não só a ela, mas vinte membros da sua comitiva também. A Grande Rainha dá sua palavra de que essas vinte e uma pessoas não serão feridas."

A mão de alguém se fechou no pulso de Kelsea. Glee, apertando com força demais, as unhas pequenininhas afundando na pele, mas Kelsea mal sentiu. *Salve todos nós*, dissera Hall, e agora Kelsea viu que, se não pudesse salvá-los, eles não seriam salvos. Ela se concentrou no arauto, nos homens em torno dele, convocando a coisa terrível dentro dela. Despertou com facilidade, e ela se perguntou se estaria sempre lá de agora em diante, pronta para atacar a qualquer oportunidade. Ela conseguiria viver assim?

— A ponte deve ser liberada, e os portões, abertos ao amanhecer — continuou o arauto. — Se esses termos não forem obedecidos, o exército da Grande Rainha vai entrar em Nova Londres pelos meios necessários e espalhar ruína pela sua cidade. Essa é minha...

O arauto parou de falar, inclinou-se para a frente e vomitou um jato de sangue. A raiva de Kelsea era tão grande que parecia ondular para fora, envolver o resto deles, derrubando alguns homens para trás e esmagando o resto. Espalhou-se pelas fileiras mort, ganhando velocidade e poder como um furacão.

E de repente bateu em um muro.

Esse obstáculo repentino foi tão inesperado que Kelsea cambaleou para trás, como se tivesse ela mesma batido de cabeça em uma parede. Quase derrubou Glee, mas Andalie segurou a garota com facilidade, e Pen segurou o braço de Kelsea e a manteve de pé. Sua cabeça latejou, uma dor repentina e intensa que parecia ter vindo do nada.

— Lady?

Ela balançou a cabeça para clarear os pensamentos, mas a dor a apertava como um torno, em ondas que tornavam quase impossível se concentrar.

O que foi aquilo?

Ela tirou a luneta do bolso. O sol já estava quase terminando de se pôr, mas Kelsea ainda conseguia ver o dano que provocou lá embaixo, pelo menos várias centenas de mortos na linha de frente dos mort. Mortes horrendas, alguns corpos reduzidos a pilhas de tecido sangrento. Mas, depois, ela ainda sentia aquela barreira impenetrável, não menos real só pelo fato de não poder ser vista. A barraca vermelha chamou atenção dela novamente; a abertura tinha sido puxada, e agora Kelsea via alguém embaixo do toldo. Estava escuro demais para identificar o rosto, mas a figura era inconfundível: uma mulher alta de vestido vermelho.

— Você — sussurrou Kelsea.

Alguém estava puxando sua saia. Kelsea olhou para baixo e viu o rostinho de Glee olhando para ela.

— O nome dela — disse Glee. — Ela não quer que você saiba.

Kelsea colocou a mão na cabeça da pequena com leveza e ficou olhando para a figura de vestido vermelho. Ela estava a menos de um quilômetro e meio, mas essa distância parecia infinitamente ampla. Kelsea testou a barreira, tentando penetrar nela, da mesma forma que cortaria a própria pele. Não conseguiu provocar nem um amassadinho.

As linhas mort se recuperaram rapidamente e se reorganizaram na frente do acampamento, e agora um novo homem se adiantou, uma figura alta com uma capa preta volumosa.

— Eu falo pela Rainha!

— Ducarte — murmurou Clava.

Kelsea mirou a luneta e encontrou um homem careca com olhos juntos e animalescos. Tremeu, pois sentiu a presença de um predador. O olhar de Ducarte percorreu os muros da cidade com desprezo evidente, como se ele já tivesse aberto uma brecha e começado a saquear.

— Se os portões de Nova Londres não estiverem abertos ao amanhecer, ninguém será poupado. Esses são os termos da Rainha.

Ducarte esperou mais um momento, até o último eco de suas palavras ter morrido. Em seguida, puxou o capuz e voltou a andar entre os mort, deixando os mortos para trás e voltando para o acampamento.

— Arliss.

— Infanta! — Ele olhou para ela com surpresa, o rosto sábio se abrindo em um sorriso, o cigarro fedido eterno preso entre os dentes. — O que a traz à minha sala?

— Preciso que faça uma coisa para mim.

— Bom, sente-se.

Kelsea se acomodou em uma das poltronas velhas que Arliss usava para fazer seus negócios, ignorando o miasma de fumaça de cigarro agarrado ao estofamento. Não gostava do escritório de Arliss, um amontoado imundo de mesas e papéis soltos, mas, agora que tinha o esboço de um plano, precisava dele.

— Pen, nos deixe sozinhos.

Pen hesitou.

— Tecnicamente, ele oferece perigo a você, Lady.

— Ninguém me oferece mais perigo. — Ela observou os olhos dele por um momento e descobriu uma coisa estranha: apesar de eles terem dormido juntos várias vezes depois daquela primeira noite (e tudo tinha melhorado exponencialmente, ao menos para Kelsea), aquela noite seria a que estaria sempre presente na memória dos dois. — Vá, Pen. Estou em segurança.

Pen saiu. Kelsea esperou a porta se fechar e perguntou:

— Como está o dinheiro?

— Caindo a conta-gotas. Assim que os mort saíram das colinas, todos os nobres resolveram parar de pagar impostos.

— Claro.

— Eu esperava conseguir um bom lucro com as safiras que os mineiros encontraram em Fairwitch, mas ninguém ouviu um pio. Acho que eles pegaram aquele bônus e desapareceram.

— O dinheiro está acabando, então.

— Está. É possível fazer fortuna na guerra, infanta, mas não num bom governo. Pessoalmente, acho que estamos na merda.

— Você é um raio de sol, Arliss.

— Este reino está morto, mas se esqueceu de deitar, infanta.

— É por isso que estou aqui.

Arliss ergueu o olhar rapidamente.

— Preciso que você faça uma coisa para mim e preciso que você mantenha segredo.

— Segredo de quem?

— De todo mundo. Mas principalmente de Lazarus. — Kelsea se inclinou para a frente. — Preciso que você elabore um Ato Regencial.

Arliss se recostou na poltrona e ficou olhando para ela através da fumaça.

— Você planeja abrir mão do trono?

— Por um tempo.

— E Clava não sabe disso.

— Ele não pode saber.

— Ah. — Arliss inclinou a cabeça para trás, pensando. — Eu nunca escrevi um Ato Regencial antes. Seu tio está morto, infanta. Quem vai ser o regente?

— Lazarus.

Arliss assentiu lentamente.

— É uma escolha sábia.

— Você não consegue uma cópia antiga do ato da minha mãe?

— Consigo, mas já vi aquele filho da mãe. Tem quinze páginas.

— Bom, aproveite o essencial. Não quero que o texto seja aberto a interpretações. Uma página só, e faça o máximo de cópias que conseguir escrever. Vou assinar todas, e podem ser espalhadas pela cidade amanhã, depois que eu partir.

— E aonde é que você vai?

Kelsea piscou e viu a ponte de Nova Londres, os mort esperando nas colinas depois dela.

— Morrer, eu acho. Mas espero que não.

— Ah, agora entendo por que Clava não pode saber. — Arliss bateu com os dedos na mesa. — Isso vai mudar as coisas.

— Para você?

— Para mim... e para meus concorrentes. Mas é sempre bom ser o primeiro a saber.

— Eu tenho que fazer alguma coisa.

— Você não *tem* que fazer nada, infanta. Pode aceitar a proposta dela, salvar as mulheres e os principais homens da sua Guarda.

— É o que meu tio teria feito. Mas eu não posso.

— Bom, essa é a merda de ter escolhas, não é?

Ela fez cara feia para ele.

— As escolhas têm sido muito generosas com você ultimamente, Arliss. Você anda ganhando bastante dinheiro com venda de drogas para os refugiados. Você achou que eu não ia descobrir?

— Vou lhe dizer uma coisa, infanta... minhas drogas são o único motivo para você não ter pânico nem suicídio se espalhando por aquele acampamento. As pessoas precisam se agarrar a alguma coisa.

— Entendo. Você é um verdadeiro altruísta.

— Nem um pouco. Mas é tolice culpar o traficante pelas necessidades do mercado.

— Isso aí é Thorne falando.

— É. Thorne foi um merdinha a vida toda, mas estava certo sobre isso.

Kelsea ergueu o rosto rapidamente, esquecendo as drogas e até o Ato Regencial.

— Você conheceu Thorne quando ele era jovem?

— Ah, sim, infanta. Ele lhe dirá que ninguém sabe de onde ele veio...

— Ele está morto.

— ... mas tem alguns de nós, se você se der ao trabalho de olhar.

— De onde ele é?

— Da Creche.

— Não sei onde fica isso.

— Há uma série de túneis embaixo do Gut. Só Deus sabe para que foram construídos; são fundos demais para serem esgotos. Se você quiser alguma coisa errada demais até para o Gut e conhecer as pessoas certas, vai parar na Creche.

— O que Thorne fazia lá?

— Thorne foi vendido para um cafetão logo depois que nasceu. Viveu a infância toda lá embaixo... daquele jeito mesmo.

— Como você sabe?

— Não me olhe assim, infanta. Eu tive que ir lá embaixo a negócios uma ou duas vezes, no começo da carreira. Precisavam de um suprimento regular de narcóticos, por motivos óbvios, mas parei de vender para lá há muito tempo.

— Você parou.

— Parei. É um lugar ruim, a Creche. Crianças se prostituindo, e também...

— Pare. — Kelsea ergueu a mão. — Já entendi.

— Um lugar ruim — repetiu Arliss, mexendo nos papéis na mesa. — Mas Thorne era inteligente e rápido. Era praticamente um rei lá embaixo por volta dos dezoito anos.

— Lazarus também estava lá?

— Estava, mas não vai admitir se você perguntar.

— O quê... — A voz de Kelsea falhou, e ela engoliu em seco, sentindo as palavras entalarem na garganta seca. — O que ele fazia?

— A arena.

— Explique.

— Crianças lutavam com crianças.

— Boxe?

— Nem sempre. Às vezes, davam armas. Há valor na variedade.

Os lábios de Kelsea pareciam estar congelados.

— Por quê?

— Apostas, infanta. Mais dinheiro troca de mãos devido a lutas de crianças do que por qualquer outro meio de apostas neste reino, e Clava era um dos melhores lutadores que já passaram por lá, um verdadeiro colosso. — Os olhos de Arliss brilharam com a lembrança. — Ele nunca perdeu, nem no começo. Lazarus nem é o verdadeiro nome dele, sabe, é só um apelido que seus treinadores criaram quando ninguém conseguia derrubá-lo. As apostas ficaram tão altas quando ele tinha onze ou doze anos que quase parei de aceitá-las.

— Você recebia apostas?

— Eu sou agente de apostas, infanta. Recebo apostas em qualquer coisa quando consigo calcular as chances.

Kelsea esfregou os olhos.

— Ninguém tentou acabar com tudo?

— Quem faria isso, Lady? Vi seu tio lá embaixo várias vezes. Sua mãe também.

— Como decidiam quem vencia?

Arliss olhou para ela com expressão firme, e Kelsea balançou a cabeça, enjoada.

— Entendi. Lazarus nunca me contou.

— Claro que não. Se uma parte for revelada, tudo acaba vindo à tona.

— O que isso quer dizer?

— Quer dizer que Clava era quase um animal quando parou. Ninguém conseguia segurá-lo, exceto talvez Carroll; foi Carroll quem o tirou de Creche de vez. Mas Clava ainda era um perigo para os outros, bem depois que os dias dele na arena acabaram. Ele tem vergonha do que fez. Não quer que ninguém saiba sobre seu passado.

— Então por que está me contando?

Arliss ergueu as sobrancelhas.

— Não respondo a Clava, infanta. Você é tola se achar que respondo. Não respondo nem a você. Cheguei ao bom momento da vida agora, o tempo em que ganhei meu dinheiro, e se alguém for tolo o bastante para me ameaçar, não preciso me importar. Eu faço e digo o que quero.

— E você quer estar *aqui*? *Agora*? Por que não fugiu para Mortmesne? Ou para Cadare?

Arliss sorriu.

— Porque não quero.

— Você é irritante. — Kelsea se levantou da poltrona e limpou várias bolinhas de poeira que tinham grudado na saia. — Vai escrever meu ato?

— Vou. — Arliss se recostou, cruzou os braços e olhou para ela de forma especulativa. — Então você vai morrer amanhã?

— Acho que vou.

— Então o que, em nome do Cristo feliz, você está fazendo sentada aqui falando comigo? Devia estar por aí enchendo a cara, transando.

— Com quem?

Arliss deu um sorriso repentino e gentil que caiu de um jeito estranho no rosto contorcido.

— Você acha que nós não sabemos?

— Cale a boca, Arliss.

— Como quiser. — Ele puxou uma folha de papel em branco da pilha do lado esquerdo, e suas palavras seguintes foram murmuradas na direção da mesa.

— O que você falou?

— Nada. Não jogue a toalha ainda, infanta. Você é inteligente... mais até que sua avó, e isso é uma coisa e tanto. O que você pretende fazer é um gesto de coragem.

— De loucura, talvez. Volto para assinar os atos antes do amanhecer.

Depois de sair da sala de Arliss, ela andou pelo corredor se sentindo perdida, sem saber o que fazer. Na manhã seguinte, sairia dali, e havia uma boa probabilidade de não voltar. Ela se perguntou se Arliss estava certo, se ela devia simplesmente passar a noite na cama com Pen.

Kelsea.

Ela parou no meio do corredor. A voz era de Lily, não palavras, mas uma súplica por ajuda. Parecia que uma mulher se afogando estava se agarrando às beiradas da mente de Kelsea.

Kelsea.

Lily estava com problemas. Alguma coisa terrível. Kelsea olhou para o padrão assimétrico das pedras no chão, a mente em disparada, indo de ponto a ponto. Lily chamou, e ela ouviu. Ao longo da história, a vida de Lily Mayhew não significava nada; ela não era nem uma nota de rodapé. O que quer que estivesse acontecendo com ela, Lily já estava morta e enterrada agora, mas Kelsea não podia lhe dar as costas. Mas não sabia como alcançar Lily. Elas estavam separadas por três séculos, um abismo sem fim. Kelsea sempre pensou no tempo como um muro sólido para trás dela, bloqueando tudo o que já tinha passado... mas o mundo que ela habitava agora era maior que isso.

Seria possível *forçar* uma de suas fugas?

Kelsea parou, tomada por essa ideia. A distância no tempo podia ser ampla, mas ela não vivia mais puramente no tempo, não era? Ela entrava e saía dele havia meses. Podia pular da beirada de uma era e cair na outra, com a mesma facilidade com que passageiros da pré-Travessia entrariam em um trem? Conjurou os contornos do mundo de Lily: o horizonte escuro e tempestuoso, bem parecido com o Tearling, repleto de desigualdade e violência. Uma explosão de fogo ardeu no peito de Kelsea, jogando-a cambaleante contra a parede.

— Lady?

Pen, atrás dela, a voz abafada, como se Kelsea estivesse nadando em águas profundas.

— Pen. Vai ser uma longa noite, eu acho. Preciso que você cuide de mim quando eu cair.

— Cair?

A visão de Kelsea estava embaçada agora. Pen era uma forma gentil à luz das tochas.

— Não sei onde vou cair.

— Lady? — Pen segurou o braço dela. — É uma das fugas?

— Não sei.

— Vamos para o seu quarto.

Kelsea permitiu que ele a levasse, quase sem perceber. Sua mente estava tomada de Lily: a vida de Lily, o medo de Lily. O que a esperava em casa quando ela voltou de Boston?

— O que houve?

A voz alta de urso de Elston, mas agora Kelsea ouviu de uma grande distância. Pen a estava carregando, ela percebeu, e ela não fazia ideia de quando isso tinha acontecido.

— Uma fuga — murmurou Pen. — Veio rápido. Ajude-me a colocá-la na cama.

— Não — sussurrou Kelsea. — Não posso me dar ao luxo de dormir esta noite. Fique comigo e não me deixe cair.

— Lady...

— Shhh. — Kelsea estava sonhando agora, desperta e sonhando ao mesmo tempo. Lily a chamou, e Kelsea ouviu. Tudo estava escuro; Kelsea tateou cegamente nas sombras, procurando o passado. Se ao menos conseguisse alcançá-los, Lily e William Tear. Conseguia vê-lo à frente dela, os olhos gentis... mas, ao redor, rodopiava um tormento de violência. Lily...

— Lily.

Ela se virou ao ouvir um sussurro, certa de que era Greg. Mas não havia nada, só a luz da manhã entrando pelas janelas da sala. Os motores quase silenciosos dos processadores internos da casa zumbiam nas paredes. Sua casa alguma vez já tinha parecido tão pequena? A mobília que ela comprou, o tapete que escolheu... havia falsidade nessas coisas, uma sensação de que ela podia empurrar tudo para o lado e ver marcas de giz, um palco vazio.

Greg não estava em casa. O piso da cozinha não ofereceu resposta, só uma grande mancha de sangue seco. Teria Greg se levantado, chamado uma ambulância? Não havia como saber. A mancha no piso da cozinha tinha a aparência densa e viscosa de sangue menstrual, e lembrou a Lily que ela se esqueceu de tomar a pílula na noite anterior. Foi para o quarto do bebê, deixando Jonathan na cozinha. Tinha alguma coisa para fazer hoje? Sim, almoço com Michele e Sarah, mas isso podia ser cancelado. Se a Segurança fosse atrás dela, seria melhor que acontecesse ali e não no centro ou no clube. Lily não se enganava a ponto de achar que conseguiria aguentar um interrogatório, mas achava que tinha tudo planejado agora. Ela cederia, de uma forma ou de outra; sua função era só cuidar para que não acontecesse antes de 1º de setembro. Seria capaz disso? Ela fechou os olhos e procurou o mundo melhor, mas encontrou William Tear, em pé sob os postes de luz.

O quarto do bebê era virado para o leste, iluminado pelo sol da manhã. Lily correu até o piso solto, ciente de repente do sol se movendo, do fato de que Greg ou a Segurança podiam aparecer a qualquer momento. Depois que tomasse a pílula, subiria correndo para tomar um banho, colocar um vestido bonito e um pouco de maquiagem. A Segurança viria e, quando chegasse, a aparência dela importaria. Ela pareceria o mais respeitável possível, uma mulher que não podia estar envolvida em passeios à meia-noite, em esquemas separatistas. Ela...

O esconderijo embaixo do piso estava vazio.

Lily se balançou nos calcanhares, olhando sem acreditar. No dia anterior, tinha dez caixas de pílulas lá dentro. Dinheiro também, mais de dois mil dólares, seu estoque de emergência. O estômago de Lily pareceu se contrair quando o significado do buraco vazio ficou claro. Seus comprimidos foram encontrados.

— Perdeu alguma coisa?

Lily gemeu de medo e quase caiu, segurando-se no braço do sofá para se equilibrar enquanto Greg surgia de trás da porta do quartinho. A lateral esquerda da cabeça dele estava coberta de sangue seco; encharcou o cabelo e escorreu pelo pescoço até manchar o ombro da camisa branca. Ele estava sorrindo.

— Por onde você andou Lily?

— Lugar nenhum — sussurrou ela. Queria falar alto, ser forte, mas parecia não ter voz. Quando Greg não estava por perto, ele ficava diminuto na mente dela, mas, na vida real, não era nada pequeno. No espaço claro e arejado do quartinho, parecia ter três metros de altura.

— Lugar nenhum — repetiu Greg suavemente. — Só por aí, a noite toda, fora do muro.

— Isso mesmo. Eu fui sequestrada, caso você se importe.

— A noite toda fora do muro — repetiu Greg, e Lily estremeceu. Os olhos dele estavam arregalados e vazios, íris pretas que pareciam não refletir luz nenhuma. — Meu pai estava certo, sabia? Ele disse que todas as mulheres são putas, e eu falei que não, que Lily era diferente. E olhe isto!

Greg mostrou uma caixa de pílulas dela, segurando-a entre dois dedos, da mesma forma que faria com algo podre. E agora uma coisa totalmente inesperada e maravilhosa aconteceu: ao ver as pílulas, o pânico de Lily derreteu rápida e silenciosamente. Ela se empertigou, respirou fundo e virou a cabeça para o lado, inclinando o pescoço conforme ele se aproximava. Precisou lutar contra a vontade de pular e pegar a caixinha laranja da mão dele.

— Tanta merda que tive que ouvir, tantas piadas que fizeram às minhas custas. Você sabe o que tive que aguentar por sua causa? Eu perdi uma promoção no ano passado porque não tinha um filho! Meu chefe me chama de Greg Bala de Festim.

— Esse apelido é ótimo.

Greg apertou os olhos.

— Cuidado, Lily. Eu posso entregar você para a Segurança.

— Faça isso. Melhor eles que você.

— Não. — A boca de Greg se curvou para cima em um sorriso amplo e seco. — Acho que prefiro deixar isso entre nós. Aonde você foi?

— Não é da sua conta.

Ele deu um tapa nela, e o rosto foi jogado para o lado, uma flor balançando no caule. Mas ela ficou de pé.

— Você precisa aprender a ter cuidado com o que fala, Lily. Aonde você foi ontem à noite?

— Chupar o pau de Arnie Welch.

Ela não sabia de onde aquilo veio; foi só a primeira coisa que veio na sua mente. Mas viu, impressionada, os olhos de Greg se apertarem até se transformarem em fendas mínimas e as bochechas ficarem brancas.

Ele acreditou!

Por um momento, Lily ficou à beira das gargalhadas histéricas. Uma imagem surgiu na mente dela: ela ajoelhada na frente de Arnie Welch, do pobre Arnie, burro como um saco de batatas, e Lily começou a rir. Mal sentiu Greg segurar seu cabelo (*devia ter prendido*, repreendeu seu cérebro) e puxar, forçando-a a se levantar. Ela riu ao ver a cara dele, as manchas vermelhas nas bochechas brancas, os dentes à mostra, o vazio dos olhos.

— *Pare de rir!* — gritou ele, borrifando cuspe na cara dela, e claro que isso só fez Lily rir mais.

— Você é fraco — disse ela, rindo. — E sabe disso.

Greg deu um soco na cabeça dela e a jogou longe. Lily viu um muro de luz do sol cintilante à frente e atravessou as portas que levavam ao pátio, estilhaçando as duas vidraças. Um milhão de pontinhos pareciam perfurar seus braços e seu rosto. Ela balançou os braços para se equilibrar no degrau acima do pátio, mas caiu, rolando pelos três degraus de tijolo, e se estatelou no quintal.

— Quer dizer que sou fraco, Lily? — perguntou Greg, a voz se aproximando, seguindo-a pelos degraus. Os braços dela estavam cortados, a cabeça, doendo, e parecia que o tornozelo estava torcido. Greg a chutou nas costelas, e Lily grunhiu e se encolheu, tentando proteger o tronco. Quando rolou, ela viu uma coisa que a fez ficar gelada: o zíper da calça de Greg estava projetado para a frente. Não tomava pílula havia mais de trinta e seis horas, e a velha Lily, a cuidadosa, tinha lido cada palavra da bula que vinha dentro da caixa laranja. Aquilo era péssimo. Se ele a estuprasse agora, ela podia engravidar.

Ela rolou e o atacou com as duas pernas, forçando os pés de Greg para o lado. Uma dor nova explodiu no tornozelo ruim, mas o golpe funcionou; ele caiu no chão, uma expressão de surpresa quase cômica no rosto. Lily tentou se levantar, mas ele machucou suas costelas ou coisa pior, e o braço esquerdo se recusava a obedecer. Não conseguia se levantar do chão. Lily se arrastou, apoiada no lado direito do corpo, pela grama na direção da porta da cozinha. No centro da ilha da cozinha havia um bloco de madeira polida, e a superfície brilhante escondia mais de doze facas. Ao imaginar o brilho do grande cutelo, o peso nas mãos, Lily sentiu uma empolgação quase vertiginosa, e começou a ofegar enquanto se arrastava. O braço direito esticado, o máximo que o ombro permitia, arrastando o corpo. Mas o braço já estava começando a doer. Lily nunca ficou tão consciente da própria fraqueza física; lembrava-se de Dorian fazendo flexões apesar dos pontos, pensou com desejo nos músculos duros no braço dela. Sentiu gosto de sangue.

A mão de Greg segurou seu tornozelo ruim, fazendo-a gritar de dor. Lily espiou por cima do ombro e viu que o marido deve ter batido em alguma coisa quando caiu; sangue fresco cobria o queixo dele. Mas ainda estava sorrindo, mesmo com o fluxo vermelho escorrendo da boca. Ele apertou o tornozelo dela, e Lily gritou ao sentir alguma coisa ser espremida lá: músculo ou osso, não importava qual dos dois, pois tudo estava misturado em uma implosão intensa de dor. Ela tentou chutar Greg na cara, mas não havia apoio com ela deitada de lado.

Lily puxou o pé da mão dele e chegou mais perto da porta da cozinha, pensando na sensação do cabo do cutelo na sua mão, no quanto era liso... isso se conseguisse alcançá-lo. Mas só percorreu mais poucos centímetros antes de Greg agarrá-la de novo, pela panturrilha desta vez, os dedos afundando.

— Aonde você vai, Lily? Aonde você pensa que vai?

A voz dele saiu rouca, quase borbulhando. Lily se perguntou se ele tinha quebrado um dente. Tentou ir para a frente de novo, mas ele enfiou a mão embaixo do quadril dela e a virou, com a facilidade com que se vira uma panqueca, e subiu em cima dela. Colocou a mão entre suas pernas e apertou. Lily gritou, mas seus gritos foram abafados pela camisa dele. Ela respirou fundo, ofegante, o cheiro de sândalo da colônia dele enchendo suas narinas, e sentiu vontade de vomitar. E agora, apesar de tudo aquilo, Greg estava murmurando:

— Diga que me ama, Lily.

Ele conseguiu prender os pulsos dela acima da cabeça com uma das mãos. Lily recuou a cabeça e cuspiu nele, sentindo um pequeno prazer quando Greg se encolheu.

— Eu odeio você — sibilou ela. — Eu *odeio* você pra caralho.

Greg deu um soco na cara dela. O punho errou o nariz em cicatrização, mas a ponte formigou com uma ameaça de dor. Greg desabotoou a calça jeans dela, e Lily lutou mais, gritando, furiosa de ainda poder ser assim, bem ali, com os ombros largos e braços grossos do marido a segurando.

— Saia de cima dela. Agora.

Greg parou. Lily espiou por cima do ombro dele e viu Jonathan, os olhos escuros arregalados e furiosos, apontando uma arma para a nuca de Greg.

— De pé, seu merda.

Greg saiu de cima dela e se apoiou nos joelhos, e Lily se afastou, ofegante e rouca. Já conseguia sentir uma pressão forte no alto da bochecha, o começo de um olho roxo. Mexeu na calça jeans por um momento antes de conseguir abotoá-la.

— O que você está fazendo, Johnny? — perguntou Greg, piscando para Jonathan como se tentando entender o que ele fazia ali. Lily se levantou, mas percebeu que o tornozelo não aguentava seu peso. Equilibrou-se no outro pé e pulou, desajeitada.

— Você está bem, sra. M.? — perguntou Jonathan, sem tirar os olhos de Greg.

— Estou. Acho que meu tornozelo está quebrado.

— O que quer que você ache que viu — começou Greg —, brigas de casal são resolvidas entre marido e mulher, Johnny. É a lei.

— A lei — repetiu Jonathan, e a boca se retorceu em uma coisa que podia ser um sorriso.

— Por que você não volta para dentro de casa e a gente esquece que tudo isso aconteceu? Eu não vou denunciar.

— É mesmo? Não vai? — As palavras de Jonathan estavam começando a soar mais altas, o sotaque sulista aparecendo entre cada consoante cuidadosamente enunciada. Dorian o chamou de Carolina do Sul, Lily lembrava, em uma madrugada que já parecia ter acontecido anos antes. Ficou olhando hipnotizada para o cano da arma encostado na parte de trás do crânio de Greg.

— Pare com isso, Johnny. Você me conhece.

Jonathan abriu um sorriso largo, um esgar que mostrou todos os dentes brancos.

— Conheço, sim, sr. Mayhew. Tem garotos como você do lugar de onde venho. Três deles levaram minha irmã para dar uma volta uma vez.

Ele se virou para Lily.

— Entre, sra. M.

— Não.

— Você não precisa ver isso.

— Claro que preciso.

— Johnny, abaixe a arma. Lembre para quem trabalha.

Jonathan começou a rir, mas foi uma gargalhada vazia, e os olhos escuros arderam.

— Ah, eu lembro, sim. E vou contar um segredo, Mayhew. O homem para quem eu trabalho não pensaria duas vezes.

Ele atirou na nuca de Greg.

Lily não segurou um gritinho quando o corpo de Greg caiu para a frente, aos pés dela. Jonathan se inclinou, encostou a arma na têmpora de Greg e atirou de novo. A reverberação foi tão alta que ecoou nas paredes do quintal. A Segurança viria agora, Lily pensou, quer tivessem encontrado a Mercedes ou não.

Jonathan limpou o cano da arma na calça escura e a guardou. Aos pés de Lily, metade da cabeça de Greg estava explodida, vazando sem parar na perfeição verde do gramado. Lily olhou para baixo e se viu coberta de sangue, mas a maior parte era dela, dos cortes nos braços.

— Você precisa de um médico — disse Jonathan.

— Tenho problemas maiores agora — respondeu Lily, botando a mão no ombro dele. — Obrigada. — As palavras não eram suficientes, mas ela não conseguia pensar em nada melhor, e agora ouviu a primeira sirene, ainda distante, em algum lugar do centro. Alguém devia ter chamado a Segurança quando Lily voou pelas portas de vidro. — Estão vindo. É melhor você ir.

— Não. — O rosto de Jonathan estava resignado. — Nós vamos assumir a responsabilidade.

— Você não pode ficar aqui!

— Claro que posso.

— Jonathan. Eles nunca vão escutar. Mesmo que eu contasse tudo, eles não escutariam. Vão matar você.

— Provavelmente. Mas eu tinha que fazer isso.

Lily assentiu e tentou pensar. Mesmo agora, no momento mais estranho de todos, o mundo melhor estava na cabeça dela, espantando todo o resto, todas as outras considerações. Era o rio que a sustentava, ela via agora, o rio com a água azul. Ela falhou em Boston, mas havia outra chance.

— Me dê a arma.

— O quê?

— Me dê a arma e saia daqui.

Jonathan balançou a cabeça.

— Me escute. Vão vir atrás de mim de qualquer jeito, mais cedo ou mais tarde. Posso contar a mesma história, e tenho provas melhores. Olhe para mim: estou péssima.

— Você não vai melhorar nada, sra. M. A Segurança nunca deixou de ser uma organização de Frewell. Vão olhar seu rosto e seus braços, vão acreditar em cada palavra que você disser, e vão declará-la culpada mesmo assim.

— Ele não vai me deixar ir, Jonathan. No navio. Eu pedi, e ele disse não.

— Sinto muito.

— Mas você tem que ir. — Lily olhou para o cadáver de Greg e desejou ser tão corajosa quando o resto, mas sabia que não era, e precisava que Jonathan fosse embora antes que ela perdesse a coragem. — Nós cuidamos uns dos outros, não é? Você fez isso por mim. Agora, eu quero que você vá embora.

— Eles executam esposas que matam os maridos.

— Eu já estou morta — retorquiu Lily, olhando para a escuridão. — Em 1º de setembro, certo?

Jonathan engoliu em seco.

— Não é isso que vai acontecer?

— Sra. M....

Ela esticou a mão e segurou o cabo da arma. Jonathan resistiu por um momento, mas deixou que fosse tirada dos dedos dele. As sirenes estavam mais altas agora, deixando o centro e entrando no labirinto silencioso das ruas que formavam a vida adulta de Lily.

— Vá. Pense nele, não em mim. Ajude-o.

O rosto escuro de Jonathan ficou pálido.

— Vão verificar sua mão. Em busca de pólvora. Dispare uma vez no chão.

— Pode deixar. Vá.

Ele hesitou mais um momento, seguiu para o muro e o escalou, quase no mesmo lugar onde Dorian tinha caído. Mesmo no meio do pavor, a simetria agradou a Lily; ela sentia que agora um ciclo tinha se fechado, completando a jornada da mulher que fingia ser até a mulher que realmente era. No alto do muro, Jonathan se virou e lançou um último olhar relutante para Lily, mas ela acenou com a arma para ele ir embora, aliviada quando ele caiu sem fazer ruído no quintal dos Williams, fora do seu campo de visão.

Lily se posicionou, mirou a arma no chão a vários metros. Sabia que armas davam coice, mas não estava preparada para a força do disparo, que a jogou para trás, no chão. O tiro ecoou no quintal e, quando o som sumiu, Lily ouviu o ruído de pneus entrando na rua dela.

Eu matei meu marido. Ele estava me dando uma surra, e eu atirei nele.

Como você conseguiu a arma?

Peguei de Jonathan na última vez que ele me levou ao centro. Terça-feira.

Mentira. Ele teria notado que tinha sumido.

Era verdade. Lily tentou de novo. *E se eu disser que a arma era de Greg?*

A arma tem registro. Só vão precisar verificar para saber que era de Jonathan.

Não conseguia pensar em uma resposta. Jonathan estava certo; a história era frágil demais, independentemente de quem contasse. Greg estava morto com duas balas da arma de Jonathan. Na noite anterior, Lily saiu do muro sozinha e voltou com ele. Achariam que Jonathan o matou ou que os dois agiram juntos. Ninguém se importaria com o olho roxo de Lily, com os cortes no rosto e nos braços dela. Não tinha mais jeito agora; ela era uma mulher que matou o marido. Pensou nas execuções que eram transmitidas regularmente na tela enorme da sala: homens e mulheres ficando pálidos quando o veneno entrava na corrente sanguínea, afogando-os com os fluidos do próprio pulmão. Os engasgos agonizantes sempre pareciam se prolongar por uma eternidade antes de eles finalmente sucumbirem, e Greg ria de Lily quando ela tentava cobrir os ouvidos. Eles morriam com olhos saltados e suplicantes, como peixes fora d'água.

Lily largou a arma e fechou os olhos. Quando a Segurança entrou no quintal, ela estava de pé em uma colina alta e marrom, com quilômetros de grãos ao redor, olhando para o rio azul que enfeitava a terra abaixo. Não os ouviu falando com ela, não entendeu as perguntas. Estava tomada pelo mundo melhor, o mundo de Tear, a criação de Tear, as vistas e sons da terra, até o cheiro: terra recém-mexida e um toque de sal que a lembrava das viagens que fazia na infância à costa do Maine. Lily não sentiu os braços serem presos atrás das costas nem a levarem para a porta da frente. Não sentiu nada, nem quando a empurraram para a traseira de um furgão.

* * *

Pela primeira vez, Kelsea abriu os olhos e se viu não na biblioteca, mas no arsenal.

— Você voltou, Lady.

Ela piscou e viu Pen de um lado e Elston do outro.

— O que estou fazendo aqui?

— Você veio andando até aqui. — Pen a soltou. — Andou por toda a Ala da Rainha.

— Que horas são?

— Quase meia-noite.

Menos de duas horas se foram. A vida de Lily estava se movendo mais rápido agora. Kelsea piscou e viu, como se através de um véu fino, a caixa escura de metal que era o furgão da Segurança, as paredes internas reforçadas. Era noite novamente; brilhos de postes de rua entravam intermitentemente pelas aberturas estreitas perto do teto, cobrindo as mãos e as pernas dela antes de desaparecerem. Lily estava bem ali, não a séculos de distância, nem mesmo nas fronteiras da inconsciência, como já tinha estado, mas *bem ali* na mente de Kelsea. Se quisesse, Kelsea podia esticar a mão e tocar nela, fazer Lily coçar o antebraço ou fechar os olhos. Elas estavam ligadas.

— É só atravessar — sussurrou Kelsea, segurando as safiras. Quem tinha dito isso? Não conseguia mais lembrar. — Só atravessar.

— Lady?

— Eu vou voltar, Pen.

— Voltar para onde? — perguntou Elston com irritação. — Mais cedo ou mais tarde, Lady, você vai ter que dormir.

— Ela está falando da fuga, eu acho — respondeu Pen, mas sua voz já estava distante. Vagamente, Kelsea se lembrou de uma coisa que tinha que fazer, alguma coisa relacionada à Rainha Vermelha. Mas Lily era mais importante agora. Outro vislumbre a invadiu: Lily sendo tirada do furgão e levada por uma longa escadaria, os olhos cegos pelas luzes fluorescentes. Uma onda de náusea caiu sobre Kelsea, e ela lembrou que Lily bateu nas portas de cabeça. Estaria com uma concussão?

— Fique aqui, Pen. Não me deixe cair.

— Vá, Elston.

— Vou chamar o Capitão — murmurou Elston. — Cristo, que confusão.

Ele falou esse final baixinho, como se torcendo para Kelsea não ouvir. Mas, se ela tivesse conseguido encontrar sua voz, teria concordado com ele. Tudo *dera* errado, mas onde era o ponto de virada? Onde as boas intenções dela desmoronaram? Os pés de Lily se embolaram na escada, e Kelsea caiu para a frente. Segurou-se no corrimão, não encontrou nenhum e cambaleou.

— Levante-se, porra!

— Lady?

— Levante-se, porra!

Lily se apoiou na parede e recuperou o equilíbrio.

Esses não eram os guardas educados da estação da Segurança de Nova Canaã. Quatro homens cercavam Lily; três carregavam objetos pequenos e oblongos, uma espécie de bastão elétrico, e o quarto tinha uma arma.

Lily precisava de um médico. Nenhum dos cortes nos braços tinha sido muito fundo; já estavam começando a fazer casquinha. Mas ela teve um corte feio na cabeça quando passou pelas portas de vidro, e escorria sangue sem parar pelo cabelo e pela lateral da cabeça. De tempos em tempos, a náusea tomava conta dela; a última onda foi tão ruim que ela quase caiu. Mas lutou contra a sensação com todas as forças, porque aquelas armas de choque pareciam bem usadas. Quando era criança, Lily enfiou o dedo no buraco de um abajur de mesa sem a lâmpada, e jamais esqueceria a agonia breve e ardente que se apoderou da mão dela naquele momento. Os quatro homens que a cercavam não pareciam do tipo que pensariam duas vezes antes de dar um choque nela.

Eles a deixaram na delegacia de Nova Canaã até o começo da tarde, em uma cela suja ainda anos distante das terríveis condições que Lily imaginaria. Não havia ninguém na cela com ela; estava suja por falta de uso, não por excesso. A Segurança de Nova Canaã nunca devia ter prisioneiros; não havia pequenos delitos ali. Lily ficou horas na cela, mas não viu nem uma barata. Não dormia havia mais de trinta horas e estava exausta. Com fome também, mas a intensidade da fome logo começou a sumir em comparação à sede. Ela não sabia se teriam dado água na delegacia, mas tinha se esquecido de pedir. Agora, parecia que ela tinha engolido uma lixa.

Quando o sol estava começando a se pôr, eles a tiraram da cela e a colocaram em outro furgão. Lily não sabia quanto tempo a viagem levou, só que a noite caiu bem antes de eles pararem, e quando a tiraram do furgão, ela se viu em uma amplidão de luzes fluorescentes e asfalto. O mundo melhor nunca pareceu tão distante quanto naquele momento, Lily congelando pela longa viagem só de camiseta e calça jeans, cega pelas luzes fortes e pelo gotejar lento do sangue do couro cabeludo. Tentou lembrar por que estava ali, mas, naquele momento, William Tear e o pessoal dele pareceram infinitamente distantes. Ao forçar a memória, Lily se deu conta de que ainda era só 30 de agosto, que o 1º de setembro ainda estava dois dias à frente. Dois dias até o festival, dissera Parker, mas Tear jamais deixaria uma criatura como Parker ir para o mundo melhor. Então, o que era o festival?

Que importância isso tem agora?

Mas, mesmo tendo feito essa pergunta a si mesma muitas vezes durante o trajeto de furgão, ela não se convenceu. Festivais eram excesso e entrega, fazer qualquer coisa que você queria. Lily não era uma pessoa extraordinariamente empática, mas só precisou de alguns minutos para entender a mente de Parker, para conjurar uma imagem e abri-la como um mural. O festival de Parker seria igual a quaisquer outros: excesso e entrega, levados agora ao ponto sem limites do mundo monstruoso e perturbado no qual eles viviam, um mundo de muros que separavam os privilegiados dos desprovidos. E os desprovidos estavam com raiva. A mente de Lily criava imagens mais rápido que ela conseguia afastá-las, e quando eles chegaram ao complexo da Segurança, ela tinha visto o fim do mundo em pensamento, um bacanal de fúria e vingança. A alegria de Parker era fácil de entender agora; ele podia ser corrompido demais para o mundo melhor, mas, em 1º de setembro, Tear pretendia deixar que ele fizesse o que queria.

Eu devia contar para a Segurança, pensou Lily. *Devia avisar alguém.*

Mas era impossível. Mesmo que alguém acreditasse nela, não havia como contar sobre Parker sem também contar sobre Tear. Eles perguntariam sobre Tear de qualquer modo, sem dúvida, e apesar das palavras de Tear, Lily desconfiava que não duraria muito sob interrogatório.

Não posso contar nada. Lily se segurou quando sentiu outra onda de náusea. *Vou ficar quieta até o dia 2 de setembro. Esse é meu trabalho. É tudo o que posso fazer por eles agora.*

Um dos guardas abriu uma porta preta de metal e recuou.

— Arrumem uma sala vazia para ela.

Levaram Lily por um corredor escuro e estreito cheio de portas. Lily foi tomada por uma sensação repentina de déjà-vu tão forte que despencou sobre a mente dela com força, obscurecendo tudo. Já estivera ali. Tinha certeza.

Colocaram-na sentada em uma salinha com luzes fluorescentes que forneciam um brilho leve e doentio que iluminava uma mesa de aço e duas cadeiras presas no chão. O homem com a arma algemou Lily à cadeira, e ela foi deixada ali, olhando para a parede.

Greg estava morto. Lily se fixou nessa ideia, pois, apesar da situação complicada, havia certo conforto. Independentemente do que acontecesse agora, não haveria Greg, nunca mais. Ela adormeceu e sonhou que estava de volta ao quintal, tentando rastejar para a porta da cozinha. Havia uma coisa terrível atrás dela, e Lily sabia que, se conseguisse chegar à porta, haveria consolo lá. Estava procurando a maçaneta quando a mão de alguém segurou seu tornozelo, fazendo-a gritar. O quintal se desmanchou, e agora ela estava no corredor comprido e cheio de portas de novo, cambaleando, perdida. A luz era alaranjada: não de lâmpadas fluorescentes, mas de tochas, e Greg não era mais importante, Greg não era nada, porque ela segurava um grande destino nas mãos, o destino de um país inteiro, o destino de...

— Tearling — murmurou Lily, despertando. O sonho se dissolveu, deixando-a com a imagem persistente e confusa do brilho de uma tocha nos olhos. Alguém tinha jogado água nela. Lily estava encharcada.

— Aí está você.

As costas da cadeira pareciam ter enfiado garras na coluna dela, e ela grunhiu ao se empertigar. Parecia que tinha dormido por horas. Podia até ser de manhã, mas não havia como saber dentro da salinha pequena e apertada.

À frente dela havia um homem magro como uma tábua, com rosto comprido e olhos escuros e grandes enfeitados por sobrancelhas pretas arqueadas e quase esculpidas. As pernas estavam cruzadas, uma em cima da outra, e as mãos estavam entrelaçadas no joelho. A postura era aprumada, mas combinava com aquela sala. Por baixo do uniforme escuro da Segurança, o homem parecia um contador com vários hábitos pervertidos e secretos. Ele tinha colocado uma tela na mesa à frente, e Lily viu o próprio rosto de cabeça para baixo olhando para ela na superfície de aço.

— Lily Mayhew. Freeman, quando era solteira. Você teve um dia agitado.

Lily só ficou olhando para ele, o rosto vazio e confuso, apesar de ela estar com a sensação de que era inútil. Ela não sabia fingir.

— Que lugar é este?

— Não importa — respondeu o contador de forma agradável. — O que importa é como você vai poder sair, não é?

— Não entendi.

— Ah, entendeu, sra. Mayhew. Uma das qualidades que me trouxeram à minha posição atual foi um grande talento para farejar integrantes do Blue Horizon. Você tem a mesma expressão do resto deles, alguma coisa nos olhos... vocês todos parecem que viram o próprio Cristo e voltaram para contar a história. Você viu Cristo, sra. Mayhew?

Lily balançou a cabeça.

— O que você viu?

— Não sei do que você está falando — respondeu Lily com paciência. — Eu achei que estivesse aqui por causa do meu marido.

— E está, sem dúvida. Mas a segurança do país é mais importante do que um crime local, e tenho muita autonomia em questões assim. Pode acontecer de duas formas, na verdade. De um lado, temos Lily Mayhew, a esposa maltratada e abusada, cuja vida estava em perigo, que agiu em legítima defesa. Do outro, temos Lily Mayhew, a vaca traidora que trepava com o guarda-costas negro, um guarda-costas negro *separatista*, só para aumentar a diversão, e depois o convenceu a ajudá-la a matar o marido.

Ele se inclinou para a frente, ainda com o sorriso agradável.

— Autonomia, entende, sra. Mayhew. Pode ser de qualquer uma das duas formas.

Lily ficou olhando para ele, sem conseguir responder. Tudo dentro dela parecia congelado.

Trepava com Jonathan? Ele disse mesmo isso?

— Agora, eu não estou interessado no seu marido. Na verdade, eu também achava Greg um babaca. Mas estou extremamente interessado, pode-se dizer que de forma quase obsessiva, pelo que você foi fazer no porto de Boston na madrugada de ontem.

— Não fui fazer nada — respondeu Lily. Havia um nó na garganta dela, e ela tossiu para desalojá-lo. — Eu estava indo naquela direção, mas fui atacada na Highway 84, perto da divisória com o estado de Massachusetts.

O sorriso do contador aumentou, e ele balançou a cabeça.

— Uma tragédia! Continue.

— Eu chamei meu guarda-costas para me buscar, e ele me trouxe para casa.

— Que interessante. — Os dedos dele se movimentaram na superfície de aço da mesa, e um momento depois Lily ouviu a própria voz, saindo de alto-falantes à esquerda.

— Jonathan?

— Onde está você, sra. M? — A estática da ligação tinha sumido agora e a voz de Jonathan estava clara como cristal. — Sra. M?

— Estou indo para Boston.

— O que tem em Boston?

— O armazém! Eles estão com problemas, Jonathan. Greg convidou Arnie Welch para jantar...

— Sra. M? Não consigo ouvir você. Não venha para Boston!

— Jonathan?

A ligação foi interrompida.

— Sua identificação conta uma história melhor do que a que você conta, sra. Mayhew. Ontem à noite, você viajou até Boston, até o Conley Terminal, e passou a maior parte da noite lá. — O homenzinho na frente de Lily sorriu de novo, e ela reparou que ele tinha um monte de dentes na boca, brancos e quadrados e retos, retos demais para não serem implantes. — Há apenas duas formas de isso se desenvolver. Você pode me contar o que sabe, e nesse caso ficarei tentado, embora eu não prometa nada, a apresentar você como Lily Mayhew, a esposa simpática e abusada. É um crime terrível matar o marido, mas há jeitos de contornar isso, mesmo seu marido sendo Greg Mayhew, funcionário do Departamento de Defesa e um cidadão de bem. Eu não sou Deus, então é provável que você passe uns dois anos presa, mas vão ser anos tranquilos e, quando você sair, o dinheiro do seu marido, sua linda casa em Nova Canaã, seus três carros, tudo vai estar esperando por você. Você pode começar uma vida nova.

As palavras dele fizeram Lily pensar em Cath Alcott, que entrou no carro uma noite com os três filhos e simplesmente desapareceu. Ela se perguntou se Cath tinha dinheiro. Mudava tudo, o dinheiro. Era a diferença entre sumir sem deixar rastros e simplesmente morrer em um lugar escuro sem ninguém saber ou se importar. Lily pensou no grupo de pessoas que viu encolhido em torno da fogueira ao lado da Highway 84... mas a voz do homem a trouxe de volta.

— Se não disser nada, vamos fazê-la falar. Não se engane que vai conseguir ficar em silêncio. Nunca houve ninguém do seu grupinho que eu não conseguisse dobrar. Mas, se você me fizer perder meu tempo precioso e atrasar minha investigação, eu garanto que você vai ser Lily Mayhew, a puta traidora que atirou no marido, e quando eu terminar com você, você vai morrer pela agulha.

Lily ficou em silêncio durante o discurso, embora as palavras dele tivessem feito o estômago dela se retorcer em nós densos e grossos. Ela não era boa em lidar com dor, nunca foi. Tinha medo de dentista, até de fazer limpeza. Precisava de todo o seu esforço para se arrastar até Manhattan e deixar a dra. Anna enfiar o desconfortável espéculo entre suas pernas. Mas pensar na dra. Anna também a tranquilizou, a lembrou de que William Tear não era o único que podia se machucar se ela abrisse a boca.

— Vou lhe dar trinta minutos para pensar — disse o contador, levantando-se. — Enquanto isso, tenho certeza de que você deve estar com fome e sede.

Lily assentiu com infelicidade. Estava com sede, tanto que conseguia sentir cada dente latejar individualmente no seu espaço seco na boca. Ele saiu da sala, e ela se inclinou para apoiar a cabeça na mesa, sentindo o ardor das lágrimas nos olhos. Procurou o mundo melhor, mas não havia nada agora; não conseguia conjurá-lo na imaginação, como tinha feito tantas vezes antes. O mundo melhor tinha desaparecido, e, sem ele, ela não duraria muito tempo.

Sou mesmo tão *fraca assim?* Ela achava que a resposta talvez fosse sim. Sempre houve certa fragilidade dentro dela. Greg deve ter percebido; na verdade, Lily via agora, Greg talvez a entendesse melhor do que qualquer outra pessoa. A coragem dela só surgia quando havia pouco risco envolvido. Na hora H, ela sempre cedia. Pensou em ficar sozinha naquela casa enorme, em ter todo o espaço para si, para fazer o que quisesse, sem a sombra de Greg em cada canto. Seria uma coisa incrível.

Estão mentindo, sussurrou Maddy. *Não vão deixar você voltar. E, mesmo que deixassem, você acha que deixariam uma mulher solteira ficar com todo aquele dinheiro, fazendo o que bem entendesse? Em Nova Canaã? Em qualquer cidade?*

Lily deu um sorriso gentil. Maddy estava certa, aquilo era pura fantasia. O contadorzinho enxergou através de Lily e viu o que ela queria mais do que tudo — liberdade, a capacidade de viver a própria vida — e pendurou na frente dela como um brinquedo barato. Lily Mayhew, Freeman quando era solteira, foi fraca a vida toda, mas nunca foi burra.

— Eu não vou desistir — sussurrou ela silenciosamente nos braços cruzados, na umidade das lágrimas. — Por favor, só desta vez, eu não posso desistir.

A porta se abriu com um estalo seco, e um homem enorme com corte de cabelo de soldado entrou, carregando uma bandeja. Lily se sentou com ansiedade, odiando a si mesma, mas estava com fome e sede demais para uma greve de fome. Bebeu a água com vontade, depois atacou a carne, um pedaço frio e não identificado de cartilagem esbranquiçada que não tinha gosto de nada. A comida só a deixou com mais fome, e acabou rápido. Ela empurrou a bandeja para o lado e ficou olhando para as paredes de cimento ao redor. O contador tinha dito para ela pensar bem, mas agora só conseguia pensar neles: Tear, Dorian, Jonathan. Onde estariam agora?

Com os navios, respondeu a mente dela. *Onde quer que os navios estejam, é lá que eles vão estar.*

Lily teve certeza de que era isso mesmo. Tear se livraria de Parker, e agora Lily via exatamente como Parker se encaixava na programação: ele era a distração, uma cortina de fumaça para a Segurança. Enquanto Parker estivesse provocando o caos, o grupo de Tear embarcaria nos navios e partiria.

Mas para onde? Não há para onde ir! Você acha mesmo que eles vão navegar para além do horizonte e chegar ao paraíso?

Lily achava. A imagem era sinistramente persuasiva: uma flotilha de navios inteira, todos indo na direção de um horizonte desconhecido, onde o sol estava começando a nascer. A visão não parecia de Lily; na verdade, era como se outra pessoa estivesse sonhando dentro da cabeça dela. Algum deles sabia o que havia do outro lado daquele horizonte? Não, Lily tinha certeza de que não faziam ideia. Eles provavelmente acabariam afundando no meio do oceano. Ela queria mesmo enfrentar tudo o que o contador ameaçou por essa utopia?

Tear. Dorian. Jonathan.

A porta se abriu de novo. O contador voltou e parou ao lado dela, sorrindo largamente, as mãos atrás das costas.

— E aí, Lily, como vai ser?

Ela olhou para ele, o suor cobrindo a testa, as entranhas embrulhadas de expectativa. Mas as palavras saíram fortes e claras; não era palavras dela, e Lily sentiu de repente como se houvesse outra mulher dentro de si, alguém tentado segurá-la, ajudá-la a passar por isso.

— Que se foda. Vamos lá.

Primeiro de setembro

FAUSTO: *Penso que o inferno é uma fábula.*
MEFISTÓFELES: *Ah, siga pensando assim, até que a experiência mude sua opinião.*

— *A história trágica do doutor Fausto*, CHRISTOPHER MARLOWE
(*Literatura da pré-Travessia*)

Quando Kelsea se libertou da fuga dessa vez, Clava estava ao seu lado. Os braços dele a seguravam pela cintura, puxando-a para trás, e Kelsea viu que estava indo na direção da grande porta dupla na extremidade da câmara de audiências.

— Eu estava indo para algum lugar?

— Só Deus sabe, Lady.

Estava. Mas para onde?

A resposta veio: o rosto da mãe, lindo e indiferente. Clava a soltou, e ela fez um gesto na direção da porta.

— Venha, Lazarus. Vamos para a galeria de retratos.

— Agora?

— Agora. Só você e eu.

O rosto de Pen enrijeceu, mas, com um aceno de Clava, ele recuou na direção do corredor. Kelsea não podia se dar ao luxo de se preocupar com os sentimentos de Pen agora; olhou para o relógio e viu que passava de uma da manhã. Estava ficando sem tempo.

Após um consentimento silencioso, eles não tomaram o túnel de Clava. Desta vez, Kelsea saiu pela porta da frente, seguiu pelo longo corredor da Ala da Rainha e passou para a Fortaleza em si. Eles tinham ficado sem aposentos livres um tempo antes, e agora até os corredores estavam apinhados de gente, a maioria parecendo bem desperta. O cheiro dos corpos imundos era horrível. Quando

Kelsea passou, as pessoas fizeram reverências, murmuraram, esticaram as mãos para tocar na barra do seu vestido, e ela assentiu em reconhecimento, mal as vendo, tranquila com a sabedoria de que, se alguém tentasse qualquer coisa, ela poderia acabar com a pessoa em um instante. Uma mulher idosa abençoou Kelsea quando ela passou, e a rainha viu um terço antigo enrolado nos dedos retorcidos. O Santo Padre teria um ataque se soubesse que ainda havia um desses por aí; ninguém no Arvath queria que os pecadores pudessem contar suas graças. Ao ver a catarata leitosa que cobria um dos olhos da mulher, Kelsea esticou a mão e segurou a dela antes de seguir em frente. A pele era seca como escamas de peixe, e ela ficou aliviada de soltar.

— Que o Grande Deus a proteja e guarde, Majestade — disse a mulher com voz rouca, e Kelsea sentiu uma coisa se retorcer dentro dela. Eles não sabiam que ela ia morrer hoje? Como podiam não saber? Ela acelerou os passos, determinada a chegar à galeria de retratos antes de Lily tomar conta dela de novo. Conseguia sentir a necessidade de Lily agora, a dor dela, consumindo as beiradas da sua mente, tentando puxá-la de volta, e por um momento ficou ressentida dessa outra mulher, se perguntou por que não podia jogar suas dores nas costas de outra pessoa.

— Teve alguma notícia do padre Tyler? — perguntou ela.

— Não. Só consegui descobrir que ele e outro padre sumiram do Arvath vários dias atrás e que o Santo Padre está furioso. Está oferecendo mil libras pelo padre Tyler vivo.

Kelsea parou por um momento e se encostou na parede.

— Se ele machucar o padre Tyler, eu vou matá-lo, Lazarus.

— Não vai ser preciso, Lady. Eu vou matá-lo.

— Eu achei que você não gostava de padres.

— Por que eu estou aqui, Lady? Você não precisa da minha proteção. Eu poderia deixar você no meio das Terras Secas e é bem provável que saísse ilesa. Aquelas pessoas não oferecem perigo a você. Por que você me trouxe junto?

— Nós começamos juntos. — Eles dobraram uma esquina e começaram a descer uma nova escadaria, menor que a principal e circular. As pessoas tinham se reunido no alto e no pé da escada, mas saíram do caminho quando Kelsea se aproximou.

— Você começou com todos nós.

— Não. Aquela manhã com o falcão, lembra? Foi quando eu soube que era a rainha de Tearling, e só havia você e eu.

Clava olhou intensamente para ela.

— O que está planejando, Lady?

— O que você quer dizer?

— Eu conheço você. Você planeja.

Kelsea escondeu os pensamentos, mandou que sumissem do rosto.

— Quando o sol nascer, pretendo ir até a ponte e tentar negociar com a Rainha Vermelha.

— Os termos eram não negociáveis.

— Nada é não negociável, Lazarus, ao menos enquanto eu tiver uma coisa que ela quer.

— Ela quer esta cidade e todos os bens daqui para pilhar.

— É verdade, meu plano pode não dar certo. Mas eu tenho que tentar. Vou levar só quatro guardas comigo, inclusive você e Pen. Escolha os outros dois.

— Pen, não.

Ela parou e se virou para olhar para ele. Estavam perto do fim da escada agora, faltando apenas poucas curvas, e Kelsea baixou a voz, pensando nas pessoas que podiam estar ouvindo.

— Tem algo a dizer, Lazarus?

— Pense bem, Lady. Um homem apaixonado é um péssimo guarda-costas.

— Pen não está apaixonado.

Os cantos da boca de Clava estremeceram.

— O que foi?

— Para uma mulher com visão incrivelmente lúcida na maior parte das áreas, Lady, você é cega como uma pedra em outras.

— Minha vida particular não é da sua conta.

— Mas a profissional de Pen é, e só porque tolero algumas coisas na segurança da Ala da Rainha, isso não quer dizer que vou tolerar em outros lugares.

— Tudo bem. Você decide se ele vem ou não.

Mas Kelsea fez uma careta ao pensar na reação de Pen ao ser deixado para trás. Clava estava certo? Pen estava apaixonado por ela? Parecia impossível. Pen tinha uma mulher na cidade, e apesar de Kelsea, de tempos em tempos, ter momentos possessivos, a mulher tinha um propósito, permitia que Kelsea sentisse como se não estivesse fazendo mal algum. Ela não queria Pen se dedicando ao arranjo deles. Queria que fosse particular, algo que jamais precisasse ver a luz do dia. Ela queria que Clava não tivesse dito nada.

Não faz sentido me agitar por isso, ela lembrou a si mesma. *Tudo vai terminar em poucas horas.*

A galeria dos retratos estava cheia de gente; várias famílias dormindo no chão de pedra. Mas alguns gritos altos de Clava tiveram efeito; pais ficaram de pé, pegaram os filhos e sumiram. Kelsea fechou a porta no final da galeria, e ficaram só os dois novamente, Clava e Kelsea, como no começo de tudo.

Kelsea foi olhar o retrato da mãe. Se a mãe estivesse na frente dela, Kelsea a agarraria pelo pescoço e arrancaria o cabelo dela pelas raízes até ela pedir misericórdia. Mas quanto do pesadelo atual era culpa da mãe? Kelsea pensou com saudade nos primeiros dias na Fortaleza, dias em que os culpados eram nítidos.

— Por que ela me mandou para longe, Lazarus?

— Para proteger você.

— Mentira! Olhe para ela! Esse não é o rosto de uma altruísta. Me mandar para ser criada longe não tinha nada a ver com ela. Ela me odiava?

— Não.

— Então, por quê?

— Qual é o sentido dessa pequena expedição, Lady? Se torturar por causa da sua mãe?

— Ah, que inferno, Lazarus — respondeu Kelsea com cansaço. — Se você não vai falar comigo, volte lá para cima.

— Não posso deixar você sozinha aqui.

— Claro que pode. Como você mesmo observou, ninguém aqui pode me fazer mal.

— Sua mãe achava a mesma coisa.

— A rainha Elyssa! Nada além de lixo usando a melhor seda. Olhe para ela!

— Pode chamá-la do que quiser, Lady. Ela continua não sendo a vilã que você deseja que ela seja.

Kelsea se virou para ele.

— Você é meu pai, Lazarus?

A boca de Lazarus tremeu.

— Não, Lady. Eu desejava ser. Queria ser. Mas não sou.

— Então, quem é?

— Já passou pela sua cabeça que talvez você não *queira* saber?

Não, isso não tinha passado pela cabeça dela. Por um momento, Kelsea pensou nas piores pessoas que poderiam ser: Arlen Thorne? O Santo Padre? Seu tio? Tudo parecia possível. E o sangue importava tanto assim? Ela nunca ligou para a identidade do pai; a mãe era a importante, quem destruiu seu reino. Kelsea parou de andar, ergueu o olhar e viu o retrato da Rainha Bela olhando para ela. A criança preferida estava em seu colo, sorrindo alegremente, sem cantos escuros, e atrás das saias da Rainha Bela estava a outra, a criança sombria, a bastarda, que não era amada ou especial. A paternidade *importava*, sim, percebeu Kelsea, mesmo não devendo. Uma dor súbita a atingiu, e Kelsea deu um grito, se curvando para a frente. Parecia que alguém tinha dado um chute nas entranhas dela.

— Lady?

Outro golpe, e agora Kelsea gritou e abraçou a barriga. Clava a alcançou em dois passos, mas não podia fazer nada.

— Lady, o que foi? Você está doente? Ferida?

— Não. Não eu.

Pois Kelsea soube de repente: em algum lugar, há séculos de distância, Lily estava pagando o preço pelo silêncio. Lily precisava dela agora, mas Kelsea se encolheu e se acovardou dentro da própria mente. Não sabia se era capaz de enfrentar a punição de Lily. Não sabia como sairia dessa coisa do outro lado. Teria que sentir Lily morrer? Morreria também?

— Lazarus. — Ela olhou para Clava e viu os dois lados da balança: o garoto zangado que cresceu no inferno inimaginável embaixo do Gut e o homem que deu a vida em serviço por duas rainhas. — Se alguma coisa acontecer comigo...

— Como o quê?

— Se algo acontecer — continuou ela —, você vai precisar fazer várias coisas. Por mim.

Ela fez uma pausa e ofegou. Uma dor intensa e ardente surgiu na palma da mão, e Kelsea gritou, fechando a mão em punho e batendo na perna. Clava foi na direção dela, e ela ergueu a outra mão para fazê-lo parar, cerrando os dentes, lutando, cega em meio às lágrimas.

— O que está fazendo isso com você, Lady? Suas safiras?

— Não importa. Se acontecer alguma coisa comigo, Lazarus, confio em você para cuidar dessas pessoas e mantê-las em segurança. Elas temem você. Têm mais medo de você que de mim.

— Não mais, Lady.

Kelsea ignorou o comentário. A dor na palma da mão estava diminuindo agora, mas ainda latejava, ardente, no ritmo do seu coração. Kelsea fechou os olhos e viu um pequeno retângulo de metal brilhando na luz branca fluorescente, reconhecível só pelas lembranças de Lily: um isqueiro. Alguém segurou a mão de Lily sobre uma chama.

Não alguém, pensou Kelsea. *O contador*. Um homem que Arlen Thorne aprovaria. E Kelsea se perguntou de repente se a humanidade realmente mudava. As pessoas evoluíam e aprendiam com o passar dos séculos? Ou a humanidade era apenas como a maré, a lucidez avançando e depois recuando com a mudança das circunstâncias? A característica mais peremptória da espécie podia ser a recaída.

— O que mais, Lady?

Ela se empertigou e abriu a mão, ignorando a queimadura que apareceu na palma.

— Se ele ainda estiver vivo, encontre o padre Tyler e o mantenha em segurança.

— Combinado.

— Por fim, você vai me fazer um favor.

— O quê, Lady?

— Esvazie e acabe com a Creche.

Clava semicerrou os olhos.

— Por quê, Lady?

— Este é *meu* reino, Lazarus. Não quero saber de submundos sombrios aqui. — Pelos olhos de Lily, Kelsea viu o labirinto de corredores dentro do complexo da Segurança, as portas infinitas, cada uma escondendo um novo sofrimento. Sua mão latejou. — Nada de lugares secretos onde coisas horríveis acontecem, coisas que ninguém quer admitir na luz do dia. É um preço alto demais até para a liberdade. Feche a Creche.

O rosto de Clava se contorceu. Pela primeira vez, Kelsea leu os pensamentos dele com facilidade: o que ela estava pedindo seria terrivelmente difícil para ele, e Clava achava que ela não sabia sobre seu passado. Ela colocou a mão no pulso dele, sobre a tira de couro que guardava várias facas pequenas.

— Qual é o seu nome?

— Lazarus.

— Não. Não o nome que deram a você na arena. Seu nome *verdadeiro*.

Ele olhou para ela, abalado.

— Quem...

— Qual é seu nome?

Clava piscou, e Kelsea achou que viu um brilho intenso nos olhos dele, mas um momento depois sumiu.

— Meu primeiro nome é Christian. Não sei meu sobrenome. Eu nasci no Gut, órfão.

— Nascido das fadas. Então os boatos são verdadeiros.

— Não vou discutir essa fase da minha vida, Lady, nem com você.

— É justo. Mas você vai esvaziar o lugar. — A sala oscilou aos olhos de Kelsea, a luz das tochas ficando elétrica por um momento antes de voltar ao normal. Ela queria ver... não queria ver... ouviu Lily gritando. Kelsea fechou os punhos e quis que o passado sumisse.

— Você fala como uma pessoa indo para a forca, Lady. O que pretende fazer?

— Estamos todos condenados, Lazarus. — A cabeça de Kelsea foi jogada para o lado quando um golpe acertou seu rosto. Lily estava começando a perder a esperança; Kelsea conseguia sentir o desânimo se aproximando, um torpor inerte que ecoava pela mente toda. — Talvez você precise me levar de volta lá para cima, Lazarus. Não tenho muito tempo.

— Podemos voltar pelos túneis. — Clava tocou na parede por um momento, abrindo uma das muitas portas. — Para onde você vai durante as fugas, Lady?

— Para o passado. Antes da Travessia.

— De volta no tempo?

— Sim.

— Você o vê? William Tear?

— Às vezes. — A caminho da porta, Kelsea ergueu a mão para tocar na tela da mãe, na barra pintada do vestido verde, sentindo um arrependimento inesperado. Por mais que tentasse odiar a mulher sorridente do retrato, ela teria gostado de ter a chance de falar com ela ao menos uma vez. — Você conheceu bem minha mãe, Lazarus. O que ela acharia de mim?

— Ela acharia você séria demais, Lady. Elyssa não sentia angústia pelos outros, menos ainda em circunstâncias que não podiam ser mudadas. E se cercava de pessoas que pensavam como ela.

— Meu pai era um bom homem?

Uma expressão de dor surgiu no rosto de Clava, mas sumiu tão rapidamente que podia ter sido imaginação de Kelsea. Mas ela sabia que não era.

— Sim, Lady. Um homem muito bom. — Ele fez sinal para a escuridão. — Venha, senão vou ter que carregá-la. Você está com aquela cara.

— Que cara?

— De bêbado que vai desmaiar.

Com um último olhar para o retrato da mãe, Kelsea o seguiu pelo túnel. Pelas paredes, conseguia ouvir o murmúrio de muitas vozes, mesmo no meio da noite, pessoas preocupadas demais para dormir. Estavam todos em perigo agora; os de origem humilde e os de origem nobre, o exército fora do muro não faria distinções. Kelsea tentou imaginar o amanhecer se aproximando, mas não conseguiu ir além do final da ponte de Nova Londres. Alguma coisa bloqueou sua visão. Fogo ardente se espalhou pelos braços de Kelsea, uma dor formigante que subiu até o peito antes de descer pelas pernas. A dor aumentou, e Kelsea parou na escuridão, sem conseguir se mexer. Ela nunca tinha sentido nada assim; cada nervo do corpo parecia ter se aberto e virado um condutor infinito.

— Lady?

— Faça parar — sussurrou ela. Ela apertou bem os olhos e sentiu lágrimas escorrerem por trás das pálpebras. Clava a procurou na escuridão, e Kelsea segurou a mão dele como alguém que se afoga. — Não quero ver.

Ela não conseguia se sustentar de pé; parecia que seu sistema nervoso tinha desabado. Todo a sua força sumiu das pernas. Clava a segurou, colocou-a delicadamente no chão, mas a dor não passou. Cada célula parecia estar em chamas, e Kelsea gritou na escuridão, se contorcendo no chão duro de pedra.

— Tire-as, Lady!

Kelsea o sentiu puxando as correntes no pescoço dela e bateu na mão dele. Mas não tinha força para lutar com Lazarus. Nenhum dos músculos estava funcionando direito, e a dor a dominava por completo. Ela tentou rolar para longe, mas só conseguiu se contorcer inutilmente no chão.

— Pare de lutar, droga! — Clava enfiou a mão embaixo do pescoço dela e levantou sua cabeça do chão. Fios de cabelo foram arrancados da cabeça.

Um aviso, a parte sombria da mente dela sussurrou. *Ele só precisa disso.*

Ela se concentrou na mão que segurava as joias, primeiro apertando e depois afundando nelas. Clava grunhiu de dor, mas não soltou, então Kelsea o arranhou e abriu cortes.

— Sei como suas mãos são valiosas, Lazarus. Não me faça tirá-las de você.

Clava hesitou, e ela apertou com mais força, afundando na direção do músculo até ele soltar um palavrão e se afastar.

Kelsea conseguiu se sentar e apoiou a cabeça nos joelhos. A dor tinha começado de novo, nas pernas desta vez, e ela percebeu que não tinha escolha. O tempo de Lily era uma passagem aberta, e não dava para ficar no meio do caminho.

— Lazarus — grunhiu ela na escuridão.

— Lady?

— Estou voltando para lá. Não posso impedir. — Ela se deitou no chão e sentiu a frieza abençoada da pedra no rosto. — E não tente tirá-las quando eu estiver longe. Não sou responsável pelo que pode acontecer.

— Você pode tentar se convencer disso, Lady.

Ela queria responder, mas agora Lily estava ali, a mente da outra mulher entrando na de Kelsea do jeito como a mão entraria em uma luva do tamanho certo. A dor tinha diminuído novamente; Lily tinha se refugiado na imaginação, na visão do mundo melhor, em campos vastos e um rio vistos do alto de uma colina. Kelsea reconheceu a vista: a planície Almont vista das colinas de Nova Londres, o rio Caddell serpenteando ao longe. Mas ainda não havia cidade nos sonhos de Lily, só a terra se estendendo para sempre na direção do horizonte... uma tábula rasa. Kelsea daria qualquer coisa por essa terra, essa oportunidade, mas era tarde demais.

— Já é o suficiente?

Kelsea soltou uma gargalhada, um som impotente e rouco. Olhou para cima e viu o rosto sorridente de tubarão do contador, e a gargalhada morreu na sua garganta.

— Eu perguntei: já é o suficiente?

Lily piscou devido ao suor escorrendo nos olhos, ardendo e cegando. Descobriu que, quando respondia a uma pergunta inócua, ficava bem mais fácil responder a uma pergunta importante. Agora, ficou em silêncio.

— Ah, Lily. — O contador balançou a cabeça com tristeza. — Um desperdício tão grande de uma mulher bonita.

Bile subiu pela garganta de Lily, mas ela engoliu, sabendo que, se vomitasse, tudo doeria mais. Piscou para afastar o suor dos olhos e lançou um olhar para o assistente que controlava o painel, um homem alto e careca com olhos sem vida e aquosos que pareciam não se concentrar em nada. O assistente veio e foi embora várias vezes, trazendo peças de equipamento ou bilhetes que o contador lia rapidamente, os olhos indo de um lado para outro com a precisão de uma máquina de escrever antes de devolver o papel. Em seguida, o assistente saía de novo. Mas agora ele parecia ter ficado de vez, o dedo no console que fazia a dor subir por todo o corpo de Lily. Eletrodos pequeninos sem fio pareciam estar grudados em toda parte; ainda não tinham colocado um entre as pernas dela, mas Lily tinha certeza de que ainda chegariam lá.

Ela não tinha ideia de quanto tempo tinha se passado desde que entrou naquela sala. Não havia tempo, só as cantigas que o contador assobiava, ela tinha certeza de que era para refletir sobre o que fazer em seguida. Ela poderia ter perguntado a data a ele, mas até isso parecia capaz de alertá-lo de que alguma coisa estava acontecendo, de que o tempo era importante de alguma forma. Ela queria aguentar até 1º de setembro, mas já podia ser o dia 5 ou 6, pelo que Lily sabia. Seus músculos latejavam, sua mão latejava. Tinham costurado o corte no couro cabeludo, mas ninguém cuidou da mão dela, e o buraco queimado na palma tinha ficado preto e sido tomado de pus, como uma cobertura de casca imunda. As idas e vindas do assistente eram a única forma de marcar a passagem de tempo. Às vezes, o contador também saía da sala e apagava as luzes. Outra manobra proposital, Lily tinha certeza: deixá-la sozinha no escuro.

Mas não estava sozinha. A cada hora que passava, Lily ficava mais ciente da outra mulher. Ela ia e vinha, às vezes surgindo na superfície da consciência de Lily e às vezes bem presente. A sensação não era nada que Lily pudesse explicar para alguém, nem para si mesma, mas a mulher estava lá mesmo assim, atrás de um véu fino, sentindo a dor de Lily, seu medo, sua exaustão. E essa mulher era *forte*; Lily conseguia sentir sua força como uma lâmpada brilhando na escuridão. Ela era forte da mesma forma que William Tear era forte, e essa força dava ânimo a Lily, a impedia de abrir a boca e gritar as respostas que o contador queria ouvir. Com o passar das horas, Lily teve cada vez mais certeza de outra coisa: a mulher sabia sobre o mundo melhor. Tinha visto, entendido e desejado com todo o coração.

Quem é você?, Lily queria perguntar. Mas o assistente apertou o botão de novo, e ela precisou de toda a sua força para se agarrar à outra mulher, como uma criança nos joelhos da mãe, implorando por consolo. Quando a eletricidade estava ligada, Lily esquecia o mundo melhor. Só havia dor, uma agonia branca e quente que ardia embaixo da pele, bloqueando todo o resto... exceto a mulher. Lily tentou pensar em Maddy, em Dorian, em Jonathan, em Tear, mas conseguia sentir que estava sendo vencida. Várias vezes a dor foi interrompida bem na hora em que ela estava no ponto de implorar para que eles parassem. Ela pensou na antiga vida, quando tinha medo de ferroadas de abelha, e o pensamento a fez rir, uma risada sombria e sem sentido que morreu a caminho das paredes da sala, essa sala que era a única coisa que restava.

— Pode rir, Lily. Você pode acabar com isso a qualquer momento.

A voz do contador denunciava sua irritação. Lily achava que ele estava ficando cansado, e isso fez nascer uma nova esperança: em algum momento, ele não teria que ir embora para dormir? Podiam deixá-la com outra pessoa, é claro, outro interrogador, mas o contador não parecia do tipo que desistia. Ele era um caçador, esperando pacientemente o momento em que ela cederia, e ele não ia querer que a satisfação desse momento fosse de qualquer outra pessoa, não com todo o esforço que ele fez para afrouxar a tampa.

A dor parou, e o corpo todo de Lily tremeu de alívio. Mais cedo, ela ficou tentando pensar em coisas positivas às quais se agarrar, e naquele momento estranho uma surgiu na mente dela: ela não tinha filhos. Se tivesse, essas pessoas certamente já os teria usado. Ela se perguntou se sua mãe estava detida, se tinham ido ao bairro agradável de subúrbio em Media e tirado sua mãe de casa.

— Vamos lá, Lily. Você sabe que vai ceder mais cedo ou mais tarde. Por que prolongar o sofrimento? Você não está com fome? Não quer que eu deixe você dormir?

Lily não disse nada e reparou com certo alívio que o assistente estava se levantando e saindo da frente do console. O contador era um homem ocupado; o assistente sempre levava mensagens, e Lily achava que ele devia ter muitos outros projetos. Mas, que Deus a ajudasse, ela tinha a atenção integral dele agora. Por trás dos óculos, os olhos redondos de ave de rapina a deixavam grudada na cadeira.

— Me conte alguma coisa, uma coisinha sequer, Lily, e vou dar um descanso a você. Só me diga *por que* você foi ao Conley Terminal naquela noite.

Lily sentiu a consciência começar a oscilar. A visão ficou embaçada de novo. Não podia haver mal em responder à pergunta do contador... afinal, ele já sabia, não sabia?

Foco!

A mente de Lily voltou a ficar lúcida. Essas palavras não eram de Dorian, não eram de Maddy. E ela percebeu que estava ouvindo a outra mulher, os pensamentos dela em sua mente, tão entranhados que ela podia ter confundido com os próprios.

Naquela noite.

Não era mais o dia 30 de agosto. William Tear e seu grupo tinham conseguido fugir? Lily teria dado a vida pela data correta, mas não podia perguntar.

O assistente saiu da sala, a porta bateu, e sem motivo nenhum em especial Lily pensou de repente no pai, que morrera anos antes. Seu pai odiava o presidente Frewell, odiava a proliferação de órgãos da Segurança em todas as cidades. Mas não havia resistência organizada na época. Seu pai fora um lutador sem nenhum objetivo, sem nenhum companheiro.

Papai teria gostado de William Tear, percebeu Lily agora, os olhos ardendo com as lágrimas. *Papai teria lutado por ele.*

— Última chance, minha menina.

Não haveria descanso; o contador foi até o console para ele mesmo manejá-lo. Lily contraiu os dedos dos pés em preparação e apertou os braços da cadeira. O contador se sentou e sorriu de forma agradável para ela, um sorriso de predador em rosto de burocrata, depois estalou a língua em preocupação debochada.

— Conte para mim, Lily... o que transformou uma boa mulher como você em uma puta?

Ele esticou a mão para o console, e as luzes se apagaram.

Por um longo momento, Lily só conseguia ouvir a própria respiração, alta e assustada na escuridão. Em seguida, ouviu gritos e berros no corredor, abafados pela porta de metal. Debaixo dos seus pés, o chão tremeu, e Lily foi tomada de alegria, uma alegria intensa que beirava o êxtase.

Primeiro de setembro!, gritou sua mente, exultante. Ela soube de repente que era agora, o fim do mundo velho e doente. *Primeiro de setembro!*

Em algum lugar distante, um alarme começou a soar. Mais gritos abafados ecoaram no corredor. A cadeira do contador foi arrastada para trás, e Lily se encolheu em uma bola, esperando que ele a encontrasse a qualquer momento. Conseguia ouvir o barulho dos pés dele no piso de concreto, mas, se ele estava perto ou do outro lado da sala, Lily não conseguia identificar. Ela começou a tatear pelos braços da cadeira, procurando alguma coisa afiada, um prego, qualquer coisa, se esticando o máximo que as algemas justas permitiam. Essa era sua única chance, e, se ela não a aproveitasse, se eles conseguissem reacender as luzes, a dor poderia prosseguir para sempre.

A porta vibrou com um som grave de gongo, e Lily deu um pulo e bateu a cabeça no encosto da cadeira. Vários bipes agudos pontuaram a escuridão: uma arma sendo carregada. Lily não conseguiu encontrar nada afiado nos braços da cadeira (*claro que não*, pensou ela, *claro que não haveria nada assim*) e começou a trabalhar em uma das algemas que a prendiam ali. Ela tinha ossos delicados e pulsos finos, mas, independentemente do que fizesse, ela não conseguia passar o osso abaixo do polegar pelo buraco. Mas continuou a puxar e não parou nem quando sentiu o primeiro gotejar de sangue. Em algum momento nas últimas quarenta e oito horas Lily descobriu o grande segredo da dor: ela se alimentava do desconhecido, da certeza de que havia uma dor maior logo ali, algo mais excruciante que a anterior. O corpo estava sempre esperando. Quando se tirava a incerteza, quando você mesma controlava a dor, era infinitamente mais fácil suportá-la, e Lily puxou a algema, trincou os dentes e sibilou de dor pelos lábios cerrados.

A porta fez outro estrondo, um som bem mais intenso, de metal contra metal, e um momento depois as dobradiças explodiram, iluminando a sala com a luz prateada de algum tipo de lanterna. Quando Lily era pequena, eles levavam lanternas assim quando iam acampar, mas essa era infinitamente mais forte, transformando a porta em um sol retangular na escuridão. Lily levantou a mão para cobrir os olhos, mas era tarde demais; ela já estava cega, os olhos ardendo, vazando lágrimas salgadas. A sala foi tomada de tiros, de cliques rápidos e agudos e do estalo metálico de balas batendo nas paredes de metal. Um corte estreito e dolorido se abriu no bíceps. As pálpebras fechadas pareciam em chamas.

— Sra. M.!

A mão de alguém se fechou em seu ombro, a sacudiu com força, mas mesmo quando Lily abriu os olhos ela só conseguiu ver fogo branco.

— Jonathan?

— Fique parada um minuto.

Lily ficou parada. Houve um ruído alto de metal, depois outro, impactos que reverberaram pelos braços dela.

— Pronto, está solta. Venha.

— Não estou enxergando.

— Eu estou. Mas não consigo carregá-la. Você precisa andar.

Lily deixou que ele a colocasse de pé, embora pontadas e agulhadas surgissem nos pés e nas panturrilhas. Cambaleou ao lado dele, com o braço de Jonathan apoiando seus ombros. À esquerda, ouviu um ruído gorgolejado, o som de alguém sufocando. Conseguia ver sombras agora, raios fortes de lanternas na escuridão. O sufocamento aumentou, virou um ruído alto que fez Lily se encolher, mas depois parou.

— Nós temos que ir! — gritou uma voz, tão alta e em pânico que Lily não conseguiu identificar se era masculina ou feminina. — Estão chamando reforços! Já tem energia no Prédio C!

— Vê se sossega — disse uma mulher, e Lily se virou para a voz, embora só conseguisse ver mais uma sombra azul.

— Dorian?

— Venha, sra. M. — Jonathan segurou o braço dela e a puxou. — Temos que ir, o tempo é curto.

É 1º de setembro? Mas não havia tempo para ela perguntar. Eles a levaram pela porta, e Lily arranhou o cotovelo na moldura quebrada quando saiu, mas não disse nada. Seguiram pelo corredor, que ainda estava escuro. Lily piscava sem parar, tentando voltar a enxergar. Luzes espalhadas surgiam pelo corredor, lanternas, e a mão de Jonathan a fez ir mais rápido. Lily ouviu batidas nas portas conforme eles foram passando; ainda tinha gente presa lá dentro, atrás de trancas magnéticas, e agora entendia a urgência de Jonathan. Todas as instalações da Segurança deviam ter várias fontes de energia auxiliares em caso de queda de energia; Dorian e Jonathan deviam ter sabotado mais de uma, mas não todas. Sob seus pés, Lily sentiu baques intermitentes enquanto alguém tentava trazer a energia de volta ao prédio.

Uma figura surgiu no feixe da lanterna, uns três metros à frente, e Lily parou ao reconhecer o uniforme da Segurança. O homem era grande e esguio, e levantou uma metralhadora preta enorme, que podia disparar balas ou dardos; Greg usava uma coisa bem parecida sempre que ia caçar cervos com os amigos em Vermont.

— Aonde vocês vão com ela?

Atrás de Lily, alguém pigarreou, um som suave que fez os pelos da nuca dela se eriçarem.

— Ela está sendo transferida para Washington.

Lily conhecia aquela voz; era o assistente do contador, o homem careca que passou a maior parte da noite com a mão no console. Ele estava do outro lado de Jonathan, ainda de uniforme, mas, quando Lily apertou os olhos para enxergar direito, viu que o rosto era uma máscara branca grotesca de pânico. Ela não ficava mais surpresa, não tinha mais reações; a presença do assistente foi só registrada, cutucou a bolha da mente dela com um dedo delicado, depois sumiu.

— De quem é a ordem?

— Ordem especial do major Langer. — Mas a voz do assistente oscilava, e o guarda não acreditou, até Lily percebeu. Vagamente, fora do brilho das lanternas, ela viu alguém se movendo pela parede do corredor, uma sombra deslizando na escuridão.

— Onde está Langer?

— Escrevendo o relatório. — O assistente umedeceu os lábios, e Lily ouviu o ruído seco da língua dele. — Tenho que levá-la para fora, para o carro.

— Quem são essas outras pessoas?

A forma na parede se lançou no guarda e o derrubou no chão. A arma disparou quando ele caiu, balas ricocheteando nas paredes e no chão. O braço de

Jonathan se afastou das costas de Lily, e ela ouviu o baque do corpo dele caindo no chão. A lanterna de Jonathan caiu no concreto, e na luz fraca ela viu William Tear, o joelho firme na barriga do guarda, os dois polegares enfiados nos olhos do homem. Lily pegou a lanterna caída e a moveu até encontrar os pés de Jonathan. O guarda gritou e ela tomou um susto, fazendo a luz balançar loucamente pelo corredor. Por um momento, Lily estava de volta aos pesadelos, naquele outro corredor com portas infinitas.

— Ilumine aqui. — Dorian pegou a lanterna dela e apontou para a barriga de Jonathan. — Ah, droga.

Um filete de sangue, brilhando e quase preto, manchava a camisa de Jonathan acima da fivela do cinto. A visão de Lily se cristalizou, a bola quente ao redor da mente dela evaporando.

— Me ajude a levantá-lo.

Lily passou o braço pela cintura dele e ajudou Dorian a erguê-lo do chão. À frente, na escuridão, os gritos do guarda sumiram de repente, um som estrangulado encerrado com um grunhido.

— Vamos! — gritou William Tear.

— Jonathan precisa de um médico — ofegou Dorian. — Levou um tiro.

— Não há tempo. O pessoal de Parker já vai ter começado.

— Eu estou bem — chiou Jonathan, respirando com dificuldade no pescoço de Lily.

— Vamos lá, Carolina do Sul. — Dorian o puxou para a frente, e Lily acompanhou a garota, tentando não sacudi-lo muito.

— Você aí, Salter! — gritou Tear. — Abra a porta!

O assistente passou rápido por Lily, a lanterna balançando a cada passo, na direção da porta no fim do corredor. Quando estava quase chegando, as luzes se acenderam em um brilho ofuscante, cegando todos eles. Lily tropeçou e quase deixou Jonathan cair.

— Rápido! — rugiu Tear. — Estamos sem tempo!

O assistente abriu a porta. Lily e Dorian levaram Jonathan por ela, para a noite fria, e subiram pela longa escadaria de metal. Parecia ter se passado muitos anos desde que Lily tinha chegado àquele lugar, e por um momento ela não quis nada além de se deitar e dormir nos degraus, que se danasse o mundo melhor. Mas sentiu resistência, mesmo nos próprios membros: a outra mulher estava ali, forçando-a a seguir em frente.

No alto da escada havia um carro estacionado, um Lexus prateado e moderno com o escudo da Segurança no capô. O resto dos prédios do complexo estava no escuro, mas, enquanto Lily ainda olhava, uma série de luzes se acendeu do outro lado da rua.

— Chefe — murmurou Dorian. — Ela ainda tem a identificação.

— Vamos resolver depois. Coloque Jonathan no carro.

O assistente, Salter, estava esperando junto da porta aberta do carona, o rosto apavorado e pateticamente ansioso ao mesmo tempo. Quando eles se aproximaram, ele murmurou:

— O mundo melhor!

— Cala a boca! — sibilou Tear.

— Eu ajudei!

— Ajudou mesmo. — Tear passou Jonathan para Lily. Ela viu o brilho de assassinato nos olhos dele, mas não disse nada, só abriu a porta de trás do carro e ajudou Dorian a deitar Jonathan no banco. — Você nos ajudou no último momento, querendo ir para o mundo melhor.

— Sim!

Em um movimento rápido, Tear pegou a parte de trás da cabeça de Salter e bateu a cara dele no capô do carro. Quando o puxou de volta, as feições do sujeito não passavam de uma máscara de sangue.

— Pense nelas, Salter — murmurou Tear. — Em todas as pessoas que você ajudou a quebrar ao longo dos anos. Eu não deixaria você chegar nem a cem quilômetros do mundo melhor.

Ele jogou Salter longe. Lily olhou para o outro lado do complexo, para os muitos quilômetros de cerca que pareciam envolver tudo. Se a energia voltasse, como eles sairiam?

— Seria difícil mesmo com Jonathan atrás do volante. — Tear balançou a cabeça e mordeu o lábio. — Preciso cuidar de Jonathan e tirar a identificação dela. Dori, você pode dirigir?

— Eu levo a gente para lá.

— Entrem.

Tear entrou no banco de trás. Lily abriu a porta do passageiro, mas parou quando uma explosão iluminou o limite das árvores a sua esquerda, vários quilômetros depois do complexo da Segurança. Uma bola de fogo laranja floresceu na escuridão, iluminando as silhuetas de árvores infinitas antes de serem consumidas pelas chamas.

— Para o carro, agora!

Ela entrou e bateu a porta. Dorian afundou o pé no acelerador, e o Lexus rugiu pelo asfalto. Tear acendeu a luz do teto.

— Vinte graus para a esquerda, Dori. O quinto segmento do final.

— Eu sei, chefe, eu sei. — Dorian virou o volante para a esquerda. Outra série de lâmpadas se acendeu acima deles, e Lily viu que eles estavam indo na direção da cerca, a sessenta e cinco quilômetros por hora agora, a velocidade aumentando. Lily pensou que acabariam morrendo eletrocutados, mas afastou o pensamento da mente. Tear cuidaria disso, da mesma forma que parecia cuidar de tudo. O ruído de metal soou atrás dela: balas perfurando o porta-malas e o para-choque traseiro. O carro derrapou, e Dorian lutou com o volante, falando palavrões, uma série de profanidades que dariam orgulho a Maddy.

Ela ouviu um grunhido vindo do banco de trás. Tear estava com a bolsinha preta aberta, ajoelhado no chão do carro, inclinando-se sobre a barriga de Jonathan. Lily estava feliz de não conseguir ver o ferimento, pois já pressentia como tudo transcorreria. Jonathan tinha salvado sua vida, duas vezes agora, e, em troca, ele morreria por sua causa.

— Está ruim. — Tear balançou a cabeça. — Vou ter que esperar até estarmos na estrada, em terreno regular. — Ele moveu as pernas de Jonathan e se sentou no banco. — Lily. Se incline para a frente.

Lily levou um susto ao perceber que ele tinha usado seu primeiro nome, trivialmente, da mesma forma como falaria com Dorian ou Jonathan. Teve vontade de sorrir, mas sentiu Tear rasgar sua camisa na parte de trás.

O carro atropelou a cerca. Todas as cercas da Segurança deviam ser de titânio, mas aquela seção pareceu se soltar facilmente dos apoios, como se tivesse sido enfraquecida de alguma forma. Dorian virou o volante para a esquerda e o carro desviou para o lado, derrapando, e logo eles estavam na estrada, em disparada. Lily se virou e observou o complexo pelo para-brisa traseiro, uma área ampla de luz, pedra e aço, diminuindo atrás deles. Mas deu um pulo de susto quando uma coisa fria foi espalhada no ombro dela.

— Costumo dar anestesia local para isso, Lily, mas vou precisar do meu suprimento todo para Jonathan. Você consegue ser corajosa?

Lily riu, mas o que saiu foi um grunhido. Corajosa era o que ela tinha sido muitas horas antes. Não sabia em que ponto estava agora, vagando por território desconhecido. Ela trincou os dentes, preparou-se e tentou pensar em outra coisa.

— Por que você matou o assistente?

— Salter? Você conhece homens como Salter, Lily. É do tipo que consegue pensar em uma desculpa para quase tudo o que fez. Salter achava que um ato de bondade compensaria uma vida de atos terríveis.

— E não compensa? — Lily fechou os olhos com força quando uma coisa fina e fria perfurou a pele do seu ombro. Não sabia por que a tinham resgatado. Deixariam que ela fosse com eles para o mundo melhor? Ela nunca tinha feito um ato de bondade, na verdade. A dor foi ruim, mas ela comprimiu os lábios. E se mesmo um pequeno gesto errado pudesse mover a balança?

— Depende do ato e da vida da pessoa. Nesse caso, não. Salter é o braço direito de Langer há quase vinte anos.

Major Langer, percebeu Lily. O homem no comando. O contador.

— Ainda não tem bloqueios na estrada — comentou Dorian, o olhar grudado à frente. — Já é alguma coisa. Mas tem muito fogo.

— Parker — respondeu Tear com desdém. — Aquele grupo se impressiona com ruídos altos de uma forma ridícula.

O instrumento afiado trabalhou dentro do ombro de Lily. Ela não conseguiu impedir que um gemido escapasse da garganta.

— Não vai demorar, Lily. — Uma lata de spray chiou, e um frio ardente se espalhou pelo corte aberto. — Agradeça a Cristo por Parker e o pessoal dele não saberem o que mais tínhamos. Mas eu apostaria cem pratas que a maior parte da orla leste estará em chamas antes do fim desta noite.

— Por quê? — disse Lily, ofegante, na hora em que outra ponta afiada mergulhou no músculo do ombro. — Por que você o deixou fazer isso?

Tear grunhiu.

— Fique parada, Lily. Filho da puta esquivo.

Lily achou que ele tinha ignorado sua pergunta, mas ele respondeu um momento depois.

— Este país está doente. Os afortunados comemoram às custas dos famintos, dos doentes, dos apavorados. A lei não permite recurso aos desfavorecidos. É uma doença histórica, e só tem uma cura. Mas não vou mentir para você, Lily; também precisamos da distração. — Tear deixou o ombro dela em paz por um momento, e houve um estalo de metal. — Essa porra está bem funda no músculo. Que médico incompetente... deve ter doído pra caramba quando colocaram.

Lily piscou de surpresa e se deu conta de que não se lembrava da implantação da identificação. Aconteceu em algum momento da sua infância, ela sabia, mas agora a identificação parecia uma coisa que sempre esteve ali, uma parte natural de sua anatomia. Ela *aprendeu* a aceitar a identificação, da mesma forma que todos aprenderam a estar sob vigilância constante, a não falar sobre os desaparecidos.

Uma doença histórica.

— Por que você me tirou de lá?

— O mundo melhor não vem de graça, Lily. Eu testo meu pessoal. Dori, mantenha o carro em linha reta.

— Sim, senhor.

Ela sentiu uma última pontada de dor aguda no músculo e gritou contra os dentes cerrados. Outro puxão fundo, e o objeto recuou. Tear mostrou a identificação para Lily inspecionar: um pedacinho de metal, tão pequeno que caberia confortavelmente na unha do dedo mindinho dela. Maravilhada, Lily esticou a mão, e Tear colocou a identificação na palma dela.

— Controle sua vida, Lily. Nos faça um favor e jogue isso pela janela.

Depois de olhar para a elipse pequenina de metal por mais um momento, Lily abriu a janela e jogou a identificação na escuridão.

— Está se sentindo melhor, sra. M.?

Ela se virou para olhar para Jonathan, ignorando a dor intensa no ombro. Ele estava sorrindo, mas o rosto estava pálido mesmo na pele negra, e a frente da camisa toda brilhava de sangue.

— Eu sinto tanto, tanto.

Jonathan balançou a mão.

— Vou ficar bem.

Mas Lily sabia. Dizer que sentia muito de novo parecia ridiculamente inadequado, então ela não repetiu a frase, só se virou para olhar pelo para-brisa, odiando a si mesma. A paisagem noturna ardia com fogo de um lado ao outro do horizonte, muitas cidades queimando atrás dos seus muros. Outra coisa estava diferente, mas só quando eles chegaram à estrada, a caminho do sul, foi que Lily conseguiu identificar a diferença: ela não via uma única luz elétrica desde que deixaram o complexo da Segurança para trás.

— Você interrompeu a energia.

— Todas as células — respondeu Tear, remexendo na bolsa médica. — E não vai voltar. O leste está no escuro, de New Hampshire até a Virgínia. Como está nosso tempo, Dori?

— Estamos dez minutos adiantados.

— Fique nas estradas públicas. Com sorte, o pessoal de Parker vai estar procurando coisa melhor nas particulares. — Tear começou a preparar um curativo no ombro de Lily e aplicou um unguento. Ardeu, mas Lily nem percebeu direito. Estava ocupada demais olhando pela janela, os olhos tomados de chamas laranja.

Festival, pensou Lily. Não queria imaginar o que estava acontecendo por aí, no mundo fora daquele carro. Todo mundo que ela conhecia morava atrás de um muro, sua mãe, suas amigas... Lily sentiu de repente que estava flutuando acima de uma pilha de cadáveres, que essa culpa ficaria com ela, com todos eles, até Tear, envenenando tudo aquilo em que tocassem... envenenando o mundo melhor.

Nenhum de nós escapa, percebeu Lily, desolada, mas fechou os olhos e fez uma careta por causa dos gemidos no banco de trás, quando Tear começou a trabalhar em Jonathan.

Nenhum de nós está limpo.

Kelsea acordou e se viu no escuro, deitada no piso frio de pedra. O ombro estava doendo, mas se era das lembranças de Lily ou do ferimento antigo, ela não sabia. Sentia-se traída. Como podia estar aqui agora, sem ver o final daquela história?

— Lazarus?

Não houve resposta. Kelsea ficou de pé, mas caiu de novo e arranhou os joelhos na pedra. A escuridão parecia se prolongar eternamente ao redor dela.

— Lazarus!

— Graças a Deus, porra! — gritou Clava. A voz estava distante, abafada por espaços vazios. — Continue falando, Lady!

— Aqui!

O brilho de uma tocha apareceu ao longe, e Kelsea se levantou e andou na direção dela, as mãos esticadas para evitar possíveis obstáculos. Mas não havia nada, só um espaço amplo e escuro ao redor. Quando Clava se aproximou, ela viu que seu rosto estava branco e tenso, os olhos arregalados na luz da tocha.

— Eu achei que tivesse perdido você, Lady.

— O quê?

— Um momento você estava no chão, fazendo uma algazarra, e no seguinte tinha sumido. Estou procurando você há pelo menos meia hora.

— Talvez eu tenha rolado no escuro.

Clava riu com amargura.

— Não, Lady. Você *sumiu*.

Então por que voltei?, ela quase perguntou, mas ficou quieta, reconhecendo o egoísmo da pergunta. Estava de volta porque havia coisas a fazer antes do amanhecer, antes de ir para a morte.

— É só atravessar — sussurrou ela, se consolando com as palavras, embora não soubesse o que queriam dizer.

Estava na hora de falar com Row Finn.

Tudo estava silencioso quando eles se aproximaram da Ala da Rainha. Kelsea torcia para todos terem ido dormir, pois seria mais fácil se ela só precisasse se despedir da guarda noturna. Mas estava enganada, pois, quando a porta dupla se abriu, ela encontrou a Guarda toda, mais de trinta homens, ainda acordados, com Pen à frente. Andalie também estava esperando, disposta como se tivesse dormido a noite inteira. Até Aisa estava lá, mas Kelsea reparou que não ao lado da mãe. Ela estava com a Guarda.

Kelsea respirou fundo. Seria mais fácil mentir para todos aqueles homens do que para Clava, mas estava preocupada com Andalie, que sempre via através de tudo.

— Ao amanhecer, vou para a ponte tentar abrir negociações com os mort.

— Com o quê, Lady? — perguntou Coryn. — Você não tem nada a oferecer.

— Lazarus vai decidir quem vai me acompanhar — continuou ela, ignorando a pergunta. — Quatro guardas, não mais que isso.

— Elston — anunciou Clava. — Eu. — Seus olhos percorreram o aposento por um momento antes de se concentrarem em Aisa. — E você, ferinha. Os mort são filhos da mãe sorrateiros. Quero sua faca.

Aquilo era loucura, mas, ao ver o jeito como o rosto de Aisa se iluminou à luz das tochas, Kelsea não disse nada e reconheceu as palavras de Clava como um presente, uma gentileza, assim como fez com Ewen. Observou as fileiras de guardas e encontrou Ewen parado em uma ponta. Ela tinha se preparado para mandá-lo de volta ao calabouço se Clava exigisse, mas ele não o fez. A Guarda podia ter reagido a Ewen de muitas formas diferentes, mas o acolheram, como fariam com uma mascote, dando a ele responsabilidades menores, tarefas inócuas nas quais ele não poderia fazer nenhum mal caso falhasse. Venner bateu nas costas de Aisa e murmurou no ouvido dela, e ela saiu correndo pelo corredor.

— E Coryn.

Vários guardas ofegaram. Pen encarou Clava, o rosto pálido. O coração de Kelsea doeu por ele, mas ela entendia que não podia se envolver naquele assunto. Mas, quando Pen começou a discutir com Clava em sussurros furiosos, ela viu que estava ganhando uma oportunidade. Virou-se e saiu pelo corredor até seus aposentos, aliviada de ninguém ter tentado ir atrás dela, e trancou a porta ao entrar.

O fogo na lareira ainda estava aceso; Andalie, cuidadosa como sempre, cuidou dele a noite toda. Kelsea se sentou em frente à lareira e olhou para as chamas, invocando Row Finn. Mas de onde ele viria? Kelsea gostaria de entender, pois isso parecia importante. Sentia-se exausta, como se tivesse viajado incontáveis quilômetros, o peso da vida de Lily em cima da sua. Desejava voltar para Lily, ver o resto da história, mas não havia tempo. Eram quatro e quinze da manhã, e o amanhecer estava próximo. Kelsea fechou uma das mãos e afundou as unhas na pele até um filete de sangue surgir embaixo das meias-luas, até se sentir um pouco mais desperta.

Herdeira tear.

Ela ergueu o rosto e o viu de pé ao lado da lareira. Ele não estava tão pálido quanto ela lembrava; agora, as bochechas estavam coradas e os olhos brilhavam de uma forma que não parecia natural. Seus primeiros sonhos voltaram. Esse homem penetrando-a enquanto o fogo queimava tudo ao seu redor... Kelsea se levantou e limpou a mão sangrenta no vestido.

— Você quer sua liberdade.

Sim.

— Fale! — disse ela com rispidez. — Estou cansada do silêncio.

— Eu quero minha liberdade.

— Como eu mato a Rainha Vermelha?

— Está pronta para negociar, herdeira tear?

Os olhos dele brilharam em tom vermelho. Um truque da luz, tinha suposto Kelsea uma vez... e agora se lembrou do velho tolo de Marlowe, que decidiu negociar com o diabo. Mas nem as lições de um bom livro podiam segurar o peso da maré fora dos muros da cidade. Os mort eram o único problema; todas as outras considerações tinham se tornado secundárias.

— Estou pronta para negociar.

Finn se aproximou, e Kelsea viu fome ardendo nos olhos dele, uma grande empolgação controlada. O que quer que a liberdade significasse para ele, ele tinha esperado muito tempo por isso.

— O que eu faço?

— Segure as safiras na mão.

Kelsea fez isso.

— Agora diga: "Eu o perdoo, Rowland Finn".

— Perdoar pelo quê?

— Isso importa?

— Importa.

— Você é difícil, herdeira tear.

— Como o perdão pode ser sincero se eu não souber por que estou perdoando?

Finn fez uma pausa, o rosto pensativo, e Kelsea sentiu um momento de satisfação. Durante meses, ela seguiu sem saber nada sobre as safiras. Finn talvez soubesse mais do que ela, mas também não tinha a informação completa.

— Talvez você esteja certa — admitiu ele. — Vou contar, então: muito tempo atrás, eu fiz um grande mal à sua família.

— Que mal?

Finn piscou, e Kelsea percebeu, atônita, que cada palavra era um custo para ele. Seria possível que aquela criatura sentisse remorso?

— Eu traí Jonathan Tear.

Não era isso que Kelsea esperava.

— Fetch disse que você era um mentiroso.

Ele semicerrou os olhos.

— Vou lhe dizer uma coisa sobre o homem chamado Fetch, garota. Vejo que você deseja feri-lo, e, acredite, ele é vulnerável. Pergunte sobre o papel *dele* no assassinato de Tear. Veja se ele tem alguma defesa.

Kelsea se encolheu.

— Estou ficando entediado, herdeira tear. Temos um acordo ou não?

— Você primeiro — respondeu ela, afastando Fetch da cabeça à força. — Como eu mato a Rainha Vermelha?

— Me dê sua palavra de que vai me libertar depois. Eu a observo há muito tempo, herdeira tear. Sei que sua palavra tem valor.

Aquelas palavras a lembraram de Thorne. Havia algo errado ali, alguma coisa que Kelsea estava deixando passar. Se Finn estava envolvido no assassinato de Tear, o que isso tinha a ver com Kelsea? Todos os Tear estavam mortos.

Os mort!, insistiu sua mente. *Pense nos mort!* Ela precisava de tempo, tempo para tomar uma boa decisão, mas o tempo tinha se esgotado. Se havia alguma possibilidade de matar a Rainha Vermelha, isso não tinha mais valor do que qualquer ameaça que aquela criatura pudesse representar? Kelsea se perguntou se foi assim com sua mãe: duas opções terríveis, os mort nos portões e Elyssa, cega pelo perigo imediato, acabou tomando a pior decisão possível.

Agora eu sei, sussurrou Kelsea em pensamento, as palavras em um canto escuro da mente. *Agora eu sei pelo que você passou.*

— Eu prometo libertá-lo.

Finn deu um sorriso malicioso.

— Ótimo acordo, herdeira tear. A rainha mort me procurou muito tempo atrás, quase um século agora. Ela não estava me procurando, mas me encontrou sem querer, e quando percebeu o que eu era, implorou para que eu a ajudasse.

— Ajudasse a fazer o quê?

— A torná-la imortal. Ela era uma moça jovem, nem mulher direito, mas a vida já tinha sido terrível, e ela queria ser tão forte que nada pudesse voltar a feri-la... nem o homem, nem o destino, nem o tempo.

Thorne estava certo, Kelsea percebeu.

— Então você a ajudou?

— Ajudei. Ela tem sangue Tear correndo nas veias, e por muito tempo achei que fosse ela quem eu estava procurando. Mas ela tem... defeitos. Os primeiros anos de vida deixaram sua marca nela, e ela só se concentra na sua segurança e no ganho próprio. Seu sangue é bem mais puro, pouco diluído. Às vezes, até consigo vê-lo, aí, nas expressões do seu rosto.

Vê-lo quem?, perguntou-se Kelsea. Mas não podia perder tempo com distrações.

— Você disse que ela podia ser morta.

— E pode mesmo. Ela tem um pouco do talento da sua família, e eu a ensinei a refiná-lo: a manipular a carne, a se curar quando o corpo falhasse. Você conhece essas aulas, herdeira tear: anda aprendendo sozinha. Mas a Rainha Mort ainda é vulnerável. A *mente* dela é vulnerável, porque, lá no fundo, ela sempre vai ser aquela garotinha que me procurou, assustada, com fome e sozinha. Ela não consegue erradicar sua infância, por mais que tente. Isso a define.

Kelsea se contorceu, subitamente cheia de raiva. Não queria pensar na Rainha Vermelha como uma criança vulnerável, como Aisa. Kelsea queria que ela fosse a figura de grande poder e terror que sempre imaginou. Sentia como se Finn tivesse tornado tudo mais difícil.

— Como isso é útil para mim?

— A mulher não pode ser morta, herdeira tear, mas a criança pode. Ela sabe disso, e por esse motivo deseja suas safiras.

— O que elas têm a ver com isso?

— Tempo, herdeira tear, tempo. Você já deve ter percebido que as joias são bem mais que dois colares bonitos. Há muitas pedras mágicas por aí, mas a safira tear é única. Você já deve ter descoberto isso, não?

Kelsea não respondeu.

— Tem muitas coisas que a Rainha Vermelha gostaria de mudar na própria história. Ela acredita que suas pedras têm o poder de fazer isso, que podem apagar o passado que a deixa fraca. Ela as deseja muito.

Então Thorne também dissera a verdade sobre isso. Por um momento, Kelsea viu o homem sangrando, se contorcendo de dor aos seus pés... mas ela afastou a imagem.

— Mas como outra pessoa poderia fazer uso desse passado? Sem dúvida, qualquer pessoa que ela pudesse temer da época da infância está morta agora.

— Não necessariamente, herdeira tear. Ela tem medo de mim. Mas, ainda mais, tem medo de você.

— De mim?

— Ah, sim. Ela pode não admitir nem para si mesma, mas tem medo de você, e o medo é uma fraqueza monstruosa que uma mulher esperta como você pode usar. A Rainha Vermelha tem muitas defesas, mas, se você encontrar a criança, vai encontrar a vulnerabilidade. — Finn abriu as mãos. — Eu cumpri minha parte do acordo?

— Não tenho certeza. E se você estiver mentindo?

Finn riu com amargura, o rosto bonito se contorcendo.

— Acredite, eu aprendi muito tempo atrás a não brincar com a verdade com sua família. A lição teve um custo amargo.

— Tudo bem.

— Sua parte do acordo, herdeira tear.

— O que eu faço?

— Me deixe ver as safiras.

Kelsea as esticou na direção dele, mas ele se encolheu.

— Não chegue mais perto. Eu não posso tocar nelas.

— Por que não?

— Punição, herdeira tear. A pior punição imaginável.

A pior punição imaginável. Alguém tinha usado essas palavras exatas com Kelsea, não muito tempo antes. Fetch, claro, parado quase no mesmo lugar em que Row Finn estava agora.

— Segure as duas safiras...

— Espere um minuto — interrompeu ela. — Você disse que fez mal à *minha* família. Os Raleigh. O que você fez?

Ele sorriu.

— Os Raleigh, os gananciosos Raleigh... Você pode ter o sangue deles, mas não é uma Raleigh. Você é Tear.

— Os Tear foram massacrados. Nenhum sobreviveu.

— Você é tão burra assim, criança? Se olhe no espelho!

Kelsea se virou e olhou. Por um hábito antigo, esperava ver uma garota ali, mas encontrou uma mulher, alta e linda, a expressão séria, o rosto prematuramente marcado pela dor.

Lily.

Por um momento, Kelsea achou que podia ser truque, uma ilusão elaborada por Finn para abalá-la. Levantou a mão e viu o reflexo fazer o mesmo. Ela podia ser a própria Lily, de pé na frente do espelho de corpo inteiro no saguão de entrada da casa de Nova Canaã. Só que os olhos de Kelsea ainda eram os dela, verdes e profundos em vez do azul-gelo dos de Lily.

— Minha mãe era da linhagem Tear de alguma forma?

— Elyssa? — Finn riu, um som que fez Kelsea gelar.

— Você sabe quem foi meu pai?

— Sei.

— Quem?

Ele balançou a cabeça, e, nos olhos dele, Kelsea viu a coisa mais alarmante que tinha visto durante aquele pesadelo todo: pena.

— Acredite, herdeira tear, você não vai querer saber.

Clava tinha dito a mesma coisa, mas Kelsea insistiu.

— Claro que quero.

— Que pena. Isso não faz parte do acordo. — Finn indicou as safiras. — Cumpra sua parte, herdeira tear.

Ela segurou as duas safiras na mão direita. Tão ruim que ela não ia querer saber... quem da lista de vagabundos da geração da mãe podia ser?

— Repita: eu perdoo você, Rowland Finn — disse ele.

Kelsea fechou os olhos. O rosto da mãe surgiu à frente dela, mas Kelsea o ignorou e falou com clareza.

— Eu perdoo você, Rowland Finn.

Na escuridão da barraca, a menos de oito quilômetros de distância, a rainha de Mortmesne acordou gritando.

Finn deu um sorriso largo, mostrando dentes brilhantes e afiados.

— Nem considere revogar seu perdão, herdeira tear. Você o deu sobre suas safiras, e quem quebra juramentos é punido com rigor.

— Ah. — Kelsea se sentou e olhou para ele. — Entendi. Qual foi a sua punição, então? É diferente da punição de Fetch, imagino.

Finn olhou para ela por um momento e deu de ombros.

— Vou fazer um grande elogio a você, herdeira tear. Eu sempre procuro as mulheres com isto. — Ele tocou o rosto perfeito com a mão. — Ele agrada a elas e as lisonjeia e confunde seus pensamentos. Mas você é inteligente demais para ser distraída e sincera demais para ser lisonjeada.

Kelsea não tinha tanta certeza disso. Sua pulsação tinha acelerado, como sempre acontecia quando Finn estava por perto. Mas, se ela conseguiu enganá-lo, era bem melhor.

— Você perguntou, então vou mostrar minha punição. Veja quem realmente sou.

O rosto de Finn começou a mudar, a cor desaparecendo. O cabelo ficou fino, tornou-se um recorte irregular na cabeça. A pele embranqueceu, os lábios avermelharam, os olhos criaram círculos escuros. O rosto era o de um palhaço, talvez o curinga em um baralho, mas não havia humor naqueles olhos, só uma alegria assassina que abraçava tudo e nada. Kelsea quase gritou, mas colocou a mão sobre a boca no último momento, por perceber que só faria a Guarda inteira entrar correndo no quarto.

— Queima — disse Finn com a voz rouca. — O tempo todo, queima.

— O que aconteceu com você?

— Estou vivo há mais de três séculos. Já desejei a morte muitas vezes, mas não posso provocá-la em mim mesmo. Só nos outros.

Kelsea tinha recuado até os joelhos encontrarem a cama, e a agora ela se sentou e ficou olhando para ele.

— Não tenha medo, herdeira tear. Sou perigoso, infinitamente, mas não tenho problema imediato com você. Meu ódio está a leste, com a rainha mort. Onde você falhar, eu vou sair vitorioso.

Ele andou na direção da lareira, e Kelsea sentiu alívio, mas, quando chegou lá, a criatura se virou para ela, os olhos vermelhos ardendo.

— Eu não tenho sentimentos, herdeira tear, por nada vivo neste mundo. Mas, neste momento, você tem minha gratidão, talvez até meu respeito. Não me atrapalhe.

— Isso depende de por onde seu caminho vai levar você. Fique fora de Tearling.

O sorriso de Finn se alargou.

— Eu não prometo nada. Você foi avisada.

Ele voltou para a lareira, abafando as chamas, e o estômago de Kelsea deu um nó de ansiedade enquanto ela o via ir embora. A forma de Finn sumiu até não existir nada, só a sensação terrível de que não tinha escapado da Barganha de Elyssa, afinal, que o acordo que tinha feito talvez acabasse sendo ainda pior.

Tarde demais agora. Estava quase amanhecendo. Kelsea se perguntou onde Lily estava agora, o que estava fazendo. Eles tinham partido nos navios? Para onde? Como Tear conseguiu proteger seu pequeno reino de viajantes do mundo desabando ao redor? A terra da pré-Travessia tinha mais de vinte bilhões de pessoas, mas ninguém os seguiu até o Novo Mundo. Como Tear tinha conseguido escapar?

— É só atravessar — sussurrou Kelsea de novo, saboreando as palavras como um talismã. Finn tinha dito que a pedra de Tear controlava o tempo; Tear conseguiu ver o futuro, antecipar obstáculos? Não, isso era simples demais. Uma área de terra desconhecida no meio do Atlântico? Parecia improvável, se não impossível. Mas eles navegaram milhares de quilômetros, atravessaram o Oceano de Deus e atracaram nas margens a oeste do Novo Mundo.

Tempo, herdeira tear, tempo.

A voz de Finn ecoou na cabeça dela, e Kelsea ergueu o rosto, assustada, conforme uma visão foi ganhando forma na frente dela. Não havia certezas aqui; nunca houve no que dizia respeito às safiras. Mas ela achava que entendia, ao menos um pouco, o que tinha acontecido. O pessoal de Tear viajou milhares de quilômetros pelo oceano, sim, mas a verdadeira viagem não envolveu distância.

A verdadeira Travessia foi pelo tempo.

Uma hora depois, limpa e vestida, Kelsea foi até a sala de Arliss, onde ele lhe entregou uma folha de papel sem comentar nada. Ela virou a folha e percebeu, encantada, que Arliss teve trabalho com a caligrafia, que forçou as letras normalmente confusas em uma caligrafia legível. Ele não esperou a aprovação dela; ao lado dele havia uma pilha crescente de cópias.

Ato Regencial

Sua Majestade, Kelsea Raleigh Glynn, a sétima rainha de Tearling, a partir de agora abre mão do ofício e o coloca nas mãos de Lazarus, também conhecido como Clava, Capitão da Guarda da Rainha, seus herdeiros e designados, para agir como Regente do Governo de Sua Majestade. Se Sua Majestade morrer ou ficar incapacitada enquanto este Ato Regencial ainda estiver válido, a citada transferência de ofício se torna permanente, e o Regente será declarado governante de Tearling. Todos os atos do Regente serão feitos no nome de Sua Majestade e de acordo com as leis de Sua Majestade...

— Isso é bom — murmurou Kelsea. — Eu me esqueci de dizer isso.

... mas todos esses atos podem ser repudiados pelo decreto de Sua Majestade quando esta retomar ao trono.

Kelsea olhou para Arliss.
— Cláusula de retomada?
— Andalie me disse para incluir.
— Como Andalie sabia?
— Ela só sabia, infanta, como sempre sabe.
Kelsea olhou para o ato.

Na ocasião da volta de Sua Majestade e da retomada do trono, este Ato Regencial será declarado nulo e inválido. O Regente abrirá mão de todos os poderes de governo para Sua Majestade ou para os herdeiros de Sua Majestade, mediante provas suficientes.

Kelsea balançou a cabeça.
— Uma cláusula de retomada é uma má ideia. Enfraquece Lazarus de cara.
— Você vai precisar disso, infanta. Andalie e aquela bruxinha dela dizem que você vai voltar.
Ela levantou o rosto, surpresa.
— Dizem?

— A pequena pareceu particularmente segura. Muito mudada ela disse que você vai estar, mas vai voltar.

Kelsea não via como era possível. Se tentasse matar a Rainha Vermelha, ela conseguiria ou falharia, mas, de qualquer uma das duas formas, parecia improvável que vivesse muito depois da tentativa. Mas era tarde demais para mudar o ato agora; eles precisavam de cópias suficientes para distribuir por toda Nova Londres. Kelsea se sentou na cadeira em frente a Arliss e começou a assinar os papéis da pilha. O trabalho era tranquilizador, mas monótono, e a mente de Kelsea voltou para a conversa com Row Finn. Mais uma vez, a pergunta irritante voltou: quem era seu pai? Se a linhagem Tear tinha sobrevivido, só podia ser porque alguém ficou escondido durante o período sangrento após o assassinato de Jonathan Tear. Um segredo velho assim seria quase impossível de descobrir... mas a paternidade de Kelsea poderia ser um começo.

— Lady.

Clava estava à porta. Kelsea se empertigou automaticamente, colocando o braço por cima do ato que estava assinando. Mas Arliss estava bem à frente dela; já tinha tirado a pilha toda de vista.

— O que foi?

— Preciso da sua opinião em uma coisa.

Kelsea se levantou da cadeira e ouviu barulho de papel atrás de si, quando Arliss fez o ato que ela tinha acabado de assinar desaparecer também.

— O que foi?

Clava fechou a porta.

— Pen insiste em acompanhar você esta manhã. Eu falei não, mas ele não quer me ouvir. Eu podia mandar contê-lo quando sairmos, mas não gostaria de fazer isso.

— E o que você quer me perguntar?

— Você acha que ele deve ir?

Kelsea assentiu lentamente.

— Seria cruel deixá-lo para trás.

— Tudo bem. — Clava baixou a voz. — Mas, quando voltarmos, Lady, você e eu vamos ter que conversar sobre Pen. Ele não pode ser seu guarda-costas e seu amante ao mesmo tempo.

Amante. Era um conceito tão antiquado que Kelsea quase riu, mas, depois de pensar um momento, percebeu que Clava tinha escolhido a palavra certa. Amante... era exatamente isso que Pen era.

— Tudo bem. Nós podemos discutir o assunto.

Clava olhou por cima do ombro dela.

— O que está acontecendo aqui?

— Estamos falando da situação dos impostos.

— É mesmo? — Clava lançou um olhar intenso para Arliss. — Os impostos são um assunto importante agora?

— O que a infanta quiser conversar é o assunto importante na minha mesa, sr. Clava.

Clava se virou para Kelsea. Olhou para ela por um momento.

— Diga logo o que quer, Lazarus.

— Por que você não me conta o que está planejando fazer, Lady? Você não acha que eu poderia ajudar?

Kelsea olhou para baixo, piscando, repentinamente quase às lágrimas. Ele não entenderia, pensou ela, não enquanto seu plano não estivesse em ação, e aí seria tarde demais para pedir seu perdão. Mas Clava era um guarda da rainha até o fim. Ele a deixaria inconsciente, se necessário, para impedir que ela não fizesse o que pretendia, então Kelsea não podia explicar para ele nem para o resto da Guarda. Não poderia se despedir de nenhum deles. Pensou no dia em que todos cavalgaram, cansados e impacientes, para buscá-la no chalé. Aquela partida fora terrível, assim como essa seria. Mas seu mundo se abriu daquele dia em diante. Ela se lembrava de cavalgar por toda a planície Almont, com fazendas ao redor, o rio Caddell ainda um resplandecer azul ao longe. Como ela ficou impressionada com a terra, com sua vastidão, com sua extensão... e, ao lembrar, sentiu uma lágrima escorrer pela bochecha.

Não posso falhar, senão tudo estará perdido.

— Junte os outros três, Lazarus. É hora de ir.

Mais tarde, ao pensar naquela caminhada, Aisa só se lembraria de que deveria estar chovendo. Uma chuva seria apropriada, mas o céu estava de um azul profundo e limpo, pincelado com nuvens rosadas e alaranjadas do amanhecer, a luz forte o bastante para revelar o oceano de gente dos dois lados do Grande Bulevar. Nova Londres estava explodindo de gente, e apesar de ainda não ser nem seis da manhã, a cidade toda já parecia estar nas ruas.

Apesar dos três guardas acompanhando-a, Aisa se sentia pequena e sozinha, e estava com medo, não da morte, mas do fracasso. No mês anterior, Clava dera a ela um cavalo, um jovem garanhão lindo que ela batizou de Sam, e Fell a estava ensinando a cavalgar. Mas montar um cavalo era bem mais difícil do que manejar uma faca ou espada, e Aisa não se enganou pensando que era proficiente. Sentia que a qualquer momento Sam podia jogá-la longe, e ela preferia morrer a deixar que isso acontecesse agora, na frente de todas aquelas pessoas, na frente de Clava, que a escolheu para acompanhar a rainha naquela tarefa perigosa. As armas de Aisa estavam guardadas no cinto, mas, se alguém fizesse um gesto na direção da rainha, ela podia pular do cavalo e estar com a faca pronta em dois segundos.

A rainha cavalgava empertigada e ereta entre os quatro, a luz fraca do amanhecer refletindo na tiara prateada. Parecia muito majestosa aos olhos de Aisa, como uma rainha devia ficar a caminho de negociar com o inimigo. Mas as mãos da rainha estavam apertando as rédeas, os nós dos dedos muito brancos, e Aisa entendeu que nem tudo era como parecia. Antes de eles saírem da Fortaleza, Clava chamou os três guardas de lado e falou em voz baixa.

— Ela está tramando alguma coisa. Fiquem de olho. Se virem qualquer sinal de que vai sair correndo, avisem e a segurem. Ela não consegue encarar nós quatro ao mesmo tempo.

Aisa não sabia como interpretar essa ordem, nem a rainha em si, na verdade. Sabia pela mãe e pela Guarda que às vezes a rainha entrava em transe, mas nada a podia ter preparado para a noite anterior: a rainha vagando de aposento em aposento, os olhos às vezes fechados, às vezes abertos, enquanto ela cambaleava, conversava com ninguém, esbarrava nas paredes. Clava os avisou para não se preocuparem, para deixá-la em paz, e a deixou aos cuidados de Pen. Mas Aisa se *preocupava*. De seu jeito, a rainha a lembrava da irmã, Glee, que andava da mesma forma, seguindo coisas que não estavam ali, atormentada por outro mundo que nenhum deles conseguia ver. Às vezes, a própria Glee não estava totalmente presente, e Aisa achou mais de uma vez que ela podia simplesmente desaparecer, sumir no seu mundo invisível. Talvez Clava estivesse com medo que o mesmo acontecesse à rainha.

— Rainha Kelsea! — gritou um homem, e Aisa virou automaticamente na direção dele e levou a mão à faca. Mas era só um velho de pé na frente da multidão, acenando para a rainha. A voz dele foi a primeira que eles ouviram elevada acima do murmúrio da multidão; a cidade parecia estar perplexa, todos observando a rainha com olhos arregalados e perdidos. Depois de talvez uns dez minutos cavalgando, Aisa também percebeu outra anomalia: eles passaram por muitos milhares de pessoas, mas ela não viu um único copo de cerveja, nem quando eles passaram pelo Cove, a famosa região de bares de Nova Londres.

Nossa, eles estão sóbrios dc tanto medo!, percebeu Aisa. Eles não sabiam que a rainha estava indo negociar, mas ela desconfiava que não teria feito muita diferença. Ela, como todo mundo, viu a força massiva do exército mort se espalhar pelas duas margens do rio Caddell. O que a rainha poderia oferecer? Aisa achava que era uma tarefa tola, mas sentiu orgulho de ter sido escolhida, orgulho de estar com eles. Quando os mort chegassem, ela não estaria ali, indefesa, o olhar perdido. Lutaria até o fim para impedi-los de chegar à rainha. Quando saíram do Cove, seu coração congelou; por um momento, pensou ter visto o pai, o corpo alto e os olhos pretos ardendo, no meio da multidão. Mas, quando as pessoas se mexeram, ele desapareceu.

O bulevar fez a última curva, e a ponte de Nova Londres apareceu, um trecho longo de pedra à frente. A multidão dos dois lados começou a diminuir, e Aisa finalmente relaxou quando os cinco guiaram os cavalos para a ponte.

À frente estava a barricada. Aisa não era engenheira, mas viu o problema na mesma hora: a barricada não passava de um amontoado de mobília feito às pressas e o que pareciam ser tábuas de madeira empilhadas dos dois lados da ponte. Havia um corredor estreito no meio, tão estreito que só permitiria a passagem de uma pessoa de cada vez. Mas toda a estrutura era precária; os muros baixos nas laterais da ponte não suportariam a altura da barricada. Clava disse que os mort levaram aríetes, e, pela aparência das coisas, um bom golpe jogaria metade da barricada pelas laterais da ponte, direto no Caddell.

A rainha tinha chegado à mesma conclusão, pois riu sombriamente ao ver a confusão amontoada à frente.

— Não vai aguentar, vai?

— Não tem a menor chance, Lady — respondeu Clava. — Só tem um jeito de defender uma ponte de forma adequada. Hall fez o melhor que pôde com o que tinha, mas uma brisa mais forte pode derrubar sua barricada.

Aisa se perguntou que jeito podia ser esse, mas o general Hall surgiu da barricada agora, e ela ficou em silêncio. Hall entrou e saiu da fortaleza várias vezes na última semana, e Aisa gostava de ouvi-lo falar: era profissional e objetivo, sem baboseiras nem palavras complicadas. Clava disse que Hall era um grande herói por ter conseguido segurar os mort até todos os refugiados estarem dentro dos muros da cidade. Por um momento, Aisa teve medo de o general perguntar o que ela estava fazendo ali com a Guarda, mas seu olhar só percebeu sua presença e se deslocou para a rainha.

— Majestade.

— General. Quero negociar com os mort.

— Tem um contingente esperando do outro lado da ponte, mas não estão vestidos para assuntos diplomáticos. Eles estão com dois aríetes e estão prontos para começar.

— Ducarte está lá?

— Está. Ele é o comandante.

A rainha assentiu por um momento, o rosto perdido em pensamentos, depois se virou e olhou para os muros da cidade atrás deles. Seguindo seu olhar, Aisa viu que todas as superfícies disponíveis no muro estavam lotadas de gente, todas olhando para a ponte. A rainha observou o muro por um longo momento antes de voltar a olhar para baixo, e Aisa soube que ela estava procurando alguém, um rosto que não encontrou. A rainha suspirou, os olhos tomados de sofrimento, uma tristeza que Aisa reconhecia: tinha visto nos olhos da mãe mais vezes do que era capaz de contar.

— Sinto muito.

Clava puxou as rédeas do cavalo com uma das mãos e esticou a outra para a rainha, mas os dois ficaram paralisados, cavalo e cavaleiro. Um momento depois, Aisa sentiu os próprios músculos se retesarem, um sentimento estranho e doentio, como se uma câimbra leve tivesse se espalhado por todo o seu corpo. Pelo canto do olho, viu que Pen e Elston também estavam paralisados. Pen já estava fora do cavalo e no meio do ato de correr até a rainha. Aisa tinha participado das discussões da madrugada entre a Guarda, ouviu-os recontando sobre o estranho poder que a rainha tinha; cada guarda parecia ter sua própria conjectura do que a magia da rainha significava, de até onde podia ir. Mas Aisa nunca tinha ouvido falar de nada assim. Ela tentou falar, mas descobriu que sua garganta não permitia que ela emitisse um único ruído.

— Sinto muito — repetiu a rainha. — Mas nenhum de vocês pode me proteger aonde estou indo.

Ela desceu do cavalo, andou até Clava e prendeu as rédeas de sua égua na mão esticada dele. Clava olhou para ela, imóvel, mas seu olhar era terrível, poças gêmeas de mágoa e fúria.

— Me perdoe. — A rainha segurou a mão imóvel de Clava por um momento, dando um sorriso triste. — Eu sou a rainha, sabe?

A boca de Clava tremeu, mas nada saiu.

— Você é meu regente, Lazarus. Tudo já está arranjado. Confio em você para cuidar dessas pessoas e para mantê-las em segurança.

A rainha olhou para Clava por mais um momento, depois se virou para os três, Aisa, Elston e Pen.

— Vocês não podem mais me proteger. Então, façam um favor para mim: protejam meu regente.

Aisa ficou olhando para ela, perplexa, pois a ideia de alguém proteger Clava era risível. A rainha foi até o general Hall, e por um momento Aisa achou que o general pudesse impedi-la, mas viu os tendões contraídos no pescoço dele e entendeu que ele também estava paralisado.

— Bata em retirada imediatamente, general, e se prepare para o cerco. Se os mort não vierem, você vai saber que fui bem-sucedida.

Agora, ela foi na direção de Pen, cujo rosto atraente estava congelado em uma careta de sofrimento. A rainha colocou uma das mãos na bochecha dele por um momento; Aisa viu os ombros dela subirem com uma respiração profunda, e ela se virou e foi na direção das sombras da barricada.

Atrás da rainha, os guardas não podiam fazer nada além de se olharem. Aisa viu que era a única que tinha ficado calma; os olhos dos outros três estavam arregalados de pânico. Pen parecia pior; ele teria seguido a rainha para qualquer lugar, Aisa sabia, e a rainha também sabia. Havia outros soldados na barricada; claro que poderiam impedi-la... mas, ao olhar para o labirinto de detritos, Aisa percebeu como essa esperança era tola. A rainha era poderosa, mais poderosa do que sua mãe, talvez até mais poderosa do que a própria Rainha Vermelha. Ninguém a impediria, não se ela não quisesse ser impedida.

Sob os pés de Aisa, o chão começou a tremer. Um momento depois, ela percebeu que conseguia se mover de novo, que a força estranha nos músculos a tinha libertado. Mas o chão agora sacudia de forma tão violeta que ela perdeu o controle de Sam e caiu das costas dele, batendo com um baque doloroso nas pedras.

— Nós ainda podemos alcançá-la! — gritou Clava. — Venham!

Pen já tinha ido; deixou o cavalo para trás e disparou para a barricada. Aisa se levantou do chão, ciente agora de um som retumbante e distante, como um trovão, ao leste. Seguiu Clava e Elston até a barricada, tentando acompanhar o cinza das capas, puxando a faca no caminho. Como sempre, a faca foi um consolo frio na mão dela, e só naquele momento Aisa percebeu de onde esse consolo vinha: da esperança de que fosse encontrar o pai. Ela odiava o pai, e também o amava, mas um dia, de alguma forma, esperava se encontrar com ele segurando uma faca.

Outro ruído grave de trovão chegou à ponte, sacudindo as pedras embaixo dos pés de Aisa. Ela passou por soldados, enfiados em frestas nos detritos, mas não havia tempo para vê-los de verdade. Eles não eram importantes, não da forma como a rainha era importante. Aisa abriu caminho, desviando das pontas de madeira e pernas de cadeira. Por fim, saiu da área coberta e escura da ponta leste da barricada e encontrou Clava, Pen e Elston de pé, imóveis. Aisa parou ao lado deles e ofegou.

Pelo menos trinta metros da ponte de Nova Londres tinham sumido, deixando uma beirada rachada de pedra e mais nada. Ao espiar pelo precipício, Aisa viu vários pedaços de pedra branca bem abaixo, parcialmente submersos nas águas azuis profundas do rio Caddell. As beiradas estavam irregulares, como se um gigante tivesse arrancado a pedra e picado em pedacinhos com as mãos. Havia agora um vão enorme na ponte, indo da beirada irregular aos pés deles até a última coluna de sustentação.

Aisa viu a rainha do outro lado do abismo. Tinha boa visão e, mesmo dali, conseguia ver que o rosto dela estava branco como osso, que parecia prestes a desmaiar. O sol estava começando a nascer atrás dela, uma nuvem de luz brincando ao redor da sua cabeça, e a rainha pareceu muito pequena. Aisa ainda não era da Guarda da Rainha de verdade, mas achava que conseguia entender, ainda que um pouco, como os outros três deviam estar se sentindo. Odiava ver a rainha do outro lado daquele abismo, desprotegida e sozinha.

— Maldita seja, Lady! — gritou Pen.

Aisa ofegou, mas Clava não disse nada, então ela soube que deveria fingir que também não tinha ouvido.

— Sou mesmo, Pen! — gritou a rainha para ele.

Aisa lançou um olhar cauteloso para Clava e fez uma careta ao ver a expressão dele. Pela primeira vez, achou que ele parecia velho, velho e cansado. Só três dias antes ele ensinou a ela como usar a espada nos joelhos do atacante e aplaudiu quando ela acertou o movimento. Como tudo podia mudar tão rápido?

— Eu não tive opção, Lazarus! — gritou a rainha por cima do abismo. — Nunca tive! Você sabe!

Ela abriu as mãos, virou-se e andou na direção do portão leste, embaixo do qual uma onda de uniformes pretos esperava, imóvel. A rainha andou no meio deles conforme abriam passagem, como se indo para dentro de uma colmeia, e foi engolida. Os quatro guardas não podiam fazer nada além de observar em silêncio, e, alguns minutos depois, quando as linhas mort se rearrumaram, a rainha tinha sumido.

A Rainha Vermelha

A história nos diz que a sorte favorece os ousados. Portanto, é conveniente sermos tão ousados quanto possível.

— *As palavras da rainha Glynn*, COMPILADAS PELO PADRE TYLER

Desde que eles saíram da Fortaleza, Kelsea estava mantendo Lily à distância. Ela começava a repassar suas falas, o que diria para os mort quando chegasse ao portão... e aí Lily invadia, os dedos ávidos da lembrança permeando os pensamentos de Kelsea até as duas parecerem indistinguíveis. Estalos distantes de armas. Visões de uma paisagem em chamas e gritos dos mortos. Mas, apesar dessas coisas, Kelsea desejava simplesmente poder afundar de volta na vida de Lily. Eram tempos conturbados em que Lily vivia, terríveis também, mas as escolhas dela não eram de Kelsea. A vida de Lily não exigia nada além de perseverança. Kelsea ergueu o rosto e viu velas brancas, cordames... um navio, pessoas de pé no timão. Balançou a cabeça, mas a visão permaneceu à sua frente, um pouco borrada, como se coberta por um véu bem fino. Por um momento, Kelsea sentiu como se conseguisse esticar a mão e arrancar aquele véu, dar um passo pelos séculos para ficar ao lado de Lily. *Tornar-se* Lily.

Eu poderia fazer isso?, ela se perguntou, piscando enquanto olhava para o navio, para as velas ondulantes, sombras brancas na noite. *Poderia simplesmente atravessar e não voltar mais?*

Por um momento, essa ideia foi tão sedutora que Kelsea precisou combatê-la, da mesma forma que lutaria contra um oponente com uma faca. Olhou para suas safiras, sentindo como se estivesse vendo-as pela primeira vez. Durante meses, ela viveu com a suposição de que suas joias estavam mortas, mas por quê? Os sonhos, a transformação constante de sua própria aparência, os cortes no corpo, a dor de Lily, a *vida* de Lily... essas coisas não saíram de um vácuo. Kelsea pegou as joias uma em cada mão e as levantou na luz. Fisicamente, eram idênticas, mas ela sentia uma grande diferença entre as duas. Se ao menos tivesse tempo para descobrir! O sol estava nascendo, mas ela hesitou mesmo assim.

— Vocês não estão mortas — disse ela, maravilhada, olhando para as pedras nas mãos. O mundo de Lily a puxou de novo, exigindo que voltasse, mas Kelsea largou as pedras e voltou a andar. A visão das velas finalmente foi sumindo quando ela chegou ao portão, na extremidade leste da ponte. As mesas de pedágio estavam todas vazias agora; ninguém entrava nem saía de Nova Londres pela ponte desde que o exército a assumiu. Kelsea devia estar exausta, mas se sentia bem desperta.

O outeiro depois do pedágio estava coberto de soldados mort, todos armados para batalha, com espadas e várias facas no cinto. Mesmo agora, a visão de tanto aço bom machucava Kelsea por dentro. Seu exército, ou o que restava dele, pelo menos, tinha tão poucas armas boas. À frente da coluna mort estava um homem de armadura completa, meio careca, com olhos sonolentos que surpreenderam Kelsea por um momento. Mas os olhos por trás das pálpebras caídas eram sagazes e impiedosos, como ela se lembrava de ter visto pela luneta. Ela o cumprimentou em mort.

— General Ducarte.

— A rainha de Tearling, eu presumo. — Os olhos dele voaram por cima do ombro dela, na direção da ponte. — Você veio implorar leniência à minha senhora? Não vai conseguir.

— Eu vim falar com... a sua senhora. — Era um termo estranho de se usar, e Kelsea percebeu que as lições de mort de Carlin, por melhores que tivessem sido, talvez tenham pulado alguma coisa no uso do idioma.

Os olhos de pálpebras pesadas de Ducarte piscaram na direção da ponte caída de novo e depois para longe.

— Ela não vai encontrá-la.

— Acho que vai, sim. — Kelsea chegou mais perto e ficou atônita quando ele deu meio passo para trás, e vários soldados atrás dele fizeram o mesmo. Seria possível que estivessem *com medo* dela? Parecia ridículo com o poder do exército mort logo acima da colina.

Ducarte gritou em mort:

— Andrew! Corra e diga para a Rainha o que está acontecendo aqui!

Um dos homens da linha de soldados se virou e saiu correndo para longe, por cima da colina, onde o céu estava passando rapidamente de rosa para laranja. O amanhecer tinha chegado, e Kelsea achou essa demora intolerável de repente, pior do que a ideia da própria morte. Ducarte não desejava uma negociação, ela via agora, nem mesmo se beneficiasse Mortmesne e sua senhora.

Ducarte queria marchar para dentro de Nova Londres, queria destruir tudo o que encontrasse lá. Estava ansioso pela pilhagem, ansioso pelo...

Festival.

Essa era a palavra certa. O homem à frente dela podia muito bem ser Parker, esperando a queda do mundo. William Tear dissera alguma coisa sobre homens como Parker: que eles eram feitos para isso, feitos para estragar coisas. E Kelsea viu de repente que, a todo custo, ela tinha que manter aquele homem fora de sua cidade. Ela destruiu a ponte, mas isso não era suficiente. Do outro lado da colina havia torres de cerco, aríetes. Nova Londres não tinha sido construída para aguentar um ataque, e o exército mort estava faminto por pilhagem. Quando começassem, eles não parariam.

— É melhor me deixar passar, general.

— Quem decide isso é minha senhora.

Mas Kelsea não podia esperar. Já tinha começado a esquadrinhar Ducarte, pesquisando através dele, da mesma forma que pesquisaria na biblioteca de Carlin. Aquele era um homem que não tinha medo de morrer, como Clava, mas não havia mais nenhuma semelhança entre os dois homens. Ducarte era frio, e não se abalava por súplicas nem por pena. Só a dor e a autopreservação o convenceriam, decidiu Kelsea, então encontrou a carne macia na virilha e afundou com força.

Ducarte gritou. Vários homens atrás dele deram um passo à frente, mas Kelsea balançou a cabeça.

— Nem pensem nisso. A não ser que queiram um pouco do mesmo.

Eles recuaram, e Kelsea viu que estavam mesmo com medo. Ela se virou para Ducarte e afrouxou o aperto por um momento.

— Quanto mais você me fizer esperar aqui, general, mais sentirei a necessidade de me distrair.

Ducarte a observou com olhos arregalados. Kelsea desconfiava de que ele nunca tinha ficado impotente antes. Um famoso interrogador, Ducarte... e isso a fez pensar em Langer, o contador. Pessoas assim não se saíam bem do outro lado da mesa.

— Tenho negócios com sua senhora. Deixe-me passar.

— Ela não vai negociar — ofegou ele. — Nem eu a desafio. Ela é terrível.

— Vou lhe contar um segredo, general: eu sou pior.

Ela apertou mais uma vez os testículos dele, e Ducarte gritou, um som agudo e feminino. Kelsea estava quase se divertindo agora, uma espécie baixa e suja de prazer, assim como sentiu durante a execução de Thorne. Como era fácil e agradável punir aqueles que mereciam. Ela podia reduzir aquele homem a polpa, e sua própria morte quase valeria o gesto.

Kelsea, sussurrou Carlin atrás dela. A voz estava tão próxima que Kelsea virou a cabeça, quase esperando ver Carlin de pé logo atrás de seu ombro. Mas não havia nada ali... só sua cidade, ereta atrás dela, bem aberta, na luz azul do amanhecer. A visão a abalou, lembrou-a de que ela não pertencia a si mesma. Até a magia que usava agora, magia que essencialmente aprendeu sozinha, não era dela. Pertencia a William Tear, e Tear nunca permitiria que nada desviasse sua atenção do prêmio principal... o mundo melhor.

— Me leve até ela, general, e eu paro.

Todo o sangue tinha sumido do rosto de Ducarte agora. Ele olhou para cima e para a colina ao lado, o olhar frustrado, para os aríetes que estavam prontos. Kelsea via a essência dos pensamentos de Ducarte agora, suas ambições, e teve que sufocar a raiva, botar uma coleira nela como faria com um cachorro.

— Me leve até sua senhora agora, general, senão eu juro que você não vai poder apreciar seu cerco. Não vai mais estar equipado para isso.

Ducarte falou um palavrão, virou-se e começou a andar colina acima. Kelsea foi atrás, cercada de seis dos homens de Ducarte, um grupo que passava a sensação de uma Guarda. Isso fez Kelsea pensar: Ducarte precisava mesmo de uma guarda em seu próprio acampamento? Ele não era um homem que inspirava lealdade, mas parecia extraordinário que pudesse ser tão odiado. Kelsea reparou que mesmo essa Guarda escolhida tomou o cuidado de ficar bem longe dela, se deslocando a talvez seis metros de distância.

Eles chegaram ao alto da colina, e Kelsea parou brevemente, perplexa pelo que viu. Olhar para o acampamento mort dos muros de Nova Londres era bem diferente de vê-lo de perto. Barracas pretas pareciam se prolongar por quilômetros ao longe, e o primeiro pensamento de Kelsea foi se perguntar como eles não fritavam sob o sol de meio-dia. Mas reparou na natureza fina e quase reflexiva do tecido, e a raiva anterior voltou. Mortmesne sempre tinha uma novidade.

Quando eles entraram no acampamento, os seis homens se aproximaram dela, e Kelsea logo viu o motivo. O caminho que estavam seguindo passava entre muitas barracas, e os homens de pé dos dois lados olhavam para ela como cães famintos. Kelsea tentou se preparar para violência, mas não sabia que bem faria. O muro invisível que sentiu outro dia ainda estava presente, protegendo o acampamento; a mulher não dormia nunca? Quando eles se deslocaram mais para o centro, os sussurros viraram sibilos, e os sibilos se transformaram gradualmente em comentários baixos que Kelsea desejava poder não ouvir.

— Puta tear!

— Quando a nossa Rainha acabar com você, vou usá-la até partir ao meio!

Ducarte não deu indicação de ter ouvido. Kelsea empertigou os ombros e olhou diretamente à frente, tentando lembrar a si mesma que já tinha sido ameaçada, que as pessoas tentavam matá-la desde que nascera. Mas isso, a hostilidade e a bile chovendo de todos os lados, parte em mort, parte em um tear com sotaque forte, isso era bem diferente, e Kelsea sentiu medo.

— Ela vai fazer você implorar para morrer!

Tanto ódio... de onde vem isso? Kelsea sentiu vontade de chorar, não por si mesma, mas pela devastação, pela ideia de quantas coisas extraordinárias poderiam ter sido realizadas no novo mundo. Não podia fechar os ouvidos para eles, então procurou Lily e a encontrou, logo abaixo da superfície, olhando para o céu noturno, para as velas brancas ao luar. Mas as velas estavam ondulando agora, como se sacudidas por um vento forte.

Eu perdi, percebeu Kelsea com tristeza. Ela tinha perdido a partida. Mas Lily conseguira. Lily estava a bordo de um dos navios. Uma dor ameaçou tomar conta de Kelsea, mas ela lutou contra o sentimento, pensando em William Tear, no prêmio principal.

Eles dobraram outra esquina, e agora Kelsea vislumbrou um brilho escarlate em meio ao mar negro. A Rainha Vermelha... em pouco tempo, Kelsea estaria frente a frente com ela. Na noite longa e indistinta que passou, essa foi a única coisa em que evitou pensar. Um pedaço de metal caído prendeu seu pé esquerdo, e Kelsea quase caiu na lama, apoiando o tornozelo pesadamente. O grito dos homens pareceu dobrar de volume. Seu corpo estava exausto de mais de um dia sem dormir, e isso estava começando a aparecer. Mas sua mente... sua mente estava afiada e concentrada, segura de seu caminho, se ela ao menos conseguisse se controlar mais um pouco. A barraca vermelha apareceu à frente, e Kelsea sentiu medo, mas também sentiu alívio, a sensação de que seu destino estava agora tão perto do final que era quase inevitável.

Estava quase acabando.

A Rainha estava nervosa. Não sabia por quê; todas as coisas estavam indo melhor do que ela podia ter planejado. A garota estava vindo — se entregando! —, quando a Rainha achou que eles teriam que lutar com unhas e dentes para entrar na Fortaleza. Estava com as duas pedras; o mensageiro de Ducarte fora bem preciso nesse ponto. Esse desenvolvimento simplificava a questão enormemente, mas a Rainha não confiava no que estava acontecendo, pois estava parecendo fácil demais. Ela não via as safiras tear havia mais de um século e, mesmo quando criança, nunca pôde estudá-las como gostaria. Elaine nunca tirava a Joia do Herdeiro, e a mãe da Rainha nunca a deixara chegar perto o bastante. As joias seriam a última peça do quebra-cabeça, a Rainha tinha certeza, mas ao mesmo tempo seus batimentos estavam acelerados e a perna balançava loucamente, subindo e descendo embaixo das saias.

Como pegá-las?

Pela coisa sombria, ela sabia que não podia simplesmente arrancar as pedras do pescoço da garota, não sem sofrer uma consequência terrível. A coisa sombria estava treinando a garota, isso era óbvio, mas a Rainha não fazia ideia de até onde esse treinamento tinha progredido, do que a garota era capaz de fazer. Oferecia uma verdadeira ameaça? Parecia improvável, ainda mais com sua cidade ameaçada. Mas a coisa sombria era uma mentirosa extraordinária, uma das melhores que a Rainha já tinha encontrado. Quem sabia o que a garota podia ter descoberto, em que acreditava? A Rainha não tinha como saber, e não saber a atormentava. Ela tinha poucas vulnerabilidades agora, mas, naquele momento, estava excruciantemente ciente das que restavam, e parecia injusto que se destacassem agora, quando ela estava tão perto de ter a situação na palma da sua mão.

Agora, ela ouviu um novo som: o rugido crescente de seus soldados. O que a garota podia querer obter indo lá? Procurava o martírio? Ela já tinha demonstrado uma fraqueza evidente pelo gesto grandioso, embora tais demonstrações fossem tão reveladoras que a Rainha achava que constituíam uma fraqueza por si só. O ruído lá fora ficou mais alto, e a Rainha se empertigou, olhando ao redor para ter certeza de que tudo estava pronto na barraca. Ducarte tinha conseguido uma mesa baixa onde ela pudesse fazer suas refeições, uma extravagância que agora seria útil. Ela mataria a garota, certamente, mas primeiro elas teriam uma conversa. Havia tantas coisas sobre as quais a Rainha tinha curiosidade. Por um momento, considerou abrir as abas da barraca, para poder ver a aproximação da garota. Mas não; a garota estava vindo como suplicante, e a Rainha a trataria como tal. Ela ficou de pé, as mãos nas laterais do corpo, embora os batimentos continuassem subindo e a perna não parasse de se mexer embaixo do vestido.

— Majestade! — chamou Ducarte.

— Entre!

Ducarte puxou a abertura da barraca para o lado, e a garota passou. A ansiedade que vinha crescendo na Rainha nos dez minutos anteriores se cristalizou de repente, e quando a garota se empertigou, revelando o rosto na luz, foi preciso usar todos os anos de controle da Rainha para não dar um passo para trás.

Na frente dela estava a mulher do retrato. Tudo era igual: o cabelo, o nariz, a boca, até as linhas profundas de tristeza ao redor dos olhos.

Seria um truque?, perguntou-se a Rainha. Mas como podia ser? Ela tinha retirado o retrato da Fortaleza mais de cem anos antes. Seu olhar desceu até a barriga da garota, e ela ficou aliviada de reparar em pelo menos uma diferença: ela não estava grávida. Mas, fora isso, os detalhes eram precisos, e a Rainha sentiu de repente como se alguma coisa tivesse sido roubada. O retrato, a mulher, essas coisas eram só dela; a garota não tinha o direito de estar ali usando o rosto daquela mulher. Ela estava empertigada, a postura desafiadora, sem sinal de súplica na expressão, e isso aumentou a inquietação da Rainha, a sensação de que alguma coisa estava errada.

— A rainha de Tearling — anunciou Ducarte, de forma um tanto desnecessária, e a Rainha balançou a mão na direção da porta.

— Talvez eu devesse ficar, Majestade.

— Talvez não — respondeu a Rainha. Ela tinha visto outra diferença agora, e isso a tranquilizou, diminuiu a sensação de desorientação: diferentemente da mulher no retrato, a garota tinha olhos verdes profundos, os mesmos olhos Raleigh que a Rainha já tinha desejado ter com todo o coração. As duas safiras estavam penduradas no pescoço da garota, como Andrew tinha relatado, e, quando reparou nelas, não conseguiu afastar o olhar.

— Majestade, a ponte de Nova Londres...

— Sei disso tudo, Benin. Vá.

Ducarte saiu, soltando a aba da barraca ao passar.

— Por favor, sente-se. — A Rainha ofereceu a cadeira mais distante e, depois de um momento de hesitação, a garota se sentou nela. Os olhos estavam vermelhos, e a Rainha ficou curiosa. Por que ela tinha chorado? Não por ela mesma, sem dúvida; já havia provado que não tinha interesse na própria segurança. Talvez só estivesse cansada, mas a Rainha achava que não. Havia dor em seu semblante, tão claro quanto um corvo empoleirado no ombro.

A garota estava observando a Rainha agora, olhando para cada uma das feições, como se tentando dissecar seu rosto e montá-lo novamente. *Ela sabe quem sou*, a Rainha pensou por um momento temeroso. Mas como poderia? Como alguém poderia saber? Ela não era a mulher do retrato. A garota só tinha dezenove anos.

— Quantos anos você tem de verdade? — perguntou a garota abruptamente, em mort. O mort dela era bom, apenas com um leve sotaque.

— Bem mais velha que você — respondeu a Rainha com firmeza, satisfeita em ouvir que sua voz não traía nada da agitação que tinha em pensamento. — Velha o bastante para saber quando venci.

— Você *venceu* — respondeu a garota lentamente. Mas seus olhos continuaram a percorrer o rosto da Rainha, como se procurando pistas.

— Bem?

— Eu já vi você — refletiu a garota.

— Nós todas temos visões.

— Não — respondeu a garota. — Eu *vi* você. Mas onde?

Alguma coisa se apertou no peito da Rainha. *Só dezenove anos*, ela lembrou a si mesma.

— Que importância pode ter?

— Você quer isto. — A garota levantou as safiras na palma da mão. Mesmo na luz difusa que entrava pelo tecido da barraca, as pedras cintilavam, e a Rainha achou que conseguia ver alguma coisa nas profundezas delas... mas a garota as balançou, e o que ela acreditava ter visto sumiu.

— São joias bonitas, sem dúvida.

— Elas têm um preço.

— Preço? — A Rainha riu, embora até ela conseguisse ouvir tensão na gargalhada. — Você não está em posição de negociar.

— Claro que estou — respondeu a garota. Seu olhar verde perfurou a Rainha com inteligência. Às vezes, dava para olhar nos olhos de alguém e ver, no foco da pupila, a intensidade do olhar. — Você pode me matar, Lady Escarlate. Pode invadir minha cidade e destruí-la. Mas nenhuma dessas coisas vai tirar as safiras do meu pescoço. Tenho certeza de que você sabe o que acontece se tentar pegá-las à força.

A Rainha se recostou, frustrada. A garota tinha uma moeda de barganha, afinal... e a Rainha se perguntou quem tinha falado. Thomas Raleigh? Thorne?

— Posso simplesmente mandar outra pobre alma matar você e tirá-las — respondeu a Rainha depois de um momento. — Por que eu me importaria?

— E acha que isso vai funcionar? — perguntou a garota.

A arrogância na voz dela abalou a Rainha. A maior parte das informações sobre as safiras tear era de mitos e lendas; ninguém tinha tentado tirá-las à força desde a morte de Jonathan Tear. Mas a coisa sombria disse que podia ser feito. E, agora, a Rainha teve um pensamento verdadeiramente terrível, que a atingiu diretamente no seu âmago: e se a coisa sombria tivesse mentido para ela tanto tempo atrás? E se só precisasse que ela procurasse as safiras, fizesse seu trabalho sujo e fosse punida por isso?

— Ótimo. — A garota assentiu. — Pense nessas coisas. Porque eu vou lhe dizer: qualquer um que tentar tirá-las de mim contra a minha vontade vai sofrer um destino terrível. E, se sua mão servir de guia, minha vingança também vai chegar a você.

— Já fui amaldiçoada antes. Você não me assusta. — Mas a Rainha estava abalada mesmo assim. Tinha superado a terrível ideia de que a mulher do retrato tinha ganhado vida à sua frente, mas mesmo assim o rosto da garota debochava dela, despertando o fantasma do passado. Ela não podia ter certeza se a garota estava blefando... e do que tinha em jogo se ela supusesse errado! — Essas joias não têm dono desde William Tear.

— Errado. — A garota mostrou os dentes de novo, os olhos ardendo de emoção intensa, algo como ciúmes. — Elas são *minhas*.

A Rainha ficou perplexa de se ver acreditando nessa besteira. Tão pouco se sabia sobre a magia das pedras... várias pedras especiais tinham saído das minas cadarese ao longo dos anos, mas nada com poder remotamente comparável ao das safiras tear. A Rainha nunca tinha ouvido falar de uma pedra formando laços com um dono específico; até onde ela sabia, posse era tudo nesse jogo. Mas também achava que a garota não estava mentindo; seu olhar estava claro demais para isso, e ela não pareceu à Rainha ser mentirosa.

Não sei, a Rainha admitiu para si mesma, e esse era o cerne do problema. Havia excesso de incertezas ali. Ela queria perguntar à garota sobre a coisa sombria, tentar descobrir mais informações sobre as habilidades dela. Mas tinha medo de levantar qualquer uma das duas questões, medo de dar à garota mais uma vantagem. Ela não era tola, essa garota. Tinha ido até ali com um plano.

— Eu conheço você.

A Rainha ergueu o olhar, encontrou os olhos da garota brilhando com a revelação.

— No retrato. — A garota inclinou a cabeça para o lado e fixou um olhar crítico na Rainha. — A criança desfavorecida. A bastarda. Era você.

A Rainha deu um tapa na cara dela. Mas só teve um momento para admirar a marca que deixou antes de ser agarrada, como se por mãos invisíveis, e jogada do outro lado da barraca, caindo no catre grosso e suntuoso que usava como cama. Ela não foi empurrada e sim jogada, e se tivesse batido com a mesma força em algo de ferro ou aço, provavelmente estaria morta. Ela se levantou, pronta para lutar, mas a garota permaneceu à mesa, imóvel, a marca da mão da Rainha feia e forte na bochecha.

Estou em perigo real, percebeu a Rainha de repente. O pensamento foi tão novo que demorou um momento para se tornar assustador. De alguma forma, a garota chegou bem dentro dela, passando pelas defesas que a Rainha mantinha erguidas o tempo todo. Como fez isso? A Rainha se recuperou; devia voltar à mesa, mas alguma coisa tinha mudado agora, e, mesmo com as defesas erguidas, a Rainha percebeu que não queria atravessar o aposento.

— Você não gosta de ser reconhecida — refletiu a garota. — A vida com a Rainha Bela era mesmo tão ruim?

A Rainha rosnou, um som gutural que passou por entre os dentes antes que ela pudesse segurá-lo. Tinha se esquecido do maldito retrato. Ainda devia estar em algum lugar da Fortaleza, o último momento em família antes de o caos se instaurar. Mas a Rainha tinha deixado a criança triste para trás como se tivesse emergindo de uma crisálida. A garota não devia ter conseguido fazer a ligação entre as duas. A Rainha pensou em chamar Ducarte, mas parecia não conseguir abrir a boca.

— Tenho a visão ruim — comentou a garota. — Mas minhas pedras são úteis. Às vezes, eu *vejo*. Simplesmente vejo, quando outras pessoas podem não reparar em nada. — Ela se levantou e se aproximou lentamente da Rainha, o olhar avaliador e, pior, penalizado. — Você é uma Raleigh, não é? Uma Raleigh bastarda, mal-amada, indesejada e esquecida pela história.

A Rainha sentiu as entranhas se retorcerem.

— Eu não sou uma Raleigh. Sou a Rainha de Mortmesne.

Mas as palavras soaram frágeis até aos ouvidos dela.

— Por que você nos odeia tanto? — perguntou a garota. — O que fizeram a você?

Evie! Venha aqui! Eu preciso de você!

A Rainha tremeu. O rosto da mulher, a voz da mãe dela... uma coisa era ruim, mas as duas juntas eram demais para suportar. Ela tentou se recompor, encontrar parte do controle que tinha quando a garota entrou na barraca, mas qualquer coisa a que se agarrasse parecia derreter nas suas mãos.

Evie!

Mais impaciente agora, a voz da sua mãe, um pouco da dureza aparecendo. A Rainha levou as mãos aos ouvidos, mas isso não adiantou, pois a garota já estava dentro de sua cabeça. Conseguia senti-la lá, lendo suas lembranças como se fossem um livro aberto, percorrendo-as, virando as páginas, parando nos piores momentos. A Rainha cambaleou, mas a garota a seguiu pela barraca, pela *mente*, folheando pelo passado e descartando-o. Elaine, sua mãe, a Fortaleza, o retrato, a coisa sombria... todos estavam ali, convocados de repente, como se estivessem esperando o tempo todo.

— Entendi — murmurou a garota, a voz carregada de solidariedade. — Ela trocou você. Todos trocaram. A rainha Elaine ficou com tudo.

A Rainha gritou, passou os braços ao redor do próprio corpo e arranhou a própria pele.

— Não faça isso. — A garota puxou a manga do vestido, e a Rainha viu que seu braço esquerdo era uma confusão de marcas, algumas novas, algumas cicatrizando. A visão foi tão chocante, tão contrária ao que a Rainha achava que sabia sobre a garota, que suas mãos soltaram os próprios braços.

— Eu também faço, sabia? — continuou a garota. — Para controlar a raiva. Mas não adianta a longo prazo. Vejo isso agora.

Ducarte entrou pela porta da barraca, a espada em riste, mas a garota se virou para ele e de repente Ducarte estava curvado, engasgado, as mãos no pescoço.

— Não interfira, monsieur general. Fique aí, e permito que você respire.

Ducarte recuou até a parede da barraca.

A garota se virou para a Rainha, os olhos verdes contemplativos. A mente da Rainha estava em disparada, com uma sensação de violação terrível, como se tudo o que ela manteve trancado tivesse sido exposto a uma luz do sol corrosiva. Ainda conseguia sentir a garota lá, de alguma forma, observando-a, remexendo nos detritos. A Rainha tentou conjurar qualquer coisa, qualquer um dos mil pequenos truques que aprendeu ao longo da vida. Não se sentia tão impotente desde que era uma garotinha, presa em um quarto. O passado devia ficar no passado. Não devia poder se levantar e puxá-la para baixo.

— Qual é seu nome? — perguntou a garota.

— Rainha de Mortmesne.

— Não. — A garota se aproximou e parou bem na frente dela, a poucos centímetros. Perto o bastante para a Rainha a machucar, mas ela não conseguia nem levantar a mão. Sentiu a mente da garota de novo, remexendo na dela, passando os dedos por tudo, e agora entendia que aquela garota era capaz de matá-la. Nenhuma arma poderia ter feito o serviço, mas a garota encontrou as próprias facas na mente da Rainha. Cada pedacinho de história em que tocava estava afiado, e a Rainha sentiu sua mente toda tremer com a violação que era isso, de outra pessoa manusear sua identidade com tanta facilidade. A garota encontrou sua resposta agora, e a pressão na mente da Rainha finalmente diminuiu.

— Evelyn — murmurou a garota. — Você é Evelyn Raleigh. E eu sinto muito.

A Rainha de Mortmesne fechou os olhos.

Quando Aisa e os outros guardas entraram na Ala da Rainha, eles encontraram o resto da guarda em posição de sentido. Até os guardas da noite, que já deviam estar dormindo, tinham permanecido lá. Bradshaw, o mágico, estava encostado na parede, fazendo um lenço sumir e reaparecer. Sua mãe também estava lá; Aisa a viu de pé na entrada do corredor, como sempre ficava quando estava esperando a rainha chegar. A visão deixou-a com vontade de chorar.

Clava foi batendo os pés até a plataforma, a expressão sombria afastando todas as perguntas. Aisa foi atrás dele, o mais rapidamente que ousou, a mão apoiada na faca. Era ridículo, uma garota de doze anos protegendo Clava, mas a Rainha a havia encarregado disso, e ela jamais esqueceria aquele momento, nem se vivesse cem anos. Elston também levou a ordem da rainha a sério; seguiu Clava de perto, alerta para ameaças, e quando viu Aisa fazendo o mesmo, deu um sorriso irregular e aprovador. Pen não ajudou em nada; só andou atrás de Clava, sentindo-se perdido. Ele não chorou, como ela esperava que um homem apaixonado fizesse. Mas também não estava prestando atenção ao que acontecia a sua volta.

Foi Wellmer quem finalmente ousou perguntar.

— Onde está a rainha?

— Se foi.

— Morreu?

Clava esquadrinhou o aposento até encontrar a mãe de Aisa na entrada do corredor. Ela balançou a cabeça.

— Não morreu — respondeu Clava. — Só se foi.

Arliss estava esperando no pé da plataforma. Quando Clava se aproximou, entregou a ele uma folha de papel e esperou Clava ler. Quando Clava olhou para ele com expressão assassina, Arliss nem se moveu.

— Você sabia.

Arliss assentiu.

— Por quê...

— Eu não trabalho para você, sr. Clava. Eu sirvo à rainha. Por ordem dela, quase cem cópias já foram distribuídas. Está feito. Você é o regente.

— Ah, Deus. — Clava largou o papel e se sentou no terceiro degrau que levava à plataforma, escondendo o rosto nas mãos.

— O que vão fazer com ela? — perguntou Wellmer.

— Vão levá-la para Demesne.

A voz não era familiar; Aisa se virou e puxou a faca. Havia cinco homens encapuzados em um grupo, logo depois das portas fechadas da Ala da Rainha.

Clava ergueu a cabeça das mãos, o olhar afiado virado para o líder.

— Kibb! Como esses homens entraram na ala?

Kibb abriu as mãos.

— Eu juro, senhor, nós fechamos a porta depois que você passou.

Clava assentiu e voltou a atenção para o homem.

— Conheço sua voz, canalha. Então você atravessa paredes, como dizem as histórias.

— Nós dois fazemos isso. — O líder tirou o capuz, revelando um rosto agradável, com cabelo escuro e um bronzeado que remetia ao sul. — Ela é valiosa. A Rainha Vermelha não vai matá-la.

Aisa se perguntou como o estranho podia ter tanta certeza. Que valor a rainha Kelsea podia ter para os mort? Podiam pedir resgate, certamente, mas que resgate? Sua mãe dissera que os tear estavam pobres de tudo, menos de gente e madeira, mas os mort tinham as próprias florestas, e a rainha jamais aceitaria uma troca por escravos.

— Seria um gesto inteligente matar a rainha — respondeu Clava. — Deixar os tear sem herdeiro e nos jogar no caos.

— Mesmo assim, ela não vai fazer isso.

Clava olhou para o falante por um longo momento, os olhos avaliando. E ficou de pé.

— Então precisamos começar hoje.

O estranho sorriu, e isso transformou seu rosto de meramente agradável em bonito.

— Você precisa de gente na capital. Eu tenho várias pessoas. Você vai ter toda a ajuda que eu puder dar.

Aisa olhou para o resto da Guarda e ficou chocada de ver Pen sorrindo, embora os olhos estivessem cheios de lágrimas.

— Precisamos mandar uma mensagem para Galen e Dyer em Demesne. Kibb! — Clava gritou para o outro lado da sala. — Vá até Wells e encontre aquele filho do padeiro. Nick. Está na hora de cobrar um favor.

Kibb assentiu, um pequeno sorriso no rosto.

— Vai ser complicado, senhor. Você é o regente agora.

— Eu posso fazer as duas coisas.

— Senhor? — Ewen tinha dado um passo à frente, o rosto simpático confuso e as bochechas molhadas de lágrimas. O coração de Aisa pareceu se contrair por ele. Todo mundo sabia que Ewen idolatrava a rainha, e parecia provável que não tivesse entendido o que aconteceu.

— O que foi, Ewen? — perguntou Clava, a voz traindo um leve toque de impaciência.

— O que nós vamos fazer, senhor? — perguntou Ewen, e Aisa viu que estava errada; ele tinha entendido.

Clava desceu da plataforma e deu um tapinha gentil nas costas de Ewen.

— Nós vamos fazer a única coisa que podemos. Vamos trazê-la de volta.

— Sinto muito — repetiu Kelsea. Conseguia sentir aquele lado terrível seu, pairando, cheio de alegria, esperando para ser lançado na mulher à frente. Uma Kelsea diferente, aquela, uma Kelsea que via morte como a solução mais completa e eficiente para todos os problemas.

Esperava que a Rainha Vermelha caísse de joelhos, mas ela não fez isso, e um momento depois Kelsea se deu conta de que ela era uma mulher que nunca imploraria. Era fácil ver, percorrer a vida da mulher mais ou menos da mesma forma como percorreu a de Lily, ver padrões se formando. Evelyn Raleigh, a criança, implorou, mas não obteve nada com isso. A mulher jamais voltaria a implorar. Muitas lembranças surgiram na mente de Kelsea: brincar com um conjunto de soldadinhos de chumbo nas pedras destruídas de um piso; olhar com desejo para uma pedra azul pendurada no pescoço de uma mulher; ver por trás de uma cortina homens e mulheres bem-vestidos dançarem em um salão que Kelsea reconheceu facilmente como sua própria câmara de audiências. Evelyn Raleigh sentia desespero para ser notada, para importar para os outros... mas, em todas as lembranças de infância, estava sozinha.

Foram as lembranças adultas que fizeram Kelsea se encolher. Em fragmentos e pedaços, viu uma história terrível: como a criança desfavorecida cresceu da obscuridade até seu próprio conceito de grandeza, canalizando toda aquela dor e decepção para o autoritarismo. Row Finn a ajudou, ensinou-a a domar a própria magia, mas Kelsea também sentia um vazio natural na mulher adulta à frente, uma certeza de que um acidente de nascimento a privou de oportunidades maiores, e a perda das safiras era um ponto sensível em particular. Também havia um retrato ali, na confusão, e embora Kelsea só tivesse tido um vislumbre, reconheceu Lily sem dificuldade. A Rainha Vermelha não sabia quem era Lily, mas sentia uma grande ligação com ela mesmo assim, e agora Kelsea via que Thorne e Row Finn só estavam parcialmente corretos. A Rainha Vermelha desejava imortalidade, mas não queria viver para sempre. Não temia a morte. Só queria ser invulnerável, decidir o próprio destino sem se sujeitar à vontade de outros. A criança, Evelyn, não teve nenhum controle sobre a própria vida. A Rainha Vermelha estava determinada a controlar tudo.

Kelsea deu um passo para trás, tentando se desconectar disso. Um entendimento maior dos outros era sempre valioso, Carlin dizia, mas entender a Rainha Vermelha não tornaria a tarefa à frente mais fácil. Pela primeira vez em várias semanas, Kelsea pensou em Mhurn, que anestesiou antes da execução. Não tinha drogas para a Rainha Vermelha, mas podia ao menos tornar a morte rápida, não o pesadelo prolongado que infligiu a Thorne.

Mas, enquanto tentava se afastar, Kelsea capturou e se segurou nela: uma lembrança: a jovem Evelyn, com talvez onze ou doze anos apenas, de pé na frente de um espelho. Essa lembrança estava bem protegida, tão bem que, quando Kelsea começou a examiná-la, o corpo todo da Rainha Vermelha se contorceu em recusa, e ela pulou em Kelsea, as mãos curvadas como garras. Foi direto para cima das safiras, mas Kelsea desviou e a empurrou para longe. A Rainha Vermelha voou pelo aposento, quicou com um chiado na parede da barraca. Kelsea foi atrás, ainda examinando, pois sentia a dor que cercava a lembrança, exacerbando-a, como um ferimento que nunca foi desinfetado. Evelyn estava na frente de um espelho, olhando para si mesma, tomada por uma revelação terrível:

Eu nunca vou ser bonita.

Kelsea se encolheu, sentindo como se tivesse sido mordida, afastando a lembrança como se fosse um inseto nocivo. Mas a dor de Evelyn não sumiu com facilidade; Kelsea sentia como se tivesse enfiado ganchos em sua mente. A mulher à frente dela era bonita, tão bonita quanto Kelsea era agora... mas tinha criado essa beleza, a tinha elaborado de alguma forma, assim como Kelsea fez. No fundo, a menina simples ainda reinava, suprema; a Rainha Vermelha nunca conseguiu superá-la, deixá-la para trás, e nisso Kelsea viu os contornos terríveis do próprio futuro.

A Rainha Vermelha estava encostada na parede da barraca agora, a respiração difícil. Mas olhou para Kelsea com expressão furiosa.

— Saia. Você não tem esse direito.

Kelsea recuou e se desconectou da mente da mulher. A Rainha Vermelha despencou no chão e se encolheu, abraçando os joelhos. Kelsea queria pedir desculpas, pois agora viu o grande horror do que tinha feito. Mas a Rainha Vermelha tinha fechado os olhos, de alguma forma dispensando Kelsea; a certeza clara de que morreria permeava os pensamentos da mulher, acalmando as marés que se agitavam lá. A Rainha Vermelha viveu uma vida longa e terrível, definida pela própria brutalidade casual, e seria fácil, muito fácil, desconsiderar a criança que vagava dentro dela. O lado sombrio de Kelsea queria ignorar essa criança; assassinato permeava sua mente, ávido, como um cachorro lutando para se soltar da coleira. Mas Kelsea parou, encarando de repente uma nuance que nunca tinha considerado. A mulher à frente dela merecia uma punição pesada pelos atos que cometeu, pelo terror que infligiu ao mundo. Mas a criança, Evelyn, não era responsável pelo que foi feito a ela, e as experiências da criança foram o que modelou aquela mulher. A mente de Kelsea clamava, dominadora, exigindo que ela fizesse alguma coisa, que *agisse*. Mas hesitou mesmo assim enquanto olhava a mulher agachada à sua frente.

Os problemas do passado. Sua própria voz ecoou na mente, e Kelsea desejou que Clava estivesse lá, pois sentia que poderia finalmente explicar aquele enigma, apresentar a ele um exemplo concreto de como os problemas do passado, se não corrigidos, se tornavam inevitavelmente os problemas do futuro.

Eu não posso matá-la, percebeu Kelsea. Um exército as cercava, um exército que entraria em Nova Londres e causaria destruição. Era a única opção de Kelsea, a única chance... mas não conseguia se obrigar a agir. A compaixão estragou tudo.

— Abra os olhos — ordenou Kelsea, e, enquanto falava as palavras, sentiu a sombra escura dentro dela tombar e sair mancando, as asas destruídas. Podia circular pela mente dela para sempre, procurando uma oportunidade, mas, naquele momento, Kelsea soube que jamais seria controlada pela sombra novamente.

A Rainha Vermelha abriu os olhos, e a fúria que Kelsea viu lá a fez se encolher. Tinha invadido um local onde não tinha direito de estar, e aquela mulher a odiaria para sempre pelo que ela descobriu lá. Mais uma vez, Kelsea pensou em pedir desculpas, mas a lembrança de William Tear surgiu.

O prêmio principal!

— Proponho uma troca. Vou dar minhas safiras para você.

— Em troca de quê? — Depois de um momento de surpresa inicial, o rosto da Rainha Vermelha se abrandou, e Kelsea sentiu uma admiração indesejada. Ela também tinha o poder de apagar o passado quando não tinha propósito, quando só serviria de distração. Kelsea não ganharia pontos por poupar a vida da Rainha Vermelha, aquela expressão dizia. Aquela mulher seria difícil na negociação.

— Autonomia para os tear.

A Rainha riu, mas parou rapidamente quando viu a expressão de Kelsea.

— Você está falando sério?

— Estou. Vou dar os colares a você, vou tirá-los por vontade própria, e você vai retirar seu exército e não vai voltar por cinco anos. Durante esse tempo, não vai colocar um dedo no meu reino. Não vai exigir nada. Vai deixar meu povo em paz.

— Cinco anos sem os lucros das remessas? Você deve estar fora de si.

Mas, por baixo do rosto plácido da negociadora implacável, Kelsea leu uma história diferente. Nisso, pelo menos, Thorne e Finn estavam certos: a Rainha Vermelha queria muito as pedras.

— Eu juro que, se você se recusar a negociar comigo, nunca vai ter as safiras. Posso apodrecer e murchar até virar pó, mas você nunca vai poder tirá-las de mim sem enfrentar as consequências. Elas me pertencem.

— Cinco anos é tempo demais.

— Majestade! — gritou Ducarte. Kelsea tinha se esquecido de que ele estava ali, encolhido no canto da barraca. — Você não pode fazer isso!

— Cale a boca, Benin.

— Majestade, eu não vou me calar. — Ducarte se levantou, e Kelsea viu que ele também estava furioso... mas não com ela. — O exército tem sido incrivelmente paciente com a falta de pilhagem, mas isso não vai durar para sempre. Nova Londres é a recompensa deles, mal defendida, cheia de mulheres e crianças. Eles merecem isso.

— Você vai ter seus dez por cento, Benin. Vou pagá-los do meu próprio bolso.

Ducarte balançou a cabeça.

— Você vai, Majestade, mas isso não vai resolver a questão. O exército já está furioso. Bater em retirada no momento decisivo...

Kelsea estava a ponto de silenciá-lo; não precisava da interferência dele, não quando sentia sua oponente enfraquecendo. Mas não havia necessidade. A Rainha Vermelha se virou para ele, e Ducarte empalideceu e ficou em silêncio.

— Você acha que o exército *me* desafiaria, Benin?

— Não, Majestade, não — disse Ducarte, recuando. — Mas eles já estão descontentes. O moral baixo forma péssimos soldados, todo mundo sabe disso.

— Eles vão sufocar o descontentamento se souberem reconhecer o que é bom para eles. — A Rainha Vermelha se virou para Kelsea, os olhos brilhando, pupilas escuras se deslocando entre o rosto de Kelsea e as safiras. — Dois anos.

— Acho que você não as quer tanto assim.

— Cinco anos é tempo demais — repetiu a Rainha Vermelha, um toque de mau humor na voz. — Três anos.

— Combinado. — Kelsea esticou as joias na direção dela, mas manteve as correntes no pescoço. — Segure-as.

A Rainha Vermelha olhou para ela com cautela.

— Por quê?

— Foi um truque que aprendi com nosso amigo em comum. — Kelsea sorriu para ela. — Preciso ter certeza de que você vai cumprir sua palavra.

Os olhos da Rainha Vermelha se arregalaram, temerosos de repente, e Kelsea viu que ela não pretendia fazer nada disso. Ah, ela era esperta, aquela mulher, inteligente o bastante para fazer uma negociação dura sobre uma promessa que pretendia romper.

— Eu conheço você agora, Evelyn. Três anos, essa é a negociação honesta. — Kelsea levantou as safiras, oferecendo-as. — Prometa deixar meu reino em paz.

A Rainha Vermelha segurou as safiras na palma da mão, e Kelsea ficou aliviada de ver uma miríade de emoções conflitantes passarem pelo rosto dela: desejo, raiva, ansiedade, arrependimento. Ela sabia sobre Row Finn, então. Talvez até tivesse visto seu verdadeiro rosto.

— Majestade! — sibilou Ducarte. — Não!

O rosto da Rainha Vermelha se contorceu, e um momento depois Ducarte estava encolhido em posição fetal, gemendo no chão. Os olhos da mulher estavam grudados nas safiras agora, e, quando Kelsea procurou sua pulsação, encontrou-a disparada. O desejo superou o raciocínio. A Rainha Vermelha parou, elaborando claramente as palavras antes de falar.

— Se você me der as duas safiras tear por livre e espontânea vontade, eu juro retirar meu exército de Tearling e não interferir com o país pelos próximos três anos.

Kelsea sorriu e sentiu lágrimas escorrerem pelas bochechas.

— Você vaza como uma torneira — disse a Rainha Vermelha com rispidez. — Me dê as joias.

Três anos, pensou Kelsea. Eles estavam em segurança agora, todos eles, dos fazendeiros na planície Almont às galinhas de Andalie na Fortaleza, seguros nas mãos de Clava, e essa certeza permitiu que Kelsea levantasse as mãos e tirasse as correntes pela cabeça. Esperava que os colares lutassem contra a mão dela ou infligissem alguma punição física terrível quando tentasse removê-los, mas saíram com facilidade, e quando a Rainha Vermelha os pegou, Kelsea não sentiu quase nada... só uma pontada por Lily, pelo final da história de Lily, que nunca veria. Mas mesmo essa perda ficou diminuída pelo grande ganho do momento. Três anos eram uma vida.

A Rainha Vermelha colocou os dois colares e se virou, encolhida sobre as safiras como um avarento com seu ouro. Ocorreu a Kelsea naquele momento que ela podia fugir; Ducarte ainda estava incapacitado, e ela podia sair da barraca, talvez tomar todos de surpresa. Mas não, as pedras não pertenciam mais a ela, e sem elas Kelsea era só uma prisioneira comum. Não andaria um metro sem ser morta, ou pior, e a ponte estava quebrada. Kelsea fez aquilo como gesto defensivo, mas agora se perguntava se não estava tentando garantir que não haveria volta.

A Rainha Vermelha se virou, e Kelsea se preparou para o triunfo no rosto da mulher, para a vingança que viria em seguida. O Tearling estava em segurança, e ela pretendia morrer rainha.

Mas os olhos da Rainha Vermelha estavam arregalados de ultraje, as narinas se dilatando. O punho esticado estava fechado sobre as pedras, apertando tanto que os nós dos dedos ficaram brancos. A boca estava em movimento, abrindo e fechando. A outra mão estava curvada em forma de garra, e se esticou para Kelsea, tentando agarrá-la.

De alguma forma, Kelsea soube.

Ela começou a rir, uma gargalhada louca e histérica que ecoou nas paredes rubras da barraca. Mal sentiu o aperto doloroso da mão da mulher em seu ombro.

Claro que não doeu quando eu as tirei. Claro que não, porquê...

— Elas são minhas.

A Rainha Vermelha gritou de fúria, um uivo sem palavras que pareceu capaz de desfazer as paredes da barraca. A mão afundou no ombro de Kelsea com tanta força que ela achou que podia quebrar, mas não conseguia parar de rir.

— Elas não funcionam para você, não é? — Ela se inclinou na direção da Rainha Vermelha até os rostos estarem a centímetros de distância. — Você não pode usá-las. São *minhas*.

A Rainha recuou um pouco e deu outro tapa em Kelsea, derrubando-a no chão. Mas nem isso conseguiu impedir as gargalhadas de Kelsea; na verdade, pareceu alimentá-las. Ela pensou na longa noite que passou... Lily, William Tear, Pen, Jonathan, Clava... e de repente pareceu que estavam todos ali com ela, todos, até os mortos. Kelsea esperava sair vitoriosa, mas aquele era um resultado que ela não tinha imaginado. As pedras estavam perdidas para ela; nunca saberia como a história de Lily terminou. Mas ninguém mais saberia também.

Mãos ásperas estavam em seus ombros, puxando-a do chão. Homens vestidos de preto, como os soldados lá fora, mas agora Kelsea reconhecia guardas particulares quando os via, e fechou os olhos, preparando-se para a morte.

— Tirem-na daqui! — berrou a Rainha Vermelha. — Tirem-na daqui!

Um deles, claramente o capitão, prendeu os pulsos de Kelsea nas costas, e ela sentiu algemas de ferro os prendendo. Os ferros estavam apertados demais; beliscaram a pele dela quando foram fechados. Mas Kelsea não conseguia parar de rir.

— Você perdeu — disse para a Rainha Vermelha, e soube que jamais esqueceria o rosto da mulher naquele momento: o rosto de uma criança enfurecida a quem negaram a sobremesa. Kelsea mal sentiu as mãos do guarda se apertarem nos braços dela, tirando-a da barraca. O Tearling estava em segurança, seu povo estava em segurança. As safiras pertenciam a ela, a mais ninguém, e Kelsea rugiu de tanto gargalhar enquanto a levavam para longe.

E, no final, A Travessia

Lily segurou uma corda na amurada, tentando não cair no convés. O navio sacudia loucamente; a água estava agitada pelo vento e pelo trovão de explosões em terra. Acima deles, nuvens de tempestade se destacavam no céu noturno, um hematoma roxo em movimento. Lily já tinha andado de barco, mas foram lanchas, iates que cortavam as ondas com tanta suavidade que mal parecia que eles estavam em movimento. Isso era diferente, uma sensação ruim de montanha-russa, o convés do navio sacudindo embaixo dos pés dela enquanto ela se agarrava à corda, tentando desesperadamente apoiar Jonathan com o outro braço. Jonathan estava quase inconsciente; Tear tinha retirado a bala e fechado o ferimento no carro, mas, quando terminou, o banco de trás estava coberto de sangue, e a expressão sombria de Tear dizia tudo.

Bem atrás deles estava o contorno de Nova York, um caos laranja e quente de prédios escuros cujas janelas cuspiam fogo na noite escura. Mas Lily e as outras pessoas no navio não estavam olhando para a paisagem. Seus olhares estavam fixados no mar atrás deles, nos dois navios enormes que se materializaram do nada. Pelos relatos gritados no convés, Lily também soube que havia vários submarinos espalhados se aproximando rapidamente sob a superfície. Eles estavam bem quando desceram pelo rio Hudson e entraram na baía, mas uma sirene foi disparada, e agora, enquanto eles seguiam para o oceano Atlântico, a Segurança estava se aproximando.

— Cinco minutos! — gritou William Tear da proa do navio. — É só do que precisamos!

Ele está louco, percebeu Lily. Estranhamente, não parecia se importar muito. Eles não iam conseguir, e Lily lamentava por isso, lamentava porque nunca veria o rio profundo e limpo sob o sol brilhante. Mas esses navios eram livres, e ela morreria uma mulher livre, e não queria estar em nenhum outro lugar naquele momento, com ou sem submarinos.

— Prontos! — gritou Tear, e o técnico em computação perto de Lily começou a falar no microfone do fone de ouvido na língua estranha deles.

Um bum seco ecoou à esquerda de Lily, seguido de gritos distantes. Quando esticou o pescoço para ver por cima das vigas que cobriam o convés, viu que um dos navios de Tear estava em chamas, a parte de trás ardendo, filetes de fumaça preta subindo na noite.

— Torpedo! — gritou alguém. Uma segunda explosão ecoou, e o navio não era mais nem meio navio, só uma ruína fumegante no oceano agitado. Todo mundo no convés do navio de Lily tinha corrido para a amurada, mas não podia abandonar Jonathan, então só ela viu William Tear se virar, segurando alguma coisa na mão esticada, toda a sua atenção voltada para o horizonte leste.

— Nós nem estamos armados! — gritou uma mulher.

Os destróieres estavam chegando perto agora, a menos de oitocentos metros de distância. Lily se perguntou por que também não dispararam, mas, depois de considerar por um momento, ela soube: eles queriam tomar o resto dos navios de Tear, subir a bordo. A Segurança amava prisioneiros, afinal. A queimadura de Lily latejou, embora a palma da mão estivesse coberta de uma casca escura, e ela soube que, o que quer que acontecesse, ela não ia voltar.

Uma luz intensa envolveu o navio de repente, ofuscante. Lily colocou as mãos sobre os olhos, um grito baixo escapando da garganta, pensando na lanterna potente que o pessoal de Tear usou no complexo da Segurança. Ela foi tomada de repente de um terror, o terror de que tudo aquilo tinha sido um sonho, de que ela acordaria e se veria novamente naquela sala, de cara para o contador, para o painel. Mas, quando espiou entre os dedos, ela viu que essa luz não era elétrica. Era apenas a luz do dia, um brilho suave nos braços.

Lily se virou para a luz e gritou.

Havia um buraco no horizonte. Lily não tinha outra forma de descrever o que via. O xale preto da noite ainda cobria o céu acima da cabeça dela, mas, no lado leste, o xale se abria, as beiradas irregulares cercando o buraco como uma moldura quebrada. Dentro da moldura havia dia, um horizonte rosa e laranja acima da água azul, como se o sol estivesse prestes a nascer. A luz banhava tudo, e Lily conseguia ver todos os outros navios ao redor agora, claramente, as velas manchadas de laranja no amanhecer.

Um trovão ribombou atrás deles, sacudindo o convés.

— Abaixem-se! — gritou um homem, e Lily se encolheu e cobriu a cabeça. Mas o tiro assobiado passou por cima deles, por cima de todos os navios. Em direção ao buraco no horizonte. Um ódio ardeu dentro de Lily, tão forte que, se algum oficial da Segurança tivesse aparecido na frente dela naquele instante, ela teria arrancado a cabeça dele com as próprias mãos. Estavam tentando fechar o portal que Tear abriu... tentando tirar o mundo melhor deles.

— Digam para passar! — gritou Tear da proa. — Não temos muito tempo!

O navio deles estava na frente, perto do portal, e agora Lily conseguia sentir calor nos braços, o calor do sol na pele. Uma cacofonia de gritos se espalhou pelo convés, berros loucos das pessoas na amurada, e agora Lily também estava gritando, sentindo como se todo o corpo estivesse preso àquele horizonte aberto. Quando eles passaram, ela soltou a corda e ergueu Jonathan, despertando-o.

— O mundo melhor! — gritou ela no ouvido dele. — O mundo melhor!

Mas Jonathan não abriu os olhos. Ao redor dela, no convés e nos outros navios, Lily conseguia ouvir, sua gente, os gritos de júbilo ecoando pelo oceano aberto. Atrás deles, o buraco permanecia, uma mancha escura pela qual nada era visível contra o horizonte. Pelo menos quinze navios passaram, mas agora as beiradas do buraco estavam desmoronando, a circunferência começando a encolher. Lily não sabia se os últimos navios conseguiriam passar. Ao se virar para o leste, ela viu William Tear segurando a amurada, o rosto branco como papel. Por um momento, o corpo todo dele pareceu brilhar em puro azul contra o sol nascente, e ele desabou no convés.

Lily se virou para contar para Jonathan, mas Jonathan estava morto.

— Lily.

Ela levantou o rosto, apertando os olhos na luz fraca da lua, e se levantou.

Tear parecia exausto. Lily não o via fazia dois dias, desde aquela noite, e ficou aliviada de vê-lo de pé e ativo; quanto mais tempo ele ficava ausente do convés, mais certeza ela tinha de que ele tinha morrido executando aquele milagre, que ele, como Jonathan, não despertaria. Lily tinha perguntado a Dorian sobre Tear, mas a resposta fora evasiva. Tinha tentado fazer amizade com vários outros passageiros, e encontrou pessoas gentis, mas cautelosas; ninguém sabia quem ela era. Uma mulher mais jovem, talvez da idade de Dorian, cuidou dos ferimentos dela, mas, nos últimos dois dias, não houve nada para Lily fazer além de ficar sentada sozinha, olhar o horizonte e esperar Tear.

— Você está bem?

— Estou — respondeu ele, mas Lily ainda tinha dúvidas. Ele parecia um homem que sofreu algum tipo de doença devastadora. — Mas preciso da sua ajuda. Venha comigo.

Ela o seguiu na direção da popa, tentando andar silenciosamente entre as pessoas adormecidas que cobriam o convés. Tear, como sempre, parecia não fazer ruído nenhum, e a levou pela escada até o compartimento abaixo do convés.

O local exalava uma sensação medieval estranha, pois só lampiões iluminavam os aposentos; não havia luz elétrica em lugar nenhum. Uma área ampla estilo dormitório, cheia de catres vazios, ocupava a maior parte do compartimento. Havia mais de cem pessoas no navio, mas a maioria não queria passar tempo em um lugar fechado. As pessoas preferiam ficar no convés, os olhos observando o horizonte. Tear tinha se preparado para essa possibilidade; na extremidade do dormitório havia uma sala que continha não só muita comida e água, mas uns cinquenta galões de protetor solar. Lily pensou que era para aquela sala que eles iam, mas Tear foi para a seguinte, que era particular, apenas para uso dele. Quando eles entraram, ela viu que as paredes eram cobertas de estantes, cada uma com centenas de livros. Mas ela não teve tempo de se maravilhar com isso. No centro da sala, Dorian estava de pé junto de uma mesa, olhando o que só poderia ser um corpo envolto em um lençol, a mortalha costurada por dedos apressados.

— Está na hora, Dori.

Ela levantou o rosto, e Lily viu, mesmo no brilho suave da luz, que seus olhos estavam vermelhos de tanto chorar. Ela olhou para Lily com expressão de dúvida.

— Ele a quereria aqui — respondeu Tear. Ele colocou um braço embaixo dos ombros do cadáver e o levantou. — Vamos. Juntos.

Dorian segurou a cintura de Jonathan e deixou para Lily pegar as pernas. Juntos, eles tiraram o corpo da mesa, equilibrando-o cuidadosamente nos ombros. Lily conseguia sentir o cheiro do cadáver agora, um toque de decomposição que atravessava o lençol, mas ignorou isso, pensando em Jonathan, que achou que ela era digna de ser salva, que jamais veria o mundo melhor. Seus olhos lacrimejaram, e ela os limpou desesperadamente, fazendo as córneas arderem, e eles subiram a escada.

No convés, tudo estava silencioso, exceto pelas ondas batendo delicadamente nas laterais do navio. Na luz do luar, Lily conseguia visualizar os outros navios dos dois lados, não muito longe, acompanhando o ritmo. No final, só dezessete passaram; três se perderam, afundados para sempre na Baía do Hudson. Por conversas escutadas, Lily soube que nem todos os navios estavam lotados de gente, como aquele. Um navio carregava animais: vacas, ovelhas e cabras. Outro carregava cavalos. Outro navio, as tábuas pintadas de branco, carregava suprimentos médicos e profissionais. Mas Lily só conseguia ver as velas agora, pouco mais do que brilhos suaves na lua morrente.

Eles carregaram Jonathan para a traseira do navio, um lugar onde pouca gente escolhia para dormir, porque o cordame bloqueava a vista do horizonte ao leste. Seguindo instruções de Tear, equilibraram o corpo cuidadosamente na amurada. Os braços de Lily estavam doendo, mas ela não demonstrou. A queimadura na palma da mão tinha se aberto de novo e estava soltando pus, mas ela também escondeu isso, limpando discretamente na calça jeans. Queria ter roupas limpas. Não tomava banho havia dias. Outras pessoas também estavam usando as mesmas roupas da noite da partida; como eles fariam em relação a roupas no novo mundo? Havia tantas incertezas, e o único homem que podia responder sobre elas era Tear... mas agora não era a hora. Depois do timão, o céu oriental estava ficando pálido, mas, quando Lily espiou por cima da amurada da popa, só viu escuridão.

— Jonathan odiava água — comentou Dorian com voz rouca, e Lily percebeu que ela estava chorando de novo. — Depois do que fizeram com ele. Ele odiava pra caralho.

— Não essa água — respondeu Tear.

Lily não disse nada. Eles conheciam Jonathan bem, os dois, e ela nunca nem soube o sobrenome dele. Queria pensar em alguma coisa para dizer, alguma coisa importante, mas, quando fechou os olhos, só conseguia ver Greg de joelhos, Jonathan com a arma na cabeça dele. Foi a maior gentileza que já fizeram por ela, mas não era um ato sobre o qual podia contar a Tear e a Dorian. Assim, ficou em silêncio, embora lágrimas tivessem começado a escorrer lentamente por suas bochechas.

— Bom e velho amigo — disse Tear por fim —, estamos a caminho de uma boa terra. Vamos esperar que você já esteja lá.

— Amém, Carolina do Sul — acrescentou Dorian, e então, com consentimento mudo, eles levantaram o corpo por cima da amurada. Lily não ajudou desta vez, só ficou olhando. Houve um barulho de água sendo espalhada, e Jonathan se foi para sempre. Dorian esperou mais um momento e saiu sem dizer nada, andando rapidamente na direção da escada.

Eu o matei, pensou Lily.

— Foi escolha dele — repetiu Tear, fazendo Lily se questionar se tinha falado em voz alta. Ela olhou ao redor, mas eles ainda estavam sozinhos na popa.

— O que aconteceu? Para onde viemos?

— Para lugar nenhum, Lily. Nós atravessamos, só isso. Foi assim que eu sempre imaginei que seria.

— É... — Lily se obrigou a dizer a palavra. — É magia?

— Magia — repetiu Tear. — Eu nunca pensei nisso assim; para mim, parece a coisa mais natural do mundo. Mas talvez magia seja uma boa palavra.

Ele enfiou a mão no bolso e tirou uma coisa.

— Dê uma olhada.

Lily esticou a mão ilesa e sentiu-o colocar uma coisa fria e dura na palma. Ela levantou o objeto, apertando os olhos, tentando entender. O céu o tinha iluminado agora, da forma repentina como fazia logo antes do amanhecer, mas Lily ainda demorou alguns momentos para identificar o objeto.

— Água-marinha?

— Safira — corrigiu Tear. — Minha árvore genealógica está documentada até Cromwell, mas essa pedra está conosco desde a Idade das Trevas. Talvez até mais do que isso.

Lily moveu a safira na luz, tentando ver através dela, mas o sol ainda não tinha aparecido, e era só um retângulo escuro contra o céu pálido.

— Como você sabe?

— A pedra me contou.

Lily riu, mas Tear não abriu um sorriso. Ela não conseguiu saber se ele estava brincando, então devolveu a safira e se inclinou sobre a amurada para olhar para as ondas brancas deixadas com a passagem do navio.

— Você está melhorando, Lily?

Era uma pergunta difícil de responder. Durante o dia, as coisas ficavam bem, porque o sol estava no céu e Lily conseguia olhar de horizonte a horizonte. Mas ela não dormia mais que poucas horas por noite antes de despertar com um susto, certa de que veria o contador... ou, pior, Greg. Eles estavam fora do alcance disso agora, a proa do navio abrindo caminho suavemente para o mundo melhor, mas Lily sentiu um pressentimento repentino e terrível. Todas as pessoas ao redor dela, dormindo no convés... claro que tinham suas próprias histórias, sua própria violência. Como alguém podia construir um mundo melhor, um mundo perfeito, se as pessoas levavam com elas os pesadelos do passado?

— Não vai ser perfeito — respondeu Tear, olhando com mau humor por cima da amurada. — Eu soube no momento em que decidi fazer isso. O mundo vai ser melhor, mas não será fácil. Na verdade, no começo, vai ser muito difícil.

— O que você quer dizer?

— Olhe o que deixamos para trás, Lily. Nós não temos eletricidade, não temos tecnologia. Enquanto eu estava dormindo, Dori mandou os técnicos de computação jogarem todo o equipamento deles no mar, junto com as armas. Tem que ser assim; a tecnologia é conveniente, mas já passamos há muito tempo do ponto em que a conveniência era mais importante que o perigo. Ferramentas de vigilância, de controle... eu soube há muito tempo que essas teriam que ser as primeiras coisas a ir embora. Mas pense nas outras coisas que não vamos ter! Combustível. Aquecimento. Tecidos. Eu trouxe remédios e antibióticos, no navio branco ali — ele indicou o norte —, mas vão estragar bem antes do fim da década. Não vamos ter nenhuma dessas coisas, a não ser que descubramos como fazê-las, com o que encontrarmos lá.

Lily lutou para ficar em silêncio. Percebia agora que idolatrava esse homem, e era uma coisa difícil ouvi-lo falar assim. Mas desconfiava que ele não podia expressar essas dúvidas para mais ninguém, certamente não para toda essa gente leal que o seguiu por anos.

— Vai haver animais no novo mundo, para obtermos carne, mas vamos ter que aprender a caçá-los sem armas nem máquinas, a cozinhar do zero sobre o fogo. Vamos ter que plantar comida. Vamos ter que aprender a construir nossas próprias casas, fazer nossas próprias roupas. Tenho várias pessoas que conhecem o processo, das ovelhas à lã e à tecelagem, mas o resto vamos ter que aprender. Não tinha como fazer isso sem jogar quase tudo fora, e se quisermos manter alguma coisa, vamos ter que aprender a fazer tudo de novo.

— Você acha que nós não somos capazes?

— Nós somos capazes, sem dúvida. A pergunta é se vamos mesmo fazer. É preciso esforço para construir, Lily. É preciso esforço para botar as necessidades da comunidade à frente das suas. Mas, no período que virá, todo mundo vai ter que fazer isso, senão estaremos condenados a fracassar.

— O socialismo não deu certo em lugar nenhum.

— Nós vamos continuar tentando. Essas pessoas têm pensamento cívico. Vão criar filhos com pensamento cívico. Eu as escolhi por isso.

— Eu também?

Tear sorriu.

— Você também.

— Como sabe que eu tenho pensamento cívico? — Na verdade, nem Lily sabia se tinha; houve tão poucas oportunidades de descobrir. Toda a vida com Greg se passou na memória dela, um ciclo de lembranças horríveis.

— Eu já falei, Lily: eu conheço você por toda a minha vida. — Tear ergueu a safira e a exibiu na palma da mão. — Eu vi você na joia, bem antes de saber quem você era.

— Por quê?

Tear olhou para ela por um momento, o olhar contemplativo.

— Você está melhorando?

— Estou. Meu ombro quase não dói mais, exceto quando tento dormir. Minha mão está dando trabalho, mas posso fazer outro curativo quando houver luz suficiente.

— Você não me engana, Lily. Seus ferimentos não são físicos. Você ainda não está melhorando, mas vai.

Lily sentiu as bochechas arderem e se perguntou se ele conseguia olhar diretamente dentro dela e ver os pesadelos, Greg sempre à espreita. Ela achava que

Greg sempre estaria ali, em uma parte de Lily que se recusava a deixar o passado para trás.

— Pode ficar assim por muito tempo — disse Tear. — Mas prometo que você vai melhorar.

— Como você sabe?

Tear fechou os dedos em torno da safira por um momento, olhando para um lugar que Lily não conseguia nem começar a imaginar. Em seguida, esticou-a na direção dela.

— Dê uma olhada.

Sentindo-se boba, Lily levantou a pedra contra o céu de novo e apertou os olhos. Por um momento, não viu nada, mas a safira começou a brilhar, uma pequenina chama azul contra o céu cada vez mais claro.

— O quê...

— Shh. Olhe.

Lily olhou para a safira, tentando não piscar, e, depois de um momento, percebeu que a forma de uma pessoa estava aparecendo abaixo da superfície. Primeiro, só uma sombra, uma silhueta no fundo azul, mas ofegou assim que se viu. Era uma Lily diferente da que ela viu no espelho durante toda a vida: pensativa e um pouco endurecida, os braços musculosos, a pele queimada de sol. A mulher se virou, e agora Lily viu o que Tear queria que ela visse: a barriga redonda com a gravidez avançada se projetando no azul.

— Como você está fazendo isso? — perguntou ela. — É ilusão?

— Não é ilusão, Lily, só o futuro. Eu prometo que você vai melhorar.

Lily olhou para si mesma, fascinada. A mulher na pedra não teve uma vida fácil, estava claro, mas irradiava felicidade. Flores foram trançadas no cabelo dela, e nas costas havia o que parecia ser um arco e uma aljava cheia de flechas. Exceto pela barriga redonda, ela parecia a imagem de Diana no velho *D'Aulaires* que Lily e Maddy compartilharam na infância. De repente, a imagem sumiu.

Perturbada, Lily balançou a safira, tentando trazer a mulher de volta, mas não havia mais nada.

— Desculpe — disse Tear. — Até as pequenas coisas vão exigir muito de mim por um tempo.

Lily olhou para a safira por mais um momento e a devolveu para ele. Alguma coisa pareceu puxá-la quando a pedra saiu dos dedos dela, e Lily teve a estranha sensação de que um pedaço seu foi junto. Ver uma parte do futuro era quase pior do que não ver nada; ela repensou na visão, se perguntando se era real, se o bebê era menino ou menina.

— Menino — murmurou Tear ao lado dela. — Vai ser um menino.

— Como você sabe?

— Às vezes, eu apenas sei. — Ele sorriu para ela, mas Lily teve a sensação de ver alguma coisa escondida nos olhos dele, um futuro que ela ainda não podia vislumbrar. Tear não falou mais, só segurou o ombro dela. — Mas isso vai ser daqui a muito tempo. Tenho outra coisa para você. Uma coisa bem mais próxima.

— O quê?

— Olhe para lá. — Tear apontou para o norte. — Aquele navio, o terceiro.

— O branco?

— Não, o que vem depois.

Lily apertou os olhos. O céu tinha adquirido um profundo tom azul agora, e ela conseguiu vislumbrar o navio do qual ele estava falando, uma mancha leve ao norte, quase invisível pela névoa na superfície do oceano.

— O que tem ele?

— Uma das melhores pessoas do meu grupo está encarregada daquele navio. Ela está conosco há muito tempo, desde que tinha catorze anos. Tem duas sentenças de prisão nas costas e não tem medo de nada. Dorian a idolatra, tanto que até tenta se vestir como ela, por isso as marias-chiquinhas.

Alguma coisa se agitou dentro de Lily, uma vibração funda como um sino. Ela olhou para ele, os olhos arregalados e suplicantes.

— Qual é o nome dela?

— Madeleine Freeman.

Lily se virou para olhar para o norte.

— Eu prometo, Lily, você vai melhorar.

Os passos de Tear se afastaram, mas Lily mal reparou, ocupada demais olhando para o terceiro navio. O rosto de Maddy na última vez que ela o vira, o cabelo preso e uma saia preta cinco centímetros mais curta do que era permitido... uma adolescente tentando parecer uma mulher. Mas, agora, Maddy *era* uma mulher. Os olhos de Lily percorreram o horizonte a leste, procurando um leve sinal de branco no azul, o primeiro sinal de que poderia haver terra ao longe. Pensou em uma coisa e disse baixinho atrás de Tear.

— Maddy é diabética! Ela precisa de insulina.

— Não precisa, não.

Lily olhou para ele por um momento e se virou para o norte. Não conseguia pensar em Maddy, ela percebeu, senão ficaria louca esperando que a viagem acabasse, então encaixotou a irmã na mente e a guardou. Um dia, ela talvez visse Maddy de novo, se aquilo tudo fosse real. Pensou novamente naquela visão fantástica dentro da safira de Tear, e por um momento se perguntou se estava ficando maluca, mas soube que não.

— Um menino — sussurrou ela.

Tear tinha dito isso, e Lily acreditava. Colocou a mão na barriga lisa, os olhos cheios de lágrima. Quase conseguia senti-la ali, essa criança que ainda estava anos no futuro. Tear não estava mentindo nem estava maluco. Lily teria um filho, o geraria no mundo melhor e o criaria para ser livre.

Já tinha até escolhido o nome. O bebê se chamaria Jonathan.

Agradecimentos

Três pessoas me ajudaram a tornar este livro melhor: Maya Ziv, Dorian Karchmar e Simone Blaser. Como sempre, sou agradecida a toda a equipe da Harper e da William Morris Endeavor pelo apoio constante enquanto sigo pelo Tearling, mas essas três mulheres fizeram um esforço gigantesco, e o livro se beneficiou imensamente. Maya, Dorian e Simone também ouviram pacientemente um monte de resmungos não justificados neste último ano, então tem também isso. Agradeço a Jonathan Burnham, que me deixa continuar escrevendo, e também a Heather Drucker, Amanda Ainsworth, Katie O'Callaghan, Ashley Fox, Erin Wicks, Miranda Ottewell... e um agradecimento especial a Virginia Stanley, minha guia espiritual para não aceitar desaforos.

Agradecimentos e amor para a minha família, particularmente meu querido marido, Shane, que aguentou meu temperamento artístico no último um ano e meio e nunca fez uma careta, e a Sir e Monkey, que me fazem rir. Também agradeço à minha boa amiga Claire Shinkins, que oferece a quantidade certa de amor e apoio, e à equipe gentil e atenciosa do Peets Coffee do meu bairro (principalmente você, Michi!), onde escrevi boa parte deste livro.

Por acidente, encontrei o colega de escrita de quem precisava havia muito tempo. Obrigada, Mark Smith, por ouvir e dar bons conselhos como sempre, assim como por ser corajoso o bastante para encarar o Tearling. Esse mundo não é fácil.

A todas as maravilhosas livrarias independentes e bibliotecas — e livreiros e bibliotecários — que ajudaram a levar meu primeiro livro para o mundo, obrigada. Não há maior elogio para mim do que o das pessoas que amam livros, e seu trabalho árduo em meu nome é muito importante para mim.

E, acima de tudo, agradeço a vocês, leitores. Sem vocês, nada disso é possível.

ESTA OBRA FOI COMPOSTA PELA ABREU'S SYSTEM EM CAPITOLINA REGULAR
E IMPRESSA EM OFSETE PELA LIS GRÁFICA SOBRE PAPEL PÓLEN SOFT
DA SUZANO PAPEL E CELULOSE PARA A EDITORA SCHWARCZ EM SETEMBRO DE 2017

A marca FSC® é a garantia de que a madeira utilizada na fabricação do papel deste livro provém de florestas que foram gerenciadas de maneira ambientalmente correta, socialmente justa e economicamente viável, além de outras fontes de origem controlada.